DAN BROWN

Professeur d'anglais avant d'être un auteur mondialement reconnu, Dan Brown vit en Nouvelle-Angleterre où il achève son cinquième roman.

DAN BROWN

DA VINCI CODE

Traduit de l'anglais (États-Unis)
par Daniel Roche

JC Lattès

Titre original :
THE DA VINCI CODE
publié par Doubleday

© 2003 by Dan Brown
© 2004, éditions Jean-Claude Lattès
pour la traduction française
ISBN 2-266-14434-0

Encore une fois pour Blythe.
Plus que jamais.

Les faits

La société secrète du Prieuré de Sion a été fondée en 1099, après la première croisade. On a découvert en 1975, à la Bibliothèque nationale, des parchemins connus sous le nom de *Dossiers Secrets*, où figurent les noms de certains membres du Prieuré, parmi lesquels on trouve Sir Isaac Newton, Botticelli, Victor Hugo et Leonardo Da Vinci.

L'*Opus Dei* est une œuvre catholique fortement controversée, qui a fait l'objet d'enquêtes judiciaires à la suite de plaintes de certains membres pour endoctrinement, coercition et pratiques de mortification corporelle dangereuses. L'organisation vient d'achever la construction de son siège américain – d'une valeur de 47 millions de dollars – au 243, Lexington Avenue, à New York.

Toutes les descriptions de monuments, d'œuvres d'art, de documents et de rituels secrets évoqués sont avérées.

Prologue

Paris, musée du Louvre, 22 h 56

Jacques Saunière, le célèbre conservateur en chef du musée du Louvre, s'élança en courant dans la Grande Galerie. Le vieillard de soixante-seize ans saisit à deux mains le premier tableau qui se présenta sur sa droite, un Caravage, et tira dessus de toutes ses forces. Le grand cadre en bois doré se décrocha de sa cimaise et Jacques Saunière s'écroula sous le poids du tableau.

Comme il s'y attendait, une énorme grille métallique s'abattit à l'extrémité est de la galerie, ébranlant le parquet et déclenchant une alarme qui résonna au loin.

Saunière resta un moment à terre, le temps de reprendre son souffle et de faire le point. Il rampa sous le tableau pour s'en dégager, et jeta autour de lui un regard circulaire, cherchant désespérément un endroit où se cacher.

Une voix s'éleva, terriblement proche :

— Ne bougez pas !

À genoux sur le parquet, Saunière s'immobilisa et tourna lentement la tête.

À moins de dix mètres, bloqué par la herse, son assaillant l'observait derrière les barreaux. Il était grand et robuste avec une peau d'un blanc cadavérique. Sous les cheveux rares et sans couleur, deux pupilles rouge sombre entourées d'iris roses luisaient dans l'ombre, braquées vers lui. L'énorme albinos tira de sa poche un pistolet dont il pointa vers Saunière le long canon à silencieux. D'une voix étrange à l'accent difficilement identifiable, il lança :

— Vous n'auriez pas dû courir. Et maintenant, dites-moi où elle est.

— Je vous répète que je ne vois pas de quoi vous parlez ! répliqua le vieil homme agenouillé sans défense sur le parquet.

— Vous mentez !

L'autre le fixait, complètement immobile, comme si toute sa vie s'était concentrée dans son regard spectral.

— Vous et vos frères avez usurpé un trésor qui ne vous appartient pas.

Un flux d'adrénaline parcourut le corps du conservateur. *Comment a-t-il pu apprendre cela ?*

— Ce soir, ses vrais gardiens vont reprendre leur bien. Dites-moi où il est caché et vous vivrez. Vous êtes prêt à mourir pour garder votre secret ?

Le canon se redressa, visant la tête du vieil homme, qui cessa de respirer.

L'albinos inclina la tête, cligna d'un œil et mit en joue. Saunière leva les deux bras comme pour se défendre.

— Attendez, articula-t-il lentement, je vais vous donner les informations que vous attendez de moi.

Reprenant son souffle, Saunière récita posément le mensonge qu'il s'était tant de fois répété à lui-même, et qu'il avait espéré ne jamais avoir à prononcer.

Lorsqu'il eut terminé, l'albinos grimaça un sourire suffisant.

— C'est exactement ce que m'ont dit les trois autres.

Saunière eut un mouvement de recul. *Les autres ?*

— Eux aussi, je les ai trouvés. Tous les trois. Ils m'ont dit la même chose.

Comment a-t-il pu les identifier ?

Les fonctions du conservateur en chef au sein de la confrérie, comme celles des trois sénéchaux, étaient aussi confidentielles que l'antique secret qu'ils devaient protéger. Saunière dut se rendre à l'évidence : ses trois frères avaient respecté la procédure, et proféré le même mensonge avant de mourir.

Son agresseur pointa de nouveau le pistolet vers lui.

— Après votre disparition, je serai le seul à connaître la vérité.

La vérité. Le vieux conservateur comprit aussitôt toute l'horreur de la situation. *Si je meurs, la vérité sera à jamais perdue*. Dans un sursaut instinctif, il tenta de se mettre à l'abri.

Il entendit partir le coup étouffé et une douleur fulgurante lui transperça l'estomac. Il s'effondra à plat ventre, puis réussit à se redresser pour ne pas perdre de vue son assassin, qui rectifia son angle de tir, visant la tête cette fois.

Submergé par le regret et l'impuissance, le vieil homme ferma les yeux.

Le clic de la détente résonna dans le chargeur vide. Saunière rouvrit les yeux.

L'albinos jeta sur son arme un regard presque amusé. Il hésita à sortir un second chargeur mais se ravisa et, avec un rictus méprisant dirigé vers la chemise ensanglantée de Saunière, il jeta :

— J'ai accompli mon travail.

Saunière baissa les yeux. Sur sa chemise de lin blanche, une petite auréole de sang entourait l'orifice laissé par la balle juste au-dessous des côtes.

L'estomac. Il a raté le cœur. Saunière avait fait la guerre d'Algérie et il savait que l'agonie consécutive à ce genre de blessure était atroce. Il lui restait environ un quart d'heure à vivre, avant que l'écoulement des sucs gastriques acides dans sa cavité abdominale ait terminé ses dégâts.

— La douleur est salutaire, monsieur ! fit l'albinos en partant.

Saunière resta seul, piégé derrière la grille, qui ne pourrait pas s'ouvrir avant vingt minutes. Il

12

serait mort avant. Mais la peur qui l'étreignait dépassait de beaucoup celle de mourir.

Le secret doit être transmis.

Il se releva péniblement, évoquant ses trois compagnons morts et les générations de ceux qui les avaient précédés, sacrifiés à la mission dont ils étaient investis.

Une chaîne de connaissance ininterrompue.

Et voilà qu'en dépit de toutes les précautions prises, de toutes les sauvegardes… voilà qu'il était le seul maillon survivant, l'ultime gardien du plus protégé des secrets.

Il faut trouver un moyen.

Il était coincé dans la Grande Galerie et il n'y avait qu'une personne au monde pour reprendre le flambeau. Saunière contempla les célébrissimes portraits accrochés aux murs qui semblaient lui sourire comme de vieux amis.

Gémissant de douleur, le vieillard rassembla ses forces physiques et mentales. Il s'attaqua à sa dernière tâche, conscient qu'il lui faudrait mettre à profit chacune des secondes qui lui restaient à vivre.

1.

Robert Langdon émergea difficilement de son premier sommeil.

Dans le noir complet, un téléphone sonnait – une sonnerie grêle et insolite, inhabituelle. Il chercha à tâtons le bouton de sa lampe de chevet, qu'il alluma. Il cligna en découvrant les murs décorés de fresques, la somptueuse décoration Renaissance et les fauteuils Louis XVI en bois doré entourant son énorme lit d'acajou à baldaquin.

Bon Dieu, où puis-je bien être ?

Pendu à l'une des colonnes du lit, un peignoir de bain portait un monogramme brodé : HÔTEL RITZ PARIS.

Les brumes se dissipaient lentement. Il décrocha le combiné.

— Allô ?

— Monsieur Langdon ? J'espère que je ne vous réveille pas ?

Une voix d'homme. Langdon regarda son réveil : 0 h 32. Il ne dormait que depuis une heure, mais se sentait complètement hébété de sommeil.

— Ici la réception. Je suis désolé de vous déranger à cette heure, mais vous avez une visite. La personne précise que c'est très urgent.

Langdon peinait à reprendre pied dans la réalité. Un visiteur ? Son regard se fixa sur un prospectus froissé qui traînait sur la table de nuit.

L'UNIVERSITÉ AMÉRICAINE DE PARIS
a l'honneur de vous inviter
à une conférence de Robert Langdon,
Professeur de symbolique religieuse
à l'université Harvard,
le vendredi 16 avril, à 18 h 30.

Langdon laissa échapper un grognement. Probablement un intégriste survolté que le contenu de la conférence de la veille – les symboles païens cachés de la cathédrale de Chartres – avait rendu furieux, et qui venait lui chercher noise.

— Je suis navré, marmonna-t-il, mais je suis fatigué, et…

Le réceptionniste baissa la voix :

— Il s'agit d'un visiteur important, monsieur…

Langdon n'en doutait pas. Auteur de nombreux ouvrages sur l'art religieux et la symbolique cultuelle, il avait, un an plus tôt, bénéficié des honneurs de l'actualité, après un différend très médiatisé avec le Vatican. Depuis lors, historiens de l'art et mordus de la symbolique religieuse le harcelaient de lettres et d'appels téléphoniques.

— Auriez-vous la gentillesse, demanda-t-il en tâchant de rester poli, de noter les coordonnées de cette personne, et de lui dire que j'essaierai de l'appeler mardi avant mon départ ? Merci.

Il raccrocha et s'assit sur son lit. Sur la table de chevet, une brochure en papier glacé vantait « les nuits incomparablement paisibles à l'hôtel Ritz, au cœur de la ville des lumières ».

Le grand miroir mural lui renvoya le reflet de son visage terne et chiffonné.

Mon petit Robert, tu as besoin de vacances.

Il avait pris un sacré coup de vieux depuis l'année dernière, mais il n'aimait pas qu'un miroir le lui rappelle. Un regard bleu éteint, des joues mal rasées, des tempes où se glissaient des cheveux gris, des épaules tombantes. Ses collègues féminines avaient beau lui répéter que ses tempes poivre et sel augmentaient encore son charme intello, Langdon savait à quoi s'en tenir.

Si les journalistes du Boston Magazine *te voyaient…*

Le magazine avait récemment inclus Langdon dans sa liste des dix personnages les plus fascinants du moment. Un honneur d'un goût douteux, qui lui avait immédiatement attiré les moqueries de ses collègues de Harvard. Pourquoi avait-il fallu que cette réputation mal acquise le poursuive un soir, à des milliers de kilomètres de là ?

17

— Mesdames, messieurs, avait annoncé quelques heures plus tôt l'organisatrice de la conférence, devant le public nombreux qui se pressait au pavillon Dauphine de l'Université américaine de Paris, il n'est pas nécessaire de présenter notre invité. Il est l'auteur de nombreux livres célèbres comme *Les Symboles des sectes secrètes, L'Art des Illuminati*[1], *Le Langage perdu des idéogrammes*. Quant à son *Traité d'iconographie religieuse*, l'ouvrage de référence sur le sujet, vous êtes nombreux, ici, à l'utiliser comme manuel...

Les étudiants applaudirent avec enthousiasme.

— J'avais d'abord prévu de vous rappeler l'impressionnant *cursus* de notre éminent professeur, avait-elle continué, en lançant vers Langdon, assis à côté d'elle, un regard malicieux. Mais un de nos auditeurs vient de me proposer une introduction beaucoup plus excitante...

Elle tendit devant elle un exemplaire du *Boston Magazine*.

Langdon fit la grimace. *Comment s'est-elle procuré ce canard ?*

Et elle entreprit de lire au micro des extraits judicieusement choisis de l'article. Langdon s'affaissait lentement sur sa chaise. Au bout de trente secondes, tous les spectateurs étaient hilares, mais elle n'en avait visiblement pas fini.

1. Illuminati : secte hérétique espagnole qui se disait investie de révélations religieuses. *(N.d.T.)*

— Et le refus de M. Langdon de s'exprimer publiquement sur le rôle inhabituel qu'il a joué lors du conclave de l'an dernier a sans aucun doute contribué à faire monter sa cote de popularité…

Par pitié, arrêtez-la ! suppliait Langdon. Mais elle enchaîna, aiguillonnant à plaisir la curiosité du public :

— Vous voulez d'autres détails ?

Le public applaudit avidement.

— « Le Pr Langdon n'est peut-être pas considéré comme un canon de beauté à l'instar de certains collègues plus jeunes, mais ce quadragénaire ne manque certes ni d'allure ni de charme. Son charisme naturel est rehaussé par une chaude voix de baryton, aussi suave que du miel, selon ses étudiantes… »

Toute la salle éclata de rire.

Langdon arborait un sourire gêné. Il savait ce qui allait suivre : une phrase stupide où il était question d'un *Harrison Ford en Harris tweed*. Justement la veste qu'il avait endossée ce soir sur son col roulé Burberry ! Il s'empressa de couper la présentatrice :

— Merci, Monique…

Il se leva et, écartant fermement la bavarde de l'estrade :

— Le *Boston Magazine* devrait publier des romans…

Puis, se tournant vers ses auditeurs avec un soupir embarrassé :

— Si je retrouve celui de vous qui lui a passé cet article, je le ferai rapatrier par le consulat.

Rires réjouis de l'assistance.

— Et maintenant, comme vous le savez, nous sommes ici ce soir pour parler du pouvoir des symboles...

La sonnerie du téléphone rompit une nouvelle fois le silence de la chambre.

— Oui ? grogna Langdon incrédule dans le combiné.

— Monsieur Langdon, excusez-moi encore. Votre visiteur vient de monter. Je voulais vous avertir...

Langdon était complètement réveillé maintenant.

— Vous lui avez donné le numéro de ma chambre ? cria-t-il.

— Je suis vraiment désolé, mais nous n'avons pas les moyens d'éconduire ce genre de personne...

— Mais qui est-ce ?

Le réceptionniste avait déjà raccroché.

Un peu plus tard, un poing décidé frappait à la porte. Langdon sortit de son lit, enfila le peignoir douillet et fit quelques pas vers l'entrée, les pieds à demi enfoncés dans l'épais tapis Savonnerie.

— Qui est-ce ?

— Monsieur Langdon ? Il faut absolument que je vous parle. Inspecteur Jérôme Collet, direction centrale de la police judiciaire.

Sans débloquer la chaîne de sécurité, Langdon entrouvrit la porte. Un homme long et mince, en costume bleu marine, au visage pâle et fatigué, se profila dans l'embrasure.

— Puis-je entrer ? demanda le policier.

Langdon hésita, pendant que son interlocuteur l'observait attentivement.

— De quoi s'agit-il ?

— Mon supérieur souhaite faire appel à votre expertise sur une affaire confidentielle.

— À cette heure-ci ?

— Si mes renseignements sont exacts, vous deviez rencontrer ce soir le conservateur en chef du Louvre…

Langdon se sentit mal à l'aise. Jacques Saunière devait en effet le retrouver pour prendre un verre après la conférence, mais il ne s'était pas présenté.

— En effet. Comment le savez-vous ?

— Nous avons trouvé votre nom dans son agenda.

— Il ne lui est rien arrivé, j'espère ?

Le policier poussa un long soupir et lui glissa par la porte entrouverte une photo polaroïd. Langdon sentit son sang se glacer dans ses veines.

— Cette photo a été prise à l'intérieur du Louvre, il y a moins d'une heure, reprit Collet.

À la vue de cette sinistre image, l'effroi qui avait saisi Langdon fit place à de la colère.

— Qui a pu commettre une horreur pareille ?

— Nous espérons justement que vous nous aiderez à répondre à cette question. Par vos connaissances en matière de symboles, tout d'abord, mais aussi à cause de ce rendez-vous que vous aviez avec lui.

Incapable de détacher ses yeux de ce cliché abominable, Langdon sentit la peur s'insinuer en lui. Dans cette photo, l'insolite le disputait à l'atroce, avec une désagréable impression de déjà-vu. Un peu plus d'un an auparavant, à Rome, Langdon avait reçu la photo d'un cadavre, accompagnée d'une requête similaire. Le lendemain, lui-même avait failli mourir entre les murs du Vatican. Cette photo-ci était complètement différente et pourtant le scénario lui semblait étrangement familier.

— Le commissaire nous attend sur les lieux du crime, monsieur Langdon, insista l'inspecteur en regardant sa montre.

Langdon, incapable de détacher ses yeux de la photo, ne l'entendait pas.

— Ce dessin sur l'abdomen et la position du corps… Comment peut-on… ?

L'expression du policier s'assombrit.

— Vous faites fausse route, monsieur Langdon. Ce que vous voyez sur cette photo…

Il hésita.

—… C'est Saunière lui-même qui est l'auteur de cette mise en scène.

2.

À moins de deux kilomètres de là, Silas, le colosse albinos, franchissait en boitant la porte cochère d'une luxueuse résidence en briques de la rue La Bruyère. Le cilice qu'il portait autour de la cuisse lui écorchait la peau, mais son âme chantait la joie de servir Dieu.

La souffrance est salutaire.

En pénétrant dans la résidence, il parcourut l'immense hall de son regard rouge et monta le grand escalier sur la pointe des pieds, pour ne pas réveiller ses conuméraires[1]. La porte de sa chambre n'était pas fermée, les clés et verrous étant interdits ici. Il la referma doucement derrière lui.

Il pénétra dans la pièce, au décor plus que spartiate, qui lui servirait de refuge pour la semaine :

---

1. Les membres de *l'Opus Dei* qui ont fait vœu de chasteté et vivent dans les résidences de l'organisation sont appelés « numéraires », et les laïcs « surnuméraires ». (*N.d.T.*)

23

plancher nu, commode de pin brut, paillasse de toile posée dans un coin – le même mobilier que celui de sa chambre au foyer sanctuaire de New York.

Le Seigneur a pourvu à mon gîte comme au sens de ma vie.

Cette nuit, Silas avait enfin le sentiment de commencer à rembourser sa dette. Il ouvrit le dernier tiroir de la commode, en sortit le téléphone mobile qu'il y avait caché, et composa un numéro.

— Oui ? répondit une voix masculine.

— Je suis rentré, Maître.

— Parle, ordonna la voix qui semblait heureuse de l'entendre.

— Tous les quatre ont été supprimés ; les trois sénéchaux et le Grand Maître lui-même.

Une pause, comme pour une courte prière.

— Alors, je pense que tu as le renseignement.

— Les quatre aveux concordent.

— Et tu les crois vrais ?

— Il ne peut s'agir d'une coïncidence, Maître.

La voix s'anima.

— Magnifique ! Je craignais que l'obsession du secret qu'on leur prête ne soit la plus forte.

— La peur de mourir est une puissante motivation.

— Raconte-moi tout, mon garçon.

Silas savait que les renseignements donnés par ses quatre victimes feraient leur effet.

— Ils ont tous confirmé l'existence d'une clé de voûte, conformément à la légende.

Il entendit le Maître reprendre son souffle et sentit son excitation.

— Exactement ce que nous soupçonnions, Silas.

Selon la tradition, la clé de voûte, œuvre des membres de la fraternité, était une tablette de pierre gravée de signes qui révélaient l'emplacement du Grand Secret. Une information si cruciale que sa protection constituait la raison d'être du Prieuré.

— Quand nous détiendrons la clé de voûte, répondit le Maître, nous toucherons au but.

— Nous en sommes tout près, Maître. La clé de voûte est à Paris.

— Paris ? Incroyable… c'est presque trop facile.

Silas lui raconta les événements de la soirée. Il expliqua que chacune des quatre victimes, quelques instants avant de mourir, s'efforçant désespérément d'obtenir la vie sauve en échange d'aveux, avait fourni exactement la même information : la clé de voûte était ingénieusement cachée dans un endroit précis de l'église Saint-Sulpice.

— Dans une Maison de Dieu ! s'exclama le Maître. Encore un camouflet…

— Après des siècles d'offenses !

Le Maître garda le silence, comme grisé par les vapeurs d'un aussi complet triomphe. Puis il poursuivit :

— Tu as rendu un grand service à la cause de Dieu, Silas. Cela fait des siècles que nous attendons ce moment. Tu dois aller récupérer cette clé de voûte. Immédiatement. Tu connais l'importance des enjeux…

Silas en avait parfaitement pris la mesure, mais l'ordre du Maître lui semblait inapplicable.

— Mais cette église est impénétrable, surtout la nuit, comment pourrai-je y entrer ?

Avec l'assurance des puissants de ce monde, le Maître lui expliqua comment il devrait procéder.

En raccrochant, Silas avait la chair de poule.

Dans une heure, se dit-il, heureux que le Maître lui ait accordé ce délai pour pouvoir faire pénitence avant de pénétrer dans la Maison de Dieu. *Je dois purger mon âme de ses péchés d'aujourd'hui.* Mais ces quatre meurtres avaient été perpétrés pour une cause sainte ; la guerre contre les ennemis de Dieu se livrait depuis des siècles. Le pardon lui était assuré.

Pourtant, Silas le savait, l'absolution supposait la pénitence.

Il ferma les persiennes, se dévêtit et s'agenouilla au centre de la chambre. Baissant les yeux, il examina le cilice toujours serré autour de sa cuisse. Tous les véritables disciples de *La Voie* portaient cette lanière de crin hérissée d'aiguillons métalliques qui éraflent la peau à chaque pas, pour perpétuer le souvenir des souffrances du Christ et combattre les désirs de la chair. Silas l'avait déjà portée plus longtemps que les deux heures quotidiennes réglementaires, mais aujourd'hui était une journée particulière. Il resserra la boucle d'un cran, gémit en sentant les aiguillons s'enfoncer dans sa chair et, poussant un long soupir, savoura les délices de la souffrance purificatrice.

La souffrance est salutaire, répéta-t-il inlassablement, suivant l'exemple du fondateur de l'œuvre. Le père José Maria Escriva, Maître de tous les Maîtres, était certes mort en 1975, mais sa sagesse était toujours vivante et plusieurs milliers de disciples à travers le monde répétaient à voix basse ses paroles quand, agenouillés sur le sol, ils s'adonnaient au rituel sacré de la « mortification corporelle ».

Silas tourna les yeux vers sa paillasse, sur laquelle était posée la discipline aux cordelettes raidies par le sang séché. Incapable d'attendre plus longtemps la purification si ardemment désirée, Silas fit une rapide prière, saisit la discipline, ferma les yeux et commença à s'en fouetter alternativement les deux épaules. Sans relâche.

Castigo corpus meum. Je punis mon corps.

Jusqu'à ce qu'il sente les gouttes de sang couler le long de son dos.

3.

Assis sur le siège passager de la Citroën ZX qui, gyrophare allumé, descendait en trombe la rue Saint-Honoré, la tête à demi sortie par la fenêtre dans l'air vif de la nuit d'avril, Robert Langdon tentait de remettre de l'ordre dans ses idées. Une douche rapide et un rasage approximatif lui avaient redonné figure humaine mais il était encore sous le choc de l'angoisse qu'avait suscitée en lui l'affreuse image du cadavre de Jacques Saunière.

Jacques Saunière est mort.

Il ne put réprimer un sentiment d'accablement en songeant à la mort du vieux conservateur. Malgré sa réputation de reclus, ce dernier était considéré comme un défenseur des arts aussi compétent que passionné. Ses recherches sur les codes et les symboles cachés dans les tableaux de Poussin et de Teniers faisaient partie des ouvrages de référence préférés de Langdon, qui s'était fait une fête de le rencontrer.

L'image du cadavre du conservateur le poursuivait. *Pourquoi cette étrange mise en scène au moment de mourir ?* Langdon se tourna et regarda par la fenêtre, s'efforçant de repousser cette vision.

Dehors, dans les rues de la ville, l'effervescence commençait seulement à s'apaiser : des vendeurs de marrons chauds poussaient leur Caddie devant eux, un serveur déposait un sac-poubelle sur le bord du trottoir, un couple d'amoureux serrés l'un contre l'autre essayait de se réchauffer. L'air embaumait le jasmin. La Citroën zigzaguait entre les voitures avec autorité, fendant la circulation grâce à sa sirène deux-tons.

— Le commissaire Fache a été très soulagé d'apprendre que vous étiez encore à Paris, s'exclama l'inspecteur Collet qui ouvrait la bouche pour la première fois depuis qu'ils avaient quitté l'hôtel. C'est une heureuse coïncidence.

Langdon trouvait l'événement plutôt fâcheux, et il ne croyait guère aux coïncidences. Depuis une vingtaine d'années qu'il étudiait les liens cachés entre des idéologies et des emblèmes disparates, il se représentait le monde comme une toile tissée par des histoires et des événements intimement liés entre eux. « Les connexions sont peut-être invisibles, expliquait-il dans ses cours, mais elles sont toujours présentes, cachées juste sous la surface des choses. »

— J'imagine que c'est l'Université américaine qui vous a dit où j'étais ? questionna-t-il.

— Non, fit Collet en hochant la tête, c'est Interpol.

Interpol, bien sûr, songea Langdon. Il avait oublié que la requête, apparemment anodine, du réceptionniste qui demande au client de lui présenter son passeport, et à laquelle les étrangers sont tenus de déférer, permet à tout instant aux enquêteurs d'Interpol presque partout en Europe de savoir qui dort où. Il ne leur avait sans doute fallu que quelques secondes pour localiser Langdon au Ritz.

La Citroën accéléra encore et ils aperçurent le phare de la tour Eiffel qui balayait les toits de Paris de son long rayon circulaire. Langdon pensait à Vittoria, à la joyeuse promesse qu'ils s'étaient faite un an plus tôt, de se retrouver tous les six mois dans un lieu pittoresque du monde. La tour Eiffel aurait sûrement fait partie des rendez-vous. Malheureusement, cela faisait un an qu'il l'avait embrassée pour la dernière fois dans le brouhaha de l'aéroport de Rome.

— Vous l'avez escaladée ? demanda Collet.

— Pardon ? lâcha Langdon, certain d'avoir mal entendu.

— N'est-ce pas qu'elle est magnifique ? Vous êtes monté au sommet ?

Langdon leva les yeux au ciel.

— Euh… non, soupira-t-il.

— C'est le symbole de la France. Je la trouve parfaite.

Langdon hocha la tête, l'esprit ailleurs. Les spécialistes des symboles avaient souvent fait la remarque que la France – pays des machos coureurs de jupons et des souverains aussi impétueux que bas sur pattes, de Pépin le Bref à Napoléon – n'aurait pas pu choisir d'emblème plus approprié que ce phallus de trois cents mètres.

Arrivée au début de l'avenue de l'Opéra, la voiture descendit en trombe la rue de Rohan, ignora le feu rouge de la rue de Rivoli, et franchit le guichet du Louvre. L'arc du Carrousel se dressait à droite devant eux.

L'arc du Carrousel.

Ce n'est pas à cause des orgies rituelles qui s'y déroulaient autrefois que les amoureux de l'art vénéraient cet édifice, mais parce que, debout sous l'arche sculptée, on pouvait voir à l'ouest le musée du Jeu de paume et à l'est le musée du Louvre.

Le monolithique palais Renaissance qui était devenu le plus célèbre musée au monde se dévoila progressivement sur leur gauche.

Le Louvre.

Incapable d'embrasser tout le palais du regard, Langdon ressentait un émerveillement pourtant familier. Avec sa cour intérieure monumentale, l'imposante façade du Louvre se dressait comme une citadelle contre le ciel de Paris. Cet édifice qui dessinait un immense fer à cheval était le plus long d'Europe. Et même l'immense esplanade de trente-cinq mille mètres carrés ne parvenait pas à réduire la majesté des larges façades. Il avait un jour calculé,

31

en le parcourant à pied, que le périmètre du musée représentait une distance de plus de quatre kilomètres.

Si l'on estimait en général à cinq jours le temps nécessaire pour aller admirer de près les soixante-cinq mille trois cents œuvres d'art qu'il abritait, les touristes choisissaient en général la formule « light » – une visite éclair consistant à relier au pas de course les trois chefs-d'œuvre les plus célèbres : la *Joconde*, la *Vénus de Milo* et la *Victoire de Samothrace*. Art Buchwald[1] se vantait d'avoir réussi à les voir toutes les trois en cinq minutes, cinquante-six secondes.

Jérôme Collet s'empara du micro de la radio interne et annonça d'un trait :

— M. Langdon est arrivé, deux minutes.

Une réponse incompréhensible grésilla dans l'appareil. L'inspecteur se tourna vers son passager :

— Le commissaire vous attend à l'entrée de la pyramide.

Ignorant les panneaux d'interdiction, il lança la Citroën dans la cour intérieure en direction du pavillon Denon. L'entrée du musée se dressa fièrement sur la gauche, entourée de ses sept bassins triangulaires d'où jaillissaient des jets d'eau illuminés.

La pyramide.

Vivement controversée lors de sa construction, par l'architecte américain d'origine chinoise I.M. Pei, la

---

1. Écrivain, humoriste et journaliste américain. *(N.d.T.)*

32

nouvelle entrée du Grand Louvre était devenue aussi célèbre que le musée lui-même. Rivalisant dans la métaphore avec Goethe, qui définissait l'architecture comme une musique figée, les détracteurs de la grande pyramide la trouvaient à peu près aussi harmonieuse qu'un raclement d'ongles sur un tableau noir, tandis que d'autres admiraient la synergie quasi magique qu'elle incarnait entre l'ancien et le nouveau : ils voyaient en elle le symbole de l'entrée du Louvre dans le nouveau millénaire.

— Que pensez-vous de notre pyramide ? demanda l'inspecteur Collet.

Langdon fit la grimace. Ce n'était pas la première fois qu'un Français lui posait cette question. La réponse était toujours délicate. Si vous proférez des éloges, vous risquiez de passer pour un grossier Américain sans culture. Ou d'insulter l'orgueil national en affirmant votre désapprobation.

Langdon botta en touche :

— François Mitterrand était un président plein d'audace...

On avait accusé le chef d'État français, le maître d'œuvre du projet, de souffrir d'un syndrome pharaonique. On avait même surnommé ce grand amateur d'égyptologie « le Sphinx ».

— Et comment s'appelle-t-il, ce commissaire ?

— Bézu Fache. Dans le service, on le surnomme « le Taureau ». L'entrée est là-bas, bonne chance, monsieur.

— Vous ne descendez pas ?

— Non, ma mission s'arrête là.

Il fit demi-tour. Langdon soupira et sortit.

En regardant la voiture s'éloigner, il réalisa qu'il avait encore le temps de changer d'avis, de repartir vers la rue de Rivoli, d'y prendre un taxi et de retourner se coucher. Mais c'était probablement une très mauvaise idée : il serait à coup sûr tiré du lit une seconde fois...

Marchant dans la bruine légère que diffusaient les jets d'eau, Langdon avait l'impression de franchir le seuil d'un monde imaginaire. L'irréalité de la soirée le saisit une fois encore. Vingt minutes plus tôt, il dormait paisiblement dans sa chambre d'hôtel, et voilà qu'il se trouvait brutalement transporté au pied d'une pyramide construite par un Sphinx, sous laquelle il avait rendez-vous avec un Taureau.

Je suis piégé dans un tableau de Salvador Dali.

Il accéléra le pas vers l'énorme porte d'entrée. Personne.

Suis-je censé frapper ?

Langdon se demandait si les éminents égyptologues de l'université Harvard avaient jamais frappé aux portes des pyramides, espérant une réponse ? Il leva une main vers la grande vitre mais, au même moment, une silhouette neandertalienne apparut, grimpant quatre à quatre les marches du grand escalier en colimaçon.

Un homme massif, en costume croisé sombre, trop serré pour ses larges épaules, un téléphone mobile à l'oreille. Il fit signe à Langdon de le rejoindre.

— Commissaire Bézu Fache, de la police judiciaire.

Sa voix profonde et gutturale rappelait le grondement du tonnerre avant l'orage.

— Robert Langdon. Enchanté, commissaire.

Une large paume lui secoua vigoureusement la main.

— Votre inspecteur m'a montré la photo, dit Langdon. Est-il vrai que c'est Jacques Saunière lui-même qui… ?

Fache le fixa de ses yeux noirs.

— Ce que vous avez vu n'est que le début de sa mise en scène, monsieur Langdon…

4.

Le commissaire Bézu Fache avançait comme un taureau furieux dans l'arène, les épaules rejetées en arrière, le menton plaqué contre la poitrine. Ses cheveux noirs, luisants de gel, plantés en V sur le front, évoquaient la proue d'un navire. Son regard sombre et perçant, à la sévérité implacable, semblait tout brûler sur son passage.

Langdon descendit derrière Fache les marches du grand escalier de marbre, sous la pyramide de verre. Ils passèrent entre deux policiers armés de fusils-mitrailleurs qui montaient la garde en bas des marches. Le message était clair : ce soir, personne n'entre ni ne sort sans l'autorisation du commissaire Fache.

En descendant, Langdon luttait contre une inquiétude croissante. L'accueil de Fache n'avait rien d'avenant, et le Louvre lui-même baignait dans une atmosphère sépulcrale. L'escalier n'était éclairé, comme les travées d'un cinéma, que par de

36

petites ampoules nichées au creux des marches. Le toit en verrière, au travers duquel il voyait s'estomper peu à peu la bruine scintillante des jets d'eau, lui renvoyait l'écho de ses pas.

— Qu'en pensez-vous ? demanda Fache en accompagnant sa question d'un coup de menton vers le haut.

Trop fatigué pour biaiser, Langdon soupira :

— Elle est vraiment magnifique !

— Une verrue hideuse au cœur de Paris, grommela le commissaire.

Et d'une ! Ce commissaire Fache n'avait pas l'air d'un type commode. Savait-il qu'à la demande explicite de François Mitterrand, la pyramide comportait exactement 666 losanges de verre – pour le plus grand bonheur des amateurs de mystère, ce chiffre étant traditionnellement associé à Satan ?

Langdon préféra garder cette information pour lui.

Ils posèrent le pied sur le sol de l'atrium souterrain, dont l'immense espace émergea peu à peu de l'ombre. À près de vingt mètres sous le sol de la cour, le nouveau hall d'entrée du musée, d'une superficie de vingt-trois mille mètres carrés, ressemblait à une grotte sans fond aux murs de marbre ocre, un matériau choisi pour s'harmoniser avec la pierre des bâtiments qui le surplombaient. Habituellement rempli de lumière et de monde, l'atrium avait ce soir des allures de crypte obscure.

— Où est le personnel de sécurité ? s'informa Langdon.

— Ils sont en quarantaine. Il semble qu'ils aient laissé entrer ce soir un visiteur indésirable. On est en train de les interroger un par un, dans l'aile Sully. Ce sont mes propres agents qui les remplacent. Vous connaissiez bien Jacques Saunière ?

— De réputation, mais je ne l'ai jamais rencontré.

— Et pourtant, vous aviez rendez-vous avec lui ce soir…, insista Fache avec étonnement.

— En effet. Nous devions nous voir à l'Université américaine, au cocktail donné après ma conférence, mais il n'est pas venu.

Sans ralentir le pas, le commissaire griffonna quelques mots sur un carnet. Langdon eut le temps d'apercevoir la petite pyramide inversée au fond de la galerie qui partait sur sa droite, et monta derrière Fache une dizaine de marches d'escalier conduisant à un large couloir voûté surmonté de l'inscription « DENON ».

— Qui avait sollicité l'entretien de ce soir, vous ou lui ? interrogea le commissaire.

La question semblait étrange.

— Non, c'est M. Saunière. Sa secrétaire m'a contacté par *e-mail* à Harvard il y a quelques semaines, en m'annonçant que le conservateur souhaitait s'entretenir avec moi lors de mon passage à Paris.

— À quel propos ?

— Je n'en sais rien. Probablement sur un sujet d'ordre artistique. Nous avons des centres d'intérêt communs.

Fache avait l'air sceptique.

— Et vous ne lui avez pas demandé de quoi il s'agissait ?

Non. Il s'était posé la question, sur le moment, mais s'était gardé de réclamer des explications. Jacques Saunière était un homme solitaire, peu porté aux mondanités. Langdon s'était senti honoré de pouvoir rencontrer pareil personnage.

— Monsieur Langdon, ne pouvez-vous au moins essayer de deviner le sujet dont Saunière souhaitait vous parler ? Le soir même où il a été assassiné ? Ça pourrait être très utile pour notre enquête...

L'insistance de Fache mit Langdon mal à l'aise.

— Je suis un grand admirateur des travaux de M. Saunière et j'étais très flatté qu'il m'accorde un entretien. Je me sers beaucoup de ses ouvrages dans mes cours. Il se trouve que je travaille depuis un an sur un livre traitant d'un thème qui relève de sa compétence, et je me réjouissais de pouvoir bénéficier un peu de ses lumières.

Fache prit note dans son carnet.

— Très bien. Et de quoi s'agit-il ?

— De l'iconographie du culte de la grande déesse et du concept du Féminin sacré.

Fache se lissa les cheveux d'un air perplexe.

— Et c'était sa spécialité ?

— C'était sans doute le spécialiste numéro un de la question.

— Je vois...

De toute évidence, le commissaire ne voyait pas du tout. C'était pourtant la vérité. En plus de ses connaissances pointues sur les reliques concernant la déesse mère, le culte Wicca[1] et le Féminin sacré, Jacques Saunière avait, en vingt ans de mandat, amassé pour le musée du Louvre la plus grande collection mondiale d'œuvres d'art sur ces thèmes : *labrys*[2] des prêtresses de Delphes, le plus ancien sanctuaire grec, caducées magiques en or, centaines d'*ankhs*[3] ressemblant à de petits anges debout, sistres, crécelles égyptiennes destinées à chasser les mauvais esprits, statuettes de la déesse Isis donnant le sein au dieu Horus...

— M. Saunière était peut-être au courant de ce manuscrit sur lequel vous travaillez. Il aura souhaité vous proposer son aide ? suggéra le commissaire.

— Personne n'est au courant de ce projet, à part mon éditeur.

Langdon ne donna pas la raison du secret dont il entourait son projet. Le livre, qu'il avait l'intention d'intituler *Les Symboles du Féminin sacré disparu*, proposait une interprétation très anticonformiste de l'art religieux qui ne manquerait pas de susciter de vives controverses.

Le long couloir débouchait sur deux escalators immobilisés qui encadraient un petit escalier.

1. Culte initiatique de sorcellerie, fondé en Angleterre au milieu du XXᵉ siècle, et qui revendique des origines païennes. *(N.d.T.)*

2. Double hache de la Grèce antique. *(N.d.T.)*

3. Synonyme de croix ansée. *(N.d.T.)*

N'entendant plus les pas de Fache derrière lui, Langdon se retourna. Le commissaire s'était arrêté devant la porte d'un ascenseur de service.

— Par ici, monsieur Langdon, ça ira beaucoup plus vite.

Et comme l'Américain semblait hésiter, malgré l'utilité évidente de l'ascenseur pour gravir les deux étages :

— Quelque chose qui cloche ?

Tout va très bien, se mentit Langdon en le rejoignant. Lorsqu'il était enfant, il était tombé dans un puits au fond duquel il avait passé plusieurs heures d'épouvante avant qu'on vienne le secourir. Il souffrait depuis de claustrophobie. *Les ascenseurs sont des appareils offrant toutes les garanties de sécurité*, se répétait-il chaque fois qu'il devait en prendre un. Mais un démon familier lui soufflait aussitôt : *Tu parles, c'est une petite boîte métallique suspendue au-dessus d'un puits fermé !*

Retenant son souffle, un sourire crispé sur les lèvres, il pénétra dans la cabine derrière le commissaire.

Un entresol et un étage. Une dizaine de secondes.

L'ascenseur s'ébranla.

— M. Saunière et vous, reprit Fache, ne vous êtes jamais parlé ? Jamais écrit ? Ni envoyé quoi que ce soit ?

Encore une question lourde de sous-entendus.

— Jamais, fit Langdon en secouant la tête.

Fache acquiesça, prenant bonne note de cette réponse, les yeux fixés sur les portes métalliques. Langdon essaya de se concentrer sur autre chose que les quatre cloisons qui l'enfermaient. Son regard fut attiré par l'épingle à cravate de son compagnon – un crucifix d'argent serti de treize petites pierres d'onyx noir. *Une croix gemmée.* La *crux gemmata* symbolisait Jésus et ses douze apôtres et Langdon fut étonné de voir un haut fonctionnaire français afficher aussi ouvertement ses convictions religieuses.

— C'est une *crux gemmata*, s'exclama Fache brusquement.

Langdon, surpris par la remarque, leva les yeux et vit, reflétés dans la porte de l'ascenseur, les yeux de Fache braqués sur lui.

La cabine s'immobilisa enfin, les portes s'ouvrirent et Langdon sortit le premier, avide de grands volumes et de hauts plafonds. Mais le monde dans lequel il pénétra ne ressemblait guère à celui qu'il espérait.

Surpris, il s'arrêta net.

Fache lui jeta un regard perçant.

— Je parie que vous n'avez jamais visité le Louvre de nuit ?

En effet, songea Langdon en essayant de s'orienter.

Les salles du musée, d'ordinaire illuminées, étaient particulièrement sombres ce soir. Au lieu de l'habituelle lumière blanche et terne qui se diffusait du plafond, une lueur rouge tamisée provenant des plinthes dessinait sur le sol, à intervalles réguliers, des flaques rosâtres.

Il aurait pourtant pu prévoir cette scène. Presque tous les grands musées utilisent ce type d'éclairage nocturne rougeâtre. Ces émissions lumineuses de faible intensité au ras du sol permettent en effet aux employés de circuler dans les salles tout en protégeant les œuvres des effets nocifs d'une exposition permanente à la lumière. Ce soir, l'atmosphère du Louvre était presque oppressante. Chaque recoin semblait abriter son lot d'ombres embusquées et les plafonds voûtés qui donnaient en général une telle sensation d'espace paraissaient noyés dans une vertigineuse obscurité.

— Par ici, intima Fache, en tournant brusquement à droite.

Les yeux de Langdon s'habituaient à la pénombre et les grandes toiles se matérialisaient peu à peu autour de lui, comme des clichés photographiques plongés dans le révélateur d'une chambre noire. Il reconnut l'odeur familière du carbone émanant des déshumidificateurs qui fonctionnaient en permanence pour contrer les effets délétères de l'oxyde de carbone exhalé par les visiteurs. Sous le plafond, les caméras de sécurité surplombant les toiles semblaient adresser un clair message aux visiteurs : « Vous êtes sous surveillance, ne touchez à rien. »

— Elles fonctionnent ? demanda Langdon en montrant les caméras.

Fache secoua la tête.

— Bien sûr que non.

Langdon s'en doutait. La vidéosurveillance dans un musée de cette taille aurait été aussi coûteuse qu'inefficace. Avec des hectares de salles à couvrir, la seule surveillance des écrans aurait nécessité des centaines de techniciens. La plupart des grands musées actuels utilisent une technique de « *containment* » : *Renoncez à empêcher les voleurs d'entrer ; en revanche, empêchez-les de sortir.* Tel était l'axiome de base de la sécurité nocturne : si un intrus déplaçait une œuvre d'art dans une salle, les issues de cette salle se fermaient aussitôt et le voleur se retrouvait derrière des barreaux avant même l'arrivée de la police.

Au fond du couloir, Langdon entendit des bruits de voix sortant d'une porte à double battant grande ouverte. La lumière dessinait un rectangle de lumière sur le plancher.

— Le bureau de Jacques Saunière, expliqua Fache en s'effaçant pour laisser entrer Langdon.

La grande pièce lambrissée était couverte de tableaux de maîtres anciens. Sur le grand bureau d'un autre temps, trônait une statue d'un peu moins d'un mètre représentant un chevalier du Moyen Âge en armure. Une demi-douzaine de policiers s'affairaient, le portable à l'oreille, ou le calepin à la main. L'un d'eux, assis au bureau de Saunière, pianotait sur le clavier d'un ordinateur portable. Le bureau du conservateur en chef était visiblement devenu le PC de campagne de la police judiciaire pour la nuit.

— Messieurs, déclara Fache d'une voix ferme, je me rends sur les lieux du crime avec M. Langdon. Ne nous dérangez sous aucun prétexte, entendu ?

Il quitta la pièce, suivi de Langdon, et traversa le Salon carré vers la Grande Galerie, la partie la plus célèbre du musée. Ce large couloir apparemment interminable abritait les chefs-d'œuvre italiens les plus précieux du Louvre.

L'entrée était barrée par une énorme grille d'acier qui évoquait une herse médiévale, censée protéger l'entrée du château fort des attaques surprises.

— La herse de sécurité, expliqua Fache, en approchant de l'entrée.

Même dans la pénombre, la lourde grille donnait l'impression de pouvoir arrêter un char. Langdon jeta un coup d'œil, à travers les barreaux sur les profondeurs obscures de la Grande Galerie.

— Après vous, monsieur Langdon.

Langdon se tourna vers Fache, interloqué. *Après moi, mais comment ?*

Le policier lui indiqua la base de la grille.

En scrutant l'obscurité, Langdon découvrit un détail qui lui avait échappé : on avait relevé la grille d'une soixantaine de centimètres pour permettre l'accès à la Grande Galerie. À condition de ramper.

— Nous serons seuls. L'équipe de la police scientifique et technique vient de terminer son travail. Glissez-vous là-dessous.

Langdon regarda l'étroit interstice et de nouveau l'énorme herse d'acier. *Il plaisante, non ?* Cette grille avait tout du dispositif destiné à guillotiner les intrus.

Fache grommela quelque chose et regarda sa montre. Puis il s'agenouilla et aplatit son corps massif contre le parquet. Il rampa à plat ventre en se tortillant sous l'ouverture. Une fois de l'autre côté, il se releva pour regarder Langdon en faire autant.

Ce dernier poussa un grand soupir et, posant ses mains sur le parquet, il s'allongea à plat ventre et se glissa tant bien que mal sous la grille non sans faire un accroc à sa veste de tweed. Il se cogna aussi la tête à un barreau. *Bravo, Robert !* se lança-t-il, passablement vexé de sa médiocre performance, avant de se relever péniblement. Langdon commençait à réaliser qu'il n'était pas près d'aller se recoucher.

5.

Au 243, Lexington Avenue, se dresse Murray Hill
Place, le nouveau siège de l'*Opus Dei*. Ce bâtiment
de quarante-cinq mille mètres carrés a coûté un peu
plus de quarante-sept millions de dollars. Construite
par le cabinet d'architectes May & Piska, la tour
habillée de brique rouge et de pierre calcaire blanche
abrite plus de cent chambres, six salles à manger,
des bibliothèques, des salons, des salles de réunion
et des bureaux. Les deuxième, sixième et septième
étages sont destinés aux chapelles ornées de marbre
et de tapisseries. Le dix-septième étage est réservé
aux résidences privées des dirigeants. Seuls les
hommes utilisent l'entrée principale de Lexington
Avenue. Les femmes entrent par une porte située sur
la rue latérale. Une fois à l'intérieur de l'immeuble,
elles restent constamment isolées, « sur le plan
visuel comme acoustique », de leurs conuméraires
masculins.

Dans le sanctuaire de son grand appartement du dernier étage, Mgr Manuel Aringarosa venait de boucler son sac de voyage. Il avait échangé sa tenue d'évêque contre une simple soutane noire, sans même la ceinturer de violet. Il ne voulait pas attirer l'attention sur ses hautes fonctions ; seuls les initiés remarqueraient la bague en or massif qui ne quittait jamais son annulaire. Outre l'améthyste pourpre entourée de diamants qui l'ornait, cet anneau était gravé aux emblèmes de sa fonction – la mitre et la crosse. Aringarosa passa le bras dans la bandoulière de son sac de voyage, murmura une brève prière, sortit de son appartement et rejoignit par l'ascenseur le hall d'entrée, où son chauffeur l'attendait pour le conduire à l'aéroport.

Une fois confortablement installé dans l'avion qui venait de décoller pour Rome, il regarda par le hublot l'Atlantique plongé dans le noir, songeant à sa bonne étoile qui se levait enfin. *Ce soir, la bataille sera gagnée.* Il se rappelait avec effroi la terreur qui l'avait saisi quelques mois auparavant, devant la puissance qui menaçait de détruire son empire.

Depuis dix ans qu'il présidait le mouvement traditionaliste, Mgr Aringarosa s'était employé à répandre le message de l'*Opus Dei*, littéralement « l'Œuvre de Dieu ». La congrégation, fondée en 1928 par un prêtre espagnol, l'abbé José Maria Escriva, prônait un retour aux valeurs catholiques fondamentales, et demandait à ses membres d'accomplir de grands sacrifices pour parfaire leur apostolat.

La philosophie traditionaliste de l'*Opus Dei* avait pris son essor dans l'Espagne pré-franquiste, mais son catéchisme en 999 points, intitulé *La Voie* et publié en 1934 par Escriva, avait essaimé rapidement dans l'ensemble du monde catholique. En sept décennies, le livre avait été publié à quatre millions d'exemplaires, et traduit en quarante-deux langues. L'*Opus Dei* était devenue une organisation planétaire, l'œuvre catholique qui connaissait la croissance la plus rapide, mais aussi la plus solide financièrement. Elle avait ouvert des résidences, des centres d'enseignement et même des universités dans presque toutes les grandes capitales. Mais en ces temps de scepticisme religieux, de foisonnement des sectes et autres télévangélistes, Mgr Aringarosa était conscient des jalousies et des soupçons qu'éveillait son influence grandissante, dont les journalistes venus l'interviewer se faisaient régulièrement l'écho :

— L'*Opus Dei* est, d'après la rumeur, une secte qui pratique le lavage de cerveau, avait avancé l'un d'eux. D'autres la qualifient de société secrète ultraconservatrice. Que répondez-vous ?

— L'*Opus Dei* n'est rien de tout cela, répondait patiemment l'évêque. Nous sommes partie intégrante de l'Église catholique, sous l'autorité directe du pape. Nous nous efforçons de suivre la doctrine de l'Église le plus rigoureusement possible, et de l'appliquer à chaque instant de notre vie sur terre.

— L'accomplissement de l'œuvre de Dieu exige-t-il des vœux de chasteté, le versement d'une dîme, le rachat des péchés par la flagellation et le port du cilice ?

— Ces aspects ne concernent qu'une petite partie des membres de l'*Opus Dei*. Il existe différents niveaux d'engagement. Des milliers d'entre nous – les « surnuméraires » – sont mariés, ont des enfants et participent à l'œuvre divine dans leurs communautés laïques. D'autres choisissent la voie de l'ascétisme, et vivent en communauté dans nos foyers. Mais tous les adeptes de notre mouvement travaillent à l'amélioration du monde par leur foi, une mission tout à fait louable, vous en conviendrez.

Mais la raison l'emportait rarement. Les médias ne s'intéressaient qu'aux scandales et, comme tous les mouvements religieux d'importance mondiale, l'*Opus Dei* comptait quelques brebis galeuses qui jetaient le discrédit sur toute la communauté.

Deux mois plus tôt, le groupe *Opus Dei* d'une université du Midwest américain avait été accusé d'avoir drogué ses nouvelles recrues à la mescaline, afin de provoquer chez eux un état d'euphorie que les jeunes néophytes devaient interpréter comme une expérience mystique. Un étudiant d'une autre université avait failli mourir d'une septicémie après un usage abusif de son cilice barbelé. Plus récemment, un jeune banquier d'affaires, qui venait de faire don de la totalité de sa fortune à l'*Opus Dei*, s'était jeté par la fenêtre de son appartement de Boston.

Les brebis égarées, soupirait Aringarosa, en priant pour leur âme.

Mais le coup le plus dur leur avait certainement été porté par l'affaire Robert Hanssen[1]. Au cours d'un procès largement médiatisé, on n'avait pas seulement appris que l'espion du FBI était une personnalité importante de l'*Opus Dei*, mais aussi qu'il se livrait régulièrement à des pratiques sexuelles déviantes, comme celle consistant à filmer ses ébats amoureux avec sa femme, pour que ses amis puissent profiter du spectacle. « *Une activité qui ne me semble pas relever des dévotions d'un catholique fervent* », avait commenté le juge à l'audience.

Ces regrettables événements ne faisaient qu'alimenter le dossier de l'*Opus Dei Awareness Network*, dont le très actif site internet – www.odan.org –, qui diffusait les témoignages effrayants d'anciens adeptes afin de mettre en garde les futurs membres de l'organisation. Et certains médias s'étaient mis à qualifier le mouvement de « Mafia de Dieu » et de « Secte chrétienne ».

Le chien aboie devant ce qu'il ne comprend pas, se disait Aringarosa, en se demandant si ses censeurs avaient la moindre idée du nombre d'existences que

---

1. Agent du FBI arrêté en février 2001 pour avoir fourni des renseignements à l'URSS, puis à la Russie, pendant plus de quinze ans. *(N.d.T.)*

l'adhésion au mouvement avait littéralement transfigurées. L'*Opus Dei* jouissait d'ailleurs de l'entière caution du pape, qui en avait fait une de ses prélatures personnelles.

Mais voilà qu'une nouvelle agression menaçait, plus dangereuse que celle des médias. Elle émanait d'un ennemi inattendu, dont Aringarosa ne savait comment se protéger. L'évêque n'était pas encore remis du coup qui lui avait été porté cinq mois plus tôt.

Ils ne savent pas à qui ils viennent de déclarer la guerre, se chuchota-t-il à lui-même, en regardant l'océan disparaître dans l'obscurité. La vitre du hublot lui renvoya le reflet de son long visage, au nez aplati par un coup de poing reçu lorsqu'il était jeune missionnaire de l'Œuvre en Espagne. Mais Aringarosa ne se préoccupait que des blessures de l'âme, pas de celles de la chair.

L'avion survolait la côte du Portugal lorsque le vibreur de son portable se déclencha dans la poche de sa soutane. Aringarosa savait que l'usage des téléphones portables était interdit pendant le vol, mais il n'était pas question qu'il manque cet appel. Un seul homme connaissait ce numéro, celui-là même qui lui avait fait parvenir l'appareil. Il décrocha, plein d'excitation.

— Allô ?

— Silas a localisé la clé de voûte. Elle est à Paris, à l'intérieur de l'église Saint-Sulpice.

— Alors, nous sommes près du but ! fit l'évêque en souriant.

— Il peut aller la chercher dès maintenant, mais nous avons besoin de votre intervention.

— Bien sûr. Dites-moi qui je dois contacter.

En raccrochant, son cœur battait à tout rompre. Il fixa le noir du ciel, et se sentit submergé par la violence des événements qu'il venait de déclencher.

À huit cents kilomètres de là, debout devant sa cuvette remplie d'eau froide, Silas lavait tant bien que mal le sang qui commençait à sécher sur son dos. Les taches rouges formaient des figures étranges avant de se dissoudre.

Purge-moi par l'hysope et je serai purifié, lave-moi et je serai plus blanc que neige, priait-il, citant les Psaumes.

Jamais, depuis le début de sa nouvelle vie, Silas n'avait ressenti une telle jouissance anticipée. Il se sentait comme électrisé. Cela faisait maintenant dix ans qu'il obéissait aux préceptes de *La Voie* pour laver ses péchés, reconstruire sa vie, effacer la violence de son passé. Et voici que sa haine, qu'il avait tant travaillé à combattre, avait refait surface aujourd'hui. Avec une impressionnante rapidité. Il était bien sûr un peu rouillé mais son potentiel restait intact.

La parole de Jésus est un message de paix, de non-violence, d'amour. Telle était la conviction qu'on avait enseignée à Silas depuis le début, et la parole s'était gravée au fond de son cœur. Or, c'était ce message même que les ennemis du Christ menaçaient aujourd'hui de détruire. *Ceux qui affrontent Dieu seront vaincus par la force. Une force inébranlable et résolue.*

Depuis deux millénaires, les soldats du Christ défendaient leur foi contre ceux qui cherchaient à l'anéantir. Et ce soir, c'est lui, Silas, qui était appelé au combat décisif.

Il tamponna ses blessures avec une serviette et revêtit sa longue robe à capuche, dont la laine brune accentuait la blancheur de ses cheveux et de sa peau. Il noua la cordelière autour de sa taille, rabattit le capuchon sur son front, et se laissa aller à admirer, dans le petit miroir, le feu luisant de ses yeux rouges.

La roue du destin est en marche.

6.

Une fois la grille franchie, Langdon se trouvait à l'entrée de l'interminable tunnel de la Grande Galerie, dont la voûte en berceau vitrée disparaissait dans l'obscurité. Au pied des deux hauts murs, des rampes à infrarouge projetaient depuis les plinthes de marbre une lueur rose tamisée sur la stupéfiante collection de tableaux du Caravage, du Titien, de Leonardo Da Vinci et des autres grands maîtres de la peinture italienne. Les lourds cadres dorés étaient accrochés à des cimaises de dix mètres de haut. Madones à l'enfant, crucifixions et autres scènes religieuses côtoyaient les portraits d'hommes politiques et de grands personnages.

Le regard de Langdon fut vite attiré, à quelques mètres sur sa gauche, par un tableau posé en travers sur le plancher, et entouré d'un cordon de sécurité suspendu à des piquets mobiles.

— Excusez-moi, commissaire, est-ce un Caravage, là-bas, sur le plancher ?

D'après une rapide estimation de Langdon, le tableau en question devait bien valoir deux millions de dollars et il gisait sur le sol comme une vieille croûte qu'on s'apprête à jeter.

— Nous sommes sur la scène du crime, monsieur Langdon. Nous n'avons touché à rien. C'est M. Saunière lui-même qui l'a décroché.

Et comme Langdon se retournait vers la grille pour essayer de comprendre, le policier enchaîna :

— Il a été attaqué dans son bureau, s'est enfui dans la Grande Galerie et a décroché une toile pour déclencher l'alarme et la fermeture de la herse, laquelle bloquait l'unique issue.

— Pour enfermer son agresseur ?

Fache secoua la tête.

— Non, pour s'en isoler. L'assassin est resté bloqué dans le vestibule d'accès et il a tiré sur Saunière à travers la grille. Vous voyez cette étiquette orange accrochée à l'un des barreaux ? Nous y avons trouvé des résidus de retour de flamme. Saunière est mort seul, enfermé dans la galerie.

Langdon se rappela la photo du cadavre de Saunière. *Ils prétendent qu'il est l'auteur de cette mise en scène.* Il scruta les profondeurs de la Grande Galerie.

— Mais où est le corps ?

Le commissaire rajusta son épingle de cravate cruciforme et reprit sa marche.

— Comme vous le savez sans doute, la Grande Galerie est extrêmement longue.

Si les souvenirs de Langdon étaient bons, elle mesurait en effet cinq cents mètres. La largeur était tout aussi impressionnante. On aurait facilement pu y loger deux trains de voyageurs côte à côte. L'espace central était parsemé de socles surmontés de statues ou d'urnes colossales, qui encourageaient le flot des touristes à respecter un sens unique pour la visite.

Fache avançait d'un pas rapide, sans dire un mot, le regard perdu dans les profondeurs de la galerie. Langdon se sentait presque irrespectueux de passer si rapidement devant tant de chefs-d'œuvre sans s'arrêter, même pour un bref instant.

La pénombre rougeoyante rappelait à Langdon celle des archives secrètes du Vatican et il ressentit, à cette nouvelle évocation de son aventure à Rome l'année précédente, un léger malaise mêlé au souvenir nostalgique de Vittoria. Elle était absente de ses rêves depuis des mois mais il n'arrivait pas à croire qu'il ne s'était passé qu'un an depuis leur séjour romain ; il lui semblait que des décennies s'étaient écoulées. *Une autre vie.* Son dernier échange avec Vittoria remontait à décembre, lorsqu'il avait reçu d'elle une carte postale lui annonçant son départ pour Java où elle devait entreprendre d'étranges recherches. Il était notamment question de repérer les trajectoires de migrations des raies mantas à l'aide de satellites d'observation. Sans jamais avoir cédé à l'illusion qu'une femme comme elle puisse trouver son bonheur à partager sa vie sur un campus américain, son âme de célibataire endurci avait cependant quelque peu défailli devant Vittoria, et depuis son existence lui paraissait insipide.

Langdon pressait le pas derrière le commissaire, mais il ne voyait toujours pas de cadavre.

— Comment se fait-il que Jacques Saunière soit allé si loin ?

— Il n'est mort qu'au bout d'une vingtaine de minutes, d'une balle tirée dans l'estomac. C'était visiblement un homme en excellente forme physique, malgré ses soixante-seize ans.

— Et les services de sécurité du Musée ont mis quinze minutes pour arriver jusqu'à lui ?

— Bien sûr que non. Ils se sont retrouvés bloqués derrière la herse, et ont entendu quelqu'un qui se déplaçait au centre de la galerie, sans voir qui c'était. Ils l'ont appelé, mais n'ont pas obtenu de réponse. Pensant qu'il s'agissait d'un voleur de tableaux, ils ont alerté la PJ, et nous avons pris position en dix minutes. Nous avons soulevé la grille pour pouvoir passer dessous et j'ai envoyé une dizaine d'agents armés, qui ont ratissé toute la galerie.

— Et alors ?

— Ils n'ont pas retrouvé l'intrus…

Il pointa un doigt vers une grande urne de marbre, au centre de la galerie :

— Seulement sa victime.

Deux mètres derrière le socle, entre les colonnes de marbre brun, un spot sur trépied projetait sur le parquet un îlot de lumière au centre duquel gisait le cadavre nu du conservateur en chef, comme un insecte sous un microscope.

— Vous avez vu la photo, continua Fache…

En approchant, Langdon sentit un frisson lui parcourir tout le corps. Il avait rarement contemplé une scène aussi étrange.

Le cadavre livide de Saunière gisait dans la position exacte que Langdon avait découverte sur la photo. Stupéfait, l'Américain dut se répéter que c'était Saunière lui-même qui s'était allongé ainsi avant de mourir.

Il avait un corps curieusement mince et musclé pour un homme de son âge. Sur sa droite, ses vêtements soigneusement pliés formaient un petit tas, et il s'était étendu exactement au centre de la Grande Galerie, bras et jambes écartés, comme un individu soumis à un invisible supplice.

Juste au-dessous du sternum, la blessure avait étonnamment peu saigné, ne laissant qu'une petite auréole de sang séché.

Le même sang noirci recouvrait l'extrémité de son index gauche. Utilisant son abdomen comme une toile, il avait, avec son propre sang, tracé un simple symbole – cinq lignes droites croisées qui formaient une étoile.

Le pentacle[1].

Le tracé rouge sombre, centré sur le nombril de Saunière, conférait à cette agonie un caractère grand-guignolesque. La photo que Langdon avait vue glaçait le sang, mais cette scène d'exhibition macabre suscita chez lui un profond malaise.

Il s'est fait ça à lui-même !

— Alors, monsieur Langdon ?

Fache avait les yeux fixés sur lui.

— C'est un pentagramme, l'un des symboles les plus anciens du monde, déjà employé plus de quatre mille ans avant Jésus-Christ.

— Et quelle est sa signification ?

Langdon détestait ce genre de questions. Il est très difficile de donner aux symboles un sens qui soit à la fois unique et exact. Ils peuvent avoir des résonances différentes selon le contexte. La cagoule blanche du Ku Klux Klan rappelle la haine raciale aux États-Unis, alors que la même coiffe symbolise la foi religieuse en Espagne.

— Les significations des symboles varient selon le contexte. Le pentagramme était au début l'apanage de religions païennes.

— Les cultes démoniaques…, fit le commissaire en hochant la tête.

— Non, rectifia aussitôt Langdon, réalisant qu'il avait employé un terme équivoque.

1. Pentacle, ou pentagramme étoilé : figure talismanique représentant une étoile à cinq branches, souvent chargée de signes magiques. *(N.d.T.)*

De nos jours, le terme *païen* était devenu presque synonyme de *culte satanique*, une grossière erreur. Le mot latin *paganus* – paysan – désignait les habitants des campagnes. Les « païens » étaient littéralement des ruraux non évangélisés, restés fidèles aux anciens cultes de la nature. D'ailleurs l'évolution péjorative du mot « vilain » – du bas latin *villanus*, qui signifiait « de la campagne » avant de désigner une « âme vile, malfaisante » – illustrait bien la crainte de l'Église envers les habitants des bourgs ruraux.

— Le pentacle, poursuivit Langdon, était à l'origine un symbole pré-chrétien lié au culte de la nature. Les anciens avaient une vision bipolaire du monde, axée sur deux principes – le masculin et le féminin. Les dieux et les déesses antiques s'efforçaient de maintenir l'équilibre de forces opposées, comme dans la cosmologie chinoise du Yin et du Yang. Lorsque ces deux principes s'équilibraient, le monde était en harmonie. Dans le cas contraire, le chaos s'installait.

Langdon montra le ventre de Saunière.

— Ce pentacle représente la part féminine de l'univers, un concept que les historiens des religions appellent le *Féminin sacré*, ou la *grande déesse*. Saunière était un éminent spécialiste de ces traditions.

— Il s'est dessiné une déesse sur l'estomac ?

Langdon admit l'étrangeté d'un tel geste.

— Dans son interprétation la plus stricte, le pentacle symbolise Vénus, la déesse de l'amour charnel et de la beauté. Les religions primitives vénéraient l'ordre divin de la nature. La déesse Vénus ne se distinguait pas de la planète du même nom. Elle avait sa place dans le ciel nocturne et a reçu plusieurs noms : Ishtar[1], Ashtar[2], Astarté[3], autant de concepts féminins puissants, liés à la nature et à la terre nourricière.

Fache avait l'air totalement désorienté. Il s'en serait apparemment volontiers tenu au culte du démon. Langdon décida de passer sous silence la caractéristique la plus étonnante du pentagramme étoilé – l'origine *graphique* de ses liens avec Vénus. Lorsqu'il était jeune étudiant en astronomie, il avait appris que la planète traçait tous les quatre ans un pentacle parfait dans le ciel écliptique. Cette découverte avait poussé les Anciens, émerveillés, à prêter à cette figure les valeurs symboliques de la perfection, de la beauté et du cycle de l'amour physique. Rares sont ceux qui savent que c'est en hommage à ce cycle sacré de quatre ans qu'a été instaurée la cadence des olympiades – encore en vigueur de nos jours. Et seuls quelques initiés savent que le pentacle fut le premier symbole des Jeux olympiques, avant que les cinq pointes soient remplacées par cinq anneaux entrelacés qui reflétaient mieux l'esprit solidaire des Jeux.

1. Déesse de la fécondité assyrienne et babylonienne. *(N.d.T.)*
2. Homologue d'Ishtar chez les Phéniciens. *(N.d.T.)*
3. Nom grec d'Ishtar assimilée à Aphrodite. *(N.d.T.)*

— Mais, monsieur Langdon, déclara le commissaire d'une voix pressante, ce symbole évoque aussi très certainement le diable, comme vos films d'horreur hollywoodiens s'emploient régulièrement à le souligner.

Langdon fronça les sourcils. *Merci Hollywood !* pesta-t-il dans son for intérieur. Le pentagramme étoilé était effectivement devenu un cliché récurrent des films d'épouvante, où on le voyait souvent tracé sur les murs par des satanistes avec tout un arsenal d'autres symboles pseudo-démoniaques. Langdon était toujours mortifié de le trouver dans ce contexte alors que ses origines étaient divines.

— Je peux vous assurer, commissaire, qu'il s'agit d'une interprétation historiquement erronée. Le pentacle était d'abord lié au Féminin sacré, mais il a subi de nombreuses distorsions au cours des siècles. En provoquant d'ailleurs de véritables bains de sang.

— Je ne suis pas sûr de vous suivre…

Après un coup d'œil sur la croix gemmée qui ornait la cravate de son interlocuteur, Langdon pesa prudemment ses mots :

— L'Église, commissaire. Les symboles sont extrêmement tenaces, et c'est l'Église catholique débutante qui a fait du pentagramme un symbole démoniaque. Il s'agissait pour le Vatican d'éradiquer les religions païennes pour convertir les masses au christianisme.

— Continuez, je vous en prie.

63

— Ce sont des phénomènes fréquents pendant les périodes de trouble. Le pouvoir neuf récupère les symboles existants et les dénature peu à peu, de manière à effacer leur signification originelle. Dans ce cas, ce sont les païens qui ont perdu la bataille, et certaines de leurs icônes ont été « détournées » par la religion victorieuse. Le trident de Jupiter est devenu la fourche du diable, le chapeau conique du sage celui des sorcières, et le pentacle de Vénus un symbole satanique. Et plus tard, l'armée américaine a de nouveau perverti son image, en en faisant un symbole de guerre. On le trouve peint sur tous les avions de combat, et brodé sur les épaulettes de nos généraux. Nous sommes bien loin de la déesse de l'amour et de la féminité…

— Très intéressant, fit le commissaire. Et la position du corps de Saunière, comment l'interprétez-vous ?

— Elle ne fait que renforcer l'allusion au principe féminin et à la Déesse.

— Pardon ?

— C'est le principe de la réplique. Répéter un symbole est le moyen le plus simple d'en augmenter la puissance. Jacques Saunière a disposé son propre corps en position d'étoile à cinq branches. *Deux pentacles valent mieux qu'un.*

— Bonne analyse en effet. Mais pourquoi s'est-il *déshabillé* ? demanda Fache, gêné, en passant une main sur ses cheveux gominés.

Il avait grommelé « déshabillé » comme si la vue d'un vieillard nu le révulsait.

— Pourquoi a-t-il ôté ses vêtements ? répéta-t-il.

Excellente question. Langdon se la posait depuis qu'il avait vu la photo polaroïd que Collet lui avait montrée. Une autre allusion à Vénus, la déesse de la sexualité humaine, de l'union homme-femme, telle avait été sa première déduction à la vue de ce corps dénudé. Une signification fortement gommée par la culture moderne, mais qui restait présente dans l'adjectif « vénérien » – pour qui possédait quelques notions d'étymologie. Langdon décida cependant de ne pas entraîner le commissaire de ce côté-là…

— Monsieur Fache, je ne peux malheureusement pas vous dire pourquoi M. Saunière a choisi de marquer son cadavre de ce double pentagramme, mais je suis pratiquement sûr qu'il y voyait la symbolique de la déesse. La corrélation est largement confirmée par les historiens de l'art et des symboles.

— J'entends bien. Et le fait de s'être servi de son sang pour dessiner le symbole sur son abdomen ?

— Il n'avait visiblement rien d'autre sous la main.

Fache garda le silence quelques instants.

— Je crois qu'en réalité, il a fait cela pour contraindre la police à procéder à un examen médico-légal approfondi, reprit-il.

— Ah bon ?

— Regardez ce qu'il tient dans la main gauche.

Langdon examina le bras du conservateur sans rien voir au premier abord. Puis il fit le tour du cadavre et s'accroupit pour le regarder de plus près. La main gauche du mort serrait un gros stylo feutre.

Fache se dirigea vers une table pliante couverte d'appareils électroniques entourés de câbles électriques enchevêtrés.

— Saunière le tenait quand nous l'avons trouvé. Vous connaissez ce genre de stylo ?

Langdon se pencha pour lire l'étiquette.

Un stylo de lumière noire.

Ce type de stylo, conçu à l'origine pour les musées, les restaurateurs et la police, permettait d'inscrire des marques invisibles sur les objets. Le crayon feutre contenait une encre spéciale, fluorescente, non corrosive, qui n'était visible que sous la lumière noire. De nos jours, les experts des musées utilisent encore ces stylos pour signaler, au moyen d'une marque discrète sur le cadre, les œuvres qui nécessitent une restauration.

Sans comprendre, il leva les yeux vers le commissaire.

Tandis que Langdon se redressait, Fache éteignit le spot, plongeant la Grande Galerie dans l'obscurité et aveuglant brièvement Langdon, de plus en plus mal à l'aise. La silhouette du commissaire se détachait sur le parquet, illuminée par le faisceau de la lampe torche à ultraviolet qu'il tenait à la main.

— Vous savez peut-être, reprit le commissaire dont les yeux scintillaient d'une lueur violette, que la police utilise la lumière noire pour des enquêtes criminelles. Elle permet, par exemple, de déceler les traces de sang sur les lieux d'un crime. Vous imaginez donc notre surprise, ce soir…

Il dirigea brusquement le faisceau de sa lampe vers le sol, à gauche du corps de Saunière. Langdon eut un mouvement de recul et son cœur fit un bond dans sa poitrine.

En lettres pourpres fluorescentes, les dernières paroles du conservateur luisaient sur le plancher de la Galerie. Langdon fit le tour du cadavre pour les lire à l'endroit et sentit s'épaissir encore le mystère qui enveloppait cette étrange soirée.

Il les relut et s'exclama :

— Qu'est-ce que ce charabia peut bien signifier ?

Les yeux blancs de Fache se fixèrent sur les siens.

— C'est précisément pour répondre à cette question que nous vous avons fait venir, monsieur Langdon.

Pas très loin de là, assis au bureau de Jacques Saunière, l'inspecteur Collet était penché sur une grosse console audio installée sur l'énorme meuble. S'il n'avait pas senti, fixé sur lui, le regard de cette drôle de statue articulée de chevalier en armure posée sur un coin du bureau, Collet aurait été parfaitement à son affaire. Il ajusta ses écouteurs et vérifia le niveau du son. Tout semblait fonctionner parfaitement et la réception était excellente.

Le moment de vérité.

Il ferma les yeux, sourit et s'installa confortablement dans le fauteuil pivotant, décidé à ne rien perdre de la conversation qui s'enregistrait sur la bande depuis la Grande Galerie.

7.

Un petit logement avait été aménagé dans une ancienne sacristie de l'église Saint-Sulpice, à gauche du déambulatoire : deux pièces dallées de pierre et sobrement meublées, le domicile de sœur Sandrine Bieil depuis plus de dix ans. Elle venait d'un couvent voisin, mais préférait de loin sa nouvelle vie dans le calme de la grande église où elle s'était aménagé son petit coin avec un lit, un téléphone et une plaque chauffante. En tant que gardienne principale du bâtiment, sœur Bieil était chargée de toutes les tâches extra-religieuses : l'accueil des groupes de touristes auxquels elle fournissait à la demande guides ou accompagnateurs, la distribution des brochures et la fermeture des lieux le soir. Elle assurait aussi l'approvisionnement en vin de messe et en hosties.

Elle fut réveillée cette nuit-là par la sonnerie du téléphone. Sœur Bieil décrocha maladroitement.

— Sœur Sandrine Bieil, église Saint-Sulpice, marmonna-t-elle.

— Bonsoir, ma sœur, fit une voix d'homme.

Elle s'assit sur son lit. *Quelle heure est-il, grand Dieu ?* Elle reconnaissait la voix de son curé, mais jamais il ne l'avait appelée à une heure pareille. Le saint homme avait l'habitude de se mettre au lit juste après la messe.

— Excusez-moi si je vous ai réveillée, poursuivit son interlocuteur d'une voix ensommeillée et tendue. J'ai un service à vous demander. Un important évêque américain vient de m'appeler. Vous le connaissez peut-être ? Mgr Manuel Aringarosa.

— Le chef de l'*Opus Dei ?* Bien sûr que je le connais.

Comme tout le clergé catholique. L'influence de l'organisation traditionaliste s'était considérablement accrue ces dernières années. Son irrésistible ascension avait débuté en 1982. Cette année-là, Jean-Paul II avait inopinément décidé d'en faire une « prélature personnelle du pape », apportant ainsi sa caution officielle à la ligne de l'organisation. Mais un grave soupçon pesait sur la sincérité de cette élévation : la bénédiction papale avait été accordée l'année même où la florissante secte avait versé presque un milliard de dollars aux œuvres religieuses du Vatican (IOR), sauvant ainsi la « Banque du Vatican », comme on l'appelait alors, d'une banqueroute imminente. Le procès de canonisation du fondateur de l'*Opus Dei* avait d'ailleurs été accéléré peu après, au grand dam de nombreux catholiques : les autres candidats à la sainteté devaient souvent attendre leur « promotion » près d'un siècle, alors que la canonisation de saint José Maria n'avait nécessité qu'une vingtaine d'années... Mais on ne discutait pas avec le Saint-Siège !

— L'un de ses numéraires est à Paris ce soir. Il voudrait visiter l'église.

— Il ne peut pas attendre demain matin ?

— Justement, non. Il reprend l'avion très tôt. Et il a toujours rêvé de voir Saint-Sulpice.

— Mais la visite de nuit n'a aucun intérêt ! Il faut voir la lumière du jour pénétrer par les vitraux, les ombres progresser sur le gnomon[1], c'est cela qui fait toute la beauté de l'église...

— Je suis bien d'accord avec vous, ma sœur. Mais je vous serais personnellement très reconnaissant de bien vouloir accéder à cette demande. Puis-je lui proposer de se présenter vers une heure ? Dans vingt minutes ?

— Bien sûr, monsieur le curé, je me ferai un plaisir de lui ouvrir.

Après l'avoir remerciée, le curé raccrocha.

Fort perplexe, la religieuse s'attarda un instant dans la chaleur de son lit, tâchant de chasser les brumes du sommeil. À soixante-six ans, elle ne se réveillait plus aussi facilement qu'autrefois. Et pourtant, ce coup de fil-là avait de quoi la galvaniser.

1. Ancien instrument astronomique composé d'une tige verticale fixée sur une surface plane et constituant un cadran solaire primitif. *(N.d.T.)*

Sœur Bieil n'avait jamais apprécié l'*Opus Dei*. Outre les rituels archaïques de mortification corporelle que l'organisation imposait à ses membres, son point de vue sur les femmes était moyenâgeux. Elle avait récemment appris, à son grand scandale, que, dans les foyers de l'œuvre, les numéraires féminines se voyaient imposer de faire – gratuitement – le ménage des chambres pendant que les hommes assistaient à la messe. Elles dormaient à même le sol alors que leurs équivalents masculins disposaient d'une paillasse, et devaient, enfin, se soumettre à des séances supplémentaires de flagellation. Tout cela en pénitence pour le péché originel dont Ève avait été l'instigatrice en mordant dans la fameuse pomme de la connaissance : la faute du genre féminin semblait apparemment inexpiable. Alors qu'une grande partie du clergé catholique paraissait s'orienter vers une attitude plus progressiste envers les femmes, l'*Opus Dei* s'efforçait d'inverser le mouvement.

Il fallait tout de même que sœur Sandrine obéisse à son curé.

Elle posa les deux pieds sur les dalles froides de sa chambre. Le frisson qui la parcourut se doubla d'un pressentiment inopiné.

Intuition féminine ?

La très pieuse sœur Sandrine avait appris à trouver la paix en écoutant les recommandations du Seigneur, fût-ce de simples murmures, mais ce soir, dans l'église déserte, rien ne venait rompre le pesant silence de l'absence divine.

8.

Langdon ne parvenait pas à détacher son regard du texte étrange qui luisait sous le faisceau de lumière noire. Les dernières paroles de Jacques Saunière lui paraissaient aussi éloignées que possible de celles d'un message d'adieu :

13-3-2-21-1-1-8-5
O DRACONIAN DEVIL !
OH, LAME SAINT ![1]

Langdon n'avait pas la moindre idée de ce que cela pouvait bien signifier, mais il comprit les soupçons de Fache concernant un éventuel culte satanique.

O DRACONIAN DEVIL !

1. Littéralement : Ô diable draconien ! Oh, saint boiteux ! *(N.d.T.)*

Saunière avait laissé une référence littérale au diable. Tout aussi bizarre était la série de chiffres.

— La première ligne ressemble à un code chiffré, avança Langdon.

— Effectivement. J'ai une équipe de cryptographes qui y travaille. Nous avons d'abord pensé à un numéro de téléphone, ou d'immatriculation quelconque, qui pourrait nous permettre de retrouver l'assassin. De votre côté, y voyez-vous une signification symbolique ?

Langdon regarda de nouveau les chiffres. Interpréter ce texte aurait nécessité plusieurs heures de travail.

Si tant est que Saunière y ait vraiment caché un sens symbolique quelconque.

Cette série semblait totalement aléatoire, sans aucun ordre apparent. Langdon était habitué aux progressions symboliques répondant à une certaine logique. Pourquoi Saunière avait-il laissé une série de messages aussi fondamentalement disparates, au moins en apparence ? *Le pentacle, les chiffres, le texte…*

Fache insista :

— Vous prétendiez tout à l'heure que Jacques Saunière avait consacré ses derniers instants à rédiger une sorte de testament codé évoquant le culte d'une déesse, ou quelque chose de ce genre. Vous ne retrouvez rien ici qui aille dans ce sens ?

Langdon savait que la question était purement rhétorique. Ce bizarre communiqué ne cadrait absolument pas avec la thèse de Langdon sur la symbolique du culte de la déesse…

O DRACONIAN DEVIL !

OH, LAME SAINT !

Fache insista.

— Vous conviendrez, monsieur Langdon, que ce texte ressemble à une accusation…

Langdon se concentra pour essayer d'imaginer les derniers instants de Saunière, piégé dans la Grande Galerie, conscient qu'il ne lui restait plus que quelques minutes à vivre. Cela paraissait évidemment logique.

— Il est certes plausible qu'il ait cherché à lancer la police sur les traces de son assassin.

— Or mon boulot à moi, c'est évidemment de retrouver le meurtrier de Saunière. Et je compte naturellement sur votre aide de spécialiste… Mais ce n'est pas tout. Selon vous, monsieur Langdon, en dehors des chiffres, n'y a-t-il pas quelque chose de particulièrement étrange dans toute cette mise en scène ?

De particulièrement étrange ?

Un conservateur mourant vient se barricader dans la Grande Galerie du Louvre, il se dénude entièrement et se décore l'abdomen d'un pentacle tracé avec son propre sang, il griffonne, avant de s'allonger, un message cabalistique avec une encre invisible… en matière de bizarreries, on est déjà bien servi…

— Le mot « Draconien », peut-être ? risqua Langdon.

C'était la première idée qui lui était venue à l'esprit. De fait, il trouvait bizarre de la part d'un mourant cette référence à Dracon, l'austère politicien grec du VIIe siècle av. J.-C.

— Cette locution de *diable draconien* me semble assez paradoxale.

— *Diable draconien ?* reprit Fache avec une pointe d'impatience. Cher monsieur, nous ne sommes pas ici pour nous interroger sur des questions de vocabulaire.

Langdon ne comprenait pas très bien où Fache voulait en venir, mais il commençait à penser que le commissaire se serait bien entendu avec Dracon.

— Saunière était français, reprit Fache d'un ton neutre. Il vivait à Paris. Et pourtant il a choisi d'écrire ce message…

— En anglais, répondit Langdon, comprenant subitement ce que Fache voulait dire.

— Exact, acquiesça Fache. Mais pourquoi, selon vous ?

Langdon savait que Saunière parlait un anglais impeccable, mais il ne discernait pas la raison qui l'avait poussé à laisser son dernier message dans cette langue.

Fache lui montra le pentacle dessiné sur l'abdomen de Saunière.

— Rien à voir avec un culte satanique, vous en êtes toujours certain ?

Mais Langdon n'était plus sûr de rien.

— Mes connaissances en symbologie ne semblent pas très utiles pour l'interprétation de ce texte, j'en suis désolé.

— Peut-être ceci vous aidera-t-il, alors.

Fache recula de quelques pas. Le rayon lumineux de la lampe torche que Fache pointait vers le cadavre l'éclairait maintenant tout entier.

À sa grande surprise, Langdon distingua un cercle rudimentaire, tracé à l'encre fluorescente, et qui entourait tout le corps. Une fois allongé sur le sol, Saunière avait dessiné autour de lui une série d'arcs de cercle maladroitement reliés, mais presque parfaitement orientés vers le même centre.

Brusquement, tout s'éclairait.

— *L'Homme de Vitruve !* lâcha-t-il dans un souffle.

Saunière avait reproduit à l'échelle de son corps le plus célèbre dessin de Leonardo Da Vinci.

Considéré comme la reproduction anatomique la plus exacte de son temps, *L'Homme de Vitruve*[1], de Leonardo Da Vinci, aux bras et jambes écartés, avant de devenir une icône de la culture moderne, était l'image même de la civilisation de la Renaissance.

Vinci. Langdon frissonna de stupeur. On ne pouvait dénier à Saunière un comportement très explicite. Dans les derniers instants de sa vie, le

---

1. Architecte romain du Iᵉʳ siècle avant J.-C, auteur d'un célèbre traité d'architecture en dix volumes, *De Architectura.* (*N.d.T.*)

conservateur avait ôté ses vêtements pour reproduire le plus parfaitement possible le dessin de Vinci. L'élément décisif, jusqu'alors manquant, était le cercle, un symbole de protection féminine. Le message de Vinci était clair, il voulait illustrer l'harmonie du féminin et du masculin. Restait à trouver la raison pour laquelle Saunière avait tenu à reproduire ce dessin...

— Monsieur Langdon, déclara Fache d'un ton péremptoire, un homme de votre culture ne peut certainement pas ignorer la prédilection de Leonardo Da Vinci pour la magie noire...

Langdon fut surpris de cette remarque dans la bouche de Fache – laquelle éclairait sans doute ses soupçons antérieurs sur l'inspiration satanique de cette mise en scène. Le grand peintre italien avait toujours posé des problèmes aux historiens de l'art, et spécialement à ceux de la tradition chrétienne. Vinci, génie visionnaire, était aussi un homosexuel flamboyant et un adepte du culte de l'ordre naturel divin – deux particularités qui le mettaient, pour l'Église de son époque, en état de péché perpétuel. Qui plus est, les excentricités inquiétantes du grand savant n'avaient pas manqué de projeter sur le personnage une aura démoniaque : il exhumait des cadavres pour étudier l'anatomie, tenait de curieux journaux en écriture inversée, pensait connaître le secret alchimique de la transformation du plomb en or, et prétendait avoir mis au point un élixir de longévité – presque un défi à Dieu. On trouvait dans ses inventions d'étranges armes de guerre et de torture...

Le génie est toujours un hérétique en puissance, se dit Langdon.

Vinci avait certes composé un impressionnant ensemble de tableaux à thème religieux, mais cette richesse ne faisait qu'alimenter sa réputation de duplicité spirituelle. Si Leonardo Da Vinci avait accepté des centaines de commandes lucratives du Vatican sur des thèmes chrétiens, c'était pour financer son train de vie et ses recherches scientifiques, plus que pour illustrer ses croyances personnelles. Doué d'un tempérament espiègle, il prenait un malin plaisir à mordre, sans en avoir l'air, la main qui le nourrissait. C'est ainsi qu'il avait incorporé dans diverses scènes religieuses des symboles cachés qui n'avaient rien de chrétien, mais traduisaient des croyances personnelles. Ce faisant, il adressait un subtil pied de nez à l'Église de son temps. Langdon avait un jour donné à la National Gallery de Londres une conférence intitulée : *La Vie secrète de Leonardo Da Vinci : le symbolisme païen dans l'art chrétien.*

— Je vois ce que vous voulez dire, commissaire, mais Leonardo Da Vinci n'a jamais été un adepte des sciences occultes. En dépit de ses fréquents conflits avec Rome, c'était un authentique chrétien et un homme d'une grande spiritualité.

En disant cela, Langdon eut une étrange intuition. Il jeta un nouveau coup d'œil au message inscrit sur le sol.

O Draconian devil ! Oh, lame saint !

— Oui ? demanda Fache.

Langdon reprit en pesant soigneusement ses mots :

— Je me disais que Saunière partageait avec Leonardo Da Vinci un certain nombre d'idées, en particulier sa rancune contre l'Église catholique, qui avait éliminé le principe féminin de la religion officielle. Peut-être a-t-il imité *L'Homme de Vitruve* pour exprimer une rébellion similaire devant la diabolisation de la déesse.

Fache lui jeta un regard dur.

— Vous pensez que Saunière traite l'Église de « diable draconien et de saint boiteux » ?

Cette hypothèse semblait tirée par les cheveux, Langdon ne pouvait le nier, néanmoins le pentacle semblait bien l'accréditer.

— Tout ce que je veux dire c'est que Saunière a consacré sa vie à étudier l'histoire de la déesse, une histoire que l'Église catholique s'est acharnée comme nulle autre à effacer. Il est plausible qu'il ait voulu marquer une dernière fois sa désapprobation au moment de disparaître.

— Sa désapprobation ? insista Fache sur un ton nettement hostile. Ce message me semble plutôt furieux que désapprobateur, non ?

Langdon était à bout de patience.

— Commissaire, vous m'avez demandé mon sentiment personnel sur le message de Saunière et je me suis exécuté…

— Monsieur Langdon, j'ai vu de nombreuses victimes de meurtre au cours de ma carrière. Croyez-moi, quand un homme est assassiné, ses dernières pensées se concentrent très rarement sur la rédaction d'un message spirituel codé et incompréhensible.

Les paroles de Fache cinglaient comme un coup de fouet.

— Il voulait se venger ! Je suis convaincu que le mort a rédigé ce message pour aider la police à identifier son assassin.

Langdon le fixa.

— Mais cela n'a aucun sens…

— Non. Pourquoi ça ?

— Mais parce que ! répondit Langdon, fatigué et agacé. Vous m'avez dit qu'il avait été attaqué dans son bureau, par quelqu'un qu'il avait apparemment invité.

— En effet.

— Il y a donc toutes les raisons de penser qu'il connaissait le nom de son agresseur…

— Continuez, fit le commissaire en hochant la tête.

— Si Saunière connaissait la personne qui l'a tué, pourquoi cette symbolique, pourquoi ce message codé ? (Il pointa le doigt vers le sol.) Un saint boiteux ? Un diable draconien ? Un pentacle sur l'estomac ? Tout ça est beaucoup trop hermétique…

Fache fronça les sourcils comme s'il s'était déjà fait la même remarque.

— Vous marquez un point…

— Vu les circonstances, j'imagine que, s'il avait voulu nous dire qui l'avait tué, il aurait tout simplement écrit le *nom* du meurtrier.

Le visage du commissaire s'éclaira d'un sourire satisfait.

— Précisément, monsieur Langdon, précisément...

Un boulot de maître, se dit Collet qui buvait les paroles du commissaire en affinant le réglage de son casque audio. Il savait que c'étaient de tels moments qui avaient valu au Taureau son ascension fulgurante au Quai des Orfèvres.

Fache ose ce que personne d'autre n'oserait.

Capable de garder son calme en toutes circonstances, il poussait les gens dans leurs retranchements le plus tranquillement du monde – un art de moins en moins pratiqué par les flics modernes précisément à cause du sang-froid exceptionnel qu'il suppose. Sa maîtrise et sa patience confinaient à l'inhumain.

Ce soir, Fache avait laissé percer une seule émotion, sa farouche détermination à capturer le criminel, comme s'il s'agissait pour lui d'une affaire personnelle. Lors du briefing, inhabituellement rapide et succinct, avec ses hommes, une heure plus tôt, il avait lancé : « *Je connais le meurtrier de Jacques Saunière. Vous savez ce que vous avez à faire. Et pas d'erreur, messieurs... »*

Et jusqu'à présent, tout se déroulait selon ses vœux.

Sans pouvoir deviner les preuves que Fache avait pu rassembler contre Langdon, Collet connaissait cependant trop bien son patron pour mettre en doute la sûreté de son instinct. Fache jouissait d'une intuition quasi surnaturelle. Après une magistrale démonstration de son sixième sens, l'un de ses subordonnés avait même déclaré : *Dieu lui souffle les solutions.* Et Collet devait reconnaître que, si Dieu existait, Bézu Fache devait être bien placé sur sa liste de favoris. Catholique fervent et pratiquant, il allait à la messe tous les dimanches et se confessait régulièrement. Lors de la récente visite du pape à Paris, Fache avait fait des pieds et des mains pour obtenir une audience. Avec succès, comme en témoignait une photo affichée sur le mur de son bureau, qui le montrait serrant la main du Saint-Père. Ses hommes l'avaient d'ailleurs surnommé *le Taureau du pape*.

Collet trouvait assez savoureux qu'une des rares prises de position publiques de Fache ces dernières années eût été pour dénoncer le scandale de la pédophilie de certains prêtres catholiques. *Ces prêtres devraient être pendus deux fois !* avait déclaré Fache. *Une fois pour leurs crimes contre les enfants. Et une seconde fois parce qu'ils traînent la réputation de l'Église dans la boue !* Collet avait l'étrange impression que c'était ce dernier crime qui exaspérait le plus son supérieur.

L'inspecteur Collet se tourna vers son ordinateur portable, pour s'attaquer à sa deuxième tâche de la nuit. Le système de pistage GPS. Le moniteur affichait un plan détaillé de l'aile Denon, transmis par les services de sécurité du musée. Il parcourut scrupuleusement des yeux le dédale de salles et de couloirs, jusqu'à ce qu'il trouve enfin ce qu'il cherchait.

Au cœur de la Grande Galerie, un petit point rouge clignotait sur l'écran.

Le mouchard.

Fache avait eu raison de talonner sa proie d'aussi près : jusqu'à maintenant, Langdon avait fait montre d'un étonnant sang-froid.

9.

Bézu Fache avait éteint son téléphone portable pour éviter d'être interrompu pendant sa conversation avec Langdon. Mais son appareil, un modèle tout récent et très coûteux, était malheureusement équipé d'une messagerie bidirectionnelle, que, contrairement à ses ordres, son adjoint utilisa pour l'appeler.

— Commissaire ?

La voix crépitait comme dans un vieux talkie-walkie. Fache grinça des dents. Comment Collet osait-il l'interrompre au moment le plus critique de son interrogatoire ? Il s'excusa d'un regard auprès de Langdon.

— Un instant s'il vous plaît.

Il sortit le portable de sa veste et pressa le bouton de radio-transmission.

— Oui ?

— Commissaire, un agent du service de cryptographie est arrivé.

Sa colère retomba momentanément. C'était peut-être une bonne nouvelle, même si elle survenait au mauvais moment. Il avait envoyé au service de cryptographie les photos de la scène du crime, ainsi que le texte écrit au feutre à lumière noire, dans l'espoir qu'ils y verraient plus clair que lui. Si cet agent s'était déplacé, cela signifiait sans doute qu'on avait réussi à décoder le message de Saunière.

— Écoutez, Collet, je suis occupé pour le moment, rétorqua Fache sur le ton agacé du chef qu'on dérange. Faites-le attendre au PC, je le recevrai dans quelques minutes.

— … *la* recevrez, commissaire. Il s'agit de l'inspectrice Neveu.

Fache se renfrogna de plus belle. Sophie Neveu était l'une des sept plaies de la DCPJ, dont il avait hérité un an plus tôt. Une jeune déchiffreuse de trente-deux ans, diplômée du RHI[1] de Londres, où elle avait appris la cryptographie. Sa nomination illustrait la nouvelle politique de parité du ministère de l'Intérieur. La soumission du ministre au politiquement correct, objectait Fache, affaiblissait le service. Non seulement les femmes manquaient de la force et de l'endurance physiques nécessaires au travail de policier, mais leur simple présence constituait un divertissement dangereux pour leurs homologues masculins.

1. Royal Holloway Institute, université du Surrey, qui comporte un département de Sécurité de l'information. *(N.d.T.)*

Sophie Neveu était d'une ténacité de pit-bull et ses méthodes à l'anglo-saxonne avaient le don d'exaspérer ses supérieurs hiérarchiques directs, des cryptographes confirmés. Mais ce qui exaspérait Fache au plus haut point, c'était une vérité imparable : dans un service où dominent les quadragénaires, une jeune femme au physique attrayant distrait toujours ses collègues masculins de leur travail.

Collet insistait au téléphone :

— L'inspecteur Neveu tient absolument à vous parler sur-le-champ. J'ai bien essayé de la retenir, mais elle vient de filer droit vers la Grande Galerie...

— C'est inadmissible ! J'avais bien précisé...

Langdon crut un instant que le commissaire allait faire une attaque. La mâchoire de Fache s'était immobilisée au milieu de sa phrase. Ses yeux écarquillés et légèrement exorbités regardaient par-delà l'épaule de l'Américain. Avant même d'avoir eu le temps de se retourner pour voir de quoi il s'agissait, Langdon entendit une voix claire résonner derrière lui.

— Excusez-moi, messieurs !

Langdon pivota sur lui-même. Une jeune femme s'avançait vers eux d'un pas souple et assuré. Elle portait un long chandail irlandais beige à grosses côtes sur un caleçon noir qui galbait ses jambes élancées. Son épaisse chevelure auburn tombait naturellement sur ses épaules, encadrant un visage rond et harmonieux, éclairé d'un large sourire. À l'opposé des blondes sophistiquées et stéréotypées qui faisaient fantasmer les étudiants de Langdon, elle incarnait une beauté naturelle et authentique, rayonnant d'aisance et d'énergie.

À la grande surprise de Langdon, c'est vers lui qu'elle se dirigea d'abord, la main tendue :

— Sophie Neveu, cryptographe à la DCPJ. Je suis très heureuse de vous rencontrer, monsieur Langdon.

Les traces d'accent français qui teintaient son anglais lui conféraient un charme supplémentaire. Langdon serra sa petite main dans la sienne.

— Ravi de vous rencontrer.

Elle avait des yeux vert olive, un regard vif et perçant.

Fache inspira profondément et, alors qu'il allait la bombarder de reproches, « Désolée de vous déranger, commissaire… », lança-t-elle en pivotant vers lui, le coiffant au poteau.

— Ce n'est pas le moment, en effet !

— J'ai essayé de vous téléphoner, continua Sophie en anglais, comme par courtoisie envers Langdon, mais votre portable était éteint.

— Oui et pour une bonne raison, je suis en entretien avec M. Langdon !

— J'ai déchiffré le code numérique, annonça-t-elle d'un ton presque anodin.

Langdon sentit son cœur bondir d'excitation. *Elle a réussi à déchiffrer le code ?*

Fache hésitait sur la conduite à tenir.

— Mais avant de vous l'expliquer, continua-t-elle, j'ai un message urgent pour vous, monsieur Langdon.

— Pour M. Langdon ? répéta Fache, désarçonné.

Elle hocha la tête et se tourna vers Langdon.

— Il faut que vous contactiez d'urgence votre ambassade. Ils ont un message pour vous, en provenance des États-Unis.

Langdon, surpris, se demanda avec inquiétude de quoi il pouvait bien s'agir. *Un message des États-Unis* ? Seuls quelques-uns de ses collègues étaient au courant de son voyage à Paris.

Fache, bouche bée, laissa percer son inquiétude.

— L'ambassade américaine ? s'enquit-il d'un ton soupçonneux. Mais comment peuvent-ils savoir qu'il est ici ?

Sophie haussa les épaules.

— Ils ont apparemment appelé son hôtel, où le concierge leur a dit qu'un agent de la PJ était venu le chercher.

— Et l'ambassade a contacté le service de *cryptographie* ? insista Fache, de plus en plus perplexe.

— Non, commissaire, répliqua Sophie d'une voix ferme. Quand j'ai appelé le central de la DCPJ pour essayer de vous joindre, ils venaient de recevoir le coup de fil de l'ambassade et m'ont demandé de vous le transmettre, pour ne pas avoir à vous déranger au téléphone.

Fache, haussant les sourcils de plus belle, ouvrait la bouche pour répondre, mais Sophie s'était déjà tournée vers Langdon, à qui elle tendit un petit morceau de papier plié en fixant sur lui un regard insistant.

— Voici le numéro que vous devez appeler. Ils ont précisé que c'était urgent. Allez-y pendant que j'éclaircis cette histoire de chiffres avec le commissaire.

Langdon jeta un regard sur la notule. Un numéro parisien suivi de trois chiffres.

— Merci, fit-il, vaguement inquiet. Y a-t-il un poste à l'étage ?

Sophie sortit son portable de sa poche, mais Fache, aussi écarlate qu'un volcan à deux doigts de l'éruption, l'interrompit et tendit le sien à Langdon.

— Prenez celui-ci, la ligne est sécurisée.

D'un bras plus que ferme, Fache entraîna Sophie quelques mètres plus loin, et il entreprit de la semoncer à voix basse. De plus en plus irrité par l'autoritarisme du policier, Langdon, qui trouvait ce commissaire très antipathique, tourna le dos aux deux Français et pressa le bouton vert du portable tout en dépliant la feuille de papier. Il composa le premier : connexion, une sonnerie, deux, trois... À sa grande surprise, au lieu d'une hôtesse de l'ambassade, il fut mis en relation avec un répondeur. Bizarrement, la voix qu'il entendit lui était vaguement familière.

C'était celle de Sophie Neveu.

« Bonjour, vous êtes bien chez Sophie Neveu, je suis absente pour le moment mais vous pouvez laisser un message... »

— Mademoiselle Neveu ? appela-t-il. Je crois que vous vous êtes trompée…

— Non, non ! C'est bien celui-là ! lança-t-elle aussitôt comme si elle avait prévu sa réaction. Insistez un peu, il y a une boîte vocale.

— Mais…

— C'est le système automatisé de l'ambassade. Il faut que vous tapiez le code à trois chiffres pour relever votre message. Je vous l'ai noté sous le numéro.

Langdon ouvrait la bouche pour objecter, mais Sophie darda sur lui un regard aussi éloquent que silencieux en écarquillant ses magnifiques yeux verts.

Ne posez pas de question, faites ce que je vous demande !

Le message venait de se terminer. Langdon tapa les trois chiffres, 454, visiblement le code de relève à distance des messages de Sophie Neveu.

Cette jeune femme me demande de relever ses messages ?

Langdon entendit la bande se rembobiner, s'arrêter et se remettre en marche. Puis, de nouveau la voix de Sophie, un murmure empreint d'anxiété :

« Monsieur Langdon, surtout restez de marbre à l'écoute de ce message. Contentez-vous d'écouter calmement. Vous êtes en danger. Suivez très exactement toutes mes instructions… »

10.

Assis au volant de l'Audi noire que lui avait procurée le Maître, Silas contemplait l'imposante église Saint-Sulpice. Les deux hautes tours, éclairées depuis la base par une série de projecteurs, se dressaient comme deux sentinelles au-dessus de la longue nef, flanquée de chaque côté par une rangée de contreforts qui saillaient comme les côtes d'un monstre marin.

Les païens ont profané la Maison de Dieu pour y cacher leur secret. La confrérie confirmait sa réputation légendaire de mensonge et de fourberie. Silas avait hâte de mettre enfin la main sur la clé de voûte. Il la transmettrait au Maître et, par son intermédiaire, aux fidèles, auxquels la fraternité l'avait dérobée depuis si longtemps.

*Pour la plus grande puissance de l'*Opus Dei.

Il se gara le long du trottoir et poussa un long soupir devant la grandeur de sa tâche, son dos meurtri bien droit sur le siège. Cette douleur n'était rien, comparée aux angoisses qu'il avait endurées avant de rencontrer Aringarosa et l'*Opus Dei*.

Laisse ta haine se dissiper, s'intima l'albinos. *Pardonne à ceux qui ont péché contre toi*.

En contemplant les tours de Saint-Sulpice, Silas luttait contre l'ancienne tension souterraine qu'il sentait remonter, celle qui le ramenait toujours au souvenir de la prison où il avait commencé sa vie d'homme. Les odeurs de chou gâté, les remugles d'urine et de fèces qui imprégnaient la cellule, l'odeur de la mort. Les cris de désespoir poussés au vent des Pyrénées et les sanglots étouffés des hommes abandonnés.

Andorre, songea-t-il. Ses muscles se raidirent.

Et pourtant, c'est dans ce fort perdu entre l'Espagne et la France, alors qu'il grelottait de froid dans sa cellule aux murs de pierre, ne souhaitant plus que la mort, c'est là qu'il avait été sauvé.

Il ne s'en était pas rendu compte sur le moment.

La lumière est venue, longtemps après le tonnerre.

Il ne s'appelait pas Silas à l'époque, mais il ne se souvenait pas du nom que ses parents lui avaient donné. Il s'était enfui à l'âge de sept ans. Son père, un docker de Marseille alcoolique et brutal, battait sa femme pour la punir d'avoir mis au monde un enfant aussi repoussant et, quand celui-ci s'interposait, c'est sur Silas que les coups pleuvaient.

Une nuit de violence effroyable, sa mère ne s'était pas relevée. Debout devant son corps inerte, le petit garçon s'était senti submergé par l'insupportable culpabilité d'avoir laissé se produire la tragédie.

C'est ma faute !

Guidé par un démon qui le possédait, il s'était emparé d'un gros couteau de cuisine. Comme hypnotisé, il s'était dirigé vers la chambre où dormait son père ivre mort. Sans dire un mot, le petit garçon lui avait planté le couteau dans le dos. Et, malgré les hurlements de douleur, il avait frappé, frappé encore et encore, jusqu'à ce que le silence retombe.

Il s'était enfui. Les rues de Marseille n'étaient guère hospitalières. Redouté des autres petits miséreux comme lui, il vécut tout seul, caché dans le sous-sol d'un entrepôt désaffecté, se nourrissant de fruits volés et de poissons crus ramassés sur le port. Sa seule distraction lui venait des journaux qu'il ramassait dans les poubelles et dans lesquels il finit par apprendre à lire. Il grandissait. Un jour, une autre gosse des rues – une fille d'une vingtaine d'années – se moqua de sa peau et de ses cheveux blancs et essaya de lui voler ses maigres provisions. Il la roua de coups et la laissa à demi morte sur le trottoir. Le policier qui le maîtrisa quelques dizaines de mètres plus loin lui laissa le choix : quitter Marseille ou finir son adolescence en maison de correction.

Il suivit la côte jusqu'à Toulon. Avec le temps, le dégoût et la pitié des passants firent place à la peur. Il était devenu un jeune homme très robuste. Terrifiés à la vue de sa peau blanche, les gens murmuraient sur son passage *un fantôme. Un fantôme avec les yeux du diable.*

Et il se sentait vraiment comme un fantôme… transparent… errant de port en port.

Les gens évitaient de le regarder.

À dix-huit ans, il se fit pincer par deux hommes d'équipage, alors qu'il volait une caisse de jambon sur un cargo. Ils sentaient la bière et les souvenirs de ses terreurs d'enfant l'envahirent d'un coup. La peur et la haine de son père remontèrent des profondeurs, comme un monstre terrifiant. Il rompit à mains nues le cou du premier, et le second ne dut la vie sauve qu'à l'arrivée de la police.

Deux mois plus tard, il était incarcéré dans une prison d'Andorre.

« Tu es blanc comme un fantôme, raillèrent les détenus lorsqu'il entra, nu et frigorifié entre deux gardes. *Mira el espectro !* Il va peut-être passer à travers les murs de la prison ! »

En douze années, sa chair comme son âme s'étaient racornies. Il était devenu complètement transparent.

Je suis un fantôme.

Je ne pèse rien.

Yo soy un espectro… pâlido como un fantasma… caminando este mundo a solas, *je suis un spectre, livide comme un fantôme, errant solitaire dans le monde.*

Il fut réveillé une nuit par les hurlements de ses codétenus. Une force invisible semblait secouer le sol de sa cellule, tandis qu'une main colossale s'attaquait au mortier qui tenait les pierres. Il sauta à bas de sa couchette, sur laquelle s'abattit presque aussitôt un énorme morceau de roc qui s'était détaché de la muraille. Par le grand trou noir ouvert dans la nuit, brillait la lune. Il ne l'avait pas vue depuis dix ans.

La terre tremblait encore quand il s'engagea à plat ventre dans l'étroit passage qui s'était ouvert au pied du mur. Après avoir rampé pendant d'interminables minutes dans un tunnel, il finit par déboucher dehors, à demi hébété. Une vaste vue s'ouvrait devant lui, sur une vallée boisée que surplombaient des montagnes arides. Il courut toute la nuit, sans s'arrêter, jusqu'au fond de la vallée, délirant de fatigue et de faim.

À demi inconscient, il atteignit à l'aube une clairière traversée par des rails de train, qu'il suivit comme dans un rêve, jusqu'à ce qu'il tombe sur un wagon de marchandises vide, où il s'installa pour dormir. Lorsqu'il se réveilla, le train avançait. *Depuis quand ? Jusqu'où ?* Une douleur lui noua le ventre. *Suis-je en train de mourir ?* Il se rendormit, avant d'être brutalement réveillé par un homme qui hurlait en le secouant violemment, et qui le jeta à bas du train.

Couvert de sang, il marcha jusqu'aux abords d'un petit village et chercha en vain quelque chose à manger. Complètement épuisé, il finit par s'allonger dans le fossé qui bordait la petite route et il perdit conscience.

La lumière revint lentement et le fantôme se demanda s'il était mort depuis longtemps. *Un jour ? Trois jours ?* C'était sans importance. Il était couché dans un lit tiède, et dans l'air flottait l'odeur de miel des chandelles. Jésus était là, penché sur lui.

« *Je suis là*, disait-il. *La pierre du tombeau a roulé, et tu es ressuscité.* »

Il se rendormit, se réveilla de nouveau, l'esprit flottant dans le brouillard. Il ne croyait pas au ciel, et pourtant Jésus le veillait. De la nourriture apparut près de son lit, et le fantôme mangea, sentant presque la chair se reconstituer autour de ses os. Il sombra à nouveau dans le sommeil. Il ouvrit les yeux sur le visage souriant de Jésus. « *Tu es sauvé, mon fils. Bienheureux ceux qui me suivent.* »

Il se rendormit.

C'est un appel au secours qui réveilla le fantôme en sursaut. Sans savoir où il était, il se leva d'un bond, et courut le long d'un couloir, en direction des cris. Dans une cuisine sombre, un homme grand et fort en frappait un autre, plus petit. Sans savoir pourquoi, le fantôme se rua sur l'assaillant et l'envoya voler contre un mur. Le grand costaud s'enfuit, laissant le fantôme debout au-dessus du corps d'un jeune homme en soutane, au nez cassé. Le fantôme le prit dans ses bras et le transporta sur un divan.

— Merci, mon ami, dit le prêtre. L'argent de la quête est toujours tentant pour les voleurs. Tu parlais français dans ton sommeil. Parles-tu aussi l'espagnol ?

Il secoua la tête.

— Comment t'appelles-tu ? reprit l'ecclésiastique dans un mauvais français.

Le fantôme ne se rappelait plus le nom que ses parents lui avaient donné. Seuls les quolibets de la prison tintaient à ses oreilles.

— *No hay problema.* Ce n'est pas un problème. Je m'appelle Manuel Aringarosa. Je suis missionnaire, je viens de Madrid. On m'a envoyé ici pour construire l'église de l'*Obra de Dios*.

— Où suis-je ? demanda le fantôme d'une voix blanche.

— À Oviedo, au nord de l'Espagne.

— Comment suis-je arrivé ici ?

— Quelqu'un t'a déposé devant ma porte. Tu étais malade, je t'ai soigné et nourri. Il y a plusieurs jours que tu es ici.

Le fantôme scrutait le visage de son hôte. Il y avait bien longtemps qu'on ne lui avait parlé avec une telle douceur.

— Merci, mon père.

Le prêtre porta la main à sa lèvre ensanglantée.

— C'est moi qui te remercie, mon fils.

Le lendemain matin, le monde était plus clair. Silas fixait calmement un grand crucifix suspendu en face de son lit. Même si l'effigie ne lui disait plus rien, il trouvait sa forme apaisante.

En s'asseyant sur son lit, il remarqua sur sa table de chevet une coupure de journal français. Un article, daté de la semaine précédente. Il le lut, et la peur l'envahit. On y parlait d'un tremblement de terre qui avait détruit une prison, libérant ainsi de dangereux criminels.

Son cœur battait à tout rompre. *Le prêtre sait qui je suis !* Il retrouvait des émotions qu'il n'avait pas ressenties depuis des années. La honte, la culpabilité. Accompagnées de la peur d'être capturé. Il sauta à bas de son lit. *Où m'enfuir ?*

— Les *Actes des Apôtres* ! fit une voix venant de la porte.

Il se retourna, terrorisé. Le prêtre entra, le sourire aux lèvres, un pansement maladroitement posé sur le nez. Il tendait une vieille bible.

— Je t'en ai trouvé une en français. Ouvre-la au marque-page.

Le fantôme hésita, prit la bible et l'ouvrit à la page indiquée.

Actes, 16.

Le chapitre racontait l'histoire d'un prisonnier appelé Silas qui gisait dans sa cellule, nu et couvert d'hématomes, et chantait des hymnes à Dieu. En arrivant au verset 26, il eut le souffle coupé :

«... et tout à coup, il se fit un si grand tremblement de terre que les fondements de la prison en furent ébranlés ; au même instant, toutes les portes s'ouvrirent... »

Il leva les yeux vers le prêtre qui le regardait avec un sourire chaleureux.

— Dorénavant, mon ami, si tu n'as pas d'autre nom, je t'appellerai Silas.

Interdit, le fantôme hocha la tête. *Silas.* Il prenait chair. *Je m'appelle Silas.*

— C'est l'heure du petit déjeuner. Tu dois reprendre des forces car tu vas m'aider à bâtir cette église.

À dix mille mètres au-dessus de la Méditerranée, le vol 1618 d'Alitalia traversait une zone de turbulences et les passagers s'agitaient nerveusement. C'est à peine si Mgr Aringarosa remarqua quoi que ce fût, absorbé dans ses pensées sur l'avenir de l'*Opus Dei*. Impatient de savoir comment le plan prévu se déroulait à Paris, il aurait bien voulu pouvoir appeler Silas. Mais c'était impossible. Le Maître y avait veillé.

— C'est pour votre propre sécurité, avait expliqué le Maître, dans un anglais marqué d'un fort accent français. Je connais suffisamment le fonctionnement des communications électroniques pour savoir qu'elles sont faciles à intercepter. Les conséquences pourraient être catastrophiques pour vous.

L'évêque savait que le Maître avait raison. Il semblait exceptionnellement prudent. Sans avoir voulu révéler son identité à Aringarosa, il s'était montré parfaitement digne qu'on lui obéisse. Il avait, après tout, réussi à se procurer des renseignements top secret. *Les noms des quatre membres les plus éminents de la confrérie !* C'est ce genre d'exploit qui avait convaincu l'évêque que le

Maître était vraiment capable de leur livrer le trésor incroyable qu'il prétendait pouvoir découvrir.

— J'ai pris toutes les dispositions nécessaires, Monseigneur. Pour que notre projet réussisse, il faut que vous demandiez à Silas de n'obéir qu'à moi pendant les quelques jours à venir. Vous ne communiquerez pas avec lui. C'est moi qui le contacterai par des moyens sécurisés.

— Vous le traiterez dignement ?

— Avec tout le respect que mérite un homme de foi.

— Parfait. Silas et moi ne nous parlerons pas avant que tout soit terminé.

— J'agis ainsi pour protéger votre identité et la sienne, ainsi que mon investissement.

— Votre investissement ?

— Monseigneur, si votre adhésion à mon plan vous conduit derrière les barreaux, vous ne pourrez pas me régler la somme que vous me devrez.

L'évêque sourit.

— C'est subtilement amené ! Je vois que nos souhaits concordent. Eh bien, bonne chance !

Vingt millions d'euros, songeait l'évêque en regardant par son hublot. *Pour un bien aussi précieux, c'était dérisoire.*

Il reprit confiance. *Le Maître et Silas tiendraient leur promesse. L'argent et la foi étaient de puissantes motivations.*

11.

Une plaisanterie numérique ? Livide de rage, Bézu Fache dévisageait Sophie Neveu avec incrédulité.

— Le résultat de votre expertise, reprit-il, c'est que le message de M. Saunière est une blague chiffrée ?

L'impudence de la jeune femme dépassait son entendement. Non contente de s'être introduite sans autorisation sur les lieux du crime, elle tentait maintenant de le persuader que Saunière avait consacré les derniers moments qui lui restaient à laisser derrière lui une sorte de gag mathématique.

— Commissaire, ce code est d'une simplicité qui frise l'absurde. Jacques Saunière devait savoir que nous le déchiffrerions en un clin d'œil.

Elle tira de sa poche un petit morceau de papier qu'elle lui tendit.

— Voici le décryptage.

Fache lut avec attention.

$$1-1-2-3-5-8-13-21$$

— C'est ça ? rétorqua-t-il d'un ton cinglant. Tout ce que vous avez fait, c'est remettre les chiffres dans l'ordre croissant !

Elle eut l'audace de lui répondre avec un large sourire de satisfaction :

— Exactement !

La voix de Fache gronda :

— Inspecteur Neveu, je n'ai aucune idée de ce que vous cherchez à démontrer, mais je vous conseille de le faire rapidement !

Il jeta un regard inquiet en direction de Langdon qui, le téléphone à l'oreille, semblait toujours écouter le message de l'ambassade des États-Unis. À en juger par la pâleur de son visage, les nouvelles n'avaient pas l'air bonnes.

— Commissaire, reprit Sophie d'un ton plein de défi, il se trouve que la série de chiffres que vous avez sous les yeux appartient à l'une des séquences mathématiques les plus célèbres de l'Histoire.

Non seulement Fache ignorait qu'une séquence mathématique puisse être célèbre, mais de plus il n'appréciait pas du tout le ton désinvolte de la jeune femme.

— Il s'agit de la suite de Fibonacci, dans laquelle chaque nombre est égal à la somme des deux précédents.

Fache vérifia. C'était vrai, en effet. Mais quel rapport avec la mort de Saunière ?

— Le mathématicien Leonardo Fibonacci a inventé cette séquence au XIIIe siècle. Le fait que Saunière ait aligné *tous* les chiffres du début de cette séquence n'est certainement pas une coïncidence.

Fache regarda longuement la jeune femme.

— Très bien. Dans ce cas, voulez-vous me dire pourquoi Saunière l'a intégrée à son message ? Que nous dit-il ? Qu'est-ce que cela peut bien signifier ?

Elle haussa les épaules.

— Absolument rien, c'est bien là le problème. C'est un jeu cryptographique des plus simplistes. C'est comme si on mélangeait tous les mots d'un poème, pour voir si vous seriez capable de le reconstituer.

Fache fit un pas vers elle et riva ses yeux dans les siens.

— J'ose espérer que vous allez me donner une explication plus satisfaisante que celle-là !

Elle s'inclina, soudain sérieuse.

— Commissaire, malgré la gravité des événements, je pensais que vous seriez intéressé d'apprendre que Jacques Saunière avait l'intention de vous faire marcher. Il semble que ce ne soit pas le cas. J'informerai mon directeur que vous n'avez plus besoin de mes services.

Là-dessus, elle tourna les talons et repartit comme elle était venue.

Complètement abasourdi, le commissaire la regarda disparaître dans la pénombre. *Elle est devenue folle !* Sophie Neveu venait de redéfinir le concept de *suicide professionnel*.

Fache se tourna vers Langdon, toujours à l'écoute de son message, l'air plus soucieux encore que tout à l'heure. *L'ambassade américaine*. Parmi les nombreuses institutions qu'il détestait, voilà une de celles qui l'irritaient le plus. L'ambassadeur et lui s'affrontaient régulièrement, leur champ de bataille le plus régulier étant les relations entre la police et les voyageurs ou résidents américains en France. Il ne se passait guère de jour sans que la police arrête un étudiant américain en possession d'une drogue illicite, un homme d'affaires en goguette faisant des avances à une prostituée mineure, un touriste pris en flagrant délit de vol à la tire ou de destruction de biens privés. Légalement, l'ambassade avait le droit de faire rapatrier ses ressortissants vers les États-Unis, où ils s'en tiraient avec une bonne semonce.

Et c'est invariablement ce qu'elle faisait.

Fache appelait cela « l'émasculation de la police judiciaire ». Un dessin humoristique récemment paru dans *Paris-Match* représentait le chef de la PJ en chien policier enchaîné au bâtiment de l'ambassade, essayant vainement de mordre le mollet d'un Américain.

Pas de ça ce soir, se dit Fache. *L'enjeu est trop gros*.

Langdon éteignit le portable. Il n'avait pas l'air dans son assiette.

— Tout va bien ? demanda le commissaire.

L'Américain secoua la tête d'un air lamentable.

De mauvaises nouvelles de chez lui, se dit le commissaire, en remarquant, lorsque l'Américain lui rendit son téléphone, qu'il avait le front en sueur.

— C'est un accident…, bredouilla Langdon, d'une voix étrange. Un de mes amis… Je vais devoir prendre le premier avion ce matin.

Fache ne doutait pas de la sincérité de son émotion, mais il lisait autre chose sur le visage de l'Américain, une sorte de peur dans ses yeux.

— Je suis désolé, fit-il en le regardant de plus près. Voulez-vous vous asseoir ? proposa-t-il en désignant une banquette située un peu plus loin.

L'air absent, Langdon hocha la tête et fit quelques pas, avant de s'arrêter, l'air extrêmement perturbé.

— En fait, je souhaiterais pouvoir me rendre aux toilettes.

Fache réprima une grimace à l'idée de ce contretemps :

— Les toilettes. Bien sûr. Nous allons faire une pause.

Il pointa dans une direction.

— Il y en a là-bas, en allant vers le bureau du Président.

Langdon hésita et désigna la direction opposée, vers le fond de la Grande Galerie.

— Je crois qu'il y en a de plus proches de ce côté…

Il avait raison. Ils étaient aux deux tiers du parcours et plusieurs toilettes avaient été aménagées à l'extrémité de la Grande Galerie.

— Voulez-vous que je vous accompagne ?

— Non, merci, lança Langdon en s'éloignant. Je préfère rester un peu seul.

Fache n'était guère enchanté de laisser Langdon se balader tout seul dans le musée, mais il se rassura vite : La Grande Galerie se terminait en cul-de-sac, la seule sortie possible étant la grille qu'ils avaient franchie. Pour un si grand espace, les règlements de sécurité imposaient certes plusieurs issues, mais les accès aux cages d'escalier du fond s'étaient fermés automatiquement lorsque Saunière avait déclenché le système d'alarme. Et bien que le système ait été débloqué depuis, il n'y avait aucun risque — l'ouverture de n'importe laquelle des portes déclencherait immédiatement le système d'alarme incendie. Qui plus est, elles étaient gardées à l'extérieur par des agents de la PJ.

— Il faut que je retourne dans le bureau de M. Saunière, déclara-t-il. Vous m'y retrouverez directement. J'aurai d'autres questions à vous poser.

Langdon lui fit un petit signe de la main et disparut dans la pénombre.

Fache repartit d'un pas nerveux dans la direction opposée, repassa sous la herse, traversa le Salon carré et entra furibond dans le bureau du conservateur :

— Qui a laissé entrer Sophie Neveu ? beugla-t-il.

— Elle a dit aux gardes en bas qu'elle avait déchiffré le code…, expliqua Collet, tout penaud.

— Elle est partie ? demanda Fache en la cherchant des yeux.

— Elle n'est pas avec vous ?

— Nom de Dieu, elle a fichu le camp !

Il se précipita dans le Salon carré. Elle ne s'était visiblement pas attardée pour discuter avec ses collègues.

Fache hésita un instant à appeler les gardes de l'entresol pour leur ordonner d'arrêter Sophie et de la ramener dans le bureau de Saunière. Mais il se ravisa. C'était sa fierté blessée qui s'exprimait… sa volonté d'avoir toujours le dernier mot. Il avait été assez dérangé comme ça…

Je m'occuperai d'elle plus tard, se dit-il, se faisant déjà une joie de la mettre à pied.

Chassant Sophie Neveu de son esprit, il contempla en silence le chevalier en armure qui trônait sur le bureau de Jacques Saunière. Puis il se tourna vers l'inspecteur Collet.

— Et l'autre, vous le suivez ?

Collet orienta son écran vers Fache. Clairement visible sur le plan, le point rouge clignotait dans le carré « TOILETTES PUBLIQUES », situé au sud de la salle Salvador Rosa, à l'extrémité ouest de la Grande Galerie.

Le commissaire alluma une cigarette.

— Très bien ! J'ai un coup de fil à donner, dit-il en sortant de la pièce. Assurez-vous qu'il ne file pas.

12.

Vaguement étourdi, Langdon progressait vers le fond de la Grande Galerie, l'esprit absorbé par le message téléphonique de Sophie Neveu qu'il se répétait sans cesse. Au fond du large vestibule, des signaux lumineux indiquant les toilettes publiques le guidèrent à travers un labyrinthe de cloisons couvertes de dessins italiens, qui en masquaient l'entrée.

Il trouva enfin celle des toilettes pour hommes, poussa la porte et alluma la lumière.

La pièce était vide.

Il gagna le lavabo, se rinça les mains et le visage pour tenter de se réveiller. Un éclairage fluorescent agressif se reflétait sur les carreaux blancs, une odeur d'ammoniaque flottait dans l'air. En s'essuyant les mains, il entendit la porte d'entrée grincer derrière lui.

Sophie Neveu entra, ses yeux verts luisant de peur.

— Ouf ! Vous êtes là ! Il faut faire vite…

Langdon la regardait avec stupéfaction. Il avait écouté plusieurs fois son message téléphonique, pensant d'abord qu'elle était folle, mais il avait fini par la prendre au sérieux. *Ne manifestez aucune réaction à l'écoute de ce message. Restez parfaitement calme. Vous êtes en danger. Suivez très exactement toutes mes instructions…* Totalement désemparé, il lui avait obéi à la lettre, débité à Fache l'histoire de l'accident, et demandé à pouvoir se rendre aux toilettes, sachant qu'il s'agissait de celles qui se trouvaient à l'extrémité de la Grande Galerie.

Elle reprit son souffle après un parcours du combattant destiné à déjouer la surveillance de ses collègues. Sous l'éclairage des néons, Langdon fut surpris de constater à quel point la douceur de ses traits contrastait avec son expression ferme et décidée. Ses yeux brillaient d'un vif éclat qui lui rappelait certains portraits de Renoir, ce flou dans un regard pourtant si net, ce mélange d'audace et de mystère…

— Je voulais vous avertir, monsieur Langdon. Vous êtes suivi par la police, placé sous surveillance cachée.

Un léger accent donnait à sa voix une résonance particulière.

— Mais… pourquoi ? s'étonna-t-il.

Elle lui avait donné une explication au téléphone, mais il voulait l'entendre la dire de vive voix.

— Parce que, répondit-elle en s'avançant vers lui, le premier suspect du commissaire Fache, c'est *vous*.

Langdon avait beau s'attendre à cette affirmation, il la trouvait parfaitement ridicule. À en croire la jeune femme, ce n'est pas en tant que spécialiste des symboles qu'il avait été convoqué au Louvre cette nuit, mais pour subir son premier interrogatoire de meurtrier présumé. Et il se trouvait être la cible d'une des méthodes favorites de la DCPJ – *la surveillance cachée* – laquelle consistait à faire venir un suspect sur la scène d'un crime et à l'interroger dans l'espoir qu'il perdrait ses moyens et finirait par se trahir.

— Regardez dans la poche gauche de votre veste. Vous y trouverez la preuve de leur surveillance.

Langdon sentit son appréhension monter d'un cran. *Que je cherche dans la poche de ma veste ? Qu'est-ce que c'est que cette histoire ?*

— Allez ! Cherchez.

Il plongea la main dans la poche dont il ne se servait jamais, et ne trouva rien. *Évidemment, qu'est-ce que vous attendiez ?* Il se demanda si cette fille n'était pas tout simplement cinglée. Mais en fouillant dans les coins, son doigt frôla un tout petit objet dur. Il le sortit à la lumière. C'était un minuscule disque métallique, pas plus gros qu'une pile de montre. Il n'avait jamais rien vu de semblable.

— Qu'est-ce que c'est ?

— Un émetteur GPS, un mouchard électronique. Cette petite rondelle métallique transmet en continu sa situation, par satellite, au moniteur de surveillance de la DCPJ, à moins d'un mètre près, sur toute la surface du globe. C'est une sorte de laisse électronique. L'agent qui est venu vous chercher à l'hôtel a dû le glisser dans votre poche.

Langdon revit sa chambre d'hôtel… la douche rapide, les vêtements enfilés à la hâte, la sollicitude de l'inspecteur Collet qui lui tendait sa veste avant de sortir : « *Il fait frais ce soir, monsieur Langdon… Le printemps à Paris n'est pas celui des chansons.* » Langdon avait obéi en le remerciant.

Les yeux verts de Sophie brillaient.

— Je ne vous en ai pas parlé au téléphone, pour éviter que Fache vous voie fouiller vos poches. Il ne faut surtout pas qu'il sache que vous êtes au courant.

Langdon ne savait comment réagir.

— Ils ont fait cela parce qu'ils pensaient que vous chercheriez à vous enfuir. En fait, c'est ce qu'ils espéraient. Cela n'aurait fait que confirmer leurs soupçons.

— Mais pourquoi chercherais-je à m'enfuir ? Je suis innocent !

— Ce n'est pas ce que pense Fache.

Langdon fit un pas vers la poubelle pour y jeter la petite rondelle.

— Non ! fit Sophie en retenant son bras. Remettez-le dans votre poche. Si vous le jetez, le signal ne bougera plus, et ils devineront que vous l'avez trouvé. La seule raison pour laquelle Fache vous a laissé vous éloigner, c'est qu'il peut vous suivre à la trace. S'il s'aperçoit que vous avez déjoué sa ruse…

Elle ne termina pas sa phrase et remit elle-même le signal dans la poche de Langdon.

— Gardez-le sur vous. Au moins pour l'instant.

Langdon se sentait un peu perdu.

— Mais comment Fache a-t-il pu imaginer que c'est moi qui avais tué Jacques Saunière ? protesta Langdon, accablé.

— Il dispose d'un indice assez convaincant. Un élément de preuve qu'il ne vous a pas montré…

Langdon ouvrit de grands yeux.

— Vous vous souvenez des trois lignes du message de Saunière ?

Il hocha la tête. Sophie baissa la voix.

— Malheureusement, on ne vous a montré qu'un message tronqué. Il y avait une quatrième ligne, que Fache a photographiée, mais qu'il a effacée avant votre arrivée sur les lieux.

Rien de plus simple que d'effacer cette encre, Langdon le savait, mais pourquoi un policier avait-il supprimé une pièce à conviction ?

— Il ne voulait pas que vous la voyiez, cette quatrième ligne. Du moins, pas avant de vous avoir arrêté.

Elle sortit de sa poche un tirage photo numérique qu'elle déplia et tendit à Langdon.

— Fache a envoyé des photos de la scène du crime au service de cryptographie, avec l'espoir que nous pourrions comprendre la signification de son message. En voici une version complète.

Elle lui tendit la feuille de papier.

Un gros plan montrait l'inscription sur le parquet. La dernière ligne fit à Langdon l'effet d'un coup de poing dans l'estomac :

13-3-2-21-1-1-8-5
O DRACONIAN DEVIL !
OH, LAME SAINT !
P.S. TROUVER ROBERT LANGDON

13.

Langdon fixa le post-scriptum de Jacques Saunière pendant plusieurs secondes. *P.S. Trouver Robert Langdon.* Le parquet de la Grande Galerie tanguait sous ses pieds. *Il a cité mon nom en post-scriptum.* Malgré tous ses efforts d'imagination, il ne comprenait absolument pas pourquoi.

— Vous saisissez maintenant, dit Sophie avec un regard insistant, pourquoi Fache vous a fait venir, et pourquoi vous êtes son suspect favori ?

La seule chose que Langdon comprenait, c'est pourquoi le commissaire avait paru si satisfait quand il lui avait suggéré que Saunière voulait peut-être désigner son assassin.

Trouver Robert Langdon.

— Mais pourquoi Saunière aurait-il écrit cela ? demanda-t-il d'une voix où la stupéfaction avait fait place à la colère. Pourquoi aurais-je cherché à le tuer ?

— Fache n'a pas encore de mobile, mais il a enregistré toute votre conversation dans l'espoir d'en trouver un.

Langdon ouvrit la bouche, sans pouvoir dire un mot.

— Il porte sous sa cravate un micro miniature, continua Sophie. Relié par radio à un magnéto-phone du PC.

— Mais ce n'est pas possible ! Et j'ai un alibi : je suis rentré à l'hôtel aussitôt après ma conférence. Ils n'ont qu'à vérifier auprès de la réception...

— C'est déjà fait. Vous avez retiré votre clé aux alentours de dix heures trente. Or Saunière n'a été assassiné qu'un peu avant onze heures. Vous aviez le temps de ressortir de l'hôtel sans être vu.

— C'est absolument insensé ! Fache n'a aucune preuve !

Sophie ouvrit des yeux ronds. *Aucune preuve ?*

— Monsieur Langdon, votre nom est écrit en toutes lettres à côté du cadavre, et son agenda prouve que vous aviez rendez-vous avec Saunière ce soir, à une heure très proche de celle du meurtre. Il a largement de quoi vous placer en garde à vue !

Langdon se rendit soudain compte qu'il allait avoir besoin d'un avocat.

— Ce n'est pas moi qui l'ai tué !

— Monsieur Langdon, nous ne sommes pas dans un studio de la télévision américaine et les lois françaises protègent plus la police que les crimi-nels. De plus, dans ce cas précis, il s'ajoute un problème médiatique : Jacques Saunière était un notable du monde des arts parisien. Son assassinat fera la une des quotidiens de demain et Fache sera contraint de faire une déclaration à la presse le plus tôt possible. S'il peut annoncer qu'il est déjà en train d'interroger un suspect, il marquera un point décisif. Que vous soyez coupable ou non, la PJ va vous garder au chaud le plus longtemps possible, tant qu'ils n'auront pas élucidé l'affaire.

Langdon eut l'impression d'être un animal traqué.

— Mais pourquoi me dites-vous tout ça ?

— Parce que je suis sûre de votre innocence, monsieur Langdon.

Elle détourna un instant les yeux et le regarda à nouveau bien en face.

— Et aussi parce que c'est en partie de ma faute si vous êtes soupçonné…

— Pardon ?

— Saunière ne cherchait pas à vous accuser. C'est à moi que son message s'adressait.

Il fallut à Langdon plusieurs secondes pour assimiler l'information.

— Vous pouvez me répéter ça s'il vous plaît ?

— Son message n'était pas destiné à la police. C'est pour moi qu'il l'a écrit. Je crois que, dans l'urgence, il ne s'est pas rendu compte de la façon dont la PJ risquait de l'interpréter. Le code chiffré n'avait qu'une fonction : s'assurer que la police appellerait la cryptographie et que je serais avertie le plus vite possible de ce qui lui était arrivé.

Langdon était complètement dépassé par les événements. Qu'elle soit folle ou non, cette fille, en tout cas, cherchait à l'aider et il commençait à comprendre pourquoi. *P.S. Trouver Robert Langdon.* Elle avait l'air convaincue que le post-scriptum lui était destiné.

— Mais comment pouvez-vous être si sûre que le message vous était destiné ?

— À cause de *L'Homme de Vitruve.* J'ai toujours adoré ce dessin, c'était mon préféré. Il s'en est servi pour attirer mon attention.

— Attendez une seconde. Saunière savait que c'était votre croquis préféré ?

— Excusez-moi. C'est vrai que je vous raconte tout ça dans le désordre. Jacques Saunière et moi...

Sa voix s'étrangla et Langdon perçut une soudaine mélancolie, comme le souvenir d'un chagrin passé. Saunière et elle avaient sans doute eu une liaison. Langdon contemplait la jolie jeune femme, en se rappelant que les Français d'âge mûr avaient la réputation de prendre souvent de jeunes maîtresses. Mais l'image de Sophie Neveu en demoiselle entretenue avait quelque chose d'incongru.

— Nous avons rompu il y a une dizaine d'années, et nous ne nous sommes pratiquement pas parlé depuis... Mais ce soir, quand le service de crypto a reçu cette photo, j'ai tout de suite su qu'il cherchait à me transmettre un message.

— Vous avez reconnu *L'Homme de Vitruve...*

— Oui, et aussi les lettres PS.

— Post-scriptum ?

Elle secoua la tête.

— Ce sont mes initiales.

— Mais vous vous appelez Sophie Neveu…

Elle rougit légèrement.

— PS, c'était le surnom qu'il m'avait donné quand je vivais chez lui. L'abréviation de *Princesse Sophie*.

Langdon ne broncha pas.

— Je sais que ça a l'air idiot, mais il y a très longtemps de cela. J'étais toute gamine.

— Vous le connaissiez étant enfant ?

— Très bien, murmura-t-elle, le regard embué. Jacques Saunière était mon grand-père.

14

— Où est Langdon ? tempêta Fache de retour dans le bureau de Saunière, et exhalant un reste de bouffée de cigarette.

— Toujours aux toilettes.

L'inspecteur Collet s'attendait à la question.

— On peut dire qu'il prend son temps...

Le commissaire se pencha par-dessus l'épaule de Collet pour suivre des yeux le point rouge qui clignotait sur l'écran. Il luttait contre l'envie de courir chercher l'Américain. Il fallait en principe laisser au suspect un maximum de temps et de liberté, pour lui donner une fausse sensation de confiance. Il fallait que Langdon revienne de lui-même. Mais ça faisait presque dix minutes qu'il était parti.

Trop longtemps.

— Vous croyez qu'il a repéré l'émetteur ? demanda-t-il.

Collet secoua la tête.

— Non, on voit toujours des petits déplacements à l'intérieur du même espace. Le GPS est donc toujours sur lui. S'il l'avait trouvé, il l'aurait jeté et aurait tenté de filer. Il est peut-être indisposé…

— OK, fit Fache, les yeux rivés sur sa montre.

Mais le commissaire avait l'air préoccupé. Collet le sentait tendu depuis le début de cette affaire. Ça ne lui ressemblait pas. Il se montrait au contraire étonnamment impassible dans les moments difficiles. Ce soir, il avait l'air émotionnellement impliqué, comme si ce crime le concernait personnellement.

Rien d'étonnant à cela, pensait Collet. *Cette arrestation est ce qui pourrait lui arriver de mieux.* Depuis quelques mois, les médias comme ses supérieurs avaient souvent critiqué ses méthodes agressives, ses accrocs avec les grosses ambassades et ses énormes dépenses en équipements dernier cri. L'arrestation rapide, avec assistance GPS, d'un Américain, ferait taire bien des critiques et lui garantirait son inamovibilité en attendant une retraite confortable. *Et Dieu sait s'il en a besoin.* Son engouement pour l'informatique lui avait valu bien des déboires, professionnels autant que personnels. Selon la rumeur, il avait investi toutes ses économies en actions technologiques au pire moment, et il y avait laissé jusqu'à sa chemise.

Pourtant, il n'y avait ce soir aucune raison de s'affoler. L'irruption inopportune de Sophie Neveu n'était après tout qu'un épisode sans grande conséquence. Maintenant qu'elle était partie, Fache avait des atouts à jouer. Il n'avait pas encore dit à Langdon que son nom figurait sur le message d'origine. La réaction de l'Américain serait sûrement révélatrice.

— Commissaire ? appela un agent depuis le fond de la pièce, en lui tendant un téléphone. Je crois que vous devriez prendre cet appel.

— Qui est-ce ?

— Le directeur du service de cryptographie.

— Et alors ?

— C'est au sujet de Sophie Neveu. Il y a un problème.

15.

C'est l'heure.

Silas se sentait plus fort en sortant de l'Audi
noire. La brise nocturne gonflait sa robe de bure.
Le vent du changement s'est levé. Conscient que
la tâche qu'il devait accomplir demanderait plus
de finesse que de force, il avait laissé dans la boîte
à gants son arme, le Heckler & Koch USP 40 à
treize coups que lui avait confié le Maître.

*Une arme à feu n'a pas sa place dans la Maison
de Dieu.*

La place Saint-Sulpice était déserte, à part
deux ou trois jeunes prostituées adolescentes qui
proposaient leurs services aux automobilistes
noctambules. La vue de leurs jeunes corps nubiles
provoqua une réaction trop familière chez Silas,
qui plia instinctivement le genou gauche. Les
pointes du cilice s'enfoncèrent dans sa chair.

Le désir disparut instantanément. Depuis dix ans,
obéissant strictement à *La Voie*, il s'interdisait tout

122

plaisir sexuel, même solitaire. S'il avait beaucoup sacrifié aux exigences de l'*Opus Dei*, il savait aussi qu'il en avait reçu en retour des bienfaits beaucoup plus grands. Le vœu de chasteté comme le renoncement à tout bien matériel lui avaient parus légers après la pauvreté qu'il avait connue enfant, et les sévices sexuels qu'il avait subis en prison.

C'était la première fois qu'il revenait en France depuis son arrestation. Il avait l'impression que sa patrie le mettait à l'épreuve, réveillant des souvenirs violents dans son âme aujourd'hui rachetée. *Tu es ressuscité*, se répétait-il. Aujourd'hui, le service de Dieu l'avait obligé à commettre le péché de meurtre, et il savait que ce sacrifice devrait rester enfoui au fond de son cœur pour l'éternité.

« *La force de ta foi se mesure à la souffrance que tu peux endurer* », lui avait dit le Maître. Silas était aguerri à la douleur, et il ne demandait qu'à le prouver à celui qui affirmait que sa mission était ordonnée par une puissance supérieure.

Hago la Obra de Dios, *j'accomplis l'Œuvre de Dieu*, murmura-t-il en se dirigeant vers la façade de l'église.

Il reprit son souffle devant l'entrée, réalisant enfin pleinement ce qu'il allait faire, ce qui l'attendait à l'intérieur.

La clé de voûte. Qui nous mènera au but final.

Il leva son poing spectral et frappa trois fois contre la porte.

Quelques instants plus tard, il entendit le grincement des loquets derrière l'immense porte de bois.

16.

Sophie se demandait combien de temps mettrait Fache à réaliser qu'elle n'avait pas quitté le musée. Langdon avait l'air tellement abattu qu'elle s'interrogeait : n'avait-elle pas eu tort de le manœuvrer comme elle l'avait fait ?

Mais que pouvais-je faire d'autre ?

Elle revoyait le cadavre nu de Jacques Saunière étendu sur le plancher de la Galerie. Il avait tant représenté pour elle, autrefois. Et pourtant elle n'arrivait pas à éprouver de chagrin. C'était devenu un étranger. Elle avait brusquement cessé de l'aimer, un soir du mois de mars. *Il y a dix ans*. Encore étudiante, elle était rentrée d'Angleterre quelques jours plus tôt que prévu, et elle avait découvert son grand-père accomplissant un acte qu'elle n'était pas censée voir. Aujourd'hui encore, elle se demandait si cette scène, avait vraiment eu lieu.

Si seulement je ne l'avais pas vu, de mes propres yeux...

Trop choquée, trop honteuse pour accepter ses pitoyables tentatives d'explication, elle avait immédiatement quitté la maison, et rassemblé ses économies pour s'installer dans un appartement qu'elle partageait avec des amies. Elle s'était juré de ne jamais parler à personne de ce qu'elle avait vu. Saunière avait désespérément essayé de renouer le contact, lui envoyant lettre sur lettre, la suppliant sur son répondeur téléphonique de le laisser s'expliquer. *Quelle explication le rachèterait ?* La seule fois où elle avait répondu, c'était pour exiger qu'il ne l'appelle plus, qu'il n'essaie plus jamais de la revoir. Elle craignait que leur entretien ne se révèle plus pénible encore que l'incident lui-même.

Curieusement, Jacques Saunière n'avait jamais renoncé. Sophie avait chez elle un tiroir entier rempli des lettres et des paquets qu'il n'avait cessé de lui envoyer pendant dix ans. Elle devait toutefois reconnaître qu'il avait obéi à sa requête, s'abstenant strictement de lui téléphoner.

Jusqu'à cet après-midi.

— Sophie ?

La voix, enregistrée sur le répondeur, avait beaucoup vieilli.

— J'ai respecté ton désir jusqu'à présent, et cela me coûte beaucoup de t'appeler. Il faut absolument que je te parle... Il est arrivé quelque chose de terrible.

Debout dans la cuisine de son appartement, elle avait senti un frisson la traverser. La douce et chère voix lui rappelait les souvenirs heureux de son enfance. Il parlait en anglais, comme il l'avait toujours fait quand elle était petite. *Tu parles français à l'école, on parle anglais à la maison.*

— Écoute-moi, Sophie, je t'en supplie ! Tu ne peux pas m'en vouloir éternellement. As-tu seulement lu les lettres que je t'ai envoyées ? Tu n'as toujours pas compris ? Il faut que je puisse te parler, c'est urgent. Accorde ce dernier souhait à ton vieux grand-père. Appelle-moi au Louvre, dès que tu auras reçu ce message. Je crois que nous sommes tous les deux en grand danger.

Sophie avait regardé fixement le répondeur. *En danger ?* De quoi parlait-il ?

La voix chevrotait sous l'effet d'une émotion qu'elle ne pouvait identifier.

— Princesse… Je sais que je t'ai caché certaines choses, et que cela m'a coûté ton amour. Mais c'était pour te protéger. Il faut maintenant que tu connaisses la vérité. Il faut que je te dise la vérité sur ta famille…

Elle entendit soudain battre son propre cœur. *Ma famille ?* Ses parents avaient été tués dans un accident de la route quand elle avait quatre ans. Leur voiture avait éventré la rambarde d'un pont et coulé dans le fleuve. Sa grand-mère et son petit frère étaient à l'arrière. Elle avait chez elle une boîte en carton pleine de coupures de presse de l'époque, qui relataient ce fait divers.

La voix de son grand-père réveillait une nostalgie ancienne, enfouie en elle depuis de longues années. *Ma famille !* Elle revit un instant ce rêve récurrent qui l'avait si souvent réveillée étant petite. *Ils sont vivants ! Ils reviennent à la maison !* Mais, comme après son rêve, leurs visages replongèrent dans l'oubli.

Ils sont morts, Sophie. Ils ne reviendront pas.

— Sophie, continuait Saunière au téléphone, il y a des années que j'attends le bon moment pour te parler. Mais je n'ai plus le temps… Appelle-moi au Louvre, dès que tu auras reçu ce message. J'attendrai ici toute la nuit. J'ai peur qu'un danger ne nous guette. J'ai tellement de choses à te dire, à t'apprendre…

Le message se terminait là.

Sophie était restée debout dans le silence, tremblante, pendant plusieurs minutes. Puis elle avait compris l'intention réelle de son grand-père.

Il cherchait à l'appâter.

Il était prêt à tout pour la revoir. Elle sentit monter son dégoût. Elle se demanda s'il n'était pas gravement malade, s'il n'avait pas eu recours à un stratagème quelconque pour la contraindre à venir le voir. Il avait trouvé l'argument imparable.

Ma famille.

Et maintenant, dans la pénombre des toilettes du Louvre, elle entendait sa voix comme un écho. *Sophie, nous sommes peut-être en danger. Appelle-moi.*

Elle ne l'avait pas rappelé. Elle n'avait même pas projeté de le faire. Mais son scepticisme venait d'être dramatiquement contredit. Son grand-père gisait assassiné, dans son bureau du musée. Et il avait laissé un message codé.

À son intention. Elle en était certaine, même si elle n'en comprenait pas le sens.

Le fait qu'il était crypté était une preuve de plus que c'est à elle que Saunière s'adressait. C'est son grand-père qui lui avait transmis sa passion pour les codes, les textes cryptés, les rébus, les énigmes. *Combien de dimanches avons-nous passés à résoudre ensemble les mots croisés et les cryptogrammes des journaux ?*

À douze ans, elle terminait seule les mots croisés du *Monde*. Son grand-père l'initia alors à ceux de la presse britannique. Puis il lui apprit les jeux mathématiques et les codes chiffrés. Elle savourait tous ces divertissements avec gourmandise. Et c'est cette passion qui l'avait poussée à devenir cryptographe pour la police judiciaire.

Ce soir, la spécialiste des codes ne pouvait qu'admirer l'efficacité de la simple petite phrase qu'avait imaginée son grand-père pour réunir deux êtres qui ne se connaissaient pas – Sophie Neveu et Robert Langdon.

Mais pourquoi ?

Malheureusement, à voir le désarroi de Langdon, elle devinait qu'il ignorait autant qu'elle la raison de cette réunion.

— Vous deviez rencontrer mon grand-père ce soir ? demanda-t-elle à Langdon. C'était à quel sujet ?

La perplexité de l'Américain semblait sincère.

— C'est sa secrétaire qui a arrangé le rendez-vous. Sans en donner la raison. Et je ne lui ai pas posé de questions. J'ai pensé que Jacques Saunière avait appris que je donnais ce soir une conférence sur l'iconographie païenne des cathédrales françaises, et que, comme le sujet l'intéressait, ça l'amusait de venir en parler avec moi pendant la réception qui devait suivre.

Sophie était sceptique. Ce motif lui semblait peu plausible. Son grand-père en savait plus sur l'iconographie païenne que n'importe quel spécialiste mondial. De plus, il vivait en reclus et n'était pas du genre à solliciter un entretien avec un Américain de passage, à moins que ce ne soit pour une raison très importante.

Elle respira profondément avant de reprendre son interrogatoire :

— Il m'a téléphoné cet après-midi pour me dire qu'il nous croyait en danger, lui et moi. Avez-vous une idée de ce qu'il voulait me confier ?

Les yeux bleus de Langdon s'assombrirent.

— Non, mais étant donné ce qui lui est arrivé…

Sophie hocha la tête. Elle serait en effet bien folle de ne pas avoir peur. Se sentant soudain découragée, elle fit quelques pas, s'arrêta devant la fenêtre à carreaux dépolis, et contempla le faisceau de fils électriques qui courait tout autour. Les toilettes étaient certainement à plus de douze mètres au-dessus du niveau de la rue.

Elle soupira. Les lumières floues de la ville scintillaient derrière les vitres, éclipsées, toutes les soixante secondes, par le rayon bleuâtre du phare de la tour Eiffel qui balayait le ciel parisien.

Les toilettes se trouvaient à l'extrémité de l'aile Denon, au-dessus du quai du Louvre. Un trottoir étroit longeait le musée. Voitures et camions de livraison défilaient, momentanément arrêtés par le feu rouge du pont du Carrousel. Sophie avait l'impression que tous ces phares allumés la narguaient.

— Je ne sais que vous dire, murmura Langdon en s'approchant d'elle. Votre grand-père cherchait évidemment à nous apprendre quelque chose. Je suis navré de vous être si peu utile…

Elle se retourna vers lui, consciente que son regret était sincère. Insensible aux périls qui le menaçaient, il cherchait visiblement à l'aider. *C'est son côté prof*, songea-t-elle. L'universitaire typique qui ne supporte pas de ne pas comprendre

Voilà au moins un point commun.

Sophie, qui gagnait sa vie en tentant de déchiffrer des codes incompréhensibles, était persuadée que le message de ce soir signifiait que Langdon détenait, peut-être sans le savoir, des renseignements dont elle aurait grand besoin. *Princesse Sophie, trouve Robert Langdon.* Son grand-père ne pouvait pas être plus clair. Il fallait absolument qu'ils travaillent ensemble. Qu'ils aient le temps de réfléchir. De résoudre ensemble cette énigme. Mais le temps était malheureusement compté.

Elle leva les yeux vers lui pour avancer le seul argument qu'elle ait pu trouver :

— Bézu Fache va vous placer en garde à vue d'une minute à l'autre. Je peux vous aider à sortir du musée avant, mais il faut agir tout de suite.

Langdon écarquilla les yeux.

— Vous voulez que je prenne la fuite ?

— C'est la meilleure chose à faire. Si vous laissez Fache vous coffrer maintenant, vous passerez des semaines en préventive pendant que la DCPJ et votre ambassade se chamailleront pour savoir par qui vous devez être jugé. En revanche, si je réussis à vous faire sortir d'ici et à rejoindre votre ambassade, votre gouvernement vous protégera, en attendant que vous et moi arrivions à prouver que vous n'avez rien à voir avec ce crime.

Langdon n'avait absolument pas l'air convaincu.

— C'est perdu d'avance ! Toutes les sorties doivent être gardées par des flics. Et même si je parvenais à m'échapper sans me faire tirer dessus, je ne ferais que prouver ma culpabilité. Pourquoi ne pas expliquer à Fache que la dernière ligne du message s'adressait à vous ? Que ce n'est pas une accusation ?

— C'est ce que je vais faire, s'empressa-t-elle de répliquer. Mais une fois que vous serez à l'abri dans votre ambassade. Elle se trouve à moins d'un kilomètre d'ici et ma voiture est garée devant l'entrée de l'aile Denon. Il serait beaucoup trop risqué d'essayer de vous expliquer avec Fache maintenant. Vous ne comprenez pas ? Il s'est fait un point d'honneur de prouver votre culpabilité. La seule raison qui l'a empêché de vous arrêter immédiatement, c'est l'espoir que la surveillance électronique lui permettrait de vous démasquer.

— Mais en fuyant, je lui donne raison !

La sonnerie du portable de Sophie retentit. *Fache, probablement*. Elle le sortit de sa poche et l'éteignit.

— Monsieur Langdon, dit-elle précipitamment. Il faut que je vous pose une dernière question…

Votre avenir pourrait bien en dépendre.

— Ce fameux post-scriptum, reprit-elle, ne peut évidemment pas constituer une preuve. Cependant, Fache a déclaré à toute l'équipe qu'il était absolument certain que vous étiez son homme. Voyez-vous une autre raison qui pourrait justifier sa conviction ?

— Absolument aucune, répondit Langdon après un silence.

Sophie poussa un soupir. *Ce qui signifie que Fache ment*. Pourquoi, elle n'en avait pas la moindre idée, mais ils avaient d'autres chats à fouetter pour l'instant. Ce qui était sûr, c'est qu'il avait décidé de coffrer ce pauvre Américain dès cette nuit, et à n'importe quel prix. Or elle-même avait besoin de Langdon. Elle ne voyait qu'une solution à ce dilemme.

Il faut absolument que je le conduise à son ambassade.

Elle se retourna vers la fenêtre et regarda le trottoir, près de quinze mètres plus bas. Un saut de cette hauteur le laisserait avec deux jambes cassées. Au mieux.

Elle prit néanmoins sa décision.

Qu'il le veuille ou non, Robert Langdon allait s'évader du Louvre.

17.

— Comment ça, elle ne répond pas ? Je sais qu'elle a son portable sur elle.

Collet essayait d'appeler Sophie Neveu depuis plusieurs minutes.

— Sa batterie est peut-être à plat, ou alors elle a coupé la sonnerie.

Fache avait l'air furieux depuis sa conversation avec le directeur de la cryptographie. Dès qu'il avait raccroché, il avait demandé à Collet d'appeler Sophie Neveu. Il marchait de long en large comme un lion en cage.

— À propos, qu'est-ce qu'ils voulaient, à la crypto ? risqua Collet.

— Nous dire que les *draconian devils* et autres *lame saints* ne leur évoquaient rien.

— C'est tout ?

— Non. Ils ont identifié la série de chiffres. Séquence de Fibonacci. Mais ils pensent que ça n'a pas de sens.

133

— Mais ils nous ont envoyé Sophie Neveu pour nous dire la même chose ! s'étonna Collet.

— Ils ne nous l'ont *pas* envoyée…

— Quoi ?

— Le chef du service a demandé, sur mes ordres, à toute son équipe de venir voir la photo de Saunière que je lui avais adressée. Quand Sophie Neveu est arrivée, elle a regardé rapidement le cadavre et le code et elle est repartie sans dire un mot. Le chef du service dit qu'il n'a pas bronché parce qu'il comprenait qu'elle ait été bouleversée.

— Bouleversée ? Elle n'a jamais vu de cadavre ?

Fache ne répondit qu'après un silence :

— Il paraît que Sophie Neveu est la petite-fille de Saunière. Je l'ignorais, le chef du service aussi, mais c'est un collègue qui vient de le lui apprendre.

Collet demeura bouche bée.

— Le directeur dit qu'elle ne lui en a jamais parlé, reprit Fache. Il pense qu'elle ne voulait pas que la célébrité de son grand-père lui vaille un traitement de faveur.

Rien d'étonnant que les photos l'aient choquée. Collet n'en revenait pas de la coïncidence qui avait amené la jeune cryptographe à déchiffrer un code laissé par un membre de sa famille assassiné. Le comportement de Sophie Neveu restait tout de même incompréhensible.

— Mais elle avait forcément reconnu la séquence de Fibonacci, puisqu'elle est venue nous le dire. Je ne comprends pas pourquoi elle n'en a pas parlé à ceux de son service.

Collet ne voyait qu'une explication. Saunière avait crypté son message pour être sûr que le service de cryptographie, et par conséquent sa petite-fille, seraient immédiatement impliqués dans l'enquête. Quant au reste du message, lui était-il aussi destiné ? Qu'est-ce qu'il pouvait bien signifier ? Et que venait faire Langdon dans tout cela ?

Les interrogations de l'inspecteur furent interrompues par le déclenchement d'un signal d'alarme strident, qui venait apparemment de la Grande Galerie.

— Alarme ! Grande Galerie, toilettes messieurs ! hurla l'agent chargé de surveiller la console de sécurité.

— Où est Langdon ? cria Fache en se tournant vers Collet.

— Toujours aux toilettes, répondit Collet en indiquant le petit point rouge sur son écran. Il a dû casser un carreau de la fenêtre.

Il savait que Langdon n'irait pas bien loin. Si les réglementations d'incendie exigeaient que les vitres des fenêtres situées à plus de quinze mètres du niveau du sol puissent être cassées en cas d'urgence, il était suicidaire de tenter ce moyen de fuir sans corde ni échelle. D'autant qu'il n'y avait ni buissons ni pelouse à cet endroit pour amortir la chute. La chaussée du quai du Louvre était à moins de deux mètres de l'aile Denon.

— Oh mon Dieu ! s'exclama-t-il. Il se dirige vers le rebord de la fenêtre !

Mais Fache avait déjà réagi. Tirant de son étui son Manurhin MR-93, il sortit du bureau en courant.

Sous les yeux ébahis de l'inspecteur, le point rouge s'approcha de la fenêtre. Il se passa alors une chose incroyable : il quitta le périmètre du bâtiment.

Que fait-il ? Il escalade la fenêtre ! Il a sauté !

— Mon Dieu !

Collet se leva brutalement. Le point rouge s'éloignait du mur extérieur. Il clignota un instant sur l'écran, avant de s'immobiliser à une dizaine de mètres au-delà du périmètre.

L'inspecteur tapa fébrilement sur une série de touches pour faire apparaître un plan de Paris sur son écran, et il localisa de nouveau le signal.

Il ne bougeait plus.

Il scintillait, immobile, au beau milieu du quai des Tuileries.

Langdon avait sauté.

18.

Fache descendait la Grande Galerie en courant. La voix de Collet criait dans sa radio, superposée à la rumeur lointaine de l'alarme.

— Il a sauté ! Le signal est sur le quai des Tuileries. Il ne bouge plus du tout ! Je crois que Langdon s'est suicidé !

Le commissaire entendait l'inspecteur sans comprendre ce qu'il disait. Il courait à toutes jambes. Cette galerie n'en finissait pas. En passant devant le cadavre de Saunière, il aperçut enfin les cloisons qui marquaient l'extrémité de l'aile Denon. Le hurlement de l'alarme s'intensifia.

La voix de Collet vociférait dans la radio :

— Attendez ! Il bouge ! Bon Dieu ! Langdon est vivant ! Il se déplace !

Le commissaire courait toujours, pestant à chaque pas contre la longueur de cette galerie.

— Langdon prend de la vitesse ! hurlait Collet. Il s'en va vers l'est. Attendez… Il va trop vite !

Fache parvenait devant les cloisons du fond. Il s'y faufila et, apercevant enfin la porte des toilettes, il piqua un dernier sprint…

Les hurlements de Collet couvraient à peine le bruit de l'alarme.

— Il doit être en voiture ! Je crois qu'il est en voiture ! Je n'arrive pas…

Le reste était inaudible. Fache entra en trombe dans la pièce, l'arme au poing. Grimaçant sous le vacarme de la sirène d'alarme, il jeta dans la pièce un regard circulaire.

Toutes les cabines étaient vides. Personne devant les lavabos. Il remarqua instantanément la fenêtre au carreau cassé et se précipita pour passer la tête dehors. Aucune trace de Langdon. Comment imaginer qu'on puisse risquer un pareil plongeon ? Si Langdon avait sauté, il était sûrement grièvement blessé.

L'alarme s'arrêta enfin et Fache perçut à peu près clairement la voix de Collet :

… vers le sud… accélère… traverse la Seine au Pont-Neuf…

Fache se tordit le cou dans la direction du pont. Le seul véhicule qu'il y vit était un gros semi-remorque, dont la benne était recouverte d'une bâche de vinyle distendue, tel un hamac géant. Le camion roulait vers la rive gauche. Le commissaire ne put retenir un frisson d'effroi. Quelques instants plus tôt, il devait être arrêté au feu rouge, juste au-dessous de la fenêtre des toilettes.

Quel risque insensé ! se dit Fache. Comment Langdon pouvait-il savoir ce qu'il y avait là-dessous ? Des barres de métal ? Du ciment ? Ou même des ordures ? Un saut de plus de quinze mètres ! C'était de la folie.

— Le point rouge tourne vers la droite ! s'écria Collet. Il s'engage sur le quai de Conti !

Très bien, pensa Fache. Il suivit des yeux le camion et finit par le perdre de vue. Il entendit Collet appeler tous les agents en faction autour du musée pour les lancer à sa poursuite en voiture. L'inspecteur leur indiquerait l'itinéraire au fur et à mesure, en repérant sur son écran les déplacements du signal.

Ça y est, se dit Fache. D'ici à quelques minutes, ils auraient intercepté le camion. Langdon n'irait pas loin.

Il remit son arme dans l'étui, sortit dans le couloir et appela Collet par radio.

— Que ma voiture m'attende à l'entrée de l'aile Denon ! Je veux être là pour l'arrestation.

Il repartit d'un pas rapide vers le bureau de Saunière, en se demandant si Langdon avait survécu à sa chute.

Cela n'avait guère d'importance.

Il a pris la fuite, il est coupable.

À moins de quinze mètres de la porte des toilettes, Langdon et Sophie étaient plaqués derrière l'une des cloisons du fond de la Grande Galerie. Ils avaient réussi à se glisser là juste avant d'entrevoir Fache, l'arme au poing, se précipitant dans la pièce.

La minute qui venait de s'écouler était confuse dans l'esprit de Langdon.

Il venait de refuser de fuir le lieu d'un crime qu'il n'avait pas commis, lorsque Sophie s'était plongée dans la contemplation des vitres striées de fils électriques. Elle avait regardé le quai au-dessous, comme pour calculer la hauteur de la chute.

— En visant bien, vous pourriez partir par là…

En visant bien ? Langdon s'était approché d'elle pour regarder dehors.

Il avisa un énorme semi-remorque qui approchait du feu rouge du pont du Carrousel. Sa benne était recouverte d'une bâche bleue mal tendue. Langdon espérait se tromper sur les intentions de Sophie.

— Il est hors de question que je saute…

— Sortez le mouchard GPS !

Totalement médusé, il fouilla dans sa poche et en tira le petit disque métallique. Sophie le lui prit des mains, se précipita au lavabo et s'empara d'un morceau de savon ramolli dans lequel elle enfonça le mouchard en appuyant des deux pouces.

Elle tendit à Langdon la savonnette et sortit à deux mains une lourde poubelle cylindrique rangée sous le lavabo. Avant que Langdon ait eu le temps de protester, elle se précipita vers la fenêtre, précédée de la poubelle qu'elle brandissait comme un bélier. Elle la projeta de toutes ses forces contre une vitre, qui vola en éclats.

Une alarme assourdissante se déclencha immédiatement.

— Donnez-moi le savon ! hurla Sophie.

Elle l'enferma dans la paume de sa main et se pencha au-dehors. La cible visée était vaste à souhait, une grande bâche immobile, à moins de trois mètres du trottoir. Le feu allait bientôt passer au vert. Sophie prit une longue respiration et lança son projectile dans la nuit.

Le morceau de savon plongea à la verticale et atterrit sur un bord de la benne avant de disparaître sous la bâche, au moment où le feu devenait vert.

— Félicitations ! s'exclama-t-elle en entraînant Langdon vers la porte. Vous venez de réussir votre évasion.

Ils surgirent dans le corridor et disparurent dans l'ombre juste avant que Fache déboule en courant de la Grande Galerie.

L'alarme s'était arrêtée et on entendait les sirènes des voitures de la PJ s'éloigner de la cour du Louvre. *La meute s'éloigne*, songea Langdon rasséréné. Fache quitta les toilettes en courant.

— Il y a un escalier de secours, à cinquante mètres d'ici, fit Sophie. Maintenant que la police a décampé, on peut sortir d'ici.

Langdon décida de ne plus dire un mot de la soirée. Cette fille était décidément beaucoup plus futée que lui.

19.

De l'église Saint-Sulpice, on dit parfois qu'entre tous les monuments parisiens, c'est celui dont l'histoire est la plus originale. Construit sur les ruines d'un ancien temple dédié à la déesse Isis, le sanctuaire reproduit à quelques centimètres près le plan de Notre-Dame. Le marquis de Sade et Charles Baudelaire y furent baptisés, et c'est là que fut célébré le mariage de Victor Hugo. Le séminaire rattaché à l'église, de réputation peu orthodoxe, hébergeait jadis les réunions de diverses sociétés secrètes.

Ce soir, dans la grande nef silencieuse comme un tombeau, la seule trace de vie était le léger parfum d'encens laissé par la messe du soir. Silas sentit une certaine gêne chez sœur Sandrine qui le précédait dans la nef. Cette réaction ne l'étonnait plus. Son physique étrange mettait si souvent les gens mal à l'aise...

— Vous êtes américain ? dit-elle soudain.

— Je suis français de naissance, mais j'ai reçu la vocation en Espagne et j'étudie maintenant aux États-Unis.

La sœur hocha la tête. C'était une petite femme, au regard bleu et tranquille.

— Et vous n'avez jamais encore visité Saint-Sulpice ?

— Je me rends compte à présent que c'était presque un péché…

— Elle est beaucoup plus belle en plein jour.

— Je n'en doute pas. Mais je vous suis quand même très reconnaissant de me laisser la découvrir cette nuit.

— C'est M. le curé qui me l'a demandé. Vous avez visiblement des amis très influents.

Vous ne pouvez pas savoir à quel point, pensa Silas.

En suivant la religieuse le long de l'allée centrale, Silas fut surpris par la sobriété du décor, si différent des dorures et des couleurs qui ornaient les cathédrales espagnoles. La nudité classique de la nef ne faisait qu'en agrandir l'espace et, en levant les yeux vers la large voûte en berceau, Silas avait l'impression de marcher sous la coque d'un immense navire retourné.

L'image est adaptée, se dit-il. Le bateau de la fraternité allait bientôt sombrer corps et biens. Anxieux d'accomplir sa tâche sans tarder, il se demandait comment se débarrasser de la religieuse.

Elle était bien plus petite que lui et il n'aurait eu aucune difficulté à la neutraliser, mais il s'était juré de ne pas recourir à la violence. *Elle fait partie du clergé, et ce n'est pas sa faute si la confrérie a choisi ce sanctuaire pour y cacher sa clé de voûte. Il n'y a aucune raison qu'elle paie pour les péchés des autres.*

— Je me sens très gêné, ma sœur, de vous avoir fait réveiller.

— Je vous en prie. Vous êtes à Paris pour si peu de temps, m'a-t-on dit. Est-ce l'architecture ou l'histoire qui vous intéresse plus particulièrement ?

— Ma démarche est surtout spirituelle…

— Cela va sans dire, répliqua-t-elle avec un petit rire aimable. Je me demandais seulement par où commencer ma visite.

Silas avait le regard rivé sur l'autel.

— Je n'ai pas besoin que vous me fassiez faire le tour de l'église. Je peux très bien m'y promener seul.

— Cela ne me dérange pas, puisque je suis debout…

Silas s'immobilisa. Ils étaient arrivés au premier rang de chaises, et le maître-autel était à moins de quinze mètres. Il tourna vers la religieuse son corps massif, et la vit reculer instinctivement, sans pour autant détourner son regard de ses yeux rouges.

— Je ne voudrais pas vous paraître impoli, ma sœur, mais je n'ai pas l'habitude d'admirer une église sans y avoir d'abord prié. Cela vous ennuiet-il si je prends un peu de temps pour me recueillir seul ?

— Très bien, fit la sœur après une seconde d'hésitation. Je vous attendrai dans la sacristie.

Silas posa doucement sa lourde main sur l'épaule de la religieuse.

— Ma sœur, je me sens tellement coupable de vous avoir dérangée au milieu de la nuit… Je ne veux pas vous obliger à rester debout pour moi. Je préférerais que vous retourniez vous coucher. Je vais prier un peu, faire le tour de votre belle église et je repartirai comme je suis venu.

Elle semblait de plus en plus mal à l'aise.

— Vous n'allez pas vous sentir abandonné ?

— Pas du tout. La prière est une joie solitaire…

— Comme vous voudrez.

Silas enleva sa main.

— Dormez bien, ma sœur. Que la paix du Seigneur soit avec vous.

— Et avec vous aussi. Assurez-vous de bien refermer la porte en partant.

— Je n'y manquerai pas.

Il la regarda disparaître derrière le chœur et s'agenouilla devant une chaise du premier rang. Le cilice se resserra autour de sa cuisse.

Mon Dieu, c'est à vous que je dédie ma tâche d'aujourd'hui.

Dissimulée derrière un des piliers du chœur, sœur Sandrine observait le moine en prière. Saisie d'une peur soudaine, elle devait lutter pour demeurer immobile. L'espace d'un instant, elle se demanda s'il pouvait s'agir de l'*ennemi* dont ses frères évoquaient la venue comme une grave menace. Devrait-elle, cette nuit, exécuter les ordres qu'elle gardait secrets depuis tant d'années ? Elle décida de rester cachée dans l'ombre et de surveiller les moindres mouvements de son étrange visiteur.

20

Langdon et Sophie émergèrent de l'obscurité et se dirigèrent à pas de loup vers l'issue de secours qui donnait dans la Grande Galerie.

Langdon, qui avait l'impression de tenter d'assembler les pièces d'un puzzle dans le noir complet, devait maintenant y imbriquer un élément supplémentaire, extrêmement gênant. *Le chef de la PJ veut m'arrêter pour meurtre.*

— Pensez-vous, chuchota-t-il en suivant Sophie dans l'obscurité, que Fache pourrait lui-même avoir écrit le message sur le parquet ?

— Impossible, répondit-elle sans se retourner.

— Et pourquoi pas ? Il a l'air tellement pressé de me faire passer pour coupable. Il a peut-être pensé que ça pourrait servir sa cause ?

— La séquence de Fibonacci ? Les initiales PS ? Toutes ces allusions à Leonardo Da Vinci et à la déesse ? Ça ne peut venir que de mon grand-père.

Elle avait sûrement raison. Les allusions concordaient à la perfection – le pentacle, *L'Homme de Vitruve*, Leonardo Da Vinci, la déesse, et même la suite de Fibonacci. *Un ensemble symbolique cohérent*, auraient dit les iconographes. Dont tous les éléments sont inextricablement liés.

— Et puis il y a son coup de fil de cet aprèsmidi, enchaîna Sophie. Il prétendait qu'il avait quelque chose à me dire. Je suis certaine que son message était une dernière tentative pour me confier une information importante, et qu'il estimait que vous pourriez m'aider à la comprendre.

Langdon fronça les sourcils. *O diable draconien ! Oh, saint boiteux !* Si seulement il pouvait enfin deviner la signification de ce message, autant pour lui que pour Sophie. Depuis qu'il l'avait découvert, la situation n'avait fait qu'empirer. Son saut simulé depuis la fenêtre des toilettes ne contribuerait certainement pas à lui attirer la clémence de Fache, qui n'avait sans doute pas apprécié d'arrêter une savonnette en cavale.

— La porte de la cage d'escalier n'est pas loin, fit Sophie.

— Dites-moi, pensez-vous qu'il soit possible que les premiers chiffres du message permettent d'en comprendre la suite ?

Langdon avait déjà travaillé sur des manuscrits de Francis Bacon[1] contenant des épigraphes cryptées,

1. Philosophe anglais (1561-1626). *(N.d.T.)*

dans lesquelles certaines lignes aidaient à décoder le sens des autres.

— Je n'ai pas cessé d'y réfléchir, répondit Sophie. J'ai essayé les quatre opérations dans tous les sens... Impossible d'y trouver aucun ordre mathématique. Il a aligné les chiffres complètement au hasard. C'est un vrai charabia cryptographique.

— Mais ils appartiennent tous à la séquence de Fibonacci... Cela ne peut pas être une coïncidence !

— Certainement pas. Mais pour mon grand-père, il s'agissait seulement de m'envoyer un signal. Comme en écrivant ce message en anglais, ou en incarnant mon dessin favori de Leonardo Da Vinci, comme avec le pentacle, il voulait attirer mon attention.

— Le pentacle avait une signification pour vous ?

— Oui. Je n'ai pas eu le temps de vous le dire, mais c'est un symbole que nous évoquions souvent quand j'étais petite. Nous jouions beaucoup au tarot. Et il s'arrangeait *toujours* pour que la suite de pentacles tombe sur moi. Je suis sûre qu'il trichait. Le pentacle était devenu une sorte de blague rituelle entre nous.

Langdon frissonna. *Ils jouaient au tarot ?* Un jeu datant de l'Italie médiévale, truffé de symboles hérétiques cachés, auxquels lui-même consacrait un chapitre entier dans son prochain ouvrage. On y trouvait, parmi les vingt-deux cartes habituelles, *la Papesse, l'Impératrice*, et *l'Étoile*. À l'origine, le tarot avait été conçu comme un moyen de transmettre des doctrines condamnées par l'Église et c'est cet aspect mystérieux qui en avait fait plus tard un instrument de divination pour les cartomanciens.

La suite évoquant la divinité féminine est effectivement le pentagramme, pensa Langdon. Si Saunière trichait pour faire gagner sa petite-fille, le choix du pentacle était très judicieux.

Ils étaient arrivés en haut de l'escalier. Sophie ouvrit la porte sans que l'alarme se déclenche. Les portes intérieures ne devaient pas être sécurisées. Elle le précéda pour descendre les marches étroites d'un escalier tournant, et accéléra l'allure. Langdon tenta de la rattraper.

— Lorsque votre grand-père vous a parlé du pentacle, a-t-il mentionné le culte de la déesse et le ressentiment de l'Église catholique à son égard ?

— Non. Ce qui m'intéressait, c'était les aspects mathématiques. La Divine Proportion, le nombre PHI, la séquence de Fibonacci… ce genre de choses.

— Il vous a appris le nombre PHI ?

— Bien sûr ! La Divine Proportion. Il disait même que j'étais à moitié divine, à cause des lettres de mon nom…

Langdon réfléchit un instant avant de murmurer : « SoPHIe ».

Il se concentra sur le nombre PHI. La cohérence des indices laissés par Saunière ne cessait de se renforcer.

Leonardo Da Vinci, la suite de Fibonacci, le pentacle…

PHI.

Tout cela renvoyait à un concept unique, si important pour l'histoire de l'art que Langdon consacrait souvent plusieurs séances à cette question.

Il se revoyait à Harvard, lors d'un de ses cours traitant de « La symbolique dans l'art », en train d'écrire au tableau son nombre préféré :

$$1,618$$

Il s'était retourné vers ses étudiants.

— Qui peut me dire le nom de ce nombre ?

Un fort en maths aux longues jambes avait levé le doigt.

— C'est le nombre PHI.

— Bravo, Stettner ! Messieurs, je vous présente PHI.

— À ne pas confondre avec PI, en manque de hash ! clama Stettner.

Langdon fut le seul à rire. Stettner, dépité, se tassa sur sa chaise.

— Ce nombre PHI, reprit le professeur Langdon, un virgule six cent dix-huit, est de la plus haute importance dans l'histoire de l'art. Quelqu'un peut-il me dire pourquoi ?

— Parce qu'il est beau ? avait suggéré Stettner, cherchant à se racheter.

Les étudiants s'esclaffèrent.

— En fait, répondit Langdon en riant, notre ami Stettner a encore raison. Le nombre PHI est généralement considéré comme le plus beau chiffre de l'univers, le nombre d'or.

L'hilarité générale retomba. Stettner jubilait.

Tout en installant son projecteur de diapositives, Langdon expliqua alors que le nombre PHI provenait de la séquence de Fibonacci – qui n'était pas seulement célèbre parce que chacun des chiffres correspondait à la somme des deux précédents, mais aussi parce que les quotients entre deux chiffres adjacents s'approchaient tous du nombre 1,618 – PHI !

En dépit de ses origines apparemment religieuses, expliqua Langdon, le caractère le plus étonnant de PHI venait du rôle qu'il jouait comme paramètre essentiel dans la nature. Les proportions des plantes, des animaux et des hommes obéissaient toujours au dénominateur commun du nombre d'or.

— L'ubiquité de PHI dans la nature dépasse la seule coïncidence, avait-il continué en éteignant la lumière. Et les Anciens en avaient déduit qu'il traduisait la pensée du créateur de l'univers. C'est pourquoi les savants de l'Antiquité l'ont appelé *la Divine Proportion*.

— Attendez ! demanda une jeune fille au premier rang. Je suis licenciée en biologie et je n'ai jamais entendu parler de cette Divine Proportion dans la nature !

— Ah non ? rétorqua Langdon. Vous n'avez jamais étudié le rapport entre les populations mâle et femelle d'une ruche ?

— Bien sûr. Les femelles y sont toujours plus nombreuses que les mâles.

— C'est exact. Mais savez-vous que, si l'on divise le nombre des ouvrières par celui des faux bourdons, on obtient toujours la même proportion ?

— Ah bon ?

— PHI !

— Ce n'est pas possible ! souffla la jeune fille.

— Eh si !

Langdon projeta au mur la photo d'un coquillage en spirale.

— Et ça ? Vous reconnaissez ?

— C'est un nautile, un mollusque céphalopode qui remplit d'eau les loges de sa coquille pour contrôler son immersion.

— Exact. Et vous connaissez la proportion entre le diamètre de chaque spirale et celui de la suivante ?

La jeune biologiste hésitait, le regard fixé sur les spirales du mollusque.

— Le nombre PHI ! La Divine Proportion : 1,618.

Elle avait l'air ébahie.

Langdon passa la diapositive suivante – l'agrandissement d'une fleur de tournesol.

— Les graines de tournesol poussent en spirales opposées. Devinez quelle est la proportion entre deux spirales adjacentes !

— PHI ? s'exclama la moitié de la salle.

— Gagné !

Il leur projeta ensuite des photos de pommes de pin, de divers feuillages sur leurs tiges, de segmentations d'insectes, qui tous présentaient la même conformité au nombre magique.

— C'est incroyable ! s'exclama un étudiant.

— Attendez ! dit un autre. Quel est le rapport de PHI avec l'histoire de l'art ?

— Ah ! Ah ! triompha Langdon. Merci de poser la question.

Il leur projeta un autre cliché, représentant un morceau de parchemin jaune pâle, où s'étalait le célèbre homme nu de Leonardo Da Vinci, *L'Homme de Vitruve*, ainsi nommé en mémoire de Marcus Vitruvius, le grand architecte de la Rome antique, qui avait fait l'éloge de la Divine Proportion dans son traité *De Architectura*.

— Personne n'a mieux compris la structure de l'anatomie humaine que Leonardo Da Vinci. Il allait même jusqu'à déterrer des cadavres pour mesurer les proportions exactes du squelette. Et il a été le premier à démontrer que le corps humain est composé de différentes parties entre lesquelles le rapport est toujours égal au nombre PHI.

Ils le regardaient d'un air dubitatif.

— Vous ne me croyez pas ? La prochaine fois que vous prendrez une douche, amusez-vous à vous mesurer.

Un groupe de mordus de foot se mit à ricaner.

— Et pas seulement les sportifs en mal de virilité, continua Langdon. Ça vaut aussi pour les filles. Essayez. Mesurez la distance entre le sol et le sommet de votre tête. Et divisez ce chiffre par

154

la distance qu'il y a entre votre nombril et le sol. Vous devinez ?

— Pas encore ce PHI ? lâcha un des sportifs, incrédule.

— Bien sûr que si : 1,618. Voulez-vous un autre exemple ? Mesurez la distance entre le sommet de votre épaule et le bout de votre doigt le plus long, et divisez-la par celle qui sépare votre coude du bout de ce même doigt. Encore un autre ? Hanche au sol, divisé par genou au sol. Distances entre les phalanges des doigts et des orteils, entre les vertèbres… PHI, PHI, PHI. Nous sommes tous de vivants hommages à la Divine Proportion.

Il devinait dans l'obscurité leurs regards stupéfaits et ressentit une chaleur intérieure qu'il connaissait bien. C'est bien pour cela qu'il était enseignant.

— Comme vous le voyez, mes amis, le chaos apparent du monde repose sur un ordre sous-jacent parfait. Quand les Anciens ont découvert le nombre PHI, ils étaient certains d'avoir découvert la pierre d'angle de la création divine. Et leur culte de la nature répondait à cet émerveillement. C'est bien compréhensible. Le sceau de Dieu est forcément présent dans sa création, et il existe encore de nos jours des religions païennes qui pratiquent le culte de la terre nourricière. Beaucoup d'entre nous le font aussi, sans le savoir. Le 1er mai en est un exemple. Ce jour célébrait le printemps… le renouveau de la terre prête à produire en abondance. La Divine Proportion existe depuis la nuit des temps et l'homme ne fait qu'obéir aux règles de la nature. Et comme l'art est aussi une tentative d'imitation de la beauté de la Création, nous étudierons de nombreux exemples d'illustrations du nombre d'or au cours de ce semestre.

Pendant la demi-heure suivante, Langdon avait projeté à ses étudiants des photographies d'œuvres de Michel-Ange, d'Albert Dürer et de Leonardo Da Vinci, et de nombreux autres artistes, qui toutes illustraient le même respect scrupuleux de la Divine Proportion dans leur composition. Il les avait initiés aux récurrences du nombre d'or dans la structure du Parthénon d'Athènes, des pyramides d'Égypte et même de l'immeuble de l'ONU à New York. Il leur avait fait écouter des sonates de Mozart, la *Cinquième Symphonie* de Beethoven, des œuvres de Schubert, de Bartok et de Debussy, où l'on retrouvait toujours la Divine Proportion. Il leur avait raconté comment Stradivarius avait utilisé le nombre PHI pour calculer certaines des proportions de ses célèbres violons.

— Et pour conclure le cours d'aujourd'hui, revenons aux symboles, avait-il déclaré.

Il avait tracé au tableau les cinq lignes du pentagramme étoilé.

— Ce symbole est l'un des plus riches de tous ceux que nous étudierons cette année. On l'appelle le pentagramme – ou pentacle pour les Anciens. Il est considéré comme divin et magique dans de nombreuses cultures. Est-ce que quelqu'un peut m'expliquer pourquoi ?

Le fort en maths leva le doigt.

— Parce que les lignes du pentagramme se divisent en segments qui appliquent la Divine Proportion.

Langdon l'avait regardé avec fierté.

— Très bien, Stettner ! Effectivement, les rapports des segments du pentacle égalent tous le nombre PHI, ce qui en fait le *nec plus ultra* de la Divine Proportion. C'est pour cette raison qu'il a toujours été le symbole par excellence de la beauté et de la perfection associées à la déesse et au Féminin sacré.

Les étudiantes étaient radieuses.

— Une dernière remarque : nous n'avons fait qu'aborder l'œuvre de Leonardo Da Vinci, mais nous passerons beaucoup de temps à l'étudier. Le grand peintre italien était en effet un ardent adepte de la déesse. Je vous montrerai demain des reproductions de la *Cène*, sa célèbre fresque de Milan, qui est l'un des hommages les plus étonnants au Féminin sacré.

— Vous plaisantez ? demanda un jeune homme au fond de la salle. Je croyais que la *Cène* représentait Jésus et les apôtres !

— Il y a des symboles cachés là où vous ne pouvez pas les imaginer…, avait répliqué Langdon avec un sourire malicieux.

— Dépêchez-vous ! On y est presque. Que faites-vous ? s'impatientait Sophie.

Arraché à ses pensées, Langdon s'aperçut qu'il s'était arrêté sur une marche, figé par une révélation soudaine.

O Draconian devil ! Oh, lame saint !

Sophie avait les yeux levés vers lui.

Ça ne peut pas être aussi simple !

Mais il en était maintenant certain.

Dans cette étroite cage d'escalier enfouie dans les entrailles du Louvre, les images du nombre PHI et de Leonardo Da Vinci tournoyant dans sa tête, il venait soudain de déchiffrer le message de Jacques Saunière.

— O Draconian devil ! Oh, lame saint ! s'écria-t-il. C'est le code le plus simple qui soit !

Sophie le dévisageait sans comprendre. *Quel code ?* Elle retournait les mots dans sa tête depuis le début, sans détecter le moindre code. Et un tout simple, qui plus est !

— Vous l'avez dit vous-même, continua Langdon, la voix vibrante d'excitation : les chiffres de Fibonacci n'ont de sens que s'ils sont placés dans un certain ordre. Sinon, ils ne sont qu'un charabia mathématique.

Elle ne voyait pas où il voulait en venir. *Les chiffres de Fibonacci ?* Ils n'avaient pour but que de l'attirer sur les lieux du crime. *Ils auraient un autre sens ?* Elle plongea la main dans sa poche et en ressortit la photo, pour relire le message.

13-3-2-21-1-1-8-5

O Draconian devil !

Oh, lame saint !

Quel lien ont-ils avec le reste ?

— La séquence de Fibonacci en désordre était un indice pour le décryptage de la suite, affirma Langdon. Votre grand-père a voulu nous donner un modèle à suivre pour lire le message écrit. *O Draconian devil ! Oh, lame saint !* ne veut rien dire non plus. Il s'agit en fait d'une série de mots dont on a interverti les lettres.

Elle ne mit pas une seconde à comprendre ce qu'il voulait dire. C'était d'une simplicité presque risible.

— Vous croyez que c'est… une anagramme ? Comme celles qu'on trouve dans les pages de jeux des journaux ?

Langdon devinait son scepticisme et le comprenait aisément. Très peu de gens savaient que ces banals jeux de mots avaient en réalité une longue histoire de symbolisme sacré.

Les enseignements mystiques de la Cabale[1] s'en étaient beaucoup servis – pour réécrire les mots hébreux de la Bible afin d'en tirer de nouvelles significations. Certains rois français de la Renaissance étaient tellement persuadés de leur pouvoir magique qu'ils engageaient des spécialistes chargés d'analyser les possibilités anagrammatiques de certains documents pour les aider à prendre leurs décisions. Les Grecs anciens qualifiaient d'*Ars Magna* – le Grand Art – la pratique des anagrammes.

Langdon regarda Sophie droit dans les yeux.

1. Tradition juive proposant une interprétation allégorique de l'Ancien Testament. *(N.d.T.)*

— Ce que votre grand-père voulait vous dire est d'une clarté limpide. Et il a multiplié les indices pour nous mettre sur la piste.

Sans en dire plus, il sortit un stylo de sa poche et réorganisa les lettres du message :

O Draconian devil !
Oh, lame saint !

était une anagramme parfaite de

Leonardo Da Vinci !
The Mona Lisa !

21.

Mona Lisa.

Arrêtée dans l'escalier de secours, Sophie en avait complètement oublié qu'ils étaient en train d'essayer de sortir du Louvre.

Son émerveillement devant la découverte de Langdon n'avait d'égal que la honte qu'elle éprouvait de ne pas avoir décrypté elle-même le message de son grand-père. Son expérience professionnelle, acquise dans la résolution de cryptogrammes souvent très complexes, lui avait fait oublier les simples jeux de lettres et de mots. Pourtant, la pratique des anagrammes ne lui était pas étrangère.

Lorsqu'elle était enfant, son grand-père lui composait des anagrammes pour perfectionner son anglais. Il lui avait un jour écrit le mot *planets* en lui disant qu'il existait soixante-deux autres mots, de différentes longueurs, qui se composaient des mêmes lettres. Sophie avait passé trois jours plongée dans son dictionnaire anglais avant de les trouver tous.

— Je suis sidéré, fit Langdon, par le nombre d'indices cohérents qu'il s'est arrangé pour laisser avant de mourir.

Sophie en connaissait l'explication, et cela ne faisait que la peiner encore plus. *J'aurais dû le voir tout de suite.* Elle se souvint que Jacques Saunière – aussi passionné de jeux de mots que d'œuvres d'art – s'était amusé dès sa jeunesse à trouver des anagrammes pour plusieurs tableaux célèbres. L'un d'eux lui avait même un jour attiré des ennuis. Au cours d'un entretien qu'il avait accordé à une revue d'histoire de l'art, il avait signifié son peu d'estime pour le cubisme en déclarant, au sujet des *Demoiselles d'Avignon,* que ces *Molles vides* ne méritaient que des *gnons*. Les admirateurs de Picasso n'avaient pas apprécié le trait d'esprit.

Sophie leva les yeux vers Langdon.

— Il y a peut-être longtemps que mon grand-père a trouvé cette anagramme.

Et ce soir, il a été forcé de s'en servir comme message codé de fortune. La voix de son grand-père l'appelait avec une clarté qui lui donnait le frisson.

Leonardo Da Vinci.

Mona Lisa !

Cherchant à comprendre pourquoi il avait consacré ces dernières paroles à cette référence, elle n'entrevit qu'une possibilité, très troublante.

Ce ne sont pas ses dernières paroles…

Était-elle censée aller examiner la *Joconde* ? Lui avait-il laissé là-bas un autre message ? C'était parfaitement plausible. Le célèbre tableau était accroché dans la Salle des États – une pièce isolée qui n'était accessible que depuis la Grande Galerie – et dont la porte n'était qu'à une vingtaine de mètres de l'endroit où l'on avait trouvé Saunière.

Il a très bien pu s'y rendre avant de mourir.

Déchirée par un dilemme, elle leva les yeux vers la cage d'escalier. Elle savait que la première chose à faire était de faire sortir Langdon du Louvre, mais son instinct lui soufflait le contraire. Se rappelant soudain sa première visite au musée, elle se rendit compte que, si son grand-père avait un secret à lui confier, il y avait peu de lieux de rendez-vous aussi appropriés que la salle abritant la *Joconde*.

— Elle est un peu plus loin, avait chuchoté Jacques Saunière, serrant la main de Sophie dans la sienne.

Le musée était fermé aux visiteurs et la Grande Galerie baignait dans la pénombre.

Sophie avait six ans. Elle se sentait toute petite, écrasée par la haute voûte, et les dessins de marqueterie du plancher lui donnaient le tournis. Le grand musée désert l'effrayait même, sans qu'elle osât pourtant se l'avouer. Serrant les mâchoires, elle lâcha la main de son grand-père.

— La Salle des États est là-bas, devant nous ! s'exclama Saunière.

Elle ne partageait pas son excitation. Elle voulait rentrer à la maison. Elle avait déjà vu la *Joconde* dans des livres, elle ne lui plaisait pas du tout, et elle ne comprenait pas pourquoi les gens en faisaient une telle histoire.

— *Ça m'ennuie !* grogna-t-elle en français.

— À la maison, on parle anglais, répliqua-t-il.

— Le Louvre, c'est pas la maison !

— C'est vrai, dit-il. Alors, parlons anglais pour nous amuser.

Elle l'avait suivi en boudant. En entrant dans la Salle des États, elle avait scruté les murs avant d'arrêter son regard sur la place d'honneur qui sautait aux yeux : le centre de la cloison de droite, où était suspendu un seul tableau, abrité derrière un panneau de protection en Plexiglas. Son grand-père s'était immobilisé sur le seuil et lui avait montré le cadre.

— Vas-y, ma chérie. Il n'y a pas beaucoup de gens qui ont la chance de la regarder en tête à tête.

Sophie avait refoulé son appréhension et s'était avancée vers la *Joconde*. Après tout ce qu'elle avait entendu dire à son sujet, elle avait l'impression de marcher au-devant d'une reine. Elle avait pris une profonde inspiration, et avait redressé la tête.

La fillette ne savait pas à quoi elle aurait dû s'attendre, mais sûrement pas à ça. Elle ne ressentit aucun émerveillement, aucun étonnement. La dame ressemblait à toutes ses reproductions. Elle resta muette pendant une éternité, attendant qu'il se passe quelque chose.

— Alors, qu'en penses-tu ? demanda Jacques Saunière qui arrivait derrière elle. Elle est belle, non ?

— Elle est trop petite.

— Toi aussi, tu es petite mais très belle.

Je ne suis pas belle, songea Sophie. Elle détestait ses cheveux roux, ses taches de rousseur, et elle était plus grande que tous les garçons de sa classe. Elle secoua la tête.

— Je la trouve encore plus moche que sur les photos. Son visage est tout… brumeux !

— C'est un effet pictural qu'on appelle le *sfumato*, et qui est très difficile à réaliser. C'est Leonardo Da Vinci qui a fait les plus beaux.

Sophie était toujours perplexe.

— Elle a l'air de savoir quelque chose… comme les enfants de ma classe, quand ils ont un secret.

— C'est aussi pour ça qu'elle est tellement célèbre. Les gens aiment bien essayer de deviner pourquoi elle sourit.

— Et toi, tu sais pourquoi ?

— Peut-être. Un jour, je te raconterai…

— Je t'ai déjà dit que j'ai horreur des secrets ! s'écria Sophie en trépignant.

— Mais la vie est pleine de secrets, Princesse. On ne peut pas les découvrir tous d'un seul coup.

— Je remonte ! déclara soudain Sophie.

Sa voix résonna dans la cage d'escalier. Langdon se figea :

— Voir la *Joconde* ? *Maintenant ?*

Elle évalua le risque.

— Je ne suis pas soupçonnée de meurtre, et il faut que je découvre le sens du message de mon grand-père.

— Et l'ambassade ?

Elle se sentait coupable de l'abandonner après l'avoir persuadé de prendre la fuite, mais elle n'avait pas le choix. Elle désigna une porte métallique au bas des marches.

— Poussez la porte et suivez les signaux lumineux jusqu'à la sortie. Mon grand-père m'a souvent fait passer par là. Vous arriverez devant un tourniquet de sécurité. Vous n'aurez qu'à le franchir.

Elle lui tendit ses clés de voiture.

— Vous trouverez sur l'esplanade une petite Smart rouge, garée juste en face de la sortie. Vous savez comment vous rendre à l'ambassade ?

Il hocha la tête, les yeux baissés sur la clé qu'il tenait dans la main.

— Comprenez-moi, monsieur Langdon, je suis persuadée que mon grand-père m'a laissé un autre message près de la *Joconde* – pour désigner son assassin. Ou pour me prévenir d'un danger. *Ou encore pour m'expliquer ce qui est arrivé à ma famille*. Il faut que j'aille voir.

— Mais pourquoi ne vous l'aurait-il pas dit dans son premier message ? Pourquoi cette anagramme ?

— Je pense qu'il ne voulait pas que quelqu'un d'autre comprenne. Même pas la police.

Jacques Saunière avait visiblement fait l'impossible pour ne transmettre son message qu'à sa petite-fille. Il l'avait crypté, il y avait intégré des initiales qu'elle était seule à connaître, et lui avait suggéré de demander de l'aide à Robert Langdon. Un sage conseil puisque l'Américain avait déchiffré l'anagramme.

— Si étrange que cela paraisse, reprit-elle, j'ai l'impression qu'il voulait que j'aille voir la *Joconde* avant qui que ce soit d'autre.

— Je viens avec vous !

— Non. On ne sait pas combien de temps la Grande Galerie restera déserte. Mais vous, il faut que vous partiez.

Il semblait hésiter, comme si sa curiosité d'universitaire était prête à l'emporter sur la raison et à le précipiter entre les mains de Fache.

— Allez-y, monsieur Langdon, insista-t-elle avec un sourire plein de reconnaissance. Je vous rejoindrai à l'ambassade.

— Je veux bien, mais à une condition, fit-il d'un ton grave.

— Laquelle ? demanda-t-elle, surprise.

— C'est que vous cessiez de m'appeler *monsieur* Langdon.

Sophie crut lire sur ses lèvres un vague sourire de guingois.

Elle lui sourit à son tour.

— Bonne chance, Robert.

Arrivé au bas des marches, Langdon reconnut l'odeur caractéristique des caves de musée, mixte d'huile de lin et de poussière de plâtre. Un couloir s'ouvrait devant lui au fond duquel brillait une inscription lumineuse : SORTIE/EXIT.

Il s'y engagea.

Sur sa droite, s'ouvrait une grande salle décrépie, peuplée d'une armée de statues en cours de restauration. À gauche, une série d'autres pièces qui ressemblaient aux ateliers de son département de Harvard – rangées de chevalets, tableaux, palettes, toiles tendues sur des châssis – une sorte de chaîne de montage artistique.

En longeant le corridor, il se demandait s'il n'allait pas se réveiller d'un moment à l'autre dans son lit à Cambridge[1]. Toute cette soirée lui faisait l'effet d'un rêve fantastique. *Je suis un fugitif, qui tente de s'évader du musée du Louvre.*

Il avait encore en tête l'astucieuse anagramme de Jacques Saunière et s'inquiétait de ce qui attendait Sophie dans la Salle des États. Elle avait l'air convaincue que son grand-père voulait qu'elle rende visite au célèbre tableau. Si plausible que cela puisse sembler, un mystère restait cependant inexpliqué :

P.S. Trouver Robert Langdon.

Saunière avait chargé sa petite-fille de le contacter, lui. Mais pourquoi ? Uniquement pour qu'il l'aide à décoder une anagramme ?

C'était fort peu vraisemblable.

Après tout, le conservateur en chef n'avait aucune raison de penser que l'Américain était

---

1. Ville du Massachusetts, siège de l'université Harvard. *(N.d.T.)*

particulièrement expert à cet exercice. *Il ne me connaissait même pas*. En revanche, il savait Sophie très entraînée à ce genre de jeux. C'est elle qui avait décrypté la séquence de Fibonacci et, avec un peu de temps, elle aurait forcément réussi à déchiffrer la suite toute seule.

Sophie était censée y arriver seule.

Langdon en était de plus en plus convaincu. Mais cette conclusion ne faisait que rendre plus inexplicable la logique de Jacques Saunière.

Pourquoi lui a-t-il parlé de moi ? se demandait Langdon en marchant. *Pourquoi le dernier vœu de Jacques Saunière était-il que sa petite-fille – avec laquelle il était brouillé – cherche à me rencontrer ? Que croyait-il que je savais ?*

Il eut un sursaut et s'arrêta net. Les yeux écarquillés, il plongea sa main dans sa poche et en sortit la photocopie du cliché de Saunière. Il réexamina la dernière ligne du message.

P.S. Trouver Robert Langdon.

Il se fixa sur les deux initiales.

P.S.

Au même instant, les pièces du puzzle symbolique de Saunière s'assemblèrent comme par magie. Comme un coup de tonnerre, la connaissance des symboles acquise pendant toute sa carrière déchaîna soudain une formidable symphonie dans la tête de Langdon. Tous les actes du vieil homme mourant répondaient à une logique impeccable.

Son esprit s'emballait pour essayer d'appréhender les implications de ce qu'il venait de pressentir. Langdon fit demi-tour.

Est-il encore temps ?

Mais il savait que cela n'avait pas d'importance.

Sans hésiter, il repartit en courant vers le pied de l'escalier.

Agenouillé au premier rang, Silas faisait semblant de prier, tout en promenant son regard sur le
sol autour de lui. Comme beaucoup d'églises,
Saint-Sulpice est construite sur le plan d'une croix
latine. L'allée centrale de la longue nef conduit
directement au maître-autel, situé dans le chœur,
derrière la croisée du transept où se trouvait Silas
– l'endroit considéré comme le cœur du sanctuaire,
son point sacré par excellence.

Pas ce soir, se dit-il. *Le secret que renferme
Saint-Sulpice est ailleurs.*

Tournant la tête à droite, vers le croisillon sud
du transept, il examina attentivement les dalles
situées au-delà des rangées de chaises, et aperçut
ce que ses victimes lui avaient décrit.

La voilà.

Enchâssée dans le sol de granit, une fine
baguette de laiton poli luisait entre les pierres

grises, une ligne dorée, graduée comme une règle de dessinateur, qui traversait en biais le dallage de l'église. C'était un gnomon, avait-on expliqué à Silas, un instrument d'astronomie païen qui ressemblait à un grand cadran solaire. Touristes, savants et historiens venaient du monde entier pour l'admirer.

La Rose Ligne[1].

Silas suivit lentement des yeux la tige de laiton, qui, telle une balafre au milieu d'un beau visage, traversait le chœur en diagonale, sans le moindre respect pour la symétrie du plan de l'église. La règle dorée disparaissait sous les marches de la rampe de communion et resurgissait ensuite, pour s'interrompre dans un coin du croisillon nord, à la base d'un monument totalement inattendu.

Un grand obélisque égyptien.

La Rose Ligne montait ensuite à la verticale, à l'assaut de l'obélisque, et parcourait une dizaine de mètres pour s'arrêter à son sommet, que surmontait un globe doré.

La Rose Ligne. C'est là que la confrérie a caché la clé de voûte.

Lorsque Silas lui avait annoncé ce soir que la clé de voûte était dissimulée dans l'église Saint-Sulpice, le Maître s'était d'abord montré sceptique. Mais en l'entendant préciser son emplacement

1. La Rose Ligne, censée partager la France en deux parties égales, doit son nom à l'amalgame entre la rose des vents et sa fleur de lys pointée vers le nord. *(N.d.T.)*

exact, il s'était exclamé : « *Tu veux parler de la Rose Ligne !* »

Et il lui avait rapidement décrit cette particularité célèbre de l'église, la règle de laiton qui suivait sur le sol un axe nord-sud parfait. Une sorte d'ancien cadran solaire, vestige du temple païen qui se dressait autrefois au même endroit. Les rayons du soleil qui pénétraient dans l'église par l'oculus du transept sud montaient et redescendaient progressivement le long de la règle graduée, d'un solstice à l'autre.

C'est cette ligne nord-sud qu'on appelait la Rose Ligne. Depuis des siècles, le symbole de la rose était associé aux cartes de navigation comme au guidage des âmes. La *rose des vents*[1], qui figurait sur presque toutes les cartes anciennes, indiquait les quatre points cardinaux. Elle marquait les directions des huit vents principaux, des huit demi-vents et des seize quart-de-vents. Inscrits dans un cercle, ces trente-deux points du compas évoquaient la traditionnelle rose aux trente-deux pétales. Aujourd'hui encore, cet outil de navigation s'appelait rose du compas. La direction du nord y était désignée par une flèche… ou plus symboliquement par une fleur de lys.

Sur les mappemondes, une Rose Ligne – appelée aussi méridien ou longitude – était une ligne ima-

1. Rose des vents : étoile à 32 divisions (aires du vent), indiquant les points cardinaux et collatéraux, représentée sur le cadran d'une boussole et sur les cartes marines. *(N.d.T.)*

ginaire tracée sur le globe terrestre entre le pôle Nord et le pôle Sud. Leur nombre était théoriquement infini, car chaque point de la planète pouvait prétendre à son propre méridien. Le problème qui se posait aux anciens navigateurs était de savoir lequel on pouvait nommer Rose Ligne – la longitude zéro, qui permettait de situer tous les autres méridiens du globe.

Aujourd'hui, la Rose Ligne passait à Greenwich, en Angleterre.

Mais il n'en avait pas toujours été ainsi.

Bien avant l'établissement du méridien de Greenwich comme longitude de référence, la longitude zéro passait par Paris. Et par Saint-Sulpice. C'est Greenwich qui l'avait emporté en 1888, mais la Rose Ligne d'origine était toujours visible dans l'église du VIᵉ arrondissement.

« La légende est donc vraie, avait conclu le Maître. La clé de voûte du Prieuré de Sion est censée reposer sous le signe de la Rose. »

Silas jeta un regard circulaire autour de lui pour s'assurer que personne ne le regardait. Croyant un instant entendre un bruit au fond du déambulatoire, il scruta l'endroit quelques secondes. Rien.

Je suis seul.

Il se leva, fit trois génuflexions devant l'autel et s'engagea à gauche dans le croisillon du transept nord, en direction de l'obélisque.

Au même instant, à l'aéroport Leonardo Da Vinci de Rome, la secousse du train d'atterrissage entrant en contact avec la piste tirait Mgr Aringarosa de son sommeil.

Je me suis endormi, se dit-il, étonné d'avoir trouvé la décontraction nécessaire.

« *Benvenuti a Roma…* », annonça une voix au micro.

L'évêque se redressa sur son siège, lissa sa soutane et s'autorisa un sourire. Ce voyage lui avait fait plaisir. *Je suis resté trop longtemps sur la défensive.* Ce soir, les règles du jeu s'étaient inversées. Il y a cinq mois seulement, il nourrissait les craintes les plus vives pour l'avenir de la foi. Et voilà que, comme par la volonté de Dieu, la solution s'était présentée d'elle-même.

Une intervention divine.

Si tout s'était déroulé comme prévu à Paris, il serait bientôt en possession d'un trésor qui ferait de lui l'homme le plus puissant de la chrétienté.

23.

Sophie arriva hors d'haleine devant la double porte de la Salle des États – la pièce qui abritait la *Joconde*. Avant d'entrer, elle jeta à contrecœur un regard au cadavre de son grand-père, qui gisait sous l'éclairage du spot à vingt mètres de là.

Un remords violent s'empara d'elle soudain, une tristesse mêlée de culpabilité. Il avait souvent essayé de renouer avec elle mais Sophie était restée de marbre – entassant ses lettres et ses paquets dans un tiroir sans les ouvrir, refusant de reconnaître les efforts qu'il faisait pour tenter de la revoir. *Il m'a menti ! Il m'a caché un épouvantable secret ! Que devais-je faire ?* Elle l'avait banni de sa vie. Complètement.

Ce soir, il était mort, et il s'adressait à elle depuis l'au-delà.

Mona Lisa.

Elle tourna la poignée de l'énorme porte à double battant, qu'elle poussa devant elle. Elle s'immobilisa quelques instants sur le seuil, contemplant le vaste espace rectangulaire qui baignait dans la lueur rougeâtre montant des plinthes. La Salle des États était l'un des rares culs-de-sac du musée du Louvre, la seule pièce qui donnait sur le centre de la Grande Galerie. La double porte que Sophie venait de franchir, unique accès à la salle, s'ouvrait sur un imposant Botticelli de cinq mètres de haut, accroché au mur du fond. Au centre du parquet, une vaste banquette octogonale accueillait les visiteurs désireux de reposer leurs jambes fatiguées dans la contemplation du plus précieux tableau du musée.

Avant d'aller plus avant, Sophie se rendit compte qu'il lui manquait quelque chose. *Une lampe à lumière noire.* Elle se retourna vers le cercle de lumière qui entourait son grand-père. S'il lui avait laissé un message dans cette pièce, il l'avait certainement écrit à l'encre invisible.

Elle prit une profonde inspiration et se précipita vers la table que la police avait placée près du cadavre, s'interdisant cette fois tout regard vers celui-ci, pour ne s'intéresser qu'aux objets laissés sur la table par la police. S'emparant d'une petite lampe à ultraviolet, elle la glissa dans la poche de son survêtement, et repartit en courant vers la porte grande ouverte de la Salle des États.

Au moment où elle entrait, un bruit de pas venant de l'intérieur la cloua sur place.

Il y a quelqu'un !

Une forme fantomatique apparut brusquement dans la lueur rosée. Sophie fit un bond en arrière.

— Ah ! Vous voilà ! chuchota Langdon, dont la silhouette se profilait à côté d'elle.

Le soulagement de Sophie fut de courte durée.

— Robert ! Je vous avais dit de filer droit à l'ambassade… Si Fache…

— Où étiez-vous passée ?

— Je suis allée chercher une lampe à lumière noire. S'il m'a laissé un message ici…

Langdon reprit son souffle et la fixa dans les yeux.

— Sophie, écoutez-moi ! Les lettres PS, ça ne vous rappelle pas autre chose ? Réfléchissez !

Craignant qu'on ne les entende, Sophie l'entraîna à l'intérieur et referma la double porte.

— Je vous l'ai déjà dit, ce sont les initiales de *Princesse Sophie*.

— Je sais, mais ne les avez-vous jamais vues inscrites ailleurs ? Est-ce que votre grand-père ne les utilisait pas pour autre chose ? En mono-gramme, sur du papier à lettres, sur un objet personnel ?

Elle sursauta. *Comment Robert pouvait-il savoir ?* Elle les avait bien vues un jour, ces deux lettres, sur une sorte de monogramme. C'était la veille de ses neuf ans. Elle fouillait toute la maison en cachette, espérant trouver son cadeau. Déjà à cette époque, elle ne supportait pas les secrets. *Qu'est-ce qu'il va m'offrir cette année ?* Elle ouvrait tous les placards, tous les tiroirs. *Est-ce qu'il m'a acheté la poupée dont je lui ai parlé ? Où aurait-il pu la cacher ?*

N'ayant rien trouvé dans aucune des autres pièces, elle rassembla tout son courage et se glissa dans la chambre de son grand-père. C'était une zone absolument interdite, mais il faisait sa sieste sur un divan du rez-de-chaussée.

Je vais juste jeter un petit coup d'œil !

Sur la pointe des pieds, le plancher craquant sous ses pas, elle alla ouvrir son placard, et vérifia à tâtons toutes les étagères. Rien. Elle regarda sous le lit. Toujours rien. Elle s'approcha de sa commode et fouilla un à un tous les tiroirs, en veillant à ne rien déranger. *Il y a sûrement quelque chose pour moi là-dedans !* Avant d'ouvrir le dernier, elle n'avait toujours pas trouvé de poupée. Déçue, elle y plongea la main et en sortit des vêtements noirs qu'elle n'avait jamais vus sur son grand-père. Elle allait refermer le tiroir lorsqu'elle aperçut un petit objet qui brillait dans le fond. On aurait dit une chaîne de montre, mais son grand-père n'en portait jamais. Son cœur fit un bond en devinant de quoi il s'agissait.

Un collier !

Elle sortit précautionneusement la chaîne d'or du tiroir. Une petite clé y pendait, lourde et scintillante. Fascinée, elle la souleva. Elle ne ressemblait à rien de connu. La plupart des clés étaient plates, avec une tige ronde. Celle-ci avait une tige triangulaire, constellée de petites taches. La tête était en forme de croix, mais pas de celles qu'elle connaissait. Ses quatre bras avaient la même longueur, comme le signe *plus* des additions. Un curieux dessin était gravé au centre : deux lettres entrelacées, entourées d'une drôle de fleur.

— P-S…, murmura-t-elle.

Qu'est-ce que ça peut bien être ?

— Sophie ?

Son grand-père apparut dans l'embrasure de la porte.

Elle sursauta et fit tomber la chaîne sur le plancher. Elle la fixait des yeux, n'osant regarder son grand-père en face.

— Je… je cherchais mon cadeau d'anniversaire, bredouilla-t-elle, tête baissée, consciente d'avoir trahi sa confiance.

Il resta silencieux pendant une éternité. Puis il dit d'une voix très calme :

— Ramasse la clé, Sophie.

Elle s'exécuta et il s'approcha d'elle.

— Ma petite fille, il faut que tu apprennes à respecter l'intimité d'autrui…

Il s'agenouilla devant elle et lui prit doucement la clé des mains.

— C'est une clé très spéciale, ma chérie. Si tu l'avais perdue…

Sa voix douce mettait Sophie encore plus mal à l'aise.

— Je te demande pardon. Je ne le ferai plus. Je croyais que c'était un collier que tu voulais m'offrir pour mon anniversaire.

Il la regarda encore longuement.

— Je vais te le redire encore une fois, Sophie, parce que c'est important : il faut respecter l'intimité des autres.

— Oui, grand-père.

— Nous en reparlerons une autre fois. Pour le moment, il y a du désherbage à faire.

Elle descendit en courant dans le jardin.

Le lendemain matin, il ne lui offrit pas de cadeau, et elle ne s'attendait plus à en recevoir. Il ne lui souhaita même pas un bon anniversaire de toute la journée. Après le dîner, elle monta se coucher, traînant les pieds dans l'escalier. En se mettant au lit, elle trouva sur son oreiller une petite carte sur laquelle était inscrite une énigme. Elle sourit avant même de l'avoir déchiffrée. *Je sais ce que c'est !* Elle en avait trouvé une semblable le matin du Noël précédent.

Une chasse au trésor !

Elle se mit au travail avec empressement, et trouva rapidement la solution de l'énigme, qui l'envoya dans une autre partie de la maison, où l'attendait une autre devinette, dont la réponse la précipita au rez-de-chaussée, et ainsi de suite… Elle traversa ainsi toute la maison d'une pièce à l'autre, d'indice en indice, jusqu'à ce que le dernier la reconduise à sa chambre. Elle monta l'escalier quatre à quatre et s'arrêta net sur le seuil : devant son lit trônait une bicyclette neuve, le guidon enrubanné de rouge. Elle poussa un cri de joie.

— Je sais que tu avais demandé une poupée, dit son grand-père en sortant de derrière le rideau de la fenêtre. Mais j'ai pensé que tu préférerais ce cadeau-là.

Le lendemain, il lui avait appris à pédaler et à se tenir sur la selle, courant à côté d'elle dans les allées du jardin. Lorsqu'elle s'était lancée sur l'épaisse pelouse, elle avait perdu l'équilibre et ils avaient tous les deux roulé dans l'herbe en riant.

— Je suis désolée pour hier, grand-père, avait-elle dit en se jetant dans ses bras.

— Je sais, ma chérie. Tu es pardonnée. Comment veux-tu que je t'en veuille ? Les grands-pères et les petites-filles se pardonnent toujours.

Transgressant ce qu'elle savait être un tabou, elle lui demanda :

— Je n'avais jamais vu de clé comme celle-ci. Elle est très jolie. Qu'est-ce qu'elle ouvre ?

Il sembla hésiter longuement avant de répondre. *Grand-père ne ment jamais.*

— Une boîte dans laquelle je garde beaucoup de secrets.

Elle fit la moue.

— J'ai horreur des secrets !

— Je sais, mais ceux-là sont très importants. Et un jour, tu apprendras à les apprécier autant que moi.

— Il y avait des lettres sur la clé, et une fleur.

— C'est une fleur de lys, ma fleur préférée. Il y en a dans le jardin. Tu sais, les grandes fleurs blanches…

— Je les connais. Ce sont mes préférées, à moi aussi !

Il avait levé les sourcils, comme il le faisait chaque fois qu'il voulait la mettre au défi.

— Dans ce cas, je vais conclure un marché avec toi. Si tu es capable de toujours garder pour toi le secret de cette clé, et de ne plus jamais en parler, à moi ni à personne d'autre, alors un jour je te la donnerai.

— C'est vrai ?

— C'est promis ! Le moment venu, cette clé sera à toi. Elle est gravée à ton nom.

Sophie fronça les sourcils.

— Mais non ! J'ai vu écrit P.S. Ce n'est pas mon nom !

Il jeta un coup d'œil alentour, comme pour s'assurer que personne ne l'écoutait, et chuchota :

— Pour tout te dire, c'est un code. Ce sont tes initiales secrètes.

— J'ai des initiales secrètes ? demanda-t-elle en écarquillant les yeux.

— Bien sûr. Toutes les petites filles en ont, et leur grand-père est le seul à les connaître.

— *P.S. ?*

— Princesse Sophie, déclara-t-il en la chatouillant légèrement.

— Je ne suis pas une princesse ! dit-elle en riant.

— Pour moi, si !

Ils ne parlèrent plus jamais de la clé. Et elle devint la Princesse Sophie de son grand-père.

Dans la Salle des États, Sophie avait le cœur serré par une brusque sensation de deuil.

— Réfléchissez, insista Langdon, ces initiales, vous ne les avez jamais vues ?

Elle crut entendre murmurer son grand-père dans la galerie du musée. *Ne parle plus jamais de cette clé, Sophie. Ni à moi ni à personne d'autre.* Elle l'avait déjà trahi en refusant de lui pardonner. Pouvait-elle trahir sa confiance une seconde fois ? *P.S. Trouver Robert Langdon.* Jacques Saunière avait voulu que Langdon l'aide. Elle hocha la tête.

— Oui, je les ai vues une fois… quand j'étais petite.

— Où ?

— Sur un objet auquel mon grand-père attachait une grande importance, répondit-elle après une hésitation.

Langdon la fixa d'un regard intense.

— C'est absolument vital, Sophie. Est-ce que les deux lettres étaient associées à un autre symbole ? À une fleur de lys ?

Elle recula d'un pas.

— Mais… Comment pouvez-vous le savoir ? bredouilla-t-elle, stupéfaite.

Il baissa la voix.

— Je suis à peu près certain que votre grand-père faisait partie d'une société secrète. Une des fraternités les plus anciennes et les plus impénétrables qui soient.

Elle sentit son estomac se nouer. Elle aussi en était certaine. Pendant dix ans, elle s'était efforcée d'oublier l'épisode qui lui avait révélé cette vérité horrifiante. Elle avait assisté à quelque chose d'impensable. *D'impardonnable.*

— La fleur de lys, continua Langdon, combinée aux lettres P.S., forme l'emblème de cette société secrète. C'est leur blason, leur logo.

— Comment le savez-vous ?

Elle priait intérieurement pour qu'il ne lui dise pas qu'il en faisait partie, lui aussi.

— J'ai fait des études sur ce groupe, répliqua-t-il, avec une excitation très perceptible. La recherche sur le symbolisme des sociétés secrètes est une de mes spécialités. Celle-ci s'appelle le Prieuré de Sion. Elle est basée en France, mais compte des membres influents dans toute l'Europe. En fait, c'est l'une des dernières sociétés secrètes qui aient survécu dans le monde.

Sophie n'en avait jamais entendu parler.

Langdon enchaîna avec fébrilité :

— Elle a compté parmi ses membres certains individus prestigieux, comme Botticelli, Isaac Newton, Victor Hugo et Claude Debussy. Et Leonardo Da Vinci.

— Il faisait partie d'une société secrète ?

— Il a même présidé le Prieuré de 1510 à 1519, en temps que Grand Maître, ce qui pourrait expliquer la passion que votre grand-père avait pour son œuvre. Cet héritage commun aux deux hommes explique à merveille leur fascination pour l'iconologie de la déesse, les cultes et les symboles païens, et leur mépris pour l'Église catholique de Rome. Le Prieuré de Sion a toujours vénéré le Féminin sacré.

— Vous voulez dire que cette société est une secte païenne qui adore une déesse ?

— C'est même *le* culte de la déesse païenne par excellence. Mais les membres du Prieuré sont surtout les gardiens d'un secret très ancien, qui les rend extrêmement puissants.

Malgré la force de conviction et l'évidente sincérité de Langdon, Sophie était instinctivement sceptique. *Un culte païen secret ? Autrefois présidé par Leonardo Da Vinci ?* Cela paraissait absurde. Pourtant, plus elle essayait de le chasser, plus le souvenir vieux de dix ans s'imposait à elle – cette nuit où elle avait surpris son grand-père et assisté à une scène qu'elle ne pouvait toujours pas accepter. *Est-ce que c'était là l'explication... ?*

Langdon parlait toujours :

— L'identité des membres du Prieuré de Sion est un secret jalousement gardé. Mais les initiales et la fleur de lys que vous avez vues enfant ne peuvent renvoyer qu'au Prieuré de Sion.

Sophie se rendait compte que Langdon en savait beaucoup plus sur son grand-père qu'elle ne l'avait imaginé. Cet Américain avait certainement encore bien des choses à lui apprendre, mais pas ici, pas cette nuit.

— Robert, je ne peux pas prendre le risque de laisser la police vous arrêter. J'ai trop besoin de vos lumières. Il faut que vous partiez, tout de suite !

Langdon ne l'entendait plus que dans un murmure. Il n'était pas question qu'il parte. Il était déjà ailleurs, dans un ailleurs où d'anciens secrets remontaient à la surface, où des histoires oubliées émergeaient de l'ombre.

Lentement, il tourna la tête en direction du portrait de la *Joconde*.

La fleur de lys... la fleur de Lisa... Mona Lisa

Tout était intimement mêlé. Les échos des secrets inviolés du Prieuré de Sion et de Leonardo Da Vinci s'unissaient maintenant en une symphonie silencieuse.

À deux kilomètres de là, tout près des Invalides, le chauffeur médusé d'un semi-remorque, tenu en joue par des policiers furieux, regardait le chef de la police judiciaire jeter une savonnette dans les eaux troubles de la Seine en poussant un hurlement de rage retentissant.

24.

Silas avait les yeux levés vers l'obélisque de Saint-Sulpice. La hauteur du monument de marbre blanc l'impressionnait. Tous ses muscles étaient tendus par une excitation euphorique. Il scruta encore une fois l'espace de l'église pour vérifier qu'il était bien seul, puis il s'agenouilla au pied de la colonne, plus par nécessité que par vénération.

La clé de voûte est cachée sous la Rose Ligne.
À la base de l'obélisque de Saint-Sulpice.

Tous les frères avaient fait le même aveu.

Il passa les mains sur le sol de pierre qui l'entourait. Ne sentant ni ne distinguant aucune fente, aucune marque indiquant une dalle mobile, il les frappa une à une de ses doigts repliés. Suivant la règle de laiton jusqu'au pied de l'obélisque, il donna une série de petits coups secs sur les carreaux de marbre qui la bordaient. L'une d'elles rendit un son creux.

Il y a une niche sous cette plaque de marbre !

Silas sourit. Ses victimes avaient dit la vérité.

Il se releva, cherchant des yeux un objet lourd avec lequel il pourrait casser la dalle.

Dissimulée derrière le pilier en face de la sacristie, sœur Sandrine étouffa un cri. Ses pires craintes étaient fondées. Son visiteur n'était pas ce qu'il paraissait. Le mystérieux moine de l'*Opus Dei* n'était pas venu pour visiter l'église.

Il avait un but inavouable.

Vous n'êtes pas le seul à détenir un secret, se dit-elle.

La sœur Sandrine Bieil, gardienne en titre de Saint-Sulpice, faisait avant tout fonction de sentinelle. Et cette nuit, les rouages anciens de l'organisation s'étaient remis en mouvement. La présence de cet étranger au pied de l'obélisque était un signal de la Fraternité.

Un cri de détresse silencieux.

25.

L'ambassade des États-Unis à Paris occupe un complexe de bâtiments situés à l'entrée de l'avenue Gabriel, au nord des Champs-Élysées. Sur un hectare et demi de territoire national, les ressortissants américains sont soumis aux mêmes lois et bénéficient des mêmes droits que dans leur pays.

La gardienne de nuit était plongée dans la lecture de *Time Magazine* quand le téléphone sonna.

— Ambassade des États-Unis, j'écoute !

— Bonsoir, dit une voix au fort accent français. J'ai besoin de votre aide.

Malgré la politesse des formules, l'homme parlait sur un ton sec et administratif.

— On m'a dit que vous aviez un message enregistré pour moi. Au nom de Robert Langdon. Mais je ne me souviens plus des trois chiffres de mon code d'accès. Si vous aviez la gentillesse de bien vouloir me le faire écouter...

— Je suis désolée, monsieur, mais ce message doit être très ancien. Nous avons abandonné ce système de messages enregistrés il y a deux ans, par mesure de sécurité. Et de plus, les codes d'accès comportaient cinq chiffres. Qui vous a dit que vous aviez un message chez nous ?

— Vous n'avez plus de messagerie automatique ?

— Non, monsieur. Si vous aviez un message, il serait enregistré par écrit dans nos services. Pouvez-vous me répéter votre nom ?

Mais l'homme avait raccroché.

Bézu Fache, interloqué, alla faire les cent pas le long du quai pour réfléchir tranquillement. Il était certain d'avoir vu Langdon taper un numéro à dix chiffres, suivi de trois autres, avant d'écouter son message.

Si ce n'était pas l'ambassade qu'il appelait, qui était-ce ?

Il regarda son téléphone portable, comprenant que la réponse se trouvait là. *Langdon s'est servi de mon portable.*

Il fit défiler le *menu*, afficha un à un les derniers numéros appelés, et trouva celui que Langdon avait composé.

Un numéro à Paris, suivi de trois chiffres : 454.

Il composa le premier. Un répondeur, avec une voix de femme : « *Bonjour, vous êtes bien chez Sophie Neveu, je suis absente pour le moment, mais...* »

Son sang bouillonnait dans ses veines lorsqu'il composa le code à trois chiffres, 4... 5... 4...

26.

Malgré sa réputation monumentale, le portrait de
la *Joconde* ne mesure que soixante-dix-huit centimètres sur cinquante-deux – moins que les reproductions grand format que l'on vend dans les bou-
tiques du Carrousel du Louvre.

Le tableau, peint sur un panneau de bois de peu-
plier, était accroché sur le mur nord-ouest de la
Salle des États, protégé par un caisson de Plexiglas
de cinq centimètres d'épaisseur. La célèbre atmosphère éthérée et brumeuse qui baigne cette peinture
illustre le talent et le goût de son auteur pour le
style *sfumato*, où les formes semblent se fondre les
unes dans les autres.

Depuis son admission au musée du Louvre, la
Joconde a été dérobée deux fois, le vol le plus
récent datant de 1911. Cette année-là, elle disparut
du Salon carré, la « salle impénétrable » du Louvre
de l'époque. Les Parisiens pleuraient dans les rues

et les journaux suppliaient les voleurs de rendre au musée son chef-d'œuvre. On devait la retrouver deux ans plus tard à Florence, dans une chambre d'hôtel, dissimulée dans le double fond d'une malle.

Ayant signifié clairement son intention de rester, Langdon accompagna Sophie vers la Salle des États. La jeune femme se trouvait à une vingtaine de mètres de la *Joconde* quand elle alluma sa lampe torche. Elle balaya le plancher de son rayon violet tout en avançant, à la recherche d'une trace d'encre luminescente.

Langdon marchait à côté d'elle, brûlant de l'impatience qui précède les retrouvailles avec les grandes œuvres d'art. Il plissait les yeux pour tenter de voir au-delà du faisceau de lumière pourpre que Sophie pointait devant elle. Sur leur gauche, la banquette centrale émergea de l'obscurité, telle une île noire sur la mer grisâtre du parquet.

Il commença enfin à deviner les contours du caisson transparent. Enfermé dans sa cellule de Plexiglas, le trésor mondialement connu les attendait.

Aux yeux de Langdon, la renommée du célébrissime portrait ne tenait pas seulement à son sourire énigmatique, pas plus qu'aux interprétations multiples et souvent farfelues qu'en proposaient depuis quatre siècles les historiens d'art et autres amateurs de mystère. Elle était surtout, et tout simplement, l'œuvre que son auteur considérait comme sa plus grande réussite. Vinci l'emmenait avec lui dans tous ses voyages et, lorsqu'on lui demandait pourquoi, le peintre répondait qu'il ne pouvait se séparer de sa plus parfaite expression de la beauté féminine.

Toutefois, selon certains historiens de l'art, le culte que Leonardo vouait à sa *Mona Lisa* n'avait rien à voir avec sa perfection artistique. Le portrait n'était en somme rien d'autre qu'un exemple ordinaire de *sfumato*. L'attachement de son auteur tenait à quelque chose de beaucoup plus profond, un message qu'il aurait dissimulé sous les couches de peinture. La *Joconde* était en fait l'un des canulars ésotériques les plus sensationnels de toute l'histoire de l'art. L'accumulation des ambiguïtés, des sous-entendus et des clins d'œil dans ce tableau avait donné lieu à d'innombrables commentaires. Mais la plupart des visiteurs continuaient à trouver que tout le mystère résidait dans le sourire de Mona Lisa.

Il n'y a là aucun mystère, songeait Langdon, qui commençait à distinguer le bord du tableau. *Absolument aucun*.

La dernière fois qu'il avait parlé du secret de la *Joconde*, c'était lors d'une conférence assez inattendue qu'il avait donnée dans une prison de la banlieue de Boston, dans le cadre du programme socio-éducatif de l'université Harvard. La « culture aux perpètes » comme l'avait baptisée certains de ses confrères.

Il avait trouvé les détenus, rassemblés pour l'occasion dans la bibliothèque de l'établissement, étonnamment intéressés — frustes mais vifs.

— Vous avez peut-être remarqué, avait-il commencé en s'approchant de l'agrandissement du tableau qu'il venait de projeter au mur, que l'arrière-plan est asymétrique. La ligne d'horizon est nettement plus basse à gauche de *Mona Lisa* qu'à droite.

— Il a foiré son portrait ? demanda l'un des spectateurs.

— Non, répliqua Langdon avec un petit rire. C'est un problème que Leonardo Da Vinci rencontrait assez rarement. C'est une astuce volontaire. En abaissant la ligne d'horizon sur sa gauche, il faisait paraître Mona Lisa plus grande de ce côté qu'à droite. C'était une petite blague à usage interne. Selon une tradition très ancienne, le côté gauche était associé au féminin, et le droit au masculin. Et comme Leonardo Da Vinci était un grand féministe, il a choisi ce déséquilibre pour glorifier cette partie gauche.

— Il paraît qu'il était pédé ! lança un petit détenu à barbiche.

— Les historiens ne le disent généralement pas dans ces termes, mais c'est vrai, il était homosexuel.

— Et c'est pour ça qu'il se mettait du côté des femmes ?

— En réalité, il cherchait à rétablir l'équilibre entre les deux genres. Il était persuadé que l'âme humaine ne pouvait se comprendre et s'épanouir que si elle conjuguait les éléments féminins et masculins.

— Vous voulez dire comme des nanas à bittes, par exemple ?

Dans l'hilarité générale qui suivit, Langdon décida de ne pas aborder l'explication étymologique du mot *hermaphrodite*, dérivé d'Hermès et Aphrodite, qu'il avait pourtant prévu d'aborder.

— Hé ! Monsieur Langford ? demanda un gros baraqué. C'est vrai que la *Joconde* est un portrait de Vinci en drag-queen ? Quelqu'un m'a dit que oui.

— Ce n'est pas du tout impossible. Leonardo Da Vinci était réputé pour être très farceur. On a fait des comparaisons informatiques de ce tableau et de ses autoportraits, qui confirment certaines analogies entre les deux visages. Quelles qu'aient été ses intentions, sa *Mona Lisa* n'est ni masculine ni féminine. Elle dégage une impression d'androgynie très subtile. Elle est fusion des deux aspects.

— C'est pas plutôt une manière snob de dire qu'en fait sa *Mona Lisa* était plutôt moche ?

Cette fois, Langdon éclata d'un rire franc.

— Vous avez peut-être raison. Mais en réalité le peintre a glissé dans son tableau un indice qui laisse supposer que le portrait était androgyne. Avez-vous déjà entendu parler du dieu Amon des anciens Égyptiens ?

— Moi, oui ! s'écria un jeune détenu musclé. C'était le dieu de la fertilité masculine !

Langdon était ébahi.

— J'ai vu ça sur les boîtes de capotes Amon, fit le costaud avec un sourire ravi. Il y a le dessin d'un grand mec avec une tête de bélier…

Sans être familier de cette marque, Langdon se réjouit que le fabricant ait au moins respecté des rudiments d'égyptologie.

— C'est tout à fait juste, répliqua-t-il. Les cornes du bélier étaient un symbole de virilité.

— Sans blague !

— Sans blague. Et savez-vous qui était l'équivalent féminin du dieu Amon ? La déesse égyptienne de la fertilité ?

Silence de plusieurs secondes.

— C'était la déesse Isis.

Il saisit un gros feutre et reprit tout en écrivant sur le transparent du rétroprojecteur :

— Nous avons donc le dieu AMON. Et la déesse ISIS, dont l'ancien pictogramme était L'ISA.

AMON L'ISA

— Ça vous rappelle quelque chose ?

— Putain, ça fait *MONA LISA* ! souffla un détenu.

— Vous voyez, messieurs. Il n'y a pas que le visage de la *Joconde* qui soit androgyne. Son nom est une anagramme de l'union divine entre l'homme et la femme. Il est là, le petit secret de Leonardo Da Vinci. Et c'est pour ça que son modèle arbore ce curieux sourire entendu…

— Mon grand-père est passé par là ! s'écria soudain Sophie, qui s'arrêta net, à environ trois mètres de la *Joconde*, braquant le rayon violet sur le plancher de la salle.

Tout d'abord Langdon ne vit rien. Mais en s'agenouillant auprès d'elle, il remarqua une petite tache de liquide séché qui brillait sur le parquet. *De l'encre fluorescente ?* Il se rappela soudain la raison pour laquelle la police avait recours à la lumière noire. *Une goutte de sang.* Il frissonna. Sophie ne se trompait pas. Jacques Saunière s'était effectivement rendu dans cette salle avant de mourir.

— Il ne serait pas venu sans raison, chuchota Sophie en se relevant. Je suis sûre qu'il m'a laissé un message.

Elle se dirigea à grands pas vers la *Joconde*, la lampe toujours braquée sur le parquet.

— Il n'y a rien par là !

Au même moment, Langdon s'aperçut que le panneau de Plexiglas scintillait d'un faible éclat pourpre. Il saisit le poignet de Sophie et orienta lentement le faisceau lumineux droit devant eux.

Ils se figèrent brusquement.

Sur le panneau protecteur, cinq mots à l'encre violette zébraient le visage de *Mona Lisa*.

27.

Assis au bureau de Jacques Saunière, l'inspecteur Collet discutait au téléphone avec le commissaire Fache et n'en croyait pas ses oreilles. *Ai-je bien entendu ?*

— Un morceau de savon ? Mais comment Langdon a-t-il pu savoir qu'il était sous surveillance GPS ?

— C'est Sophie Neveu qui le lui a dit.

— Quoi ? Mais pourquoi ?

— Très bonne question. En tout cas, je viens d'écouter son message téléphonique. C'est elle qui l'a mis au parfum.

Collet était sans voix. *À quoi pensait Sophie Neveu ?* Fache détenait la preuve qu'elle venait de faire obstruction à une enquête policière. Elle risquait non seulement de se faire virer, mais aussi d'aller en taule.

— Mais commissaire… Où est Langdon ? s'enquit l'inspecteur.

— Vous avez eu un autre signal d'alarme ?

— Non.

— Et personne n'est repassé sous la grille ?

— Non plus. Nous avons mis un agent de sécurité du Louvre à l'entrée, comme vous nous l'aviez demandé.

— Donc Langdon est encore dans la Grande Galerie, conclut le commissaire.

— Mais qu'est-ce qu'il peut bien y faire ?

— Est-ce que l'agent du musée est armé ?

— Oui, monsieur. C'est un gradé.

— Dites-lui d'aller y faire un tour. Mes hommes n'arriveront pas au musée avant une dizaine de minutes, et il n'est pas question que Langdon nous file entre les doigts. Prévenez le garde que l'agent Neveu est sans doute avec lui.

— Je pensais qu'elle avait quitté le Louvre…

— Vous l'avez vue partir, de vos yeux ?

— Non, commissaire, mais…

— Personne d'autre ne l'a vue sortir du musée. On ne l'a vue qu'entrer !

Collet était sidéré par le culot de cette fille. *Elle est toujours dans le musée !*

— Débrouillez-vous, Collet, mais je les veux menottés tous les deux à mon retour.

Le camion reprit sa route et Fache rassembla ses hommes. Langdon jouait les filles de l'air et, avec l'aide de Sophie Neveu, il allait sans doute s'avérer plus difficile à serrer que prévu.

Le commissaire décida de ne plus prendre aucun risque.

Pour parer à toute éventualité, il ne renvoya au musée que la moitié de son équipe, et fit poster le restant autour du seul autre endroit de Paris où Langdon pouvait encore trouver refuge.

28.

Sur la face externe du caisson de Plexiglas, éclairées par le faisceau de lumière noire, les lettres pourpres et luisantes semblaient suspendues dans l'espace. Leurs ombres irrégulières flottaient sur le sourire mystérieux de *Mona Lisa*.

— Le Prieuré ! chuchota Langdon. Voici la preuve que votre grand-père en faisait partie.

Sophie le dévisagea, perplexe.

— À quoi voyez-vous cela ?

Les pensées de Langdon se bousculaient dans sa tête.

— L'allusion est impeccable, elle évoque le fondement même de la société secrète !

De plus en plus déconcertée, Sophie relut encore une fois les mots du message.

SA CROIX GRAVE L'HEURE

— C'est la croix des croisés ! Celle des Templiers, l'origine même du Prieuré de Sion…

Mais Sophie avait l'air d'en douter.

— Si mon grand-père m'a envoyée ici, c'est certainement pour y trouver quelque chose de plus important.

Elle pense qu'il ne s'agit que d'une étape de plus dans le jeu de piste. Langdon ignorait si le message recelait ou non un autre sens caché. Son imagination galopait pour essayer de saisir les implications possibles.

— Robert ! souffla soudain Sophie en le poussant brusquement. Il y a quelqu'un !

On entendait en effet un bruit de pas qui venait de la Grande Galerie.

— Par ici ! s'écria-t-elle à voix basse en éteignant la lampe.

Et elle disparut.

L'espace d'un instant, Langdon ne vit plus rien. *Où ça, par ici ?* Ses yeux s'accoutumant peu à peu, il distingua la silhouette de Sophie qui se précipitait vers le centre de la pièce et se faufilait à plat ventre sous la banquette centrale. Il allait la rejoindre lorsqu'une voix cria du seuil de la pièce :

— Arrêtez !

L'agent de sécurité avançait dans la Salle des États, un pistolet braqué sur Langdon qui, instinctivement, leva les bras en l'air.

— À terre, couchez-vous ! cria le garde.

En un quart de seconde, Langdon se retrouva à plat ventre sur le parquet. Le type se rua sur lui et lui écarta les jambes d'un coup de pied.

— C'était une mauvaise idée, monsieur Langdon, dit-il en lui appuyant un pied sur le dos. Une très mauvaise idée.

Bras et jambes écartés, le visage plaqué au sol Langdon tenta une note d'humour. *Encore l'Homme de Vitruve*, se dit-il. *Mais face contre terre, cette fois…*

29.

Dans la pénombre de l'église Saint-Sulpice, Silas transporta jusqu'à l'obélisque le lourd candélabre en fer forgé qu'il avait pris sur le maître-autel. Le piétement devrait pouvoir lui servir de bélier. En regardant la dalle de marbre qui dissimulait la cache, il se rendit compte alors qu'il n'arriverait à la briser qu'au prix d'un bruit fâcheux. Du métal contre du marbre. L'écho se répercuterait dans la voûte de l'église…

La sœur entendrait-elle ? Elle devait dormir maintenant. Mais Silas ne pouvait prendre un tel risque. Il chercha des yeux un morceau de tissu dans lequel envelopper le pied de métal, mais ne trouva que la nappe de l'autel, qu'il se refusait à profaner. *Ma robe*, se dit-il. Se sachant seul dans l'église, il dénoua sa ceinture et ôta sa soutane. Le frottement des fibres rêches raviva les éraflures de son dos.

Vêtu du seul lange de coton blanc qui lui ceignait les hanches, il drapa le pied du candélabre dans sa robe de bure et, visant le centre de la dalle, frappa un grand coup. Le bruit était bien étouffé mais la pierre ne se fendit même pas. Il abattit le chandelier de plus haut et de toutes ses forces. Même bruit sourd, accompagné cette fois d'une longue fêlure. Au troisième coup, la pierre se cassa en deux, et des éclats de marbre tombèrent au fond d'un trou.

Le compartiment secret !

Il enleva rapidement les morceaux de marbre restés en place et observa la cavité vide. Le sang battant à ses tempes, il y plongea un bras nu.

Au début, sa main ne sentit qu'un sol de pierre lisse. Il repassa la main sur toute la surface, jusque sous la Rose Ligne et sentit enfin quelque chose. Une épaisse tablette de pierre, qu'il saisit et remonta à la lumière. Elle était grossièrement taillée et portait sur une face des mots gravés. Silas eut un instant l'impression d'être Moïse recevant les Tables de la Loi.

Mais il était surpris. Il s'attendait à trouver une carte géographique, des indications d'itinéraire, même codées, mais pas cette simple inscription.

Job 38, 11.

Un verset de la Bible ? Il était stupéfié de cette simplicité démoniaque. L'emplacement secret de la clé de voûte révélé par un verset de la Bible ? La Fraternité ne reculait devant rien pour rabaisser les justes.

Livre de Job, chapitre trente-huit, verset onze.

Sans se souvenir de la citation exacte, Silas savait que le Livre de Job racontait l'histoire d'un homme de grande foi qui avait résisté à toutes les épreuves et tentations auxquelles son Dieu l'avait soumis. *Une référence appropriée*, pensa-t-il, incapable de retenir son excitation.

Il se tourna vers la Rose Ligne et ne put réprimer un sourire. Sur le maître-autel, posée sur un lutrin doré, une énorme bible à reliure de cuir était ouverte.

Sœur Sandrine ne parvenait pas à calmer le tremblement qui la secouait tout entière. Elle était sur le point de partir en courant vers son téléphone, quand le moine albinos se mit à enlever sa robe de bure. Un frisson d'effroi la parcourut. La chair de son dos, blanche comme l'albâtre, était striée de balafres ensanglantées.

Cet homme a été battu sans merci !

Elle remarqua alors le cilice qui lui entourait la cuisse gauche, et comprit. *Quel est le Dieu qui exige de tels supplices corporels ?* Elle ne comprendrait jamais les rituels de l'*Opus Dei*. Mais elle avait d'autres soucis en tête pour l'instant. *L'*Opus Dei *est à la recherche de la clé de voûte !* Incapable d'imaginer comment ils avaient pu découvrir la cachette, elle se dit qu'elle n'avait pas le temps de se poser la question.

Le moine au dos meurtri ramassait tranquillement sa robe et la renfilait. Sans lâcher son butin, il se dirigea vers le maître-autel.

Retenant son souffle, la religieuse se précipita dans son appartement. Elle se mit à quatre pattes devant son sommier en bois et plongea un bras en dessous pour en sortir l'enveloppe cachetée qui était dissimulée sous son lit depuis de longues années.

Elle l'ouvrit et y trouva quatre numéros de téléphone.

D'une main tremblante, elle composa le premier.

Silas posa la stèle gravée sur l'autel, et feuilleta fébrilement la grosse bible. Ses gros doigts blancs étaient moites de transpiration. Dans l'Ancien Testament, il trouva le Livre de Job, et localisa le trente-huitième chapitre. Il suivit du doigt un à un les versets, tremblant d'excitation à l'idée des mots qu'il allait lire.

Ils conduiront à la clé de voûte.

Arrivé au onzième, il le lut religieusement. Il n'y avait que neuf mots. Déconcerté, il les relut, sentant que quelque chose clochait.

TU VIENDRAS JUSQU'ICI,
TU N'IRAS PAS AU-DELÀ.

30.

Claude Grouard, le sous-chef de la sécurité du musée du Louvre, fulminait de rage tout en maintenant au sol l'assassin de Jacques Saunière. Le conservateur en chef était très aimé de tout le personnel du musée, et Grouard grillait d'envie de trouer la peau de cet Américain qui l'avait assassiné.

Il était l'un des seuls gardiens du musée à porter une arme, et se disait que, pour Langdon, la mort était peut-être préférable à l'interrogatoire de Fache et à la vie de détenu dans une prison française.

Il tira son talkie-walkie de sa ceinture, mais n'entendit qu'un souffle surchargé de parasites. Les systèmes électroniques de sécurité de la Salle des États et leurs interférences... *Il faut que je retourne dans la Grande Galerie*.

Maintenant toujours Langdon en joue, il commença à reculer lentement en direction de la porte d'entrée, mais un léger bruit de pas le cloua sur place à mi-chemin.

Qu'est-ce que... ?

Un mirage se matérialisa au centre de la salle. Une silhouette de femme avançait à pas vifs vers le mur de gauche, précédée d'un faisceau lumineux violacé qui balayait le sol devant elle, comme un sourcier avec sa baguette.

— Qui est là ? demanda Grouard, qui ne savait plus sur qui braquer son pistolet.

— Police technique et scientifique, répliqua calmement la femme, sans cesser d'avancer.

Police technique et scientifique ? Grouard était en sueur. *Je croyais qu'ils étaient tous partis !* Il savait bien que les enquêteurs travaillaient avec des lampes à lumière noire, mais pourquoi la PJ recherchait-elle des preuves dans la Salle des États ?

— Votre nom ? cria-t-il. Son instinct lui soufflait que quelque chose clochait.

— C'est moi ! répondit la voix calme, Sophie Neveu.

Un souvenir se matérialisa dans l'esprit de Grouard. Sophie Neveu ! *La petite-fille de Jacques Saunière. Il l'amenait souvent ici lorsqu'elle était gosse.* Mais il y avait bien longtemps… Qu'est-ce qu'elle pouvait bien faire ici cette nuit ? Et quand bien même ce serait vraiment elle, quelle raison avait-il de lui faire confiance ? Il avait entendu des rumeurs selon lesquelles elle était brouillée avec son grand-père.

— Vous me connaissez ! dit la jeune femme. Je peux vous affirmer que Robert Langdon n'est pas l'assassin de mon grand-père.

Pas question de prendre cette déclaration pour argent comptant. Grouard tenta à nouveau d'appeler son PC. Pas de connexion. Il était encore à une petite dizaine de mètres de la porte. Il reprit lentement sa marche à reculons, décidant d'abandonner la fille tout en ajustant l'Américain à plat ventre.

Sophie Neveu redressa sa lampe de poche et l'orienta brusquement sur un grand tableau, accroché juste en face de la *Joconde*. Grouard, découvrant de quel tableau il s'agissait, en eut le souffle coupé.

Mais qu'est-ce qu'elle peut bien fabriquer ? se demandait-il.

Sophie sentit une sueur froide perler à son front. Langdon était toujours étendu sur le sol. *Tenez bon, Robert, on y est presque.* Persuadée que le garde n'oserait pas tirer sur elle ni sur Langdon, elle avait décidé de poursuivre son enquête. Elle cherchait sur les murs une autre œuvre de Leonardo Da Vinci. Mais aucune inscription fluorescente n'était apparue.

Il doit pourtant bien y avoir un autre indice !

Elle était certaine d'avoir décodé correctement le message de son grand-père.

Qu'aurait-il pu signifier d'autre ?

Le tableau qu'elle observait maintenant mesurait presque deux mètres de hauteur. Il représentait une scène étrange, regroupant, en une composition pyramidale, la Vierge Marie, l'Enfant Jésus, saint

Jean-Baptiste et l'ange Uriel[1], sur une plate-forme rocheuse assez périlleuse.

Chaque fois que son grand-père l'avait amenée ici pour admirer la *Joconde*, il l'avait aussi arrêtée devant ce tableau-là.

Grand-père, j'y suis arrivée, mais je ne vois rien !

Elle entendait, derrière elle, le garde appeler vainement à l'aide.

Réfléchis, Sophie !

Elle se répéta le message écrit sur le Plexiglas.

SA CROIX GRAVE L'HEURE.

Le grand tableau qu'elle regardait à présent n'était pas protégé comme le portrait de la *Joconde*, et elle savait que jamais son grand-père n'aurait rien inscrit sur la précieuse toile, ni même sur le cadre. *En tout cas, pas sur la toile.* Son regard et sa lampe remontèrent le long des cimaises.

À moins que...

Saisissant à deux mains le côté gauche du cadre, elle le décolla du mur, glissa derrière la tête et les épaules, puis son corps tout entier, et promena sur le revers de la toile le faisceau de la lampe à lumière noire.

Elle mit quelques secondes à comprendre qu'elle se trompait. Pas de lettres ni de chiffres à l'encre pourpre. Rien qu'une grosse toile beige parsemée de taches brunâtres.

1. Ange souvent cité dans la mythologie orientale. *(N.d.T.)*

212

Qu'est-ce que... ?

Un petit morceau de métal brillait dans l'interstice séparant le rebord inférieur du châssis de la toile elle-même. Sophie retint son souffle en découvrant qu'une petite chaînette dorée y était suspendue.

Au grand étonnement de Sophie, au bout de ladite chaînette était pendue une clé en or familière. Son anneau en forme de croix s'ornait d'une fleur de lys et de deux initiales qu'elle n'avait pas revues depuis l'âge de neuf ans. P.S. À cet instant, elle entendit les paroles de son grand-père : « *Un jour, Sophie, le moment venu, cette clé sera à toi.* » Sa gorge se serra quand elle comprit que son grand-père, à l'heure de l'agonie, avait réussi à tenir sa promesse. « *Elle ouvre une boîte dans laquelle je garde beaucoup de secrets.* »

Sophie comprit que tous les messages codés de Jacques Saunière conduisaient à ce cadeau. Son grand-père l'avait sur lui lors du meurtre, et il était venu le cacher là pour que la police ne mette pas la main dessus. Puis il avait élaboré un astucieux jeu de piste pour que ce soit Sophie qui le découvre.

— Au secours ! hurlait la voix du garde qui reculait vers la porte d'entrée.

Sortant la tête de derrière le tableau, Sophie dégagea rapidement la petite clé et la glissa dans sa poche avec la lampe à lumière noire.

Il ne parvient pas à joindre le PC, pensa-t-elle, en se rappelant la frustration des touristes qui ne

213

réussissaient pas à contacter par téléphone celui ou celle avec qui ils auraient voulu partager leur émerveillement devant la *Joconde*. Les dispositifs de sécurité de la Salle des États rendaient impossible toute communication radiophonique ou électronique avec l'extérieur. Mais le garde était presque arrivé à la porte. Il fallait faire vite.

Elle leva les yeux vers la grande toile qui la masquait à demi et constata qu'encore une fois Leonardo Da Vinci allait venir à son secours.

Plus que deux mètres, calculait Grouard, le pistolet toujours braqué sur Langdon.

— Arrêtez, ou je la détruis ! cria la jeune femme à l'autre extrémité de la salle.

Grouard se retourna et se figea sur place.

— Mon Dieu, non !

Dans la brume rouge qui envahissait la pièce, il constata que la fille avait décroché un grand tableau qu'elle avait posé sur le sol devant elle. Sa silhouette disparaissait presque entièrement derrière l'énorme cadre.

Seuls les cheveux de la jeune femme dépassaient au-dessus du cadre. Il s'étonna d'abord que l'alarme ne se soit pas déclenchée lorsque le tableau avait quitté son support, mais comprit vite que le système avait dû être désactivé pour pouvoir soulever la herse.

Mon Dieu ! Que fait-elle ?

Son sang se glaça dans ses veines. La toile commençait à se gonfler par l'arrière, et le visage de la

Vierge à se déformer, de même que le corps du petit Jean-Baptiste.

— Non ! hurla Grouard, pétrifié d'horreur, en voyant la toile se tendre de plus en plus.

Sophie Neveu enfonçait son genou au centre de la toile par-derrière.

Grouard leva son arme vers le tableau, et la rabaissa. Il n'allait tout de même pas tirer sur un chef-d'œuvre de Leonardo Da Vinci...

— Déposez votre arme et votre poste de radio ! ordonna calmement la voix derrière la toile. Sinon, je la perce d'un coup de genou ! Je vous laisse imaginer ce qu'en aurait pensé mon grand-père...

Grouard fut pris de vertiges.

— Ne faites pas ça, je vous en prie ! C'est la *Vierge aux rochers !*

Jetant son pistolet et son talkie-walkie sur le plancher, il leva les deux mains au-dessus de la tête.

— Merci ! fit la jeune femme. Maintenant, vous allez faire exactement ce que je vous demanderai, et tout ira pour le mieux.

Deux minutes plus tard, Langdon dévalait l'escalier de secours derrière Sophie. Ni l'un ni l'autre n'avaient échangé une parole depuis qu'ils avaient quitté la Salle des États, laissant derrière eux le pauvre garde allongé sur le plancher. Langdon serrait son arme dans la main droite, et tenait la rampe de l'autre, descendant les marches deux à deux. Il se demandait si Sophie s'était rendu compte de la valeur inestimable du tableau qu'elle avait menacé de détruire… Son choix s'était cependant révélé tout à fait assorti au thème de la soirée. Autant que la *Joconde*, la *Vierge aux rochers* regorgeait de symboles païens cachés.

— Vous avez choisi un otage de grande valeur, dit-il.

— La *Vierge aux rochers* ? Ce n'est pas moi qui l'ai choisi, c'est mon grand-père.

— Quoi ? Mais comment le saviez-vous… ? Pourquoi la *Vierge aux rochers* ?

Sophie se retourna vers lui, un large sourire aux lèvres.

— *Sa croix grave l'heure… La Vierge aux rochers*. J'avais manqué les deux premières anagrammes. Je n'allais pas louper la troisième !

31.

— Ils sont morts ! bredouillait sœur Bieil au téléphone. Elle parlait à un répondeur automatique. Décrochez, s'il vous plaît ! Ils sont tous morts !

Les trois appels précédents s'étaient révélés aussi consternants l'un que l'autre. Elle avait successivement parlé à une veuve hystérique, à un policier qui passait la nuit sur les lieux d'un assassinat, et enfin à un prêtre au ton maussade qui tentait de consoler une famille qu'un deuil brutal venait de frapper. Les trois premiers contacts de sa liste avaient tous été assassinés. Restait le quatrième, celui qu'elle n'était censée appeler que si les trois autres ne répondaient pas. Et elle venait de tomber sur une boîte vocale qui proposait de laisser un message, sans donner le nom de son destinataire.

— Quelqu'un vient de casser la stèle de Saint-Sulpice ! Les trois autres sont morts !

Sœur Sandrine ne connaissait pas les identités des quatre hommes qu'elle protégeait ; en tout cas elle ne devait composer leurs numéros de téléphone personnels cachés sous son lit qu'à une unique condition.

« *Si jamais vous constatez que la stèle a été forcée ou brisée*, lui avait dit un jour une voix anonyme, *cela signifiera que le dernier échelon aura été franchi. Que l'un de nous aura été menacé de mort et contraint de livrer le faux secret. Appelez les numéros. Prévenez les autres. Ne manquez pas à votre responsabilité.* »

Un système d'alarme silencieux. Le plan de sécurité lui avait paru d'une simplicité infaillible. Elle avait d'abord été surprise quand on le lui avait expliqué. Si l'un ou l'autre des membres de la Fraternité venait à être découvert, il était censé proférer un mensonge qui déclencherait forcément l'alerte auprès des trois autres. Mais ce soir, il apparaissait d'évidence que plusieurs frères avaient été démasqués.

— Répondez, je vous en supplie ! Où êtes-vous ?

— Raccrochez immédiatement ! ordonna derrière elle une voix grave.

Terrorisée, la petite sœur se retourna vers la porte. Le moine tenait à bout de bras un gros chandelier d'autel en fer forgé. Elle raccrocha d'une main tremblante.

— Ils sont morts, tous les quatre, articula le moine. Et ils se sont joués de moi. Dites-moi où est la clé de voûte !

— Je… je ne sais pas ! s'exclama-t-elle. C'est un secret qu'ils étaient les seuls à connaître…

Et ils sont morts !

L'albinos s'avança vers elle, son poing blanc serré sur le chandelier.

— Vous, une religieuse, vous êtes à leur service !

— Le message de Jésus est clair, rétorqua la sœur, et l'*Opus Dei* l'a dénaturé !

Une soudaine explosion de fureur étincela dans les yeux rouges du moine. Il abattit brusquement le lourd candélabre. En s'effondrant, la petite sœur fut saisie d'une angoisse indicible.

Ils sont tous morts.

La précieuse vérité est à jamais perdue.

32.

Le déclenchement de l'alarme affola les pigeons, qui s'envolèrent en masse vers le jardin des Tuileries. Sophie et Langdon sortirent en courant de la pyramide. On entendait au loin le mugissement des sirènes de la police.

— C'est celle-là, montez ! cria Sophie, à bout de souffle, montrant du doigt une minuscule voiture rouge…

Elle ne va pas me faire monter dans ce pot de yaourt ? Langdon n'avait jamais vu de si petite voiture.

— C'est une Smart, un litre aux cent kilomètres ! annonça-t-elle.

À peine avait-il réussi à se glisser dans le minuscule habitacle qu'elle démarrait déjà en trombe. Langdon s'agrippa tant bien que mal au tableau de bord, en essayant de caser comme il le pouvait ses longues jambes devant lui. Il eut un instant l'impression qu'elle allait traverser en voiture le rond-point planté de buis qui abritait la pyramide inversée qu'il avait pu admirer un peu plus tôt de l'intérieur du musée. Elle n'aurait fait qu'une bouchée de la petite Smart.

Mais Sophie opta finalement pour un itinéraire plus classique. Après avoir fait le tour du rond-point dans un crissement de pneus, la petite voiture s'engouffra sous le guichet est du Louvre et tourna à gauche dans la rue de Rivoli, qu'elle enfila vers l'ouest à toute allure.

Les sirènes beuglaient derrière eux et Langdon aperçut les gyrophares dans le rétroviseur droit. Le coup d'accélérateur de Sophie fit rugir de plus belle le moteur de la Smart. Devant eux, à cinquante mètres, un feu passa au rouge, mais la jeune femme jura à mi-voix sans ralentir pour autant.

— Sophie ! hurla Langdon.

Après un rapide coup d'œil à droite et à gauche et un appel de phares, la jeune femme qui avait à peine levé le pied traversa le carrefour et appuya encore sur l'accélérateur. Langdon se retourna et se tordit le cou pour apercevoir les véhicules de police. Apparemment ils n'étaient pas suivis ; l'essaim de gyrophares semblait s'être regroupé autour du musée.

Langdon sentit son cœur qui ralentissait sa cadence.

— Une visite guidée d'un genre nouveau ! articula-t-il.

La Smart longeait les arcades de la rue de Rivoli. Sophie ne réagit pas, les yeux fixés sur l'embranchement de l'avenue Gabriel à droite au fond de la place. L'ambassade n'était plus qu'à quelques centaines de mètres et Langdon se renfonça dans son siège.

Sa croix grave l'heure.

Sophie l'avait décrypté tout de suite.

La Vierge aux rochers.

D'après elle, Jacques Saunière lui avait laissé sur ce tableau un message final. *Un message final ?* Langdon était émerveillé par l'astucieuse cachette trouvée par le vieillard. La *Vierge aux rochers* constituait un chaînon manquant dans la série des mystérieux symboles, intimement liés entre eux, de cette soirée. À chaque étape de son jeu de piste, Saunière avait réaffirmé son affection pour les équivoques et l'espièglerie du grand maître de la Renaissance.

La *Vierge aux rochers* résultait d'une commande faite à Vinci par la congrégation des Sœurs de l'Immaculée Conception, qui lui avaient demandé un tableau central pour le triptyque surmontant l'autel de l'église Saint-François-Majeur de Milan. Elles avaient imposé des dimensions précises, ainsi que les personnages de la scène : la Vierge Marie, l'Enfant Jésus, le petit Jean-Baptiste et l'ange Uriel, en mémoire d'une légende selon laquelle l'Enfant Jésus aurait rencontré son cousin dans une caverne pendant son séjour en Égypte. L'artiste avait rempli son contrat mais, lors de la livraison de l'œuvre, les religieuses avaient été saisies d'effroi. Le tableau contenait des détails étranges et dérangeants.

La composition triangulaire, dominée par la tête de la Vierge, est magistrale. Vêtue d'une robe et d'une cape bleu nuit, elle est assise, le bras droit passé autour de l'épaule d'un très jeune enfant nu, agenouillé et les mains jointes. Au premier plan, sur sa gauche, l'ange Uriel, adossé à un coussin rouge, soutient de la main gauche un enfant plus jeune, qui bénit le premier. Pourquoi est-ce Jean-Baptiste qui bénit Jésus, comme pour le soumettre à son autorité ? Et pourquoi la Vierge tient-elle Jean-Baptiste – et non son propre fils au creux de son bras ? Pour le protéger ? Ou pour le forcer à adorer Jésus ? Plus troublant encore, elle tend au-dessus de son fils sa main gauche aux doigts recourbés comme la serre d'un aigle. Enfin, l'ange tourne la tête vers le spectateur et pointe l'index droit en direction de Jean-Baptiste. Est-ce la main de l'ange qui cherche à interrompre le geste de la Vierge, ou celle de Marie qui veut empêcher Uriel de désigner Jean-Baptiste ?

Langdon amusait toujours beaucoup ses étudiants, lorsqu'il leur apprenait que Leonardo Da Vinci avait finalement calmé les émois des sœurs de Milan, en exécutant – ou en faisant exécuter –, des années plus tard, une version « expurgée » de la scène, où il avait supprimé le doigt de l'ange et le geste inquiétant de la Vierge. Ce tableau beaucoup plus orthodoxe était désormais exposé à la National Gallery de Londres. Mais, comme la plupart des historiens d'art, Langdon lui préférait de loin l'original intrigant du Louvre.

— Qu'avez-vous trouvé derrière le tableau ? demanda Langdon.

— Je vous le montrerai lorsque nous serons dans l'enceinte de l'ambassade, répondit-elle sans le regarder.

— Vous allez me le *montrer* ? fit-il, surpris.

— C'est un petit objet estampé d'une fleur de lys et de deux initiales.

Langdon s'enfonça dans son siège, complètement abasourdi.

— Il vous a laissé un objet ?

Sophie hocha la tête.

— Estampé d'une fleur de lys et des initiales P.S.

Langdon n'en croyait pas ses oreilles.

On va y arriver, se dit Sophie.

Ils longeaient l'hôtel Crillon et elle avait enfin l'impression de pouvoir respirer normalement.

La petite clé n'avait pas quitté sa pensée. Elle revivait le jour où elle avait découvert la croix dorée à tige triangulaire, les fines échancrures, la petite fleur en bas-relief et les initiales P.S. gravées autour.

Elle n'avait jamais repensé à ce bijou qui l'avait fascinée dans son enfance et, maintenant qu'elle travaillait dans la police, son étrange facture ne l'étonnait plus autant qu'autrefois. C'était une clé à matrice variable, impossible à reproduire, et qui opérait par lecture électronique de la série de petits points hexagonaux gravés au laser sur tout son pourtour. La serrure ne s'ouvrait que si l'œil électronique reconnaissait sur la tige les petits trous hexagonaux, leurs emplacements et leurs intervalles.

Mais comment trouver la fameuse boîte à secrets qu'elle était censée ouvrir ? Elle comptait sur Langdon pour l'éclairer. Il s'était, après tout, montré capable de la décrire sans l'avoir vue. La croix qui surmontait la tige impliquait une référence à une organisation chrétienne quelconque.

Et pourtant mon grand-père n'était pas chrétien...

Elle en avait eu la preuve dix ans auparavant. Et curieusement, c'était une autre clé, beaucoup plus ordinaire cette fois, qui lui avait permis l'accès à cette révélation dont elle ne s'était jamais remise...

Rentrant de Londres pour les vacances de Pâques, deux ou trois jours avant la date prévue, elle avait hâte de surprendre son grand-père, et de lui expliquer les passionnantes méthodes de cryptage qu'elle venait d'apprendre. Mais elle avait trouvé l'appartement vide. Légèrement déçue, elle s'était dit qu'il n'attendait pas son retour si tôt, et qu'il devait encore être au musée.

Mais pas un samedi après-midi. Il part toujours en week-end...

Avec un large sourire, elle s'était précipitée dans le parking de l'immeuble. Sa voiture n'était pas là. Il détestait conduire dans Paris et ne la sortait que pour se rendre dans le petit château qu'il possédait en Normandie. Après des mois passés dans les rues encombrées de Londres, Sophie avait hâte de retrouver le grand air et de commencer dès maintenant ses vacances. Pourquoi ne pas aller le surprendre là-bas ? On n'était qu'en début de soirée et elle décida de partir sur-le-champ. Elle emprunta la voiture d'une amie et prit la direction de Creully. Il était plus de dix heures lorsque, après avoir traversé les collines désertes des environs que la pleine lune baignait de sa lueur, elle s'engagea dans la longue allée de près de deux kilomètres qui menait à travers un parc boisé, jusqu'à la retraite de son grand-père. À mi-chemin, on apercevait déjà le manoir – un énorme bâtiment de pierre, niché dans les arbres au pied d'une colline.

Elle s'attendait à trouver son grand-père déjà couché, et fut agréablement surprise à la vue des fenêtres éclairées. Une joie vite tempérée par la vue des nombreuses voitures garées devant le manoir – Mercedes, BMW, Audi, et même une Rolls-Royce…

Après la première déception, elle éclata de rire.

Eh bien ! Lui qui se prétend reclus et solitaire…

Ainsi, Jacques Saunière, apparemment beaucoup plus mondain qu'il ne le prétendait, profitait de l'absence de sa petite-fille pour recevoir au château. Et quels invités ! Il s'agissait visiblement de la meilleure société parisienne.

Dans sa hâte à le surprendre, elle s'était préci-pitée sur la porte d'entrée qu'elle avait trouvée fermée à clé. Elle frappa plusieurs fois, mais per-sonne ne vint lui ouvrir. Intriguée, elle fit le tour du château et essaya la porte arrière, verrouillée elle aussi. Pas de réponse. Troublant.

226

Elle s'arrêta un moment pour tendre l'oreille. On n'entendait que la brise normande qui s'engouffrait dans la vallée.

Pas de bruits de voix.

Pas de musique.

Silence complet.

Elle marcha jusqu'au pignon, escalada un tas de bûches et pressa son visage sur la fenêtre du salon. C'était absurde.

Il n'y a personne, ici !

Toutes les pièces qu'elle voyait en enfilade étaient désertes.

Mais où sont tous ces gens ?

Le cœur battant, elle courut jusqu'au bûcher pour y chercher la clé d'appoint que son grand-père y gardait sous une grosse boîte d'allumettes. Elle revint vers la porte d'entrée, l'ouvrit et pénétra dans le vestibule, éclairé et désert. Le système d'alarme se mit à clignoter, ce qui signifiait qu'elle avait dix secondes pour taper le code au compteur près de la porte et le désactiver.

Pourquoi a-t-il branché l'alarme s'il a des invités ?

Elle s'empressa de saisir les chiffres du code.

Il n'y avait personne au rez-de-chaussée. À l'étage non plus. Elle redescendit au salon, de plus en plus perplexe.

C'est alors qu'elle entendit quelque chose.

Des voix étouffées. Qui semblaient venir de sous le plancher. C'étaient des voix, qui chantaient... ou plutôt qui scandaient une sorte de mélopée. Elle eut

soudain peur. D'autant qu'à sa connaissance le château n'avait pas de sous-sol.

En tout cas, je ne l'ai jamais vu.

Elle balaya la pièce du regard et remarqua la seule
chose qui n'était pas à sa place habituelle : l'antiquité
préférée de son grand-père – une grande tapisserie
d'Aubusson, qui couvrait la moitié du mur est, à
gauche de la cheminée, avait été tirée sur le côté de
sa tringle de cuivre, dégageant le lambris derrière
elle. Sophie fit quelques pas vers le mur. Le bruit de
voix augmenta. Elle y colla son oreille. C'était bien
un chant, dont elle ne distinguait pas les paroles.

Il y a un espace vide derrière la cloison !

Elle passa la main le long des boiseries et tomba
sur un clapet joliment ouvragé, de la largeur d'un
doigt. Elle y glissa son index et tout le panneau coulissa sans bruit sur celui qu'il jouxtait. Les voix
montaient du fond de la cavité obscure qui s'ouvrait
derrière.

Elle s'introduisit dans l'ouverture et déboucha
au sommet d'un petit escalier en spirale, en
pierres grossièrement taillées, qu'elle descendit
prudemment.

L'air fraîchissait et les voix se faisaient plus dis-
tinctes à chaque marche… des timbres masculins et
féminins… Elle aperçut, en bas, un petit carré de
roche grise, illuminé par une lumière orange va-
cillante comme celle d'un feu de bois.

Retenant son souffle, elle posa les deux pieds sur
la dernière marche, s'accroupit dans l'ombre et mit
plusieurs secondes à appréhender ce qu'elle voyait.

L'escalier débouchait sur une grotte creusée à même la pierre. Le seul éclairage provenait de torches accrochées aux parois. Une trentaine de personnes formaient un large cercle autour du sol en terre battue.

Je rêve, se dit Sophie.

Ils avaient tous le visage masqué. Les femmes portaient de longues robes de mousseline blanche, d'où dépassaient les pointes de souliers dorés. Leurs masques étaient blancs et elles tenaient à deux mains une sphère dorée contre la poitrine. Les hommes étaient vêtus de longues tuniques noires et de masques assortis. On aurait dit les pièces d'un échiquier géant. Hommes et femmes se balançaient d'avant en arrière, en scandant des paroles incompréhensibles, la tête baissée en signe de vénération vers le centre de leur cercle… vers quelque chose, par terre, que Sophie ne voyait pas.

La mélopée s'amplifia, accéléra. Plus fort, comme une clameur assourdissante. Encore plus vite. Soudain, les participants avancèrent et s'agenouillèrent, dévoilant aux yeux écarquillés de Sophie la vision d'horreur qui n'avait cessé de la poursuivre depuis. Saisie de nausée, elle remonta en chancelant les marches de l'escalier, referma la cloison comme elle l'avait ouverte, et s'enfuit en courant jusqu'à sa voiture. Elle roula jusqu'à Paris à toute vitesse, hébétée, en larmes, brisée.

Sa vie s'était défaite ce soir-là, disloquée par le chagrin, la déception, la trahison. Elle avait rassemblé ses affaires au petit matin et quitté l'appartement pour toujours, en laissant un mot sur la table de la salle à manger :

J'AI TOUT VU.
N'ESSAIE PAS DE ME RETROUVER

Elle avait posé la clé de secours sur la feuille de papier.

— Sophie ! Arrêtez ! cria Langdon ! Stop !

Émergeant de ses souvenirs, Sophie pila net.

— Quoi, que se passe-t-il ?

Langdon tendit le doigt vers le pare-brise. À moins de vingt mètres devant eux, l'entrée de l'avenue était bloquée par deux voitures de la PJ garées en travers de la chaussée. *Ils ont bouclé l'avenue Gabriel !*

— J'ai bien peur que ce ne soit fichu pour l'ambassade, fit Langdon avec un soupir las.

Debout devant leurs véhicules, deux enquêteurs de la PJ avaient les yeux rivés sur la petite Smart qui venait de s'arrêter brutalement.

Allez, Sophie, fais demi-tour très lentement.

Elle passa la marche arrière et opéra un habile demi-tour. Avant d'avoir quitté l'avenue, elle entendit des pneus crisser et les sirènes se déclencher.

Maudissant ses collègues, Sophie appuya sur l'accélérateur.

33.

Sophie tourna brutalement à droite et s'engagea
dans l'avenue des Champs-Élysées. S'agrippant à
son siège, Langdon se retourna pour voir s'ils étaient
suivis, regrettant soudain de s'être enfui du Louvre.
Mais ce n'est pas toi, se dit-il. *C'est Sophie qui a pris
la décision, en jetant le mouchard GPS par la fenêtre
des toilettes*. Ses chances d'échapper à la police fon-
daient à vue d'œil. La jeune femme avait peut-être
réussi à semer les hommes de la PJ cette fois-ci, mais
Fache ne tarderait pas à retrouver leur trace.

Sophie fouilla dans la poche de son survêtement
et tendit à Langdon la petite clé au bout de sa
chaîne.

— Tenez, voilà ce qu'il m'a laissé derrière la
Vierge aux rochers. Vous feriez mieux de l'étudier
de près.

Il alluma le plafonnier et se concentra sur
l'examen de la petite clé cruciforme. Il eut d'abord

l'impression de tenir dans ses mains un *pieu* funéraire, une version miniature des stèles que l'on trouvait dans certains cimetières. Il constata alors que la croix était suivie d'une tige prismatique, à section triangulaire. Des dizaines de petites taches noires en parsemaient les trois côtés, de façon apparemment aléatoire.

— C'est une clé découpée au laser, expliqua Sophie. Les petits points en forme d'hexagone sont lus par un œil électronique.

Une clé ? Il n'en avait jamais vu de semblable.

Sur l'envers de la croix, les deux lettres PS apparaissaient en relief, au cœur d'une fleur de lys stylisée.

— C'est exactement le sceau dont je vous ai parlé ! L'emblème du Prieuré de Sion.

— Comme je vous l'ai dit tout à l'heure, j'ai déjà vu cette clé quand j'étais petite, mais grand-père m'a demandé de ne jamais en parler.

Langdon avait les yeux rivés sur cette curieuse synthèse de symboles anciens et de technologie ultramoderne.

— Il m'a dit qu'elle ouvrait sa boîte à secrets…

Il frémit à l'idée des secrets que quelqu'un comme Jacques Saunière pouvait garder si jalousement. Et quel usage une confrérie antique pouvait bien faire de cette clé futuriste ? s'interrogeait Langdon. Le Prieuré de Sion ne devait son existence qu'à la protection d'une révélation immémoriale d'une immense importance. *Cette clé a-t-elle un rapport avec ce secret ?* Cette seule pensée lui donnait le vertige.

— Avez-vous une idée de ce qu'elle ouvre ? demanda-t-il.

Sophie eut l'air déçue.

— J'espérais que vous le sauriez…

Langdon garda le silence. Il tournait et retournait la clé entre ses doigts.

— On dirait une croix de baptême, suggéra-t-elle.

Rien n'était moins sûr. La croix grecque, à quatre bras égaux, avait précédé le christianisme de mille cinq cents ans, et n'avait rien à voir avec l'instrument de torture à longue tige mis au point par les Romains, sur lequel Jésus avait été crucifié, et qu'on appelait croix latine. Langdon était toujours étonné de constater combien rares étaient les chrétiens qui en regardant leur crucifix réalisaient que l'histoire violente de leur emblème se traduisait dans son nom : croix et crucifix viennent du latin *cruciare*, torturer.

— La seule chose que je puisse vous affirmer, reprit Langdon, c'est que toutes les croix à quatre bras égaux sont pacifiques. Leur forme symétrique les rendrait d'ailleurs impropres à la crucifixion. L'équilibre des deux éléments, l'horizontal et le vertical, symbolise plutôt l'harmonie de l'union naturelle entre l'homme et la femme, une idée qui serait parfaitement en accord avec la philosophie du Prieuré de Sion.

— En fait, vous n'avez aucune idée…, glissa-t-elle d'un ton ironique.

— Pas la moindre…

— OK. Il faut sortir de l'avenue, répliqua-t-elle, un œil sur le rétroviseur. On va essayer de se garer dans un coin tranquille pour faire le point.

Langdon songea avec nostalgie à sa confortable chambre du Ritz. Une option manifestement irréaliste.

— Et si je demandais asile à mes amis de l'Université américaine ? J'ai leur adresse quelque part dans ma veste…

— Non, c'est trop évident. Fache va certainement battre le rappel complet…

— Mais vous, vous devez connaître des gens…

— Il va également fouiller à fond mon agenda, mon carnet d'adresses et mon répertoire de courrier électronique. Faire parler mes collègues. On ne peut pas non plus aller à l'hôtel… Ils nous retrouveraient trop facilement.

Langdon se répéta qu'il aurait peut-être mieux fait de se laisser arrêter par Fache au Louvre.

— Appelons l'ambassade. Je peux leur expliquer la situation, et ils enverront quelqu'un me chercher.

— Vous rêvez, mon pauvre Robert ? Dès qu'ils ont quitté leurs murs, les diplomates relèvent d'une juridiction française. Ils seraient accusés d'aider un fugitif recherché par la police. Impossible. Si vous les appelez maintenant, ils vous enjoindront de vous rendre à Fache pour limiter les dégâts. Tout en vous promettant, bien sûr, d'intervenir par la voie diplomatique pour faciliter votre défense. Combien d'argent liquide avez-vous sur vous ?

Langdon ouvrit son portefeuille et en vérifia le contenu.

— Une centaine de dollars, et une vingtaine d'euros.

— Des cartes bancaires ?

— Oui, bien sûr.

Ils arrivaient sur la majestueuse place Charles-de-Gaulle, le plus grand rond-point de France, dont les douze branches convergent en étoile sur l'Arc de triomphe, érigé par Napoléon à la gloire de son épopée militaire.

Sophie gardait les yeux fixés sur son rétroviseur.

— On les a semés ! soupira-t-elle. Pour le moment... Mais si nous restons dans cette voiture, ils ne tarderont pas à nous retrouver.

Il était clair qu'elle avait un plan.

Langdon se surprit à penser : *Il n'y a qu'à en voler une autre, maintenant que nous sommes des criminels...*

— Que comptez-vous faire ? demanda-t-il.

— Faites-moi confiance.

Jusqu'à présent, la confiance n'avait pas été vraiment payante, mais il n'avait guère le choix. Il releva la manche de sa veste pour regarder l'heure, sur le cadran *Mickey Mouse* de la montre que ses parents lui avaient offerte pour ses dix ans. Elle faisait parfois ouvrir des yeux ronds à son entourage, mais Langdon n'en avait jamais possédé d'autre. C'est par les dessins animés de Walt

Disney qu'il avait découvert la magie de la forme et de la couleur, et ce petit objet était pour lui un rappel quotidien qu'il devait garder un cœur d'enfant.

2 h 51.

— Elle est amusante, votre montre, dit Sophie, qui amorçait le tour de la place.

— C'est une longue histoire, dit-il en rabaissant sa manche.

— J'imagine…, fit-elle avec un petit sourire.

Elle tourna à gauche dans l'avenue de Friedland, qu'elle descendit à toute allure ainsi que le boulevard Haussmann. Lorsqu'ils passèrent devant l'église Saint-Augustin, Langdon devina quel était son but.

La gare Saint-Lazare.

La cour de Rome était pratiquement déserte. Deux taxis étaient garés derrière l'hôtel Concorde. Sophie fit le détour par la place du Havre et se gara derrière eux. Avant que Langdon ait eu le temps de s'informer sur ses intentions, elle descendit de voiture, et alla discuter avec le chauffeur du premier. Langdon la vit glisser une liasse de billets par la vitre entrouverte. Le taxi démarra en trombe.

Langdon avait rejoint Sophie sur le trottoir.

— Que se passe-t-il ? demanda-t-il en courant derrière elle.

Elle était déjà entrée dans la galerie marchande et se dirigeait vers l'escalator qui montait à la Salle des pas perdus.

— On va acheter deux billets pour le prochain train.

La petite échappée jusqu'à l'ambassade était devenue une fuite pure et simple de la capitale, que Langdon trouvait de moins en moins amusante.

34.

Au volant d'une insignifiante Fiat noire, le
chauffeur qui était venu chercher Mgr Aringarosa
à l'aéroport se remémorait la glorieuse époque où
tous les véhicules du Vatican étaient de grosses
limousines luxueuses, arborant des médaillons
chromés sur leur calandre et des portières ornées
des armoiries du Saint-Siège. *Le bon vieux temps.*
Les voitures de la cité vaticane étaient aujourd'hui
beaucoup moins ostentatoires et presque toutes
banalisées. Le Vatican prétendait que cette éco-
nomie était destinée à mieux répartir les crédits
dans les diocèses du monde catholique, mais en
prenant place dans la modeste berline, Aringarosa
présuma qu'il s'agissait plutôt d'une mesure de
sécurité. Le monde était devenu fou, et dans bien
des régions d'Europe, afficher sa foi en Jésus-
Christ revenait à peindre une cible sur la carrosserie.

Resserrant sa soutane noire, il s'installa sur la banquette arrière. Il se rendait à Castel Gandolfo, comme il l'avait fait cinq mois auparavant.

Ce voyage de l'an dernier…, soupira-t-il. *La nuit la plus longue de toute ma vie.*

La curie romaine l'avait appelé à New York pour lui demander de se présenter de toute urgence à Rome, sans lui fournir d'explication. « Vous trouverez votre billet à l'aéroport. » Le Saint-Siège se donnait beaucoup de mal pour recouvrir d'un voile de mystère tout ce qui concernait les membres supérieurs de son clergé.

Aringarosa soupçonnait que cette convocation était due au souhait du Vatican de s'approprier l'un des récents symboles de puissance de l'*Opus Dei* – qui venait d'inaugurer son nouveau siège new-yorkais. *Architectural Digest* avait salué en cet édifice « un flambeau du catholicisme, parfaitement intégré à son environnement moderne », et ces derniers temps, le Vatican désirait offrir de lui l'image la plus moderne possible.

Aringarosa ne pouvait qu'accepter l'invitation, même à contrecœur. Il avait très peu de sympathie pour l'administration papale actuelle du Saint-Siège et, comme tous les traditionalistes, il avait suivi avec une grande inquiétude, dès la première année, l'installation du pape fraîchement élu dans ses nouvelles fonctions. Un libéral comme Rome n'en avait jamais connu, Sa Sainteté devait son élection au conclave le plus insolite et le plus controversé de l'histoire du

Vatican. Au lieu de manifester de l'humilité devant sa nomination inattendue, le nouveau pape n'avait pas perdu une seconde pour tirer profit de sa fonction suprême. Il avait encouragé l'inquiétant vent de libéralisme qui soufflait sur le collège des cardinaux et déclaré que sa mission consistait à « rajeunir la doctrine du Vatican et à moderniser le catholicisme à l'entrée du troisième millénaire ».

Pour Mgr Aringarosa, ces déclarations signifiaient clairement que le souverain pontife était assez arrogant pour croire qu'il pouvait réécrire les lois divines. Avec l'objectif illusoire de regagner l'adhésion des âmes qui s'étaient détachées d'un catholicisme qu'elles trouvaient inadapté au monde moderne.

Mgr Aringarosa n'avait cessé d'user de son influence – confortée par la force de persuasion du copieux compte en banque de l'*Opus Dei* – pour persuader le Saint-Père qu'alléger les contraintes du Dogme n'était pas seulement une hérésie ou une lâcheté, mais aussi un véritable suicide politique. Il avait insisté sur le fiasco du concile de Vatican II, qui n'avait servi qu'à vider les églises, réduire les contributions au denier du culte, et tarir la source des vocations. On manquait de prêtres dans tous les diocèses du monde.

« *Les croyants attendent de leur Église qu'elle les encadre et les dirige – pas qu'elle les cajole et cède à tous leurs caprices* », répétait-il inlassablement.

Le jour de sa convocation par le Saint-Siège cinq mois plus tôt, l'évêque espagnol avait été surpris de constater que son taxi ne se dirigeait pas vers le Vatican, mais qu'il contournait la capitale et s'engageait sur une route de montagne sinueuse.

— Où m'emmenez-vous ? avait-il demandé.

— À Castel Gandolfo. C'est là que vous êtes attendu, monseigneur.

La résidence d'été du pape ? Sans y être jamais allé, Aringarosa savait que la villa pontificale abritait aussi la Specula Vaticana, l'observatoire d'astronomie du Vatican, qui passait pour l'un des plus sophistiqués d'Europe. Il n'avait jamais été très à l'aise avec les prétentions scientifiques de l'administration papale. Quels liens pouvait-il y avoir entre la science et la foi ? On ne pouvait exercer la première avec objectivité si l'on était croyant. Et la seconde n'avait pas besoin d'une confirmation scientifique de ses croyances.

Il n'était toutefois pas fâché de faire connaissance avec ce haut lieu de l'histoire du catholicisme, dont on commençait d'ailleurs à distinguer les toits aux détours de la route en lacet, qui surplombait la vallée où s'étaient jadis affrontés les Horaces et les Curiaces. Avec ses murailles flanquées de tours carrées, Castel Gandolfo présentait un exemple impressionnant d'architecture défensive, adapté à sa situation au sommet d'une falaise. Mais le Vatican en avait malheureusement gâché l'imposante perspective par la construction des deux dômes d'aluminium de l'observatoire, qui faisaient figure de chapeaux melon d'opérette perchés sur une forteresse.

Lorsqu'il était descendu de voiture devant la porte d'entrée, un jeune jésuite s'était précipité pour l'accueillir.

— Bienvenue à Castel Gandolfo, monseigneur. Je suis le père Mangano, je suis astronome.

Grand bien vous fasse ! Aringarosa le suivit dans la majestueuse entrée, puis gravit le grand escalier de marbre, jusqu'à un premier palier, où une série de flèches indiquaient diverses salles de conférences et de lecture, ainsi que des services d'information touristique. Des photos de planètes et de constellations garnissaient les murs. L'évêque de l'*Opus Dei* fut navré de constater à nouveau que le Vatican, qui ne manquait pas une occasion de faillir à sa mission – fournir à ses fidèles des directives d'édification spirituelle strictes et cohérentes –, trouvait le temps de proposer des conférences d'astronomie aux touristes.

— Dites-moi, mon fils, il y a longtemps que le monde marche sur la tête dans cette maison ?

Le jeune prêtre le regarda avec stupéfaction.

— Pardon ?

Il n'insista pas. *Le Vatican a perdu la tête.* Comme ces pères lâches qui trouvent plus facile de satisfaire tous les caprices de leurs enfants que de leur opposer fermement des valeurs fortes, l'Église ne cessait de s'aveulir. Elle s'égarait en tentant de se réinventer pour se soumettre aux diktats d'une civilisation à la dérive.

242

Au dernier étage, un large couloir, luxueusement décoré et meublé conduisait à une grande porte de chêne à double battant, rehaussée d'une rutilante plaque de cuivre :

BIBLIOTECA ASTRONOMICA

La célèbre bibliothèque abritait plus de vingt-cinq mille volumes, dont des ouvrages anciens d'une inestimable valeur, signés Copernic, Galilée, Kepler, Newton et Secchi. C'était, paraît-il, l'endroit où les hauts responsables du Vatican, et le pape lui-même, donnaient les entretiens privés qu'ils préféraient soustraire à une publicité importune.

En approchant de cette porte, Mgr Aringarosa était loin de se douter de l'effarante nouvelle qui l'y attendait, ni de la suite d'événements catastrophiques qu'elle devait entraîner.

Une heure plus tard, il sortait en titubant de la bibliothèque, et ce n'est qu'au bas du grand escalier qu'il prit conscience de l'affreuse réalité.

Plus que six mois ! Que Dieu nous aide !

Assis à l'arrière de la Fiat, il s'aperçut qu'il serrait les poings au souvenir de cette épouvantable entrevue. Pour relaxer ses muscles, il se força à respirer calmement.

Tout ira bien, se dit-il.

Il attendait pourtant désespérément la sonnerie de son téléphone cellulaire.

Comment se fait-il que le Maître ne m'ait pas encore appelé ? À l'heure qu'il est, Silas devrait avoir trouvé la clé de voûte.

Il tenta de se concentrer sur la grosse améthyste qui ornait sa bague ; palpant les reliefs de la gravure et les facettes des diamants, il se répétait que le pouvoir qu'elle symbolisait n'était rien au regard de celui qui serait bientôt le sien.

35.

Le hall de Saint-Lazare ressemblait pour Langdon à celui de toutes les gares d'Europe au milieu de la nuit. Une caverne ouverte aux vents, et qui abritait toujours les mêmes personnages – SDF assis ou couchés par terre derrière leur abri de carton, jeunes en transit, les yeux cernés, réfugiés dans la musique de leurs baladeurs MP3, employés de nuit vaquant à leurs occupations, une cigarette aux lèvres.

Sophie leva les yeux vers le panneau des départs, qu'on était en train d'actualiser. Une fois tous les caractères noirs immobilisés, Langdon regarda le haut de la liste.

Caen, 5 h 38.

— C'est bien tard, fit Sophie, mais il faudra s'en contenter.

Elle l'entraîna vers une billetterie automatique.

— Vous allez nous acheter deux billets, avec votre carte bancaire.

— Mais je croyais que la police pouvait retrouver la trace des paiements…

— Justement.

Langdon avait renoncé à suivre les raisonnements de Sophie Neveu… Il lui tendit donc sa carte sans broncher, et lui récita avec la même docilité les chiffres de son code quand elle les lui demanda.

Elle ramassa les deux billets dans le bac du distributeur, passa son bras sous le sien et l'entraîna vers l'extrémité ouest de la gare, où un escalier redescendait vers la rue de Rome.

Garé contre le trottoir, un taxi leur faisait des appels de phares.

Sophie s'engouffra sur la banquette arrière et Langdon la suivit. Dès que le chauffeur eut amorcé la côte de la rue de Rome, Sophie déchira les deux billets de train.

Si je comprends bien, j'en suis pour mes soixante-dix dollars, soupira Langdon.

C'est seulement alors qu'il se rendit compte qu'ils étaient vraiment en fuite. Le taxi s'arrêta au feu rouge du boulevard des Batignolles et Langdon n'eut que le temps d'apercevoir la silhouette illuminée du Sacré-Cœur. Une voiture de police les croisa, toutes sirènes hurlantes, et Sophie le força pratiquement à se coucher sur la banquette.

Les sirènes s'éloignèrent.

Langdon se rassit et profita de l'éclairage du carrefour pour examiner de près la petite clé dorée, y cherchant désespérément le poinçon d'un fabricant.

Sophie avait demandé au chauffeur de filer plein nord, et Langdon vit à son air soucieux qu'elle réfléchissait à la suite des opérations.

— Cela n'a pas de sens ! déclara-t-il enfin.

— Je ne vous le fais pas dire…

— Jacques Saunière ne se serait jamais donné autant de mal pour vous léguer cette clé si vous ne savez pas quoi en faire…

— Je suis bien d'accord avec vous.

— Vous êtes sûre qu'il n'y avait aucune inscription derrière le tableau ?

— Absolument. J'ai vérifié scrupuleusement.

Langdon se replongea dans son observation. Il passa un doigt sur le pan triangulaire non gravé, et rapprocha la clé de ses yeux.

— J'ai l'impression qu'elle a été nettoyée récemment…

— À quoi voyez-vous cela ?

— Elle sent l'alcool à 90°.

— Pardon ?

Il la renifla de plus près.

— L'odeur est plus forte sur l'autre face. Elle a été frottée… Attendez !

Il demanda au chauffeur d'allumer le plafonnier et se pencha pour la regarder sous la lumière.

— Vous l'avez bien regardée avant de la mettre dans votre poche ?

— Non, je n'avais pas le temps…

— Vous avez toujours votre torche à lumière noire ?

Elle la sortit, l'alluma et braqua le rayon sur le dos de la clé que Langdon lui tendait.

Les lettres pourpres apparurent immédiatement, griffonnées à la hâte mais parfaitement lisibles.

— Eh bien maintenant, nous savons d'où venait cette odeur d'alcool, fit Langdon souriant.

Sophie regarda étonnée les lettres pourpres au dos de la clé :

24, rue de Longchamp

— Il m'a laissé l'adresse ! s'écria Sophie

— Où est-ce ? s'informa Langdon.

Sophie se pencha vers le chauffeur.

— Vous connaissez la rue de Longchamp ? s'enquit-elle.

L'homme hocha la tête.

— C'est dans le XVIe. Elle donne dans l'avenue Kléber. C'est là que vous voulez aller ?

— S'il vous plaît, au numéro 24.

— OK.

Le chauffeur s'engagea à gauche sur le boulevard des Batignolles.

Sophie se demandait ce qu'ils pourraient bien trouver à cette adresse. Une église ? Le siège secret du Prieuré de Sion ? Le souvenir du rituel auquel elle avait assisté dix ans plus tôt lui revint en mémoire, et elle poussa un long soupir.

— Robert, j'ai encore des choses à vous raconter... Mais je voudrais d'abord que vous me disiez tout ce que vous savez sur ce Prieuré de Sion.

36.

Écumant de rage devant la porte de la Salle des États, le commissaire Fache écoutait le pauvre Grouard lui raconter comment Langdon et Sophie l'avaient désarmé. *Mais pourquoi ne pas avoir tiré sur elle à travers ce fichu tableau ?*

L'inspecteur Collet arriva en courant du bureau de Saunière.

— Commissaire, j'ai du nouveau ! On a localisé la voiture de Sophie Neveu.

— Elle est arrivée à l'ambassade ?

— Non. Ils sont allés à Saint-Lazare, et ils ont acheté deux billets pour Caen. Un train qui part dans deux heures... Mais on les a perdus de vue.

— C'est probablement un leurre. Alertez quand même le commissariat central de Caen, pour qu'ils envoient une équipe à l'arrivée du train. Prévenez aussi toutes les autres gares situées sur le parcours. Lancez une patrouille autour de Saint-Lazare, au cas où ils ficheraient le camp à pied... Où est sa voiture ?

— Derrière l'hôtel Concorde, dans la rangée des taxis.

— Interrogez les chauffeurs, et contactez les sociétés de taxi avec la description de Langdon et de Neveu. Laissez la voiture où elle est. Et mettez des hommes en civil dans le coin, au cas où elle viendrait la reprendre. Moi, j'appelle Interpol.

— Ah bon ?

Fache se serait bien passé de cette fâcheuse publicité, mais il n'avait pas le choix.

Resserrer le filet, le plus vite possible.

Pour des fugitifs, c'est la première heure qui est décisive. Ils se trouvent toujours confrontés aux trois mêmes problèmes : argent liquide, logement et déplacement. Et seul Interpol a les moyens de les priver en un clin d'œil de ces trois atouts. Quand ils se sentent coincés, les fuyards commettent souvent de grossières erreurs. Ils volent une voiture, braquent le caissier d'un magasin, se servent de leur carte de crédit... et finissent par se jeter dans la gueule du loup.

— On n'arrête que Langdon, n'est-ce pas, commissaire ? Sophie Neveu fait partie de la maison...

— Non, non ! Elle aussi, bien sûr. À quoi ça servira de coincer Langdon, si elle continue à travailler pour lui ? J'ai bien l'intention de fouiller tout le dossier de cette fille – ses amis, sa famille, ses contacts – tous les gens à qui elle pourrait demander de l'aide. Je ne sais pas si elle se rend compte de ce qu'elle est en train de faire, mais ses conneries vont certainement lui coûter sa carrière, voire plus…

— Et moi, qu'est-ce que je fais ? Je reste au téléphone ?

— Non, vous filez à leurs trousses. Vous coordonnez les équipes de Saint-Lazare. Mais vous ne faites rien sans me contacter d'abord.

— Très bien, commissaire, dit Collet en s'éloignant.

Fache se sentait de plus en plus contracté. Dehors, par la fenêtre, on apercevait les reflets de la pyramide de verre scintillante dans les bassins balayés par le vent.

Ils m'ont filé entre les doigts.

Il tentait de se relaxer.

Même un flic expérimenté aurait eu besoin d'un sacré pot pour résister à la traque qu'Interpol allait lancer.

Une cryptographe et un prof ?

Ils ne tiendraient pas jusqu'à l'aube.

37.

Langdon rassemblait ses esprits pour répondre à la question de Sophie.

— Allez Robert, parlez-moi du Prieuré de Sion.

Il hocha docilement la tête, se demandant par où commencer. L'histoire de la Fraternité couvrait plus de neuf cents ans, une longue chronique de secrets, de chantages, de trahisons, de cruautés et de tortures, et même d'assassinats, ces derniers ordonnés par un pape et un roi de France exaspérés.

Adossée à la portière, Sophie avait les yeux rivés sur lui.

— C'est Godefroy de Bouillon qui a fondé le Prieuré de Sion à Jérusalem, en 1099 – après la première croisade. Il aurait découvert un grave secret concernant sa famille, dissimulé depuis l'époque du Christ. Craignant que ce secret ne se perde à sa mort, il fonda à Jérusalem une société secrète, le Prieuré de Sion, chargée de le protéger et de le transmettre aux générations ultérieures. Pendant leur séjour dans la ville sainte, les chevaliers du Prieuré de Sion apprirent l'existence de documents secrets, enfouis sous les ruines de l'ancien Temple d'Hérode, qui lui-même avait été construit sur celles du Temple de Salomon. Le Prieuré était persuadé que ces documents évoquaient le secret de famille de son fondateur, une vérité tellement explosive que l'Église de Rome semblait prête à tout pour se les procurer.

Sophie esquissa une moue sceptique.

— Les membres du Prieuré se sont alors juré de ne pas quitter Jérusalem avant d'avoir exhumé ces documents, et de toujours les protéger par la suite, afin que le secret qu'ils contenaient ne disparaisse jamais. Pour parvenir à leurs fins, ils créèrent un ordre militaire chargé de la protection du site, un groupe de neuf chevaliers qu'ils baptisèrent ordre des Pauvres Chevaliers du Christ et du Temple de Salomon. On les appela ensuite chevaliers du Temple, puis, tout simplement, Templiers.

Sophie leva les yeux vers lui.

— Les Templiers, rien que ça !

Langdon avait donné assez de conférences sur les Templiers pour savoir que tout le monde en avait au moins entendu parler. Le sujet restait cependant teinté de mystère, les faits avérés s'y mêlant au folklore et au fabuleux, et la désinformation avait joué un tel rôle qu'il était pratiquement impossible de dégager une vérité historique irréfutable. Lui-même hésitait souvent à évoquer les chevaliers, par crainte de devoir s'engager dans le fatras des multiples théories de conspiration auxquelles leur histoire avait donné lieu...

— Vous dites que l'ordre des Templiers a été fondé par le Prieuré de Sion pour retrouver des documents secrets ? s'étonna Sophie. Je croyais qu'ils étaient destinés à la protection des Lieux saints...

— C'est une méprise très répandue. La protection du Temple et des pèlerins n'était qu'une couverture pour leur mission secrète. Le véritable objectif était de retrouver les fameux documents ensevelis dans les ruines du Temple de Jérusalem.

— Et ils les ont retrouvés ?

Langdon eut un sourire malicieux.

— Personne n'en est sûr. Mais certains historiens s'entendent à reconnaître qu'ils ont bien retrouvé quelque chose... qui les a rendus immensément riches et puissants.

Langdon résuma alors l'histoire officielle. Les Templiers, qui se trouvaient déjà en Terre sainte lors de la deuxième croisade, déclarèrent au roi Baudouin II qu'ils étaient là pour protéger les pèlerins chrétiens et lui demandèrent l'autorisation d'établir leurs quartiers dans les écuries souterraines du Temple. Le roi de Jérusalem accéda à leur requête et ils s'installèrent dans les ruines.

— Cette curieuse exigence avait un objectif précis. Les chevaliers étaient convaincus que les documents recherchés par le Prieuré étaient enfouis sous les ruines du Temple – sous le saint des saints, le site sacré dévolu à Dieu lui-même. C'est le cœur de la foi juive. Pendant presque dix ans, les neuf Templiers fouillèrent le sous-sol dans une clandestinité absolue.

— Et vous dites qu'ils ont découvert quelque chose ?

— En effet. Au bout de neuf années, ils avaient enfin tiré des ruines ce qu'ils appelèrent leur trésor. Ils le transportèrent jusqu'en Europe, où leur influence grandit soudainement.

Personne ne pouvait dire si les Templiers avaient exercé un chantage auprès du Vatican, ou si c'est Rome qui avait pris l'initiative d'acheter leur silence, mais le pape Innocent II publia, dès leur retour en Europe, une bulle sans précédent, qui accordait aux chevaliers du Temple des pouvoirs illimités, les déclarant « leurs propres législateurs », et faisant d'eux une armée indépendante de tout royaume et de tout prélat.

Avec la carte blanche qu'il venait d'obtenir de Rome, l'ordre des Templiers se développa à une vitesse vertigineuse, en nombre et en puissance politique, amassant de vastes domaines dans plus de douze pays. Grâce à leur immense fortune, ils devinrent les créanciers de royaumes en faillite financière, auxquels ils imposèrent des taux d'intérêt, inventant ainsi le système bancaire moderne. Ils étendirent encore leur fortune et leur influence.

Au début du XIVe siècle, le Vatican commença à s'inquiéter de leur puissance et Clément V décida qu'il était temps d'agir. Avec la complicité du roi de France Philippe IV le Bel, le pape prépara un coup monté très ingénieux, destiné à écraser définitivement les Templiers et à s'emparer de leur trésor, que le Vatican avait tant intérêt à reléguer aux oubliettes. Sa manœuvre militaire fut digne de la CIA. Clément V rédigea des ordres scellés, qui devaient être ouverts par ses affidés dans toute l'Europe le vendredi 13 octobre 1307.

À l'aube du jour J, les destinataires découvrirent l'effroyable contenu de la lettre papale. Clément V y déclarait que Dieu lui était apparu pour l'avertir que les Templiers étaient des hérétiques, adonnés au culte du diable, à l'homosexualité et la sodomie, la dégradation de la croix du Christ et autres comportements blasphématoires. Dieu avait demandé au pape de nettoyer la terre en arrêtant tous les chevaliers du Temple et en les torturant jusqu'à ce qu'ils avouent leurs crimes contre la foi. Le plan machiavélique se déroula avec une précision d'horlogerie. Ce jour-là, d'innombrables Templiers furent capturés et torturés sans pitié, avant d'être brûlés sur les bûchers réservés aux hérétiques. Le souvenir de ce terrible massacre est resté gravé dans bien des cultures occidentales, et c'est à lui qu'on doit la superstition du maléfique vendredi 13.

Sophie avait l'air troublée.

— Ils ont tous été supprimés ? s'étonna-t-elle. Je croyais qu'il en existait encore...

— C'est vrai, mais sous des appellations différentes. Malgré les fausses accusations de Clément V et sa tentative d'élimination, certains d'entre eux échappèrent à la purge. Le véritable objectif du Vatican était la capture du trésor qui les avait rendus si puissants, mais il ne parvint pas à s'en emparer. Les documents étaient depuis longtemps confiés à la garde du Prieuré de Sion, qui les protégeait jalousement de la cupidité papale. Avant le massacre, la Fraternité les aurait embarqués à bord d'un bateau qui partit du port de La Rochelle.

— Et sa destination ?

— Cette information est demeurée le secret du Prieuré. Et comme ces documents ont été constamment – et sont encore – l'objet de recherches et de spéculations, ils ont dû être déplacés plusieurs fois au cours des siècles. On pense qu'ils sont actuellement cachés quelque part en Grande-Bretagne. Depuis cette époque, le secret légendaire a continué à se transmettre au sein de la Fraternité sous le nom de *Sang réal*. Des centaines d'ouvrages ont été publiés sur le sujet. Dans toute l'histoire de l'humanité, peu de mystères ont suscité un tel intérêt chez les historiens.

— *Sang réal ?* Comme le mot « sang » en français, et « *sangre* » en espagnol ?

Langdon hocha la tête. Le secret des Templiers était avant tout une affaire de sang, mais sans doute pas dans le sens où Sophie l'entendait.

— C'est une légende très complexe. Mais ce qui compte, c'est que le Prieuré de Sion prétend en détenir la preuve, et attend pour révéler la vérité le moment qui lui paraîtra approprié.

— Quelle vérité ? Quel secret peut avoir une telle importance ?

Langdon prit une longue respiration.

— L'expression Sang réal est très ancienne. Elle a évolué au cours de l'histoire. Lorsque je vous dirai sa forme actuelle, vous vous rendrez compte que vous la connaissez. En fait, presque tout le monde en a entendu parler.

— Pas moi ! rétorqua Sophie d'un air sceptique.

— Détrompez-vous, Sophie, fit-il avec un sourire. Il vous est familier, mais sous un autre nom, « Saint-Graal ».

38.

Sophie scrutait le visage de Langdon.

Il plaisante.

— Le Saint-Graal ?

Langdon hocha la tête avec le plus grand sérieux.

— Exactement. Sangréal signifiait Sang royal, ou Sang sacré. On l'orthographiait aussi San Réal, ou San Graal.

Déçue de ne pas avoir deviné d'elle-même cette évolution linguistique, Sophie restait sceptique sur la signification de ce fameux secret. Les explications de Langdon étaient encore obscures pour elle.

— Mais je croyais que le Graal était un calice. Et vous me dites que c'est une collection de documents qui révèlent un mystérieux secret !

— Ils n'en représentent qu'une partie, et ont été enterrés avec lui. Ce sont eux qui conféraient un tel pouvoir aux Templiers, parce qu'ils révélaient la nature véritable du Graal.

La nature véritable du Graal ? Sophie avait de plus en plus de mal à suivre.

— La vraie nature d'un vase sacré ?

Elle avait toujours cru que le Saint-Graal était le calice de vin consacré par Jésus la veille de sa mort, et dont Joseph d'Arimathie se serait servi pour recueillir le sang de ses plaies après la crucifixion…

— Mais, Robert, le Saint-Graal est la coupe du Christ. C'est aussi simple que cela…

— Sophie, dit Langdon en s'inclinant vers elle, pour le Prieuré de Sion, la légende du calice est allégorique. Elle symbolise la véritable force du Graal. Une puissance qui concorde parfaitement avec toutes les allusions que votre grand-père nous a laissées en mourant, et en particulier les références symboliques au Féminin sacré.

Bien qu'encore sceptique, Sophie devinait au sourire patient de Langdon qu'il comprenait son trouble. Mais son regard était sérieux.

— Si ce n'est pas une coupe, qu'est-ce que c'est ?

Il avait vu venir la question, mais ne savait pas encore comment y répondre. S'il ne lui présentait pas la réponse dans son contexte historique, elle resterait aussi incrédule que Jonas Faukman, son éditeur, auquel il avait montré son manuscrit quelques mois auparavant.

— Comment ? C'est ça que votre bouquin cherche à prouver ? s'était-il écrié en posant son verre de vin devant son assiette de déjeuner énergétique. Vous n'êtes pas sérieux, Robert !

— Suffisamment pour y avoir consacré une année de recherches.

Faukman tirait nerveusement sur le bouc qui lui garnissait le menton. Il ne comptait plus ses surprises de lecteur au cours d'une longue et illustre carrière, mais celle-ci le laissait pantois.

— Ne le prenez pas mal, avait-il repris. J'aime énormément tout ce que vous faites, mon cher Robert, et j'ai toujours publié vos œuvres avec enthousiasme. Mais si je laisse paraître une énormité pareille, les lecteurs viendront me séquestrer dans ce bureau. Et votre réputation sera complètement ruinée. Vous êtes professeur à l'université Harvard, que diable, pas un hurluberlu avide de dollars vite gagnés ! Je serais curieux de savoir où vous avez bien pu dénicher assez de preuves crédibles pour soutenir une théorie aussi farfelue.

Langdon avait tranquillement sorti de la poche de sa veste une feuille de papier qu'il avait tendue à Faukman avec un sourire amusé. C'était une bibliographie de plus de cinquante ouvrages d'historiens, récents et anciens – dont un bon nombre de best-sellers. Tous ces auteurs avançaient la même hypothèse que Langdon. En la parcourant, Faukman donnait l'impression de découvrir que la Terre était en réalité plate.

— Mais certains de ces écrivains sont des historiens réputés…

— Ce qui prouve, mon cher Jonas, que ce n'est pas moi qui ai inventé cette théorie… Elle existe depuis très longtemps, je me contente de la développer. Personne n'a jamais encore étudié la légende du Graal sous l'angle symbolique. Les pièces iconographiques que j'ai l'intention de fournir à l'appui de ma thèse sont, je dois dire, assez convaincantes.

— Il y a même Teabing, l'historien de la Couronne britannique…, continua Faukman.

— Il a effectivement consacré plusieurs années de sa carrière à l'étude du Saint-Graal. Je l'ai rencontré personnellement, et il est en grande partie à la source de ce nouveau travail. C'est un chrétien pratiquant, mon cher Jonas, comme tous les historiens de la liste…

— Vous êtes en train de me dire que ces spécialistes patentés croient…

Il avait avalé sa salive, comme incapable de prononcer un blasphème.

— Le Saint-Graal est le trésor le plus convoité de toute l'histoire de l'humanité. Il a engendré des légendes, provoqué des guerres, il a représenté pour certains la quête de toute une vie. Il paraît vraiment très peu probable qu'on se soit donné tout ce mal pour une coupe, fût-elle sacrée. Certaines reliques beaucoup plus précieuses, comme la couronne d'épines du Christ, le bois de sa Croix, ou le saint suaire, auraient dû susciter un intérêt beaucoup plus grand. Or ce n'est pas le cas. Le Graal occupe une place à part, et maintenant vous savez pourquoi…

Faukman secouait obstinément la tête.

— Mais si autant de livres ont défendu cette théorie, comment se fait-il qu'elle ne soit pas plus connue ?

— Parce qu'on ne conteste pas aussi facilement une histoire officielle pluriséculaire, surtout quand elle est répandue par le plus grand best-seller de tous les temps…

Faukman écarquilla les yeux.

— Ne me dites pas que le véritable sujet de *Harry Potter*, c'est la quête du Graal !

— Je parlais de la Bible.

— Merci, je le savais, avait grimacé Faukman.

— Arrêtez ça ! cria Sophie.

Langdon avait sursauté quand la jeune fille s'était penchée brusquement vers le siège avant en criant. Il remarqua que le chauffeur s'était mis à parler dans le micro de sa radio, qu'il venait de décrocher. Sophie s'empara du pistolet qu'il avait fourré dans la poche de sa veste, et en braqua le canon sur le cou du chauffeur, lequel leva la main droite et lâcha le micro.

— Sophie ! Mais qu'est-ce qui vous prend ? protesta Langdon.

— Arrêtez-vous ! hurla-t-elle de plus belle.

Tremblant, le chauffeur obtempéra, stoppant le taxi.

C'est alors que Langdon entendit une voix métallique et hachée monter du tableau de bord « ... qui s'appelle Sophie Neveu... et un Américain, du nom de Robert Langdon... »

Langdon sentit ses muscles se raidir. *Ils nous ont retrouvés !*

— Descendez ! ordonna Sophie.

Tremblant de peur, le chauffeur, les deux mains au-dessus de la tête, sortit du taxi et fit quelques pas. Sophie avait baissé sa vitre pour le maintenir en joue.

— Prenez le volant, Robert ! ordonna-t-elle calmement. C'est vous qui conduisez.

Pas question de discuter avec une femme flic qui brandit un pistolet. Langdon s'installa donc sur le siège du conducteur. Sur le trottoir, le chauffeur proféra des jurons bien sentis, les mains toujours au-dessus de la tête.

— J'espère que vous en avez assez de notre forêt magique...

Il hocha la tête. *Plus qu'assez.*

— Très bien, maintenant, sortez-nous de là !

Il jeta un coup d'œil aux commandes. *La barbe !* pensa-t-il en constatant la présence d'un changement de vitesse et d'une pédale d'embrayage.

— Vous ne croyez pas que vous... ?

— Démarrez ! cria-t-elle.

Quelques prostituées traversaient la rue pour assister au spectacle. L'une d'entre elles sortit son téléphone portable. Langdon appuya sur l'embrayage et enclencha ce qu'il espérait être la première. Puis il appuya sur l'accélérateur. Les pneus crissèrent et le taxi dérapa après un bond en avant, dispersant efficacement les demoiselles ameutées. La fille au portable trébucha contre le rebord du trottoir après avoir évité de justesse le taxi.

— Doucement ! hurla Sophie, alors que le taxi faisait une nouvelle embardée. Qu'est-ce que vous faites ?

— J'ai essayé de vous avertir ! cria Langdon en maltraitant de plus belle l'embrayage, je n'ai jamais conduit que des voitures automatiques…

39.

La chambre spartiate de la rue La Bruyère avait dû être le théâtre de bien des souffrances, mais Silas était convaincu que rien ne pouvait égaler l'angoisse qui l'étreignait en ce moment. *J'ai été trompé, tout est perdu.*

Les quatre frères lui avaient menti, préférant mourir que de révéler leur secret. Il ne se sentait pas le courage d'appeler le Maître. En plus des quatre membres de la Fraternité, il avait supprimé une religieuse à l'intérieur de Saint-Sulpice. *Elle aussi travaillait contre Dieu. Elle méprisait l'œuvre accomplie par l'*Opus Dei *!*

Mais il avait agi sous le coup d'une impulsion irréfléchie et la mort de cette femme compliquait beaucoup les choses. C'est Mgr Aringarosa qui avait donné le coup de téléphone grâce auquel Silas avait pu pénétrer dans l'église Saint-Sulpice. Que penserait le curé en apprenant la mort de la sœur ?

Silas l'avait recouchée dans son lit, mais la blessure à la tête était bien visible. Il avait aussi tant bien que mal reconstitué la plaque de marbre, mais l'effraction était évidente. On saurait que quelqu'un était entré cette nuit dans l'église.

Il avait projeté de rester caché dans le foyer de la rue La Bruyère une fois sa mission accomplie. *Mgr Aringarosa me protégera.* Silas ne pouvait imaginer d'existence plus heureuse que la vie de méditation que lui offrait le centre de l'*Opus Dei* à New York. Il ne quitterait jamais l'immeuble de Lexington Avenue, où il trouverait tout ce qui lui était nécessaire. *Je ne manquerai à personne.* Malheureusement, Silas le savait, une personnalité de l'importance de Mgr Aringarosa ne pouvait pas disparaître aussi facilement.

Je l'ai mis en danger, pensait-il, son regard vide fixé sur le sol. Il songea au suicide. Après tout, c'est l'évêque qui l'avait fait renaître à la vie… dans ce petit presbytère espagnol. C'est lui qui l'avait instruit, qui avait donné un sens à son existence.

— Mon ami, lui avait dit un jour son bienfaiteur, tu es né albinos. Ne laisse pas les autres t'en faire honte. Ne comprends-tu pas que cela te rend spécial, unique ? Ne sais-tu pas que Noé était albinos ?

— Celui de l'Arche ?

Silas ignorait complètement ce détail.

Aringarosa souriait.

— Lui-même. Il avait, comme toi, la peau blanche d'un ange. Penses-y. Et il a sauvé du déluge toutes les espèces vivantes. Tu es destiné à de grandes choses, mon fils. Le Seigneur t'a envoyé à moi pour te confier une mission. C'est ta vocation. Il a besoin de toi pour l'aider à accomplir son œuvre.

Avec le temps, Silas avait appris à se regarder différemment. *Je suis blanc, beau et pur, comme un ange.*

Mais cette nuit, dans sa petite cellule, c'était la voix déçue de son père naturel qui remontait du passé.

Tu es un désastre. Un fantôme…

Il s'agenouilla sur le plancher pour implorer le pardon. Puis, ôtant sa robe, il saisit d'une main la discipline.

40.

Se débrouillant tant bien que mal avec le changement de vitesse, Langdon avait réussi à parvenir au rond-point de la place des Ternes, en ne faisant caler le moteur que deux fois. Mais le même message inlassablement débité par le central de la société de taxis jetait une ombre sur le comique de la situation :

« Voiture cinq-six-trois ? Où êtes-vous ? Répondez ! »

Langdon ravala sa fierté masculine et enfonça la pédale de frein.

— Je crois vraiment que vous feriez mieux de conduire, Sophie…

Elle eut l'air soulagée en s'installant au volant, et s'engagea en souplesse dans l'avenue de Wagram, qu'elle remonta à toute allure. Langdon jeta un rapide coup d'œil au compteur. Elle frôlait les cent kilomètres/heure en arrivant à l'Étoile.

— Le chauffeur disait que la rue de Longchamp coupe l'avenue Kléber. Le numéro 24 devrait être sur la gauche au carrefour.

Langdon ressortit la clé de sa poche. Elle pesait lourd dans le creux de sa main, autant pour la suite de leur chasse au trésor, que pour sa liberté à lui.

En racontant tout à l'heure à Sophie l'histoire des Templiers, il s'était rendu compte que cette clé possédait un lien plus subtil avec le Prieuré de Sion que les deux initiales qui y étaient gravées. La croix à quatre branches égales n'était pas seulement le symbole de l'équilibre et de l'harmonie, c'était aussi celle que portaient les chevaliers du Temple. Leurs tuniques blanches ornées d'une grande croix rouge étaient représentées sur d'innombrables tableaux et gravures. Les branches en étaient certes évasées aux extrémités, mais elles étaient bien de même longueur.

Une croix carrée. Comme sur cette clé.

Son imagination se mit à battre la campagne à la perspective de ce qu'ils allaient découvrir. *Le Saint-Graal*. À cette idée absurde, il eut peine à retenir un éclat de rire. Le Graal était censé reposer en Angleterre, enterré depuis au moins le début du xvie siècle dans la crypte de l'une des nombreuses églises du Temple.

L'époque du Grand Maître Leonardo Da Vinci.

Depuis que les documents du Graal avaient été rapatriés de Jérusalem en Europe, le Prieuré de Sion avait été contraint de les déplacer plusieurs fois au cours des siècles. Les historiens estimaient à six le nombre de ses cachettes successives. Le dernier témoignage datait de 1447, après un incendie qui avait failli détruire les précieux documents. On avait transporté le trésor *in extremis* dans quatre énormes coffres, portés chacun par six hommes. Après cette date, personne n'avait plus jamais prétendu l'avoir vu. Des rumeurs circulaient régulièrement, selon lesquelles le Saint-Graal serait caché en Grande-Bretagne, patrie du roi Arthur et des chevaliers de la Table ronde.

Quoi qu'il en soit, pensait Langdon, deux faits subsistent :

1. Leonardo Da Vinci savait où se trouvait le Graal de son vivant.

2. La cachette n'a probablement pas changé depuis.

D'où l'intérêt de tous les passionnés de la légende pour l'œuvre du grand génie italien, dans laquelle ils espéraient trouver des indices sur l'emplacement du Graal. Certains prétendaient que le décor de la *Vierge aux rochers* évoquait la topographie d'une série de collines écossaises truffées de cavernes troglodytiques. D'autres croyaient lire un code dans la curieuse disposition des apôtres de part et d'autre de Jésus, dans la *Cène* de Milan. Selon d'autres encore, la radiographie aux rayons X révélait que *Mona Lisa* portait, caché sous quelques glacis, un pendentif en lapis-lazuli représentant la déesse Isis. Langdon ne comprenait d'ailleurs pas très bien le lien entre ce bijou et le trésor des Templiers, mais il constatait que les mordus du Graal continuaient à discuter inlassablement de cette question sur Internet.

Les mystères ont toujours des fans.

Et les énigmes continuaient de surgir. La plus récente avait été soulevée par une découverte stupéfiante : la célèbre *Adoration des Mages* de Leonardo Da Vinci cachait sous ses couches de peinture un étrange secret. Un scientifique italien spécialisé dans l'analyse picturale, Maurizio Seracini, avait découvert une vérité dérangeante, que le *New York Times* avait révélée dans un article intitulé « Le Maquillage de Leonardo Da Vinci ».

Seracini affirmait que, si Leonardo Da Vinci était bien l'auteur de l'esquisse au crayon gris-vert qui servait de base au tableau, ce n'était pas lui qui l'avait peint, mais un artiste anonyme qui avait « colorié » le dessin du maître plusieurs années après sa mort. Plus troublant encore était ce qu'on disait avoir découvert sous la peinture. Des photos prises aux infrarouges et aux rayons X laissaient supposer que cet imposteur avait pris de nombreuses libertés avec le croquis original… comme pour détourner les intentions du maître. Quoi qu'il en soit, le dessin original n'avait jamais été montré au public. Les conservateurs du musée des Offices avaient relégué le tableau dans un entrepôt situé de l'autre côté de la rue, et accroché à sa place une pancarte d'excuses :

CE TABLEAU SUBIT ACTUELLEMENT
UN DIAGNOSTIC EN VUE DE SA RESTAURATION

Dans le monde à part des adeptes du Graal, l'œuvre de Leonardo Da Vinci restait le mystère le plus captivant. Ses œuvres semblaient prêtes à révéler un secret, lequel se cachait peut-être sous une couche de peinture, à moins qu'il ne soit perceptible à l'œil nu, mais alors codé... si tant est qu'il y eût un secret. Peut-être la pléthore d'allusions excitantes dont son œuvre fourmillait n'était-elle après tout qu'une promesse vaine destinée à frustrer les curieux, d'où le sourire entendu de sa *Joconde*.

Ils contournaient l'Arc de triomphe quand Sophie tira Langdon de sa rêverie :

— Vous croyez que cette petite clé pourrait être celle de la cachette du Graal ?

Il éclata d'un rire forcé.

— Ça me paraît incroyable. D'autant qu'on raconte qu'il se trouve en Grande-Bretagne...

Il lui résuma rapidement ce qu'il savait sur les déménagements successifs des documents du Prieuré.

— Et pourtant, ce serait la seule explication rationnelle au message de mon grand-père. Il m'a légué une clé gravée aux armes du Prieuré de Sion, dont vous me dites que les membres sont depuis l'origine les gardiens du Saint-Graal. Une clé qu'il a toujours jalousement cachée...

Le raisonnement de Sophie était en effet logique, mais, par intuition, Langdon refusait d'y adhérer. La tradition disait bien que le Prieuré s'était juré un jour de rapporter son trésor sur la terre de France, mais rien ne permettait de supposer que ce rapatriement avait eu lieu. Et cette adresse en plein Paris semblait un bien curieux sanctuaire…

— À dire vrai, je ne vois pas de lien entre cette clé et le Graal.

— Parce qu'il est censé se trouver en Angleterre ?

— Pas seulement. Son emplacement est le secret le mieux gardé de l'Histoire. Les membres du Prieuré doivent faire leurs preuves pendant plusieurs dizaines d'années avant d'accéder aux échelons supérieurs de la hiérarchie, et d'être mis dans la confidence. Le secret est protégé par un système compliqué de cloisonnement de l'information, et même si le Prieuré compte de nombreux membres, seuls quatre d'entre eux connaissent la cachette : le Grand Maître et ses trois sénéchaux. Il n'y a qu'une très mince probabilité pour que Jacques Saunière ait été l'un d'eux…

Il en était, pensa Sophie en appuyant sur l'accélérateur. Une image gravée dans sa mémoire prouvait formellement la position qu'occupait son grand-père dans la société secrète.

— Et quand bien même il en aurait été l'un des dirigeants, continua Langdon, il n'aurait pas été autorisé à communiquer ce secret à un étranger. Le Prieuré ne laisse jamais un profane pénétrer dans le cercle restreint des initiés.

Si, moi, au moins une fois.

Elle se demandait si c'était le moment de parler à Langdon de la scène à laquelle elle avait assisté dans le sous-sol du château normand. Depuis dix ans maintenant, ce souvenir lui inspirait une telle honte qu'elle n'en avait jamais parlé à personne. Elle frémit à sa seule évocation. Des sirènes se firent entendre au loin et elle se sentit soudain envahie d'une grande lassitude.

Ils descendaient l'avenue Kléber.

— Voilà la rue de Longchamp, cria Langdon, qui n'arrivait plus à contenir son excitation.

Elle bifurqua sur la gauche.

— Surveillez les numéros pendant que je cherche à me garer, dit-elle. On y est bientôt.

Le numéro 24, se disait Langdon, en se rendant compte qu'il levait instinctivement les yeux à la recherche d'un clocher d'église. *Ne sois pas ridicule, Robert. Une église des Templiers oubliée dans ce quartier ?*

— Voilà ! s'exclama Sophie.

Il suivit son regard. C'était un bâtiment moderne, une citadelle trapue et anguleuse, dont le haut de la façade était décoré d'une unique croix grecque en tubes de néon rouge, surmontant l'inscription :

BANQUE ZURICHOISE DE DÉPÔT

Langdon fut soulagé de ne pas avoir mentionné son hypothèse. L'une des déformations professionnelles des spécialistes de symboles était de chercher

276

un sens caché dans des situations qui n'en renfermaient pas. Il avait oublié que la croix aux quatre branches égales avait été adoptée par la Suisse pour orner son drapeau.

Cela faisait au moins un mystère de résolu.

Lui et Sophie détenaient la clé d'un coffre à numéro.

41.

En descendant de la Fiat arrêtée devant l'entrée de Castel Gandolfo, Mgr Aringarosa fut surpris par un courant d'air ascendant qui balayait le haut de la falaise. *J'aurais dû mieux me couvrir*, pensa-t-il en luttant contre les frissons. Le moindre signe de faiblesse ou d'appréhension était ce soir à éviter.

Le château était plongé dans l'obscurité, sauf quelques fenêtres éclairées au dernier étage. *La bibliothèque*. Il courba la tête dans le vent sans même jeter un coup d'œil aux dômes de l'observatoire.

Le même petit jésuite l'accueillit à la porte. Il avait l'air endormi et se montra nettement moins aimable que lors de la précédente visite de l'évêque.

— Nous commencions à nous demander ce qui vous était arrivé, dit-il en regardant sa montre d'un air plus ennuyé que véritablement inquiet.

— Je suis désolé, les avions sont de moins en moins fiables…

Le prêtre marmonna quelques mots inaudibles, avant d'ajouter :

— Ils vous attendent là-haut. Je vais vous accompagner.

La bibliothèque était une vaste pièce carrée, entièrement recouverte de boiseries, plafond compris. Sur tous les murs, d'imposants rayonnages débordaient de livres. Le sol dallé de marbre ambré avec sa frise de carreaux de basalte noir témoignait de la splendeur passée du palais.

Une voix grave résonna depuis le fond de la pièce :

— Bonsoir, monseigneur !

Aringarosa essaya de localiser la personne qui parlait, mais l'éclairage était ridiculement faible, comparé à l'illumination qui avait accueilli sa première visite. *L'heure de la sombre vérité*. Ces messieurs étaient tapis dans l'ombre, comme s'ils avaient honte de leur mission.

Il s'avança d'un pas lent, presque royal et distingua les silhouettes de trois hommes, assis derrière une longue table qui occupait le fond de la pièce. Il reconnut au centre l'obèse *secretarius vaticana*, le grand responsable des affaires juridiques, flanqué de deux cardinaux italiens de la curie, et se dirigea vers eux.

— Je vous présente mes humbles excuses pour mon arrivée tardive… la différence de fuseaux horaires… vous devez être fatigués.

— Pas du tout, dit le secrétaire, les mains croisées sur son énorme ventre. C'est nous qui vous remercions d'être venu de si loin. Le moins que nous puissions faire était de rester éveillés. Pouvons-nous vous offrir une tasse de café ?

— Je préfère éviter toute perte de temps. J'ai un avion à prendre. Si nous passions tout de suite à ce qui nous occupe ?

— Bien sûr. Vous avez été plus rapide que nous le pensions...

— Vraiment ?

— Vous aviez encore un mois devant vous...

— Votre avertissement date d'il y a cinq mois. Pourquoi attendre ?

— Certes. Nous sommes enchantés de votre diligence.

Le regard d'Aringarosa parcourut toute la longueur de la table avant de se poser sur un gros attaché-case noir.

— Je pense qu'il s'agit de ce que j'ai demandé ?

— Exactement.

Le prélat avait l'air mal à l'aise.

— Nous sommes toutefois quelque peu inquiets. Il nous semble que c'est très...

— Dangereux, finit l'un des cardinaux. Êtes-vous certain que nous ne pouvons pas vous adresser un virement quelque part ? Il s'agit d'une somme exorbitante.

La liberté se paie.

— Je n'ai aucune crainte pour ma sécurité. Dieu veille sur moi.

Les trois hommes avaient l'air d'en douter.

— Je pense que vous avez respecté ma demande…

Le secrétaire hocha la tête.

— Des titres au porteur sur la Banque du Vatican, négociables partout dans le monde.

Aringarosa marcha jusqu'à la valise et l'ouvrit. Deux épaisses liasses de titres en occupaient tout l'espace, gravés du sceau de la Banque du Vatican, et de la mention *PORTATORE*.

Le gros dignitaire avait l'air tendu.

— Je dois vous dire, reprit-il, que nous aurions préféré vous régler en argent liquide…

Je serais bien incapable de transporter une telle somme en cash, pensa l'évêque en refermant la valise.

— Ces titres sont négociables en liquide, comme vous venez de me le dire.

Après avoir échangé avec ses acolytes un regard gêné, le secrétaire insista :

— Certes, mais leur origine est facilement identifiable…

C'est précisément pour cette raison que le Maître avait exigé ce mode de paiement. Comme une sorte d'assurance. *Désormais, nous sommes tous impliqués dans ce marché.*

— La transaction est parfaitement légale, objecta Aringarosa. L'*Opus Dei* est une prélature du Vatican, et le Saint-Père est seul juge de la répartition des subsides de l'Église.

Le prélat se pencha sur la table :

— C'est certain… mais nous n'avons aucun moyen de savoir ce que vous avez l'intention d'en faire, et s'il s'agit d'opérations tant soit peu illégales…

— Étant donné ce que vous m'avez imposé, coupa-t-il, vous n'avez plus aucun droit de regard sur l'utilisation de cet argent…

Il y eut un long silence.

Ils savent que j'ai raison.

Ils ne peuvent rien contre moi.

— Et maintenant, je pense que vous avez un document à me faire signer ?

Ils frissonnèrent tous les trois sur leur chaise, trop heureux de le voir quitter les murs du palais. Le secrétaire général tendit avec empressement une feuille de papier.

Aringarosa la parcourut des yeux. Elle portait le sceau papal.

— Elle est identique au texte que vous m'avez envoyé ?

— Exactement.

Surpris de ne ressentir aucune émotion en signant un reçu à l'en-tête du Saint-Siège, l'évêque crut entendre soupirer à l'unisson les trois prélats assis en face de lui.

— Merci, monseigneur, fit le secrétaire du Vatican. L'Église n'oubliera jamais le service que vous lui avez rendu.

Aringarosa s'empara de la valise, soupesant le pouvoir tout neuf que son contenu lui promettait. Les quatre hommes échangèrent un regard, comme s'il restait quelque chose à dire, mais rien ne vint. Aringarosa tourna les talons et se dirigea vers la porte. Lorsqu'il arriva sur le seuil, l'un des cardinaux le rappela :

— Monseigneur !

— Oui ?

— Quelle est votre prochaine étape ?

L'évêque était bien conscient que la question portait plus sur son avenir spirituel que sur sa destination géographique, mais il jugeait le moment bien mal choisi pour aborder pareil sujet.

— Paris ! lança-t-il en sortant de la pièce.

42

La Banque Zurichoise de Dépôt accueillait ses clients à comptes numérotés vingt-quatre heures sur vingt-quatre, leur offrant toute la diversité de services des banques suisses modernes. Dans ses succursales de Zurich, Kuala Lumpur, New York et Paris, elle proposait, depuis quelques années, des comptes bloqués à code informatique et sauvegarde anonyme digitalisée.

La source essentielle de ses revenus provenait, et de très loin, du plus traditionnel de ses services – le *Lager* anonyme – également connu sous le nom de coffre-fort personnel. Les clients désireux d'y déposer toutes sortes d'objets, qu'il s'agisse de titres boursiers ou de tableaux de valeur, pouvaient le faire sans donner leur nom, grâce à une série de systèmes de sécurité, à toute heure du jour et de la nuit.

Sophie stoppa le taxi devant la banque, pendant que Langdon contemplait la façade austère du bâtiment, se disant que l'humour et la fantaisie ne devaient guère régner à l'intérieur de cet énorme pavé d'acier brossé, rectiligne et sans aucune ouverture, posé en retrait de la rue, qu'éclairaient les cinq mètres de néon rouge dessinant une croix suisse sur sa façade.

La garantie d'anonymat qu'offraient les banques suisses était depuis longtemps un formidable aimant pour les capitaux du monde entier. Mais ce genre d'institution faisait l'objet de controverses dans la communauté artistique internationale, car elles fournissaient aux voleurs d'œuvres d'art un moyen rêvé de cacher leur butin, au besoin pendant des années, jusqu'à ce qu'ils estiment qu'il n'était plus dangereux de chercher à le négocier. Les coffres de ces banques, protégés de la curiosité policière par la loi, ne portaient pas de nom mais un numéro, ce qui garantissait aux malfaiteurs qu'on ne pourrait jamais retrouver leur trace.

Sophie avança la voiture jusqu'au grand portail qui fermait l'accès carrossé au sous-sol de la banque. Au sommet de la grille, une caméra vidéo était braquée sur eux, et Langdon eut l'impression très nette qu'elle n'était pas factice.

Sophie baissa sa vitre devant la borne électronique qui se présentait du côté conducteur. Un écran digital donnait des instructions en sept langues, en commençant par l'anglais.

INSÉREZ VOTRE CLÉ

285

Langdon lui tendit la petite clé dorée.

Un orifice triangulaire s'ouvrait au-dessous de l'écran.

— Quelque chose me dit que c'est bon, fit Langdon.

Elle enfonça la tige entière dans l'orifice. Il était apparemment inutile de la tourner, car les deux battants de la grille s'ouvrirent immédiatement. Sophie lâcha la pédale du frein et avança jusqu'à un deuxième portail, flanqué d'une deuxième borne affichant les mêmes instructions. Derrière eux, la première grille se referma, donnant à Langdon la désagréable sensation d'être pris au piège.

Il lutta contre sa sensation d'enfermement. *Espérons que la seconde porte s'ouvre aussi.*

INSÉREZ VOTRE CLÉ

La grille s'ouvrit dès que Sophie eut inséré la clé. Quelques instants plus tard, ils pénétraient dans le sous-sol de l'édifice, par un garage relativement petit et mal éclairé, qui pouvait accueillir une dizaine de voitures. Au centre du parking, un tapis rouge posé à même le sol en ciment conduisait à une énorme porte apparemment blindée.

Le message est ambigu, pensa Langdon. *Soyez les bienvenus, mais n'entrez pas.*

Sophie gara le taxi près de l'entrée et éteignit le moteur.

— Vous devriez peut-être laisser le pistolet ici.

Avec plaisir. Il le glissa sous son siège.

Ils remontèrent le tapis rouge jusqu'à la porte en acier. Pas de poignée, mais un orifice semblable aux deux précédents, sans aucune instruction cette fois.

— De quoi décourager les mauvais élèves…, souffla Langdon.

Sophie lâcha un petit rire nerveux.

— Allons-y ! fit-elle en insérant la tige de la clé.

Avec un léger bourdonnement, le panneau métallique s'ouvrit vers l'intérieur. Ils franchirent le seuil en échangeant un regard, et la porte se referma derrière eux.

Ils se trouvaient dans un hall d'entrée qui, contrairement aux boiseries ou aux marbres habituels dans les banques, était entièrement tapissé de panneaux d'acier brossé rivetés aux murs.

— J'aimerais connaître leur décorateur, souffla Langdon.

Sophie était visiblement impressionnée. Le sol, les comptoirs, les portes et même les chaises, tout était revêtu du même métal que les murs. Le message était clair : « Vous entrez dans un coffre-fort. »

Derrière l'un des comptoirs, était assis un homme de forte carrure. Il éteignit son poste de télévision en les voyant entrer et leur adressa un sourire plein d'amabilité.

— Bonsoir ! Que puis-je pour vous ? demanda-t-il, mêlant l'anglais et le français d'une voix douce et courtoise, mal assortie à ses puissants pectoraux.

L'accueil bilingue était visiblement un geste commercial volontaire, destiné à mettre tous les clients à l'aise dès leur arrivée.

Sans dire un mot, Sophie posa la clé sous son nez.

L'homme se redressa immédiatement sur son siège.

— Très bien, madame. L'ascenseur est au fond. Je préviens tout de suite que vous arrivez.

— Quel étage ?

Il la dévisagea avec étonnement.

— C'est votre clé qui l'indique automatiquement à l'ascenseur.

— Ah oui ! s'excusa-t-elle en souriant.

Le gardien les suivit des yeux jusqu'à ce qu'ils soient entrés dans la cabine. Dès la fermeture de la porte, il s'empara du téléphone, mais pas pour prévenir de l'arrivée imminente de deux clients, l'insertion de la clé dans le dispositif d'appel de l'ascenseur ayant déjà envoyé automatiquement le signal adéquat.

Il appelait le chef de l'équipe de nuit. En attendant la communication, il ralluma son téléviseur, qui répéta l'information qu'il venait d'entendre, ce qui lui permit de revoir les deux visages concernés.

— Allô, oui ?

— Nous avons un problème, chef.

— Que se passe-t-il ?

— La police est à la recherche de deux fugitifs.

— Et alors ?

— Ils viennent de se présenter à l'accueil de la banque.

Après un rapide juron, le chef prit sa décision :

— OK. Je préviens M. Vernet immédiatement.

Le garde raccrocha, et décrocha à nouveau. Pour appeler Interpol.

À la surprise de Langdon, l'ascenseur se mit à descendre. À quelle profondeur cette banque avait-elle enfoui ses coffres ?

Peu importait, il fut bien soulagé que la descente soit courte.

Un employé fort empressé les attendait debout au garde-à-vous derrière la porte de l'ascenseur. Plus tout jeune, un agréable sourire aux lèvres, vêtu d'un impeccable costume de flanelle grise, il avait l'air d'un banquier du siècle dernier échoué dans l'univers moderne de la haute technologie.

— Bonsoir ! Si Madame et Monsieur veulent bien me suivre…

Sans attendre la réponse, il s'engagea dans un long corridor aux parois d'acier brossé.

Langdon et Sophie lui emboîtèrent le pas, le long d'un labyrinthe de couloirs, où s'ouvraient des bureaux éclairés remplis d'ordinateurs allumés.

— C'est ici, fit le vieux banquier en s'effaçant derrière une porte qu'il poussa devant eux.

Sophie et Langdon pénétrèrent dans un autre monde : un petit salon douillet au sol recouvert de tapis d'Orient, meubles de chêne et fauteuils capitonnés. Au centre, sur une grande table, les attendaient une bouteille de Perrier et deux verres de cristal, une cafetière fumante, deux tasses de porcelaine.

Accueil réglé comme une montre suisse, pensa Langdon.

— Il me semble que c'est la première fois que vous venez ici…, insinua le vieil employé.

Après une brève hésitation, Sophie hocha la tête.

— Cela arrive couramment, madame. Nos nouveaux clients ont souvent reçu leur clé à la suite d'une succession, et ne sont pas familiers de notre protocole. Vous pouvez rester ici aussi longtemps que vous le souhaitez, ajouta-t-il en indiquant les rafraîchissements.

— Vous disiez que vous recevez souvent des gens qui ont hérité de la clé d'un coffre ?

— Effectivement, madame. La vôtre correspond à un compte numéroté qui a pu être ouvert il y a déjà longtemps. Pour les clés en or, le bail d'un coffre est d'au moins cinquante ans, payable d'avance. Nous suivons donc des familles sur plusieurs générations.

— Cinquante ans ? s'étonna Langdon.

— Au minimum, monsieur. Le bail peut être prolongé sur une bien plus longue période mais, à moins d'arrangements particuliers, si le compte est resté inactif pendant cinquante ans, le contenu du coffre est automatiquement détruit. Souhaitez-vous que je vous décrive le processus d'accès ?

— S'il vous plaît, souffla Sophie.

Il balaya la pièce du bras.

— Ce salon vous est réservé. Dès que je serai sorti, les portes se refermeront sur moi. Vous pourrez rester ici aussi longtemps que vous le désirez, et modifier éventuellement le contenu de votre coffre, qui entrera par là.

Il les conduisit jusqu'à une niche dans le mur du fond, qui ouvrait sur un petit tapis roulant, et qui était elle aussi surmontée de l'orifice triangulaire qui leur était devenu familier. Un écran électronique muni d'un clavier à chiffres complétait le dispositif.

— Dès que l'ordinateur aura analysé votre clé, vous taperez les chiffres de votre compte et celui-ci arrivera sur le tapis. Lorsque vous aurez terminé, vous le replacerez dessus, et vous insérerez de nouveau votre clé. Tout le processus est automatisé, de manière à garantir votre intimité. Même le personnel de la banque ne doit pas y assister. Si vous avez le moindre problème, vous appuierez sur le bouton situé sur la table centrale.

Sophie allait poser une question quand la sonnerie du téléphone retentit.

— Excusez-moi, dit l'homme en décrochant.

— Oui ?

Il fronça les sourcils.

— Oui… Oui… D'accord.

Il raccrocha et leur dit avec un sourire gêné :

— Pardonnez-moi, mais je dois vous quitter. Faites comme chez vous, ajouta-t-il en se dirigeant vers une porte capitonnée au fond de la pièce.

— Une seule question, dit Sophie. Vous avez parlé d'un numéro de compte…

Le vieil homme s'arrêta sur le pas de la porte.

— Oui, bien sûr. Tous les comptes sont numérotés. Le client est le seul à connaître son numéro. La clé ne représente que la moitié de votre identification bancaire, pour éviter tout problème en cas de vol...

— Et que se passe-t-il si la personne dont j'ai hérité cette clé ne m'a pas communiqué son numéro ?

Alors, vous n'avez rien à faire ici ! pensa le vieil homme, en affichant un sourire imperturbable.

— Je vais voir ce que je peux faire... Si vous voulez bien patienter un instant...

Et il sortit, en les enfermant de l'extérieur.

Collet faisait le planton dans la Salle des pas perdus de Saint-Lazare quand son portable sonna dans sa poche.

— Ici Fache. Je viens d'avoir un appel d'Interpol. Laissez tomber le train. Langdon et Neveu viennent de se présenter dans une banque suisse, au 24, rue de Longchamp. Allez-y tout de suite, et emmenez les autres avec vous.

— D'accord, chef. On a des tuyaux sur la signification du message de Saunière ?

— Non, mais si vous les arrêtez, je pourrai leur demander de vive voix, répliqua sèchement Fache.

— Compris, commissaire. J'y vais.

Il raccrocha et appela ses hommes.

43

André Vernet, directeur de la succursale parisienne de la Zurichoise de Dépôt, habitait un grand appartement au dernier étage de l'immeuble. Il n'en ressentait pas moins une certaine frustration, ayant toujours rêvé de l'île Saint-Louis, où il aurait pu frayer avec la véritable intelligentsia parisienne, et non pas avec les ennuyeux bourgeois du XVIe arrondissement.

Quand je serai à la retraite, se disait-il, *j'aurai une cave remplie de vieux bordeaux, un Fragonard et peut-être aussi un Boucher, accrochés aux murs du salon, et je passerai mes journées chez les antiquaires et les bouquinistes de la rive gauche.*

Réveillé six minutes et demie plus tôt par le téléphone, il remontait déjà à vive allure le couloir souterrain de la banque. Vêtu d'un costume en laine et soie, impeccablement rasé et coiffé, il acheva de nouer sa cravate avant de se rafraîchir l'haleine à l'aide d'un vaporisateur mentholé. Sachant qu'il était souvent appelé à s'occuper au pied levé de clients internationaux provenant de différents fuseaux horaires, Vernet s'était rodé aux coutumes des Massaïs – ces guerriers africains célèbres pour leur capacité de passer en quelques secondes du sommeil le plus profond à la préparation opérationnelle au combat.

Prêt pour la bataille, se dit-il, en craignant que l'image ne se révèle par trop adéquate ce soir-là.

L'arrivée d'un client à clé d'or exigeait toujours un surcroît d'attention, mais l'arrivée d'un client à clé d'or *recherché* par la police judiciaire posait un problème particulièrement délicat. La banque avait eu trop de démêlés avec la justice au sujet de la nécessaire confidentialité des opérations de ses clients pour ne pas trembler à l'idée que certains d'entre eux soient des criminels avérés.

J'ai cinq minutes, se dit Vernet. *Il faut que je fasse sortir ces deux-là avant l'arrivée de la police.*

Il réussirait à éviter la catastrophe s'il agissait rapidement. Il pourrait raconter ensuite à la police que les deux fugitifs s'étaient effectivement présentés à la banque cette nuit, mais que, faute de connaître leur numéro de compte, ils avaient été éconduits. Si seulement ce satané gardien n'avait pas appelé Interpol ! La discrétion ne faisait apparemment pas partie des qualités requises chez un employé payé deux fois le SMIC…

Vernet fit une pause devant la porte du salon d'accueil, entra dans la pièce avec un sourire tout sucre et tout miel.

— Bonsoir, je suis André Vernet, en quoi puis-je vous…

Le reste de la phrase resta coincé dans sa gorge. La jeune femme qu'il avait devant lui était la dernière visiteuse qu'il s'attendait à voir.

— Excusez-moi, dit Sophie. Est-ce que nous nous connaissons ?

Cet homme élégant ne lui rappelait rien, mais il donnait l'impression d'avoir vu un fantôme.

— Non, je… je ne pense pas, bredouilla Vernet. Nos services sont anonymes, ajouta-t-il en se forçant à sourire calmement. Un de mes assistants me dit que vous ne connaissez pas votre numéro de compte. Puis-je me permettre de vous demander comment vous êtes entrée en possession de votre clé ?

— C'est mon grand-père qui me l'a donnée, répondit-elle en le dévisageant.

Vernet avait l'air de plus en plus mal à l'aise.

— Ah ? Et il ne vous a pas communiqué le numéro qui l'accompagne ?

— Je crains qu'il n'en ait pas eu le temps. Il a été assassiné cette nuit.

Le directeur de la banque recula, horrifié.

— Jacques Saunière est mort ? Mais comment… ?

Cette fois, c'est Sophie qui chancela sous le choc.

— Vous connaissiez mon grand-père ?

— C'était un vieil ami. Nous étions très intimes. Mais dites-moi ce qui s'est passé...

— Il a été victime d'une agression au Louvre, vers vingt-trois heures ce soir...

Vernet alla s'effondrer dans un fauteuil.

— Il faut que je vous pose à tous les deux une question de première importance. Avez-vous l'un ou l'autre quelque chose à voir avec sa mort ?

— Absolument pas ! s'exclama Sophie.

Vernet, la mine grave, hésita une seconde avant de poursuivre.

— Parce que vos deux photos ont été diffusées par Interpol à la télévision, ce qui explique pourquoi je vous ai reconnue en entrant. Vous êtes recherchés pour meurtre...

Sophie accusa le coup. *Fache a déjà prévenu Interpol ? Il est encore plus enragé que je pensais.*

Elle expliqua rapidement à Vernet qui était Langdon et lui raconta ce qui s'était passé ce soir.

Le banquier semblait ébahi.

— C'est en mourant qu'il vous a laissé un message pour vous demander de contacter M. Langdon ?

— Et qu'il m'a confié cette clé, dit-elle en la déposant à l'envers sur la table.

Vernet jeta un coup d'œil à la clé mais s'abstint du moindre geste.

— Il ne vous a rien laissé d'autre ? Pas de note écrite ?

Sophie était absolument certaine de ne pas avoir vu de billet au revers de la *Vierge aux rochers*.

— Hélas, non.

Vernet poussa un soupir désespéré.

— Toutes nos clés fonctionnent en association avec un code à dix chiffres. Sans ce numéro, elles ne sont d'aucune utilité.

Dix chiffres. Elle fit un rapide calcul. *Dix milliards de possibilités.* Même avec l'aide de tous les puissants ordinateurs de la DCPJ, il lui aurait fallu des semaines pour tester toutes les combinaisons.

— Mais vous pouvez sûrement faire quelque chose, étant donné les circonstances…, insista-t-elle.

— Je suis absolument navré, mais je ne peux rien pour vous. Nos clients choisissent leur code par l'intermédiaire d'un terminal sécurisé. Ils sont les seuls à le connaître, ce qui garantit à la fois leur anonymat… et la sécurité de nos employés.

Sophie comprit très vite. Même les supérettes de quartier affichaient ce type d'avertissement : LES CAISSIÈRES N'ONT PAS LA CLÉ DU COFFRE. Une banque comme celle-ci ne pouvait certainement pas prendre le risque de voir un de ses employés menacé ou retenu en otage par un hurluberlu exigeant qu'on lui révèle un numéro de compte.

Elle alla s'asseoir à côté de Langdon et regarda Vernet en face.

— Avez-vous une idée de ce que mon grand-père conservait dans son coffre ?

— Bien sûr que non, mademoiselle. C'est le principe même des coffres anonymes.

— Monsieur Vernet, le temps presse. Je vais être très directe.

Elle retourna la clé et lui montra l'emblème du Prieuré de Sion.

— Ce dessin évoque-t-il quelque chose pour vous ? demanda-t-elle en surveillant sa réaction.

Vernet jeta un bref coup d'œil à la clé mais ne cilla pas.

— Non, mais beaucoup de nos clients font graver leurs initiales ou leur logo sur leur clé…

Sophie soupira, sans cesser de le fixer attentivement.

— Celui-ci est le sceau d'une société secrète, appelée Prieuré de Sion.

Vernet ne broncha pas.

— Cela ne me dit rien. Votre grand-père était un ami, mais nous parlions surtout travail, fit-il en lissant sa cravate d'une main nerveuse.

— Monsieur Vernet, insista Sophie d'une voix ferme, mon grand-père m'a téléphoné cet après-midi pour m'avertir que lui et moi étions en danger. Il m'a confié qu'il avait quelque chose à me remettre. Il m'a laissé cette clé. Le moindre renseignement nous serait d'une grande aide…

Vernet commençait à transpirer.

— Il faut que nous partions. La police ne va pas tarder à arriver. Mon gardien a cru bon d'appeler Interpol…

C'est bien ce que Sophie craignait. Elle fit une dernière tentative :

— Mon grand-père parlait de me révéler la vérité sur ma famille. Avez-vous une quelconque idée… ?

— Mademoiselle, presque tous les membres de votre famille ont été tués dans un accident de voiture lorsque vous étiez enfant. Je sais à quel point votre grand-père vous adorait, et combien il était attristé de ne plus vous voir depuis plusieurs années… Mais je ne vois pas ce que…

Comme Sophie se taisait, Langdon risqua une question.

— Savez-vous si le contenu du coffre de M. Saunière pourrait avoir un lien quelconque avec le *Sang réal* ?

Vernet lui jeta un regard bizarre.

— Je ne vois pas ce que vous voulez dire, répliqua-t-il en sortant de sa poche son téléphone qui sonnait. La police ? Déjà ?

Il jura entre ses dents, donna quelques rapides instructions en français, annonça qu'il serait dans le hall d'ici une minute.

Il raccrocha et se tourna vers Sophie.

— La police a réagi beaucoup plus vite qu'à l'ordinaire. Ils arrivent à l'instant.

Il n'était pas question pour Sophie de sortir bredouille de cette banque.

— Vous n'avez qu'à leur raconter que nous sommes passés plus tôt, et repartis. S'ils veulent fouiller la banque, exigez un mandat de perquisition.

Ils mettront un moment à l'obtenir, et ça nous laissera un peu de temps.

— Écoutez, mademoiselle, Jacques Saunière était mon ami, et mon conseil d'administration n'apprécierait guère ce genre de publicité. Pour ces deux raisons, je n'ai pas l'intention de laisser la police vous arrêter ici. Accordez-moi une minute et je vais voir ce que je peux faire pour vous aider à quitter l'immeuble sans être inquiétés. Ensuite, je ne peux pas me laisser impliquer...

Il marcha rapidement vers la porte.

— Ne bougez pas. Je règle le problème et je reviens vous chercher.

— Mais le coffre ? s'exclama Sophie. Nous ne pouvons pas partir sans l'avoir ouvert...

— Je suis vraiment désolé, mais il n'y a rien que je puisse faire...

Elle le regarda sortir en se demandant si le code chiffré n'était pas enfoui dans une des innombrables lettres de son grand-père qu'elle n'avait jamais ouvertes. Puis elle se retourna vers Langdon avec un regard désespéré.

Il la fixa, un large sourire aux lèvres, les yeux brillants.

— Pourquoi souriez-vous ?

— Sophie, votre grand-père était un génie !

— Pardon ?

— Dix chiffres !

Elle le dévisageait sans comprendre.

— Son numéro de compte, fit Langdon avec ce sourire particulier qu'elle lui connaissait maintenant, je suis pratiquement certain qu'il nous l'a laissé, finalement...

— Où ça ?

Langdon tira de sa poche une photocopie du cliché du cadavre et la posa sur la table. Sophie n'eut qu'à relire la première ligne pour comprendre qu'il avait raison.

13-3-2-21-1-1-8-5
O Draconian Devil !
Oh, Lame Saint !
P.S. Trouver Robert Langdon

44.

— Les dix chiffres ! s'exclama Sophie, chez qui l'excitation de la cryptographe avait vite remplacé la surprise.

$$13\text{-}3\text{-}2\text{-}21\text{-}1\text{-}1\text{-}8\text{-}5$$

Il a écrit son numéro de coffre sur le plancher du Louvre !

Lorsqu'elle avait identifié la séquence de Fibonacci, elle avait d'abord cru qu'elle n'avait pour but que de pousser la PJ à faire venir sur les lieux la cryptographe Sophie Neveu. Plus tard, elle avait compris que ces chiffres étaient aussi destinés à lui faire déchiffrer le texte qui suivait. *Une série en désordre... une anagramme en chiffres*. Et voici qu'elle y découvrait avec stupéfaction une signification encore plus importante. Les chiffres griffonnés sur le parquet étaient forcément le sésame qui allait lui ouvrir le coffre mystérieux de son grand-père.

— Il a toujours été un maître des allusions à sens multiples, dit-elle en se tournant vers Langdon. Il adorait ça, les codes puissance trois…

Langdon se dirigeait déjà vers la borne électronique. Sophie s'empara de la photo et de la clé, et le rejoignit.

Le clavier et l'écran étaient identiques à ceux des distributeurs de billets. Le logo cruciforme de la banque apparaissait sur la petite vitre. Sans perdre une seconde, Sophie inséra la clé dans la fente triangulaire.

L'écran afficha immédiatement :

NUMÉRO DE COMPTE

Le curseur clignotait sur le premier des dix tirets. *Dix chiffres.* Sophie lut à haute voix la séquence, et Langdon saisit les chiffres un à un.

1332211185

Un message en plusieurs langues apparut immédiatement :

ATTENTION
Avant de valider votre code, veuillez vérifier que vous ne vous êtes pas trompé.
Pour votre sécurité, si le système ne reconnaît pas votre numéro, l'ordinateur s'éteindra automatiquement.

— Il semble que nous n'ayons droit qu'à un essai, dit Sophie.

— Je ne me suis pas trompé, fit Langdon en vérifiant les chiffres sur la photo.

Il tendit un doigt impérieux vers la touche VALIDATION.

— Feu !

Sophie s'exécuta, puis retint son geste, en proie à une soudaine hésitation.

— Allons, Sophie ! Vernet va revenir d'un instant à l'autre.

— Non ! dit-elle. Ce n'est pas ça !

— Mais bien sûr que si ! Dix chiffres ! Que voulez-vous que ce soit d'autre ?

— C'est trop aléatoire.

Trop aléatoire ? Il n'était pas du tout d'accord. Toutes les banques ordinaires conseillaient justement à leurs clients de choisir leur code confidentiel au hasard, pour que personne ne puisse le deviner. *A fortiori* celle-ci.

Mais elle avait déjà effacé ce qu'il venait de taper. Elle leva vers lui un regard assuré :

— La coïncidence serait beaucoup trop grande. Pourquoi aurait-il choisi ce soir le même désordre dans la séquence que pour le code de son coffre ?

Elle avait peut-être raison. Puisqu'elle avait reconnu la suite de Fibonacci...

Elle tapait déjà sur le clavier, comme de mémoire.

— Connaissant son amour des codes et des symboles, il a sûrement choisi un numéro qui ait un sens pour lui, qu'il soit certain de ne jamais oublier.

Elle tapa le dernier chiffre avec un sourire espiègle.

— Un code qui ait l'air aléatoire… mais qui ne le soit pas.

Et Langdon lut sur l'écran

NUMÉRO DE COMPTE
1123581321

Elle avait certainement raison.

La séquence de Fibonacci.

1-1-2-3-5-8-13-21

Une fois les chiffres mélangés, elle était pratiquement impossible à identifier. *Facile à mémoriser, et pourtant apparemment aléatoire.* Une série de 10 chiffres que Saunière ne pouvait oublier. Et qui expliquait parfaitement le désordre qu'il lui avait imposé dans son message.

Sophie appuya sur la touche « validation ».

Rien ne se produisit.

Rien qu'ils puissent remarquer.

Au même moment, au-dessous d'eux, dans les profondeurs du sous-sol de la banque, le bras articulé d'un robot se dépliait et se tendait vers l'une des centaines de caisses identiques jonchant le sol cimenté d'une immense cave voûtée, comme autant de petits cercueils allongés dans une crypte. La patte métallique se posa au-dessus de l'une des caisses, en balaya le code barre de son œil électronique, s'entrouvrit pour en saisir la poignée, puis se referma et la souleva lentement à la verticale avant de la déposer sur un monte-charge qui se mit aussitôt en marche, pour s'arrêter devant un tapis roulant qui s'ébranla à son tour.

À l'étage supérieur, Langdon et Sophie poussèrent un soupir de soulagement en voyant le tapis de caoutchouc noir avancer. Comme des voyageurs fatigués après un vol long courrier, ils attendaient avec impatience l'apparition du bagage surprise.

La porte métallique du tunnel s'ouvrit enfin, livrant passage à une cantine en plastique noir moulé, beaucoup plus volumineuse que ce qu'ils attendaient. *On dirait une cage servant au transport d'animaux, mais sans les trous d'aération*, se dit Sophie. La caisse s'arrêta juste devant eux.

Sans perdre une seconde, elle releva les deux boucles métalliques qui la fermaient et Langdon l'aida à soulever le couvercle, qu'ils laissèrent retomber sur le tapis.

Ils avancèrent d'un pas et se penchèrent.

À première vue, la caisse avait l'air vide. Puis Sophie remarqua tout au fond un petit coffre en bois rouge. *Du bois de rose !* songea-t-elle. C'était son essence préférée. Le couvercle s'ornait d'un délicat motif de marqueterie en bois plus clair, dessinant une rose à cinq pétales. Elle le souleva avec précaution.

Oh, mais c'est lourd !

À pas comptés, elle alla le poser sur une grande table. Langdon, derrière elle, suivait des yeux le précieux coffret légué par Saunière. Il contemplait, émerveillé, la rose de marqueterie pentapétale. Il connaissait ce dessin, pour l'avoir vu très souvent.

— La rose à cinq pétales, murmura Langdon… le symbole choisi par le Prieuré de Sion pour représenter le Graal.

Sophie se retourna vers lui. Il devina qu'elle pensait la même chose que lui. La taille de la boîte, son poids, la fleur symbolique, tout semblait conduire à une seule conclusion – inimaginable.

La coupe du Christ se trouve dans ce coffret de bois.

— Les dimensions parfaites pour contenir un calice, souffla Sophie.

C'est impossible, songea Langdon, *ce n'est pas le Graal*.

Sophie tira le coffret vers elle, se préparant à l'ouvrir, quand un curieux clapotis résonna à l'intérieur.

Langdon le remua à nouveau. *Il y a du liquide à l'intérieur*.

— Vous avez entendu ? demanda Sophie.

Il hocha la tête, perplexe.

Sophie dégagea la ferrure de cuivre et souleva le couvercle.

Ce que Langdon découvrit à l'intérieur ne ressemblait à rien qu'il ait jamais vu. Une seule chose pourtant était certaine. Ce n'était pas le calice eucharistique de la sainte Cène.

la tête.

45

— La police bloque la rue, s'écria Vernet en
entrant dans le petit salon. Ça ne va pas être facile
de vous faire sortir d'ici.

En refermant la porte derrière lui, il aperçut la
cantine de plastique noire sur le tapis roulant, et
s'arrêta net. *Mon Dieu ! Ils ont trouvé le code de
Saunière !*

Sophie et Langdon étaient debout devant la
table, penchés sur ce qui ressemblait à un gros
coffret à bijoux. Sophie rabattit immédiatement le
couvercle et leva la tête vers le banquier.

— Finalement, nous l'avions, ce numéro !

Vernet était sans voix. Ça changeait tout. Il
détourna avec discrétion son regard de la table, et
réfléchit à la décision qu'il devait prendre. *Il faut
absolument que je les sorte de la banque.* Mais
avec le barrage de police, il n'y avait qu'un seul
moyen d'y arriver.

— Mademoiselle Neveu, si je réussis à vous faire sortir d'ici, voulez-vous emporter votre dépôt avec vous, ou préférez-vous le remettre au coffre ?

Sophie jeta un coup d'œil à Langdon, qui hocha la tête.

— Nous emportons le coffret.

— Très bien. Je vous conseille de l'enrouler dans votre veste, monsieur Langdon. Je préférerais que personne ne le remarque.

Pendant que Langdon s'exécutait, Vernet alla refermer la cantine noire, saisit une série de commandes sur le clavier de la borne, et le tapis roulant remporta la cantine. Il sortit la clé de la serrure et la tendit à Sophie.

— Maintenant, suivez-moi, dépêchons-nous !

En sortant de l'ascenseur, Vernet vit clignoter les lueurs des gyrophares de la PJ sous la porte du garage. *La police devait bloquer la sortie. Maintenant, c'est quitte ou double !* Il avait le front couvert de sueur.

Vernet les guida vers une camionnette blindée blanche, marquée au logo de la banque, dont il ouvrit la porte arrière.

— Montez. Je reviens tout de suite.

Ils obéirent. Vernet se précipita vers la guérite inoccupée du gardien. Il troqua son veston contre une tunique d'uniforme, saisit un pistolet qu'il glissa dans sa poche, décrocha de la cloison une casquette et un trousseau de clés, et repartit en courant vers la camionnette. Il réapparut à la porte arrière, la casquette enfoncée jusqu'aux yeux.

— Je vous allume le plafonnier. Asseyez-vous comme vous pouvez. Et pas un bruit au passage de la grille !

Ils s'assirent sur le plancher de tôle, Langdon serrant sur ses genoux son trésor enveloppé dans sa veste. Vernet referma la porte et la verrouilla. Puis il alla se mettre au volant et lança le moteur.

En commençant à remonter la rampe, Vernet sentait déjà la transpiration s'accumuler sous sa casquette. La quantité de phares de voitures allumés lui fit craindre le pire. *Ils ont mis le paquet !*

Une fois franchie la première grille, il attendit qu'elle se referme derrière la camionnette, et redémarra. Au passage des roues devant le deuxième senseur, la deuxième grille s'ouvrit sur la rue.

Un véhicule de police bloquait la sortie.

Il s'essuya le front et continua d'avancer. Un policier sortit de sa voiture et lui fit signe de s'arrêter. Il y avait trois autres véhicules garés en travers du passage. La camionnette stoppa. Sans bouger de sa place, Vernet rabattit sa casquette sur son front et se composa une expression de chauffeur-livreur – pour autant que son éducation le lui permettait.

— Qu'est-ce qui se passe ? demanda-t-il sur un ton rogue.

— Je suis Jérôme Collet, inspecteur de la police judiciaire. Qu'est-ce qu'il y a là-dedans ? fit-il en montrant la camionnette.

— J'en sais rien, moi. Je suis que l'chauffeur ! bougonna Vernet.

— On recherche deux criminels, répliqua l'inspecteur sans se démonter.

Vernet partit d'un rire gras.

— C'est pas ça qui manque ici ! Les clients ont tellement de thune qu'ils en ont probablement piqué une bonne partie...

L'inspecteur lui montra une photo d'identité de Robert Langdon.

— Avez-vous vu cet homme à la banque ce soir ? Vernet haussa les épaules.

— Jamais vu. De toute façon, je vois personne dans mon trou à rats. C'est à l'accueil qu'il faut vous renseigner !

— Votre patron a exigé un mandat de perquisition.

— La direction... me demandez pas ce que j'en pense...

— Ouvrez l'arrière du fourgon, s'il vous plaît.

Collet se dirigea vers l'arrière de la camionnette. Vernet poussa un rire amer.

— Parce que vous croyez que j'ai les clés ? Vous rigolez ! On est des vraies machines, nous. On sait même pas ce qu'on transporte. Et faut voir ce qu'on est payés...

— Vous voulez me faire croire que vous n'avez pas les clés de votre camionnette ?

— On n'a que la clé de contact. Les fourgons sont scellés après le chargement par des contrôleurs assermentés. Les clés sont portées par coursier au destinataire. On m'appelle ensuite pour la livraison. C'est comme ça. J'ai pas la moindre idée de ce que je peux bien transporter.

— Et votre fourgon, quand est-ce qu'il a été chargé ?

— Il y a quelques heures. Je suis censé le conduire à Saint-Thurial. Les clés sont déjà là-bas.

L'inspecteur se tut, essayant de sonder son regard. Vernet essuya d'un revers de manche une goutte de sueur qui coulait le long de son nez.

— Maintenant, faut que vous m'excusiez, mais j'ai des délais à tenir, dit-il en montrant la voiture garée en travers de la sortie.

— Est-ce que tous les chauffeurs de la banque ont des Rolex ? demanda le policier en montrant le poignet de Vernet.

Le banquier baissa les yeux sur cette montre absurde qu'il avait payée une fortune. *Mince !*

— Ça ? C'est de la camelote. Je l'ai payée vingt euros à un Chinois dans la rue. Je peux vous la revendre quarante si ça vous dit.

— Non merci, fit Collet, hésitant un instant.

Puis, il recula d'un pas et fit signe à ses hommes de laisser passer la camionnette

— Allez ! Bonne route !

Vernet ne reprit son souffle qu'au bout de cinquante mètres. Il avait maintenant un autre problème. Son chargement. *Où vais-je bien pouvoir les emmener ?*

46.

Silas s'était allongé à plat ventre sur la paillasse de sa chambre, pour faire sécher à l'air les écorchures sanguinolentes de son dos. La deuxième séance de discipline l'avait étourdi et affaibli. Il n'avait toutefois pas desserré son cilice, et il sentait des gouttes de sang couler le long de sa cuisse. Mais il n'était pas question de l'ôter.

J'ai manqué à mon engagement envers l'Église. Et pis encore, envers mon bienfaiteur.

Cette nuit aurait dû être celle de la revanche pour Mgr Aringarosa.

Cinq mois plus tôt, l'évêque était rentré à New York après une visite au Vatican, où il avait appris une nouvelle extrêmement grave, qui l'avait transformé. Profondément déprimé pendant plusieurs jours, il avait fini par s'en ouvrir à son protégé.

— Mais ce n'est pas possible ! avait protesté Silas. C'est inacceptable !

— C'est pourtant la vérité. Incroyable mais vrai. Dans six mois seulement…

Silas avait accusé le choc. Il avait prié sans relâche. Sa foi en Dieu et en *La Voie* n'avait pas flanché. Ce n'est qu'au bout d'un mois que le nuage noir s'était enfin dissipé et que la lumière était revenue.

Une intervention de la Divine Providence, avait dit Mgr Aringarosa.

L'évêque semblait avoir repris espoir.

— Silas, avait-il confié, Dieu vient de nous offrir une occasion miraculeuse d'assurer la protection de *La Voie*. Mais comme toutes les batailles, celle-ci impliquera des sacrifices. Acceptes-tu de te faire le soldat de Dieu ?

L'albinos était tombé à genoux devant l'évêque – celui qui lui avait donné sa deuxième vie –, et lui avait affirmé :

Je suis un agneau de Dieu. Tu es mon berger et je t'obéirai.

Et en l'écoutant lui décrire sa prochaine mission, il avait compris que seule la main de Dieu pouvait être la cause de cette opportunité soudaine. *Un rebondissement miraculeux !* Mgr Aringarosa l'avait mis en rapport avec l'auteur du projet – qui se faisait appeler le Maître. Silas ne l'avait jamais rencontré. Toutes leurs conversations s'étaient déroulées au téléphone. Silas était ébloui par la force de la foi de son interlocuteur, par l'étendue de ses connaissances et de son pouvoir. Il semblait tout savoir, disposer de puissants appuis partout dans le monde. Comment il se procurait tous ces renseignements, Silas n'en savait encore rien, mais son protecteur avait en lui une confiance aveugle, et il avait demandé à son élève d'en faire autant.

— Fais ce que le Maître te demande, et nous obtiendrons la victoire, avait dit Mgr Aringarosa.

La victoire. Silas comprenait maintenant qu'elle venait de leur échapper. Le Maître s'était fait flouer. La prétendue clé de voûte était une fausse piste, un mensonge démoniaque. Tout espoir s'évanouissait.

Il aurait voulu pouvoir avertir Mgr Aringarosa de cet affreux échec, mais le Maître avait bloqué toutes leurs lignes de communication directes. Pour leur sécurité.

Surmontant son extrême agitation, Silas finit par se lever, trouva dans la poche de sa robe son téléphone portable, et composa le numéro.

— Maître, murmura-t-il, tout est perdu.

Et il raconta tout en détail, sans rien cacher.

— Ta foi vacille trop vite, mon fils. Je viens de recevoir une heureuse nouvelle, inattendue. Le trésor que nous cherchons n'a pas disparu. Avant de mourir, Jacques Saunière a transmis le véritable secret. Je te rappellerai bientôt. Notre travail de la nuit n'est pas terminé.

47

Dans l'habitacle obscur du fourgon, Langdon se sentait comme un détenu qu'on transfère dans un QHS. Il tentait de lutter contre le malaise trop familier qu'il éprouvait dans cet espace confiné. *Vernet a promis qu'il nous conduirait suffisamment loin de Paris. Mais où ? À combien de kilomètres ?*

Il changea de position pour soulager les fourmillements qui ankylosaient ses jambes raidies, et les étendit devant lui. Il serrait toujours contre lui, emmitouflé dans sa veste, le curieux trésor qu'ils avaient retiré du coffre de la banque.

— Je crois que nous sommes sur une autoroute, remarqua Sophie.

Il avait la même impression. Après une pause inquiétante à la sortie de la banque, la camionnette avait serpenté dans les rues avant d'accélérer régulièrement jusqu'à sa vitesse de croisière. À présent, les pneus blindés glissaient paisiblement sur un revêtement lisse.

Langdon sortit de sa veste le précieux coffret et le posa sur ses genoux. Sophie vint s'asseoir près de lui. Ils étaient comme deux enfants blottis l'un contre l'autre dans la contemplation de leur cadeau de Noël.

Contrastant avec les couleurs chaudes du couvercle en bois de rose, la fleur de marqueterie, pâle, probablement taillée dans du frêne, luisait dans la pénombre. *La Rose*. Le symbole sur lequel s'étaient construites des armées et des religions entières, ainsi que des sociétés secrètes. *Celle des rosicruciens, de l'ordre de la Rose-Croix*[1].

— Allez ! pressa Sophie, ouvrez-le !

Langdon inspira profondément et, après avoir encore une fois contemplé le fin travail d'incrustation qui l'ornait, débloqua le fermoir du couvercle, et le souleva avec précaution.

Il avait élaboré un certain nombre d'hypothèses sur ce que le coffret pouvait renfermer, mais il s'était trompé sur toute la ligne. Niché dans un écrin capitonné de soie rouge, l'objet qu'ils n'avaient fait qu'entrevoir dans le salon de la banque ne lui évoquait strictement rien.

C'était un cylindre de marbre poli, à peu près de la dimension d'un tube de balles de tennis. Sa

---

1. Mouvement philosophique initiatique, qui fut un temps lié à la franc-maçonnerie, et qui a pour but de transmettre les enseignements des mystères de la nature et de l'homme. (Leonardo Da Vinci en a été membre.) *(N.d.T.)*

structure complexe résultait de l'assemblage de cinq rondelles de pierre juxtaposées, d'environ trois centimètres de large, maintenues l'une contre l'autre par une armature de cuivre. Une sorte de kaléidoscope à cinq axes. Les deux extrémités du cylindre étaient fermées par une capsule de pierre scellée, qui empêchait de voir au-dedans. Comme ils avaient entendu le bruit d'un liquide à l'intérieur, Langdon supposa que le cylindre était creux.

Aussi déroutants que sa structure étaient les signes gravés sur le pourtour des disques de marbre : sur chacun d'eux on lisait distinctement les vingt-six lettres de l'alphabet. L'objet rappelait à Langdon un de ses jouets d'enfant – une baguette de bois cylindrique, constituée de plusieurs tambours imprimés de lettres que l'on faisait pivoter pour composer toutes sortes de mots.

— C'est étonnant, n'est-ce pas ? murmura Sophie.

— Qu'est-ce que ça peut bien être ? demanda Langdon.

Mais elle avait les yeux brillants.

— Mon grand-père s'amusait à fabriquer des objets de ce genre. Il disait que c'était une invention de Leonardo Da Vinci.

Il la dévisagea avec stupéfaction.

— Ça s'appelle un cryptex. D'après mon grand-père, c'est dans les carnets de Leonardo Da Vinci qu'on en a trouvé les premiers croquis.

— Et à quoi cela sert-il ?

— À cacher des documents, ou des informations.

Elle lui raconta qu'un des passe-temps favoris de son grand-père, artisan aussi ingénieux qu'adroit, consistait à confectionner des pièces d'orfèvrerie en reprenant les techniques de Fabergé ou à réaliser des maquettes d'après les croquis de Vinci. Il passait des heures dans son atelier, à travailler le bois, le métal et la pierre, pour tenter de donner corps aux dessins du grand maître italien.

C'est probablement lui qui a fabriqué le coffre en bois de rose, pensa Langdon.

Il suffit de feuilleter les carnets de Leonardo Da Vinci pour s'apercevoir qu'il abandonnait facilement un projet pour en entamer un autre. Il a laissé à sa mort des centaines de projets d'inventions jamais menés à leur terme. Jacques Saunière n'aimait rien tant que d'essayer de matérialiser ces projets inachevés. Il avait ainsi réalisé des mécanismes d'horlogerie et d'hydraulique, un parachute et un oiseau mécanique, et même un modèle réduit de chevalier en armure complètement articulé, qui trônait sur son bureau du Louvre. Dessiné en 1495 par Leonardo Da Vinci pour illustrer ses recherches en anatomie, ce mannequin était muni d'articulations et de tendons qui lui permettaient de s'asseoir, de bouger les bras, de tourner, de lever et de baisser la tête, comme d'ouvrir et de refermer une mâchoire à laquelle aucun élément ne manquait.

— Il me fabriquait des cryptex quand j'étais petite. Mais plus petits, et moins compliqués.

— Je n'en ai jamais entendu parler, fit Langdon, en le faisant tourner entre ses mains.

Pas très étonnant, pour Sophie : la plupart des inventions de Léonard n'avaient jamais été étudiées ni même baptisées. Peut-être le terme cryptex avait-il d'ailleurs été forgé par son grand-père. Un mot tout à fait adapté puisque cet objet utilisait la cryptologie pour protéger des informations elles-mêmes notées sur un rouleau de parchemin ou *codex*. Leonardo Da Vinci avait d'ailleurs été un pionnier de la cryptographie. Sophie le savait, et même si ses professeurs du RHI, lorsqu'ils présentaient les méthodes informatiques modernes de cryptage, n'évoquaient jamais le père fondateur de leur discipline, c'est pourtant ce peintre italien qui avait inventé l'une des premières formes de cryptage, il y a cinq siècles. Son grand-père, lui, s'était bien sûr fait un devoir d'expliquer tout cela à Sophie.

Tandis que le fourgon blindé filait sur l'autoroute, la jeune femme révéla à Langdon comment le cryptex, à une époque où téléphones et messages électroniques étaient encore inconnus, avait permis à Vinci d'envoyer des documents confidentiels à de lointains destinataires – sans que le messager soit tenté de les monnayer en route à des adversaires. Lettres, cartes, titres, plans ou croquis pouvaient ainsi voyager en toute sécurité.

Une foule de grands esprits avaient d'ailleurs tenté, comme Vinci, de résoudre le problème de la protection des documents. Jules César avait ainsi inventé un système de cryptographie, appelé le chiffre de César. Marie Stuart avait mis au point un code de substitution pour communiquer depuis sa prison. Abdul al-Kindi[1], un brillant savant arabe du Moyen Âge, protégeait ses secrets par un ingénieux code de substitution combinant plusieurs alphabets…

Mais Leonardo Da Vinci avait préféré la solution mécanique aux codes mathématiques ou cryptographiques. Une fois le message scellé dans le cryptex, il n'était accessible qu'au détenteur du mot de passe.

— Il nous faut découvrir ce mot de passe, déclara Sophie, en montrant les lettres gravées sur le cylindre. Le cryptex fonctionne *grosso modo* comme un antivol de vélo, sur lequel on doit aligner plusieurs chiffres pour pouvoir l'ouvrir. Ici, c'est un mot de cinq lettres qui actionnera la serrure interne et permettra d'ouvrir le cylindre.

— Et que trouve-t-on à l'intérieur ?

— Le compartiment creux est conçu pour renfermer un rouleau de papier où a été notée l'information secrète.

Langdon lui jeta un regard encore incrédule.

— Et vous dites que votre grand-père vous en fabriquait quand vous étiez enfant ?

— Oui, mais des plus petits. Il m'en a donné une ou deux fois, pour mon anniversaire, en me posant une devinette. La réponse était le mot de passe. Et je trouvais ma carte de vœux à l'intérieur.

1. Philosophe, astronome et alchimiste arabe (v. 800-Bagdad, v. 870). *(N.d.T.)*

— Cela fait beaucoup de travail pour une simple carte…

— Non, parce qu'elle contenait une autre énigme, ou un indice qui me guidait vers mon cadeau. Il aimait organiser des courses au trésor et des jeux de piste dans la maison. Pour me mettre au défi, pour s'assurer que je mériterais ma récompense. Et les épreuves étaient toujours compliquées.

Langdon avait toujours l'air sceptique.

— Mais pourquoi ne pas tout simplement l'écraser ou le casser ? Le marbre n'est pas une roche si solide que ça, et le cuivre est un métal assez mou…

Sophie sourit.

— Léonard avait prévu la parade. Si on cassait le cryptex, son contenu s'autodétruisait. Regardez !

Elle sortit avec précaution le cryptex de son coffret.

— D'abord, on écrit, ou on dessine, sur un rouleau de papyrus.

— Pourquoi pas sur du vélin ?

— C'est vrai que le vélin était plus solide et plus répandu à l'époque, mais il fallait que ce soit du papyrus, et le plus fin possible.

— Et ensuite ?

— Avant de l'insérer dans le compartiment, on l'enroulait autour d'un flacon en verre très fin.

Elle agita légèrement le cryptex à l'oreille de Langdon.

— Un flacon rempli de liquide.

— Quel liquide ?

— Du vinaigre.

— Génial ! s'exclama Langdon.

Si on écrasait au marteau le cylindre de marbre, le flacon se cassait et le vinaigre dissolvait immédiatement le rouleau de papyrus. Et on ne trouvait à l'intérieur qu'un amalgame de pâte molle.

— Comme vous le voyez, continua Sophie, la seule façon d'accéder au document est d'aligner les lettres du mot de passe. Avec les cinq disques, ça fait environ dix millions de combinaisons possibles.

— Si c'est vous qui le dites… Et vous avez une idée de ce qu'on pourrait trouver à l'intérieur ?

— Aucune. Mais ce qui est certain, c'est que mon grand-père tenait à son secret comme à la prunelle de ses yeux.

Elle déposa le cylindre au fond de la boîte et referma le couvercle. Mais quelque chose la préoccupait encore.

— Vous disiez que la rose à cinq pétales était un symbole du Saint-Graal…, reprit-elle.

— Parfaitement. Pour le Prieuré de Sion, la Rose et le Graal sont des mots synonymes.

— C'est curieux, remarqua Sophie, parce qu'il me disait souvent que le mot rose signifiait secret. Quand il ne voulait pas que je le dérange dans son bureau, il suspendait une rose à la poignée de la porte. Et il me conseillait d'en faire autant. *Tu vois, ma chérie, plutôt que de nous enfermer avec un verrou, servons-nous de la fleur des secrets. Pour nous apprendre le respect et la confiance mutuelle. C'est une ancienne coutume des Romains.* »

— *Sub Rosa*, fit Langdon, pensif. Les réunions qui se tenaient « sous la Rose » étaient en effet confidentielles.

Il expliqua à Sophie que cette connotation de secret n'était pas, pour le Prieuré, la seule raison de l'association entre la Rose et le Saint-Graal. La *Rosa Rugosa*, l'une des plus anciennes roses d'Europe, avait cinq pétales, ce qui l'apparentait au pentagramme, l'étoile de Vénus. D'où sa puissante symbolique féminine. S'ajoutait enfin à cela l'idée de la rose des vents, censée amener les navigateurs à bon port. La rose multipliait donc les affinités symboliques avec le Graal : secret, féminité, chemin de vérité… elle était à la fois le calice et l'étoile directionnelle, qui conduisaient à la vérité.

Langdon sentait que le moment était venu de révéler à Sophie ce qu'il brûlait de lui expliquer depuis qu'ils avaient quitté la Salle des États.

— Sophie, commença-t-il, l'une des missions du Prieuré de Sion est de perpétuer le culte de la déesse, en se fondant sur la conviction que les premiers dirigeants de l'Église chrétienne ont trompé leurs fidèles par des mensonges qui rabaissaient la femme en faveur de l'homme.

Sophie se taisait, les yeux fixés sur le coffret.

— Selon le Prieuré, continua Langdon, l'empereur Constantin et ses successeurs masculins ont substitué au paganisme matriarcal la chrétienté patriarcale. Leur doctrine diabolisait le Féminin sacré et visait à supprimer définitivement de la religion le culte de la déesse.

« Sans chercher à nier l'influence bénéfique qu'exerce l'Église catholique moderne sur le monde troublé d'aujourd'hui, on ne peut ignorer les multiples violences et les mensonges qui lui ont permis d'asseoir son autorité. La croisade brutale que mena le Vatican pour la « rééducation » des religions païennes et des cultes de la déesse, et qui s'étendit sur trois siècles, utilisa des méthodes de persuasion aussi sophistiquées que terrifiantes.

« L'Inquisition catholique est à l'origine d'une publication que l'on peut à bon droit qualifier d'ouvrage le plus sanguinaire de l'histoire humaine. L'Encyclique *Malleus Maleficarum* – « *Le Marteau des sorcières* » – était destinée à l'endoctrinement des chrétiens sur les dangers des « libres penseuses », en instruisant le clergé sur la manière d'identifier ces femmes, de les torturer et de les détruire. L'Église appelait sorcières toutes les femmes érudites et mystiques, les prêtresses, les bohémiennes, les amoureuses de la nature, les herboristes, ainsi que toutes celles « qui montraient un intérêt suspect pour le monde naturel ». Les sages-femmes étaient également poursuivies et mises à mort pour l'utilisation hérétique de leurs connaissances à des fins de soulagement des douleurs de l'enfantement. Après tout, ces souffrances, arguait le Vatican, n'étaient que le juste châtiment d'Ève, qui en consommant le fruit de la connaissance du bien et du mal avait perpétré le péché originel. En trois cents ans de chasse aux sorcières, cinq millions de femmes furent ainsi brûlées sur le bûcher par l'Église.

« La doctrine avait eu le dernier mot. Le monde actuel porte encore les stigmates de cette guerre sans merci.

« Autrefois célébrées comme un chaînon indispensable de l'éducation spirituelle, les femmes ont été définitivement bannies de tous les cultes du monde. On ne trouve pas plus de femmes rabbins, que de femmes prêtres ou imams. L'acte jadis sacré du *Hieros Gamos* – l'union sexuelle entre l'homme et la femme, par laquelle chacun des deux accède à la plénitude spirituelle –, ce « mariage saint » fut condamné comme une profanation. Les hommes, qui considéraient autrefois l'acte sexuel comme un moyen de communier avec Dieu, se sont mis à craindre leur désir comme étant l'œuvre du diable, associé à sa complice favorite, la femme.

Le visage de Langdon se figea à la fin de son exposé.

— Quelque chose qui cloche ? demanda Sophie.

Il fixait la rose de marqueterie, comme hypnotisé.

— *Sub Rosa*, murmura-t-il. Ce n'est pas possible !

— Qu'est-ce qui n'est pas possible ?

Il leva lentement les yeux sur elle.

— « Sous le signe de la Rose. » Le cryptex… je crois savoir ce que c'est.

48

Langdon avait peine à y croire lui-même. Et pourtant, sa supposition était parfaitement cohérente avec la façon dont Sophie Neveu était entrée en possession du cryptex.

J'ai entre les mains la clé de voûte du Prieuré.

La légende était explicite :

« *La clé de voûte est une pierre codée cachée sous le signe de la Rose.* »

Sophie le dévisageait.

— Robert, expliquez-moi !

Langdon reprenait ses esprits.

— Est-ce que votre grand-père vous a déjà parlé d'une « clé de voûte[1] » ?

— Non. De quoi s'agit-il ?

— Dans les voûtes gothiques, c'était la pierre centrale située au sommet de la croisée d'ogives.

1. Claveau central situé au point de rencontre des arcs pour fermer une voûte à son sommet. (*N.d.T.*)

— Pourquoi appelle-t-on cela une clé ?

— Parce que c'est la pierre en forme de coin qui maintient les arches en place, et supporte tout le poids de la voûte.

Sophie jeta un coup d'œil sceptique sur le cryptex et haussa les épaules.

— Je ne vois pas comment ce cylindre pourrait servir de clé de voûte…

Langdon ne savait par où commencer. Les clés de voûte avaient été l'un des secrets les mieux gardés des premiers francs-maçons. *La maîtrise de l'Arche royale.* Ce savoir-faire ésotérique faisait partie de la sagesse qui avait fait des maçons de si riches artisans – un secret qu'ils protégeaient jalousement. Les clés de voûte avaient toujours été nimbées de mystère. Ce cylindre de pierre n'avait pourtant rien à voir avec l'architecture. La clé de voûte du Prieuré – si c'était bien elle – ne ressemblait guère à ce que Langdon avait imaginé.

— À vrai dire, je ne suis pas un spécialiste de la clé de voûte. Je m'intéresse essentiellement à la symbolique du Graal, mais beaucoup moins à l'aspect « chasse au trésor » de la question.

Sophie écarquilla les yeux.

— La chasse au Graal ?

Langdon acquiesça avec un léger embarras et répondit du ton le plus persuasif :

— Selon la légende du Prieuré, la clé de voûte est une carte géographique cryptée, qui est censée révéler l'emplacement du Graal.

— Et vous croyez qu'elle peut se trouver dans ce cryptex ?

Il ne savait que lui répondre. Même lui trouvait cela incroyable. Mais il ne pouvait imaginer de conclusion plus logique. *Une pierre creuse et cryptée, cachée sous le signe de la Rose.*

L'idée que c'était Leonardo Da Vinci – ancien Grand Maître du Prieuré – qui avait inventé le cryptex le confirmait toutefois dans cette intuition. *Le croquis d'un ancien Grand Maître... ressuscité plusieurs siècles après sa mort par un autre membre de la même Fraternité.* La connexion était trop séduisante pour être rejetée...

Depuis une dizaine d'années, un certain nombre d'historiens cherchaient cette clé de voûte dans les églises de France. Les passionnés du Graal, habitués aux expressions ambiguës du Prieuré, en étaient arrivés à conclure qu'il s'agissait d'une pierre sur laquelle avait été gravé un texte crypté, mais une réelle clé de voûte soutenant une croisée. *Sous le signe de la Rose.* Ce n'étaient pas les roses qui manquaient dans les cathédrales : fenêtres en rosaces, rosettes sculptées, innombrables cinq-feuilles[1], qui ornaient les clés de voûte... L'idée de la cachette semblait d'une simplicité diabolique. La carte indiquant l'emplacement du Saint-Graal attendait au sommet d'une croisée d'ogives, narguant les visiteurs qui

1. Cinq-feuilles, ou pentapétale : ornement floral à cinq lobes. *(N.d.T.)*

passaient dessous. Il n'y avait que l'embarras du choix.

— Mais ça ne peut pas être ce cryptex-là ! Il n'est pas assez vieux, reprit Sophie. Je suis certaine que c'est mon grand-père qui l'a fabriqué… Ce n'est absolument pas une antiquité.

— En fait, on pense que la clé de voûte n'aurait été créée par le Prieuré qu'au cours des vingt ou trente dernières années…

Le regard de Sophie était toujours incrédule.

— Mais si ce cryptex révèle vraiment l'emplacement du Graal, pourquoi mon grand-père me l'aurait-il transmis à moi ? Je n'avais aucune idée de ce qu'est le Graal…

Elle avait raison. Langdon n'avait pas encore trouvé le temps de lui révéler la vraie nature du Graal. Il décida d'ailleurs de reporter encore une fois l'explication : l'énigme de la clé de voûte était prioritaire.

S'il s'agit bien de la clé de voûte…

Tâchant de couvrir le ronflement des pneus de la camionnette sur le bitume, Langdon lui résuma rapidement ce qu'il savait de la clé de voûte du Prieuré de Sion. Pendant des siècles, le grand secret de la Fraternité – l'emplacement du Graal – n'aurait jamais été noté par écrit. Il était transmis verbalement aux nouveaux sénéchaux, lors d'une cérémonie clandestine. Mais au cours du XXe siècle, des rumeurs avaient circulé selon lesquelles le Prieuré avait changé de procédure. Peut-être était-ce à cause du développement des moyens d'espionnage électronique, en tout cas les frères s'étaient juré de ne plus jamais l'évoquer de vive voix.

— Comment pouvait-on alors transmettre le secret ?

— C'est là qu'intervient la clé de voûte. Lorsque l'un des quatre dirigeants vient à mourir, les trois qui restent sélectionnent parmi les membres ordinaires un nouveau candidat. Mais ils ne lui révèlent pas aussitôt l'emplacement du Graal. Il doit d'abord subir une série d'épreuves au terme desquelles il est, ou non, jugé digne de connaître le grand secret.

Sophie eut l'air gênée par cette information, et Langdon pensa qu'elle lui rappelait les jeux de piste que son grand-père organisait pour elle. Il les appelait *les preuves de mérite*. Le concept de la clé de voûte était sans doute du même ordre. D'ailleurs, les rites initiatiques étaient très répandus dans les sociétés secrètes. Pour s'élever dans la hiérarchie, les francs-maçons devaient se montrer capables de garder un secret, et ce n'est qu'au terme d'épreuves étalées sur plusieurs années, et de rituels toujours plus élaborés, qu'ils accédaient au titre suprême de « maçon du trente-deuxième degré ».

— Donc, conclut Sophie, la clé de voûte était une *preuve de mérite*. Si le candidat aux fonctions de sénéchal réussit à l'ouvrir, il se montre digne de l'information qu'elle renferme...

Langdon hocha la tête.

— J'avais oublié que vous aviez l'expérience de ce genre de rituel…

— Pas seulement par mon grand-père. En cryptographie, on appelle cela un langage qualifiant. Si vous êtes assez malin pour le décrypter, vous êtes autorisé à savoir ce qu'il signifie.

Langdon hésita un instant.

— Il faut que vous sachiez, Sophie, que si ce cryptex est bien la clé de voûte du Prieuré, cela signifie que votre grand-père occupait une place prépondérante dans la Fraternité. Il devait en être l'un des quatre membres dirigeants…

Sophie soupira.

— Je sais qu'il occupait une fonction dirigeante dans une société secrète. Je ne peux que supposer qu'il s'agissait du Prieuré.

— Vous saviez qu'il appartenait à une société secrète ?

— Il y a dix ans, j'ai assisté par hasard à une scène que je n'étais pas censée voir, mais je ne lui ai plus reparlé depuis. Je crois bien qu'il était le numéro un.

— Le Grand Maître ? Mais comment avez-vous pu en arriver à cette conclusion ?

— Je préfère ne pas en parler, dit-elle d'un ton aussi déterminé qu'attristé.

Jacques Saunière, le Grand Maître ? Langdon garda le silence, abasourdi par cette révélation. Malgré ses stupéfiantes implications, il avait l'étrange pressentiment que cette pièce s'imbriquait parfaitement dans le puzzle. Ce ne serait pas la première fois qu'une personnalité du monde des arts, des lettres ou des sciences aurait occupé cette fonction. C'est du moins ce que la Bibliothèque nationale avait révélé quelques années plus tôt, lorsqu'on y avait découvert les *Dossiers secrets*.

Tous les historiens des sociétés secrètes et tous les fanatiques du Graal avaient lu ces manuscrits. Catalogués sous la cote *4° lm1 249*, ils avaient été authentifiés par de nombreux spécialistes, qui tous avaient confirmé ce que les historiens soupçonnaient depuis longtemps : parmi les Grands Maîtres successifs, figuraient les noms de Leonardo Da Vinci, de Botticelli, de Newton, de Victor Hugo, de Debussy et de Jean Cocteau.

Pourquoi pas Jacques Saunière ?

Mais Langdon retomba dans une perplexité accrue quand il se rappela qu'il était censé rencontrer le soir même le vieux conservateur en chef du Louvre. *Pourquoi le Grand Maître avait-il organisé ce rendez-vous avec moi ? Pour échanger des points de vue sur l'art ?* Cette éventualité lui semblait soudain tout à fait improbable. Si l'intuition de Langdon était juste, Saunière voulait transmettre la clé de voûte du Prieuré à sa petite-fille, en lui adjoignant un spécialiste des symboles.

Langdon ne parvenait pas toutefois à imaginer quel concours de circonstances avait poussé Saunière à prendre cette décision ? Même s'il craignait de mourir, ses trois sénéchaux étaient en mesure de préserver le secret. Pourquoi Saunière avait-il pris le risque inimaginable de le transmettre à Sophie, qui avait rompu tout lien avec lui depuis dix ans ?

Il manque encore une pièce au puzzle.

Mais il semblait que la réponse dût attendre. Le moteur ralentit, les pneus crissèrent sur le gravier. *Pourquoi s'arrête-t-il déjà ?* se demanda Langdon. Vernet leur avait promis de les emmener loin de la capitale. Le fourgon se mit à rouler au pas, cahotant sur un terrain accidenté. Sophie jeta un regard inquiet à Langdon avant de rabattre le couvercle du coffret et de fermer la serrure. Langdon l'enveloppa prestement dans sa veste.

La camionnette s'immobilisa, moteur allumé, et la porte arrière s'ouvrit. Ils se trouvaient au milieu d'un bois. Vernet apparut, l'air tendu. Il tenait à la main un pistolet.

— Je suis navré, dit-il, mais je n'ai vraiment pas le choix.

49.

Vernet n'avait pas l'air très expert dans le maniement des armes, mais la détermination qui luisait dans ses yeux découragea Langdon de tenter toute vérification.

— Ne me forcez pas à me répéter, reprit le banquier. Posez cette boîte devant vous.

Sophie serrait la veste de Langdon contre sa poitrine.

— Je croyais que vous étiez un ami de mon grand-père…

— Mon devoir est d'abord de protéger ses biens. Et c'est exactement ce que je suis en train de faire. Et maintenant, posez le coffret par terre.

— Mon grand-père me l'a confié.

— Faites ce que je vous dis ! fit-il d'un ton sec.

Sophie déposa le coffret à ses pieds. Langdon constata que le pistolet se tournait vers lui.

— Apportez-le-moi, monsieur Langdon. Vous êtes bien conscient que, si je vous le demande à vous, c'est parce que je n'hésiterai pas à tirer…

— Mais pourquoi faites-vous cela ? demanda Langdon, encore incrédule.

— À votre avis ? Je protège la propriété de mon client.

— Mais c'est nous vos clients maintenant ! s'exclama Sophie.

Le regard de Vernet se glaça.

— Mademoiselle Neveu, je ne sais pas comment vous et votre ami vous êtes procuré cette clé et le numéro de compte de Jacques Saunière, mais il semble que ce soit par un acte criminel. Si j'en avais été averti plus tôt, je ne vous aurais jamais aidés à quitter ma banque.

— Je vous ai dit que nous n'avons rien à voir avec la mort de Jacques Saunière !

Vernet se tourna vers Langdon.

— Et pourtant, je viens d'entendre à la radio, monsieur Langdon, que vous n'êtes pas seulement recherché pour le meurtre de Saunière, mais aussi pour ceux de trois autres personnes.

— Quoi ? fit Langdon abasourdi.

Trois autres meurtres ? La coïncidence le frappait, plus encore que le fait d'en être soupçonné. *Les trois sénéchaux ?* Non, il ne s'agissait sûrement pas d'une simple coïncidence. Langdon baissa les yeux vers le coffret. Si Saunière savait que ses sénéchaux avaient été tués avant lui, il n'avait d'autre choix que de transmettre la clé de voûte à quelqu'un qui ait toute sa confiance.

— C'est la police qui éclaircira cette affaire, lorsque je vous aurai remis aux autorités. Ma banque n'a déjà été que trop impliquée dans cette affaire.

Sophie le fusilla du regard.

— Vous n'avez aucunement l'intention de nous livrer à la police. Pourquoi ne pas nous avoir reconduits rue de Longchamp, au lieu de nous amener dans ce bois sous la menace d'une arme ?

— Votre grand-père a fait appel à mes services pour une seule et unique raison – assurer la sauvegarde des biens qu'il me confiait. Quel que soit le contenu de cette boîte, je refuse qu'elle disparaisse comme pièce à conviction d'une enquête policière. Monsieur Langdon, apportez-moi ce coffret.

— Non, Robert ! souffla Sophie.

Un coup de feu partit. La balle rebondit sur la tôle blindée de la cloison au-dessus de leur tête, et sa douille retomba près de la portière.

Merde ! Langdon s'immobilisa.

— Allons ! ordonna Vernet, nettement plus impérieux.

Langdon se pencha, ramassa le coffret, et fit quelques pas vers la porte.

— Apportez-moi ce coffret !

Debout en contrebas de la camionnette, Vernet ajusta son angle de tir.

Il faut faire quelque chose, se dit Langdon. *Je ne vais tout de même pas abandonner à ce type la clé de voûte du Prieuré !*

Au fur et à mesure qu'il avançait vers la porte, il se trouvait de plus en plus surélevé par rapport à Vernet. Il pouvait peut-être tirer profit de ce décalage. Bien que dressé vers le haut, le canon du pistolet visait maintenant ses genoux. *Peut-être un coup de pied bien placé ?* Malheureusement, Vernet sembla se rendre compte de ce changement d'angle, et recula de deux mètres pour ajuster sa ligne de mire. Et rester hors d'atteinte.

— Déposez la boîte sur le rebord ! ordonna-t-il.

À court d'inspiration, Langdon avança jusqu'au marchepied du fourgon. Il s'agenouilla et posa le coffret sur le rebord, exactement à l'endroit où les deux portières se superposaient, une fois fermées.

— Maintenant, relevez-vous !

Langdon fit un pas en arrière et aperçut la cartouche vide, retombée près de la porte.

— Reculez ! ordonna Vernet.

Langdon ne bougea pas, les yeux fixés sur le seuil. Puis il se redressa, poussant discrètement du pied la petite capsule de cuivre dans la rainure de verrouillage de la porte. Ensuite, il recula.

— Retournez jusqu'au fond, voilà, maintenant demi-tour, face à la cloison.

Le cœur de Vernet battait à tout rompre. Tenant le pistolet de la main droite, il tendit la main gauche vers le coffret. *Trop lourd. Il me faut mes deux mains.* Il leva les yeux vers ses deux captifs et évalua le risque. Ils devaient se trouver à cinq mètres de lui et ils lui tournaient le dos. Il prit sa décision. Il posa le pistolet sur le pare-chocs, saisit le coffret à deux mains et le posa sur le chemin. Ramassa son arme et les remit en joue. Aucun des deux prisonniers n'avait bougé.

Parfait. Il ne lui restait qu'à refermer la porte. Oubliant momentanément le coffret, il saisit la porte d'une main et commença à la rabattre. Il tendit la main vers le loquet et le tourna vers la gauche. Impossible de fermer, la poignée bloquait à mi-course. *Que se passe-t-il ?* Il força ; toujours rien. La tige métallique refusait d'entrer dans la rainure. Envahi d'une panique soudaine, il tira de toutes ses forces, mais la porte refusa de bouger. *Il y a quelque chose qui coince.* Il pivota, prenant de l'élan pour la forcer d'un coup d'épaule, mais à ce moment précis elle se rabattit violemment sur lui, lui percutant le visage de plein fouet. Le choc le projeta en arrière et il alla s'étaler par terre, étourdi, le nez en sang.

Il vit Langdon sauter à bas du fourgon. Vernet essaya de se redresser, et retomba. Sa vue se brouillait. Il entendit Sophie Neveu crier et, deux secondes après, reçut un nuage de poussière en pleine figure. Les pneus crissèrent sur le gravier et, quand il parvint à s'asseoir, il aperçut le fourgon qui chassait, les roues qui patinaient sur le gravier. Il entendit le crissement d'un pare-chocs à demi arraché contre un tronc d'arbre. Le moteur ronfla, et c'est finalement le pare-chocs qui céda, traîné par la camionnette qui s'éloignait. Lorsqu'elle rejoignit la route goudronnée, elle prit de la vitesse.

Il tourna la tête, fouillant des yeux le chemin mal éclairé.

Le coffret en bois avait disparu.

50.

La Fiat banalisée sortit de l'enceinte de Castel Gandolfo et redescendit la route qui serpentait dans les collines jusque dans la vallée. Assis sur la banquette arrière, Mgr Aringarosa avait le sourire aux lèvres. Rassuré par le poids de l'attaché-case posé sur ses genoux, il se demandait quand il pourrait l'échanger contre le précieux cadeau que lui avait promis le Maître.

Vingt millions d'euros.

Le pouvoir qu'il allait bientôt s'acheter avait incomparablement plus de prix.

La voiture roulait maintenant à vive allure en direction de Rome et il s'étonna que le Maître ne l'ait pas encore contacté. Il sortit son téléphone de sa poche pour vérifier qu'il recevait bien le signal du serveur italien. La connexion était intermittente.

— La connexion n'est pas très bonne par ici, fit le chauffeur, qui l'observait dans le rétroviseur.

Vous devriez pouvoir capter sans problème dans cinq minutes, une fois qu'on sera sortis des montagnes.

— Merci, répondit l'évêque.

Une réelle inquiétude l'envahit soudain. *Et si le Maître avait essayé de l'appeler quand il était là-haut ?* Peut-être les choses avaient-elles mal tourné ?

Il vérifia aussitôt sa messagerie. Rien. Mais le Maître n'aurait jamais pris le risque d'enregistrer un message. Il était bien placé pour connaître les dangers de l'espionnage électronique – c'est par ce moyen qu'il avait obtenu une grande partie de ses prodigieuses informations secrètes. C'était tout de même très ennuyeux de n'avoir aucun numéro pour le joindre…

Il prend toujours un maximum de précautions.

C'était la raison pour laquelle le Maître avait toujours refusé de donner à l'évêque son numéro de téléphone. « *C'est toujours moi qui vous appellerai* », avait-il averti. « *Gardez votre appareil sous la main.* » Aringarosa frémit à l'idée de ce que le Maître pourrait s'imaginer si ses appels étaient restés sans réponse.

Il va penser que j'ai eu un problème.

Que je n'ai pas pu obtenir les titres.

Il s'aperçut qu'il transpirait à grosses gouttes.

Ou pis… que je me suis enfui avec l'argent !

51.

Même à la vitesse modérée de soixante kilomètres heure, le pare-chocs avant du fourgon qui bringuebalait sur la petite route faisait un bruit infernal et envoyait une gerbe d'étincelles jusqu'au niveau du pare-brise.

Il va falloir que je m'arrête, pensa Langdon.

Il distinguait à peine la route devant eux. Le seul phare qui fonctionnait encore s'était en partie déboîté lors du choc contre l'arbre, et projetait un rayon oblique vers le fourré à droite. Le blindage du véhicule n'incluait apparemment pas la calandre.

Assise sur le siège passager, Sophie contemplait le coffret qu'elle tenait à deux mains sur ses genoux.

— Ça va ? demanda Langdon.

— Vous croyez ce qu'il nous a dit, ce Vernet ?

— Pour les trois autres crimes ? Absolument. Cela répond à bien des questions. La décision désespérée de votre grand-père comme l'acharnement de Fache à me coffrer.

— Non, quand il prétend qu'il ne cherchait qu'à protéger la réputation de sa banque...

— Quelle serait son autre motivation ?

— Récupérer le coffret et le garder pour lui.

Langdon n'avait même pas envisagé cette possibilité.

— Et comment saurait-il ce qu'il contient ?

— Il sait qu'il s'agit d'un objet précieux. Il connaissait mon grand-père et il était peut-être au courant de certaines choses. Qui sait ? Il avait envie de mettre la main sur le Graal...

Langdon hocha la tête. Vernet n'avait vraiment pas le profil.

— À ma connaissance, il y a deux sortes de gens qui s'intéressent au Saint-Graal. Les naïfs qui sont persuadés qu'il s'agit du calice ayant recueilli le sang du Christ...

— Et... ?

— Et ceux qui connaissent la vérité, et se sentent menacés par sa découverte. Un grand nombre de gens et d'organisations ont cherché à le détruire depuis plusieurs siècles.

Ils gardèrent le silence, ce qui ne fit qu'accentuer le vacarme du pare-chocs sur le bitume. Ils devaient avoir parcouru une dizaine de kilomètres et Langdon se demandait si le feu d'artifice qui arrosait le capot pouvait représenter un danger. Sans compter qu'une fois arrivés sur une route plus importante ils risquaient d'attirer l'attention d'autres automobilistes.

— Je vais descendre voir si je ne peux pas le redresser...

Il se gara sur le bas côté de la route. Enfin un peu de silence.

En sortant de la camionnette, Langdon s'étonna de se sentir aussi ragaillardi. Avoir échappé pour la deuxième fois à la menace directe d'une arme à feu lui avait donné un second souffle. Il inspira profondément l'air frais de la nuit et s'efforça de rassembler ses esprits. La gravité de sa situation d'homme traqué ne lui cachait pas le poids de la responsabilité que lui créait la situation : Sophie et lui étaient sans doute les détenteurs de la « carte au trésor » d'un des plus anciens mystères de tous les temps.

Comme si ce fardeau n'était pas assez lourd à porter, il se rendait compte qu'il leur était devenu tout à fait impossible de remettre la clé de voûte au Prieuré de Sion. La nouvelle des quatre assassinats laissait supposer que la société secrète avait été infiltrée. S'il n'y avait pas une taupe à l'intérieur, ils étaient surveillés de l'extérieur. Ce qui expliquait pourquoi Saunière avait légué la clé de voûte à Sophie – et lui-même – deux étrangers à la confrérie. *Nous ne pouvons plus la remettre au Prieuré*. Et si lui, Langdon, parvenait à retrouver un des membres de la Fraternité, on ne pouvait exclure que ce soit un ennemi du Prieuré. Jusqu'à nouvel ordre, Sophie et lui étaient les dépositaires de la clé de voûte, qu'ils le veuillent ou non.

L'avant du fourgon était dans un plus triste état que ce qu'il supposait. Il n'y avait plus de phare gauche, et celui de droite pendait lamentablement au bout d'un fil électrique. Langdon le remit en place, mais il retomba. Seule nouvelle positive : le pare-chocs était pratiquement détaché de la carrosserie. Quelques coups de pied devaient en venir définitivement à bout.

En s'acharnant contre le morceau de ferraille, Langdon se rappelait ce que Sophie lui avait confié au musée. *Mon grand-père a laissé un message sur mon répondeur, affirmant qu'il voulait me révéler la vérité sur ma famille.* Cette remarque qui lui avait alors paru insignifiante prenait soudain une nouvelle signification, vu la position éminente de Saunière dans le Prieuré de Sion. Une hypothèse nouvelle se faisait jour.

Le pare-chocs finit par se détacher complètement. C'en serait au moins fini de ce vacarme. Langdon reprit son souffle et le traîna sous un taillis, en se demandant où Sophie et lui pourraient bien aller se réfugier. Ils n'avaient aucune idée du mot de passe qui ouvrait le cryptex. Leur survie semblait dépendre de réponses qu'ils ne trouvaient pas.

Il nous faut une aide. Professionnelle.

Dans le monde des spécialistes du Prieuré et du Graal, un seul homme pouvait les aider. Restait maintenant à faire accepter cette idée à Sophie.

Dans le fourgon blindé, en attendant Langdon, Sophie s'interrogeait sur la présence presque hostile du lourd coffret posé sur ses genoux.

Mais pourquoi mon grand-père a-t-il voulu me transmettre ce coffret ? Réfléchis, Princesse. Fais marcher tes méninges. Ton grand-père est en train d'essayer de te dire quelque chose.

Elle sortit le cryptex de son écrin et contempla les alphabets gravés sur les disques de pierre, où elle reconnaissait la main de son grand-père. *Une preuve de mérite.* « La clé de voûte du Graal est une carte que seuls les valeureux peuvent lire », avait dit Langdon. Cela aussi ressemblait à s'y méprendre à du Jacques Saunière.

Elle caressa des doigts les cinq disques de marbre. *Cinq lettres.* Elle les fit tourner un à un. Le mécanisme fonctionnait sans aucun accroc. Puis elle aligna une lettre de chaque rondelle entre les deux flèches de cuivre serties à chaque extrémité du cylindre. Les cinq lettres formaient un mot d'une évidence presque inepte.

G-R-A-A-L.

Elle tira doucement sur les deux côtés du cylindre, qui ne bougea pas. Elle entendit le vinaigre clapoter à l'intérieur. Elle composa un autre mot.

V-I-N-C-I.

Aucun mouvement.

V-O-U-T-E.

Rien. Le bloc restait soudé.

Les sourcils froncés, elle le reposa dans le coffret et rabattit le couvercle. Elle regarda Langdon à travers le pare-brise, heureuse de l'avoir auprès d'elle. « *P.S. Trouver Robert Langdon.* » Les raisons de son grand-père étaient maintenant évidentes. Il la savait incapable de comprendre seule ses intentions, et lui avait choisi un guide compétent. Un tuteur capable de tout lui expliquer. Malheureusement, Langdon était aussi et surtout la cible de Bézu Fache… ainsi que d'une puissance inconnue, à la poursuite du Graal.

Si tant est que ce Graal en vaille la peine.

Elle se demandait si ce secret méritait qu'elle risque sa vie pour lui.

Le fourgon reprit de la vitesse et le ronflement du moteur leur parut presque silencieux.

— Pouvez-vous nous conduire près de Versailles ? s'informa-t-il.

— Vous voulez faire du tourisme, maintenant ?

— Non, mais j'ai une idée. Je connais un historien des religions qui habite par là. Je ne me rappelle pas exactement où, mais on peut essayer de trouver sur une carte. Je suis déjà allé chez lui plusieurs fois. Il s'appelle Leigh Teabing, il a été l'historien de la monarchie britannique.

— Et il habite en France ?

— C'est un spécialiste et un passionné du Graal. Lorsqu'on a commencé à évoquer le fait que la clé de voûte se trouvait en France, il y a une quinzaine d'années, il est venu s'installer ici pour explorer toutes les églises françaises dans l'espoir de la dénicher. Il a écrit plusieurs ouvrages sur le sujet. Je pense qu'il pourrait nous aider à trouver le mot de passe du cryptex.

— Et on peut lui faire confiance ?

— Pour ne pas nous faucher la clé de voûte ?

— Et pour ne pas nous donner à la police…

— Je n'ai pas l'intention de lui dire que nous sommes recherchés. Mais je pense qu'il ne demandera pas mieux que de nous héberger, le temps de résoudre le problème du mot de passe.

— Robert, je ne sais pas si vous vous rendez compte que nos noms et nos signalements ont été diffusés sur toutes les chaînes de radio et de télévision. Fache s'est arrangé pour compliquer sérieusement nos allées et venues…

Génial, se dit Langdon, *je vais faire mes débuts au Vingt-Heures, en tant « qu'ennemi public numéro un », voilà au moins qui fera plaisir à Jonas Faukman.* Chaque fois que Langdon faisait la une de l'actualité, les ventes de ses livres grimpaient en flèche.

— C'est vraiment un ami fiable ? insista Sophie.

Langdon doutait fort que Teabing soit un téléspectateur assidu, en particulier au milieu de la nuit, mais la question méritait d'être posée. Instinctivement, il pensait qu'il n'y avait rien à craindre de Teabing, et qu'au contraire l'Anglais se mettrait en quatre pour les aider. Tout d'abord, il lui devait un renvoi d'ascenseur pour un service rendu quelques années plus tôt. Mais surtout, la vue du cryptex apporté à domicile par la petite-fille du Grand Maître du Prieuré ne pouvait que le galvaniser.

— Je crois qu'il fera un allié très efficace. En fonction évidemment de ce que nous lui dirons.

— Fache n'a pas dû hésiter à offrir une récompense pour notre capture…, continua Sophie.

— Croyez-moi, l'argent est la dernière chose qui intéresse Leigh Teabing, dit Langdon en riant. Il est le descendant direct du premier duc de Lancaster et, par la vertu du droit d'aînesse, il a hérité de ses parents une immense fortune. Sa propriété près de Meulan est un authentique château du XVIIe siècle, entouré d'un immense parc agrémenté, entre autres, de deux petits lacs.

C'est à la télévision britannique que Langdon avait fait la connaissance de Teabing, quelques années auparavant. L'historien britannique avait proposé à la BBC un documentaire sur l'histoire du Graal. Les producteurs de la chaîne, séduits par les sensationnelles révélations de Teabing, historien chevronné et réputé, avaient néanmoins reculé devant la prévisible levée de boucliers qu'elle risquait de susciter. Soucieuse de ne pas ternir son image de sérieux, la chaîne avait donc demandé qu'il intègre à son film deux ou trois témoignages d'historiens de renom, qui viendraient étoffer le sujet par leurs commentaires.

Langdon faisait partie des élus.

La BBC lui avait payé le voyage en France jusqu'au château de Teabing. Devant les caméras, il avait commencé par avouer son scepticisme initial devant l'existence même du Graal, concédant ensuite que des années de recherches l'avaient forcé à reconnaître la véracité de certains faits. Il avait fini par expliquer comment les correspondances entre divers symboles semblaient corroborer la thèse controversée de Teabing.

Lorsque le film avait été diffusé en Grande-Bretagne, et bien qu'il ait été documenté avec le plus grand sérieux, le sujet était si gênant pour l'Église qu'il avait soulevé une tempête de protestations. Et l'onde de choc s'était propagée jusqu'en Amérique, bien qu'aucune chaîne américaine n'ait acheté l'émission. Langdon avait même reçu une carte postale de l'un de ses vieux amis, évêque catholique de Boston, sur laquelle étaient écrits ces mots : *Toi aussi, Robert ?*

— Robert, insista Sophie, vous êtes *certain* que nous pouvons nous fier à cet homme ?

— Absolument. Teabing et moi sommes confrères. Nous avons déjà travaillé ensemble. Il n'a pas besoin d'argent, il déteste les autorités françaises en général. Le gouvernement français lui extorque des impôts prohibitifs parce qu'il a acquis un monument historique. Je peux vous assurer qu'il n'aura pas la moindre envie de prêter son concours au commissaire Fache.

Sophie gardait les yeux fixés sur la route.

— Supposons qu'on aille chez lui, qu'allez-vous lui dire ?

Langdon ignora les réticences de la jeune femme.

— Avouez qu'il s'agit d'une chance miraculeuse, Sophie ! Teabing est sans doute la personne
la plus compétente sur l'histoire du Graal et du
Prieuré de Sion.

— Plus que mon grand-père ?

— Plus que quiconque à l'extérieur de la Fraternité.

— Et comment savez-vous qu'il n'en fait pas
partie ?

— Parce qu'il a passé toute sa carrière à essayer
de faire connaître la vérité sur le Graal, alors que la
mission du Prieuré est justement de la garder secrète.

— Il y a donc un conflit d'intérêts.

Langdon comprenait très bien son inquiétude.
C'est à elle que Saunière avait transmis le cryptex,
alors qu'elle ignorait totalement ce qu'il contenait
et ce qu'elle allait en faire. Il était normal qu'elle
n'ait guère envie de le confier à un étranger, et elle
avait peut-être raison de se méfier…

— Ce n'est pas la peine de parler immédiatement du cryptex à Teabing. Ni même plus tard.
Une fois réfugiés chez lui, nous aurons tout le
temps de réfléchir à la situation et qui sait, peut-
être qu'en discutant du Graal avec Teabing, vous
comprendrez mieux pourquoi votre grand-père
vous a confié ce coffret.

— C'est à nous deux qu'il l'a confié, précisa
Sophie.

Langdon se sentit fier d'avoir été distingué par
Saunière et se redemanda pourquoi il l'avait choisi.

— Et où est-il, le château de ce M. Teabing ? s'enquit-elle.

— Il s'appelle le château de Villette…

— *Le* château de Villette ?

— Oui.

— Belle bicoque !

— Vous connaissez la propriété ?

— Je suis passée devant, c'est à vingt minutes d'ici.

— Tant que ça ?

— Eh oui… Ça vous laissera le temps de me raconter en quoi consiste vraiment ce Saint-Graal.

— Attendons plutôt d'être là-bas. Comme lui et moi sommes spécialistes de domaines complémentaires, vous aurez un aperçu exhaustif. Et surtout, la légende du Graal est toute sa vie. L'entendre de sa bouche, c'est comme écouter Einstein parler de la relativité…

— Espérons que votre Leigh Teabing ne s'offusquera pas d'être dérangé en pleine nuit.

— Soit dit en passant, c'est *sir* Leigh. Il a été anobli par la reine après avoir rédigé une véritable somme sur l'histoire des Windsor.

— Vous plaisantez ? Vous voulez dire que nous rendons visite à un authentique chevalier ?

Langdon sourit, vaguement gêné.

— S'agissant de la quête du Graal, qui mieux qu'un chevalier pourrait nous aider ?

52.

Le château de Villette était entouré d'une propriété de quatre-vingt-sept hectares, à quelques kilomètres de Meulan. Construit en 1668 par Mansart pour le comte d'Aufflay, dans un parc dessiné par Le Nôtre, on l'appelait souvent *le petit Versailles*.

Langdon arrêta le fourgon devant une imposante grille. Au bout d'une longue allée de plus d'un kilomètre, on apercevait le château, bâti sur un tertre verdoyant. Sur le montant droit du portail, une plaque de cuivre, surmontée d'un interphone, avertissait, en anglais : PROPRIÉTÉ PRIVÉE, DÉFENSE D'ENTRER.

Comme pour proclamer que son domaine était une île britannique à part entière, Teabing non content d'avoir choisi l'anglais pour la signalétique, avait installé l'interphone du côté droit, donc du côté passager, partout en Europe, à l'exception de l'Angleterre.

Sophie jeta un coup d'œil agacé à l'interphone.

— Et quand il n'y a pas de passager ?

— Abstenez-vous de toute remarque à ce sujet. Il veut que tout soit comme à la maison.

Elle baissa sa vitre.

— Je préfère vous laisser lui parler.

En se penchant pour appuyer sur le bouton de l'interphone, Langdon huma l'élégant parfum de la jeune femme et il se rendit compte qu'il la touchait presque. Il attendit, un peu contracté, pendant que la sonnerie d'un téléphone résonnait dans le petit haut-parleur.

— Château de Villette, qui est là ?

— Robert Langdon, un ami de sir Leigh. J'ai besoin de son aide.

— Mon maître dort. Que peut-il y avoir de si urgent ?

— C'est personnel. Mais dites-lui que c'est un sujet d'une grande importance.

— Son sommeil est très important pour lui. Si vous êtes son ami, vous n'ignorez pas son mauvais état de santé…

Teabing avait contracté une polio étant enfant, ses deux jambes étaient appareillées et il se déplaçait sur des béquilles. Mais Langdon l'avait trouvé si plein de vitalité et d'énergie, qu'il en oubliait son infirmité.

— Auriez-vous la gentillesse de lui dire que je viens de découvrir de nouveaux renseignements sur le Saint-Graal, et que cela ne peut malheureusement pas attendre demain.

Suivit un long silence, interrompu par une autre voix, vive et joyeuse :

— Mon cher ami, on dirait que vous êtes resté à l'heure de Boston !

Langdon eut un large sourire en reconnaissant le fort accent britannique.

— Je suis absolument navré de vous déranger à une heure aussi déraisonnable.

— Mon majordome soutient que, non content de sonner à ma grille, vous avez mentionné le Graal...

— Je cherchais un bon moyen pour vous tirer du lit.

— C'est réussi...

— Ouvririez-vous votre porte à un vieil ami ?

— Ceux qui recherchent la vérité sont plus que des amis. Ce sont des frères.

Langdon, habitué au ton volontiers déclamatoire de Teabing, regarda Sophie en levant les yeux au ciel.

— Vous êtes le bienvenu, mais il faut d'abord que je sonde la pureté de votre cœur. C'est une épreuve d'honneur. Vous devrez répondre à trois questions.

Langdon gémit, avant de chuchoter à Sophie :

— Patience, je vous avais prévenue, il est un peu spécial.

— Première question, reprit Teabing d'un ton majestueux. Thé ou café ?

Langdon savait dans quel mépris Teabing tenait l'habitude américaine du café.

— Thé, bien sûr. Earl Grey.

— Votre palais vous honore. Votre deuxième question. Sucre ou lait ?

Langdon hésita.

— Lait, les Anglais prennent du lait, je crois, souffla Sophie

— Lait.

Silence.

— Sucre ?

Teabing ne répondit pas.

Une seconde ! Langdon se souvint brusquement de l'amer breuvage qu'on lui avait servi lors de sa dernière visite. C'était une question piège.

— Citron ! Citron bien sûr, avec de l'Earl Grey.

— Évidemment. (Teabing jubilait visiblement.) Et maintenant la plus difficile. (Teabing ménagea une pause et reprit sur un ton solennel :) En quelle année l'équipe d'aviron de Harvard a-t-elle battu celle d'Oxford au championnat de Henley ?

Langdon n'en avait aucune idée mais il ne voyait qu'une réponse possible :

— Une telle aberration est inimaginable !

Déclic. La grille s'ouvrit.

— Vous êtes un vrai frère. Entrez.

53.

— Monsieur Vernet !

Le gardien de nuit de la Zurichoise de Dépôt parut très soulagé d'entendre son patron au téléphone.

— Où étiez-vous, monsieur le président ? La police est là, tout le monde vous attend !

— J'ai eu un petit problème, répondit Vernet qui ne semblait pas dans son assiette, j'ai besoin de votre aide tout de suite.

À mon avis, c'est un gros problème, pensa le gardien. La banque était encerclée par la police et l'inspecteur venait d'annoncer l'arrivée imminente du chef de la PJ en personne, muni d'un mandat de perquisition.

— Que puis-je faire pour vous, monsieur ?

— Il faut que vous retrouviez le fourgon blindé numéro trois.

Le gardien, interloqué, vérifia le planning de livraisons.

— Il est en bas, monsieur le président. Au garage.

— Justement, non. Il a été volé par les deux individus recherchés par la police.

— Mais comment ont-ils fait pour sortir ?

— Je ne peux pas entrer dans les détails au téléphone, mais le fait est là, et cela pourrait avoir de très graves conséquences pour la banque.

— Que souhaitez-vous que je fasse, monsieur ?

— Je voudrais que vous activiez l'émetteur d'urgence.

Le gardien tourna les yeux vers le boîtier de commande situé au fond de son bureau. Chacun des véhicules blindés de la banque était équipé d'une balise activable à distance. Lui-même avait déjà utilisé une fois ce dispositif de repérage par satellite, à l'occasion du détournement d'un des fourgons blindés. La balise avait permis de localiser le véhicule, les informations avaient été automatiquement communiquées à la préfecture de police, et les malfaiteurs avaient été arrêtés *illico*. Mais ce soir, il avait l'impression que le président tenait à plus de discrétion.

— Monsieur le président, n'oubliez pas que, si la balise est activée, les autorités seront immédiatement informées…

Vernet garda le silence quelques instants.

— Je sais. Déclenchez-la tout de suite. Je reste en ligne. Je veux être informé de l'endroit où ils se trouvent dès que vous recevrez les données.

— Très bien, monsieur.

Trente secondes plus tard, à une soixantaine de kilomètres de là, dissimulé dans le châssis du fourgon numéro trois, le minuscule transmetteur se mettait en marche.

54.

La camionnette remontait la longue allée bordée
de peupliers. Sophie se sentait déjà plus détendue.
Soulagée d'avoir quitté la route, elle trouvait très
rassurante l'idée d'être hébergée par un étranger
aussi accueillant.

Au détour d'un virage, l'imposante silhouette
de pierre grise apparut sur leur droite. Haute de
deux étages et longue d'au moins soixante mètres,
l'austère façade classique du château s'intégrait
parfaitement aux impeccables jardins qui entouraient deux grands bassins carrés.

Les fenêtres du château s'illuminaient les unes
après les autres.

Au lieu d'arrêter le fourgon devant la porte
d'entrée, Langdon alla le garer derrière un bosquet
d'épineux.

— Inutile de risquer d'être aperçus depuis la
route, ou que Teabing s'étonne de nous voir arriver
dans un fourgon blindé déglingué…

Sophie hocha la tête.

— Qu'est-ce qu'on fait du cryptex ? s'enquit-elle. Ce ne serait pas prudent de le laisser ici, mais si Teabing le remarque, il va forcément nous demander ce que c'est…

— Ne vous inquiétez pas.

Il enleva sa veste de tweed en sortant, y enveloppa le coffret et le tint au creux de son bras comme un bébé.

— On ne peut pas dire que ce soit très discret…

— Teabing n'ouvre jamais la porte lui-même, il aime mieux faire une entrée spectaculaire. Je trouverai bien un endroit où le déposer avant qu'il fasse son apparition. Je préfère vous prévenir tout de suite : il a un sens de l'humour que les gens trouvent parfois… étonnant.

Mais ce soir-là, Sophie doutait qu'on puisse encore la surprendre.

Ils suivirent un chemin pavé jusqu'à la porte d'entrée massive, en chêne et merisier sculpté, avec un marteau en cuivre gros comme un pamplemousse. Avant même que Sophie ait pu s'en saisir, la porte s'ouvrit vers l'intérieur.

Un majordome élégant et guindé, le visage sévère, finissait d'ajuster sa cravate, visiblement contrarié d'être dérangé en pleine nuit. Il devait avoir une cinquantaine d'années.

— Sir Leigh va descendre dans un instant. Il est en train de s'habiller. Il n'aime guère accueillir ses visiteurs en chemise de nuit. Puis-je vous débarrasser de votre veste, monsieur ?

— Non, merci.

— Par ici, s'il vous plaît.

Ils suivirent le majordome dans le grand hall carrelé de marbre qui sentait la pierre humide, et pénétrèrent dans un salon délicieusement meublé, éclairé de petites lampes victoriennes aux abat-jour à glands dorés. Il y flottait un arôme mêlé de thé, de sherry et de tabac. Dans le mur d'en face, flanquée de deux armures en cotte de mailles, s'ouvrait une cheminée dans laquelle on aurait pu rôtir un bœuf entier. Le domestique alluma le fagot qui y était préparé. Une magnifique flambée jaillit instantanément.

Il se redressa, lissant sa veste.

— Sir Leigh vous prie de vous considérer comme chez vous.

Et il quitta la pièce, laissant Langdon et Sophie en tête à tête.

Sophie ne savait quel siège adopter près de la cheminée. Le canapé recouvert de velours Renaissance, le fauteuil rustique à pieds en griffes d'aigle, ou l'un des deux sièges de pierre qui semblaient arrachés à une église byzantine ?

Langdon dégagea le cryptex de sa veste et le dissimula sous le canapé. Il enfila sa veste, lissa les rabats du col et sourit à Sophie, tout en prenant place au-dessus de son trésor caché.

Va pour le canapé, se dit Sophie en le rejoignant.

Se réchauffant à la douce chaleur des flammes, elle songea que son grand-père aurait aimé cette pièce aux lambris couverts de tableaux, parmi lesquels elle reconnut un Poussin, le peintre préféré de Jacques Saunière, après Leonardo Da Vinci. Sur le manteau de la cheminée, trônait un buste d'Isis en albâtre.

Au-dessous de la déesse égyptienne, dans le foyer, deux gargouilles en pierre, la gueule ouverte sur des gorges noircies, faisaient office de chenets. Exactement le genre de sculptures qui l'effrayait quand elle était petite, jusqu'à ce que son grand-père la fasse monter dans les tours de Notre-Dame de Paris, un jour d'averse. *« Regarde, Princesse, ces affreuses créatures. Tu entends ce drôle de bruit qu'elles font quand elles recrachent l'eau ? »* Sophie avait souri. *« Elles gargouillent ! C'est pour cela qu'on leur a donné ce nom ! »* Et Sophie n'avait plus jamais eu peur.

Le souvenir de son grand-père accolé à l'atroce réalité de sa mort lui serra le cœur.

Grand-père est mort.

Pour chasser sa tristesse, elle pensa au cryptex et se demanda si Leigh Teabing devinerait le sésame. *Est-ce qu'on doit seulement lui poser la question ?* Jacques Saunière lui avait recommandé de s'adjoindre Robert Langdon, personne d'autre. Elle décida de se fier au jugement de Robert.

— Alors, cher Robert ! clama une voix lointaine. Il semble que vous voyagez en aimable compagnie…

Langdon se leva d'un bond. Sophie l'imita et le suivit au pied du grand escalier de pierre de l'entrée. Sur le palier mal éclairé, une silhouette trapue se dessinait.

— Bonsoir ! fit Langdon. Sir Leigh, je vous présente Sophie Neveu.

— Très honoré…

Il passa sous un lustre et Sophie distingua deux béquilles soutenant deux jambes appareillées.

— C'est très aimable à vous de nous accueillir si tard, dit-elle.

Teabing commença à descendre, posant les deux pieds l'un après l'autre sur chaque marche.

— Ma chère, il est si tard qu'il est même très tôt… Vous n'êtes pas américaine, à ce que j'entends.

— Non, parisienne.

— Votre anglais est absolument parfait.

— Merci. J'ai fait des études à Londres, au Royal Holloway Institute.

— Je comprends… Robert vous a peut-être dit que j'ai fait les miennes à Oxford.

Il fixa Langdon, un sourire malicieux aux lèvres.

— J'avais aussi demandé Harvard, par acquit de conscience…

Il arrivait au bas des marches et Sophie ne lui trouva pas plus l'air d'un chevalier qu'à son compatriote, sir Elton John. Très corpulent, il avait des yeux noisette pleins de gaieté et de malice assortis à son épaisse chevelure rousse et bouclée. Il portait sur ses jambes infirmes un pantalon à pinces, et une large chemise de soie sous un gilet à motifs cachemire. Mais il se tenait bien droit, avec une dignité

énergique qui semblait plus naturelle que volontaire.

La main tendue, Teabing se dirigea vers Langdon.

— Vous avez maigri, mon cher Robert !

— Je ne peux pas en dire autant de vous…

Teabing se caressa le ventre en riant de bon
cœur.

— Touché ! Depuis quelque temps, mes seuls
plaisirs charnels sont culinaires…

Il se tourna vers Sophie et lui prit la main, qu'il
effleura des lèvres.

— Milady !

Sophie leva des yeux écarquillés vers Langdon,
comme pour lui demander s'ils n'étaient pas re-
tournés un siècle en arrière ou s'ils se trouvaient
dans un asile de fous.

Le domestique apportait le plateau du thé et ils
le suivirent au salon.

— Je vous présente Rémy Legaludec, mon
serviteur.

Le mince majordome fit un signe de tête et
s'effaça.

— Rémy est lyonnais, chuchota Teabing comme
s'il s'agissait d'une maladie honteuse, mais il
réussit les sauces à merveille.

— Je vous voyais plutôt important votre personnel d'Angleterre…, fit Langdon.

— Mon Dieu, non ! Il n'y a qu'à mon percepteur
que je conseillerais un chef cuisinier britannique !

Et se tournant vers Sophie :

— Pardonnez-moi, mademoiselle ! Croyez bien que ma répugnance pour les Français se limite aux hommes politiques et aux joueurs de football. Votre gouvernement me prend tout mon argent et votre équipe nationale nous a gravement humiliés tout récemment.

Sophie le gratifia d'un large sourire.

Teabing les regarda longuement et se tourna vers Langdon :

— Mais il vous est arrivé quelque chose... Vous m'avez l'air bien remués tous les deux...

— Nous venons de passer une soirée... particulière.

— Je n'en doute pas, pour vous présenter chez moi à trois heures du matin en me parlant du Graal... Dites-moi, était-ce sincère, ou avez-vous choisi l'unique argument capable de me tirer du lit au milieu de la nuit ?

Un peu les deux, pensa Sophie, en songeant au cryptex camouflé sous le divan.

— Mon cher Leigh, nous sommes venus vous parler du Prieuré de Sion.

Les épais sourcils broussailleux de l'Anglais s'arquèrent de curiosité.

— Les gardiens du Graal ? Vous disposez donc de nouvelles informations sur le sujet ?

— Peut-être. Nous n'en sommes pas encore tout à fait sûrs. Mais nous en saurons peut-être plus si vous commencez par nous éclairer un peu sur la question.

Teabing pointa sur lui un index réprobateur.

— Oh ! Le vilain Américain calculateur... Je vois que je n'obtiendrai rien gratuitement. Très bien, je suis à votre service. Que voulez-vous savoir ?

Langdon soupira.

— Je me demandais si vous auriez la gentillesse d'expliquer à Mlle Neveu ce que vous savez de la véritable nature du Graal...

Teabing posa sur Sophie un regard incrédule.

— Parce qu'elle l'ignore ?

Langdon secoua la tête.

L'œil de Teabing s'alluma.

— Vous voulez dire que vous m'avez amené une vierge ?

Langdon se tourna vers la jeune femme avec une grimace amusée.

— Le mot *vierge*, expliqua-t-il à Sophie, est le nom que les fanatiques du Graal donnent aux néophytes.

— Que savez-vous, exactement, ma pauvre petite ? interrogea Teabing avec empressement.

Elle s'exécuta, répétant les explications de Langdon sur le Prieuré, les Templiers, les documents du Sang réal, le fait que le Graal n'était sans doute pas le calice du Christ, mais probablement « quelque chose » de beaucoup plus impressionnant.

Teabing fusilla Langdon du regard.

— Je vous croyais plus gentleman, Robert ! Comment avez-vous pu la priver du meilleur ?

— Peut-être pourrions-nous, vous et moi...

Langdon avait décidé de couper court à ce dérapage métaphorique.

Teabing fixait Sophie intensément.

— Vous êtes une vierge du Graal, ma chère Sophie et, croyez-moi, vous n'oublierez jamais votre première fois !

55.

Assise auprès de Langdon sur le canapé, Sophie se sentait renaître sous l'effet du thé et des scones beurrés servis par Rémy. Teabing était debout devant le feu, alerte et rayonnant.

— Le Saint-Graal ! commença-t-il avec emphase. La plupart des gens se contentent de me demander où il est. Je crains fort de ne jamais pouvoir leur apporter de réponse.

Il se tourna vers Sophie.

— Alors que la seule question intéressante concerne sa nature. Qu'est-ce véritablement que le Graal ?

Sophie sentit vibrer l'âme de ces deux fervents d'histoire.

— Pour bien comprendre ce qu'est le Graal ma chère Sophie, il faut d'abord connaître la Bible. Êtes-vous familière du Nouveau Testament ?

— Absolument pas. J'ai été élevée par un homme qui adulait Leonardo Da Vinci…

Teabing eut l'air à la fois surpris et heureux.

— Un libre penseur, c'est magnifique ! Dans ce cas, vous n'ignorez certainement pas que Leonardo Da Vinci était l'un des gardiens du secret du Saint-Graal. Et qu'il en a laissé des indices dans ses œuvres.

— C'est ce que Robert m'a dit.

— Mais savez-vous ce qu'il pensait du Nouveau Testament ?

— Je n'en ai pas la moindre idée.

Teabing montra du doigt la bibliothèque murale à l'intention de Langdon.

— Robert, cela vous ennuierait de… Sur l'étagère du bas, *La Storia di Leonardo*.

Langdon traversa le salon et rapporta un grand livre d'art, qu'il posa sur la table basse placée entre le divan et la cheminée. Teabing le tourna vers Sophie et l'ouvrit à la deuxième de couverture, où figurait une série de citations.

— Ce sont des extraits de ses carnets de polémique et de spéculation. Lisez ceci, dit-il en posant le doigt en face d'une ligne de texte, vous verrez que c'est tout à fait en rapport avec notre conversation.

Sophie lut à voix haute :

Beaucoup ont fait commerce de l'illusion et des faux miracles,
Pour tromper l'ignorante multitude
– Leonardo Da Vinci

— En voici une autre :

C'est l'ignorance qui nous aveugle et nous égare
Ouvrez les yeux, ô misérables mortels !
– LEONARDO DA VINCI

Sophie frissonna.

— Il parlait de la Bible ?

Teabing hocha la tête.

— Ses opinions sur la Bible étaient directement liées au Graal. En fait, il a *peint* le Saint-Graal. Je vais vous le montrer dans un instant. Mais parlons d'abord de la Bible. Et tout ce que vous devez en savoir, le professeur Martyn Percy, docteur en droit canon, l'a exprimé en une phrase : « La Bible n'a pas été transmise par fax céleste. »

— Pardon ? fit Sophie.

— La Bible est une œuvre humaine, qui a été écrite par une foule de personnes différentes, à des périodes diverses, souvent obscurantistes. Et elle a constamment évolué, à travers d'innombrables traductions, additions et révisions. On n'a jamais connu dans l'Histoire de version définitive.

— Je vois.

— Jésus-Christ a exercé une influence absolument stupéfiante, c'est probablement le leader le plus charismatique de tous les temps. Le Messie annoncé par les prophètes a renversé des rois, inspiré des centaines de millions de fidèles, et fondé l'une des philosophies les plus influentes de toute l'histoire de l'humanité. En tant que descendant

373

des lignées de Salomon et de David, il aurait pu prétendre au titre de roi des Juifs, et il est compréhensible que sa vie ait été narrée par des milliers de disciples sur la terre d'Israël. Plus de quatre-vingts évangiles auraient pu figurer dans le Nouveau Testament, mais seulement quatre d'entre eux ont été retenus – ceux de Matthieu, de Marc, de Luc et de Jean.

— Et qui a décidé de la sélection ?

— Ah ! s'esclaffa Teabing, c'est là l'ironie fondamentale du christianisme. La Bible, telle que nous la connaissons aujourd'hui, a été collationnée par un païen, l'empereur Constantin le Grand.

— Je croyais qu'il était chrétien, s'étonna Sophie.

L'historien pouffa de rire.

— Si on veut… Il a passé toute sa vie dans le paganisme, mais a été baptisé sur son lit de mort, trop faible pour protester. Pendant son règne, la religion officielle de Rome était le culte du *Soleil invincible – Sol invictus –*, et c'est l'empereur qui en était le grand prêtre. Malheureusement pour Constantin, l'Empire romain était alors en proie à une grande agitation religieuse. Au cours des trois siècles suivant la crucifixion de Jésus, le nombre de ses disciples avait connu une croissance exponentielle. Chrétiens et païens s'affrontaient constamment, et le conflit avait pris de telles proportions qu'il menaçait de diviser l'Empire. Constantin se rendit compte qu'il fallait faire quelque chose et, en l'an 325, il décida 'unifier Rome sous la bannière d'une seule et nique religion, le christianisme.

— Mais pourquoi avoir choisi le christianisme, s'étonna Sophie, s'il était païen ?

— C'était un homme d'affaires avisé. L'essor du christianisme l'avait persuadé que c'était le meilleur cheval sur lequel miser. Les historiens s'émerveillent encore de l'exploit qu'il a accompli en forçant tout un peuple païen à se convertir. Par une astucieuse fusion des dates, des rituels et des symboles païens dans la tradition chrétienne en formation, il a réussi à créer une religion hybride, assimilable par tous ses sujets.

— Une véritable métamorphose, ajouta Langdon. La présence de vestiges païens dans la symbolique chrétienne est absolument indéniable. Le disque solaire du dieu égyptien est devenu l'auréole des saints, le pictogramme d'Isis allaitant son nouveau-né Horus a servi de base aux images de la Vierge et de l'Enfant Jésus. Une majorité des éléments du rituel catholique, comme la mitre, l'autel, la doxologie[1] et l'eucharistie – le fait de manger le corps de Dieu –, tout cela vient en droite ligne des religions païennes de l'Antiquité.

— Si vous lancez un expert en symboles sur ce terrain, siffla Teabing, vous en aurez pour le restant de la nuit. Mais il est vrai qu'il n'y avait pas grand-chose de purement chrétien dans la

1. Formule de louange à Dieu. (N.d.T.)

375

nouvelle religion proclamée par Constantin. Le dieu Mithra[1] était depuis longtemps appelé Fils de Dieu et Lumière du Monde. On célébrait sa naissance le 25 décembre, qui était aussi la fête anniversaire d'Osiris, d'Adonis et de Dionysos. Il a été enterré dans une caverne rocheuse, et il est ressuscité trois jours plus tard. Le nouveau-né Krishna a reçu en cadeau de l'or, de l'encens et de la myrrhe. Même le jour saint hebdomadaire a été calqué sur celui des païens.

— Comment cela ?

— À l'origine, expliqua Langdon, les chrétiens honoraient le sabbat juif le samedi. C'est Constantin qui l'a déplacé pour le faire coïncider avec la célébration du dieu Mithra. Aujourd'hui, la plupart des chrétiens assistent au service dominical, sans savoir qu'ils célèbrent la fête du dieu Soleil[2].

Sophie se sentait un peu perdue.

— Et comment tout cela peut-il être lié au Saint-Graal ?

— J'y arrive, dit Teabing. Pour consolider la toute récente tradition chrétienne, l'empereur Constantin avait besoin de structurer la communauté des fidèles. C'est dans ce but qu'il a convoqué le concile de Nicée, en 325.

1. Dieu solaire de l'ancien Iran, dont le culte se répandit dans le monde hellénistique, puis romain. *(N.d.T.)*

2. Le mot anglais *sunday* (dimanche) signifie jour du soleil. *(N.d.T.)*

Sophie avait vaguement entendu parler du *Credo* de Nicée[1].

— Au cours de ce concile œcuménique, on a débattu et voté sur de nombreux aspects du christianisme : la date de Pâques, le rôle des évêques, l'administration des sacrements et, bien entendu, la divinité de Jésus.

— Sa divinité ? Je ne vous suis pas…

— Ma chère Sophie, Jésus n'était jusqu'alors considéré que comme un prophète mortel – un homme exceptionnel en tous points, certes – mais mortel.

— Pas le fils de Dieu ?

— C'est justement le concile de Nicée qui l'a déclaré tel après un vote.

— Vous êtes en train de me dire que la divinité de Jésus résulte d'un vote ?

— Et, qui plus est, un vote assez serré. Mais la question était cruciale pour l'unification de l'Empire romain, comme pour le pouvoir de la nouvelle Église. Un Jésus divin transcendait la réalité du monde humain, et sa puissance n'était plus discutable. On intimidait ainsi les païens récalcitrants, tout en signifiant aux chrétiens qu'ils n'obtiendraient leur salut que par l'obédience à l'Église catholique romaine.

Sophie tourna les yeux vers Langdon, qui hocha la tête en signe d'assentiment.

1. Credo baptismal de l'Église orthodoxe. *(N.d.T.)*

— Ces décisions exprimaient bien sûr avant tout des enjeux de pouvoir, reprit Teabing. Il était absolument vital pour le bon fonctionnement de l'Église et de l'Empire que Jésus soit reconnu comme le Messie annoncé par les prophètes. Certains historiens prétendent que l'Église romaine a tout simplement *volé* Jésus aux premiers chrétiens, qu'elle a détourné son enseignement, qu'elle l'a instrumenté pour étendre sa propre puissance. J'ai moi-même écrit quelques ouvrages sur ce sujet.

— Vous avez dû être submergé de lettres incendiaires de chrétiens fervents ?

— Détrompez-vous. La grande majorité des chrétiens éclairés connaissent bien l'histoire de leur foi. Et Jésus était certainement un grand homme. Les sournoises manœuvres politiques de l'empereur Constantin ne retirent rien à la beauté de la vie du Christ et à la force de son message. Aucun historien n'a jamais prétendu que Jésus était un imposteur, ni nié son existence, ou la fantastique influence qu'il a exercée sur des milliards d'individus pendant vingt siècles. Personne n'a jamais insinué que son enseignement et ses actes n'étaient pas destinés à rendre les hommes meilleurs. Tout ce que nous disons, c'est que Constantin a utilisé l'influence de Jésus à des fins politiques. Et que c'est lui qui a façonné pour une grande part le visage actuel du christianisme.

Sophie jetait des coups d'œil de plus en plus fréquents au grand livre ouvert sur la table. Elle avait hâte de découvrir ce fameux tableau où Leonardo Da Vinci avait représenté le Saint-Graal.

Devinant son impatience, Teabing se mit à parler plus vite :

— Ce qui nous dérange, c'est que ce « coup de pouce » divin au statut de Jésus soit intervenu trois siècles après sa mort. Il existait déjà des centaines de textes qui racontaient sa vie d'homme – d'homme mortel. Pour pouvoir réécrire son histoire, l'empereur devait réaliser un coup d'audace. Et c'est là que se place le virage décisif de l'histoire chrétienne. Constantin a commandé et financé la rédaction d'un Nouveau Testament qui excluait tous les évangiles évoquant les aspects humains de Jésus, et qui privilégiait – au besoin en les « adaptant » – ceux qui le faisaient paraître divin. Les premiers évangiles furent déclarés contraires à la foi, rassemblés et brûlés.

Langdon ajouta :

— Détail intéressant, tous ceux qui préféraient les évangiles apocryphes[1] à ceux que Constantin avait sélectionnés furent considérés comme hérétiques. Le mot *hérésie*, au sens de « doctrine non conforme », date d'ailleurs de cette époque. Le mot grec *airesis* signifiait « choix ». Les premiers hérétiques furent donc les chrétiens qui avaient choisi de croire à l'histoire originelle de Jésus.

— Heureusement pour les historiens, reprit Teabing, certains de ces évangiles interdits ont

1. Du grec *apokruphos*, « rendu secret ». Que l'Église n'admet pas dans le canon biblique. *(N.d.T.)*

survécu. On a découvert en 1947 *Les Manuscrits de la mer Morte* dans une grotte, à Qumran, en plein désert de Judée. Et on avait trouvé en 1945 les parchemins coptes d'Hag Hammadi. Tous ces textes racontent la véritable histoire du Graal, tout en relatant le ministère de Jésus sous un angle très humain. Ils font aussi allusion à la véritable nature du Saint-Graal. Fidèle à sa tradition de désinformation, le Vatican s'est bien entendu donné un mal fou pour empêcher leur publication. On comprend aisément pourquoi : ces documents mettent en lumière les incohérences et les inventions pures et simples de la Bible de Constantin, et confirment le fait qu'elle a été compilée et rédigée en fonction d'un programme politique : promouvoir la divinité de Jésus et se servir de son influence pour consolider le pouvoir en place.

— Et pourtant, fit remarquer Langdon, il faut le reconnaître, le souci qu'a le Vatican de gommer l'importance de ces écrits provient de ce qu'il croit dur comme fer au dogme de la divinité de Jésus-Christ. Les dirigeants de l'Église catholique sont sincèrement persuadés que les textes contraires au dogme ne peuvent qu'être de faux témoignages.

Teabing s'assit en face de Sophie en laissant échapper un rire sarcastique :

— Comme vous le voyez, le professeur Langdon est beaucoup plus tendre que moi avec le Vatican. Il a toutefois raison en ce qui concerne le clergé contemporain, pour qui ces documents sont un faux témoignage. Ce qui est bien compréhensible, étant donné que la Bible de Constantin est considérée comme vérité d'Évangile depuis dix-sept siècles. Personne n'est plus endoctriné que les endoctrineurs.

— L'homme a toujours tendance à adorer le Dieu de ses pères, expliqua Langdon.

— Ce que je veux dire, c'est qu'une grande partie de ce que l'Église nous a enseigné – et nous enseigne encore – sur Jésus est tout simplement faux. Autant que les légendes du Saint-Graal.

Sophie relut la citation de Leonardo Da Vinci.

C'est l'ignorance qui nous aveugle et nous égare.
Ouvrez les yeux, ô misérables mortels !

Teabing feuilleta le livre et l'orienta dans sa direction.

— Pour terminer, avant de vous montrer d'autres œuvres de Leonardo Da Vinci évoquant le Graal, je voudrais que vous jetiez un œil sur ceci.

Il ouvrit le volume au milieu, sur une double page couleur.

— Je pense que vous connaissez ?

Pour qui me prend-il ?

Elle avait sous les yeux une reproduction de la fresque la plus célèbre de tous les temps : la *Sainte Cène*, peinte par Leonardo Da Vinci pour l'église Santa Maria delle Grazie, à Milan, qui représentait le dernier repas de Jésus avec ses disciples, au moment où il leur annonce que l'un d'eux l'a trahi.

— Oui, bien sûr !

— Alors vous accepterez peut-être de vous prêter à un petit jeu ? Fermez les yeux, s'il vous plaît.

Avec une moue sceptique, elle obéit.

— Où est assis Jésus ?

— Au centre de la table, avec les apôtres de part et d'autre.

— Très bien.

— Que mangent-ils ?

— Du pain, bien sûr.

— Et que boivent-ils ?

— Du vin.

— Parfait. Une dernière question : combien y a-t-il de coupes sur la table ?

Se doutant qu'il s'agissait d'une question piège, Sophie réfléchit avant de répondre.

« Après le repas, Jésus prit la coupe de vin, la bénit et la donna à ses disciples en disant... »

— Une seule, affirma-t-elle. Le calice, la coupe du Graal. Jésus a fait passer une unique coupe à ses apôtres, de même qu'un seul calice sert à la communion dans le christianisme moderne.

— Maintenant, ouvrez les yeux.

Teabing avait un sourire ravi.

Sophie se pencha sur la reproduction. Tous les apôtres, ainsi que Jésus, avaient devant eux un petit verre rempli de vin. Treize en tout. Il n'y avait pas de calice. Pas de Saint-Graal.

Les yeux de Teabing pétillaient de joie.

— C'est bizarre, vous ne trouvez pas ? Quand on sait que le dogme établi par la Bible – tout comme la légende du Graal – évoque unanimement le calice dans lequel le Christ avait transformé le vin en son propre sang. Comment se fait-il que Leonardo Da Vinci ne l'ait pas représenté ?

— Les historiens de l'art ont bien dû proposer une ou deux explications...

— Vous seriez très surprise d'apprendre le nombre d'anomalies que comporte cette fresque, et que l'histoire de l'art a totalement ignorées, innocemment ou sciemment. Elle est en fait la clé de tout le mystère du Graal. En réalité, Leonardo l'y étale clairement sous nos yeux.

Sophie observa très attentivement la double page.

— C'est là qu'on voit ce qu'est vraiment le Graal ?

— Pas *ce* qu'il est, mais *qui* il est. Le Graal n'est pas une chose... c'est une personne.

56.

Sophie dévisagea Teabing plusieurs secondes
avant de se tourner vers Langdon :

— Le Saint-Graal est une personne ?

L'Américain hocha la tête.

— Oui, c'est même une femme.

Il lut dans ses yeux la même surprise que celle
qui l'avait lui-même saisi la première fois qu'il
avait entendu cette affirmation. Seule l'étude de
la symbolique du Graal lui avait permis de
comprendre son aspect féminin.

Teabing semblait avoir lui aussi constaté l'incrédulité de la jeune femme.

— Mon cher Robert, je crois que c'est maintenant à vous d'éclairer notre jeune novice.

Il se dirigeait vers une petite table, d'où il rapporta une feuille de papier qu'il déposa en face
de son ami. Langdon sortit son stylo de sa
poche.

— Dites-moi, Sophie, commença-t-il, vous connaissez sans doute les icônes modernes du masculin et du féminin ?

Il dessina les deux symboles : ♂ et ♀

— Oui, bien sûr.

— On pense souvent à tort que le symbole de l'homme représente un bouclier et une lance, et celui de la femme un miroir reflétant la beauté. Mais ils proviennent en fait de symboles astronomiques très anciens : ceux du dieu/planète Mars et de la déesse/planète Vénus, qui avaient autrefois une forme beaucoup plus simple.

Il traça un autre dessin sur le papier :

∧

— Voici l'icône originale du masculin, une sorte de phallus stylisé.

— Quel réalisme !… dit Sophie.

— Si on veut…, fit Teabing.

Langdon reprit :

— On l'appelle la *Lame*. Elle représente l'agression et la virilité. Ce symbole phallique est encore utilisé comme insigne des grades militaires.

— Évidemment…, persifla Teabing, plus on a un grade élevé, plus on a un gros pénis. Les hommes seront toujours les hommes…

Langdon fit une grimace.

— Et comme on pouvait s'y attendre, l'icône de la féminité est son exact opposé. On l'appelle le *Calice* :

∨

Sophie leva vers lui un regard étonné.

Elle avait compris.

— Le calice ressemble à une coupe, ou à un vase. Plus significatif, il symbolise l'utérus, emblème de féminité et de fécondité.

Il la regarda droit dans les yeux.

— Si la légende raconte que le Graal est un calice, c'est en fait une allégorie destinée à protéger sa véritable nature.

— C'est une femme…, conclut Sophie.

— Exactement. Le Graal est littéralement l'ancien symbole féminin, le Féminin sacré, la déesse, cette dimension religieuse perdue, éradiquée par l'Église. Les anciennes images sacrées du pouvoir procréateur de la femme représentaient une menace pour la puissance naissante d'une Église à prédominance masculine. Le Féminin sacré a donc été diabolisé, considéré comme impur. C'est l'homme, et non pas Dieu, qui a inventé le péché d'Ève, celle qui a croqué la pomme et provoqué la chute de l'humanité. La femme, autrefois donneuse de vie, est ainsi devenue l'ennemie de la foi.

— Je me permettrai d'ajouter, interrompit Teabing, que le concept de la femme comme source de vie était fondamental dans les religions anciennes. Mais la philosophie chrétienne a détourné cette puissance créatrice au profit de l'homme, en occultant une réalité biologique. La Genèse nous dit qu'Ève a été créée à partir d'une côte d'Adam, rabaissant ainsi la femme au rang de « sous-produit » de l'homme et, qui plus est, pécheresse. L'Ancien Testament sonne la fin du règne de la déesse.

— Le Graal, renchérit Langdon, symbolise la déesse perdue. Les traditions païennes n'ont pas disparu si rapidement avec la montée du christianisme. La quête du Graal perdu symbolise la recherche de l'ancien Féminin sacré. Le prétendu calice était pour les chevaliers du Graal un symbole-écran, un moyen de se protéger d'une Église qui avait banni la déesse, asservi la femme, brûlé les païens et les hérétiques.

— Mais je croyais que le Graal était un être humain ayant existé.

— C'en est un, ou plutôt une ! répliqua Langdon.

— Et pas n'importe laquelle ! lâcha Teabing en se relevant péniblement de son fauteuil. Une femme détentrice d'un secret tellement grave que sa révélation menaçait de détruire les fondements de la chrétienté.

— Mais a-t-elle laissé une trace dans l'Histoire ? demanda Sophie, éberluée.

— Et comment ! s'exclama Teabing. Et maintenant, chers amis, si vous voulez bien me suivre dans mon bureau, je me ferai un honneur de vous montrer le portrait qu'en a fait Leonardo Da Vinci.

Il ramassa ses béquilles et se dirigea vers le hall d'entrée.

À quelques mètres de là, dans sa cuisine, Rémy Legaludec regardait à la télévision une chaîne d'informations qui diffusait les photos d'un homme et d'une femme... ceux-là mêmes auxquels il venait de servir le thé.

57.

L'inspecteur Collet faisait le planton devant la Zurichoise de Dépôt, se demandant pourquoi le commissaire Fache tardait tant à arriver avec le mandat de perquisition. Les employés de la banque cachaient de toute évidence quelque chose. Ils prétendaient que Robert Langdon et Sophie Neveu s'étaient effectivement présentés à l'accueil au début de la nuit, mais n'avaient pas pu y entrer, faute des éléments d'identification nécessaires.

Dans ce cas, pourquoi refusent-ils de nous laisser entrer ?

La sonnerie de son portable retentit enfin. C'était un des policiers restés au PC du Louvre.

— Est-ce qu'on a le mandat de perquisition ? demanda Collet.

— Vous pouvez laisser tomber la banque. On vient d'avoir un tuyau sur l'endroit où se trouvent Langdon et Neveu.

Collet tomba assis de tout son poids sur le capot de sa voiture.

— Vous plaisantez ?

— J'ai une adresse en banlieue. Quelque part près de Versailles.

— Est-ce que le commissaire Fache est au courant ?

— Je n'ai pas encore réussi à le joindre. Sa ligne est occupée.

— Donnez-moi l'adresse. Je file là-bas. Dites à Fache de m'appeler dès qu'il le pourra.

Il nota les coordonnées et sauta dans sa voiture. Il avait déjà démarré quand il s'aperçut qu'il n'avait même pas demandé comment on avait obtenu l'information. Peu lui importait, d'ailleurs. Il avait enfin une chance de rattraper ses gaffes précédentes en effectuant la plus belle arrestation de sa carrière

Il envoya un message radio aux cinq véhicules qui le suivaient.

— Pas de sirènes, les gars. On ne va quand même pas les prévenir de notre arrivée…

À quarante kilomètres de là, une Audi noire se garait au bord d'un champ, en contrebas d'une petite route départementale. Silas sortit de la voiture et contempla derrière la clôture le vaste parc au fond duquel un château luisait dans le clair de lune.

Toutes les lumières du rez-de-chaussée étaient allumées. *Inhabituel à cette heure*, se dit-il avec un sourire. Les indications que lui avait données le

Maître s'étaient avérées d'une parfaite exactitude. *Je ne quitterai pas cette maison sans la clé de voûte*, se jura-t-il. *Le Maître et Mgr Aringarosa peuvent compter sur moi.*

Il vérifia le chargeur de son Heckler & Koch à treize coups avant de le lancer par-dessus la clôture. Puis, prenant appui sur ses deux bras, il enjamba la barrière, sans prêter attention aux éraflures que le cilice creusait dans sa cuisse. Il ramassa son arme et commença à remonter la pelouse.

58.

Le « cabinet de travail » de Teabing ne ressemblait à aucun des bureaux, même les plus luxueux, que Sophie avait jamais vus. Six à sept fois plus vaste, cette immense pièce tenait à la fois du laboratoire scientifique, du service d'archives, de la bibliothèque et de la boutique de brocanteur. Elle était éclairée par trois grands lustres au plafond, le sol pavé encombré de tables qui disparaissaient sous les livres, les objets d'art, et une quantité impressionnante de matériel électronique – ordinateurs, projecteurs, microscopes, imprimantes, photocopieurs et scanners.

— J'ai récupéré la salle de bal, bougonna-t-il. Je n'ai pas souvent l'occasion de danser…

Sophie avait décidément l'impression que cette nuit était une sorte de quatrième dimension à mi-chemin de la réalité et de la fiction.

— Vous vous servez de tout cela pour votre travail ? s'enquit-elle.

— La seule chose qui m'intéresse dans la vie, c'est la poursuite de la vérité. Et le Saint-Graal est ma maîtresse favorite.

Le Saint-Graal est une femme, se répétait Sophie, en tentant de trier un peu cette foule d'informations qui n'avaient toujours pas de sens pour elle.

— Et vous dites que vous allez me montrer un tableau représentant cette femme que vous prétendez être le Saint-Graal ?

— Ce n'est pas moi qui le prétends. C'est Jésus-Christ lui-même qui l'a proclamé le dernier.

— Duquel de tous ces tableaux s'agit-il ? demanda Sophie en balayant les murs du regard.

— Voyons, voyons, fit Teabing en simulant un trou de mémoire. Le Saint-Graal... Le Sang réal... Le Calice.

Soudain, il pivota pour se tourner vers le mur du fond, où s'étalait, sur près de trois mètres de large, une reproduction de la *Cène* de Milan.

— La voilà !

— C'est la fresque que vous venez de me montrer dans le livre...

— Bien sûr, mais les grands formats sont tellement plus excitants, vous ne trouvez pas ?

— Je suis complètement perdue..., dit Sophie en se tournant vers Langdon, qui lui répondit en souriant :

— C'est vrai, le Saint-Graal figure dans la fresque de Milan. Et en très bonne place.

— Mais vous m'avez dit que c'était une femme, alors que dans la *Cène*, il n'y a que des hommes !

— Venez voir de plus près, dit Teabing.

Ils s'approchèrent du mur tous les trois. Sophie parcourut attentivement des yeux la grande photo. Il y avait bien treize personnages : Jésus au centre, six disciples à sa gauche et six à sa droite.

— C'est bien cela ! s'exclama-t-elle. Treize hommes : Jésus et ses douze apôtres.

— Regardez bien la personne qui est assise à la place d'honneur, à droite du Seigneur, insista Teabing.

Le plus près possible, elle observa le visage et le buste qui dépassaient de la table. Les longs cheveux, les petites mains fines, la poitrine légèrement arrondie, la courbe gracieuse du cou, l'expression retenue… Sophie n'en croyait pas ses yeux.

— C'est une femme ! s'écria-t-elle.

Teabing riait de toutes ses dents.

— Surprise, surprise ! Et croyez-moi, ce n'est pas une erreur. Léonard était tout à fait capable de marquer les différences entre les deux sexes…

Sophie ne pouvait détacher ses yeux de cette jolie jeune femme. *La* Cène *est censée représenter treize hommes. Qui est donc cette femme ?* Elle avait admiré de nombreuses fois cette fresque, sans jamais y remarquer la moindre fausse note.

— Il est très rare que l'on s'en aperçoive, enchaîna Teabing. La notion préconçue que l'on a du tableau l'emporte sur nos capacités d'observation et empêche notre cerveau de remarquer ce qui ne cadre pas avec elle.

— C'est un phénomène visuel qu'on appelle *scotome*, ajouta Langdon, une sorte de « lacune » dans le champ visuel.

— Une autre explication, c'est que la plupart des reproductions de la *Cène* datent d'avant sa restauration, qui n'a été achevée qu'en 1954. On a dû retirer, millimètre par millimètre, les couches de crasse et de peinture rajoutée au XVIIIe siècle par des mains maladroites, pour rendre à nouveau visible l'œuvre de Leonardo Da Vinci, telle qu'il l'avait conçue et réalisée. *Et voilà* !

Sophie se rapprocha de la reproduction. La femme assise à droite de Jésus était jeune, elle avait l'air sage et modeste, de superbes cheveux roux, les mains modestement posées sur la table. Et c'est cette femme qui, à elle seule, avait le pouvoir de faire s'effondrer l'Église ?

— Mais qui est-ce ? demanda Sophie.

— C'est Marie Madeleine.

— La prostituée ?

Teabing inspira longuement, comme s'il avait été personnellement blessé.

— Elle n'était pas ce qu'on a dit. Ce mensonge est le résultat de la campagne de diffamation menée par la jeune Église romaine. Il s'agissait d'entacher la réputation de Marie Madeleine pour maquiller le dangereux secret qu'elle aurait pu révéler – à savoir son rôle dans le Saint-Graal.

— Son *rôle* ?

— Rome voulait convaincre le monde que le prophète Jésus était un être divin. On a donc rejeté de la Bible tous les récits de sa vie qui évoquaient ses aspects humains. Malheureusement pour les rédacteurs du Nouveau Testament, il y avait un thème récurrent dans tous les évangiles, celui du mariage de Jésus avec Marie Madeleine.

— Pardon ? s'exclama Sophie, interloquée.

— Vous avez bien entendu. Il s'agit d'une déduction historique. Et Leonardo Da Vinci était persuadé de la véracité de cette union. Sa *Cène* la proclame littéralement. Notez la correspondance entre leurs vêtements : robe rouge et cape bleue pour Jésus – robe bleue et cape rouge pour Marie Madeleine. *Yin* et *Yang*, complémentarité entre le masculin et le féminin.

— Et maintenant, pour nous aventurer plus avant dans l'étrange, vous remarquerez que Jésus et son épouse s'écartent l'un de l'autre, comme s'ils avaient été unis à hauteur de la taille avant d'être disjoints. Un espace vide les sépare…

Avant qu'il ait terminé sa phrase, Sophie avait remarqué la forme indiscutable creusée entre les deux bustes :

Le symbole du Calice, le principe féminin.

— Pour terminer, reprit Teabing, si vous considérez Jésus et Marie Madeleine comme des éléments de la composition du tableau et non plus comme des personnages, vous allez percevoir une autre forme, qui va vous sauter aux yeux. Une lettre de l'alphabet.

Sophie recula de deux ou trois pas et plissa les yeux pour détacher son regard des visages. Et elle ne vit plus que cela :

Les lignes de force du centre de la fresque dessinaient un M énorme, impeccablement tracé.

— C'est trop parfait pour être le fruit d'une pure coïncidence, vous en conviendrez...

— Mais pourquoi ce M ? demanda Sophie.

— Les fanas de conspiration vous diront que c'est le M de mariage, ou de Marie Madeleine. Pour être honnête, personne n'en sait rien. La seule certitude, c'est la composition en M. On retrouve cette lettre dans un très grand nombre d'œuvres d'art liées au Graal, en filigrane ou sous cette forme de composition. La plus flagrante est celle qui a été gravée à Londres, sur l'autel de Notre-Dame de Paris, par Jean Cocteau, lui-même ex-Grand Maître du Prieuré de Sion.

— Tout cela est certes très étrange, objecta Sophie, mais je ne pense pas qu'on puisse pour autant en déduire que le Christ était marié avec Marie Madeleine...

— On ne peut certes pas le prouver, répliqua Teabing en se dirigeant vers une table encombrée de livres. Comme je vous l'ai dit, il s'agit d'une déduction historique. (Il se mit à feuilleter un gros volume.) Un Jésus marié est beaucoup plus vraisemblable qu'un Jésus célibataire.

— Pourquoi ?

— Parce qu'il était juif, dit Langdon, et que la société juive de son époque proscrivait, dans les faits, le célibat. Il était condamné par la coutume et tout père juif se devait de trouver une femme qui convienne à son fils. Si Jésus n'avait pas été marié, on en trouverait mention au moins dans l'un des quatre Évangiles, accompagnée d'une explication de son statut si peu conventionnel.

Teabing avait choisi un gros volume folio relié plein cuir, intitulé LES ÉVANGILES GNOSTIQUES[1], qu'il ouvrit sur la table. Sophie et Langdon l'y rejoignirent. On y voyait sur la page de gauche des agrandissements de manuscrits anciens, de très vieux papyrus, dans un alphabet que Sophie ne pouvait identifier, avec leur traduction anglaise sur la page de droite.

— Ce sont des reproductions des papyrus coptes de Nag Hammadi et des manuscrits araméens de la mer Morte. Les premiers textes chrétiens. Ils présentent des divergences troublantes avec les Évangiles de la Bible canonique que nous connaissons.

Il désigna du doigt un passage.

— Il est toujours intéressant de commencer par l'évangile de Philippe.

Sophie lut à voix haute :

1. Du grec *gnôstikos* « qui sait ». Hérétique, personne qui a connaissance des secrets de la religion et, par extension, tout ce qui est relatif à une doctrine secrète de salut. *(N.d.T.)*

« *Et le Sauveur avait pour compagne Marie Madeleine. Elle était la préférée du Christ, qui l'embrassait souvent sur la bouche. Les autres apôtres en étaient offensés et ils exprimaient souvent leur désaccord. Ils disaient à Jésus : "Pourquoi l'aimes-tu plus que nous ?"* »

Ce texte était certes surprenant, mais il ne prouvait rien.

— On n'y parle pas de mariage, dit Sophie.

— Au contraire. Comme vous le confirmeront tous les spécialistes, en araméen, le mot *compagne* signifiait *épouse*.

Langdon acquiesça.

Sophie relut la première ligne :

« *Et le Sauveur avait pour compagne Marie Madeleine.* »

Teabing feuilleta à nouveau son gros livre et fit lire à Sophie plusieurs autres passages qui suggéraient clairement la relation amoureuse entre Jésus et Marie Madeleine. En parcourant les textes, elle se rappela soudain une anecdote datant de son adolescence. Un prêtre avait un jour sonné à la porte de l'appartement et c'est elle qui était allée ouvrir.

— C'est bien ici qu'habite Jacques Saunière ? avait rugi l'homme en soutane en brandissant un journal. Je voudrais lui dire deux mots sur l'article qu'il vient de publier.

Sophie était partie chercher son grand-père et les deux hommes s'étaient enfermés dans le bureau.

Elle s'était alors précipitée dans la cuisine pour éplucher le quotidien en question, et y avait trouvé la signature de Jacques Saunière, en bas d'un article en deuxième page. Il y critiquait la décision prise par les autorités françaises d'interdire la projection du film *La Dernière Tentation du Christ*, de Martin Scorsese, lequel évoquait les relations sexuelles entre Jésus et Marie Madeleine. Jacques Saunière accusait le gouvernement d'avoir cédé aux pressions de l'épiscopat français, qu'il qualifiait d'arrogantes et de « bêtement prudes et obscurantistes ».

Rien d'étonnant à ce que ce curé soit aussi furieux.

Le prêtre était sorti du bureau de son grand-père en criant :

— C'est de la pornographie pure et simple ! Un véritable sacrilège ! Comment pouvez-vous décemment défendre un tel film ? Martin Scorsese est un blasphémateur, et l'Église ne le laissera pas diffuser sa propagande en France !

Il avait quitté l'appartement en claquant la porte. Saunière avait découvert sa petite-fille dans la cuisine, penchée sur le journal.

— Je vois que tu n'as pas perdu de temps…

— Tu crois que Jésus-Christ a fait l'amour avec Marie Madeleine ?

— Je n'ai pas dit cela. J'ai seulement écrit que l'Église n'est pas autorisée à nous imposer ses croyances.

— Mais à ton avis, Jésus avait une maîtresse ?

— Si c'était vrai, où serait le mal ?

Elle avait réfléchi pendant quelques secondes.

— Cela ne me gênerait pas, avait-elle conclu en haussant les épaules.

Sir Leigh Teabing poursuivait son exposé :

— Je ne vais pas vous accabler avec les innombrables références à cette union, mais je voudrais vous faire lire cet extrait de l'évangile de Marie Madeleine.

Parce qu'elle a aussi écrit un évangile ?

Sophie n'en était plus à une surprise près. Elle se pencha sur la page ouverte :

Alors Pierre dit : « *Est-il possible que le maître se soit entretenu ainsi avec une femme sur des secrets que nous, nous ignorons ? Devons-nous changer nos habitudes, et tous écouter cette femme ? L'a-t-il vraiment choisie et préférée à nous ?* »...

Et Lévi répondit : « *Pierre, tu as toujours été un emporté. Je te vois maintenant acharné contre la femme, comme le sont nos adversaires. Pourtant, si le Maître l'a agréée, qui es-tu pour la rejeter ? Assurément le Maître la connaît très bien. Il l'a aimée plus que nous.* »

— La femme dont parle l'apôtre Pierre est Marie Madeleine. Pierre était jaloux d'elle.

— Parce que Jésus lui préférait sa femme ?

— Pas seulement. Les enjeux dépassaient de loin la question affective. À ce point du récit, Jésus, sachant que sa fin est proche, vient de donner à Marie Madeleine ses instructions sur la façon de conduire son Église après sa mort. Et Pierre est furieux d'apprendre qu'il va devoir jouer les seconds rôles sous les ordres d'une femme. C'était probablement un sexiste forcené !

— Mais vous parlez de *saint* Pierre, la pierre sur laquelle Jésus a bâti son Église !

— Lui-même, à un mensonge près. Si l'on en croit ces évangiles – qui n'ont jamais été remaniés – ce n'est pas à lui que Jésus avait confié ce rôle, mais à Marie Madeleine.

— La première communauté chrétienne aurait dû être dirigée par une femme ?

— Exactement. Jésus fut le premier féministe de l'histoire. Il voulait confier l'avenir de son Église à une femme.

— Ce que Pierre trouvait fort peu à son goût, ajouta Langdon en montrant la grande reproduction de la *Cène*. Regardez, il est là. Il est très clair que Leonardo Da Vinci avait compris ses sentiments envers Marie Madeleine…

Sophie était à nouveau sans voix. Un personnage barbu et grisonnant se penchait vers la jeune femme, tendant devant son cou une main menaçante, comme la lame d'un couteau. *Le même geste que celui de la* Vierge aux rochers…

— Et regardez par ici, continua Langdon. C'est inquiétant aussi, ne trouvez-vous pas ?

Entre les deux apôtres assis à la droite de Pierre, une main surgissait.

— Il y a une main qui tend un *poignard* ! s'exclama Sophie.

— Exact. Et le plus étrange, c'est que, si vous comptez les bras, elle ne semble appartenir... à personne. C'est une main sans corps, anonyme.

— Excusez-moi, dit Sophie qui se sentait totalement dépassée. Je ne vois toujours pas ce qui vous permet d'identifier Marie Madeleine au Graal.

— Ah ! Ah ! s'esclaffa Teabing. Nous voici au cœur du problème ! Peu de gens savent qu'avant de devenir le bras droit de Jésus, Marie Madeleine était déjà une femme puissante.

Il les entraîna vers une autre table et déroula devant eux un document qui ressemblait à une généalogie. En haut du rouleau, un grand titre :

LA TRIBU DE BENJAMIN

— Marie Madeleine est ici, dit Teabing en indiquant du doigt le haut de l'arbre.

— Elle appartenait à la tribu de Benjamin ? demanda Sophie avec étonnement.

— En effet. Elle était de descendance royale.

— Mais je croyais qu'elle était pauvre...

— On a fait d'elle une prostituée pour effacer les preuves de ses origines.

Sophie se tourna de nouveau vers Langdon, qui hocha encore une fois la tête.

— Mais qu'est-ce que cela pouvait bien faire à l'Église de Rome qu'elle soit de sang royal ?

— Ma chère enfant, ce ne sont pas tant ses origines qui les gênaient, c'est qu'elle ait pu être mariée à Jésus qui, lui aussi, était de sang royal. Vous savez peut-être que l'Évangile de Matthieu précise que Jésus appartenait à la maison de David, descendant de Salomon, roi des Juifs. Le mariage de Jésus avec une héritière de la puissante maison de Benjamin réunissait deux lignées de sang royal. Ce qui en faisait une sérieuse menace de restauration de la dynastie royale, avec le pouvoir qui était le sien du temps de Salomon.

Sophie sentait que Teabing approchait de la révélation finale. Il avait les joues rouges d'excitation.

— La légende du Saint-Graal est celle du sang royal – le Sang réal. Lorsqu'on y parle du « Calice qui contient le sang du Christ », c'est pour évoquer Marie Madeleine, qui portait en elle la lignée royale de Jésus.

Ses paroles résonnèrent dans le vaste espace de la salle de bal avant que Sophie ait eu le temps de les assimiler. *Elle portait en elle la lignée royale du Christ… ?*

— Mais comment le Christ pouvait-il ?… à moins que…

Elle s'interrompit

— À moins qu'ils n'aient eu un enfant, termina Langdon avec un sourire.

Sophie était muette de stupéfaction.

— Et voilà, clama Teabing, comment l'Église a réussi la plus grande opération de désinformation de toute l'histoire de l'humanité. Jésus n'était pas seulement marié, il était père ! Marie Madeleine était véritablement le Vase sacré, porteuse du fruit d'une union royale ! Elle était dépositaire de la lignée.

Sophie avait la chair de poule.

— Mais comment cette conspiration du silence a-t-elle pu réussir pendant si longtemps ?

— Du silence ? Grand Dieu ! Le secret n'a cessé de transpirer ! L'histoire de Marie Madeleine et de la descendance du Christ a été criée sur tous les toits pendant des siècles, mais sous forme de métaphores et de légendes. Le Graal nous saute aux yeux et aux oreilles dès qu'on commence à y prêter un tant soit peu d'attention.

— Et les documents du Saint-Graal sont censés renfermer la preuve de la descendance royale de Jésus ? suggéra Sophie.

— Exactement.

— Donc, toute la légende du Graal se rapporte à cette descendance royale ?

— Littéralement. Le mot *Sangréal* est dérivé de *San Greal – ou Saint-Graal*. Mais, sous sa forme la plus ancienne, le mot était coupé d'une autre façon.

Teabing griffonna deux mots sur une feuille de papier, qu'il tendit à Sophie.

Sang Real

Elle comprit instantanément.
Sang réal signifiait Sang royal.

405

59.

Le standardiste du siège new-yorkais de l'*Opus Dei* fut surpris d'entendre la voix de Mgr Aringarosa au téléphone :

— Bonsoir, monseigneur.

— Est-ce que j'ai des messages téléphoniques ? demanda l'évêque d'une voix curieusement angoissée.

— Oui, monseigneur. Je suis bien heureux de vous entendre, car je n'ai pas réussi à vous joindre à votre appartement. Vous avez eu un appel urgent il y a une demi-heure.

Aringarosa sembla soulagé.

— Ah oui ? La personne a-t-elle laissé son nom ?

— Non, monseigneur, seulement un numéro à rappeler. Je vous le donne.

Il dicta le numéro.

— L'indicatif trente-trois, c'est bien la France ?

— En effet, monseigneur. La personne appelait de Paris. Elle a demandé que vous la rappeliez le plus tôt possible.

— Je vous remercie. J'attendais cet appel.

Et il raccrocha rapidement.

Le réceptionniste ne comprenait pas pourquoi la communication avait été aussi mauvaise. D'après le calendrier qu'il avait sous les yeux, Mgr Aringarosa aurait dû se trouver à New York ce week-end. Il haussa les épaules. L'évêque avait un curieux comportement depuis quelques mois.

C'est mon portable qui ne captait pas, pensa Aringarosa. La voiture avait pris la sortie de l'aéroport de Ciampino, près de Rome, réservé aux vols charter. *Le Maître a essayé de m'appeler.* Bien que regrettant de l'avoir manqué, l'évêque se sentait rassuré de savoir que le Maître n'avait pas hésité à l'appeler au siège new-yorkais de l'*Opus Dei*.

Les choses ont dû se passer comme prévu à Paris.

Il composa le numéro, heureux de la perspective d'arriver bientôt à Paris. *J'aurai atterri avant l'aube.* Un petit avion d'affaires l'attendait à l'aéroport, un vol commercial n'étant pas recommandé avec la mallette qu'il transportait.

La sonnerie retentit deux fois.

— Direction centrale de la police judiciaire, fit une voix féminine.

Déconcerté, il hésita une seconde et se ressaisit :

— J'ai reçu un message me demandant d'appeler ce numéro…

— *Qui êtes-vous ?* Votre nom, s'il vous plaît ?

L'évêque hésitait à révéler son identité. *La police judiciaire ?*

— Quel est votre nom ? insista la standardiste.

— Mgr Manuel Aringarosa.

— Un instant, je vous prie.

Plusieurs secondes d'attente, le clic d'une connexion, et une voix masculine dans le combiné, soucieuse et bourrue :

— Ah ! Monseigneur. Je suis soulagé d'avoir enfin réussi à vous joindre. Nous avons beaucoup de choses à nous dire…

60.

Sangréal... Sang real... San Greal... Sang royal... Saint-Graal.

Une chaîne de mots intimement liés.

Le Saint-Graal, c'est Marie Madeleine... la mère qui portait la lignée royale de Jésus.

Encore abasourdie, Sophie regardait fixement Robert Langdon. Plus Teabing et lui avaient accumulé de révélations, plus les pièces du puzzle lui paraissaient difficiles à assembler.

Teabing se dirigea en claudiquant vers une étagère.

— Comme vous allez le constater, ma chère enfant, Leonardo Da Vinci n'a pas été le seul à proclamer la vérité sur le Saint-Graal. La lignée royale de Jésus a fait l'objet d'innombrables chroniques publiées par un grand nombre d'historiens.

Il passa un doigt sur le dos d'une dizaine de volumes alignés. Sophie se tordit le cou pour en lire les titres :

LA RÉVÉLATION DES TEMPLIERS
Les Gardiens secrets de la véritable identité du Christ

LA FEMME AU VISAGE D'ALBÂTRE
Marie Madeleine et le Saint-Graal

LA DÉESSE DES ÉVANGILES
La Reconquête du Féminin sacré

— Celui-ci est peut-être le plus célèbre, ajouta-t-il en prenant sur l'étagère un vieux livre relié qu'il lui tendit :

SANG SACRÉ ET SAINT-GRAAL
Le best-seller international

— Un best-seller ? s'étonna Sophie. Je n'en ai jamais entendu parler.

— Vous étiez trop jeune, mais cet ouvrage a fait de sérieux remous dans les années quatre-vingt. Je trouve personnellement que ses auteurs ont mêlé quelques éléments douteux à leurs analyses, mais le fond est parfaitement sérieux. Et ils sont les premiers à avoir exposé la vraie nature du Graal au grand public.

— Et comment le Vatican a-t-il réagi ?

— Ils ont crié au scandale, comme on pouvait s'y attendre. Cela faisait plus de seize siècles qu'ils s'ingéniaient à enterrer le secret ! Les croisades, par exemple, résultent pour une part de cette campagne de désinformation. Elles avaient pour but de retrouver les documents et de les détruire. Marie Madeleine représentait une terrible menace pour l'Église des premiers âges. Non seulement c'était à elle que Jésus avait confié la construction de son Église mais, pis encore, elle apportait la preuve physique que le Fils de Dieu inventé par l'Église avait engendré une descendance humaine. C'est pour se défendre du pouvoir de Marie Madeleine que Rome a propagé son image de prostituée, et a dissimulé les preuves de son mariage avec Jésus. On désamorçait ainsi toute revendication de descendance christique, ce qui permettait d'attester sa divinité.

Sophie guetta l'approbation de Langdon, qui ajouta :

— Il existe pour tout cela des preuves historiques substantielles.

— Je reconnais, reprit Teabing, que ce sont là de terribles allégations. Mais il faut comprendre la position de l'Église à l'époque : elle n'aurait jamais pu survivre à la révélation que Jésus avait eu un enfant. Pour pouvoir se déclarer la seule et unique voie de la rédemption et de la vie éternelle, elle avait absolument besoin d'affirmer la divinité du Christ.

Sophie contemplait la couverture du livre que l'Anglais avait dans les mains.

— Il y a une rose à cinq pétales, remarqua-t-elle. *Le même dessin que sur le couvercle du coffret.*

— Elle a l'esprit d'observation, cette petite, fit Teabing en se tournant vers Langdon. C'est en effet le symbole qu'a choisi le Prieuré de Sion pour évoquer le Graal – Marie Madeleine, dont le nom était proscrit par l'Église. Elle a été évoquée sous de nombreux pseudonymes : le Calice, le Saint-Graal, et la Rose. Les cinq pétales sont une référence au pentacle de Vénus, et à la rose des vents. C'est, de plus, une appellation commune à l'anglais, au français, à l'allemand et à beaucoup d'autres langues.

— Le mot rose, ajouta Langdon, est aussi l'anagramme d'Éros, le dieu grec de l'amour physique.

Sophie le dévisagea d'un air étonné et Teabing reprit son exposé :

— La rose a toujours été le symbole par excellence de la sexualité féminine. Dans les cultes primitifs de la déesse mère, les cinq pétales représentaient les cinq étapes de la vie de la femme : la naissance, la fécondité, la maternité, la ménopause et la mort. A l'époque moderne, cette symbolique est devenue plus imagée. Mais nous allons demander au spécialiste des symboles de nous expliquer cela.

Langdon hésita. Un instant de trop.

— Allons Robert, laissez tomber votre pudibonderie américaine ! Ce qui embarrasse notre ami, ma chère enfant, c'est le fait que la rose épanouie symbolise le sexe féminin, la fleur sublime par qui tout homme vient au monde. Si vous connaissez les tableaux de Georgia O'Keefe, vous comprendrez tout de suite ce que je veux dire.

— L'important, fit Langdon en désignant la bibliothèque, c'est que tous ces livres soutiennent la même thèse historique.

— Celle de la paternité de Jésus..., suggéra Sophie.

— Précisément, déclara Teabing. Et que Marie Madeleine portait en son sein sa descendance. Et les membres du Prieuré de Sion vénèrent encore Marie Madeleine comme la déesse, le Saint-Graal, la Rose, et la mère divine.

Sophie revit en un éclair l'étrange rituel dans le sous-sol de la maison de son grand-père.

— Selon le Prieuré, continua Teabing, Marie Madeleine était enceinte lorsque Jésus a été crucifié. Pour protéger son enfant, elle a été contrainte de fuir la Terre sainte. Avec l'aide de Joseph d'Arimathie, elle est partie clandestinement pour la France – la Gaule à l'époque – où elle a trouvé refuge auprès de la communauté juive. C'est là qu'elle a mis au monde une fille, du nom de Sarah.

— On connaît même le prénom de l'enfant ? s'écria Sophie.

— Et bien plus. Les vies de Marie Madeleine et de sa fille ont fait l'objet de chroniques détaillées de la part de leurs protecteurs juifs – n'oubliez pas que l'enfant était de sang royal, celui de David et de Salomon. Marie Madeleine était pour eux la génitrice d'une lignée de rois juifs. De nombreux lettrés de cette époque ont raconté la chronique de son séjour en Gaule, la naissance de Sarah, et l'arbre généalogique qui a suivi.

— Parce qu'il existe un *arbre généalogique* du Christ ?

— Bien sûr. Ce serait même l'une des pierres angulaires des documents du Graal. Une généalogie complète des premiers descendants de Jésus.

— Mais il n'aurait aucune valeur ! s'exclama Sophie. Un arbre généalogique n'est pas une preuve... Aucun historien ne peut en confirmer l'authenticité !

— Pas plus que celle des textes de la Bible, grinça Teabing.

— Ce qui signifie ?

— Que l'Histoire est toujours écrite par les gagnants. Lorsque deux cultures s'affrontent, c'est toujours celle des perdants qui disparaît. Et les vainqueurs rédigent les livres d'histoire – à la gloire de leur propre cause, en dénigrant celle des vaincus. Comme l'a dit Napoléon : « Qu'est-ce que l'Histoire, sinon une fable sur laquelle tout le monde est d'accord ? » C'est la nature même de l'Histoire que d'être un compte rendu partial des choses.

Sophie n'avait jamais envisagé les choses sous cet angle.

— Les textes du Saint-Graal, enchaîna Teabing, ne font que raconter *l'autre* aspect de l'histoire de Jésus. Et finalement, que l'on choisisse de croire à l'un ou à l'autre relève de la foi, ou de recherches personnelles. L'essentiel est que les informations contradictoires aient pu survivre. Les documents du Graal comportent des dizaines de milliers de pages de renseignements. Des témoins racontent qu'ils étaient transportés dans quatre énormes malles. Parmi eux se trouvent les « documents puristes » – des dizaines de milliers de pages de textes non retouchés datant d'avant Constantin, écrits par les premiers fidèles de Jésus, qui vénèrent en lui un maître et un prophète totalement humain. On pense que le Graal conserve également la légendaire *Source Q* – un manuscrit dont le Vatican lui-même reconnaît l'existence. Il s'agirait d'un document rassemblant les enseignements de Jésus, qui pourraient être écrits de sa propre main.

— Que le Christ lui-même… ?

— Pourquoi Jésus n'aurait-il pas rédigé la chronique de son ministère ? C'était une pratique courante à son époque. Un autre texte explosif serait *Les Carnets de Marie Madeleine*, où elle évoquerait sa relation avec le Christ, la crucifixion et son propre séjour en France.

Après un long silence, Sophie demanda :

— Et ce sont ces quatre caisses de manuscrits que les Templiers auraient découvertes sous le temple de Salomon ?

— Exactement. C'est ce qui les a rendus si puissants. Ils ont fait l'objet d'innombrables *quêtes du Graal* tout au long de l'histoire.

— Mais vous disiez que le Graal, c'est Marie Madeleine en personne. Pourquoi donc appeler quête du Graal la recherche de documents ?

Teabing fixa Sophie dans les yeux et parla d'une voix douce :

— Parce que le trésor du Graal renferme aussi un sarcophage. Littéralement, la fameuse quête du Graal n'est rien d'autre que le désir de s'agenouiller devant les reliques de Marie Madeleine. Le voyage qui conduit à se recueillir devant celle qui a été rejetée, devant le Féminin sacré.

Sophie se sentit envahie par un sentiment de merveilleux inattendu.

— La cachette du Graal serait… un tombeau ?

Le regard de Teabing, visiblement ému, s'embua.

— C'est cela. Un tombeau qui conserve les reliques de Marie Madeleine et les documents relatant sa véritable histoire. La quête du Graal, c'est la quête de la reine spoliée, qui est enterrée avec la preuve des droits auxquels pouvait prétendre sa descendance…

Sophie attendit qu'il se ressaisisse. Toutes ces informations sur les convictions de son grand-père n'avaient toujours pas de sens pour elle.

— Les membres du Prieuré de Sion…, demandat-elle enfin, pendant toutes ces années, étaient chargés de protéger les documents du Sang réal et le tombeau de Marie Madeleine ?

— Oui, mais ils avaient aussi une autre mission, plus importante : la protection de la descendance de Jésus, qui était perpétuellement menacée. La nouvelle Église catholique craignait que, si la lignée du Christ se perpétuait, le secret concernant

Jésus et Marie Madeleine ne finisse par faire surface, défiant ainsi le fondement de la doctrine – celle d'un Messie divin, qui n'a jamais été lié sur cette terre à aucune femme. Mais la descendance de Jésus s'est perpétuée en France, dans le silence. Elle s'est même enrichie, au ve siècle, en se mêlant avec un autre sang royal, pour créer la lignée mérovingienne.

— Les Mérovingiens… les fondateurs de Paris, récita Sophie, qui se rappelait les cours d'histoire de l'école.

— Eux-mêmes. Ce qui explique pourquoi la légende du Graal est si riche en France. Nombre des « quêtes du Graal » ordonnées par le Vatican étaient en fait des missions secrètes destinées à supprimer les membres de la lignée royale. Vous vous souvenez du roi Dagobert ?

Sophie se rappelait vaguement un détail macabre.

— Le roi mérovingien ? Qui a été tué dans son sommeil d'un coup de poignard dans l'œil ?

— Exactement. Il a été assassiné par le Vatican, qui s'était assuré les services de Pépin de Herstal. Avec sa mort, la lignée mérovingienne était pratiquement exterminée. Heureusement, son fils Sigisbert a réussi à échapper aux assaillants et a prolongé la descendance, qui conduisit plus tard à Godefroy de Bouillon – le fondateur du Prieuré de Sion.

Langdon ajouta :

— Et qui a également confié aux Templiers la mission d'exhumer le Sang réal des ruines du

417

temple de Salomon, pour procurer à la lignée mérovingienne les preuves de ses liens avec Jésus.

Teabing hocha la tête en poussant un long soupir.

— La mission du Prieuré est extrêmement
lourde. Elle est en fait triple. En plus de la protection des documents du Sang réal et de la tombe de
Marie Madeleine, ils doivent assurer la pérennité
de la lignée de Jésus, ces rares descendants des
Mérovingiens qui subsistent encore aujourd'hui, et
la protéger.

Sophie se sentit traversée par une sorte de vibra-
tion, comme si une vérité cherchait à se faire jour
en elle. *Les descendants de Jésus.* La voix de son
grand-père murmurait à son oreille. « *Princesse, il
faut que je te dise la vérité sur ta famille.* »

Elle frémit.

Sang royal.

C'était inimaginable.

« *Princesse Sophie.* »

— Sir Leigh ?

La voix du domestique grésilla dans l'interphone
fixé sur un mur. Sophie sursauta.

— Si Monsieur pouvait venir me rejoindre à la
cuisine un instant…

Teabing se renfrogna et alla appuyer sur le
bouton.

— Comme vous le savez, Rémy, je suis occupé
avec mes visiteurs. Allez donc vous recoucher. Si
nous avons besoin de quelque chose dans la
cuisine, nous irons le chercher nous-mêmes. Merci
et bonne nuit.

— Il faut absolument que je parle à Monsieur...

— Alors allez-y, et dépêchez-vous !

— Il s'agit d'une affaire domestique, qui n'intéresse pas les visiteurs de Monsieur.

Teabing ouvrit des yeux incrédules.

— Et cela ne peut pas attendre demain matin ?

— Non, Monsieur. Mais je n'en aurai que pour une minute.

Teabing leva les yeux au ciel avant de se tourner vers ses hôtes.

— Je me demande parfois si ce n'est pas moi qui suis à son service...

Il appuya à nouveau sur le bouton de l'interphone.

— OK, j'arrive. Puis-je vous apporter quelque chose, mon cher Rémy ?

— À part l'émancipation de l'esclavage, je ne vois pas, Monsieur.

— Mon cher Rémy, vous savez que, si je vous garde à mon service, c'est uniquement à cause de votre steak au poivre ?

— Je sais, Monsieur me le rappelle assez souvent...

61.

Princesse Sophie.

Sophie se sentait engourdie. En écoutant s'éloigner les béquilles de Teabing, elle tourna vers Langdon un regard interrogateur. Il secouait déjà la tête, comme s'il avait lu dans ses pensées.

— Non, Sophie, murmura-t-il en cherchant à la rassurer, je ne crois pas. J'ai eu la même idée que vous en apprenant que votre grand-père faisait partie du Prieuré et qu'il voulait vous confier un secret sur vos parents. Mais c'est impossible, Saunière n'est pas un nom mérovingien.

Sophie ne savait si elle devait se sentir déçue ou soulagée. Langdon lui avait tout à l'heure demandé, en passant, quel était le nom de sa mère. Chauvel.

— Et Chauvel ? demanda-t-elle, anxieuse.

— Non plus. Je suis désolé, car je sais que cela répondrait à la question que vous vous posez. Il ne subsiste plus que deux branches directes issues des Mérovingiens. Les Plantard et les Saint-Clair. Ces deux familles vivent dans la clandestinité, probablement protégées par le Prieuré de Sion.

Elle se répéta ces deux noms, et secoua la tête. Personne dans sa famille ne s'appelait ainsi. Elle se sentit envahie d'une grande lassitude. Elle n'était pas plus avancée qu'au début sur cette vérité que son grand-père voulait lui révéler. Elle regrettait qu'il ait évoqué sa famille au téléphone. Il n'avait fait que rouvrir des plaies qu'elle croyait cicatrisées. *Ils sont morts, Sophie. Ils ne reviendront pas.* Elle se remémora sa mère qui lui chantait des berceuses pour l'endormir, son père qui l'asseyait sur ses épaules en promenade, sa grand-mère et son petit frère, leur sourire et leurs ardents yeux verts. Tout cela lui avait été volé. Il ne lui était resté que son grand-père.

Maintenant qu'il est mort, je suis seule.

Elle tourna la tête vers la *Cène* et contempla le regard tranquille et les longs cheveux de Marie Madeleine. Il y avait dans son expression une lueur mélancolique qui évoquait la perte d'un être cher. Un sentiment trop familier à Sophie.

— Robert ? demanda-t-elle d'une voix sourde.

Il se rapprocha d'elle.

— Teabing prétend que l'histoire du Graal est omniprésente, mais jamais personne ne m'en a parlé…

Il lui sembla que Langdon allait lui poser la main sur l'épaule, mais qu'il s'en empêcha.

— Vous l'avez sûrement entendue. Comme tout le monde. Simplement, vous n'y avez pas prêté attention...

— Je ne comprends pas...

— L'histoire du Graal est partout, mais cachée. Lorsque l'Église a interdit qu'on en parle, l'histoire de Marie Madeleine s'est transmise par des canaux moins officiels, ceux des métaphores et des symboles.

— Dans les arts, bien sûr.

— La *Cène* en est un parfait exemple. Mais de nombreux autres chefs-d'œuvre de l'art, de la littérature et de la musique ont évoqué l'union de Marie Madeleine et de Jésus.

Il lui parla des œuvres de Leonardo Da Vinci, de Botticelli, de Poussin, du Bernin, de Mozart et de Victor Hugo qui suggéraient le retour du Féminin sacré que Rome avait banni. Certaines légendes célèbres comme celles de Gauvain et du Chevalier Vert, du roi Arthur, de la Belle au bois dormant, étaient des allégories du Graal. *Notre-Dame de Paris*, de Victor Hugo, et *La Flûte enchantée*, de Mozart, regorgeaient de symboles maçonniques et d'allusions au Graal.

— Dès qu'on a les yeux ouverts, on le voit partout. Dans la peinture, dans la musique, dans les livres. Et même dans les dessins animés, dans les parcs d'attractions, dans le cinéma populaire.

En lui montrant sa montre Mickey Mouse, il lui raconta que Walt Disney avait constamment cherché à transmettre la symbolique du Graal aux générations futures. On l'avait d'ailleurs appelé « Le Leonardo Da Vinci des temps modernes ». Ils étaient l'un et l'autre en avance sur leur temps. Deux artistes géniaux, membres de sociétés secrètes et, surtout, farceurs impénitents. Comme Leonardo Da Vinci, Walt Disney adorait glisser des messages et des symboles dans ses dessins animés. Pour un amateur de symboles, les premiers films de Disney contenaient une kyrielle de métaphores.

Les messages dissimulés par Walt Disney évoquaient pour la plupart la religion, les mythes païens et la déesse vaincue. Ce n'était pas par hasard qu'il avait repris des contes comme *Cendrillon, La Belle au bois dormant* et *Blanche-Neige* – trois allégories du Féminin sacré emprisonné. Point n'était besoin d'avoir une grande connaissance des symboles pour comprendre que la pomme empoisonnée croquée par Blanche-Neige était une allusion à la chute d'Ève dans le jardin d'Éden. Ni que la princesse Aurore de *La Belle au bois dormant* – dont le nom de code était *Rose* – et que l'on avait cachée au fond d'une forêt pour la protéger des griffes de la méchante sorcière était l'histoire du Graal racontée aux enfants.

Malgré son image d'homme d'affaires, Walt Disney aimait s'amuser avec ses dessinateurs, qui prenaient plaisir à glisser des symboles cachés dans les dessins animés. Langdon n'oublierait jamais le jour où l'un de ses étudiants lui avait fait regarder un DVD du *Roi Lion*. Il avait fait un arrêt sur image où l'on voyait des particules de poussière flottant au-dessus de la tête de Simba former très clairement le mot SEX. Tout en soupçonnant qu'il s'agissait plus probablement d'une blague d'un dessinateur stagiaire que d'une allusion éclairée à la sexualité païenne, Langdon avait appris à ne pas sous-estimer la compétence de Disney en métaphores codées. Sa *Petite Sirène* était un tissu fascinant de symboles spirituels si spécifiquement et étroitement liés à la déesse qu'elle ne pouvait être le fait d'une simple coïncidence.

La première fois que Langdon avait vu le film, il était resté littéralement bouche bée en découvrant, dans la demeure sous-marine de l'héroïne, un tableau qui n'était autre que la *Madeleine repentante* du peintre Georges de La Tour. Ce choix était parfaitement adapté à un dessin animé truffé de références symboliques à la sainteté perdue d'Isis, de Pisces – la déesse Aphrodite changée en poisson –, d'Ève et, à plusieurs reprises de Marie Madeleine. Le prénom *Ariel* donné à la petite sirène évoquait directement le Féminin sacré et, dans le livre d'Isaïe, était synonyme de « ville assiégée ». Quant à la longue chevelure rousse de l'héroïne, elle n'avait pas non plus été choisie par hasard.

Le cliquetis des béquilles de Teabing s'approchait, plus rapide qu'à l'ordinaire. Lorsqu'il entra dans le bureau, il jeta à Langdon un regard sévère.

— Vous feriez mieux de vous expliquer, Robert, dit-il froidement. Vous n'avez pas joué franc-jeu avec moi.

62

— C'est un coup monté, expliqua Langdon en essayant de garder son calme. Vous me connaissez, je serais incapable de tuer qui que ce soit…

Le ton de Teabing ne s'était pas radouci.

— Bon Dieu, Robert ! On diffuse votre photo à la télévision ! Vous saviez que vous étiez recherché par la police ?

— Oui.

— Vous avez abusé de ma confiance. Je suis sidéré que vous m'ayez mis en danger en faisant irruption chez moi, et en m'embarquant dans cette longue discussion sur le Graal, uniquement pour pouvoir vous cacher.

— Je n'ai tué personne.

— Jacques Saunière est mort, et pour la police vous êtes le suspect numéro un. Un homme qui a tant fait pour les arts…

Le domestique apparut derrière lui, sur le pas de la porte, les bras croisés.

— Monsieur désire-t-il que je leur montre la sortie ?

Teabing traversa la pièce pour aller ouvrir une porte-fenêtre donnant sur une pelouse latérale au château :

— Faites-moi le plaisir d'aller reprendre votre voiture et de partir.

Sans bouger d'un centimètre, Sophie lança dans un souffle :

— Nous avons des renseignements sur la clé de voûte du Prieuré.

Teabing la dévisagea pendant quelques secondes avant de pouffer de rire.

— Pas de nouvelle ruse, je vous prie. Robert sait depuis combien de temps je la cherche…

— Elle dit la vérité, dit Langdon. C'est pour cela que nous sommes venus vous voir. Pour vous parler de la clé de voûte.

Le majordome intervint :

— Sortez, maintenant ! Ou j'appelle la police.

— Leigh, insista Robert, nous savons où elle est.

Teabing semblait perdre l'équilibre.

Rémy traversa la pièce à grands pas :

— Sortez immédiatement ! Avant que je…

— Rémy ! s'écria Teabing d'un ton sec. Laissez-nous, s'il vous plaît !

— Mais Monsieur…, fit le domestique, interdit. Ces deux personnes…

— Je m'en occuperai moi-même, interrompit son maître en lui indiquant la porte.

Après un silence de stupéfaction, Rémy quitta la pièce comme un chien battu.

Debout dans le courant d'air frais qui entrait par la porte-fenêtre, Teabing se tourna vers Sophie et Langdon, encore méfiant :

— J'espère que tout cela est vrai. Qu'avez-vous appris sur la clé de voûte ?

Tapi derrière l'épaisse haie qui bordait le mur extérieur du bureau, Silas serrait dans la main la crosse de son pistolet tout en surveillant la pièce à travers la porte vitrée. Lorsqu'il était arrivé quelques minutes plus tôt, il avait d'abord vu un homme et une femme qui discutaient dans la grande pièce. Puis un autre homme était entré, soutenu par des béquilles, et il s'était emporté contre le premier. Il avait ouvert une porte-fenêtre et les avait sommés de sortir, lui et la femme. *Puis la femme avait parlé de la clé de voûte, et tout avait changé.* Les cris avaient fait place à des chuchotements. L'ambiance s'était radoucie. Et l'homme aux béquilles avait refermé la porte vitrée.

Toujours blotti dans l'ombre, Silas se rapprocha de la vitre, pour essayer d'entendre ce qu'ils disaient. *La clé de voûte est ici, quelque part dans la maison.* Il leur donnait encore cinq minutes. Si d'ici là, ils n'avaient pas révélé l'emplacement de la clé de voûte, il irait leur soutirer le renseignement de force.

Langdon mesurait l'ahurissement de leur hôte.

— Le Grand Maître du Prieuré ? s'étranglait Teabing, le regard tourné vers Sophie. Jacques Saunière ?

Elle hocha la tête.

— Mais vous ne pouviez pas le savoir !

— C'était mon grand-père.

Titubant sur ses béquilles, l'Anglais interrogea du regard Langdon, qui acquiesça. Il se retourna vers Sophie :

— Mademoiselle Neveu, je suis sans voix. Si c'est vrai, je vous adresse toutes mes condoléances. Je dois vous avouer que, dans le cadre de mes recherches, j'ai établi une liste des personnalités françaises susceptibles de faire partie de la Fraternité. Votre grand-père y figure, parmi bien d'autres. Mais en tant que Grand Maître ?

Après un court silence, il secoua la tête.

— Je ne comprends toujours pas que vous en ayez été informée. Même s'il était le gardien de la clé de voûte du Prieuré, il ne vous aurait jamais dit comment la trouver. La clé de voûte révèle l'emplacement du trésor gardé par la Fraternité. Le fait que vous soyez sa petite-fille ne vous qualifie aucunement pour être initiée à un tel secret.

— C'est en mourant que Jacques Saunière a transmis l'information à Sophie, expliqua Langdon. Il n'avait guère le choix.

— Mais il n'en avait pas besoin non plus. Les trois sénéchaux sont également dans le secret, c'est là toute l'astuce du système. L'un d'eux sera nommé Grand Maître et ils éliront un autre sénéchal, qui sera à son tour mis dans la confidence.

— Je crains que vous n'ayez vu qu'une partie des informations télévisées, dit Sophie. Trois autres personnalités parisiennes ont été tuées aujourd'hui, et de la même manière. Elles donnaient toutes les trois l'impression d'avoir subi un interrogatoire.

Teabing était bouche bée.

— Et vous croyez qu'il s'agissait…

— Des trois sénéchaux, enchaîna Langdon.

— Mais c'est impossible ! Comment voulez-vous que le meurtrier ait réussi à les découvrir tous, quand je n'ai pas réussi à identifier un seul des simples membres de la Fraternité en plus de vingt ans de recherches ? Il est inconcevable qu'ils aient pu être identifiés et tués tous les quatre le même jour.

— Je ne pense pas qu'ils aient obtenu l'information en une seule journée, rétorqua Sophie. Cela ressemble à un plan de décapitation très bien organisé. Nous utilisons cette méthode contre les mafias. Quand la PJ décide d'agir contre une bande de malfrats, on commence par les observer et les mettre sur écoute pendant plusieurs mois, pour identifier les plus dangereux. Ensuite on intervient, et on les neutralise tous au même moment. Privée de ses chefs, la mafia se désorganise et on obtient facilement des aveux. Il est tout à fait possible que quelqu'un ait commencé par surveiller le Prieuré, longtemps avant d'attaquer, en espérant que l'un de ses membres finirait par révéler l'emplacement de la clé de voûte.

Teabing n'avait pas l'air convaincu.

— Mais les frères n'auraient jamais parlé. Ils ont juré le secret. Même devant la mort !

— Justement, dit Langdon. Supposez qu'ils n'aient pas parlé, mais qu'ils aient quand même été assassinés…

— Dans ce cas, le secret serait à jamais perdu…, soupira Teabing.

— Et l'emplacement du Graal avec lui, ajouta Langdon.

Teabing chancela. Comme s'il était trop fatigué pour tenir debout un instant de plus, il s'effondra sur une chaise et regarda par la fenêtre. Sophie fit quelques pas vers lui et lui parla d'une voix douce :

— Mon grand-père était dans une situation totalement désespérée. On peut très bien comprendre qu'il ait pensé à quelqu'un d'extérieur au Prieuré pour sauver la clé de voûte de l'oubli. Quelqu'un en qui il avait confiance. Un membre de sa famille.

Le visage de Teabing semblait s'être vidé de son sang.

— Mais qui peut bien avoir été capable d'une telle agression ? D'une si longue et si patiente investigation ?

Il s'interrompit, en proie à une peur soudaine.

— La seule possibilité, c'est que le Prieuré ait été infiltré par son ennemi le plus ancien…

— L'Église ? suggéra Langdon.

— Qui voyez-vous d'autre ? Le Vatican est à la recherche du Graal depuis des siècles.

Sophie fit une moue sceptique.

— C'est l'Église catholique qui aurait fait assassiner mon grand-père ?

— Ce ne serait pas la première fois que le Vatican commettrait un meurtre pour se protéger. Les documents du Graal contiennent des vérités explosives, et Rome cherche à les détruire depuis très longtemps.

Langdon avait du mal à admettre que le Vatican puisse commettre un assassinat pour mettre la main sur les documents du Graal. Il avait lui-même rencontré le pape actuel et plusieurs de ses cardinaux, et il savait que ces hommes d'une grande spiritualité ne pourraient jamais tolérer l'idée d'un crime de sang. *Quels que soient les enjeux.*

Sophie semblait penser comme lui.

— N'est-il pas possible que les membres du Prieuré aient été assassinés par quelqu'un d'extérieur à l'Église ? Quelqu'un qui ignorait ce qu'est vraiment le Graal ? La coupe du Christ peut être un trésor très convoité. Il y a des chasseurs de trésors qui ont tué pour moins que ça...

— D'après mon expérience, les hommes se donnent beaucoup plus de mal pour éviter ce qui leur fait peur que pour obtenir ce qu'ils désirent. La décapitation du Prieuré ressemble fort à un acte désespéré.

— Ce serait tout de même paradoxal, objecta Langdon. Pourquoi le Vatican chercherait-il à détruire des documents dont il a toujours prétendu qu'ils n'étaient que de faux témoignages ?

Teabing laissa échapper un ricanement.

— Mon pauvre Robert, votre séjour dans la tour d'ivoire de Harvard semble avoir émoussé votre perspicacité. L'Église romaine est en effet armée d'une foi très puissante, qui la rend capable de résister à bien des tempêtes, y compris à la diffusion de documents contradictoires avec le dogme qu'elle professe. Mais pensez au commun des mortels, aux millions de croyants plus ou moins convaincus qui se demandent ce que Dieu est devenu dans un monde qui leur fait peur. Ceux qui assistent aux scandales qui touchent leur clergé et se demandent quels sont ces hommes qui prétendent détenir et diffuser la vérité sur Jésus-Christ, tout en proférant des mensonges pour masquer les crimes pédophiles dont sont coupables leurs propres prêtres. Qu'adviendra-t-il de tous ces gens si on leur fournit la preuve indubitable que la version ecclésiale de l'histoire de Jésus est une manipulation, et la plus belle histoire de l'humanité, une opération de désinformation ?

Langdon se taisait.

— Je vais vous dire ce qui se passera si ces documents sont un jour publiés, reprit Teabing. Le Vatican connaîtra la crise la plus grave de toute son histoire.

Un long silence s'installa, rompu par Sophie :

— Mais si c'est bien le Vatican qui est responsable de ces meurtres, pourquoi avoir attendu si longtemps ? Après tant d'années ? Puisque ces documents sont si bien protégés par le Prieuré, ils ne représentent pas une menace immédiate pour l'Église…

Teabing laissa échapper un soupir de tristesse.

— Mademoiselle Neveu, Robert sait comme moi qu'il existe depuis longtemps un accord tacite entre les deux adversaires. Si l'Église ne s'attaque pas à la Fraternité, cette dernière ne diffusera pas les documents qu'elle détient. Toutefois, le Prieuré a toujours nourri le projet de dévoiler son secret, à une date spécifique de l'histoire. Les gardiens du Graal rompront alors le silence et terrasseront leur vieil ennemi en proclamant triomphalement aux yeux du monde la vérité sur Jésus.

Sophie alla elle aussi s'asseoir sur une chaise.

— Et vous croyez que cette date approche ? Et que le Vatican la connaît ?

— C'est une supposition, bien sûr. Mais elle expliquerait pourquoi Rome serait passé à l'attaque pour mettre la main sur les documents avant qu'il soit trop tard.

Langdon commençait à se dire que Teabing n'avait peut-être pas tort.

— Pensez-vous que l'Église ait pu obtenir des renseignements sur cette fameuse date ?

— Pourquoi pas ? S'ils ont été capables d'identifier le Grand Maître et les trois sénéchaux, ils ont pu également apprendre leur projet. Et même s'ils ne savent pas précisément à quel moment le Prieuré a l'intention d'agir, ils ont probablement préféré ne pas courir le risque, la superstition aidant…

— Quelle superstition ? demanda Sophie.

— Si l'on en croit certaines prophéties astrologiques, nous traversons une époque d'énormes changements. Le deuxième millénaire vient de se terminer et, avec lui, a pris fin l'ère astrologique des Poissons – qui était aussi le signe de Jésus-Christ. Tous les astrologues vous diront qu'au cours de cette ère, ce sont des puissances supérieures qui doivent dicter leurs actes aux hommes, présentés comme incapables de se diriger eux-mêmes. Ce qui expliquerait pourquoi les deux mille ans qui viennent de s'écouler ont été aussi riches sur le plan religieux. Mais nous venons d'entrer dans l'ère du Verseau – le porteur d'eau – pour lequel l'homme doit découvrir lui-même la vérité, et s'exercer à penser librement. C'est un changement idéologique énorme qui est en train de se produire.

Langdon frissonna. S'il n'accordait guère d'intérêt ou de crédibilité à l'astrologie, il savait qu'elle comptait des adeptes au sein même de l'Église.

— C'est cette période de transition qu'on appelle la Fin des Temps, expliqua-t-il à Sophie.

— La fin du monde ? Celle de l'Apocalypse ?

— Non, la confusion est courante, répondit Langdon. Plusieurs religions évoquent la Fin des Temps, non pas comme la fin du monde, mais plutôt comme celle d'une époque. Celle des Poissons, qui s'est ouverte au moment de la naissance de Jésus, et a amorcé son déclin à la fin du millénaire. Avec le passage à l'ère du Verseau, la Fin des Temps est arrivée.

— De nombreux historiens du Graal, reprit Teabing, estiment que, si le Prieuré a effectivement l'intention de publier la vérité, ce moment de l'Histoire serait symboliquement très adapté. La plupart des spécialistes de la société secrète – et j'en fais partie – pensaient que la révélation coïnciderait précisément avec l'avènement du troisième millénaire. Ce qui, de toute évidence, n'a pas été le cas. Certes, le calendrier romain ne concorde pas exactement avec les cycles astrologiques, ce qui peut donner un peu de flou à la prédiction. Quant à savoir si l'Église a réussi à obtenir des renseignements sur l'imminence de cette date, ou si elle s'inquiète tout simplement en raison de la prophétie, je ne saurais le dire. C'est d'ailleurs sans grande importance. On comprendrait très bien que, dans l'un ou l'autre cas, elle ait cherché à prendre l'offensive contre le Prieuré. Et faites-moi confiance, si Rome parvient à mettre la main sur le Graal, ce sera pour le détruire tout entier : les reliques de Marie Madeleine comme les documents qui témoignent de son histoire. Et alors, ma chère Sophie, toutes les preuves seront perdues. Le Vatican aura gagné la guerre sans merci qu'il a engagée il y a des siècles pour étouffer la vérité. Et le secret du passé sera enterré à tout jamais.

Sophie plongea la main dans sa poche et en tira lentement la petite clé cruciforme, qu'elle déposa dans la main de Teabing.

— Mon Dieu, le sceau du Prieuré ! s'exclamat-il. Où avez-vous trouvé cet objet ?

— C'est mon grand-père qui vient de me la donner, juste avant de mourir…

— Est-ce la clé d'une église ?

Sophie prit une longue respiration.

— C'est celle de la clé de voûte du Prieuré.

Teabing tressaillit et ouvrit des yeux incrédules.

— Ce n'est pas possible ! J'ai fouillé une à une toutes les églises de France !

— Elle n'était pas cachée dans une église, dit Sophie. Mais dans le coffre d'une banque suisse.

L'exaltation de l'historien retomba.

— Impossible ! Elle est censée être cachée « sous le signe de la Rose ».

— En effet. La clé de voûte est enfermée dans une boîte en bois de rose, dont le couvercle comporte un motif de marqueterie représentant une fleur pentapétale.

Teabing eut l'air d'avoir été frappé par la foudre.

— Vous voulez dire que vous avez vu la clé de voûte ?

— Nous sortons de cette banque, répondit Sophie.

Teabing s'approcha d'eux, les yeux écarquillés d'inquiétude.

— Mes chers amis, il faut agir de toute urgence. La clé de voûte est en danger et c'est notre devoir de la protéger. Et s'il existait d'autres clés comme celle-ci ? Qui auraient été volées aux trois sénéchaux ? Si le Vatican pouvait avoir accès au coffre…

— Ils arriveront trop tard. Nous l'avons sortie de la banque, dit Sophie.

— Qu'est-ce que vous dites ?

— Ne vous inquiétez pas, coupa Langdon. La clé de voûte est en sécurité.

— J'aimerais en être certain !

Langdon ne put réprimer un sourire :

— Pour ne rien vous cacher, cela dépend de la fréquence à laquelle vous balayez sous le divan !

Le vent s'était levé, gonflant la robe de bure de Silas. Il n'avait saisi qu'une partie de la conversation, mais il était certain d'avoir entendu prononcer plusieurs fois les mots clé de voûte.

Elle est à l'intérieur du château.

Les paroles du Maître étaient encore fraîches dans sa mémoire : « *Entre dans le château de Villette et prends-y la clé de voûte. Ne fais de mal à personne.* »

Les deux hommes et la femme avaient quitté la pièce et éteint les lumières. Comme une panthère talonnant sa proie, Silas bondit jusqu'à la porte-fenêtre, qui n'était pas verrouillée. Il se glissa à l'intérieur et la referma sans bruit. Il entendait au loin des voix étouffées. Sortant son pistolet de sa poche, il débloqua le cran de sécurité et se dirigea à pas de loup vers le hall d'entrée.

63.

Debout devant la grille d'entrée, l'inspecteur Collet contemplait le château de sir Leigh Teabing qui se dressait au bout de la longue allée. *Isolé. Dans un parc sombre. Parfait pour l'embuscade.* Puis il suivit des yeux six de ses agents qui prenaient position le long de la clôture, prêts à l'enjamber. Il ne leur faudrait que quelques minutes pour encercler le château. Langdon n'aurait pas pu choisir d'endroit plus facile d'accès pour un assaut surprise.

Il était sur le point d'appeler Fache, lorsque son portable sonna.

Contrairement aux prévisions de Collet, le commissaire n'avait pas l'air content du tout.

— Pourquoi ne m'a-t-on pas prévenu qu'on avait retrouvé Langdon ? cria-t-il.

— Vous étiez en ligne, commissaire.

— Où êtes-vous, exactement ?

Collet lui donna l'adresse.

— La propriété appartient à un Anglais, du nom de Leigh Teabing. Langdon a fait un bout de route pour arriver là. Sa voiture doit être à l'intérieur du parc. La grille est sécurisée et il n'y a aucun signe d'effraction. Il y a donc de grandes chances pour qu'il connaisse le propriétaire.

— Je vous rejoins. En attendant, ne bougez pas. Je tiens à l'arrêter personnellement.

La mâchoire de Collet retomba.

— Mais commissaire, vous êtes à une vingtaine de minutes d'ici ! Il faut intervenir immédiatement ! Je le tiens, et je dispose de huit hommes au total. Quatre avec des fusils d'assaut, quatre avec des armes de poing.

— Attendez-moi !

— Commissaire ! Et si Langdon retient quelqu'un en otage ? S'il nous a repérés et qu'il décide de ficher le camp ? Il faut y aller tout de suite. Mes hommes sont en position, prêts à donner l'assaut.

— Inspecteur Collet, je vous interdis de faire quoi que ce soit avant mon arrivée. C'est un ordre !

Et Fache raccrocha. Muet de stupéfaction, Collet éteignit son portable. *Qu'est-ce qui lui prend, à vouloir que je l'attende ?* Il connaissait la réponse. Fache n'était pas seulement réputé pour son flair, il l'était aussi pour sa vanité. *Il veut se garder le bénéfice de l'arrestation.* Après avoir fait diffuser la photo de Langdon sur toutes les télévisions, il voulait être sûr d'y apparaître aussi. Quant à Collet, il était tout juste bon à faire le siège en attendant que Fache vienne cueillir la victoire.

Une autre explication lui traversa l'esprit. *Ou alors, il cherche à limiter les dégâts.* C'est ce qu'on fait quand on n'est pas certain de la culpabilité d'un suspect. *Peut-être se demande-t-il si Langdon est bien son homme.* L'hypothèse était inquiétante. Fache avait sorti le grand jeu pour arrêter l'Américain – la surveillance cachée, Interpol, les télévisions. Il aurait du mal à survivre aux retombées politiques et diplomatiques d'une erreur pareille. S'il pensait finalement que Langdon n'était pas le meurtrier de Saunière, mieux valait en effet éviter à ce brave Britannique la vision de son château assiégé par une dizaine de flics armés et l'arrestation de son hôte américain.

Qui plus est, l'hypothèse d'un Langdon innocent avait l'avantage d'expliquer l'un des plus étranges paradoxes de cette affaire : pourquoi Sophie Neveu, la propre petite-fille de la victime, avait-elle aidé un suspect à s'évader du Louvre ? *Il fallait qu'elle soit certaine que les charges retenues contre lui étaient fausses.* Le commissaire Fache hésitait entre plusieurs interprétations du comportement étrange de la jeune inspectrice, sans exclure l'hypothèse d'un meurtre crapuleux : l'unique héritière de Saunière aurait persuadé son amant, Robert Langdon, d'assassiner son grand-père pour hériter plus vite. D'où le sens du « P.S. *Trouver Robert Langdon* » écrit par la victime avant de mourir. Mais Collet était pratiquement certain que l'explication était ailleurs. Sophie Neveu avait une personnalité beaucoup trop saine et solide pour se compromettre dans un crime aussi sordide.

Un de ses agents arrivait en courant à sa rencontre.

— Inspecteur ! On a trouvé une voiture !

Collet l'accompagna cinquante mètres plus bas et l'agent lui désigna un épaulement herbeux de l'autre côté de la route. Une Audi noire y était garée, presque complètement dissimulée sous les taillis. Les plaques minéralogiques semblaient indiquer une voiture de location. Collet tâta le capot. Encore chaud. Presque brûlant, même.

— C'est peut-être là-dedans que Langdon est arrivé. Appelez le loueur, et vérifiez que ce n'est pas une voiture volée.

— OK, inspecteur.

Un autre agent rappelait Collet devant la grille.

— Regardez là-bas, inspecteur, dit-il en lui tendant une paire de jumelles à vision nocturne. Sous les arbres, au bout de l'allée principale…

Collet orienta les jumelles dans la direction indiquée et tourna la molette de mise au point. Ayant repéré la courbe finale de l'allée, il la suivit jusqu'à un bosquet de persistants. Il resta bouche bée. Enseveli sous la verdure, il y avait un fourgon, identique à celui qu'il avait laissé sortir de la Zurichoise de Dépôt. Tout en priant pour qu'il s'agisse d'une coïncidence, il savait qu'il n'en était rien.

— C'est évidemment dans cette camionnette qu'ils ont réussi à quitter la banque tout à l'heure, fit l'agent.

Collet revit le chauffeur qu'il avait interrogé. Sa Rolex. Son impatience à sortir de la banque. « *Je ne vérifie jamais mon chargement.* »

Il n'en croyait pas ses yeux. Quelqu'un dans cette banque avait menti à la PJ et aidé Langdon et Sophie à s'enfuir. Mais qui ? Et pourquoi ? Collet se demanda si c'était la raison pour laquelle Fache lui avait interdit d'agir. Peut-être le commissaire s'était-il rendu compte que Langdon et Sophie Neveu n'étaient pas les seuls impliqués dans l'affaire. *Et s'ils sont arrivés dans ce fourgon, qui donc était au volant de l'Audi ?*

À plusieurs centaines de kilomètres au sud, un Beechcraft Baron 58 survolait la mer Tyrrhénienne. Malgré un ciel très calme, Mgr Aringarosa agrippait un sachet de papier, persuadé qu'il allait vomir d'un moment à l'autre. La conversation qu'il venait d'avoir au téléphone n'avait rien à voir avec ce qu'il avait imaginé.

Seul dans la petite cabine, il tournait sa bague d'améthyste autour de son doigt, en tentant de surmonter la peur et le désespoir qui l'envahissaient. *L'opération prévue à Paris a pris une tournure tragique.* Fermant les yeux, il pria pour que Bézu Fache parvienne à retourner la situation.

64.

Assis sur le canapé du salon, plongé dans l'admiration de la rose incrustée sur le couvercle, Teabing tenait délicatement sur ses genoux le coffret en marqueterie. *Cette nuit est la plus étrange, la plus magique de ma vie*.

— Soulevez le couvercle, murmura Sophie.

Langdon et elle se penchèrent au-dessus de lui.

Teabing sourit. *Pas de précipitation*. Après plus de dix années de recherches, il tenait à savourer chaque millième de seconde de ce moment. Il caressa de la main le couvercle, pour sentir le léger relief de la rose incrustée.

— La Rose ! soupira-t-il.

La Rose, c'est Marie Madeleine, c'est le Saint-Graal. La rose des vents qui indique la voie. Il se sentait ridiculisé. Pendant des années, il avait visité toutes les cathédrales, toutes les églises de France. Il avait payé pour pouvoir y entrer seul.

Il avait inspecté des milliers de croisées d'ogives, de rosaces, à la recherche d'une clé de voûte portant un message crypté. *La clé de voûte, pierre gravée, cachée sous le signe de la Rose*.

Avec une douceur infinie, il ouvrit le loquet, souleva le couvercle.

Découvrant enfin son contenu, il sut tout de suite que cela ne pouvait être que la clé de voûte. Il avait sous les yeux un cylindre de pierre ouvragé, composé de cadrans contigus sur lesquels étaient gravées des lettres. Un mécanisme qui lui paraissait étonnamment familier.

— Il a été fabriqué d'après un croquis de Leonardo Da Vinci, souffla Sophie. C'était un des passe-temps favoris de mon grand-père.

Bien sûr, se dit Teabing. Il avait vu les croquis et les schémas. *La clé du Graal est cachée dans ce cylindre en pierre*. Il souleva le cryptex et le tint entre ses mains. Bien que n'ayant aucune idée de la façon dont il pourrait l'ouvrir, il sentait que son destin tout entier se trouvait à l'intérieur. Il s'était tant de fois demandé s'il trouverait un jour la récompense à la quête de toute une vie. Ces inquiétudes étaient désormais évanouies. Il crut réentendre les formules anciennes, qui avaient fondé la légende du Graal.

« *Vous ne trouvez pas le Saint-Graal, c'est le Saint-Graal qui vous trouve.* »

C'était incroyable. Cette nuit, le Graal était venu le chercher, chez lui.

Laissant Sophie et Teabing parler du cryptex, du flacon de vinaigre et de leurs hypothèses sur le mot de passe, Langdon alla poser la boîte sur une table bien éclairée. Il venait d'avoir une idée, que les propos de Teabing lui avaient suggérée.

La clé du Graal est cachée sous le signe de la Rose.

Il souleva le coffret sous la lampe, pour examiner de plus près la rose de bois clair. Sans être un spécialiste en marqueterie, il s'était soudain rappelé ce monastère près de Madrid, dont les tuiles du plafond, plusieurs siècles après sa construction, avaient commencé à se détacher, mettant au jour des textes sacrés que les moines avaient gravés à même l'enduit.

Il contempla le couvercle.

Sous la Rose.

Sub Rosa.

Secret.

Un bruit soudain qui venait de l'entrée le fit se retourner, mais il ne vit que des ombres. C'était probablement le domestique qui passait. Il se pencha à nouveau sur le coffret, caressa des doigts la fleur, pour vérifier si on ne pouvait pas la soulever. Mais elle était trop finement incrustée dans le bois. Même avec une lame de rasoir il ne serait pas arrivé à déloger le motif parfaitement encastré dans son habitacle.

Il ouvrit la boîte pour examiner l'intérieur du couvercle. L'envers était parfaitement lisse. Mais en le déplaçant sous la lampe, il aperçut un trou minuscule, exactement au centre. Il referma le coffret, espérant trouver un orifice semblable dans le motif central. Rien.

L'orifice ne traverse pas le couvercle.

Il reposa la boîte sur la table et se retourna. Il aperçut sur une commode une liasse de feuilles attachées par un trombone. Il alla le détacher, retourna vers le coffret, qu'il ouvrit, et observa encore le petit orifice. Puis il déplia le trombone et y inséra la tige en appuyant légèrement. Un petit bruit sec résonna sous le couvercle. Il referma le coffret. Un morceau de bois était tombé sur la table, comme la pièce d'un puzzle : la rose de bois clair, délogée de son écrin.

Sans pouvoir dire un mot, il examina la petite cavité qu'elle avait libérée dans le couvercle. Quatre lignes de texte étaient soigneusement gravées dans le bois, dans un alphabet qui lui était totalement inconnu.

Cela ressemble vaguement à un alphabet sémitique, se dit-il. *Mais impossible de reconnaître la langue !*

Il entendit un mouvement brusque derrière lui et reçut un coup violent à la tête. Il tomba à genoux.

Il crut un instant voir un fantôme qui se penchait sur lui, une arme à la main. Puis tout devint noir.

65.

Dans toute sa carrière de policière, jamais Sophie ne s'était trouvée sous la menace d'une arme. Celle-ci était tenue par la main blanche d'un incroyable colosse albinos aux longs cheveux blancs. Il la fixait de son regard rouge et comme désincarné. Vêtu d'une longue robe de bure nouée par une corde, il ressemblait à un moine du Moyen Âge. Sans pouvoir comprendre qui il était, elle eut le sentiment soudain que les soupçons de Teabing sur une agression commanditée par l'Église n'étaient pas sans fondement.

— Vous savez ce que je suis venu chercher, dit le curieux moine d'une voix d'outre-tombe.

Teabing était assis à côté d'elle sur le canapé, les deux bras levés comme elle. Langdon gémissait, étendu à côté d'une table. Le moine avait les yeux fixés sur le cryptex posé sur les genoux de Teabing.

— Vous ne serez jamais capable de l'ouvrir, siffla l'Anglais d'un ton de défi.

— Mon Maître est très savant, répliqua le moine en s'approchant, visant tour à tour Teabing et Sophie.

Sophie se demanda ce qu'était devenu le domestique. *Il n'a rien entendu ?*

— Qui est-ce, votre Maître ? questionna Teabing. Nous pourrions peut-être trouver un arrangement financier…

— Le Graal n'a pas de prix.

Il avança encore d'un pas. Un filet de sang apparut sur sa cheville

— Vous saignez, remarqua froidement Teabing. Et vous boitez.

— Comme vous, répliqua l'homme avec un signe de tête en direction des deux béquilles appuyées contre le divan. Et maintenant, donnez-moi la clé de voûte.

— Comment êtes-vous au courant ? s'étonna Teabing.

— Peu importe. Levez-vous calmement et apportez-la-moi.

— J'ai du mal à tenir debout.

— Tant mieux. Je ne veux pas de mouvements précipités.

Teabing saisit une béquille de la main droite et, tenant le cryptex dans la main gauche, il se leva en vacillant.

Le moine s'approcha de lui à moins d'un mètre, le canon de son pistolet braqué droit sur sa tête.

Muette d'impuissance, Sophie le vit tendre la main vers le cylindre de pierre.

— Vous n'y arriverez pas, menaça Teabing. Seuls les justes peuvent l'ouvrir.

Dieu seul peut juger de ceux qui sont justes, pensa Silas.

— C'est très lourd, fit l'homme aux béquilles, dont le bras gauche commençait à trembler. Si vous ne la prenez pas tout de suite, j'ai bien peur de la laisser tomber.

Il titubait dangereusement.

Silas se précipita vers la clé de voûte mais l'Anglais perdit l'équilibre. La béquille glissa sous son bras, et il bascula sur la droite. *Non !* Silas s'élança vers le cryptex, en baissant la main qui tenait le pistolet. Mais la clé de voûte lui échappa. Teabing balança son bras en arrière et la jeta sur le divan. Au même instant, sa béquille métallique se redressait et décrivait un arc de cercle vers la cuisse de Silas.

Une douleur fulgurante tétanisa le moine albinos. Le coup avait directement frappé son cilice, dont les pointes déchiraient sa chair déjà meurtrie. Il plia sous la douleur et s'effondra sur les genoux, enfonçant encore plus profondément les pointes dans sa chair. Un coup de pistolet partit, la balle troua une latte de parquet. Silas s'écroula. Avant qu'il ait pu redresser son arme pour tirer à nouveau, la femme lui décocha un violent coup de pied dans la mâchoire.

Derrière la grille d'entrée, Collet, au bruit étouffé d'un coup de pistolet, fut saisi de panique. Fache n'allait pas tarder à arriver et l'inspecteur avait déjà abandonné tout espoir d'un quelconque bénéfice personnel, pour avoir découvert la cachette de Langdon. Mais il n'allait pas en plus offrir au commissaire la satisfaction de le traîner devant l'Inspection générale des services…

« *Vous avez entendu tirer un coup de feu dans la résidence d'un particulier, et vous êtes resté planté au pied de l'allée ?* »

S'il était conscient que l'occasion de réussir une approche furtive était passée depuis longtemps, Collet savait aussi que, s'il restait inactif une minute de plus, sa carrière serait brisée dès le lendemain. Il leva les yeux vers la grille d'entrée et prit sa décision.

— On y va !

Dans les profondeurs cotonneuses où il flottait encore, Langdon avait perçu un coup de feu, accompagné d'un hurlement de douleur. Était-ce lui qui l'avait poussé ? Un marteau piqueur lui vrillait l'arrière du crâne. Il entendait des voix autour de lui.

— Mais où étiez-vous, bon Dieu ? hurlait Teabing.

Le domestique arriva en courant.

— Que s'est-il passé ? Oh, mon Dieu ! Qu'est-ce que c'est que ce… ? J'appelle la police !

— Pas question ! Rendez-vous utile, aidez-nous plutôt à neutraliser ce monstre !

— Et apportez de la glace ! ordonna Sophie d'une voix impérieuse.

Langdon sombra à nouveau dans une semi-inconscience. Encore des voix, des mouvements. Lorsqu'il revint à lui, il était assis sur le divan et Sophie lui appliquait un sac de glace sur la tête. Tout son crâne le faisait souffrir. Peu à peu, sa vision s'éclaircit et il aperçut une forme humaine inerte au pied du divan. *Est-ce une hallucination ?* Le corps massif d'un moine albinos gisait à ses pieds, ligoté et bâillonné avec du ruban adhésif. Il avait le menton ouvert et le bas de sa robe était couvert de sang. Lui aussi semblait en train de reprendre connaissance.

— Qui est-ce ? demanda-t-il à Sophie. Que s'est-il passé ?

Teabing s'approchait en claudiquant.

— Vous avez été sauvé par un chevalier brandissant son Excalibur orthopédique...

Hein ? Langdon essaya de se redresser.

— Attendez encore un peu, Robert, murmura Sophie d'une voix douce, une main fermement posée sur son front.

— Je crois avoir démontré à votre jeune amie les bienfaits collatéraux de mon infirmité. On est toujours sous-estimé !

Les yeux rivés sur le moine, Langdon essayait d'imaginer ce qui s'était passé.

— Il portait un cilice, expliqua Teabing.

451

— Un quoi ?

— Parfaitement, répliqua Teabing, en désignant sur le sol une sorte de ceinture de cuir garnie de pointes ensanglantées. Autour de la cuisse. Je n'ai pas trop mal visé.

Langdon se frotta le crâne.

— Mais… comment le saviez-vous ?

— Mon cher Robert, je suis un spécialiste de l'histoire de la chrétienté, et il y a des sectes qui sont particulièrement démonstratives… oserais-je dire.

— L'*Opus Dei*, murmura Langdon, se souvenant d'un fait divers récemment relaté dans la presse.

Trois hommes d'affaires de Boston en vue avaient été accusés, par quelques collègues inquiets, de porter un cilice sous leur costume trois-pièces. Les soupçons s'étaient révélés faux, car il ne s'agissait que de trois surnuméraires de l'*Opus Dei*, qui ne pratiquaient pas la mortification corporelle. Ils n'étaient en fait que des catholiques fervents, suivant de très près l'éducation de leurs enfants, et membres dévoués de leur paroisse. Les médias en avaient évidemment profité pour s'attarder sur la description des habitudes plus choquantes – et donc plus vendeuses – de leurs frères numéraires… dont faisait certainement partie le moine allongé sur le parquet de Teabing.

Le Britannique examinait de près la ceinture barbelée.

— Mais pourquoi diable l'*Opus Dei* serait-il à la recherche du Graal ?

Langdon était trop sonné pour réfléchir à la question.

— Robert, demanda Sophie en se dirigeant vers le coffret. Qu'est-ce que c'est que ça ?

Elle tenait à la main la petite rose qui s'était détachée du couvercle.

— Elle recouvrait un texte gravé sur le couvercle. On devrait pouvoir y trouver le mot de passe qui ouvre le cryptex.

Avant que Sophie ou Teabing aient eu le temps de réagir, la lueur bleue de gyrophares, accompagnée d'un hurlement de sirènes, surgit au bas de la colline, remontant la longue allée.

Teabing fronça les sourcils.

— Mes chers amis, il me semble que nous avons une décision à prendre. Et ce, sans perdre de temps...

66.

L'arme au poing, Collet et ses agents enfoncèrent la porte d'entrée du château. Ils se déployèrent en éventail pour inspecter toutes les pièces du rez-de-chaussée. Les policiers trouvèrent dans le salon un projectile dans le plancher, des traces de lutte, une petite flaque de sang, une curieuse ceinture de cuir à pointes de métal et un rouleau de ruban adhésif entamé. Mais pas âme qui vive, dans aucune des pièces.

Au moment où l'inspecteur allait envoyer ses hommes au sous-sol et dans le parc, il entendit des voix au premier étage.

— Ils sont là-haut !

Ils se précipitèrent dans l'escalier, fouillèrent les corridors et une enfilade de chambres obscures, se rapprochant des voix, qui semblaient venir de la dernière pièce, située au fond d'un immense couloir. Les policiers avançaient lentement, bloquant toutes les issues possibles.

La porte était grande ouverte. Les voix s'étaient soudain tues, remplacées par le ronronnement d'un moteur.

Collet donna le signal de l'assaut. S'engageant dans l'embrasure, il trouva le bouton électrique et alluma la lumière. Suivi de ses hommes, il pivota rapidement sur lui-même et poussa un cri, l'arme dirigée vers… rien.

Une magnifique chambre d'amis. Déserte.

Le grondement d'un moteur de voiture sortait d'un tableau électronique noir, accroché au mur près du lit, identique à ceux qu'il avait vus dans les autres chambres. *Un système d'interphone*. Il s'y précipita. Le panneau comportait une douzaine de boutons surmontés chacun d'une étiquette.

BUREAU… CUISINE… BUANDERIE… CELLIER…

— D'où vient ce bruit de voiture ?

CHAMBRE SIR LEIGH… SOLARIUM… GRANGE… BIBLIOTHÈQUE…

La grange ! En moins de trente secondes il avait atteint le pied de l'escalier. Empoignant par le bras un de ses hommes, il sortit en courant, fit le tour du château, traversa la pelouse arrière, et arriva hors d'haleine à la porte d'un vieux bâtiment de pierre grise. Avant même d'entrer, Collet entendit derrière la porte un bruit de moteur qui s'éloignait. Il tira son arme, se rua à l'intérieur et enfonça l'interrupteur.

La partie droite de la grange hébergeait un atelier rudimentaire – tondeuses à gazon, outils de

455

mécanicien et de jardinage. Sur le panneau d'interphone accroché au mur, l'un des interrupteurs était baissé :

CHAMBRE D'AMIS II.

Collet fit volte-face, la rage au ventre. *Ils nous ont attirés au premier étage*. Il alla inspecter l'aile gauche de la grange, où s'alignaient des stalles d'écuries. Sans chevaux. Le propriétaire les avait converties en boxes pour y loger ses voitures. Le parc automobile était impressionnant : une Ferrari noire, une splendide Rolls-Royce flambant neuve, un coupé Aston Martin de collection, et une Porsche 356.

La dernière stalle était vide, le sol maculé de taches d'huile. *Ils ne pourront pas quitter la propriété*. L'entrée de l'allée était barricadée par deux voitures de police.

— Inspecteur ? appela son compagnon, en montrant du doigt le fond du dernier box.

Derrière la grange, au-delà de la porte grande ouverte, on apercevait une côte boueuse.

Collet se précipita dehors mais ne put discerner qu'une forêt au loin. Ni phares, ni feux arrière. La vallée boisée était probablement sillonnée par un réseau de chemins forestiers et de pistes pour la chasse, mais Collet était certain que les fugitifs ne pourraient pas traverser un terrain aussi accidenté.

— Envoyez quelques hommes là-bas, ordonnat-il. Ils sont peut-être déjà embourbés quelque part.

Ces petites voitures de sport, ça ne vaut rien sur ce type de terrain…

— Mais… ?

Le policier montra du doigt un panneau de bois où étaient accrochées des clés de voiture, sous des étiquettes d'identification.

FERRARI… ROLLS… ASTON MARTIN… PORSCHE…

Le dernier crochet était vide. En lisant l'étiquette correspondante, Collet comprit que ses problèmes ne faisaient que commencer.

67.

Le Range Rover était un Java Black Pearl à quatre roues motrices, transmission manuelle, phares en polypropylène, grilles de protection pour feux arrière, et conduite à droite.

Langdon était heureux de ne pas être au volant.

Sous la direction de Teabing, Rémy manœuvrait à merveille, avec le clair de lune pour seul éclairage, dans la descente à travers champs. Il venait de franchir une butte de terre tous feux éteints et dévalait maintenant une longue pente qui les éloignait du château. Il semblait se diriger vers la silhouette d'un bois qu'on devinait au loin.

Tenant à deux mains le coffret sur ses genoux, Langdon se retourna vers Teabing et Sophie, assis sur la banquette arrière.

— Comment va votre tête ? lui demanda Sophie d'une voix inquiète.

Il lui renvoya un sourire forcé.

— Beaucoup mieux.

Il avait affreusement mal.

Teabing se retourna vers l'albinos ligoté, roulé en boule dans le coffre derrière lui. Il se rassit bien droit, l'arme du moine posée sur les genoux, comme un chasseur de safari posant avec son trophée pour une photo souvenir.

— Comme je suis heureux, mon cher Robert, de votre visite impromptue cette nuit !

— Je suis navré de vous avoir entraîné dans cette histoire, Leigh.

— Je vous en prie ! J'ai attendu toute ma vie une aventure de ce genre !

Apercevant par le pare-brise l'ombre d'une longue haie, il posa une main sur l'épaule de Rémy.

— N'oubliez pas, Rémy, aucun coup de frein. En cas d'urgence, servez-vous du frein à main. Je voudrais attendre que nous soyons rentrés dans les bois. Ne risquons pas d'être aperçus depuis la maison.

Le chauffeur rétrograda avant de passer dans une brèche de la haie. La voiture s'engagea sur un chemin et la lune disparut derrière les branches des arbres.

Je n'y vois absolument rien, se dit Langdon en essayant de distinguer un quelconque repère devant eux. L'obscurité était complète. Les branches basses raclaient la gauche du Range Rover, que Rémy redressa vers la droite. Sans toucher pratiquement au volant, il progressa d'une trentaine de mètres.

— Rémy, vous êtes parfait ! Je pense que nous sommes assez loin maintenant. Robert, pourriez-vous appuyer sur le petit bouton bleu, juste au-dessous du ventilateur ? Vous le voyez ?

Langdon s'exécuta.

Une faible lueur jaune balaya le chemin devant eux, faisant surgir d'épais taillis de chaque côté. *Les feux de brouillard*, comprit Langdon. Ils donnaient juste assez de lumière pour les guider, sans pour autant risquer de les signaler.

— Et voilà, Rémy ! s'exclama Teabing. Vous y voyez clair ! Nos vies sont entre vos mains.

— Où allons-nous ? demanda Sophie.

— Ce chemin traverse la forêt sur environ trois kilomètres. Ensuite, nous sortons de la propriété et nous bifurquons vers le nord. Si nous ne rencontrons pas une vieille souche ou une mare, nous devrions nous retrouver indemnes sur l'autoroute A13.

Indemnes. La tête de Langdon lui martelait le contraire. Il baissa les yeux vers le coffret, où le cryptex avait été remis à l'abri. La rose de marqueterie avait été relogée dans son habitacle et, malgré la migraine qui lui perforait les tempes, il brûlait d'envie de la déboîter à nouveau, pour pouvoir étudier la curieuse inscription qu'il n'avait qu'entrevue avant d'être assommé par le moine albinos. Il ouvrit la serrure, souleva doucement le couvercle. Teabing lui tapota l'épaule.

— Patience, Robert. La route est pleine de bosses et il fait nuit noire. Par pitié, ne cassons rien ! Si vous n'avez pas pu reconnaître en pleine lumière de quelle langue il s'agissait, ce n'est pas maintenant que vous y arriverez. Nous n'en avons plus pour longtemps.

Il avait raison. Langdon hocha la tête et referma le coffret.

À l'arrière, le moine gémissait et se débattait dans ses bandages de Chatterton. Il se mit à donner de violents coups de pied contre le dossier de la banquette arrière. Teabing se retourna vers lui en le menaçant du pistolet.

— Je ne vois vraiment pas de quoi vous pouvez vous plaindre ! Vous vous êtes introduit chez moi par effraction, et avez blessé d'un fort vilain coup le crâne d'un ami très cher. Je serais en droit de vous abattre sur-le-champ et de laisser votre cadavre pourrir dans les sous-bois…

Le moine se tut.

— Vous êtes sûr que c'était une bonne idée de l'emmener avec nous ? demanda Langdon.

— Plus que sûr ! s'exclama Teabing. Vous êtes recherché pour meurtre, mon cher Robert. Cette fripouille est votre passeport pour la liberté. Je parie qu'il détient la preuve de votre innocence. La police m'a l'air bien acharnée contre vous, pour vous avoir filé jusque chez moi.

— C'est ma faute, dit Sophie. J'aurais dû me douter qu'il y avait un mouchard dans le fourgon de la banque.

— Peu importe, répliqua Teabing. Ce qui m'étonne, ce n'est pas que la police vous ait retrouvés, c'est que cet hurluberlu de l'*Opus Dei* ait réussi à vous dénicher. Si j'en crois ce que vous m'avez dit, je ne vois pas comment il a pu retrouver votre trace sans un contact avec la PJ ou avec cette banque zurichoise.

Langdon réfléchit à la question. Fache cherchait visiblement un bouc émissaire pour les crimes de la journée. Et Vernet les avait subitement lâchés, Sophie et lui. Il est vrai que ce revirement était compréhensible, s'il avait appris les meurtres dont on accusait Langdon.

— Ce moine ne travaille pas seul, reprit Teabing. Et tant que nous ne connaissons pas son commanditaire, vous et Sophie êtes en danger. Mais la bonne nouvelle, c'est que vous êtes maintenant en position de force. Ce pauvre bougre derrière moi détient l'information, et celui qui tire les ficelles doit commencer à s'énerver.

Maintenant que la voie était éclairée, Rémy prenait de la vitesse. Ils traversèrent une flaque d'eau, grimpèrent une petite côte et redescendirent.

— Robert, seriez-vous assez aimable pour me passer le téléphone qui se trouve sur le tableau de bord ? demanda Teabing.

Langdon lui remit l'appareil et il composa un numéro. Il attendit un bon moment avant que l'on décroche.

— Richard ? Je vous réveille ? Évidemment, suis-je bête ! Pardonnez-moi, mais j'ai un petit problème. Je ne me sens pas très bien. Il faut que j'aille quelque temps là-bas avec Rémy, pour me faire soigner… Oui, cette nuit même. Je suis navré de vous prendre de court. Auriez-vous la bonté de me préparer Elizabeth d'ici, disons, une demi-heure ?… Je comprends… Faites pour le mieux. Merci, Richard, à tout à l'heure.

— Elizabeth ? s'étonna Langdon.

— C'est mon avion. Il m'a coûté les yeux de la tête.

Et comme Langdon se retournait brusquement :

— Qu'y a-t-il, Robert ? Vous ne comptez tout de même pas rester en France avec toute la PJ aux trousses ? Londres sera beaucoup plus sûr.

— Vous voulez nous faire quitter le pays ? demanda Sophie.

— Mes chers amis, l'influence dont je dispose à Londres dépasse de très loin celle que je peux exercer ici. Et, qui plus est, le Saint-Graal est censé se trouver en Grande-Bretagne. Si nous ouvrons la clé de voûte, la carte que nous y trouverons vous prouvera certainement que nous sommes partis dans la bonne direction.

— Vous courez un gros risque en nous emmenant avec vous, objecta Sophie. Vous n'allez certainement pas vous faire d'amis dans la police française.

Teabing fit une grimace condescendante.

— J'en ai fini avec la France. Je ne m'y suis installé que dans le but de découvrir la clé de voûte. C'est chose faite. Je me moque bien de ne plus jamais revoir le château de Villette.

— Mais comment passerons-nous la sécurité à l'aéroport ? s'enquit Sophie.

— Nous décollons du Bourget. Comme je n'ai pas très confiance dans les médecins français, je pars tous les quinze jours me faire soigner de l'autre côté de la Manche. Je paie pour obtenir certaines… dérogations au départ et à l'arrivée. Une fois que nous serons dans les airs, Robert, vous me direz si vous souhaitez qu'un membre de votre ambassade vienne vous chercher à l'aéroport.

Mais Langdon n'avait plus du tout envie que son ambassade s'occupe de lui. Il ne pensait qu'à la clé de voûte, sa seule préoccupation étant de savoir si cette inscription énigmatique leur permettrait de localiser le Graal. Il se demanda si Teabing ne se trompait pas en pariant sur la Grande-Bretagne. Il est vrai que de nombreuses légendes situaient le Graal outre-Manche. Même l'île mythique d'Avalon[1], celle du roi Arthur, était censée n'être autre que Glastonbury, en Angleterre. Mais, quel que soit l'endroit où reposait le Graal, Langdon n'avait jamais imaginé qu'il se lancerait un jour à sa poursuite. *Les documents du Sangréal. La véritable histoire de Jésus. Le tombeau de Marie Madeleine*. Il avait l'impression ce soir de flotter dans des limbes ou dans une sorte de bulle où le monde réel ne pouvait l'atteindre.

— Puis-je demander à Monsieur, interrogea soudain le domestique, s'il a l'intention de s'installer définitivement en Angleterre ?

— Ne vous inquiétez pas, Rémy. Si je préfère retourner vivre chez la reine, je n'ai aucune envie

1. Ancienne île des marais du Somerset. *(N.d.T.)*

d'infliger à mon palais un régime saucisses-purée pour le restant de mes jours. Je compte bien que vous accepterez de demeurer à mon service. J'ai jeté mon dévolu sur une superbe villa dans le Devon et nous allons immédiatement y faire expédier nos affaires. L'aventure, Rémy, l'aventure !

Langdon ne put s'empêcher de sourire. En écoutant Teabing se répandre sur les détails de son retour triomphal dans son pays, il se sentit gagné par son enthousiasme.

Il contemplait distraitement par sa fenêtre les arbres qui défilaient, leurs troncs blanchâtres sous les faisceaux des phares. Dans le rétroviseur que les branches basses avaient rabattu, il regarda longuement Sophie, assise en silence sur la banquette arrière. Malgré tous ses ennuis, il était finalement bien content d'être en aussi bonne compagnie.

Comme si elle se savait regardée, elle se pencha vers lui et lui posa les deux mains sur les épaules :

— Comment ça va ?

— Pas trop mal.

Elle se renversa sur le dossier de la banquette arrière, un léger sourire aux lèvres. Il se rendit compte qu'il souriait aussi.

Plié en deux dans le coffre du 4 x 4, Silas pouvait à peine respirer. Il avait les deux bras attachés aux chevilles derrière son dos, avec de la ficelle de cuisine et du Chatterton. La moindre bosse de la route se répercutait douloureusement sur ses épaules écartelées. Ses ravisseurs lui avaient au moins enlevé son cilice. Mais le Chatterton collé en travers de sa bouche l'empêchait de respirer autrement que par ses narines, lesquelles étaient encombrées par la poussière du coffre où on l'avait confiné. Il fut saisi d'une quinte de toux.

— Je crois qu'il étouffe, fit le chauffeur, inquiet.

L'Anglais qui l'avait frappé avec sa béquille se retourna vers lui et le regarda froidement.

— Heureusement pour vous, les Britanniques ne jugent pas la courtoisie d'un homme sur sa délicatesse envers ses amis, mais sur la compassion dont il sait faire preuve pour ses ennemis.

Il plongea une main derrière la banquette et décolla sans ménagement le Chatterton de la bouche de Silas.

Ce dernier avait les lèvres en feu, mais l'air qui entra dans ses poumons semblait envoyé par Dieu.

— Pour qui travaillez-vous ? lui demanda l'Anglais.

— J'accomplis l'œuvre de Dieu, articula-t-il péniblement, entre ses mâchoires endolories par le coup de pied de la femme.

— Vous appartenez à l'*Opus Dei*.

Ce n'était pas une question.

— Vous ignorez tout de moi, fit Silas.

— Pourquoi l'*Opus Dei* veut-il s'emparer de la clé de voûte ?

Silas n'avait pas l'intention de répondre. La clé de voûte conduisait au Saint-Graal, et sa possession était nécessaire à la protection de la foi.

J'accomplis l'œuvre de Dieu. La Voie est en péril.

Il fut soudain saisi de crainte à l'idée d'avoir failli à la mission que lui avaient confiée le Maître et Mgr Aringarosa. Il n'avait aucun moyen de les avertir du cours catastrophique des événements. *La clé de voûte est entre les mains de mes ravisseurs. Ils trouveront le Graal avant nous !*

Dans l'obscurité étouffante, Silas se mit à prier, forçant ses douleurs à appuyer sa supplique.

Un miracle, Seigneur ! Faites un miracle !

Il ne pouvait savoir qu'il en obtiendrait un, quelques heures plus tard.

— Robert ? demanda Sophie. Je viens de vous voir faire un drôle de sourire…

Il se retourna vers elle et se rendit compte que son cœur battait plus vite. Il venait d'avoir une curieuse idée. *L'explication pourrait-elle être aussi simple ?*

— Pourriez-vous me prêter votre téléphone portable ?

— Tout de suite ?

— Je viens de penser à quelque chose…

— Quoi ?

— Je vous en parlerai dans une minute. Passez-le-moi, s'il vous plaît.

Elle était perplexe :

— J'espère que Fache ne m'a pas mise sur écoute… Tâchez quand même que cela ne dure pas plus d'une minute… au cas où.

Elle lui tendit son téléphone.

— Comment je fais pour appeler les États-Unis ?

— Double zéro. Mais il faut que vous appeliez en PCV. Je n'ai pas l'international.

Langdon composa son numéro, en se disant que les soixante secondes qui allaient suivre répondraient peut-être à la question qui le préoccupait depuis le début de la nuit.

68.

L'éditeur new-yorkais Jonas Faukman venait de se mettre au lit quand la sonnerie du téléphone retentit. *Il est un peu tard pour appeler !* grommela-t-il en décrochant.

Un opérateur était au bout du fil.

— Acceptez-vous un appel en PCV de Robert Langdon ?

Désemparé, Jonas alluma sa lampe.

— Euh… oui, bien sûr.

Un déclic.

— Jonas ?

— Vous me réveillez, Robert, et en plus vous me faites payer la communication !

— Pardonnez-moi. Je vais être bref, mais il faut absolument que je sache quelque chose. Ce dernier manuscrit que je vous ai remis, est-ce que…

— Je suis désolé, Robert. Je vous avais dit que je vous enverrais les épreuves cette semaine, mais j'ai été débordé. Lundi sans faute. C'est promis.

— Je me fiche des épreuves. Est-ce que vous en avez envoyé des extraits à d'autres éditeurs, ou auteurs, sans m'en parler ?

Faukman hésita un instant. Le dernier manuscrit de Langdon – une étude sur le culte de la déesse – comportait plusieurs chapitres consacrés à Marie Madeleine, qui allaient faire du bruit. Même s'il s'agissait d'un travail très sérieusement documenté et déjà traité par d'autres auteurs, l'éditeur voulait s'assurer l'aval d'un certain nombre d'historiens et de sommités du monde des arts avant de le publier. Il avait sélectionné une dizaine de spécialistes auxquels il avait envoyé quelques extraits du manuscrit de Langdon, avec une lettre leur demandant une ou deux phrases de commentaire pour la quatrième de couverture. Son expérience lui avait appris que la plupart des écrivains sautent toujours sur la moindre occasion de voir leur nom imprimé.

— Répondez-moi, Jonas, insistait Langdon, à qui avez-vous envoyé mon manuscrit ?

Faukman haussa les sourcils, devinant que Langdon était plutôt fâché.

— Il était parfait, Robert, bredouilla-t-il. Je voulais vous faire la surprise d'une dizaine de signatures…

— En avez-vous envoyé un exemplaire au conservateur en chef du Louvre ?

— Pour qui me prenez-vous ? Vous faites plusieurs fois référence à ses collections, vous citez ses livres dans votre bibliographie, et c'est un monsieur qui pèse lourd dans les ventes à l'étranger. Ce n'était pas sorcier de penser à lui...

Il y eut un long silence au bout du fil.

— Quand le lui avez-vous envoyé ? demanda enfin Langdon.

— Il y a un mois environ. J'ai également évoqué votre prochain séjour à Paris, en suggérant que vous pourriez vous rencontrer. Est-ce qu'il vous a contacté ? Attendez ! Ce n'est pas cette semaine que vous deviez être à Paris ?

— Je *suis* à Paris.

— Et vous m'appelez en PCV de là-bas ?

— Vous déduirez ça de mes droits d'auteur, Jonas. Et Saunière vous a-t-il répondu ? Qu'est-ce qu'il a pensé du manuscrit ?

— Je ne sais pas. Je n'ai pas eu de nouvelles.

— Ne vous en faites pas. Il faut que je vous laisse. Mais votre démarche explique pas mal de choses. Merci.

— Robert ?

Langdon avait coupé. Faukman raccrocha son téléphone en hochant la tête. *Ces auteurs... Même les plus sensés sont à moitié cinglés.*

L'éclat de rire de Teabing résonna dans le Range Rover.

— Si j'ai bien compris, mon cher Robert, vous écrivez un livre qui traite d'une société secrète et votre éditeur s'empresse de leur envoyer le manuscrit ?

— Apparemment, fit Langdon, accablé.

— La coïncidence est cruelle, en effet.

Il ne s'agit pas d'une coïncidence, se dit Langdon. Solliciter la caution de Jacques Saunière pour un livre sur le culte de la déesse revenait à demander celle de Tiger Woods pour un ouvrage sur le golf. Et aucun essai sur la déesse ne pouvait omettre le Prieuré de Sion.

— Et maintenant, plaisanta Teabing, la question à un million de dollars : quelle était votre position envers le Prieuré ? Favorable ou défavorable ?

Le sous-entendu de Teabing était limpide. Nombre d'historiens contestaient le fait que le Prieuré fût encore en possession des documents du Graal. Beaucoup pensaient que l'information aurait été divulguée depuis longtemps.

— Je ne me prononce pas sur l'action du Prieuré.

— Vous voulez dire sur leur inertie…

Langdon haussa les épaules. Teabing était évidemment favorable à la publication des documents du Graal.

— Je me suis contenté de fournir des renseignements sur l'histoire de leur Fraternité, précisa-t-il. En les décrivant comme une secte moderne du culte de la déesse, dont les membres sont les gardiens du Graal et de certains documents secrets.

— Avez-vous parlé de la clé de voûte ? demanda Sophie.

Langdon fit la grimace. Il l'avait fait, à plusieurs reprises.

— J'ai évoqué son existence supposée, comme un exemple des mesures prises par le Prieuré pour protéger les documents du Sangréal.

— En tout cas, cela expliquerait le « *P.S. Trouver Robert Langdon* », fit-elle.

Mais Langdon pressentait qu'il y avait autre chose dans son manuscrit, une autre référence, qui avait dû susciter l'intérêt de Saunière. Il en parlerait à Sophie lorsqu'ils seraient seuls.

— Donc, insista Sophie, vous avez menti au commissaire Fache.

— Comment ?

— Vous lui avez dit que vous n'aviez jamais correspondu avec mon grand-père…

— Mais c'était vrai ! C'est mon éditeur qui lui a envoyé le manuscrit !

— Réfléchissez, Robert, répliqua Sophie. Si Fache a trouvé dans son bureau une épreuve de votre livre, mais pas l'enveloppe d'expédition, il a dû conclure que c'est vous qui l'aviez envoyé. Ou pis, que vous le lui aviez remis en mains propres.

Arrivé à l'aéroport du Bourget, Rémy conduisit le Range Rover vers un petit hangar situé en bout de piste. Un homme en salopette kaki, ébloui par les phares, vint à leur rencontre. Il ouvrit la grosse porte coulissante en tôle ondulée sur un petit jet au fuselage d'un blanc étincelant.

— Elizabeth ? demanda Langdon en admirant le fuselage étincelant.

— Elle est bien plus rapide que ce fichu tunnel ! dit fièrement Teabing

Le mécanicien s'approcha de la voiture.

— Il est presque prêt, répondit-il avec un accent britannique. Désolé pour le retard, mais vous m'avez pris au pied levé et…

Il s'interrompit en voyant deux autres personnes sortir du Range Rover.

— Mes associés, déclara Teabing. Nous avons une affaire urgente qui nous attend à Londres, et pas de temps à perdre. Préparez-vous à décoller immédiatement, dit Teabing en tendant ostensiblement à Langdon son pistolet.

Le pilote ouvrit des yeux ronds et lui chuchota à l'oreille :

— Je suis désolé, monsieur, mais ma licence ne m'autorise qu'à transporter deux personnes. Je ne peux pas transporter vos invités.

— Mon cher Richard, dit Teabing avec un grand sourire, un pourboire de deux mille livres et ce pistolet chargé vous convaincront, je pense, de les laisser monter à bord, ainsi d'ailleurs que ce pauvre garçon que vous voyez dans le coffre.

69.

Les deux moteurs Garrett TFE-731 lancés à plein régime arrachèrent du sol le Hawker 731, et la piste éclairée disparut en quelques secondes.

Je fuis mon pays, pensait Sophie, plaquée contre le dossier de son siège en cuir. Jusqu'à présent, la partie de cache-cache avec le commissaire Fache pouvait encore passer pour justifiable aux yeux de son administration. *Je cherchais à protéger un innocent, tout en accomplissant les derniers vœux de mon grand-père mourant*. Mais plus maintenant. Elle quittait la France sans papiers, en compagnie d'un homme recherché par la police et d'un otage ligoté. Elle venait de franchir la ligne de démarcation qui la mettait hors la loi. *Et presque à la vitesse du son*.

Elle était assise, comme Langdon et Teabing, à l'avant de la cabine – *Jet design pour voyages d'affaires*, ainsi que l'annonçait un médaillon rivé sur la porte. Leurs fauteuils moelleux, montés sur des rails rivés au plancher, pouvaient pivoter et se positionner autour d'une table en bois rectangulaire. Une salle de conférences miniature. La dignité du décor ne parvenait cependant pas à faire oublier l'arrière de l'appareil, nettement moins douillet, où Rémy était assis près de la porte des toilettes, chargé à contrecœur par Teabing de monter la garde, pistolet au poing, au-dessus du moine sanguinolent roulé en boule à ses pieds comme un sac de voyage.

— Avant que nous nous penchions ensemble sur la clé de voûte, attaqua Teabing avec la timidité solennelle d'un père se préparant à expliquer les mystères de la vie à ses enfants, je suis bien conscient de n'être que votre invité dans cette aventure, et vous m'en voyez très honoré. Toutefois, ayant consacré une grande partie de ma vie à la quête du Graal, je pense qu'il est de mon devoir de vous avertir que vous allez vous engager sur un chemin sans retour et probablement semé de dangers.

Il se tourna vers Sophie.

— Mademoiselle Neveu, votre grand-père vous a confié ce cryptex dans l'espoir que vous perpétuiez en son nom le secret du Saint-Graal.

— Oui.

— Vous devez vous préparer à suivre sa piste, où qu'elle vous conduise…

Sophie hocha la tête, tout en pensant à l'autre motivation qui la brûlait. *La vérité sur ma famille.* Langdon avait beau lui avoir affirmé que la clé de voûte n'avait rien à voir avec ses parents, elle sentait qu'elle était sur le point de dénouer un mystère qui la touchait personnellement. Comme si le cryptex, façonné par les mains de son grand-père, cherchait à lui parler pour combler le vide qui la hantait depuis tant d'années.

— Jacques Saunière s'est sacrifié ce soir, continua Teabing, après ses trois sénéchaux, pour éviter que la clé de voûte ne tombe entre les mains de l'Église. L'*Opus Dei* a été tout à l'heure à deux doigts de faire main basse sur ce trésor. Je pense que vous avez conscience de la responsabilité exceptionnelle qui vous incombe. Votre grand-père vous a confié un flambeau. Une flamme vieille de deux mille ans qu'on ne doit pas laisser s'éteindre. Elle ne doit pas tomber dans de mauvaises mains.

Marquant une courte pause, il abaissa les yeux vers le coffret en bois de rose.

— Je sais, reprit-il, qu'on ne vous a pas laissé le choix d'endosser un tel fardeau. Mais étant donné l'importance des enjeux, vous vous devez de l'assumer, ou de le confier à quelqu'un d'autre…

— Si mon grand-père m'a remis ce cryptex, c'est qu'il devait penser que je serais à la hauteur de la situation, risqua Sophie.

Teabing semblait encouragé, mais toujours pas convaincu.

— Très bien. Votre ton décidé me paraît prometteur. Je serais tout de même curieux de savoir si vous vous rendez compte que l'ouverture de la clé de voûte ne sera que la première d'une série d'épreuves encore plus difficiles.

— Comment cela ?

— Imaginez, ma chère Sophie, que vous ayez soudain dans les mains la carte qui révèle le lieu où repose le Saint-Graal. Vous serez en possession d'une information susceptible de changer le cours de l'histoire. En tant que gardienne d'une vérité que les hommes cherchent à connaître depuis des siècles, c'est à vous qu'il reviendra de la révéler au monde. Le porteur d'une telle nouvelle sera révéré par un certain nombre de gens mais aussi honni par d'autres, tout aussi nombreux. Vous sentez-vous la force d'endosser une telle responsabilité ?

— Je ne suis pas sûre que ce soit à moi de prendre la décision, protesta Sophie.

Teabing haussa les sourcils.

— Et qui d'autre que vous, ma pauvre enfant… ?

— Les membres de la Fraternité, qui ont su conserver le secret si longtemps.

— Le Prieuré ? fit Teabing, sceptique. Mais comment ? La confrérie vient de subir un revers sanglant. *Elle est décapitée*, comme vous l'avez si bien dit vous-même. Nous ne saurons jamais si elle a été infiltrée, ou si c'est l'un de ses membres qui a trahi ses frères, mais le fait est que quelqu'un a découvert l'identité de ses quatre chefs. Dans l'état actuel des choses, il serait sage de ne se fier à aucun des autres.

— Alors, fit Langdon. Que suggérez-vous ?

— Vous savez aussi bien que moi, Robert, que si le Prieuré de Sion garde aussi jalousement son secret depuis plus de neuf siècles, ce n'est pas pour le plaisir de le protéger éternellement, mais parce que ses membres attendent le moment opportun pour le divulguer. Un moment où le monde sera prêt à recevoir la vérité.

— Et vous croyez que ce moment est arrivé ? enchaîna Langdon.

— C'est mon sentiment. Cela ne pourrait être plus évident. Tous les signes historiques et astrologiques le suggèrent. Et si le Prieuré n'avait pas décidé de le dévoiler très prochainement, pourquoi le Vatican aurait-il choisi ce moment pour lancer ses tueurs ?

— Mais le moine albinos ne nous a toujours rien dit, objecta Sophie.

— Son objectif est celui de l'Église, répliqua Teabing. Détruire les documents qui révèlent la grande trahison. Ce soir, le Vatican n'a jamais été aussi près de s'emparer du secret, et c'est en vous, mademoiselle Neveu, que le Prieuré a placé sa confiance. Il me paraît évident que le sauvetage du Graal impose l'accomplissement d'une autre volonté du Prieuré – celle de partager sa vérité avec l'humanité tout entière.

Langdon intervint :

— Demander à Sophie de prendre une telle décision, c'est lui imposer une bien lourde responsabilité ; après tout, elle ne connaît l'existence des documents du Graal que depuis une heure…

Teabing soupira.

— Vous m'excuserez, Sophie, d'insister ainsi. Ces documents sont destinés à être publiés. Je n'ai jamais eu le moindre doute à ce sujet. Je voulais seulement vous avertir de ce qui vous attend si nous réussissons à ouvrir ce cryptex.

— Messieurs, affirma Sophie avec fermeté, pour vous citer : *Ce n'est pas vous qui trouvez le Graal, c'est lui qui vous trouve…* Je décide de croire qu'il a bien une raison pour m'avoir ainsi trouvée. Et que je saurai quoi faire le moment venu.

Ils frissonnèrent tous les deux.

— Et maintenant, dit-elle en soulevant le couvercle du coffret, au travail !

70.

Démoralisé, l'inspecteur Collet contemplait les braises qui achevaient de se consumer dans la cheminée du salon de Teabing. Le commissaire Fache, arrivé quelques minutes plus tôt, s'était enfermé dans le bureau. On l'entendait hurler au téléphone pour tenter de coordonner la filature du Range Rover.

Comment savoir où ils sont, maintenant ? se demandait Collet.

Il n'était pas fâché qu'on ait trouvé un trou percé par un projectile dans le plancher du salon. Il avait certes désobéi aux ordres de son supérieur et perdu la trace de Langdon pour la deuxième fois, mais il pouvait au moins prouver qu'un coup de feu avait bien été tiré. Cependant Fache était d'une humeur détestable, et l'inspecteur craignait les conséquences fâcheuses de cette très mauvaise soirée.

Les indices dont on disposait ne fournissaient malheureusement aucun éclairage sur ce qui s'était réellement passé au château de Villette. L'Audi noire avait été louée sous un faux nom, payée avec un faux numéro de carte bancaire, et les empreintes qu'on y avait relevées étaient inconnues de la police française, ainsi que des bases de données d'Interpol.

Un agent appela depuis la porte :

— Inspecteur, où est le commissaire ?

— Au téléphone, répondit Collet sans détacher son regard du foyer incandescent.

— Non, j'en ai terminé, rétorqua Fache qui apparut sur le seuil. Que se passe-t-il ?

— Le Central vient d'appeler, commissaire. André Vernet leur a téléphoné de la Zurichoise de Dépôt. Il veut vous parler en privé. Il a l'air de vouloir changer sa version des faits.

— Tiens donc ? fit Fache.

Collet se retourna.

— Il reconnaît, reprit l'agent, que Langdon et Neveu ont passé quelque temps dans sa banque ce soir.

— On s'en doutait bien. Pourquoi a-t-il commencé par le nier ?

— Il ne veut parler qu'à vous mais il est prêt à coopérer.

— En échange de quoi ?

— Du silence de la police sur l'implication de sa banque dans l'affaire Saunière. Et aussi pour que nous l'aidions à récupérer ce que Langdon et Neveu lui ont volé…

— Quoi ? laissa échapper Collet.

482

Fache ne broncha pas.

— Qu'est-ce qu'ils lui ont pris ? demanda-t-il en regardant l'agent fixement.

— Qu'est-ce qu'ils lui ont pris ? s'exclama Collet en écho.

— Il n'a pas donné de détails, mais il a l'air décidé à faire l'impossible pour le retrouver.

Collet essaya de se représenter la scène. Peut-être Langdon et Sophie avaient-ils menacé d'une arme un employé de la banque. Ou avaient-ils forcé Vernet lui-même à leur ouvrir le coffre de Saunière et à les aider dans leur fuite. C'était évidemment une possibilité, mais ce qu'il savait de Sophie Neveu ne collait pas avec un tel scénario.

— OK, dit Fache. Prenez son numéro. Je le contacterai dès que possible.

Un autre policier appela Fache depuis la cuisine.

— Commissaire ! Mauvaise nouvelle. Je viens de passer en revue les numéros que Teabing avait enregistrés dans la mémoire de son téléphone. Je suis en ligne avec l'aéroport du Bourget...

Trente secondes plus tard, Fache était prêt à quitter le château de Villette. Il venait d'apprendre que Teabing possédait un avion au Bourget, lequel avait décollé une demi-heure plus tôt.

Le responsable de l'aéroport qu'il avait eu au bout du fil prétendait ignorer la destination du vol et le nom des passagers. Le décollage n'avait pas été déclaré, et aucun plan de vol enregistré, ce qui était tout à fait illégal, même pour un avion privé.

Mais le commissaire était convaincu qu'en tirant les bonnes sonnettes il obtiendrait facilement ces renseignements.

— Collet ! aboya-t-il en se dirigeant vers la porte, je n'ai pas d'autre choix que de vous confier la responsabilité de l'enquête ici. Distinguez-vous par votre efficacité, ça me changera.

71.

Le Hawker avait atteint sa vitesse de croisière et mis le cap sur l'Angleterre. Langdon souleva délicatement le coffret en bois de rose qu'il avait gardé sur ses genoux pour le protéger des secousses du décollage. Il le déposa sur la table. Brûlant d'impatience, Sophie et Teabing se penchèrent vers lui.

Il débloqua le verrou et ouvrit la boîte, délaissant le cryptex pour se concentrer sur le minuscule trou de la face interne du couvercle. Il sortit de sa poche un stylo à bille et délogea avec la pointe la rose de bois clair. Le texte qu'elle masquait apparut : *Sub Rosa*, songeait-il, espérant que ce nouvel examen allait lui permettre de faire la lumière. Rassemblant toutes ses énergies, il se pencha sur la curieuse inscription.

elc al tse essegas ed tom xueiv nu snad
eetalce ellimaf as tinuer iuq
sreilpmet sel rap eineb etet al
eelever ares suov hsabta ceva

Quelques secondes plus tard, sous le coup de la même frustration qu'il avait déjà éprouvée au château de Villette, il leva la tête vers Teabing.

— Je ne vois vraiment pas…

Sophie ne pouvait pas voir le texte depuis sa place, mais l'incapacité de Langdon à en identifier la langue l'étonnait. *Mon grand-père a utilisé un langage tellement obscur que même un spécialiste des symboles est incapable de le déchiffrer ?* Elle se ravisa vite : après tout ce ne serait pas le premier secret que Jacques Saunière aurait caché à sa petite-fille.

En face d'elle, Leigh Teabing bouillait d'impatience. Tremblant d'excitation, il se contorsionnait pour tenter de lire par-dessus l'épaule de Langdon, toujours penché sur le coffret.

— Je ne sais pas, répéta Langdon. À première vue il doit s'agir d'une langue sémitique, mais elles comportent presque toutes des *nikkudim*, et il n'y en a pas ici.

— C'est probablement une langue sémitique ancienne, risqua Teabing.

— *Nikkudim ?* demanda Sophie. Qu'est-ce que c'est ?

Teabing lui répondit sans détacher les yeux du coffret :

— La plupart des langues sémitiques n'ont pas de voyelles. Certaines langues utilisent à leur place des petits points et tirets – placés à l'intérieur ou au-dessous des consonnes – pour indiquer le son vocalique qui les accompagne. Il s'agit d'additions relativement récentes.

Langdon hésitait toujours :

— Une transcription séfarade, peut-être…

Teabing n'y tenait plus.

— Si vous me laissiez…

Il tendit le bras et tira le coffret devant lui. Langdon était peut-être féru de langues anciennes classiques – le grec, le latin, les langues romanes – mais d'après le bref aperçu qu'il avait pu en avoir, le texte lui paraissait plutôt être transcrit en Rachi[1], ou en STA" M[2] à couronnes.

Il prit une longue inspiration et se plongea avec délectation dans l'étude de l'inscription. Son assurance flanchait un peu plus à chaque seconde.

— Je n'en reviens pas. Cette langue ne ressemble à rien que je connaisse…

Langdon se tassa dans son fauteuil.

— Puis-je jeter un coup d'œil ? demanda Sophie.

Teabing fit semblant de ne pas l'avoir entendue.

— Mais vous, Robert, vous disiez tout à l'heure que vous aviez déjà vu quelque chose d'approchant…

Langdon prit un air vexé.

— C'est l'impression que j'avais. Je n'en suis pas sûr, mais il y a là quelque chose de familier…

---

1. Rachi : docteur juif français du XIe siècle, auteur d'un commentaire du Talmud. *(N.d.T.)*
2. STA"M : calligraphie hébraïque. *(N.d.T.)*

— Leigh ? insista Sophie qui ne supportait plus d'être mise à l'écart, cela vous ennuierait de me laisser regarder le message que m'a adressé mon grand-père ?

— Mais bien sûr que non, chère enfant ! s'exclama-t-il en repoussant le coffret vers elle.

Il ne voulait pas paraître condescendant, mais enfin, cette jeune femme était à des années-lumière de la difficulté. Si un historien du British Royal Institute et un prof de Harvard avaient séché sur la question…

— Ah, ah ! s'exclama-t-elle au bout de quelques secondes. J'aurais dû le deviner plus tôt.

Ils tournèrent vers elle le même regard de stupéfaction.

— Deviné quoi ? s'écria Teabing.

Elle haussa les épaules :

— Que c'était ça que mon grand-père aurait choisi.

— Vous voulez dire que vous avez déchiffré cette inscription ?

— Très facilement, claironna Sophie, qui avait l'air de beaucoup s'amuser. Quand mon grand-père m'a appris cette langue, je devais avoir six ans. Je l'écris très couramment.

Elle se pencha au-dessus de la table en direction de Teabing, avec un regard sévère.

— Très franchement, sir Leigh, étant donné vos liens passés avec la Couronne britannique, je suis un peu étonnée que vous ne l'ayez pas reconnue.

En un éclair, Langdon avait compris.

Pas étonnant que j'ai eu la puce à l'oreille !

Plusieurs années auparavant, il avait assisté à une cérémonie donnée par le Fogg Art Museum de Harvard. Bill Gates, ancien élève de l'Université, s'était déplacé en personne pour prêter au musée une de ses plus précieuses acquisitions – dix-huit feuilles de papier qu'il venait d'acheter lors de la vente aux enchères de la fondation Hammer.

Le montant de son offre : 30,8 millions de dollars.

L'auteur de ces pages : Leonardo Da Vinci.

Les dix-huit feuillets, appelés *Codex Leicester*, parce que leur premier propriétaire fut le comte de Leicester – provenaient de l'un des carnets les plus fascinants de Leonardo Da Vinci. On y trouvait des textes et des croquis illustrant les théories progressistes du maître de la Renaissance en astronomie, géologie, archéologie et hydraulique.

Langdon ne devait jamais oublier l'énorme déception qu'il avait ressentie quand, après avoir patiemment progressé avec la longue file d'attente, il avait enfin pu s'approcher de la vitrine où étaient exposés les précieux parchemins. Malgré leur excellent état de conservation, l'écriture impeccablement nette – en cramoisi sur fond crème – n'était qu'un charabia inintelligible. Langdon crut d'abord qu'il s'agissait d'un italien archaïque mais, en y regardant de plus près, il dut reconnaître son incapacité d'en déchiffrer un seul mot ni même une seule lettre.

— Essayez avec ceci, monsieur, avait murmuré une employée du musée, en lui indiquant un miroir attaché par une chaîne au pied de la vitrine.

Langdon avait regardé le texte dans le miroir et tout était devenu limpide.

Dans sa hâte de lire des textes originaux du grand génie, Langdon avait oublié que l'un des nombreux talents de l'artiste était sa facilité à écrire de droite à gauche. Les historiens de l'art se demandaient encore si c'était seulement pour s'amuser, ou pour empêcher les autres de le lire par-dessus son épaule et de lui faucher ainsi ses idées. La question était vaine, Leonardo Da Vinci n'en faisait qu'à sa tête.

Sophie sourit intérieurement, en s'apercevant que Robert avait deviné.

Teabing supplia d'une voix tremblante :

— Dites-moi ce qui se passe…

— C'est de l'écriture inversée, expliqua Langdon. Il nous faudrait un miroir.

— Je ne pense pas, dit Sophie. Le placage doit être suffisamment fin…

Elle souleva le coffret jusqu'à une applique murale pour examiner la face interne du couvercle. Incapable d'écrire directement à l'envers, son grand-père trichait. Il commençait par écrire son texte normalement, de gauche à droite, puis il retournait le papier pour retracer au verso les lettres qui apparaissaient en relief. Sophie supposait que, pour la clé de voûte, il avait d'abord pyrogravé un texte à l'endroit sur une lamelle de bois, qu'il avait ensuite poncée jusqu'à ce qu'elle soit aussi mince qu'une feuille de papier, de façon que le texte apparaisse en transparence. Puis il l'avait retournée avant de l'encastrer dans le couvercle.

En plaquant l'incrustation à l'envers contre la lampe, elle constata qu'elle ne s'était pas trompée. Le rayon lumineux traversait le mince placage de bois et le texte apparut.

Instantanément lisible.

— Et c'est de l'anglais ! maugréa Teabing, la tête basse. Ma langue natale…

Au fond de la carlingue, Rémy Legaludec prêtait l'oreille pour essayer d'entendre la conversation. Mais le bruit du moteur était trop fort. La tournure que prenaient les événements ne lui disait rien qui vaille. Rien du tout. Il baissa les yeux sur le moine ligoté à ses pieds. L'albinos était parfaitement calme, comme résigné à son sort – à moins qu'il ne fût en train de prier pour sa délivrance.

72.

À cinq mille mètres d'altitude, Langdon avait l'impression que la réalité physique s'était évanouie. Toutes ses pensées convergeaient vers le poème de Jacques Saunière qui se détachait en lettres lumineuses contre le faisceau de l'applique murale.

Sophie ne mit pas longtemps à trouver une feuille de papier sur laquelle elle entreprit de copier le texte. Lorsqu'elle eut terminé, ils lurent tour à tour le poème.

Dans un vieux mot de sagesse est la clé
Qui réunit sa famille éclatée
La tête bénie par les Templiers
Avec Atbash vous sera révélée

Il rappelait vaguement une série de définitions de mots croisés archéologiques... mais de la justesse des réponses dépendait l'ouverture du cryptex. Langdon le parcourut lentement des yeux.

Dans un vieux mot de sagesse est la clé... qui réunit sa famille éclatée... la tête bénie par les Templiers... avec Atbash vous sera révélée.

Avant d'avoir eu le temps de penser au mot de passe ancestral que pouvait receler ce quatrain, il sentit quelque chose de beaucoup plus fondamental résonner en lui. La métrique du poème. *Des pentamètres iambiques.*

Il avait rencontré cette forme à diverses reprises, à l'époque, pas plus tard que l'année précédente, où il menait des recherches sur des confréries occultes, lors d'une enquête dans les archives secrètes du Vatican. Pendant des siècles, le pentamètre iambique avait été la forme poétique préférée des lettrés du monde entier, qu'il s'agisse d'Archiloque[1], de Shakespeare, de Milton, de Chaucer ou encore de Voltaire. Ces visionnaires avaient choisi de s'exprimer dans une métrique dont beaucoup pensaient, autrefois, qu'elle avait un pouvoir mystique. Les racines du pentamètre iambique étaient profondément païennes.

L'iambe. Deux syllabes à l'accentuation alternée. Un accent tous les deux temps. Le Yin et le Yang. Un couple de contraires qui s'équilibrent. Regroupés par série de cinq. Le pentamètre. Cinq, comme le pentacle de Vénus et le Féminin sacré.

— Ce sont des pentamètres ! explosa Teabing. Comme chez les poètes anglais ! La *lingua pura* !

1. Poète lyrique ionien considéré comme l'inventeur du vers iambique. *(N.d.T.)*

Langdon acquiesça. Le Prieuré, comme tant de sociétés secrètes européennes opposées à l'Église, avait considéré l'anglais, pendant des siècles, comme la seule langue européenne pure. À la différence du français, de l'espagnol et de l'italien, toutes dérivées du latin – la langue du Vatican –, l'anglais était linguistiquement préservé de la machine de propagande de l'Église romaine, et c'est pourquoi elle était devenue une langue sacrée et secrète dans les Fraternités assez savantes pour l'apprendre.

Teabing bouillonnait d'enthousiasme :

— Ce poème ne fait pas seulement référence au Saint-Graal, mais aux Templiers et à la famille éclatée de Marie Madeleine... Que rêver de plus ?

— Un mot de passe ! répliqua Sophie. Il nous reste tout de même à identifier ce « vieux mot de sagesse ».

— Abracadabra ? suggéra Teabing avec un regard malicieux.

Un mot de cinq lettres, songeait Langdon, en évoquant la myriade de possibilités que pouvait offrir le vocabulaire de la philosophie, de l'alchimie, des proverbes et dictons, des grands courants mystiques, des différentes liturgies religieuses, du rituel des sociétés secrètes, des incantations de Wicca, des mantras païens, de l'astrologie et autres arts divinatoires... la liste était sans fin.

— Un mot de passe qui semble aussi lié aux Templiers, insista Sophie, relisant le troisième vers à voix haute : *La tête bénie par les Templiers...*

— Mon cher Leigh, c'est vous le spécialiste, suggéra Langdon.

Teabing poussa un soupir avant de se lancer :

— Une tête bénie… Il s'agit sans doute d'une effigie funéraire, que vénéraient les Templiers sur la tombe de Marie Madeleine. Ce qui d'ailleurs ne nous avance pas beaucoup, étant donné que nous ignorons justement son emplacement…

— Le dernier vers parle d'une révélation par *Atbash*, dit Sophie. J'ai déjà entendu ce mot…

— Rien d'étonnant, répliqua Teabing. Vous avez dû l'apprendre en première année de fac. Le chiffre Atbash est l'un des codes les plus anciens de l'histoire.

Mais bien sûr, se dit Sophie. *Le fameux système de cryptographie hébreu.*

La jeune fille avait été initiée au code Atbash au début de ses études. Inventé par la Cabale dès le Ve siècle avant Jésus-Christ, il était présenté aux étudiants comme exemple type de chiffrage par substitution rotatoire. Il consistait tout simplement à remplacer la première des vingt-deux lettres de l'alphabet hébreu par la dernière, la deuxième par l'avant-dernière, et ainsi de suite.

— L'Atbash est merveilleusement adapté à notre sujet, ajouta Teabing. On trouve des textes cryptés en Atbash dans toute la Cabale, dans *Les Manuscrits de la mer Morte*, et même dans l'Ancien Testament, où certains mystiques et chercheurs israélites découvrent encore de nouvelles signifcations cachées. Il est donc tout à fait logique que le Prieuré l'ait aussi utilisé.

— Le seul problème, fit remarquer Langdon, c'est que nous ne savons pas à quoi l'appliquer...

Teabing poussa un soupir.

— Il doit y avoir un mot codé sur cette stèle. C'est lui qu'il faut trouver.

À la mine renfrognée de Langdon, Sophie devina que ce ne serait sûrement pas une mince affaire.

Atbash est peut-être la clé, se dit-elle, *mais où trouver la porte qu'elle ouvre ?*

Après trois minutes de silence songeur, Teabing secoua la tête :

— Mes chers amis, je suis complètement sec ! Je vais réfléchir à tout ça en allant chercher de quoi nous sustenter – et voir ce que deviennent mon domestique et notre invité, s'exclama-t-il en se dirigeant vers l'arrière de l'avion.

Sophie le suivit d'un regard las.

Il faisait encore nuit noire dehors. Elle avait l'impression d'avoir été projetée dans l'espace sans savoir où elle allait atterrir. Et l'expérience qu'elle avait des énigmes de son grand-père lui faisait pressentir que ce poème devait contenir une information qu'ils n'avaient pas encore découverte.

Il y a autre chose. Un autre sens... astucieusement dissimulé... mais présent malgré tout.

Ce qui l'inquiétait plus que tout, c'était la pensée que le contenu du cryptex ne se réduise nullement à une carte géographique indiquant l'emplacement du Graal. Teabing et Langdon semblaient très confiants, mais Sophie avait une expérience suffisante des chasses au trésor imaginées par son grand-père pour savoir qu'il ne lâchait pas aussi facilement ses secrets...

73.

À l'aéroport du Bourget, le contrôleur aérien de nuit sommeillait devant un écran radar muet, lorsque le directeur de la police judiciaire enfonça pratiquement la porte de la salle de contrôle.

— L'avion de Teabing ! aboya Fache. Sa destination ?

L'employé commença par bafouiller une réponse maladroite, qui tentait de protéger l'intimité d'un client britannique – l'un des plus respectés de l'aéroport. Ce fut un échec lamentable.

— Très bien ! fit le commissaire. Je vous place sous mandat d'arrêt pour avoir laissé décoller un appareil qui n'avait pas déposé de plan de vol.

Fache se retourna vers l'un des agents qui l'accompagnaient, muni d'une paire de menottes. Le contrôleur fut saisi de panique. Il se rappela les articles des journaux, qui se demandaient si le chef de la PJ était un héros ou une menace pour le pays. Il venait d'obtenir la réponse.

— Attendez ! supplia-t-il à la vue des menottes. Tout ce que je sais, c'est que sir Teabing se rend régulièrement à Londres pour s'y faire soigner. Il loue un hangar à l'aéroport de Biggin Hill, dans le Kent.

— Et c'est là qu'il va ce soir ? questionna Fache.

— Je ne sais pas, fit le contrôleur avec sincérité. Mais son avion est parti par la piste habituelle, et le dernier contact radar indiquait qu'il volait vers la Grande-Bretagne. C'est probablement Biggin Hill.

— Est-ce qu'il avait des passagers ?

— Je vous jure, commissaire, que je ne peux pas avoir accès à ce genre de renseignements. Nos clients se rendent directement à leur hangar, et ils embarquent qui ils veulent. Le contrôle des passagers relève de la responsabilité du pays d'arrivée.

Fache jeta un coup d'œil à sa montre et contempla les avions épars garés en face du terminal.

— Si c'est Biggin Hill, dans combien de temps vont-ils atterrir ?

Le contrôleur fouilla dans ses dossiers.

— Ça ne sera pas long. Il devraient y être vers... six heures trente. Dans un quart d'heure environ.

Fache se renfrogna et se tourna vers l'un de ses agents.

— Trouvez-moi un avion ici. Je pars à Londres. Et appelez-moi la police du Kent. Pas Scotland Yard, la locale. Je ne veux pas de publicité. Dites-leur qu'ils laissent atterrir Teabing, et qu'ils encerclent l'avion sur la piste. Personne ne sort de l'appareil avant mon arrivée.

74.

— Vous êtes bien silencieuse, dit Langdon, qui observait Sophie assise en face de lui.

— Je suis un peu fatiguée. Et puis ce poème… je ne sais plus quoi penser.

Langdon non plus. Le ronflement du moteur et le léger bercement de l'avion avaient un effet soporifique. Et il se ressentait encore du coup qu'il avait reçu sur la tête. Mais il était bien décidé à profiter de l'absence de Teabing pour parler enfin à Sophie d'un sujet qui le préoccupait depuis un moment.

— Je crois que j'ai deviné une autre raison pour laquelle votre grand-père désirait que vous me contactiez. Il me semble qu'il comptait sur moi pour vous expliquer quelque chose…

— L'histoire de Marie Madeleine et du Graal, ce n'était pas assez ?

Il ne savait par où commencer.

— Il s'agit de votre rupture, de la raison pour laquelle vous refusez de lui parler depuis dix ans. J'ai l'impression qu'il espérait que je pourrais réparer un malentendu.

Sophie se tortillait sur son fauteuil.

— Je ne vous ai même pas dit pourquoi je ne voulais plus le voir…

Il la regarda bien en face.

— Vous avez assisté à un rite sexuel, c'est bien cela ?

Elle eut un mouvement de recul.

— Comment le savez-vous ?

— Sophie, vous m'avez dit avoir vu quelque chose qui vous a persuadée que votre grand-père faisait partie d'une société secrète. Et que vous aviez refusé de le revoir depuis. J'en connais assez long sur les sociétés secrètes et je n'ai pas besoin du cerveau génial de Leonardo Da Vinci pour imaginer le genre de scène dont il s'agit.

Sophie avait les yeux tournés vers le hublot.

— C'était pendant les vacances de Pâques. Je suis rentrée à Paris plus tôt que prévu.

— Voulez-vous me décrire la cérémonie ?

Elle se tourna soudain vers lui, le regard plein d'émotion.

— Non, je… Je ne sais même pas ce que j'ai vu.

— Il y avait des hommes et des femmes ?

Après une courte hésitation, elle hocha la tête.

— Habillés en noir et blanc ? continua Langdon.

Elle s'essuya les yeux et sembla se détendre un peu.

— Les femmes étaient en robe de tulle… avec des chaussures dorées. Elles tenaient un globe doré dans les mains. Et les hommes portaient des tuniques et des chaussures noires.

Langdon luttait pour masquer son émotion. Il n'en croyait pas ses oreilles. Sophie Neveu avait assisté malgré elle à une cérémonie vieille de deux millénaires.

— Ils portaient des masques ? demanda-t-il en contenant son excitation. Des masques androgynes ?

— Oui, identiques. Blancs pour les femmes, noirs pour les hommes.

Langdon avait lu des descriptions de ces cérémonies, il en connaissait les origines mystiques.

— Cela s'appelle *Hieros Gamos*, c'est un rite vieux de plus de deux mille ans. Les prêtres et les prêtresses égyptiens le célébraient régulièrement pour commémorer le pouvoir procréateur de la femme. Si vous n'y étiez pas préparée, je comprends que vous ayez trouvé le spectacle choquant.

Sophie resta silencieuse.

— En grec, *Hieros Gamos* signifie *mariage sacré*.

— Ce n'était pas un mariage…

— C'était une *union* sacrée.

— Sexuelle, en tout cas.

— Non, Sophie.

— Comment ça, non ?

Les yeux vert olive le scrutaient. Il battit en retraite.

— Enfin, oui... d'une certaine manière, mais pas au sens où on l'entend de nos jours.

Il lui expliqua pourquoi le *Hieros Gamos* était un acte spirituel qui n'avait rien à voir avec l'érotisme. Le rite consistait à recréer l'union qui permettait à l'homme et à la femme de rencontrer Dieu. Les Anciens pensaient que le mâle était spirituellement incomplet tant qu'il n'avait pas acquis la connaissance charnelle du Féminin sacré. L'union physique avec la femme était le seul moyen de trouver la plénitude spirituelle et de parvenir à la *gnose* – la connaissance du divin. Depuis l'époque d'Isis, les rites sexuels étaient considérés comme des ponts jetés entre la terre et le ciel.

— En communiant avec la femme, continua Langdon, l'homme pouvait atteindre un moment culminant de vide mental absolu, qui lui faisait entrevoir Dieu.

Sophie eut une moue sceptique.

— L'orgasme était considéré comme une prière ?

Langdon haussa évasivement les épaules. Au fond, elle avait raison : d'un point de vue physiologique, l'orgasme masculin était accompagné d'un instant entièrement dénué de toute pensée. Une seconde de « blanc » mental – un moment de clarté durant lequel il pouvait entrevoir Dieu. Certains yogis atteignaient cet état de vide intérieur absolu sans avoir recours à l'acte sexuel, et désignaient souvent le Nirvana comme une sorte d'orgasme spirituel perpétuel.

— Il ne faut pas oublier, Sophie, reprit Langdon doucement, que pour les Anciens, l'acte sexuel n'avait pas la même connotation qu'aujourd'hui. Il était la source d'une nouvelle vie, le miracle ultime. Et les miracles n'étaient accomplis que par un dieu. L'aura sacrée de la femme résidait dans son aptitude à donner la vie – c'était ce miracle qui faisait d'elle une déesse. L'union sexuelle fusionnait les deux moitiés de l'esprit humain – masculin et féminin – et c'est par elle que l'homme atteignait Dieu. La cérémonie à laquelle vous avez assisté n'avait rien de sexuel, c'était un acte spirituel. Le *Hieros Gamos* n'est pas une orgie sexuelle. C'est une cérémonie sacrée.

La tension de Sophie sembla se relâcher. Elle avait gardé son sang-froid toute la soirée mais, pour la première fois, Langdon sentit que la carapace commençait à craquer. Des larmes apparurent dans ses yeux, qu'elle essuya du revers de sa manche.

Il se tut pour lui laisser le temps de se remettre. Au premier abord, le concept de l'acte sexuel comme accès à Dieu était certes ahurissant. Les étudiants juifs de Harvard étaient toujours stupéfaits lorsqu'il leur apprenait que les anciennes traditions judaïques comprenaient des rites sexuels. Et pas n'importe où : *dans le Temple lui-même*. Les Hébreux d'autrefois croyaient que le saint des saints, dans le Temple de Salomon, abritait non seulement Dieu mais son puissant double féminin, Shekinah. Les fidèles qui recherchaient l'accomplissement spirituel se rendaient au Temple, où ils s'accouplaient avec les prêtresses – ou hiérodules – pour expérimenter le divin à travers l'union charnelle. Le tétragramme hébraïque YHWH – le nom sacré de Dieu – est en fait dérivé de *Jéhovah* qui traduit l'union physique du masculin *Jah* et du nom préhébraïque d'Ève, à savoir *Hava*.

— L'usage que l'homme faisait de la sexualité pour communier directement avec Dieu représentait une sérieuse menace pour la jeune Église chrétienne, qui se posait en intermédiaire *unique* de la relation à Dieu. Elle a donc tout fait pour diaboliser l'acte sexuel et le stigmatiser comme dégoûtant et ignominieux. Et d'autres grandes religions en ont fait autant.

Sophie gardait le silence, mais Langdon sentit qu'elle commençait à mieux comprendre son grand-père. Curieusement, quelques semaines plus tôt, il avait tenu des propos similaires à ses étudiants :

— Est-il surprenant que nous entretenions une relation conflictuelle avec la sexualité ? leur avait-il demandé. Notre héritage le plus ancien et notre physiologie la plus intime nous enseignent que le sexe est naturel, qu'il représente une voie privilégiée d'accomplissement spirituel ; pourtant, les religions modernes le dépeignent comme honteux, l'assimilant presque à une possession satanique.

Pour ne pas les choquer, Langdon avait renoncé à leur expliquer qu'une bonne dizaine de sociétés secrètes dans le monde – et pas des moins influentes – perpétuaient encore la tradition des rites sexuels païens. Dans *Eyes Wide Shut*, le film de Stanley Kubrick, le personnage interprété par Tom Cruise s'introduisait subrepticement dans une soirée de la haute société de Manhattan et assistait à un *Hieros Gamos*. Malgré d'inévitables ajouts hollywoodiens assez fantaisistes, le film était fidèle à l'essentiel : cette société secrète célébrait un mariage sacré.

— Professeur Langdon ? avait lancé un jeune étudiant du fond de la classe. Si j'ai bien compris, on ferait mieux de faire plus souvent l'amour que d'aller à l'église…

Langdon avait ri, décidé à ne pas se laisser piéger. D'après ce qu'il savait des soirées de Harvard, ces gosses n'étaient pas privés de sexe. Il savait qu'il avançait en terrain miné.

— Puis-je me permettre une suggestion, messieurs ? Sans avoir l'audace de condamner les relations sexuelles avant le mariage, ni la naïveté de vous croire aussi chastes que des anges, j'ai envie de vous donner un petit conseil pour votre vie sexuelle.

Tous les garçons tendirent l'oreille.

— La prochaine fois que vous vous trouverez seuls avec une femme, demandez-vous si vous êtes capables d'envisager votre relation sexuelle sous l'angle spirituel, sinon mystique. Lancez-vous le défi de trouver cette étincelle de divinité qui n'est donnée à l'homme que par son union avec le Féminin sacré.

Les étudiantes arboraient un sourire entendu. Les étudiants échangèrent ricanements équivoques et plaisanteries scabreuses. Langdon poussa un soupir. Ils n'étaient encore que des gamins.

Sophie appuya son front contre le hublot froid. Les yeux dans le vide, elle essayait d'assimiler ce que Langdon venait de lui expliquer. Elle était envahie par un lourd regret. *Dix ans.* Elle revoyait les paquets de lettres de son grand-père. *Je vais tout raconter à Robert.* Sans se retourner, elle se mit à parler. À voix basse et craintive.

Elle se laissa happer par le souvenir de cette nuit... son arrivée dans les bois qui entouraient le château de son grand-père... son désarroi devant la maison vide... les voix qui montaient du sous-sol... la découverte de la porte cachée... la descente de l'escalier, jusqu'à la caverne... l'odeur fraîche et légère de la terre humide. C'était au mois de mars. Cachée dans l'ombre au pied des marches, elle regardait les étrangers se balancer en psalmodiant à la lueur orange des bougies.

Je rêve, se disait-elle. *Cela ne peut être qu'un rêve.*

Les hommes et les femmes étaient intercalés : blanc, noir, blanc, noir. Les belles robes de tulle des femmes ondulaient chaque fois qu'elles brandissaient leur globe doré au-dessus de leur tête, en chantant à l'unisson :

« *J'étais avec toi dès le commencement. À l'aube de tout ce qui est sacré. Avant le lever du jour, je t'ai tiré de mon sein.* »

Puis elles baissèrent les bras et tous, hommes et femmes, se mirent à osciller d'avant en arrière, comme en transe. Ils semblaient vénérer quelque chose qui se trouvait au centre du cercle qu'ils formaient.

Que regardent-ils ?

L'incantation se précipita, se fit plus sonore.

Les femmes chantaient, levant leur globe :

« *Contemple la femme. Elle est Amour.* »

Les hommes répondaient :

« *Elle a sa demeure dans l'éternité.* »

Les voix s'unirent. Le chant se fit plus rapide. Tonitruant. Effréné. Tous les participants avancèrent d'un pas et s'agenouillèrent.

Sophie découvrit enfin ce qu'ils regardaient tous.

Au centre du cercle, sur une sorte d'autel surbaissé, un homme était étendu sur le dos. Nu. Un masque noir sur le visage. Sophie reconnut immédiatement la tache de naissance qu'il avait sur l'épaule. Elle réprima un cri. *Grand-père !* Ce seul spectacle aurait suffi à la choquer, mais ce n'était pas tout.

Au-dessus de lui, une femme était assise, à califourchon. Nue comme lui, elle portait un masque blanc. Son épaisse chevelure grise flottait sur son dos. Son corps était grassouillet, loin de la perfection. Elle se balançait, au rythme de la mélopée, tandis que Jacques Saunière lui faisait l'amour.

Sophie voulait s'enfuir mais restait clouée sur place, comme emprisonnée par les parois de pierre de la crypte. Les voix montèrent en un crescendo enfiévré, comme en un cantique puissant, presque forcené. Soudain, hommes et femmes poussèrent ensemble un rugissement qui lui glaça le sang. Sophie étouffait. Elle se rendit compte qu'elle sanglotait sans bruit. Pivotant sur elle-même, elle remonta en titubant l'escalier dérobé, sortit de la maison et reprit la route vers Paris, le corps agité de tremblements convulsifs.

75

Le jet survolait Monaco illuminé lorsque Mgr Aringarosa éteignit son téléphone après sa communication avec le commissaire Fache. Il tendit la main vers le sac en papier mais il n'avait même plus la force d'avoir le mal de l'air.

Qu'on en finisse !

Ce que le commissaire Fache venait de lui apprendre était inimaginable. Plus rien n'avait de sens. *Que se passe-t-il ?* Tout semblait s'être emballé, dans une spirale infernale. *Où ai-je entraîné Silas ? Et moi-même ?*

Les jambes tremblantes, il avança vers le cockpit :

— Je dois changer de destination.

— Vous plaisantez ? lança le pilote par-dessus son épaule.

— Non. Il faut que je me rende à Londres de toute urgence.

— C'est un avion charter, mon père, pas un taxi.

— Je paierai ce qu'il faut. Combien ? Londres n'est qu'à une heure de Paris et la direction est pratiquement la même, alors…

— Mon père, ce n'est pas une question d'argent. C'est plus compliqué que ca.

— Dix mille euros. Tout de suite.

Le pilote se retourna, sous le choc.

— Combien ? Mais comment un prêtre peut-il avoir autant d'argent sur lui ?

Aringarosa retourna à sa place, ouvrit sa valise, en sortit l'un des bons du Vatican, et revint le donner au pilote.

— Qu'est-ce que c'est que ça ?

— Un bon au porteur de dix mille euros sur la banque du Vatican.

Le pilote avait l'air soupçonneux.

— C'est exactement comme de l'argent liquide, fit l'évêque.

Le pilote lui rendit le bon.

— Il n'y a que les billets qui soient du vrai liquide.

Se sentant faiblir, Aringarosa s'adossa à la cloison.

— C'est une question de vie ou de mort. Je vous supplie de m'aider. Il faut absolument que je puisse me rendre à Londres.

Le pilote fixait des yeux la grosse bague de l'évêque.

— Ils sont vrais, vos diamants ?

— Il m'est absolument impossible de m'en défaire.

Le pilote haussa les épaules et se retourna vers le pare-brise.

L'évêque baissa les yeux sur sa bague avec une immense tristesse. Tout ce qu'elle représentait était maintenant perdu pour lui. Après un long moment d'hésitation, il la fit glisser le long de son doigt et la déposa doucement sur le tableau de bord.

Il retourna à sa place comme un voleur. Quinze secondes plus tard, l'avion pivotait de quelques degrés vers le nord.

Son heure de gloire n'était plus.

Tout avait commencé par une sainte cause. Un projet brillamment mis au point. Qui s'écroulait sur lui-même comme un château de cartes. Et dont la fin était imprévisible.

76.

Si Sophie était encore visiblement sous le choc du souvenir qu'elle venait de raconter, Langdon était ébloui par ce qu'il venait d'entendre. Elle avait assisté malgré elle à une cérémonie intégrale de *Hieros Gamos*, pour constater de surcroît que c'était son grand-père qui en était l'officiant. Le Grand Maître du Prieuré de Sion avait eu d'illustres prédécesseurs. *Leonardo Da Vinci, Botticelli, Newton, Victor Hugo, Jean Cocteau... Jacques Saunière*.

— Je ne sais que vous dire de plus..., dit Langdon d'une voix douce.

Les yeux verts étaient sombres et mouillés de larmes.

— Il m'a élevée comme sa propre fille.

Langdon reconnut le sentiment que leur conversation avait suscité en elle. Un profond remords, qui remontait loin. Elle commençait à voir sous une

umière différente ce grand-père qu'elle avait voulu
ayer de sa vie.

L'aube commençait à poindre. Un rayon de
oleil rose illuminait la gauche de l'avion. Au-
lessous d'eux, la terre était encore plongée dans
'obscurité.

Teabing arrivait, brandissant quelques canettes
le Coca et un paquet de crackers qui n'avait plus
'air tout jeune.

— Voici quelques victuailles !

Il s'excusa de la frugalité de son butin, tout en
e distribuant à ses convives.

— Notre ami le moine refuse toujours de parler…
Laissons-lui encore un peu de temps. Alors, avons-
ous fait quelques progrès ? demanda-t-il en mon-
rant le poème. Ma chère Sophie, que voulait donc
ous signifier votre grand-père ? Où peut bien se
rouver cette effigie vénérée des Templiers ?

Elle secoua la tête en silence.

Teabing se replongea dans la lecture du quatrain.
Langdon ouvrit un Coca et se tourna vers le hublot,
'esprit bourdonnant de rituels mystérieux et de
:odes indéchiffrables. *La tête bénie par les Tem-*
liers. Il but une gorgée tiède. *La tête bénie par les*
empliers.

Le voile de la nuit sembla se déchirer soudain et
a mer apparut. La Manche. Il n'y en avait plus
our longtemps. Si seulement la lumière du jour
ouvait aussi l'éclairer sur ce mystère. Mais il lui
emblait que plus il faisait clair dehors, plus la vérité

le fuyait. Le rythme des pentamètres résonnait en lui, mêlé à celui des incantations du *Hieros Gamos*.

La tête bénie par les Templiers.

Alors que la côte anglaise se dessinait sous l'appareil, un trait de lumière le frappa soudain. Il posa bruyamment sa canette sur la table.

— Vous n'allez pas me croire, lança-t-il en se tournant vers ses compagnons. La tête des Templiers – j'ai trouvé !

Teabing ouvrit des yeux grands comme des soucoupes.

— Vous savez où elle est ?

— Non, mais je sais ce que c'est.

Sophie se pencha pour écouter.

— Je crois que c'est une référence à la tête d'une idole, et non à celle d'une pierre tombale, déclara Langdon en savourant l'excitation de l'érudit qui vient de faire une découverte.

— La tête d'une idole ? s'étonna Teabing.

— Rappelez-vous, Leigh, pendant l'Inquisition l'Église accusait les Templiers de toutes sortes d'hérésies…

— C'est vrai. On a inventé contre eux des tas d'accusations fallacieuses : sodomie, souillures du crucifix, culte du diable… Une liste incroyablement longue.

— Elle comportait, entre autres, l'adoration de *fausses idoles*…, enchaîna Langdon. L'Église affirmait qu'ils célébraient en secret des rituels dédiés à une tête sculptée dans la pierre, qu'ils adoraient… celle d'un dieu païen…

— Baphomet ! s'écria Teabing. Mon Dieu, Robert ! Vous avez raison. La tête bénie par les Templiers !

Langdon expliqua brièvement à Sophie que Baphomet était un dieu païen de la fertilité, qui personnifiait la force créative de la reproduction. Il était représenté par une tête de bélier ou de bouc, deux animaux symbolisant procréation et fécondité. Les Chevaliers du Temple honoraient Baphomet en chantant des prières, rassemblés en cercle autour de son effigie.

— Baphomet ! s'esclaffa Teabing. La magie créatrice de l'union des deux sexes. Mais le pape Clément a réussi à persuader tout le monde chrétien qu'il s'agissait de la tête du diable. Il en a fait le pivot de sa campagne de diffamation.

Langdon abonda dans ce sens. C'est à Baphomet que remontait la croyance moderne en un diable cornu. Et c'est l'Église de Rome qui était responsable de cet amalgame entre la fertilité et le démon. Elle n'avait cependant pas pleinement réussi. Les cornes d'abondance, que l'on trouvait encore sur les tables américaines lors de la fête de *Thanksgiving*, rendaient hommage à la fertilité de Baphomet, évoquant aussi l'histoire de Zeus qui aurait tété le pis d'une chèvre, dont les cornes se seraient miraculeusement détachées et remplies de fruits. Et c'est encore le dieu païen qui apparaissait sur certaines photos de groupe, lorsqu'un plaisantin mettait deux doigts en V derrière la tête d'un prétendu cocu. Il ne se doutait pas que ce geste saluait en réalité le sperme prolifique de la victime de sa blague.

— Oui, oui, oui ! s'exclama Teabing avec enthousiasme. C'est forcément Baphomet qu'évoque notre poème. La tête bénie par les Templiers.

— OK, dit Sophie. Si c'est bien Baphomet, alors nous voici confrontés à un nouveau dilemme. Son nom comporte huit lettres, et nous n'en avons que cinq à caser dans le cryptex.

— Ma chère petite, répliqua Teabing avec un large sourire, c'est là que le chiffre Atbash entre en jeu.

77.

Langdon était bluffé. Teabing venait d'aligner, de mémoire, sur une feuille de papier, les vingt-deux lettres de l'alphabet hébreu certes transcrits en caractères latins, mais il les lisait maintenant à haute voix, sans aucune erreur de pronon-ciation.

ABGDHVZChTYKLMNSOPTzQRShTh

— *Aleph, Beth, Guimel, Daleth, Hé, Vav, Zayin, Kheth, Teth, Yod, Kaph, Lamed, Mem, Noun, Samkh, Ayin, Pé, Tsadé, Qoph, Resh, Shin, Tav.*

L'Anglais s'épongea le front d'un geste théâtral avant de reprendre :

— En hébreu classique, les voyelles ne sont pas écrites. Par conséquent, le mot « BAPHOMET » perd son *a*, son *o* et son *e*. Ce qui nous laisse…

— Cinq lettres, acheva Sophie.

Teabing se remit à écrire.

— Voici donc son orthographe en hébreu. Je n'y intercale les voyelles que pour plus de clarté :

<u>B</u> a <u>P</u> <u>V</u> o <u>M</u> e <u>Th</u>

— N'oubliez pas, bien sûr, que l'hébreu se lit de droite à gauche. Mais nous pouvons fort bien appliquer l'Atbash dans l'autre sens. Il suffira ensuite de créer notre propre code de substitution en superposant un autre alphabet inversé au premier…

— Il y a une méthode plus simple et plus rapide, dit Sophie en lui prenant le stylo des mains. C'est un petit truc que j'ai appris au RHI, et qui fonctionne pour tous les codes de substitution en miroir y compris l'Atbash.

Elle écrivit les onze premières lettres de gauche à droite et, au-dessous, les onze dernières, de droite à gauche.

— On appelle ça la méthode par pliage. Deux fois moins compliqué, deux fois plus net.

A	B	G	D	H	V	Z	Ch	T	Y	K
Th	Sh	R	Q	Tz	P	O	S	N	M	L

— Belle ouvrage ! siffla Teabing. Je constate que le RHI est à la hauteur de sa réputation.

Devant la grille de substitution que Sophie venait de tracer, Langdon ressentait une excitation qu'avaient dû éprouver les érudits qui avaient réussi, à l'aide du code Atbash, à percer le célèbre « *Mystère de Sheshach* ». Les exégètes s'étaient heurtés pendant des années aux références à la « *cité de Sheshach* », au « *roi de Sheshach* », au « *peuple de Sheshach* » que l'on trouvait dans le *Livre de Jérémie*. Cette ville ne figurait sur aucune carte ni sur aucun autre document de l'époque biblique. Le chercheur qui avait fini par appliquer à ce mot le chiffre Atbash fit une découverte passionnante : *Sheshach* était le nom de code d'une autre ville légendaire de l'Ancien Testament. Le processus de décryptage avait été très simple.

En hébreu, le mot *Sheshach* s'épelait *Sh-Sh-K*.

Avec l'Atbash, il devenait *B-B-L*, qui se prononçait *Babel*.

Cette trouvaille déclencha une véritable frénésie de vérifications par l'Atbash de tous les textes de la Bible. On y découvrit en quelques semaines les significations inattendues d'un nombre impressionnant de mots codés.

— On chauffe ! chuchota Langdon, incapable de retenir son excitation.

— À deux doigts du but, Robert ! fit Teabing.

Puis, se tournant vers Sophie :

— Êtes-vous prête ?

Elle hocha la tête.

— Très bien. Nous avons donc les lettres *B-V-P-M-Th*, que nous allons inscrire dans votre grille, pour faire apparaître le mot de passe de cinq lettres.

Langdon sentait son cœur battre la chamade. *B-V-P-M-Th*. Le soleil entrait maintenant à flots par les hublots. Il commença mentalement la conversion. *B égale Sh... P égale V...*

Teabing souriait comme un enfant le matin de Noël :

— Et voici ce qu'Atbash nous révèle…

Il s'arrêta net.

— Mon Dieu ! s'écria-t-il en pâlissant.

Langdon avait relevé la tête.

— Qu'y a-t-il ? demanda Sophie.

— Vous allez avoir une belle surprise, ma chère enfant… Une surprise rien que pour vous…

— Pour moi ?

— Quelle ingéniosité ! Votre grand-père était tout bonnement génial ! s'exclama-t-il en remplissant la grille. Et maintenant, roulement de tambours, s'il vous plaît ! Voilà notre mot de passe.

Il leur montra ce qu'il avait écrit.

Sh – V – F – Y – A

Le visage de Sophie se renfrogna :

— Et alors ?

Langdon se posait la même question.

La voix de Teabing se mit à trembler :

— Voici un véritable vieux mot de sagesse !

Langdon relut les cinq lettres.

Dans un vieux mot de sagesse est la clé.

En un quart de seconde, il avait compris. Pourquoi n'y avait-il pas pensé avant ?

Un vieux mot de sagesse.

Teabing riait :

— On ne pouvait imaginer définition plus littérale.

Sophie regardait le cadran du cryptex.

Teabing et Langdon avaient omis un détail.

— Attendez ! Ça ne peut pas être le mot de passe ! La lettre *Sh* ne figure pas sur les cadrans. Ce sont celles de l'alphabet latin.

— Lisez le mot à voix haute, lui dit Langdon, en vous rappelant deux choses : le symbole Sh peut se prononcer S, en fonction de son accentuation. De même que la lettre P peut se prononcer F.

— *SVFYA ?*

Elle ne comprenait toujours pas.

— Et le véritable coup de génie, continua Teabing, c'est que la lettre *Vav* sert souvent de marquage pour le son vocalique O…

Elle relut les cinq lettres à voix haute :

— S… o… ph… y… a.

Elle n'en revenait pas.

— Sophia ? C'est Sophia ?

Langdon hochait la tête avec enthousiasme.

— Oui ! Le mot grec qui signifie sagesse. La racine de votre prénom, Sophie !

Soudain, son grand-père lui manqua terriblement. *Il s'est servi de mon nom pour crypter la clé de voûte.* Sa gorge se noua. Elle ne pouvait rêver plus bel hommage…

Mais en jetant un nouveau coup d'œil aux cinq lettres du cryptex, elle réalisa qu'il subsistait un problème.

— Mais… attendez… le mot *Sophie* comprend *six* lettres.

Teabing ne se départit pas de son sourire radieux :

— Regardez encore le poème : votre grand-père a écrit « un *vieux* mot de sagesse ».

— Oui ?

Teabing lui fit un clin d'œil :

— En grec ancien, la sagesse se dit SOFIA.

78.

Sophie tremblait d'impatience lorsqu'elle s'empara du cryptex pour actionner les cinq disques. *Dans un vieux mot de sagesse est la clé*. Se serrant autour d'elle, Langdon et Teabing semblaient s'être arrêtés de respirer.

— S... O... F...

— Doucement, implora Teabing, le plus délicatement possible !

— ... I... A.

Les cinq lettres étaient alignées en face de l'encoche.

— OK, chuchota-t-elle. J'ouvre...

— Pensez au flacon de vinaigre ! murmura Langdon d'une voix à la fois euphorique et craintive.

Sophie se rappela que, si ce cryptex était le même que ceux de son enfance, elle n'avait qu'à saisir une des deux extrémités dans chaque main, et tirer lentement. Si les cadrans étaient correctement alignés selon les lettres du mot de passe, l'une des parties du cylindre coulisserait hors de l'autre, un peu comme un télescope, dévoilant ainsi le papyrus enroulé autour de son flacon de vinaigre. Si en revanche les lettres n'étaient pas les bonnes et que l'on tirât trop fort, la pression appliquée aux deux extrémités du cryptex se transmettrait au levier articulé placé à l'intérieur qui pivoterait dans la cavité et écraserait le flacon.

Tire très doucement, se disait-elle.

Teabing et Langdon étaient penchés sur le cryptex. Encore sous le coup de l'excitation de la découverte du mot de passe, Sophie en avait presque oublié ce qu'elle devait trouver à l'intérieur. *C'est la clé de voûte du Prieuré.* Teabing pensait qu'il s'agissait de l'emplacement de la tombe de Marie Madeleine et du trésor du Saint-Graal… la piste du trésor, de la précieuse vérité.

Des deux mains, elle enserra chacune des deux extrémités du cylindre et vérifia encore une fois que les cinq lettres du sésame étaient bien alignées en face de l'encoche. Puis elle tira doucement. Sans résultat. Elle stabilisa le cryptex sur la table et tira le plus fermement qu'elle put. Le cylindre se fendit au centre et se déboîta sans bruit. La partie la plus lourde lui resta dans la main. Elle crut sentir Teabing et Langdon bondir sur leurs pieds. Le cœur battant, elle posa sur la table le cylindre intérieur.

Un manuscrit roulé !

Il enveloppait un objet cylindrique — *le flacon de vinaigre*, supposa-t-elle. Curieusement, ce n'était pas le papyrus auquel elle s'attendait, mais un rouleau de vélin. *C'est bizarre, le vélin ne se dissout pas dans le vinaigre.* Elle se pencha vers l'intérieur du rouleau. Il n'y avait pas de flacon de verre, mais un objet totalement différent.

— Allez-y ! intima Teabing, sortez-le !

Fronçant les sourcils, Sophie saisit une extrémité du rouleau et le sortit doucement de son habitacle, entraînant avec lui ce qu'il contenait.

— Ce n'est pas un papyrus, fit Teabing, décontenancé. C'est trop épais.

— Je sais, fit Sophie. C'est du vélin. Il sert de rembourrage.

— Pour le flacon de vinaigre ?

— Non, dit-elle en le déroulant. Pour ceci.

Langdon eut un serrement de cœur.

— Mon Dieu ! soupira Teabing. Votre grand-père était un inventeur impitoyable…

Langdon n'en croyait pas ses yeux. *Saunière était bien décidé à ne pas simplifier les choses.*

Un deuxième cryptex était posé sur la table. Plus petit que le premier. En onyx noir. Il avait été logé à l'intérieur du grand. *Cet homme avait une passion pour la dualité*, se dit Langdon. Tout allait par deux. *Les allusions à double sens, l'homme et la femme, l'onyx noir dans le marbre blanc… Le blanc qui donne naissance au noir.*

Tout homme est issu d'une femme.

Blanc – féminin.

Noir – masculin.

Langdon souleva le petit cryptex. Un modèle réduit du premier. Il le secoua et reconnut le clapotis familier. C'est là que se trouvait le flacon de vinaigre qu'ils avaient entendu clapoter.

— Eh bien, Robert, dit Teabing en lui tendant le rouleau de parchemin. Vous serez en tout cas heureux d'apprendre que nous volons dans la bonne direction…

Langdon déroula la feuille de vélin.

Écrit à la plume, dans une calligraphie impeccable, on y lisait un nouveau quatrain. Crypté comme le précédent. Mais les deux premiers vers suffirent à lui faire comprendre que Teabing avait bien fait de les emmener vers la Grande-Bretagne.

Un chevalier à Londres gît
Qu'un Pope enterra.

La suite du poème indiquait clairement que le mot de passe servant à ouvrir le deuxième cryptex se trouvait sur la tombe de ce chevalier enterré dans la capitale britannique.

Langdon se tourna vers Teabing.

— Avez-vous une idée du chevalier dont il peut s'agir ?

— Pas la moindre. Mais je crois que je sais où nous pourrons le trouver…

À moins de trente kilomètres de là, sur une route du Kent arrosée par l'averse, six voitures de police se dirigeaient vers l'aéroport de Biggin Hill.

79.

L'inspecteur Collet alla chercher une bouteille de Perrier dans le réfrigérateur de Teabing et retourna au salon. Au lieu d'accompagner Fache à Londres, il avait été assigné au château de Villette où il dirigeait l'équipe d'enquêteurs de la police scientifique répartis dans toutes les pièces.

Les quelques indices recueillis jusqu'à présent n'étaient pas d'une grande utilité. Une cartouche encastrée dans le plancher du salon, une feuille de papier sur laquelle étaient griffonnés deux dessins géométriques accompagnés des mots « *Lame* » et « *Calice* », et une curieuse ceinture à pointes, maculée de sang séché. Un policier avait expliqué à Collet qu'il s'agissait d'un ancien accessoire de pénitence monastique, remis en vigueur par l'*Opus Dei*, une congrégation catholique traditionaliste. Il avait vu la semaine précédente un reportage télévisé décrivant leurs agressives méthodes de recrutement.

Eh bien ! se dit Collet, *je nous souhaite bonne chance pour trouver un fil conducteur dans tout ça.*

Il traversa un hall somptueux pour se rendre dans l'immense bureau, où un corpulent policier en bretelles était en train de relever des empreintes digitales.

— Du nouveau ? s'informa Collet en entrant.

Le policier secoua la tête.

— Non, ce sont les mêmes que celles qu'on a relevées dans le salon.

— Et celles qu'on a trouvées sur le cilice ?

— On les a envoyées à Interpol, ils bossent dessus.

— Qu'est-ce que c'est que ça ? demanda Collet en montrant du doigt deux sachets de plastique transparent.

— Une habitude… Je garde toujours ce qui me semble un peu particulier…

— Particulier ? répéta Collet en s'approchant.

— Cet Anglais m'a l'air d'avoir des marottes bizarres. Regardez…

Il ouvrit l'un des sacs et tendit à Collet l'agrandissement photographique d'un portail gothique grand ouvert sur la nef d'une cathédrale.

— Je ne vois pas ce que vous y trouvez de particulier…

— Regardez au verso.

Des notes écrites à la main décrivaient la longue nef sombre comme un hommage à l'utérus de la femme.

— Et vous avez vu ce qu'il dit sur le tympan du portail ? Rien ne manque au tableau : les bordures en lèvres, la petite rose clitoridienne à cinq pétales au-dessus du linteau… Ça vous donnerait presque envie de retourner à la messe…

Collet sortit du deuxième sachet la reproduction photographique d'un vieux parchemin.

— Et ça ? s'enquit-il.

— Aucune espèce d'idée. Il y en a plusieurs exemplaires. Je me suis permis d'en prendre un…

Collet alla poser le papier sur une table. Sous un en-tête imprimé, « *LES DOSSIERS SECRETS – Numéro 4° lm1 249* », on découvrait la liste manuscrite suivante :

PRIEURÉ DE SION
LES NAUTONIERS[1]

Jean de Gisors	1180-1220
Marie de Saint-Clair	1220-1266
Guillaume de Gisors	1266-1307
Édouard de Bar	1307-1336
Jeanne de Bar	1336-1351
Jean de Saint-Clair	1351-1366
Blanche d'Évreux	1366-1398
Nicolas Flamel	1398-1418
René d'Anjou	1418-1480
Yolande de Bar	1480-1483
Sandro Botticelli	1483-1510

1. Nautonier : matelot qui pilote un bateau. *(N.d.T.)*

Leonardo Da Vinci	1510-1519
Connétable de Bourbon	1519-1527
Ferdinand de Gonzague	1527-1575
Louis de Nevers	1575-1595
Robert Fludd	1595-1637
J. Valentin Andrea	1637-1654
Robert Boyle	1654-1691
Isaac Newton	1691-1727
Charles Radclyffe	1727-1746
Charles de Lorraine	1746-1780
Maximilien de Lorraine	1780-1801
Charles Nodier	1801-1844
Victor Hugo	1844-1885
Claude Debussy	1885-1918
Jean Cocteau	1918-1963

— Le Prieuré de Sion ? questionna Collet.

Le policier n'eut pas le temps de répondre, un autre enquêteur apparaissait dans l'embrasure de la porte :

— Inspecteur ? Le standard nous transmet un appel urgent. Quelqu'un qui demande le commissaire Fache, mais on n'arrive pas à le joindre. Pouvez-vous le prendre au téléphone ?

Collet le suivit jusqu'à la cuisine.

C'était André Vernet, dont l'accent du XVIe arrondissement ne parvenait pas à masquer l'anxiété :

— Le commissaire Fache devait me rappeler, mais j'attends toujours.

— Il est très occupé. Que puis-je faire pour vous ?

— Il m'avait promis de me tenir au courant de l'avancement de votre enquête…

L'inspecteur crut reconnaître le timbre de la voix, mais sans pouvoir l'associer à un visage.

— Monsieur Vernet, je suis l'inspecteur Collet, actuellement responsable de l'enquête sur Paris.

Après un long silence, son interlocuteur s'excusa :

— Je suis désolé, mais on m'appelle sur une autre ligne. Je vous rappellerai tout à l'heure…

Vernet raccrocha.

Collet garda quelques instants le récepteur en main. *Je savais que je connaissais cette voix ! Le chauffeur du fourgon blindé… Le type à la fausse Rolex !*

Voilà pourquoi Vernet avait brutalement raccroché. Il s'était souvenu du nom du policier qu'il avait berné en sortant de sa banque.

Collet réfléchissait à la signification de son appel. *Vernet est impliqué là-dedans.* Sa conscience lui dictait d'appeler le commissaire Fache. Mais son instinct lui soufflait de saisir sa chance.

Il appela Interpol et demanda qu'on lui transmette toutes les informations disponibles sur la succursale parisienne de la Zurichoise de dépôt, ainsi que sur son président, André Vernet.

80.

—Veuillez attacher vos ceintures, s'il vous plaît ! annonça le pilote du Hawker 731 qui amorçait sa descente dans la grisaille d'un crachin matinal.

En survolant le sud du Kent et en revoyant les vertes collines de sa terre natale sous une fine brume, Teabing ressentit une émotion inattendue.

C'en est fini de l'exil. Je reviens au pays, ma tâche achevée, la clé de voûte découverte, prête à livrer son secret millénaire.

S'il était bien conscient que le mystère était loin d'être élucidé, le fait de se retrouver en terre britannique lui redonnait confiance. Et l'idée de la gloire personnelle qu'il espérait tirer de sa fantastique découverte le remplissait d'une joie et d'une excitation indicibles.

Il se leva et fit coulisser un panneau qui se trouvait derrière lui, révélant un coffre-fort. Il en sortit deux passeports, le sien et celui de son domestique, ainsi qu'une épaisse liasse de billets de cent livres, qu'il montra en souriant à ses compagnons.

— Ceci vous tiendra lieu de papiers…

— Corruption ? fit Sophie.

— Diplomatie créative. Biggin Hill est un petit aéroport d'affaires, qui tolère certaines petites anomalies… Un officier des douanes m'accueillera certainement à la sortie du hangar. S'il demande à monter à bord de l'avion, je lui dirai que je voyage avec une vedette de cinéma – vous, ma chère Sophie – qui souhaite que son séjour en Angleterre demeure à l'abri des médias. Il recevra ce petit pourboire pour le remercier de sa discrétion.

— Et il l'acceptera ? s'étonna Langdon.

— Ils ne l'accepteraient pas de n'importe quel pèlerin… mais ici tout le monde me connaît. Je ne suis pas un trafiquant d'armes, après tout. Je suis l'historien de Sa Majesté la reine, anobli par elle, que diable !

Rémy s'approchait, le Heckler & Koch du moine à la main.

— Monsieur pourrait-il me dire ce qu'il a l'intention de faire de moi ?

— Vous resterez dans l'avion avec votre protégé jusqu'à notre retour. Nous ne pouvons tout de même pas traîner cet énergumène avec nous dans Londres !

— J'ai bien peur que la police française n'ait retrouvé votre avion avant, objecta Sophie.

535

— Imaginez alors leur surprise en tombant sur Rémy…, plaisanta Teabing.

— Je suis très sérieuse, Leigh. Vous avez franchi la frontière avec trois passagers clandestins, dont un otage.

— Mes avocats sont eux aussi très sérieux. Cet olibrius s'est introduit chez moi par effraction, et il a failli me tuer. Rémy pourra en témoigner.

— Mais vous l'avez ligoté et kidnappé…, intervint Langdon.

Teabing leva la main droite.

— Votre Honneur, je vous demande de pardonner à un vieil excentrique, chevalier de la Couronne britannique, qui n'aurait certes pas dû recourir à de tels moyens pour venir se mettre sous la protection de la justice de son pays. Cet homme a failli m'assassiner. J'ai effectivement commis une grave erreur en l'emmenant avec moi en Angleterre, mais j'étais dans un état d'extrême nervosité. *Mea culpa*. Je regrette très sincèrement mon acte.

— Vous prenez tout de même un gros risque, fit Langdon, que cette plaidoirie laissait sceptique.

— Sir Leigh ? appela le pilote. La tour de contrôle me dit qu'ils ont un problème de maintenance à proximité de votre hangar, et que je dois garer l'avion devant l'aérogare.

— Ils vous ont dit ce que c'était, ce problème ?

— Une fuite dans la cuve de kérosène… Je suis censé vous garder à bord jusqu'à nouvel ordre, par mesure de précaution.

Teabing fit une moue dubitative. Les réservoirs de kérosène étaient situés, il s'en souvenait très bien, à deux bons kilomètres de son hangar.

— Si Monsieur me permet, cela me paraît assez étrange, fit Rémy.

L'Anglais se tourna vers Langdon et Sophie.

— Mes amis, j'ai le pressentiment que nous allons avoir droit à un comité d'accueil.

— Cela ne m'étonne pas. Fache est toujours à mes trousses, fit Langdon.

Teabing n'écoutait plus. Il fallait réfléchir, et vite.

Ne pas perdre de vue le but final. Le Graal. Nous sommes si près de la solution...

L'avion sortit son train d'atterrissage.

— Leigh, proposa Langdon d'un ton penaud, je vais me rendre à la police et me défendre par des moyens légaux. Je ne veux pas vous impliquer tous les deux dans cette histoire de crime.

— Il n'en est pas question ! s'exclama Teabing. Et vous croyez qu'ils nous laisseront partir pour autant ? Je vous ai fait quitter la France clandestinement, Mlle Neveu vous a aidé à vous échapper du Louvre, et nous transportons un moine ligoté à l'arrière de l'appareil. Nous sommes tous logés à la même enseigne, à présent.

— Et si nous atterrissions sur un autre aéroport ? proposa Sophie.

Teabing secoua la tête.

— Trop tard, nous sommes descendus trop bas. Si nous remontons maintenant, nous aurons droit à un comité d'accueil encore plus musclé où que nous atterrissions… Si nous voulons garder une chance de retarder la confrontation avec les autorités britanniques, le temps de trouver notre Graal… (Il hésita un instant.) Je vais tenter un coup d'audace. Donnez-moi une minute, ajouta-t-il en se dirigeant vers le cockpit.

— Où allez-vous ? s'inquiéta Langdon.

— Tenir une petite réunion à huis clos, répondit Teabing, qui tentait d'évaluer la somme d'argent qui lui serait nécessaire pour persuader le pilote d'effectuer une manœuvre complètement interdite.

81.

Le Hawker est en approche finale.

Simon Edwards, directeur de l'aéroport de Biggin Hill, faisait les cent pas dans la tour de contrôle, en surveillant d'un œil inquiet la piste d'atterrissage. Il n'appréciait guère les réveils matinaux le samedi et la perspective de participer à l'arrestation de l'un de ses plus gros clients lui semblait de fort mauvais goût. Sir Leigh Teabing payait pour son hangar un loyer mensuel confortable, ainsi qu'une taxe annuelle qui lui permettait d'atterrir quand bon lui semblait. Il prévenait en général de son arrivée quelques jours à l'avance, de manière à s'assurer les petits extras auxquels il avait l'air de tenir. Sa Jaguar Sovereign limousine l'attendait toujours dans son hangar, lavée, réservoir plein, et le *Times* du jour plié sur la banquette arrière. Un employé de l'aéroport l'accueillait à sa descente d'avion, pour lui éviter d'aller présenter ses papiers et bagages au terminal. De temps à autre, Edwards acceptait de juteux pourboires pour fermer les yeux sur les denrées alimentaires luxueuses et interdites dont Teabing raffolait : escargots de Bourgogne, une variété artisanale de roquefort particulièrement bien affiné, ainsi que certains fruits. La législation des douanes était, après tout, absurde, et si Biggin Hill n'accédait pas aux désirs de ses clients, les aéroports concurrents s'en chargeraient. On laissait donc sir Teabing en faire à sa tête, pour la plus grande satisfaction des employés bénéficiaires de ses largesses.

En apercevant l'avion dans le ciel, Edwards réprima difficilement un accès de nervosité. Était-ce son penchant pour la corruption qui avait attiré des ennuis à Teabing ? La police française paraissait en tout cas fermement résolue à le coffrer. On n'avait pas encore donné à Edwards les détails du chef d'accusation, qui semblait toutefois très sérieux. À la demande de la PJ, la police du Kent avait exigé du contrôleur de Biggin Hill qu'il ordonne au pilote du Hawker de se présenter devant le terminal au lieu de se rendre au hangar de son client. Et le mécanicien avait eu l'air de gober sans broncher le prétexte douteux de la fuite de kérosène.

Si les policiers britanniques ne portaient généralement pas d'arme, la gravité de la situation avait exigé ce matin une équipe spéciale. Postés devant l'aérogare, huit agents équipés d'armes de poing attendaient l'avion de Teabing. Juste après l'atterrissage un employé devait placer des cales sous les roues. Puis les policiers se déploieraient devant la porte de l'appareil et empêcheraient les passagers de descendre en attendant la venue de la police française.

Le Hawker arrivait au-dessus des arbres qui bordaient la droite de l'aéroport. Simon Edwards descendit sur le tarmac pour assister à l'atterrissage. Les policiers, prêts à intervenir, restaient invisibles et le mécanicien tenait ses cales à la main.

L'avion se plaça dans l'axe de la piste, ralentit, le nez se redressa et les roues touchèrent le sol en faisant jaillir un nuage de poussière. Le pilote décéléra. La carlingue blanche luisant sous la bruine bifurqua de gauche à droite en face du terminal. Mais, au lieu de freiner devant l'aérogare, l'appareil longea tranquillement la façade et continua sa route en direction du hangar de Teabing.

Tous les policiers se précipitèrent vers Edwards.

— Je croyais qu'il avait accepté de se garer ici ?

— En effet, fit Edwards, effaré.

Quelques secondes plus tard, on le poussait dans un véhicule de la police, qui fila à toute allure vers le hangar. Au moment où l'avion disparaissait dans le bâtiment de tôle ondulée, le convoi était encore à cinq cents mètres de distance. Les voitures de police se garèrent en dérapant devant la porte et les huit policiers en jaillirent, l'arme au poing.

Edwards sortit en trombe ; dans le hangar le vacarme était assourdissant.

Les moteurs du Hawker tournaient encore. Il achevait sa rotation pour se présenter le nez face à la porte, prêt pour le prochain départ. Edwards lut sur le visage du pilote un étonnement et une crainte parfaitement compréhensibles à la vue du barrage de voitures.

L'appareil s'immobilisa et les moteurs se turent. Les policiers s'engouffrèrent dans le hangar et prirent position autour de la carlingue. Edwards rejoignit leur chef qui avançait prudemment vers la porte, laquelle s'ouvrit au bout de quelques secondes.

La passerelle automatique se déplia et sir Leigh Teabing fit son apparition en haut des marches. Parcourant du regard les pistolets tournés vers lui, il se cala sur ses béquilles et se gratta la tête, apparemment plus étonné qu'inquiet.

— Mon cher Simon, aurais-je gagné le gros lot de la tombola des Œuvres de la police alors que j'étais en France ?

Le directeur de l'aéroport déglutit et fit un pas en avant.

— Bonjour, sir Teabing. Je vous prie de m'excuser pour le dérangement occasionné, mais nous avons repéré une fuite dans une des cuves de kérosène. Nous avions demandé à votre pilote de se garer devant le terminal.

— C'est moi qui ai infirmé votre consigne. Je suis malheureusement en retard à mon rendez-vous chez le médecin. Je paie la location de ce hangar, et votre cuve me semble être à une distance largement suffisante pour éviter tout risque…

— Je suis désolé, mais votre arrivée nous a pris au dépourvu…

— Cela ne m'étonne pas. Mon emploi du temps est quelque peu bouleversé. Pour tout vous dire, je ne supporte pas bien mon nouveau traitement médical, et je suis venu demander à mon médecin de le modifier.

Les policiers se concertèrent du regard.

— Je comprends bien, monsieur, fit Edwards. Le gradé s'avança d'un pas.

— Je me vois dans l'obligation, de vous demander de rester à bord de votre avion pendant une heure environ.

Teabing fit la moue et commença à descendre l'escalier.

— Je regrette, mais c'est tout à fait impossible. J'ai un rendez-vous urgent chez le médecin que je n'ai pas l'intention de louper, déclara-t-il en posant le pied à terre.

L'inspecteur s'approcha pour l'empêcher d'avancer.

— Nous sommes ici à la demande de la police judiciaire française, qui affirme que vous transportez des fugitifs.

Teabing le dévisagea un long moment avant de partir d'un grand éclat de rire.

— S'agit-il d'un tournage de *La Caméra cachée* ? Comme c'est amusant !

Le policier ne cilla pas.

— C'est extrêmement sérieux, sir. Selon la police française, vous détiendriez également un otage à bord de votre appareil…

Rémy apparut à la porte.

— Je me considère souvent comme l'otage de sir Leigh Teabing, mais il m'assure que je suis libre de partir quand je veux.

Il regarda sa montre et s'adressa à son maître :

— Je dois signaler à Monsieur que nous sommes déjà en retard.

Il indiqua du menton la limousine garée dans le coin opposé du hangar. Une Jaguar limousine, d'un noir d'ébène, aux vitres teintées et pneus à flancs blancs.

— Je vais chercher la voiture, dit-il en amorçant sa descente.

— Nous ne pouvons pas vous laisser partir, déclara le policier. Veuillez, je vous prie, retourner tous les deux dans l'appareil. La police française doit atterrir d'une minute à l'autre.

Teabing se tourna vers Edwards.

— Écoutez, mon cher Simon, tout cela est parfaitement ridicule ! Nous n'avons personne à bord. Il n'y a que le pilote, mon domestique et moi. Peut-être pourriez-vous faire fonction d'intermédiaire, et aller vérifier par vous-même.

Edwards se savait piégé.

— Effectivement, je peux monter regarder…

— Pas question ! coupa l'inspecteur, apparemment au courant des dérogations accordées par les petits aéroports privés.

Simon Edwards n'aurait pas hésité à mentir pour éviter de perdre un client.

— C'est moi qui vais y aller, ajouta-t-il.

Teabing secoua vigoureusement la tête.

— Certainement pas. Cet avion est une propriété privée et, tant que vous n'aurez pas de mandat de perquisition, vous ne monterez pas à bord. Je vous propose un compromis raisonnable. M. Edwards peut très bien procéder à la fouille.

— Je refuse.

Teabing se fit glacial.

— Désolé, inspecteur, mais je n'ai aucune raison de céder à vos caprices. Vous m'avez déjà assez retardé, et je dois partir. Si vous tenez absolument à m'en empêcher, il va falloir me tirer dessus.

Là-dessus, il prit Rémy par le bras et l'entraîna vers sa Jaguar.

Le policier ne ressentait que de l'aversion pour Leigh Teabing qui passa devant lui en le narguant. *Ces privilégiés se croyaient toujours au-dessus des lois !*

Ils ne le sont pas. Il se retourna, visant le dos de l'historien.

— Arrêtez-vous, ou je tire ! hurla-t-il.

— Allez-y ! cria Teabing sans ralentir le pas, ni même se retourner. Mes avocats se feront un plaisir de s'occuper de vous personnellement lors du procès. Sans parler de ce qui vous attend si vous osez perquisitionner mon avion sans mandat.

L'inspecteur britannique ne craignait pas les épreuves de force. Il n'avait certes pas de mandat mais l'avion venait de France et le commissaire Fache lui avait délégué ses pouvoirs. Il servirait certainement mieux sa carrière en allant inspecter l'intérieur de cet avion et en découvrant ce que Teabing tenait tant à cacher à la police.

— Arrêtez-les ! ordonna-t-il à ses hommes. Je fouille l'avion !

Les policiers se lancèrent, prêts à tirer, derrière les deux fuyards et les encerclèrent avant qu'ils aient pu atteindre la voiture.

— Dernier avertissement ! cria Teabing en se retournant. Si vous montez dans cet avion, vous le regretterez amèrement.

Le brigadier brandit son arme et avança vers l'escalier. Une fois arrivé en haut, il commença par jeter un coup d'œil circulaire à l'intérieur de l'appareil. Et entra. *Qu'est-ce que…*

À l'exception du pilote que la peur clouait sur son siège, l'avion était vide. Il alla vérifier les toilettes, le compartiment réservé aux bagages, se pencha sous les sièges… en vain. Aucune trace de vie humaine.

Mais qu'est-ce qui lui a pris, à ce commissaire de la PJ ?

Teabing n'avait pas menti.

Ravalant la boule qui montait dans sa gorge, il ressortit sur la passerelle et cria à ses hommes :

— Laissez-les partir ! On nous a mal renseignés.

— Vous pouvez vous attendre à la visite de mes avocats ! lança Teabing. Et sachez à l'avenir qu'on ne peut faire aucune confiance à la police française !

Rémy lui ouvrit la portière arrière de la Jaguar et l'aida à s'asseoir avant d'aller s'installer au volant. La limousine démarra, et les policiers s'effacèrent pour la laisser sortir du hangar.

— Bien joué ! claironna Teabing en se calant dans son siège.

Ils sortaient de l'aéroport et Rémy accélérait. Teabing se baissa vers l'habitacle spacieux qui s'étendait entre les deux banquettes.

— Tout le monde est bien installé ?

Langdon fit « oui » d'une voix peu convaincue. Sophie et lui étaient toujours allongés sur le sol, à côté du moine ligoté.

Dès que l'avion était entré dans le hangar, Rémy avait ouvert la porte de l'appareil et déplié la passerelle, pour permettre à Sophie et Langdon de descendre. Ils avaient traîné le moine derrière eux et s'étaient tapis avec lui à l'arrière de la limousine. Les policiers étaient arrivés pendant que l'avion terminait son demi-tour.

Une fois la Jaguar sortie de l'aéroport, Langdon et Sophie s'assirent sur la banquette opposée à celle de Teabing, laissant le moine couché à leurs pieds.

— Puis-je vous offrir quelque chose à boire ? demanda leur hôte en ouvrant le bar. Eau gazeuse, chips ? cacahuètes ?

Et comme ils secouaient la tête :

— Très bien. Occupons-nous donc de la tombe de notre chevalier…

82.

— Fleet Street ? s'étonna Langdon en dévisageant Teabing assis en face de lui.

Il y a une crypte dans Fleet Street ? Jusque-là, Leigh s'était amusé à garder un silence imperturbable sur l'endroit où ils trouveraient la tombe du chevalier. Elle leur fournirait, à en croire le poème, le mot de passe du deuxième cryptex.

Teabing se tourna vers Sophie en arborant un large sourire.

— Auriez-vous la gentillesse, mademoiselle Neveu, de montrer une nouvelle fois le quatrain à notre professeur de Harvard ?

Sophie sortit de sa poche le cylindre d'onyx enveloppé du parchemin. Ils avaient décidé de laisser le coffret et le premier cryptex dans le coffre-fort de l'avion de Teabing, pour ne se charger que du strict nécessaire. Elle déroula le vélin et le tendit à Langdon.

Il avait beau l'avoir déjà lu plusieurs fois avant l'atterrissage, aucun lieu ne lui était venu à l'esprit. En le parcourant à nouveau, Langdon s'imprégna lentement des mots, espérant y trouver plus de clarté maintenant qu'il était sur la terre ferme.

Un chevalier à Londres gît, qu'un Pope enterra.
Une ire extrême le fruit de ses œuvres causa.
Cherchez la sphère qui devrait sa tombe orner.
Tel un cœur fertile à la chair rosée.

Une seule allusion paraissait claire à Langdon : « *Cœur fertile à la chair rosée* »... était une référence directe à Marie Madeleine, porteuse de la descendance de Jésus. Mais qui pouvait être ce chevalier dont le travail avait déplu à Dieu ? Pourquoi avait-il été inhumé par un pope ? Et pourquoi fallait-il chercher sur sa tombe un objet qui n'y était pas ? *La sphère qui devrait sa tombe orner.*

— Alors, Robert ? Cela ne vous dit rien ? plaisanta Teabing, déçu mais visiblement ravi de bénéficier d'une longueur d'avance. Et vous, mademoiselle Neveu ?

Sophie secoua la tête.

— Mais que feriez-vous sans moi, mes pauvres enfants ? Bon, je vais essayer de vous guider. En fait, c'est extrêmement simple. Tout est dans le premier vers. Pouvez-vous nous le relire, Robert, s'il vous plaît ?

— *Un chevalier à Londres gît, qu'un Pope enterra.*

— Cela ne vous évoque rien ?

— Un chevalier enterré par un pope ? Qui aurait eu des funérailles orthodoxes ?

Teabing pouffa de rire.

— Il fallait y penser ! Quel bel œcuménisme, mon cher Robert ! Le chef du Vatican ne s'appelle-t-il pas *pope* en anglais ? Regardez plutôt le deuxième vers. Ce chevalier s'est apparemment attiré la colère de l'Église. Réfléchissez. Pensez au contentieux entre Rome et les Templiers. Un chevalier qu'un pape a enterré…

— Qu'un pape a *tué* ? suggéra Sophie.

— Bravo ! s'exclama Teabing.

Langdon pensa au massacre tristement célèbre de 1307 – ce vendredi 13 fatidique où le pape Clément V avait fait massacrer des centaines de Chevaliers du Temple.

— Mais il doit y avoir des centaines de tombes de Templiers à Londres, objecta-t-il.

— Détrompez-vous ! On en a brûlé un grand nombre sur le bûcher, d'autres ont été jetés sans ménagement dans la Tamise. Il n'y en a que très peu qui aient été *enterrés* à Londres.

Il s'interrompit, guettant la révélation sur le visage de Langdon. N'y tenant plus, il explosa :

— De grâce, Robert ! Une église de Londres, construite par les Templiers eux-mêmes !

— Temple Church ? Il y a une crypte ?

— On y trouve les tombeaux les plus impressionnants qui soient, affirma Teabing.

S'il avait rencontré de nombreuses références à l'église du Temple au cours de ses recherches sur le Prieuré de Sion, Langdon ne l'avait jamais visitée. Ancien épicentre des activités des chevaliers et du Prieuré, elle tirait son nom du Temple de Salomon, auquel les Templiers devaient le leur, ainsi que la découverte des documents du Sang réal qui leur avaient donné tant de pouvoir sur Rome. De nombreuses légendes couraient sur les étranges rituels secrets que les chevaliers avaient coutume de célébrer dans ce sanctuaire.

— Et Temple Church est dans Fleet Street ? s'enquit Langdon.

— Un peu à l'écart, sur Inner Temple Lane. Je voulais vous voir sécher un peu avant de vous donner ma réponse, ajouta Teabing avec un regard espiègle.

— Merci.

— Aucun de vous deux n'y est jamais allé ?

Langdon et Sophie secouèrent la tête.

— Ce n'est guère surprenant, expliqua Teabing. Elle est aujourd'hui cachée par des immeubles beaucoup plus élevés et peu de gens connaissent son existence. C'est un curieux bâtiment, païen jusqu'à l'os.

— Une église païenne ? s'exclama Sophie.

— Un véritable panthéon ! C'est une église *ronde*. Les Templiers ont refusé de lui donner le plan d'une croix latine, pour construire un sanctuaire circulaire, dédié au soleil. Un message au Vatican sans grande subtilité. Un peu comme s'ils avaient transporté les menhirs de Stonehenge en plein centre de Londres.

Sophie avait les yeux fixés sur Teabing.

— Et le reste du poème ? demanda-t-elle.

Le visage de l'historien s'assombrit.

— Je dois dire que je n'en sais trop rien. C'est très étrange. Il va falloir aller étudier de près chacune des dix tombes de l'église. Avec un peu de chance, nous en trouverons une sur laquelle l'absence de sphère sera évidente.

Langdon se rendit compte qu'ils étaient près du but. Si la sphère absente constituait bien le mot de passe, ils ouvriraient le deuxième cryptex. Il avait du mal à imaginer ce qu'ils y trouveraient.

Il relut encore une fois la fin du poème. Encore une allusion digne d'un jeu de mots croisés. *Un mot de cinq lettres évoquant le Graal ?* À bord de l'avion, ils avaient déjà essayé tous ceux qui leur venaient immédiatement à l'esprit – GRAAL, GREAL, VÉNUS, MARIE, JÉSUS, SARAH – mais le déclic attendu ne s'était pas produit. *Beaucoup trop évidents*. Il fallait en trouver un qui fasse référence au cœur fertile de la Rose. Et si Teabing, le spécialiste numéro un du Graal, ne l'avait pas trouvé, il devait s'agir d'une référence peu banale.

— Sir Teabing ? appela Rémy Legaludec. Vous m'avez bien dit que Fleet Street se trouvait à proximité de Blackfriars Bridge ?

— Exactement. Vous longerez Victoria Embankment.

— Je ne connais pas bien le quartier, j'ai l'habitude de vous conduire à l'hôpital.

Teabing leva les yeux au ciel et marmonna en direction de ses deux amis :

— Je vous jure que, parfois, j'ai l'impression d'avoir affaire à un enfant. Excusez-moi un instant.

Il ouvrit la porte du mini-bar.

— Servez-vous donc à boire, ajouta-t-il en se propulsant maladroitement vers l'avant pour expliquer l'itinéraire à son domestique.

— Dites-moi, Robert, chuchota Sophie, personne ne sait que nous sommes en Angleterre.

Elle avait raison. Les policiers anglais diraient à Fache qu'ils avaient trouvé l'avion vide, et le commissaire en déduirait que Sophie et lui étaient restés en France. *Nous sommes invisibles*. La manœuvre astucieuse de Teabing leur avait fait gagner beaucoup de temps.

— Mais Fache n'abandonnera pas la partie, reprit Sophie. Votre arrestation est trop importante pour lui.

Langdon s'était efforcé de ne plus penser au chef de la PJ. Sophie lui avait promis qu'elle ferait tout son possible pour le disculper dès que tout cela serait terminé, mais il commençait à craindre que ses efforts ne servent à rien. *Et si Fache faisait partie du complot ?* Sans oser imaginer que le directeur de la PJ puisse être mêlé au secret du Graal, il trouvait les coïncidences trop nombreuses pour pouvoir affirmer que Fache n'était pas un rouage de la machination. *C'est un croyant convaincu et il veut me coller ces meurtres sur le dos.* Sophie prétendait que Fache n'était coupable que d'un zèle exagéré, et les preuves plaidaient effectivement contre Langdon. En plus de son nom écrit en toutes lettres sur le parquet du Louvre comme sur l'agenda de Saunière, Langdon était soupçonné d'avoir menti sur l'envoi de son manuscrit et passible de délit de fuite.

Sophie posa une main sur son genou.

— Je suis navrée de vous avoir fait prendre tous ces risques, Robert… Mais je dois dire que je suis bien contente de vous avoir à mes côtés.

La déclaration avait beau être plus prosaïque que romantique, Langdon crut sentir un éclair d'attirance partagée. Il lui adressa un sourire fatigué.

— Je suis beaucoup plus captivant quand j'ai dormi…

Elle garda le silence quelques secondes.

— Mon grand-père m'a conseillé de vous faire confiance et je suis contente, pour une fois, de lui avoir obéi.

— Il ne me connaissait même pas.

— Il n'empêche. Je pense que vous avez fait tout ce qu'il vous demandait. Vous m'avez aidée à trouver la clé de voûte, vous m'avez expliqué ce qu'était le Saint-Graal… et le sens de cette cérémonie au château de mon grand-père. Je ne sais pas pourquoi, mais je me sens plus proche de lui ce soir que je ne l'ai été depuis des années. Et je sais qu'il en serait heureux.

Dans le crachin matinal, la ville se profilait devant eux. Longtemps dominé par Big Ben et Tower Bridge, l'horizon londonien s'ornait maintenant du *Millenium Eye*, une grande roue gigantesque et ultramoderne culminant à 170 mètres de hauteur, d'où l'on jouissait d'une vue extraordinaire sur la ville. Langdon avait envisagé une fois d'y monter, mais les « capsules » lui avaient rappelé des sarcophages étouffants, et il avait préféré rester sur la terre ferme pour admirer le spectacle depuis les rives éventées de la Tamise.

Il sentit une main lui presser le genou. Sophie le fixait de ses yeux verts. Il s'aperçut qu'elle était en train de lui parler.

— Que pensez-vous qu'on doive faire des documents du Graal, si jamais nous les trouvons ? questionnait-elle.

— Ce que j'en pense n'a pas d'intérêt. Votre grand-père vous a légué la clé de voûte, et vous ferez confiance à votre instinct, en songeant à ce qu'il aurait souhaité.

— Mais je vous demande votre avis. Votre manuscrit lui avait certainement plu, pour qu'il veuille vous rencontrer. Ce n'était pas dans ses habitudes.

— C'était peut-être pour me dire que je n'avais rien compris.

— Mais pourquoi m'aurait-il adressée à vous s'il n'était pas d'accord avec vos recherches ? À propos, Robert, dans ce manuscrit que votre éditeur lui a envoyé, vous montrez-vous favorable à la publication des documents du Graal, ou estimez-vous qu'ils doivent rester secrets ?

— Ni l'un ni l'autre. Je ne prends pas position. Ce livre traite des symboles liés au Féminin sacré – il se contente de raconter l'histoire de son iconographie. Je ne prétends absolument pas présumer la localisation des documents du Graal, ni donner un avis quelconque sur la nécessité de leur publication.

— Mais si vous écrivez un livre sur le sujet, c'est bien parce que vous estimez que les informations doivent être révélées...

— Il y a une énorme différence entre le fait de décrire une alternative à l'histoire officielle du Christ et...

Il marqua une pause.

— Et quoi ?

— Et celui de présenter ces milliers de documents anciens comme preuves historiques irréfutables que le Nouveau Testament n'est qu'un tissu de faux témoignages.

— Mais c'est pourtant ce que vous m'avez dit.

— Ma chère Sophie, répliqua Langdon en souriant, toutes les religions du monde sont fondées sur des thèses fabriquées. C'est la définition même du mot *foi* – l'adhésion à ce que l'on imagine être vrai, et que l'on ne peut pas prouver. Toutes les religions, depuis celle de l'Égypte ancienne jusqu'au catéchisme moderne, décrivent Dieu à travers des métaphores, des allégories, des hyperboles. Ce sont ces images qui permettent à l'esprit humain d'envisager ce qui est par définition inenvisageable. Les problèmes commencent lorsqu'on se met à croire à la lettre aux symboles qui ont été fabriqués pour illustrer des abstractions.

— Vous seriez donc plutôt favorable à ce que ces informations restent secrètes ?

— En tant qu'historien, je suis opposé à toute destruction de documents et je serais très heureux que les spécialistes des religions puissent disposer de matériaux supplémentaires sur la vie exception-nelle de Jésus-Christ.

— Donc, vous rejetez les deux politiques, celle du secret comme celle de la publication ?

— Vraiment ? Je crois que la Bible sert de bous-sole à des centaines de millions de gens sur cette terre, au même titre que le Coran, la Torah ou le Canon Pali. Si vous et moi avions la possibilité de fournir au monde des documents probants qui contredisent les croyances des musulmans, des isra-élites, des bouddhistes ou des animistes, devrions-nous le faire ? Prouver que Bouddha n'est pas né d'une fleur de lotus ? Ni Jésus d'une vierge ? Ceux qui connaissent bien leur foi comprennent qu'il s'agit de métaphores.

Sophie semblait sceptique.

— J'ai des amis chrétiens qui croient dur comme fer que Jésus a marché sur l'eau, qu'il a changé l'eau en vin aux noces de Cana, et que sa mère était vierge…

— C'est exactement ce que je veux dire, insista Langdon. L'allégorie religieuse est devenue une forme de réalité, qui aide des millions de gens à vivre et à devenir meilleurs.

— Mais il se trouve que cette réalité est fausse…

— Pas plus que le nombre imaginaire de la cryptographie mathématique, ce « I » qui vous aide à déchiffrer vos documents secrets…

Sophie fronça les sourcils.

— Vous jouez sur les mots !

Après un silence, Langdon lui demanda :

— Rappelez-moi quelle était votre question, déjà ?

— J'ai oublié…

Il sourit.

— Je l'aurais parié.

83.

La montre Mickey Mouse de Langdon indiquait près de sept heures trente lorsque la limousine le déposa, avec Sophie et Teabing, dans Inner Temple Lane. Le trio suivit un lacis de petites rues jusqu'à une sorte de cour où la façade de pierre grossièrement taillée de Temple Church miroitait sous la pluie. Des pigeons roucoulaient dans les hauteurs de la vieille église.

Celle-ci était entièrement construite en pierre de Caen. L'édifice circulaire surmonté d'une tourelle centrale, et flanqué sur un côté d'une nef rajoutée ressemblait plus à un fort militaire qu'à un lieu de culte. Consacrée le 10 février 1185 par Héraclius, patriarche de Jérusalem, Temple Church avait survécu à huit siècles de bouleversements politiques et au Grand Incendie de Londres. Gravement endommagée par les bombes incendiaires de la Luftwaffe en 1940, et restaurée à l'identique après la guerre, l'église avait retrouvé son austère majesté d'antan.

La simplicité du cercle, pensait Langdon, heureux de faire connaissance avec le sanctuaire. L'architecture était simple et rudimentaire, rappelant davantage le Castel Sant'Angelo de Rome que le Panthéon. L'annexe disgracieuse et rectiligne qui la prolongeait sur un côté n'altérait heureusement pas l'harmonie originale du petit temple païen.

— Nous sommes samedi matin, dit Teabing en claudiquant vers le portail. On ne devrait pas être gêné par un service religieux.

La porte d'entrée était située au fond d'un petit porche de pierre. Sur le mur de gauche, un tableau d'affichage d'une modernité incongrue annonçait les horaires d'ouverture, des concerts et des services religieux.

Teabing se rembrunit.

— L'église n'ouvre pas aux visiteurs avant deux heures.

Après avoir essayé en vain de pousser la porte, il plaqua l'oreille contre le panneau de bois pendant quelques secondes, et se retourna vers Langdon, un sourire malicieux aux lèvres.

— Regardez donc sur le panneau le nom du pasteur qui dirige le service demain matin, voulez-vous ?

À l'intérieur de l'église, le sacristain était en train de passer l'aspirateur sur le banc de communion, lorsqu'il entendit frapper à la porte d'entrée. Il ne bougea pas. Le père Harvey Knowles avait ses clés, et n'arrivait jamais avant neuf heures du matin. C'était probablement un touriste ou un mendiant. Il se remit à la tâche, mais les coups reprirent, beaucoup plus bruyants. Comme si on tapait sur la porte avec une barre de métal. *Vous ne savez pas lire ?* Le sacristain éteignit son aspirateur et se dirigea en maugréant vers l'entrée. Il déverrouilla la porte et l'ouvrit. Trois personnes attendaient sous le porche. *Des touristes.*

— L'église ouvre à neuf heures trente, messieurs dames.

Le plus corpulent des deux hommes, apparemment le chef, s'avança vers lui, appuyé sur des béquilles métalliques.

— Je suis sir Leigh Teabing, annonça-t-il avec un accent typiquement aristocratique. Comme vous le savez très certainement, j'accompagne M. et Mme Christopher Wren, quatrième du nom.

Il s'effaça pour faire place à un couple derrière lui une jolie jeune femme à la superbe chevelure auburn et un homme d'une quarantaine d'années, grand, mince, aux cheveux bruns. Son visage parut vaguement familier au sacristain.

Il ne savait que répondre. Sir Christopher Wren était le plus célèbre bienfaiteur de Temple Church. C'est lui qui avait restauré l'église après le Grand Incendie de Londres. Mais il était mort au début du XVIIIe siècle.

— Je… enchanté… Madame, monsieur…

L'homme aux béquilles fronça les sourcils.

— Heureusement que vous ne travaillez pas dans le commerce, vous n'êtes pas très convaincant. Où est le père Knowles ?

— On est samedi, il n'arrive jamais très tôt.

L'homme aux béquilles se renfrogna.

— Qu'est devenue sa gratitude ? Il m'a affirmé qu'il serait là. Nous devrons apparemment nous passer de lui. Nous n'en aurons pas pour longtemps.

Le sacristain bloquait toujours la porte.

— Désolé, mais qu'est-ce qui ne prendra pas longtemps ?

L'infirme, s'approchant, lui chuchota à l'oreille comme pour lui éviter un impair :

— Vous ignorez apparemment que M. et Mme Wren, les descendants de sir Christopher, viennent ici une fois par an pour répandre une pincée des cendres de leur ancêtre sur le dallage de la rotonde, comme l'exige son testament ? Ce n'est pas que l'exercice nous amuse particulièrement, mais que voulez-vous…

Le sacristain, qui travaillait ici depuis deux ans, n'avait pas entendu parler de ces visites annuelles.

— Je préférerais que vous attendiez neuf heures et demie. L'église n'est pas encore ouverte et je suis en train de passer l'aspirateur.

Le visiteur le foudroya du regard.

— Écoutez, mon brave, si vous travaillez ici, c'est bien grâce à la personne dont Madame transporte les cendres dans sa poche.

— Pardon ?

— Madame Wren, reprit l'homme aux béquilles, auriez-vous la gentillesse de montrer à monsieur le reliquaire où sont conservées les cendres de votre aïeul ?

La jeune femme, perplexe, hésita une ou deux secondes, et plongea une main dans la poche de son survêtement, d'où elle tira une sorte de tube en pierre noire enroulé dans un étui de cuir souple.

— Vous voyez ! À vous maintenant de respecter les dernières paroles du grand homme et de nous laisser accomplir notre mission, si vous ne voulez pas que je raconte au père Knowles la manière cavalière dont vous nous avez traités.

Le sacristain hésitait. Le pasteur Knowles était très à cheval sur les traditions… pire que tout, il entrait dans une colère noire chaque fois qu'un incident venait jeter un éclairage défavorable sur sa célèbre église. Peut-être avait-il oublié la visite des descendants du grand architecte. Auquel cas, il serait plus risqué de les éconduire que de les laisser entrer. *Il a dit qu'ils n'en avaient pas pour long-temps. Ils n'ont pas l'air de vandales.*

En s'écartant pour les laisser passer, le sacristain était prêt à jurer que M. et Mme Wren semblaient aussi étonnés que lui. Il reprit son aspirateur en les surveillant du coin de l'œil.

Langdon ne put que sourire.

— Vous mentez trop bien pour être honnête, mon cher Leigh.

Les yeux de Teabing pétillaient.

— Le club de théâtre d'Oxford. On y parle encore de mon interprétation de Jules César. Personne n'a joué avec autant de conviction la première scène de l'acte III.

— Je croyais que c'était celle de sa mort…

— En effet mais ma toge s'est déchirée quand je suis tombé et j'ai dû rester allongé sur la scène, dans le plus simple appareil, pendant une demi-heure. Je n'ai pas remué un cil. J'ai été magnifique, croyez-moi.

— J'aurais aimé assister à la scène…, répliqua Langdon.

En traversant l'annexe rectangulaire pour atteindre l'ogive qui ouvrait sur l'église circulaire, Langdon découvrit avec surprise l'espace dépouillé de la longue nef. Si Temple Church évoquait une chapelle traditionnelle, la décoration en était froide et dénudée, sans aucun ornement.

— Lugubre, souffla Langdon.

— *Church of England* ! corrigea Teabing. La religion pure et dure. Rien pour vous distraire de votre misérable condition.

— On se croirait dans le donjon d'un château fort, renchérit Sophie.

Langdon était d'accord avec elle. Les murs étaient d'une épaisseur impressionnante.

— Les Templiers étaient des guerriers. Leurs églises leur servaient de forteresses, et de banques.

— De banques ?

— Mon Dieu oui ! Ce sont même eux qui ont inventé ce concept. Les membres de la noblesse européenne estimaient dangereux de voyager avec leur or. Les Templiers leur permettaient donc de le déposer dans la plus proche de leurs églises, pour le retirer dans toute autre, une fois arrivés à destination. Ils ne demandaient que des preuves d'identité et, bien sûr, une petite commission. Presque les premières billetteries automatiques, en somme.

Teabing leur montra du doigt un vitrail représentant un chevalier vêtu de blanc monté sur un cheval rose.

— Voici Alanus Marcel, Maître du Temple au début du XIIIe siècle. Lui et ses successeurs détenaient au Parlement le siège de Premier baron.

— Ils étaient Premiers barons du royaume ? s'étonna Langdon.

Teabing hocha la tête.

— Certains prétendent qu'ils avaient plus de pouvoir que le roi.

Ils pénétraient dans la rotonde. Teabing jeta un coup d'œil au sacristain, qui passait l'aspirateur au fond du chœur.

— Vous savez, dit-il à Sophie, on dit que le Saint-Graal a séjourné une nuit dans cette église, entre deux de ses refuges successifs. Vous imaginez les quatre caisses de documents alignées sur la pierre, à côté du sarcophage de Marie Madeleine ? J'en ai la chair de poule.

Langdon aussi était émerveillé en pénétrant dans la rotonde. Il parcourut du regard le vaste espace de pierre claire, orné de gargouilles, de têtes de monstres, de démons et de visages humains grimaçants, tous orientés vers le centre du cercle. Sur le sol, un simple banc de pierre parcourait tout le périmètre de cette salle ronde.

— Un théâtre circulaire…, murmura-t-il.

Teabing dressa une béquille vers le fond gauche de l'édifice, puis vers le fond droit.

Dix chevaliers de pierre.

Cinq à gauche, cinq à droite.

Les dix gisants de Templiers reposaient paisiblement, chacun sur leur socle de pierre. Tous en armure complète, avec épée et bouclier. Langdon avait l'impression qu'un intrus avait versé sur eux, pendant leur sommeil, du plâtre encore liquide. Les sculptures étaient assez abîmées, mais chacun des chevaliers se distinguait des autres – armures, positions des bras et des jambes, traits des visages, armoiries des bouclier – des différences nombreuses.

Un chevalier à Londres gît, qu'un Pope enterra.

Langdon frissonnait en avançant dans la salle circulaire.

C'était bien ici qu'il fallait chercher.

84.

Rémy Legaludec gara la Jaguar dans une petite allée proche de Temple Church, le long d'une rangée de poubelles. Il éteignit le moteur et regarda autour de lui. La rue, déserte, était parsemée de détritus. Il sortit de la voiture, ouvrit la portière arrière et grimpa à côté du moine. Ce dernier, sentant la présence de Rémy, sortit d'une prière qui était une quasi-transe, ses yeux rouges plus curieux que craintifs. Toute la soirée, Rémy avait été impressionné par le sang-froid de ce pauvre bougre ligoté. Après quelques accès de révolte, au début, dans le Range Rover, le moine semblait avoir accepté son sort et s'en était visiblement remis à la Providence.

Rémy desserra son nœud papillon, ouvrit la porte du mini-bar et se servit un verre de vodka, bientôt suivi d'un second. Il avait l'impression de n'avoir pas respiré aussi librement depuis très longtemps.

Ma nouvelle vie d'homme libre va bientôt commencer.

Fourrageant dans le bar, Rémy en sortit un tire-bouchon dont il déplia la lame qui servait normalement à décapsuler les bouteilles de vin. Aujourd'hui, elle allait servir à un usage beaucoup plus insolite. Il se retourna et fixa Silas, en brandissant la lame d'acier scintillant au-dessus de lui.

Deux yeux rouges luisaient dans la pénombre, écarquillés de terreur. Le moine se recroquevilla.

— Ne bouge pas ! ordonna Rémy

Silas ne pouvait croire que Dieu l'ait abandonné. Il avait pourtant transformé son calvaire en exercice spirituel, demandant à ses membres raidis par les crampes, à ses bras engourdis où le sang ne circulait plus, de lui rappeler la peine endurée par le Christ. *J'ai prié toute la nuit pour ma libération.* En voyant le couteau progresser vers lui, Silas ferma les yeux.

Une douleur aiguë lui transperça le dos, entre les deux épaules. Il poussa un hurlement, refusant d'admettre qu'il allait mourir, sans même pouvoir se défendre, à l'arrière de cette voiture. *J'accomplissais l'œuvre de Dieu. Le Maître avait promis qu'il me protégerait.*

Un flot de liquide chaud ruisselait le long de sa colonne vertébrale. Il imaginait son sang se répandant sur tout son corps. Une douleur fulgurante lui vrilla les cuisses et il se sentit près de l'évanouissement – ce mécanisme de défense qui protège le corps d'une trop grande souffrance.

La douleur avait gagné tous ses muscles. Il serra plus fort les paupières. La dernière image de sa vie n'aurait pas le visage de son meurtrier. Il essaya d'imaginer celui d'Aringarosa, encore jeune, debout devant la petite église d'Espagne, que Silas et lui avaient construite de leurs propres mains. *Au commencement de ma vie.*

Tout son corps brûlait.

— Tiens, bois ça ! fit la voix de son assassin, avec un accent français. Ça aidera le sang à circuler.

Silas, ouvrant des yeux étonnés, tourna la tête. La silhouette floue de l'homme en smoking lui tendait un verre. Le couteau ouvert était posé sur la banquette, la lame brillante et propre, à côté d'un serpentin de sparadrap et d'un tas de cordes emmêlées.

— Bois ! Si tu as mal, c'est parce que ton sang recommence à circuler dans tes muscles, fit l'homme.

La douleur se muait en fourmillements aigus.

Il but. L'alcool lui brûla la gorge. Mais la gratitude l'envahit. Le destin avait été cruel envers lui, cette nuit. Pourtant, Dieu avait fini par intervenir.

Il ne m'a pas abandonné.

La Divine Providence, aurait dit Mgr Aringarosa.

— J'aurais bien voulu te détacher plus tôt, mais c'était impossible, à cause de la police, d'abord au château, et ensuite à l'aéroport, fit l'homme en smoking. Tu me comprends n'est-ce pas, Silas ?

Il souriait.

— Vous connaissez mon nom ?

Silas réussit à s'asseoir.

— Est-ce vous, le Maître ? poursuivit-il en frictionnant ses muscles raides, oscillant entre l'incrédulité, la reconnaissance et la confusion.

Cette hypothèse provoqua un franc éclat de rire chez son interlocuteur qui hocha la tête.

— J'aimerais bien… Non, je suis comme toi, je travaille pour lui. Il m'a d'ailleurs parlé de toi en termes très élogieux. Je m'appelle Rémy.

— Je ne comprends pas. Si vous travaillez pour lui, comment se fait-il que les deux autres soient venus *chez vous* avec la clé de voûte ?

— Ce n'est pas chez moi. Le château de Villette appartient au plus grand historien mondial du Graal, sir Leigh Teabing.

— Mais c'est là que vous habitez…

Rémy sourit, ne sachant comment expliquer cette coïncidence.

— Il était parfaitement prévisible que Langdon débarque chez Teabing. Il avait besoin d'aide. Quel meilleur refuge pouvait-il choisir que le château de Villette ? Le fait que j'y habite est justement la raison pour laquelle le Maître m'a contacté. Comment crois-tu qu'il s'est procuré tous ces renseignements sur le Graal ?

Silas était littéralement émerveillé. Le Maître avait recruté celui qui avait accès à toute la documentation de sir Teabing. C'était absolument génial.

— J'ai encore beaucoup de choses à te dire, poursuivit Rémy en tendant à Silas son Heckler & Koch. Mais nous avons tous les deux un travail à faire...

Il tendit le bras vers l'avant de la Jaguar et sortit de la boîte à gants un petit pistolet qui tenait dans la paume de sa main.

Accueilli sur le tarmac de Biggin Hill par l'inspecteur chef de la police du Kent, le commissaire Fache écoutait son collègue britannique lui relater en détail ce qui s'était passé dans le hangar de sir Teabing.

— J'ai fouillé moi-même l'appareil. Il n'y avait que le pilote. Et je tiens à signaler que, si sir Teabing cherche à me poursuivre, je...

— Vous avez interrogé le pilote ?

— Impossible, il est français et votre juridiction...

— Conduisez-moi dans l'avion.

Après son arrivée dans le hangar, il fallut moins d'une minute à Fache pour remarquer une tache de sang à l'endroit où la Jaguar avait été garée. Il marcha à grands pas vers l'appareil et tambourina vigoureusement sur la carlingue.

— Police judiciaire française ! Ouvrez !

Le pilote terrifié apparut dans l'embrasure de la porte et descendit la passerelle.

Trois minutes plus tard, aidé de son arme de poing, Fache avait obtenu de lui des aveux complets, confirmant que Langdon, Sophie et le moine albinos avaient bien voyagé sur son appareil. Le pilote avait même ajouté qu'avant de quitter l'avion, son client avait enfermé un objet dans son coffre-fort – une boîte en bois dont le contenu semblait avoir occupé trois des passagers pendant toute la durée du vol...

— Ouvrez-moi ce coffre ! ordonna le commissaire.

— Mais je ne connais pas la combinaison !

— Dommage, j'étais sur le point de renoncer à confisquer votre licence...

— Je peux peut-être demander à un mécanicien d'essayer de le forcer ?

— Je vous donne une demi-heure.

Le pilote se précipita sur sa radio.

Fache alla se servir un verre d'alcool au fond de l'appareil. Comme il n'avait pas dormi de la nuit, on ne pouvait pas dire qu'il buvait avant midi. Il s'assit dans l'un des confortables sièges baquets et tenta de faire le point. *La bourde de ces flics anglais risque de me coûter cher.* La police avait lancé des avis de recherche concernant une Jaguar limousine noire.

Son portable sonna dans la poche de sa veste.

— Allô ? fit-il d'une voix lasse.

C'était l'évêque espagnol.

— Commissaire Fache ? Je viens de m'arranger pour être à Londres d'ici à une heure.

— Je croyais que vous vous rendiez à Paris...

— Je suis très inquiet. J'ai changé mes projets.

— Vous n'auriez pas dû.

— Avez-vous récupéré Silas ?

— Non. Ses ravisseurs ont faussé compagnie aux policiers britanniques avant mon arrivée.

— Mais vous m'aviez assuré que vous empêcheriez leur avion d'atterrir ! fit Aringarosa d'un ton sec.

— Monseigneur, étant donné la situation délicate dans laquelle vous vous trouvez, je vous conseille de ne pas abuser de ma patience. Je trouverai Silas et les autres le plus tôt possible. Où allez-vous atterrir ?

— Un instant, je vous prie.

Aringarosa se renseigna auprès du pilote et reprit le téléphone.

— Le pilote essaie d'obtenir l'autorisation d'Heathrow. Je suis le seul passager, mais le vol n'est pas enregistré.

— Dites-lui d'atterrir à Biggin Hill, dans le Kent. Je vais arranger ça. Si je ne suis pas là à votre arrivée, je mettrai une voiture à votre disposition.

— Merci, commissaire.

— Comme je vous l'ai laissé entendre tout à l'heure, monseigneur, n'oubliez pas que vous n'êtes pas le seul à risquer de tout perdre dans cette affaire.

85

*« Cherchez la sphère qui devrait sa tombe or-
ner... »*

Chacun des gisants de Temple Church était
étendu sur le dos, la tête reposant sur un oreiller de
pierre rectangulaire.

Sophie frissonna au souvenir des globes que
brandissaient les femmes du *Hieros Gamos* de
Montmorency. Elle se demanda si le rituel avait été
accompli dans ce sanctuaire même. Cette salle circulaire semblait construite sur mesure pour une
telle cérémonie.

La chapelle de Temple Church devait être parfaitement adaptée à ce type de rituel. « Un théâtre
en rond », avait dit Robert. Un simple banc de
pierre courait sur toute sa circonférence. Elle
essaya de se la représenter de nuit, peuplée
d'hommes et de femmes masqués chantant à la
lumière de torches accrochées aux piliers et

contemplant la « communion sacrée » au centre de la chapelle.

Elle chassa l'image de son esprit pour suivre Teabing et Langdon vers le premier groupe de tombeaux à gauche, puis, malgré les consignes de Teabing, insistant pour une exploration méticuleuse, les devança pour faire quelques pas entre les gisants.

Scrutant ces premières tombes, Sophie nota leurs différences et leurs similitudes. Tous les chevaliers étaient allongés, trois d'entre eux étaient étendus, jambes parallèles, tandis que deux autres croisaient les jambes. Mais aucune de ces particularités n'évoquait une sphère…

Sophie passa ensuite à l'examen de leurs vêtements. Deux Templiers portaient une tunique qui recouvrait leur armure jusqu'aux genoux, et les trois autres une robe plus longue, qui leur arrivait aux chevilles.

La troisième différence visible au premier coup d'œil était la position de leurs mains. Deux chevaliers tenaient une épée, deux autres avaient les paumes jointes en prière et l'un d'eux avait les bras le long du corps. Après un long examen, Sophie haussa les épaules : pas la moindre trace de sphère.

Elle se retourna vers ses deux compagnons. Les deux hommes avançaient lentement, ils n'en étaient qu'au troisième chevalier et semblaient aussi perplexes qu'elle. Saisie d'impatience, elle traversa la chapelle pour aller observer les autres gisants, tout en se récitant le poème qu'elle connaissait maintenant par cœur.

Un chevalier à Londres gît, qu'un Pope enterra.
Une ire extrême le fruit de ses œuvres causa.
Cherchez la sphère qui devrait sa tombe orner.
Tel un cœur fertile à la chair rosée.

Quand Sophie arriva au deuxième groupe de gisants, elle découvrit qu'ils ressemblaient beaucoup à ceux qu'elle venait d'étudier : tous étaient étendus dans différentes positions, en armure et l'épée au côté.

Le dixième, en revanche, était différent. Elle se précipita. Ni armure, ni robe, ni tunique, ni épée, ni oreiller sous la tête.

— Robert ? Leigh ? appela-t-elle. Venez voir. Le dixième est différent des autres…

Les béquilles de Teabing frappèrent le dallage en un staccato endiablé.

— Regardez, dit Sophie, il y a quelque chose qui manque ici.

Les deux hommes levèrent la tête et accoururent auprès d'elle.

— Une sphère, s'écria Teabing, tout émoustillé. Une sphère manquante ?

— Pas exactement, répondit Sophie, les sourcils froncés. Apparemment c'est tout un chevalier qui manque.

Langdon et Teabing qui l'avaient rejointe, scrutèrent la dixième tombe, interloqués. Pas le moindre gisant : le dixième tombeau était un sarcophage en pierre, de forme trapézoïdale, nettement plus étroit au pied qu'à la tête, et surmonté d'un curieux couvercle pyramidal.

— Pourquoi ce chevalier-ci n'est-il pas exposé ?

— Je l'avais complètement oublié, celui-là ! s'exclama Teabing. Il y a des années que je ne suis pas venu ici...

— On dirait que ce cercueil a été sculpté au même moment que les neuf autres tombes et par le même sculpteur. Mais pourquoi l'avoir enfermé dans un cercueil ? s'interrogea Sophie à haute voix.

Teabing hocha la tête.

— C'est un des nombreux mystères de cette église. À ma connaissance, personne n'a jamais trouvé l'explication.

— S'il vous plaît ? appela le sacristain depuis l'entrée de la rotonde. Pardonnez-moi de vous déranger, mais je croyais que vous deviez répandre les cendres, et non visiter l'église...

Teabing se tourna vers Langdon après avoir adressé un coup d'œil excédé au gardien :

— Monsieur Wren, il semble que malgré les largesses de votre famille, vous ne soyez pas autorisé à rester plus longtemps dans ces murs. Si vous voulez bien maintenant procéder au rituel prévu...

Il s'adressa à Sophie.

— Madame Wren ?

Jouant le jeu, Sophie sortit le cryptex de sa poche et déroula le parchemin qui l'enveloppait.

— Et maintenant, mon brave, reprit Teabing, nous souhaiterions que vous nous laissiez dans l'intimité.

Mais le sacristain n'avait pas reculé d'un pouce. Il détaillait attentivement le visage de Langdon :

— J'ai l'impression de vous avoir déjà vu quelque part…

— Évidemment, puisque M. Wren vient ici une fois par an, expliqua Teabing avec impatience.

En fait, il a dû le voir à la télévision l'année dernière, au moment de l'affaire du Vatican[1], se dit Sophie. Le sacristain secoua la tête.

— Je ne connais pas M. et Mme Wren.

— Vous vous trompez, dit Langdon. Je suis venu ici l'année dernière, mais le père Knowles a oublié de nous présenter. Je vous ai bien reconnu quand vous nous avez ouvert tout à l'heure. Je suis tout à fait conscient que nous vous avons dérangé, mais je vous serais reconnaissant de me laisser rester ici quelques minutes encore. Je viens de loin pour pouvoir disperser quelques-unes des cendres de mon aïeul sur ces tombes.

— Ce ne sont pas des tombes, objecta le sacristain.

— Pardon ? fit Langdon.

— Évidemment que ce sont des tombes ! éclata Teabing. Que voulez-vous que ce soit ?

Le sacristain hocha la tête.

1. Voir *Angels & Démons*, à paraître aux éditions Lattès.

— Elles ne renferment pas de corps. Ce ne sont que des effigies.

— Mais nous sommes bien dans une crypte ! objecta Teabing.

— On pensait qu'il s'agissait d'une crypte, mais la rénovation de 1950 a fait apparaître qu'il n'en était rien… M. Wren devrait le savoir, puisque c'est sa famille qui a supervisé les travaux en question…

Un silence gêné s'installa, bientôt interrompu par le claquement d'une porte au fond de l'église.

— Ce doit être le père Knowles, dit Teabing. Vous devriez peut-être aller voir ? proposa-t-il.

Le sacristain, l'air sceptique, se dirigea vers l'annexe à contrecœur.

Langdon, Sophie et Teabing se regardaient, déconcertés.

— Leigh, interrogea Langdon, c'est vrai ce qu'il raconte ? Qu'est-ce que ça veut dire ?

Teabing ne savait plus à quel saint se vouer.

— Je ne comprends pas, j'ai toujours cru que… Je suis persuadé que c'est bien ici, pourtant… Ça n'aurait pas de sens…

— Puis-je revoir le poème ? demanda Langdon.

Sophie tira le cryptex de sa poche. Langdon déroula le vélin et le relut, tenant le cryptex d'onyx à la main.

— C'est bien cela. Saunière y parle clairement d'une tombe, et non d'une effigie…

— Est-il possible qu'il ait fait la même erreur que moi ? s'enquit Teabing.

— Ça m'étonnerait, répliqua Langdon en hochant la tête. Leigh, vous l'avez dit vous-même, cette église a été construite par les Templiers, le bras armé du Prieuré. Leur Grand Maître savait forcément si des chevaliers étaient ou non enterrés dans cette église.

— C'était pourtant l'endroit parfait, idéal, murmura Teabing désespéré. Il y a sûrement quelque chose qui nous a échappé…

À la surprise du sacristain, la grande nef gothique était vide. Il était pourtant certain d'avoir entendu une porte claquer…

— Père Knowles ? appela-t-il en se dirigeant vers la porte d'entrée.

Debout contre le portail, un homme en smoking, l'air égaré, se grattait la tête d'un air perplexe.

J'ai oublié de verrouiller la porte, se reprocha le sacristain, avec un soupir agacé. Et voilà qu'un pauvre couillon qui cherchait son chemin avait poussé la porte – d'après sa tenue, il devait être invité à un mariage et s'était trompé d'église…

— Excusez-moi, monsieur, mais l'église n'ouvre pas avant une heure…

Il entendit alors un bruit d'étoffe froissée derrière lui et, avant même d'avoir eu le temps de se retourner, vit une énorme main qui s'approchait de sa bouche et lui renversait la tête en arrière, y collant un morceau de ruban adhésif pour étouffer son cri. La main contre sa bouche était toute blanche et l'haleine de son assaillant sentait l'alcool.

L'homme en smoking brandit un petit pistolet vers le front du jeune homme.

Le pauvre sacristain, sentant une drôle de chaleur humide au niveau de son entrejambe, réalisa qu'il s'était uriné dessus.

— Écoutez-moi bien. Vous allez sortir d'ici sans faire de bruit et partir en courant le plus loin possible. Sans vous arrêter. C'est bien clair ?

Le pauvre garçon acquiesça de son mieux.

— Si vous alertez la police, je vous retrouverai.

Le gros homme blanc poussa le sacristain sur le parvis et il s'enfuit à toutes jambes, avec la ferme intention de ne pas s'arrêter tant que ses jambes le porteraient.

86.

Comme un fantôme, Silas se glissa sans bruit derrière sa cible. Sophie perçut sa présence, mais trop tard. Elle sentit le canon d'un pistolet lui vriller le dos et le bras du moine albinos se referma sur sa poitrine, la plaquant contre lui. Elle poussa un hurlement, qui fit se retourner Teabing et Langdon, stupéfaits.

— Mais que signifie… ? bredouilla Teabing. Qu'avez-vous fait de mon domestique ?

— La seule chose qui vous regarde, répondit Silas d'une voix calme, c'est que je reparte d'ici avec la clé de voûte.

« *Entre dans la rotonde, prends la clé de voûte et sors. Pas de violence, pas de meurtres* », avait ordonné Rémy.

Tenant Sophie d'une main ferme, le moine plongea l'autre main dans ses poches, l'une après l'autre. Il sentait la suave odeur de sa chevelure à travers sa propre haleine alcoolisée.

— Où est-elle ? murmura-t-il.

Tout à l'heure la clé de voûte était bien dans sa poche, qu'est-ce qu'elle en a fait ?

— Par ici ! lança Langdon depuis un pilier.

Il brandissait le cryptex des deux mains comme un matador cherchant à exciter un taureau.

— Posez-le à terre ! ordonna Silas.

— Lâchez d'abord cette jeune femme. Laissez-la sortir de l'église avec M. Teabing. Nous réglerons cette affaire ensuite, vous et moi.

Silas repoussa Sophie et se dirigea vers Langdon qu'il tenait en joue.

— Stop ! Ne faites pas un pas de plus avant qu'ils aient quitté l'église ! cria l'Américain.

— Vous n'êtes pas en mesure d'exiger quoi que ce soit...

— Détrompez-vous, fit Langdon en brandissant le cryptex au-dessus de sa tête. Je n'hésiterai pas à fracasser cet objet sur le sol, en brisant le flacon de vinaigre qui est à l'intérieur...

Le scepticisme affiché de Silas devant cette menace était convaincant, mais intérieurement, il n'en menait pas large. Il ne s'attendait pas à ça. Il pointa le pistolet sur la tête de Langdon et répondit du ton le plus ferme possible :

— Vous ne détruiriez jamais la clé de voûte, icana-t-il, car vous avez autant que moi envie de rouver le Graal.

— Justement non. Vous le voulez beaucoup plus, vous avez prouvé que vous étiez prêt à tuer pour lui.

Dissimulé derrière un pilier de la nef gothique, Rémy se demandait quoi faire. La manœuvre ne s'était pas déroulée aussi facilement que prévu et il sentait Silas hésitant. Sur ordre du Maître, Rémy lui avait interdit de se servir de son arme.

— Laissez-les partir ! exigeait de nouveau Langdon, ou je le laisse tomber...

Les yeux rouges de Silas luisaient de peur et de frustration. Rémy, de plus en plus contracté, sentit qu'il était parfaitement capable d'abattre Langdon si celui-ci s'obstinait à refuser de lui rendre la clé de voûte. *Pas question que Langdon le fasse tomber !* Ce cryptex représentait pour Rémy la clé de la fortune et de la liberté. Un an plus tôt, il n'était encore qu'un obscur domestique quinquagénaire au service du capricieux sir Leigh Teabing, propriétaire du château de Villette, lorsqu'il avait reçu une proposition aussi alléchante qu'extraordinaire. Sa proximité avec l'historien britannique allait lui apporter la chance de sa vie. Depuis cette date, chaque journée passée au château avait été tendue vers la perspective du moment béni où il entrerait en possession de la clé de voûte.

Si près du but..., se dit Rémy, les yeux rivés sur le cryptex dans la main de l'Américain. *Si cet Américain le laisse tomber par terre, tout est perdu.*

Et si je donnais un coup de main à ce pauvre moine ?

Mais c'est justement ce que le Maître lui avait formellement interdit. Et Rémy était le seul à connaître son identité.

« Êtes-vous certain de vouloir confier cette tâche à Silas ? » avait-il demandé, quand le Maître lui avait donné l'ordre d'envoyer l'albinos récupérer la clé de voûte. « Je pourrais m'en charger… »

Mais le Maître s'était montré inflexible :

— Silas s'est admirablement acquitté de sa première mission. Il nous a débarrassé des quatre dirigeants du Prieuré. C'est lui qui récupérera la clé de voûte. Tu dois absolument rester anonyme. Si les autres te voient, je serai obligé de les supprimer, et il y a déjà eu assez de morts comme cela… Il ne faut pas qu'ils puissent te reconnaître.

De toute façon, ils ne le reconnaîtraient pas. *Avec l'argent qu'il m'a promis, je deviendrai un homme neuf.* Une petite intervention chirurgicale pouvait même forger de nouvelles empreintes digitales, si nécessaire, lui avait dit le Maître. Bientôt la nouvelle vie de Rémy allait commencer, au bord de la mer, avec son beau visage tout neuf.

— Très bien. Je resterai caché.

— Pour ta gouverne, Rémy, je te signale que la clé de voûte ne se trouve pas dans Temple Church. N'aie aucune crainte, ils ne cherchent pas au bon endroit.

Rémy n'en crut pas ses oreilles.

— Et vous, Maître, vous savez où elle est ?

— Bien sûr. Je te le dirai plus tard. Pour le moment, il faut que tu agisses vite. Si les autres découvrent le véritable emplacement avant que tu te sois emparé du cryptex, nous perdrons le Graal à tout jamais.

Rémy se moquait bien de ce Graal, mais il savait que le Maître ne le paierait pas avant de l'avoir dans les mains. Chaque fois qu'il pensait à cet argent, sept millions d'euros, il était saisi de vertige.

Et maintenant, la menace de Langdon risquait de tout faire capoter.

Incapable de supporter cette idée, Rémy décida de forcer son destin. Le Medusa était très petit, mais à bout portant, il ferait l'affaire…

Émergeant de l'ombre, il se dirigea d'un pas ferme vers l'entrée de la rotonde, et braqua son arme sur sir Teabing :

— Allez, vieux ! Il y a longtemps que ça me démangeait…

Le cœur de Teabing s'arrêta un instant de battre. Il reconnut le pistolet qu'il gardait dans la boîte à gants de sa voiture.

— Rémy ! Mais qu'est-ce qui vous prend ?

Langdon et Sophie étaient tout aussi sidérés que lui.

Rémy passa derrière son patron et lui pointa son arme entre les omoplates.

Teabing se figea.

— Je vais aller droit au but, dit Rémy à Langdon. Posez la clé de voûte par terre ou je tire.

Langdon sembla se figer.

— Elle ne vous servira à rien. Vous ne réussirez jamais à l'ouvrir.

— Imbécile arrogant ! J'ai écouté tout ce que vous disiez, dans l'avion, dans la voiture… Tout ce que j'ai entendu, je l'ai communiqué à des gens qui en savent plus long que vous. Vous vous êtes même trompés d'endroit. La tombe que vous cherchez est ailleurs !

Le visage de Teabing était livide. *Qu'est-ce qui lui prend ?* Les recherches d'une vie entière, tous ses rêves, sur le point de se volatiliser…

— Mais pourquoi tenez-vous tant au Graal ? demanda Langdon. Pour le détruire ? Avant la *Fin des Temps* ?

Sans répondre, Rémy se tourna vers Silas.

— Prends-lui la clé de voûte.

Langdon recula devant le moine, le cryptex au-dessus de la tête, prêt à le lancer.

— Je préférerais le briser que de le laisser entre de mauvaises mains.

— Robert ! De grâce ! s'écria Teabing. Ne faites pas cela ! C'est la clé du secret du Graal ! Rémy ne tirera jamais sur moi… Nous nous connaissons depuis dix…

Le domestique tira en l'air. Cette petite arme produisit un énorme coup de tonnerre dont l'écho se démultiplia contre les arcades, tétanisant tout le monde sur place.

— Je ne plaisante pas, fit Rémy. La prochaine fois, je viserai le dos de Teabing. Allez remettre la clé de voûte à Silas.

L'Américain baissa les bras et tendit le cryptex à contrecœur. Silas s'avança et le lui arracha. Ses yeux rouges brillaient de joie. Il glissa le cylindre dans la poche de sa robe et recula, le pistolet toujours braqué sur Langdon et Sophie.

Teabing sentit les doigts de Rémy se serrer sur sa nuque et l'entraîner vers la sortie de la rotonde, ses béquilles traînant sur le dallage.

— Laissez-le ! implora Langdon.

— Nous l'emmenons faire un petit tour en voiture, dit Rémy. Si vous appelez la police, je le supprime. C'est clair ?

— Emmenez-moi, plutôt. Laissez-le tranquille, implora Langdon.

— Certainement pas, ricana Rémy. Je tiens trop à lui. Et il peut encore m'être utile…

Silas l'avait rejoint à reculons et, tout en maintenant Sophie et Langdon en joue, il passa avec lui sous l'arcade qui menait à la grande nef.

— Pour qui travaillez-vous ? demanda Sophie d'une voix claire.

— Vous seriez étonnée de l'apprendre, mademoiselle, répondit Rémy.

87.

Le feu était éteint depuis longtemps, c'était pourtant devant la cheminée du salon que l'inspecteur Collet avait choisi de faire les cent pas en déchiffrant les fax qu'on lui apportait. Il lisait le rapport que la PJ venait de lui télécopier. Ce n'était pas du tout ce qu'il attendait.

André Vernet y était décrit comme un citoyen modèle. Casier judiciaire vierge, pas même une contravention. Diplômé de l'Institut d'études politiques, option économique et financière, c'est lui qui avait élaboré le nouveau dispositif de sécurité de la succursale parisienne de la Zurichoise de dépôt, un modèle du genre. Ses paiements par carte bancaire les plus récents concernaient des œuvres et livres d'art, des disques de musique classique – surtout du Brahms – des grands vins millésimés…

Zéro sur toute la ligne, soupira Collet.

La seule information intéressante qu'il avait reçue concernait un agrandissement d'empreintes digitales qui semblaient appartenir au domestique de Teabing.

Son collègue de la police scientifique, assis dans un fauteuil de cuir, était plongé dans une copie du rapport.

— Alors ? demanda l'inspecteur.

— Ce sont bien les empreintes de Legaludec. Il est fiché pour des babioles, de petits cambriolages, branchements téléphoniques sauvages, rien de sérieux. Hospitalisé en urgence pour une trachéotomie, il s'est éclipsé sans payer la note. Il jeta un coup d'œil réjoui à Collet, « allergie aux cacahuètes... »

Collet acquiesça d'un air entendu. Plusieurs années auparavant, il avait vu le cas d'un client de restaurant décédé en quelques instants d'un choc anaphylactique, pour avoir avalé une seule bouchée d'un *chili* préparé à l'huile d'arachide.

— Legaludec devait se dire que le majordome de sir Leigh Teabing ne serait jamais inquiété.

— C'est son jour de chance.

— OK. On va transmettre tout ça à Fache.

Un autre agent entra dans le salon.

— Inspecteur ? On vient de trouver quelque chose dans la grange. Vous pouvez venir voir ?

Ils sortirent tous les trois.

En entrant dans le bâtiment, l'agent montra du doigt une échelle adossée à une trappe ouverte dans le plafond.

— Elle n'était pas là tout à l'heure…, fit Collet.

— C'est moi qui l'ai montée. On était en train de relever les traces de pneus quand je l'ai remarquée, posée par terre. Ce qui m'a étonné, c'est que les barreaux étaient couverts de boue encore fraîche. Elle doit servir régulièrement. J'ai vérifié que sa longueur correspondait à la hauteur du plafond et je suis monté voir. Je pensais trouver un grenier à foin…

Depuis l'entrée, on ne voyait en haut de l'échelle qu'un rectangle noir, dans lequel se dessina le visage d'un autre policier.

— Venez voir ici, inspecteur, ça vaut le coup d'œil !

Collet s'exécuta sans grande conviction. L'échelle était un modèle ancien en bois, qui se rétrécissait au sommet. Collet faillit manquer le dernier barreau mais parvint à se rétablir *in extremis* avec l'aide de l'agent qui lui tendit son poignet pour le hisser, tant bien que mal, sur le plancher du grenier. Sous le toit de la grange, s'ouvrait un grand espace, impeccablement peint en blanc, éclairé par une série de spots sur trépied.

— Par ici, chef. Toutes les empreintes sont identiques. On les a envoyées au central, on ne devrait pas tarder à avoir la réponse.

Collet le suivit vers la paroi du pignon opposé. Sur une grande table à tréteaux était installée une impressionnante station informatique. Deux PC à écrans plats grand format munis d'enceintes acoustiques, imprimante, scanner, graveur de DVD, console audio à canaux multiples avec son bloc d'alimentation indépendant, batterie de micros.

— Vous avez examiné ce matériel ? demanda Collet.

— C'est une station d'écoute.

— Téléphonique ?

— Pas seulement. Il y a aussi un système très sophistiqué de micros cachés. Le type est un vrai pro. Micros miniatures, cellules photoélectriques rechargeables, barrettes de mémoire RAM haute capacité… je ne suis pas sûr que nous soyons mieux équipés que lui.

L'agent tendit à Collet un petit boîtier noir de la taille d'une calculette, d'où pendait un câble de trente centimètres de long, terminé par une petite lame de métal très fin, pas plus grande qu'un timbre-poste.

— La base est un disque dur audio enregistreur équipé d'une batterie solaire. Et la petite plaque d'alu qui est au bout du cordon, c'est un micro miniaturisé à cellule photoélectrique.

L'inspecteur connaissait cet outil très perfectionné, qui datait de deux ou trois ans. On pouvait fixer le disque dur derrière une lampe, dans une applique murale, le long d'une tringle à rideaux. Le petit micro se collait sur n'importe quel type de support. À condition de bénéficier de quelques heures par jour de lumière, solaire ou électrique, il pouvait transmettre indéfiniment les données sonores qu'il captait.

— Et comment captent-ils ? questionna Collet.

L'agent désigna un câble branché sur l'un des ordinateurs et qui traversait le mur de la grange.

— Par ondes radio. Il suffit de poser une petite antenne sur le toit.

Collet savait que ces micros espions, généralement disposés dans des bureaux, enregistraient dans la journée les conversations qu'ils retransmettaient la nuit, afin de ne pas être repérés, sous forme de fichiers audio compressés. Une fois ces fichiers transmis, le disque dur s'autoeffaçait et il était prêt à recommencer l'opération le lendemain.

— Vous avez une idée sur la cible de cette surveillance ?

— C'est ça qui est le plus incroyable, s'exclama le technicien en s'approchant de l'ordinateur et en lançant un logiciel.

88.

Anéanti par la fatigue et le remords, Langdon passa le tourniquet et s'enfonça dans les méandres de la lugubre station de métro Temple avec Sophie.

Je n'aurais jamais dû impliquer Leigh dans cette histoire, il court un énorme danger.

La trahison de Rémy avait pris Langdon par surprise et pourtant elle était parfaitement rationnelle. Le commanditaire des meurtres avait besoin d'un informateur chez son ennemi. *Ils sont venus chez Teabing pour la même raison que moi.* L'historien britannique était certes de toute façon menacé, à plus ou moins long terme, par les traditionalistes, mais Langdon se sentait directement responsable de son enlèvement.

Il faut le retrouver le plus vite possible, avant qu'il soit trop tard.

Sans tenir compte de la menace de Rémy, Sophie s'était précipitée vers le premier téléphone public qu'elle avait trouvé, pour appeler la police londonienne.

— C'est la meilleure façon de venir en aide à Leigh, avait-elle affirmé en composant le numéro.

Langdon n'avait pas approuvé tout de suite son plan, mais à force de discussions il avait fini par en comprendre la pertinence.

Le raisonnement de Sophie était parfaitement logique. Teabing n'était pas en danger dans l'immédiat : ses ravisseurs avaient besoin de lui pour ouvrir le cryptex. Même s'ils connaissaient l'emplacement de la tombe, il leur restait à percer le mystère du mot de passe, cette fameuse sphère évoquée par le poème. Mais que feraient-ils de lui une fois qu'ils auraient percé l'énigme de la clé de voûte ? Leigh deviendrait alors un témoin gênant.

Si Langdon avait la moindre chance d'aider Leigh ou même de revoir la clé de voûte, il était crucial de trouver la tombe avant eux.

Malheureusement, Rémy avait pris une longueur d'avance.

L'objectif de Sophie était de réussir à entraver sa progression. Et celui de Langdon, d'identifier ce tombeau. Sophie devait dénoncer Rémy et Silas à la police londonienne pour les forcer à se cacher ou mieux pour qu'ils soient capturés. Quant à Langdon, son projet était de se rendre à l'Institut de recherches religieuses de King's College, qui possédait une excellente base de données en théologie et histoire des religions. C'était, lui semblait-il, leur seule chance de trouver rapidement des éclaircissements sur ce chevalier, Templier ou pas. Il se demanda ce que cette base de données lui répondrait quand il saisirait : *Un chevalier à Londres gît, qu'un Pope enterra.*

Il se mit à faire les cent pas, en espérant que la rame ne tarderait pas.

Dans la cabine, Sophie avait enfin réussi à obtenir la police.

— Police, commissariat de Snow Hill, j'écoute…

— Je voudrais signaler un enlèvement, dit Sophie.

— Votre nom ?

— Sophie Neveu, inspecteur de la police judiciaire française.

Le titre eut l'effet espéré.

— Très bien, madame. Je vous passe un responsable.

En attendant, Sophie commença à se demander si son interlocuteur goberait sa description des ravisseurs de Teabing. *Un homme en smoking.* Presque trop facile à identifier. Même si Rémy changeait de vêtements, son complice se trouvait être un moine albinos en robe de bure : on ne pouvait pas les louper. En plus ils trimbalaient un otage, donc impossible de prendre les transports en commun. Et pour couronner le tout, ils roulaient en Jaguar Sovereign.

L'attente de Sophie se prolongeait. *Grouillez-vous !* Elle entendit une série de déclics et de sonneries comme si on la transférait de bureau en bureau.

Encore un *clic*, et, cette fois, une voix – qui parlait français :

— Inspecteur Neveu ?

C'était Fache.

— Inspecteur Neveu ? Dites-moi d'abord où vous êtes...

Sophie resta muette de surprise. Fache avait apparemment prévenu le central de l'alerter si elle appelait.

— Écoutez, reprit Fache, j'ai commis hier soir une grave erreur. Je sais que Langdon est innocent. Toutes les charges retenues contre lui ont été abandonnées. Mais vous êtes tous les deux en danger. Venez me rejoindre le plus tôt possible !

Elle demeura bouche bée. Fache n'avait pas l'habitude de reconnaître ses torts.

— Pourquoi ne m'avez-vous pas dit que Jacques Saunière était votre grand-père ? Étant donné les circonstances, j'ai l'intention de passer entièrement l'éponge sur vos incartades d'hier soir. Mais pour l'amour du ciel, allez immédiatement vous réfugier au poste de police londonien le plus proche.

Il sait que nous sommes à Londres. Que sait-il d'autre ? Elle entendit une sorte de ronflement mécanique derrière lui, puis un étrange déclic sur la ligne.

— Êtes-vous en train de localiser mon appel, commissaire ?

Fache durcit le ton.

— Mademoiselle Neveu, je vous demande instamment de coopérer. Vous avez comme moi beaucoup à perdre dans cette affaire. Essayons au moins de limiter les dégâts. J'ai commis une erreur de jugement hier soir et, s'il devait résulter de cette erreur qu'un universitaire américain et une inspectrice de la PJ soient assassinés, ma carrière serait sérieusement compromise. Ça fait des heures que je m'efforce de vous retrouver pour vous mettre à l'abri.

Un souffle de vent tiède balaya la station à l'approche de la rame qui entrait en gare avec un grondement sourd. Sophie tenait absolument à la prendre.

Langdon lança à Sophie un coup d'œil impatient.

— Commissaire Fache, je peux vous dire que l'un des deux ravisseurs s'appelle Rémy Legaludec, lâcha-t-elle. C'est le domestique de Teabing. Il vient d'enlever son patron dans Temple Church et…

— Agent Neveu, aboya Fache, il n'est pas question d'en discuter sur une ligne non sécurisée. Vous et Langdon, débrouillez-vous pour rappliquer à Scotland Yard le plus vite possible. Faites-vous accompagner par un flic. C'est un ordre !

Sophie raccrocha et entraîna Langdon en courant vers la rame de métro.

89.

La cabine auparavant immaculée de l'avion de
Teabing, maintenant jonchée de copeaux de métal,
sentait l'air comprimé et le propane. Une fois le
coffre-fort ouvert, le commissaire Fache avait
renvoyé tout le monde. Un verre à la main, il s'assit
à la table et y déposa le lourd coffret en bois de rose.

Caressant d'un doigt le motif du couvercle, il le
souleva doucement. Il trouva à l'intérieur un
curieux objet en pierre, de forme cylindrique, dont
les disques gravés ressemblaient à un cadenas à
code. Cinq lettres étaient alignées en face de
l'encoche : S-O-F-I-A.

Il les regarda longuement, avant de soulever le
cylindre pour l'étudier de plus près. Puis il tira lentement sur les deux extrémités pour l'ouvrir. Il était
vide.

Il le reposa dans sa boîte et fixa longuement,
d'un regard absent, le hangar à travers le hublot,

essayant de trouver un lien entre la conversation qu'il venait d'avoir avec Sophie Neveu et les informations que Collet lui avait transmises. Il fut tiré de ses pensées par le téléphone.

C'était le standard de la PJ, qui s'excusait de le déranger, et lui signalait qu'André Vernet avait appelé à plusieurs reprises. On avait beau répéter au banquier que le commissaire Fache était en déplacement à Londres, il n'y avait pas moyen de s'en débarrasser. Fache demanda en bougonnant qu'on lui transfère la communication.

— Monsieur Vernet, attaqua-t-il avant de laisser à son interlocuteur le temps de dire un mot, je suis navré de ne pas avoir pu vous appeler plus tôt. Comme je vous l'avais promis, nous n'avons pas mentionné le nom de votre banque à la presse. Quel est l'objet de votre appel ?

D'une voix hachée par l'anxiété, Vernet raconta comment Robert Langdon et Sophie Neveu avaient subtilisé un coffret et l'avaient prié de les aider à sortir de la banque inaperçus.

— Mais quand j'ai entendu à la radio, continua-t-il, qu'ils étaient des criminels recherchés par la police, je leur ai demandé de me rendre le coffret. Ils m'ont frappé, assommé et se sont enfuis avec le fourgon…

— Puisque vous semblez vous intéresser à cette boîte en bois, pouvez-vous me dire ce qu'elle contient ? poursuivit Fache en rouvrant doucement le couvercle du coffret.

— Ce qu'elle renferme a peu d'importance. C'est la réputation de ma banque qui est en jeu. Il n'y a jamais eu de vol chez nous. *Jamais*. Je dois absolument récupérer le bien de mon client.

— Vous m'avez dit que Mlle Neveu possédait une clé et un code d'accès à un coffre. Qu'est-ce qui vous fait dire qu'ils ont volé ce coffret ?

— Ils ont assassiné quatre personnes pour se procurer cette clé, commissaire, à commencer par le grand-père de Sophie Neveu, ils ont évidemment obtenu la clé et le mot de passe par des moyens illicites.

— Monsieur Vernet, les renseignements que nous avons sur vous me laissent croire que vous êtes un monsieur cultivé et raffiné et, j'ose le croire, un homme d'honneur. Je vous demande donc de me faire confiance. Je puis vous affirmer que ce fameux coffret, tout comme la réputation de votre établissement, sont entre les mains les plus sûres qui soient.

90.

Dans le grenier du château de Villette, Collet contemplait l'écran de l'ordinateur avec une stupéfaction croissante.

— Tous ces gens-là étaient sur écoute ? s'exclama l'inspecteur.

— Oui, depuis plus d'un an.

L'inspecteur relut la liste, muet d'étonnement.

Colbert Sostaque – Président du Conseil constitutionnel
Jean Chaffée – Conservateur du musée du Jeu de paume
Édouard Rocher – Conservateur de la Très Grande Bibliothèque
Jacques Saunière – Président du musée du Louvre
Michel Breton – Directeur des Renseignements généraux

L'agent entraîna Collet vers un écran d'ordinateur.

— Le quatrième, Saunière, nous intéresse de près.

Collet acquiesça sans rien dire. Il l'avait remarqué tout de suite. *Saunière était espionné.* Il parcourut le reste de la liste. *Qui avait réussi à piéger des personnalités aussi importantes ?*

— Vous avez écouté les bandes ?

— Quelques-unes. Voici la dernière.

Il enfonça quelques touches du clavier. Les haut-parleurs se mirent à grésiller :

« *Commissaire, un agent du service de crypto-graphie est arrivé... »

Collet ne pouvait en croire ses oreilles.

— Mais c'est moi ! C'est ma voix !

Il se rappelait le moment où, assis au bureau de Saunière, il avait contacté Fache, dans la Grande Galerie, pour le prévenir de l'arrivée de Sophie Neveu.

— En effet. Le type pouvait entendre tout le déroulement de l'enquête au Louvre.

— Avez-vous demandé qu'on fouille le bureau de Saunière pour retrouver ce micro ?

— Inutile, je connais son emplacement exact.

L'agent saisit une feuille de papier sur une pile et la tendit à Collet.

— Ça vous dit quelque chose ?

Collet examina la feuille. C'était une photocopie d'un croquis très ancien reproduisant une machine élémentaire. Les légendes – apparemment en italien – étaient illisibles, mais le schéma était facilement identifiable.

Le chevalier en armure qui trônait sur le bureau de Saunière.

Quelques mots avaient été ajoutés dans la marge, au feutre rouge. En français. Une liste des emplacements possibles dans l'armure pour un micro espion.

91.

Assis sur le siège passager de la Jaguar, Silas caressait des deux mains le cylindre d'onyx posé sur ses genoux, en attendant que son complice achève de ligoter sir Teabing sur le siège arrière.

Rémy vint se glisser au volant à côté de Silas.

— Il est bien ficelé ? demanda celui-ci.

— Il ne risque pas de filer, s'esclaffa Rémy en jetant un coup d'œil par-dessus son épaule vers la forme recroquevillée de Teabing qu'on apercevait à peine, dans le fond de la voiture.

On entendit des cris étouffés au fond de la voiture, et Silas se rendit compte que leur proie avait été bâillonnée comme lui.

— Ta gueule ! cria Rémy par-dessus son épaule.

Il appuya sur un bouton du tableau de bord et une cloison opaque coulissa derrière les sièges avant. Les gémissements cessèrent comme par miracle.

— On l'a assez entendu geindre comme ça...

Deux minutes plus tard, alors que la Jaguar passait devant la gare de Charing Cross, la sonnerie du téléphone de Silas retentit.

Le Maître.

Il s'empressa de prendre la communication.

— Allô ?

— Silas ? Je suis soulagé d'entendre ta voix. De te savoir sain et sauf...

Silas aussi était rassuré d'entendre le Maître. Cela faisait longtemps qu'ils s'étaient parlé et l'opération avait sérieusement dérapé. Mais tout semblait rentré dans l'ordre.

— Moi aussi, Maître. J'ai la clé de voûte.

— C'est magnifique ! Rémy est-il avec toi ?

Rémy ? Silas fut surpris d'entendre le Maître utiliser ce nom.

— Oui, c'est lui qui m'a délivré.

— Comme je le lui avais demandé. Crois bien que je suis désolé que tu aies eu à souffrir ainsi...

— L'inconfort physique n'est rien. L'important, c'est la clé de voûte.

— C'est vrai. Il faut que je puisse la récupérer le plus tôt possible. Le temps ne doit pas jouer contre nous.

Silas brûlait d'impatience de rencontrer enfin le Maître en personne.

— Bien sûr, Maître, j'en serai très honoré...

— Je voudrais que tu la remettes à Rémy, qui me l'apportera.

Rémy ? Silas fut blessé. Après tout ce que Silas avait fait pour le Maître, il croyait que cet honneur lui serait réservé. *Pourquoi le préfère-t-il à moi ?*

Le Maître baissa la voix.

— Je devine ta déception, Silas, mais elle signifie que tu ne m'as pas bien compris. Je préférerais bien sûr la recevoir de tes mains à toi – serviteur de Dieu – que de celles d'un criminel. Mais il faut que je règle le cas de Rémy. Il a désobéi à mes ordres et fait courir de grands dangers à notre mission, en montrant son visage et en kidnappant sir Teabing.

Silas frissonna et jeta un coup d'œil à son compagnon. Il est vrai que l'enlèvement de Teabing ne faisait pas partie du plan et que sa présence posait un nouveau problème.

— Tu es croyant comme moi, reprit la voix. Nous ne devons pas nous détourner de notre objectif sacré…

Il y eut un silence lourd de menaces au bout du fil.

— … C'est pour cette raison que je préfère que ce soit Rémy qui m'apporte la clé de voûte. Tu comprends ?

Silas sentit de la colère dans la voix du Maître et fut surpris de son intransigeance. *Rémy a été obligé de se montrer. Il a fait ce qu'il fallait ; il a récupéré la clé de voûte.*

— Je comprends, fit-il à contrecœur.

— Très bien. Il faut maintenant que tu penses à ta sécurité, que tu ailles te mettre à l'abri tout de suite. La police va rechercher la limousine et je ne veux pas que tu te fasses prendre. Connais-tu le foyer de l'*Opus Dei* à Londres ?

— Bien sûr.

— Penses-tu que tu y seras le bienvenu ?

— Comme un frère.

— Alors vas-y tout de suite, et arrange-toi pour qu'on ne te remarque pas. Je te rappellerai dès que je serai en possession de la clé de voûte et que j'aurai réglé le dernier problème.

— Êtes-vous à Londres aussi ?

— Fais ce que je te dis, et tout ira pour le mieux.

— Entendu, Maître.

Le Maître soupira comme s'il regrettait d'avance profondément ce qu'il avait à faire.

— Et maintenant, passe-moi Rémy. Je vais lui parler.

Silas lui tendit l'appareil en se disant que c'était sans doute le dernier coup de téléphone que recevrait jamais Rémy Legaludec.

En prenant le combiné, Rémy songeait que ce pauvre moine difforme n'avait aucune idée du sort qui l'attendait, maintenant qu'il avait rempli sa fonction.

Le Maître s'est servi de toi, Silas, et ton Aringarosa n'était qu'un pion, lui aussi...

Il s'émerveilla encore une fois du pouvoir de persuasion du Maître sur ses semblables. L'évêque de l'*Opus Dei*, aveuglé par son désespoir, avait tout gobé lui aussi. Une incorrigible naïveté ; *normal pour un curé*. Malgré le peu de sympathie qu'il

608

éprouvait pour le Maître, Rémy ressentait une certaine fierté d'avoir réussi à gagner sa confiance. *J'ai bien mérité ma paie.*

— Écoute-moi bien, Rémy. Tu vas conduire Silas à la résidence de l'*Opus Dei*. Fais-le descendre à une ou deux rues de distance. Ensuite, tu te rendras à St. James Park, derrière Whitehall. Tu te gareras derrière la caserne des Horse Guards. Nous pourrons y parler sans être dérangés.

Et le Maître raccrocha.

92.

Fondée en 1829 par le roi George IV, l'université de King's College fut construite sur un terrain
appartenant à la Couronne, situé à côté de Somerset
House, entre le Strand et Victoria Embankment. Le
bâtiment abrite aujourd'hui un établissement très
réputé, l'Institut de recherches religieuses, dont le
département de recherches en théologie systéma-
tique possède la base de données la plus exhaustive
au monde.

Il pleuvait à verse sur le Strand lorsque Langdon
et Sophie pénétrèrent dans le centre de documentation. La première salle de lecture était telle que
Teabing l'avait décrite : une vaste pièce octogonale, occupée au centre par une immense table
ronde, autour de laquelle le roi Arthur aurait pu
s'attabler avec ses chevaliers, n'était la dizaine de
terminaux d'ordinateur à écran plat qui y trônaient.
Au fond de la salle, une jeune documentaliste à

lunettes faisait bouillir de l'eau pour son premier thé de la matinée.

— Jolie journée, n'est-ce pas ? dit-elle en s'avançant vers eux, avec son charmant accent *british*. Que puis-je faire pour vous ?

— Je m'appelle…

— Robert Langdon, je vous avais reconnu.

L'Américain craignit un instant que Fache n'ait fait diffuser sa photo et celle de Sophie à la télé britannique, mais le sourire candide de la jeune femme le rassura. Rien d'étonnant, finalement, à ce qu'une spécialiste d'histoire religieuse reconnaisse un visage qu'elle avait eu l'occasion de voir à la télévision, quelques mois plus tôt. Langdon n'était pas encore habitué à sa relative célébrité.

— Pamela Gettum, continua-t-elle en lui tendant la main.

La jeune femme arborait une expression affable et sa voix était étonnamment fluide. Les verres des lunettes qui pendaient à son cou étaient épais.

— Enchanté. Je vous présente Sophie Neveu, une amie.

Après un échange de sourires, Mlle Gettum se retourna vers lui.

— Je n'ai pas été avertie de votre visite…

— À dire vrai, moi non plus… Mais si vous aviez un moment à nous consacrer, nous aurions besoin de votre aide.

— Nous ne recevons en principe que sur rendez-vous. Peut-être avez-vous été invités par un des professeurs de l'Institut ?

— Hélas, non. Mais vous devez connaître mon ami, Leigh Teabing ? L'historien de la Couronne britannique ?

Langdon eut le cœur serré en prononçant ce nom. Le regard de la documentaliste s'éclaira.

— Mon Dieu, oui ! Quel personnage ! C'est un vieil habitué de l'Institut, un vrai don Quichotte. Chaque fois qu'il vient ici, le mot clé de sa recherche est toujours le même : Graal, Graal, Graal. Il poursuivra sa quête jusque sur son lit de mort. Il faut dire qu'il a du temps libre et que ses moyens financiers lui laissent le loisir nécessaire…

— Si vous aviez pu nous consacrer quelques minutes… relança Sophie. Nous avons une petite recherche à faire, d'une importance vitale.

— Je ne peux pas dire que je sois vraiment débordée de travail, dit Mlle Gettum après avoir jeté un regard circulaire sur la salle vide. Dans la mesure où vous acceptez de signer le registre, je ne pense pas que mon chef… C'est à quel sujet, dites-moi ?

— Nous essayons d'identifier un tombeau situé à Londres.

— Il doit bien y en avoir quelques dizaines de milliers, grimaça la documentaliste. Si vous pouviez me donner quelques précisions ?

— Nous savons qu'il s'agit d'un « chevalier ». Mais nous n'avons pas de nom.

— Voilà déjà de quoi affiner la recherche, c'est nettement plus rare.

— Nous ne savons pas grand-chose sur le chevalier que nous recherchons mais voici les informations dont nous disposons, dit Sophie en lui tendant un prospectus trouvé dans l'entrée sur lequel elle avait griffonné les deux premiers vers du poème.

Hésitant à montrer le poème entier à un étranger, Langdon et Sophie avaient décidé de ne divulguer que les deux premières lignes, celles qui identifiaient le chevalier. « C'est un réflexe professionnel », avait expliqué Sophie à Langdon. Lorsqu'il s'agissait de décoder un document « sensible », on le découpait en plusieurs tronçons et chaque cryptographe ne travaillait que sur une partie du texte, pour qu'aucun d'eux n'ait jamais connaissance de la totalité de l'information.

Sophie savait cette précaution probablement inutile pour le poème de son grand-père, étant donné que le mot de passe ne servait à rien sans le cryptex qu'il était censé ouvrir. Mais on n'était jamais trop prudent…

Pamela Gettum perçut une note d'urgence dans la voix du célèbre universitaire américain comme si la découverte de cette tombe revêtait une importance décisive. Intriguée, elle enfila ses lunettes et examina le papier qu'ils venaient de lui tendre.

Un chevalier à Londres gît, qu'un Pope enterra.
Une ire extrême le fruit de ses œuvres causa.

Elle jeta un coup d'œil au couple.

— Vous participez à un rallye ? Une chasse au trésor organisée par Harvard ?

— Quelque chose dans ce genre-là, avoua Langdon avec un rire forcé.

— Il s'agit à première vue d'un chevalier dont l'action a déplu à l'Église, mais qu'un pape a eu la bonté d'enterrer religieusement dans cette ville…

Langdon acquiesça :

— Probablement. Est-ce que cela vous dit quelque chose ?

— Pas pour l'instant, dit Pamela en se dirigeant vers l'un des ordinateurs. Allons voir ce que l'on peut tirer de la base de données.

Elle les conduisit vers le terminal le plus proche.

Depuis presque vingt ans, l'Institut de *King's College* utilisait des logiciels OCR[1] à traducteur intégré permettant d'informatiser et de cataloguer une énorme quantité de textes, qu'ils proviennent d'encyclopédies des religions, de biographies, d'écritures saintes, d'ouvrages historiques, de documents émis par le Vatican, de journaux et de revues spécialisées, bref tout ce qui touchait de près ou de loin à la spiritualité humaine. L'ordinateur central numérisait les données à raison de 500 mégaoctets par seconde.

— Nous allons commencer par une simple recherche binaire, à l'aide de quelques mots clés évidents.

1. *Optical Character Recognition* (reconnaissance optique des caractères). *(N.d.T.)*

Elle tapa sur le clavier : « LONDON, CHEVA-LIER, POPE », avant d'appuyer sur la touche « rechercher ».

— Je demande à l'ordinateur central de me donner tout ce qu'il a stocké comme textes contenant ces trois mots. La majorité d'entre eux ne nous sera probablement d'aucune utilité, mais c'est une bonne façon de commencer.

Une liste de références apparaissait déjà.

Painting the Pope
The Collected Portraits of sir[1] *Joshua Reynolds*
London University Press

Elle secoua la tête.

— Celui-ci ne vous intéresse certainement pas. Voyons le suivant.

The London Writings of Alexander Pope
By G. Chevalier

— Celui-ci non plus.

Elle fit défiler une liste impressionnante d'une bonne centaine de documents consacrés à Alexander Pope, l'écrivain satirique anglais du XVIIIᵉ siècle, dont les œuvres comportaient apparemment de nombreuses références à des chevaliers londoniens.

1. Titre qui précède le nom des chevaliers anoblis par la Couronne britannique. *(N.d.T.)*

La jeune bibliothécaire jeta un rapide coup d'œil au chiffre qui figurait en bas de l'écran, et qui indiquait le nombre de documents contenant les trois mots clés demandés.

Nombre total de documents concernés : 2 692.

Elle poussa un soupir.

— Il faut resserrer notre champ d'investigation. Vous n'avez aucun autre renseignement sur cette tombe, ou ce chevalier ?

Pour avoir entendu parler des aventures récentes de Langdon au Vatican, elle était certaine qu'il n'était pas là pour résoudre l'énigme d'une simple chasse au trésor.

Cet Américain a eu accès aux archives secrètes du Vatican – la bibliothèque la plus sécurisée au monde. Qu'est-ce qu'il a bien pu y apprendre ? Et quel rapport avec la mystérieuse tombe qu'il recherche à présent ?

Pamela travaillait d'ailleurs depuis assez longtemps à l'Institut pour savoir que les clients qui recherchaient des renseignements sur les chevaliers étaient en général ceux qui s'intéressaient au Graal.

Ôtant ses lunettes, elle leva la tête vers Langdon.

— Vous êtes en Angleterre, vous cherchez un chevalier et vous êtes un ami de Leigh Teabing… J'imagine que vous vous intéressez comme lui au Graal ?

Et comme Sophie et Langdon avaient tous les deux sursauté, elle laissa échapper un petit rire.

— Vous êtes ici dans le temple des passionnés du Graal. Si j'avais gagné une livre pour chaque recherche que j'ai dû faire sur la Rose, sur Marie Madeleine, sur le Sang réal, sur les Mérovingiens, sur le Prieuré de Sion, etc., je serais millionnaire à l'heure qu'il est. Les énigmes historiques ont toujours le même succès... Vous ne pourriez pas me fournir quelques informations complémentaires ?

Dans le silence qui suivit, Pamela Gettum comprit que pour Langdon et son amie le désir d'un résultat rapide l'emportait sur le souci de confidentialité.

Sophie sortit le vélin de sa poche.

— Tenez. Voici tout ce que nous savons...

Pamela Gettum remit ses lunettes sur son nez.

Un chevalier à Londres gît, qu'un Pope enterra.
Une ire extrême le fruit de ses œuvres causa.
Cherchez la sphère qui devrait sa tombe orner.
Tel un cœur fertile à la chair rosée.

Mlle Gettum sourit *in petto*. Le Graal, évidemment, se dit-elle en remarquant les références à la Rose et à son cœur fertile.

— Je crois que je vais pouvoir vous aider. Pourriez-vous me dire d'où vient ce petit poème ? Et pourquoi vous êtes à la recherche de cette sphère ?

— Nous pourrions, évidemment, mais il s'agit d'une longue histoire, répliqua Langdon avec un sourire amical, et le temps presse...

— Jolie façon de me demander de me mêler de ce qui me regarde…, remarqua Mlle Gettum.

— Nous vous serions éternellement reconnaissants, Pamela, si vous pouviez nous trouver la tombe de ce chevalier, reprit-il.

— OK, fit Mlle Gettum en retournant à son clavier. S'il s'agit du Graal, nous allons ajouter un ou deux mots clés, ce qui limitera l'éventail des possibilités. Voici ce que je vous propose, dit-elle en tapant :

LONDON, CHEVALIER, POPE
TOMBE, GRAAL, SANG REAL

— Il y en aura pour longtemps ? s'enquit Sophie.

— Avec les renvois induits par les mots clés, la machine va charger quelques centaines de térabytes… pas plus d'un quart d'heure, j'imagine, rétorqua Mlle Gettum en cliquant sur « rechercher ».

Ils ne répondirent pas, mais elle sentit bien que, pour eux, ces quinze minutes représentaient une éternité.

— Puis-je vous proposer une tasse de thé en attendant ? Sir Teabing me dit toujours que je le fais très bien…

93.

Le siège londonien de l'*Opus Dei* occupe un modeste immeuble victorien en brique rouge, situé au 5, Orme Court, au nord de Kensington Gardens. Silas n'y était jamais venu, mais il se sentit rassuré dès qu'il traversa la cour intérieure. Malgré la pluie battante, Rémy l'avait déposé à quelques dizaines de mètres afin de ne pas emprunter une grande artère avec la limousine. Marcher sous la pluie, purificatrice, ne faisait d'ailleurs pas peur à Silas.

Sur la suggestion de Rémy, il avait jeté son Heckler & Koch à travers une grille d'égout, après l'avoir soigneusement essuyé. Heureux de s'en débarrasser, il s'était senti plus léger.

Les jambes encore endolories par le temps qu'il avait passé ligoté dans l'avion et les deux voitures, il ne pouvait s'empêcher de ressentir une certaine compassion pour Teabing qui subissait actuellement le même sort.

— Qu'allez-vous faire de lui ? avait-il demandé à Rémy.

— Ce sera au Maître de décider.

Silas avait perçu dans sa voix une note sombre et irrévocable.

À mesure que Silas approchait de l'immeuble de l'*Opus Dei*, la pluie se faisait plus dense. Sa robe de bure était complètement détrempée, mais il se sentait délesté de ses péchés de la veille, l'âme libérée par la satisfaction du devoir accompli.

En arrivant dans la petite cour qui précédait l'entrée, Silas découvrit, sans surprise, que la porte était ouverte. Dès qu'il posa le pied sur la moquette de l'entrée, un discret carillon électronique retentit sur le palier du premier étage, suivi d'un bruit de pas. Un prêtre en soutane apparut en haut de l'escalier. Ses bons yeux ne semblaient même pas avoir noté l'étrange allure physique de Silas.

— Bonjour, mon frère. Que puis-je faire pour vous ?

— Je m'appelle Silas, je suis un conuméraire de l'ordre.

— Vous êtes américain ?

— Oui, en déplacement. Je ne suis à Londres que pour la journée. Puis-je me reposer ici ?

— Vous n'avez pas besoin de le demander. Il y a deux chambres libres au deuxième étage. Je vais vous monter du thé et des toasts.

— Merci, mon père.

Silas était affamé.

Une fois entré dans sa petite cellule, il retira sa robe mouillée et se mit à genoux en sous-vêtements pour prier. Il entendit son hôte déposer un plateau sur le pas de sa porte.

Ayant achevé sa prière, il se restaura, s'allongea sur la paillasse et s'endormit aussitôt.

Trois étages plus bas, le frère qui avait accueilli Silas décrochait le téléphone.

— Ici Scotland Yard. Nous sommes à la recherche d'un moine albinos. Nous pensons qu'il pourrait être chez vous.

Le numéraire ouvrit de grands yeux.

— En effet, il vient d'arriver. Un problème ?

— Où est-il ?

— Dans une chambre, en train de prier. Mais que se passe-t-il ?

— Ne le prévenez surtout pas. Qu'il ne quitte pas sa chambre, ordonna l'officier. Ne dites rien à personne. J'envoie des hommes tout de suite.

94.

St. James Park, immense océan de verdure placé au centre de Londres, est bordé par les palais de Westminster, de Buckingham et de St. James. Sous le roi Henry VIII, on y élevait des cerfs. Les après-midi ensoleillés, les Londoniens y pique-niquent sous les saules et nourrissent les pélicans, dont les ancêtres ont été offerts à Charles II par l'ambassadeur russe de l'époque.

Mais le Maître ne voyait pas de pélicans aujourd'hui, ils avaient été remplacés par des mouettes venues de l'océan. Elles couvraient les pelouses, leurs centaines de corps blancs tournés dans la même direction, endurant patiemment le vent humide et froid. Malgré la brume qui stagnait encore sur les grandes pelouses, le parc offrait une vue magnifique sur le Parlement et Big Ben. Dirigeant son regard au-delà des collines ondulantes, de l'étang aux canards et des délicates silhouettes des saules pleureurs, le Maître aperçut, non loin de là, les deux tours du bâtiment qui abritait la tombe du chevalier – la vraie raison pour laquelle il avait demandé à Rémy de le retrouver à cet endroit précis.

Lorsque le Maître apparut derrière la vitre avant gauche de la Jaguar, Rémy se pencha pour lui ouvrir la portière. Avant de se glisser sur le siège, le Maître sortit de sa poche une flasque de cognac, dont il avala une gorgée. Puis il s'installa et referma la portière.

— Nous avons bien failli la perdre, dit Rémy en brandissant la clé de voûte.

— Tu as bien agi.

— Vous aussi, Maître, répliqua Rémy en déposant le cryptex entre les mains avides du Maître.

Celui-ci l'admira longuement, un sourire aux lèvres.

— Et l'arme ? Tu l'as bien essuyée ?

— Oui. Je l'ai remise dans la boîte à gants où je l'ai trouvée.

— Parfait.

Le Maître but une autre lampée et tendit le flacon à Rémy.

— Buvons à notre succès. Nous sommes tout près du but.

Le cognac avait un goût légèrement salé mais Rémy s'en moquait bien. Lui et le Maître étaient devenus de véritables partenaires. Il accédait enfin au standing social si longtemps convoité. *Je ne serai plus jamais un domestique.*

Le château de Villette lui semblait bien loin.

Il but une autre gorgée et sentit la bienfaisante chaleur de l'alcool se répandre dans tout son corps. Il lui sembla pourtant que cette chaleur le brûlait un peu trop au niveau du larynx. Il desserra son nœud papillon et rendit le flacon au Maître.

— Merci, je crois que ça me suffit, dit-il, vaguement étourdi.

— Tu sais, Rémy, que tu es le seul à connaître mon visage. J'ai mis en toi toute ma confiance.

— Oui, dit-il, en desserrant sa cravate à cause d'une soudaine bouffée de chaleur, et votre identité restera secrète jusqu'à ma mort.

— Je n'en doute pas.

Le Maître empocha la flasque et la clé de voûte. Puis il ouvrit la boîte à gants et en sortit le petit Medusa. Rémy sursauta de peur, une suée soudaine lui couvrit tout le corps. Mais le Maître enfouit le pistolet dans la poche de sa veste. Puis il s'adressa à Rémy d'un ton plein de regret.

— Je sais que je t'ai promis la liberté. Mais étant donné les circonstances, je n'ai pas vraiment le choix...

Rémy sentit une nausée remonter dans sa gorge. Il ferma les yeux pour essayer de ne pas vomir et poussa un grognement étouffé.

Ce drôle de goût dans le cognac...

Il m'a empoisonné !

Incrédule, il tourna les yeux vers le Maître qui regardait droit devant lui à travers le pare-brise.

Rémy commençait à voir trouble. Il étouffait.

Il n'aurait jamais pu récupérer le cryptex sans moi !

Avait-il prévu dès le début de se débarrasser de lui, ou était-ce sa désobéissance à Temple Church qui l'y avait décidé ? Rémy ne le saurait jamais.

Submergé de terreur et de rage, il voulut se jeter sur son passager pour l'étrangler, mais son corps raidi refusa de bouger. En essayant de lever le poing pour appuyer sur le Klaxon, il s'effondra sur le côté, la main sur la gorge, à quelques centimètres du Maître. Il ne voyait plus rien, son cerveau privé d'oxygène tenta désespérément de s'accrocher à quelques derniers lambeaux de lucidité, avant de sombrer dans le noir complet.

Juste avant de mourir, Rémy Legaludec eut l'impression très nette d'entendre le bruit des rouleaux que chevauchent les surfeurs, sur les plages de la Côte d'Azur.

En sortant de la Jaguar, le Maître constata avec plaisir qu'il n'y avait personne dans les parages. *Je n'avais pas le choix*, se dit-il pour s'expliquer son absence de remords. Il avait craint dès le départ d'être obligé de supprimer Rémy une fois sa mission accomplie. Mais l'imprudence dont celui-ci avait fait preuve en se manifestant à Temple Church l'avait définitivement convaincu.

La visite inopinée de Langdon au château de Villette avait également posé au Maître un véritable dilemme. Si la livraison imprévue de la clé de voûte avait représenté une aubaine inespérée, l'arrivée de la police, en revanche, avait terriblement compliqué les choses. Ils avaient évidemment retrouvé les empreintes digitales de Rémy un peu partout dans le château, sans parler de la station d'écoute que les policiers avaient fatalement dû découvrir. Mais personne ne pourrait établir un quelconque lien entre les activités du domestique et les siennes : le Maître avait pris toutes les précautions nécessaires. Rémy, seul témoin capable de l'impliquer dans l'affaire, n'était plus de ce monde.

Un dernier petit détail à régler, se dit-il en ouvrant la porte arrière de la voiture. *La police n'aura aucun moyen d'imaginer ce qui s'est passé*.

Après un coup d'œil pour s'assurer que personne ne le regardait, il s'assit sur le siège arrière et ouvrit le minibar.

Quelques minutes plus tard, le Maître descendait à pied Horse Guards Road, en direction du sud.

Il ne reste plus que Langdon et Neveu. Leur suppression s'annonçait plus compliquée, mais réalisable. Pour le moment, l'objectif était d'ouvrir le cryptex.

Un chevalier à Londres gît, qu'un Pope enterra.
Une ire extrême le fruit de ses œuvres causa.

Il embrassa le parc d'un regard triomphant. Il avait identifié le chevalier dès la première lecture du poème. Mais il n'y avait rien de surprenant à ce que les autres n'aient pas deviné. *J'avais une bonne longueur d'avance sur eux.* Depuis plusieurs mois qu'il écoutait les conversations de Jacques Saunière, le « chevalier » avait été évoqué de nombreuses fois, avec une admiration presque égale à celle que le vieux conservateur vouait à Leonardo Da Vinci. Une fois cette information connue, l'allusion au chevalier devenait évidente. Restait cependant à comprendre comment la tombe allait bien pouvoir révéler le mot de passe final.

Il fallait maintenant découvrir le sésame du petit cryptex d'onyx.

Cherchez la sphère qui devrait sa tombe orner.

Le Maître se souvenait vaguement de photos du monument funéraire, et notamment de ce superbe globe de marbre, presque aussi gros que la tombe elle-même. La présence de ce globe semblait pourtant aussi encourageante que déconcertante au Maître. D'un côté, elle avait valeur de signal, et pourtant le poème faisait état d'une sphère *absente*, ce qui était une étrange manière de définir la pièce manquante du puzzle.

Il espérait bien trouver la clé du mystère sur place en examinant attentivement ladite tombe.

Il enfonça le petit cryptex plus profondément dans sa poche droite pour le protéger de la pluie, et s'assura que le Medusa, au fond de la gauche, ne risquait pas de tomber.

Il arrivait à destination. Plus que quelques mètres avant de pénétrer dans l'édifice presque millénaire, le sanctuaire où l'attendait la tombe du chevalier.

À l'instant même où le Maître s'abritait de la pluie, Mgr Aringarosa posait le pied sur le tarmac ruisselant de l'aéroport de Biggin Hill. Abrité sous le parapluie de l'officier de la police britannique venu l'accueillir à sa sortie d'avion – et quelque peu déçu que ce ne soit pas Fache en personne –, il rassembla dans une main les plis de sa soutane pour ne pas en souiller l'ourlet.

— Monseigneur Aringarosa ? Le commissaire a été obligé de s'absenter. Je suis chargé de veiller sur vous en son absence. Il m'a conseillé de vous conduire au siège de Scotland Yard. Il pense que vous y serez plus en sécurité.

En sécurité ? Aringarosa serra un peu plus fort la valise bourrée de bons au porteur qu'il tenait à la main et qu'il avait presque oubliée.

En s'asseyant dans la voiture qui devait l'emmener, il se demanda où Silas pouvait bien se trouver en ce moment. Quelques minutes plus tard, la radio crachotait la réponse.

Le policier décrocha le micro :

— Cinq, Orme Court, Bayswater.

Aringarosa reconnut instantanément l'adresse. Le siège londonien de l'*Opus Dei*.

Il ordonna au chauffeur :

— Conduisez-moi tout de suite là-bas !

95.

Langdon n'avait pas quitté des yeux l'écran de l'ordinateur depuis le début de la recherche.

Seulement deux titres sortis, en plus de cinq minutes. Et ils ne concordent pas...

Il commençait à douter.

Pamela Gettum était en train de préparer des boissons chaudes dans la pièce voisine. Langdon et Sophie avaient commis l'erreur de demander si la jeune femme pouvait leur préparer du café et, d'après les bips du micro-ondes, ils comprirent qu'ils allaient devoir se contenter de café instantané.

La petite cloche du moteur de recherche fit entendre son tintement joyeux.

— Vous avez une nouvelle réponse, on dirait, lança Pamela de sa cuisinette. Quel est le titre ?

Langdon jeta un coup d'œil à l'écran.

L'Allégorie du Graal dans la littérature médié-vale : Un traité sur sir Gauvain et le Chevalier Vert.

— L'allégorie du Chevalier Vert…, répondit-il.

— Laissez tomber. Il y a très peu de géants verts de la mythologie enterrés à Londres…

Langdon et Sophie, patiemment assis devant l'écran, vérifièrent deux nouvelles réponses aussi décevantes. Quand l'ordinateur tinta une nouvelle fois, ils furent passablement surpris du lien qui s'afficha :

LES OPÉRAS DE RICHARD WAGNER

— Les opéras de Wagner ? s'étonna Sophie.

Mlle Gettum jeta un coup d'œil du seuil de la pièce voisine, un pot de café instantané à la main.

— Drôle de réponse. Wagner était-il chevalier ?

— Non, répliqua Langdon, soudain intrigué, mais il était franc-maçon. Tout comme Shakespeare, Mozart, Beethoven et Gershwin. On a écrit des milliers de pages sur les liens entre les francs-maçons, les Templiers, le Prieuré de Sion et donc le Graal. J'aimerais voir le texte entier, ajouta-t-il en se tournant vers Pamela.

— Vous n'avez pas besoin du texte entier, objecta celle-ci. Cliquez sur l'hypertexte, vous allez voir vos mots clés et le contexte dans lequel ils apparaissent.

Langdon obtempéra et une nouvelle fenêtre apparut.

… un *chevalier* mythique appelé Parsifal, qui…

… s'il est vrai que la quête du *Graal* a donné lieu à…

… l'Orchestre philharmonique de *Londres* en 1855…

… une interprétation de Rebecca *Pope*, la diva…

… la *tombe* de Wagner à Bayreuth…

— Ce n'est pas cette Pope que nous cherchons, conclut Langdon, plus déçu qu'amusé.

Il était pourtant impressionné par l'extrême commodité du système. Ces mots clés avec leur contexte suffisaient ainsi à rappeler que *Parsifal*, l'opéra de Wagner, est un hommage à Marie Madeleine et à la lignée du Christ, le tout transposé dans la quête de vérité d'un jeune chevalier.

— Patience, il va sûrement en tomber d'autres, fit Pamela. C'est comme au loto, il faut laisser tourner la machine.

Au cours des cinq ou six minutes qui suivirent, la seule référence qui retint leur attention fut un article consacré aux troubadours français du Moyen Âge, les célèbres ménestrels. Langdon savait que ce n'était pas une coïncidence si *ménestrel* et *ministre* provenaient d'une même racine étymologique. Les troubadours étaient les « ministres » itinérants de l'église de Marie Madeleine, et par leurs chants, ils contribuaient à répandre l'histoire du Féminin sacré dans le peuple. Ils chantaient les vertus de la gente « Dame », une mystérieuse et belle femme à laquelle ils faisaient vœu d'éternelle fidélité.

Il vérifia les données d'hypertexte, mais ne trouva rien.

Quelques instants plus tard un nouveau titre apparut sur l'écran.

CHEVALIERS, FILOUS, PAPES ET PENTACLES : L'HISTOIRE DU SAINT-GRAAL À TRAVERS LE TAROT.

— Ce n'est pas surprenant, dit Langdon à Sophie. Certains de nos mots clés ont des noms de cartes de tarot.

Il prit la souris et cliqua sur un lien.

— Je ne sais pas si votre grand-père a mentionné ce fait quand vous jouiez au tarot avec lui, mais ce jeu est un « catéchisme-éclair » sur l'histoire de la fiancée oubliée et son éviction par l'Église catholique.

Sophie lui jeta un coup d'œil incrédule.

— Je n'en avais pas la moindre idée.

— C'est le but recherché. En propageant leur doctrine à travers un jeu métaphorique, les adeptes du Graal trompaient la vigilance de l'Église.

Langdon se demandait parfois combien de joueurs de cartes modernes soupçonnaient que leurs quatre suites (pique, cœur, carreau, trèfle) relevaient d'une symbolique directement liée au Graal et directement héritée du tarot :

Les piques sont les épées : lame = masculin.

Les cœurs sont les coupes : calice = féminin.

Les trèfles sont les sceptres : lignée royale = bâton florissant.

Les carreaux sont les pentacles : la déesse = Féminin sacré.

Quelques minutes plus tard, alors que Langdon commençait à douter de leurs chances de succès, un nouveau titre s'inscrivait sur l'écran :

LA GRAVITATION DU GÉNIE
Biographie d'un Chevalier moderne

— La gravitation du génie ? demanda Langdon à Pamela.

Celle-ci passa la tête dans l'embrasure de la porte.

— Ne me dites pas qu'il s'agit de Rudy Giuliani[1]. Personnellement, je ne le trouve pas vraiment à la hauteur, celui-là.

Langdon avait ses propres doléances sur sir Mike Jagger, récemment promu chevalier, mais ce n'était vraiment pas le moment de débattre des errements de la chevalerie anglaise moderne.

— Voyons cela de plus près, fit-il en cliquant sur le lien hypertexte.

… honorable *chevalier* Isaac Newton…

… à *Londres* en 1727 et…

… au-dessus de sa *tombe* dans l'abbaye de Westminster…

… Alexander *Pope*, ami et confrère…

1. Ex-maire de New York (1993-2001). *(N.d.T.)*

— « Moderne », fit Sophie, c'est une façon de parler, un vieux bouquin sur Newton…

— Ça m'étonnerait que Newton fasse votre affaire, ajouta Pamela. Il est enterré dans Westminster Abbey, l'un des premiers bastions de l'Église protestante anglaise. Ce n'est sûrement pas un pape qui a pu…

Le cœur battant à tout rompre, Langdon se leva de sa chaise.

— C'est notre homme !

Sophie hocha la tête.

— Qu'est-ce que vous dites ?

— Isaac Newton était chevalier, il a été enterré à Londres. Ses découvertes scientifiques lui ont valu la vindicte de l'Église. Il a été Grand Maître du Prieuré de Sion. Je ne vois pas ce qu'il nous faut de plus…

— Il n'a pas été enterré par un pape, trancha Sophie.

— Qui vous parle d'un *pape* ? fit Langdon en s'emparant de la souris.

Il cliqua sur le mot *Pope*, et la phrase complète apparut :

« Le jour de l'inhumation d'Isaac Newton à l'Abbaye de Westminster, en présence de la famille royale et de nombreux membres de la noblesse, c'est Alexander Pope, ami et confrère du grand savant, qui prononça l'oraison funèbre. »

Langdon regarda Sophie.

— Nous avions le bon Pope dès notre seconde réponse. Alexander Pope.

— « *Un chevalier à Londres gît, qu'un Pope enterra...* »

Sophie se leva, stupéfaite.

Jacques Saunière, le maître de l'équivoque, venait encore une fois de faire la démonstration de sa redoutable intelligence.

96.

Silas se réveilla en sursaut. Il avait entendu un bruit au rez-de-chaussée du foyer.

Était-ce un rêve ? Depuis combien de temps dormait-il ?

Assis sur sa paillasse, il prêta l'oreille. La résidence était plongée dans un silence seulement troublé par le murmure d'un homme en prière dans la chambre du dessous. Un bruit qu'il aimait tant, un bruit familier qui aurait dû le réconforter...

Pourquoi, alors, éprouvait-il cette inquiétude ?

Et si quelqu'un m'avait suivi depuis Bayswater ?

Il se leva et fit quelques pas jusqu'à la fenêtre.

La cour était déserte, comme elle l'était à son arrivée.

Silas avait depuis longtemps appris à se fier à son intuition, dès l'époque où, gosse des rues de Marseille, sa survie en dépendait. C'était longtemps avant la prison, longtemps avant sa renaissance sous la houlette de l'évêque Aringarosa.

Il distingua le contour d'une voiture sombre luisant sous la pluie derrière la haie de troènes. Silas colla le nez à la vitre. Il y avait un gyrophare sur le toit.

Se ruant d'instinct vers le palier, il stoppa net derrière la porte juste au moment où celle-ci se rabattait violemment sur lui.

Un premier policier pénétra dans la chambre, la balayant de son arme de gauche à droite, prêt à tirer. Silas rabattit la porte d'un coup d'épaule, sur un deuxième agent qui s'écroula et heurta le sol de la tête. Le premier fit volte-face, Silas se jeta dans ses jambes. Un coup de pistolet partit à l'instant même où le moine percuta violemment le policier qu'il projeta contre le mur. Comme le second policier se relevait, l'albinos en sous-vêtements lui lança un coup de pied dans l'aine, avant d'enjamber le corps gisant à ses pieds pour disparaître dans l'escalier.

Presque nu, Silas se rua dans l'escalier. Il réalisait qu'il avait été trahi mais par qui ? Arrivé dans le hall, il aperçut trois autres policiers qui traversaient la cour de l'immeuble. Il fit demi-tour et s'engagea dans un couloir. *Il faut que je trouve la sortie des femmes. Tous les foyers de l'*Opus Dei *en ont une*. Il bifurqua dans un couloir plus étroit, traversa une cuisine, bousculant des cuisiniers terrifiés par l'albinos qui renversait casseroles et plats, et aperçut l'enseigne lumineuse qu'il cherchait : EXIT.

Courant toujours à pleine vitesse, il poussa la porte, sauta la marche et dérapa sur un trottoir battu par la pluie, percutant un policier qui arrivait en courant vers lui. L'épaule nue de Silas s'était enfoncée comme un bélier dans le sternum du policier. Il terrassa sans peine son adversaire suffoqué et le plaqua au sol. Entendant des bruits de pas précipités, du côté de l'entrée de l'immeuble, il s'empara du pistolet de son adversaire, juste au moment où les policiers tournaient le coin de la ruelle. Coups de feu. Une douleur fulgurante lui transperça les côtes. Fou de rage, il tira à son tour sur ses assaillants.

Soudain, une ombre surgit de nulle part. Les deux mains qui saisirent ses épaules blanches et nues semblaient animées par la volonté du diable lui-même. Une voix rugit :

— Silas ! NON !

L'albinos se retourna et appuya sur la détente avant de croiser le regard de l'autre. À cette seconde, il hurla d'horreur, mais Mgr Aringarosa gisait déjà à terre, inerte.

97.

L'abbaye de Westminster abrite plus de trois
mille tombes et châsses. Dans ce panthéon londonien reposent, à côté des rois et des reines, des
centaines de morts illustres – hommes d'État, offi-
ciers de l'armée de Sa Majesté, savants, poètes et
musiciens. Ses chapelles, ses niches et ses alcôves
regorgent de pierres tombales, de stèles, de gisants,
d'effigies et de monuments funéraires, du plus
grandiose, celui d'Elizabeth Ire, dont le sarcophage
à baldaquin trône au milieu d'une chapelle absi-
diale privée, jusqu'au plus modeste, dont les
inscriptions, foulées depuis des siècles par les visiteurs, sont devenues illisibles à force d'usure,
laissant à l'imagination de chacun le soin de
décider à qui peuvent bien appartenir les reliques
enfouies sous la dalle qu'il piétine.

Apparentée par son style aux grandes cathédrales d'Amiens, Chartres et Canterbury, l'abbaye

de Westminster n'est à proprement parler ni une cathédrale ni une église paroissiale, mais une collégiale qui relève directement de la Couronne. Depuis le couronnement de Guillaume le Conquérant en 1066, cet imposant sanctuaire a abrité une longue série de cérémonies royales et d'affaires d'État – canonisation d'Édouard le Confesseur, noces du prince Andrew avec Sarah Ferguson, funérailles de Henry V, de la reine Elizabeth Ire ou encore de lady Diana.

Mais ce matin-là, l'unique trésor de l'abbaye qui intéressait Sophie et Langdon se trouvait être la tombe de sir Isaac Newton.

« Un chevalier à Londres gît, qu'un Pope enterra. »

Ils étaient entrés en hâte par le grand portail du transept nord où des vigiles leur avaient demandé poliment d'emprunter le tout nouveau portique de sécurité. Après être passés sans déclencher l'alarme, ils se dirigèrent vers l'entrée de l'abbaye.

En franchissant le seuil de l'abbaye de Westminster, Langdon sentit le monde extérieur s'évaporer dans un brusque silence. Ni rumeurs de trafic, ni crépitement d'averse. Juste un assourdissant silence qui semblait se réverbérer de tous côtés comme si la vieille dame monologuait à voix basse. Les yeux de Sophie et de Langdon, comme ceux de presque tous les visiteurs, furent aussitôt attirés vers les hauteurs insondables de l'abbaye. Des colonnes en pierre grise s'élançaient comme des séquoias vers le ciel, enjambaient, en s'arquant gracieusement, des espaces vertigineux avant de redescendre d'un trait jusqu'au sol. Devant eux s'ouvrait, comme un canyon, la large travée du transept nord, flanqué de ses falaises de vitraux. Par beau temps, le sol de l'abbaye était un véritable kaléidoscope de couleurs. Mais en ce matin pluvieux qui ne laissait filtrer qu'une faible lumière par les vitraux latéraux, l'abbaye, quasi déserte, avait repris des teintes spectrales de crypte, ce qu'elle était en réalité.

— C'est pratiquement désert, chuchota Sophie.

Langdon était assez déçu. Il avait espéré voir beaucoup plus de monde. Il ne tenait pas à répéter l'expérience de Temple Church. L'Américain s'attendait à croiser une foule dense de touristes parmi lesquels Sophie et lui auraient pu passer inaperçus. Mais sa dernière visite de Westminster avait eu lieu en plein été, un jour où les touristes déferlaient dans une abbaye bien éclairée. Aujourd'hui, en ce matin d'avril pluvieux, Langdon ne voyait qu'un désert de dalles grises ponctué d'alcôves vides et noirâtres.

Apparemment consciente de l'appréhension de son compagnon, Sophie lui rappela qu'ils étaient entrés par un portique de sécurité.

— Si nous sommes attendus, le quidam en question ne peut être armé.

Langdon acquiesça, toujours sur le qui-vive. Il avait même exprimé le souhait de se faire accompagner par des policiers, mais Sophie s'y était opposée. « Nous devons retrouver le cryptex, avait insisté Sophie. C'est la clé. »

Et elle avait raison bien sûr.

Grâce à lui, nous récupérerons Teabing vivant ; nous retrouverons le Graal ; et nous identifierons le responsable de cette machination.

Malheureusement, une visite à la tombe d'Isaac Newton constituait leur seule chance de mettre la main sur la clé de voûte… Celui (ou ceux) qui détenait le cryptex devait s'y rendre pour décrypter le dernier indice et, si ce personnage n'était pas déjà reparti, Sophie et Langdon avaient bien l'intention de l'intercepter.

Marchant à grands pas vers la gauche pour se mettre à couvert, ils gagnèrent une obscure nef latérale masquée par une rangée de piliers.

Langdon ne parvenait pas à chasser de son esprit l'image de Leigh Teabing retenu captif, probablement ligoté dans le coffre de sa propre limousine. Celui qui avait ordonné le meurtre des dirigeants du Prieuré n'hésiterait pas une seconde à éliminer tous ceux qui se dresseraient sur sa route. *Quelle cruelle ironie du sort*, se dit-il, *que Teabing, ce chevalier moderne, ait été intercepté alors qu'il était lancé sur la piste de son compatriote et pair, sir Isaac Newton.*

— Par où devons-nous prendre ? s'enquit Sophie en scrutant les parages du regard.

La tombe. Langdon n'en avait pas la moindre idée.

— Nous devrions demander à un gardien.

Westminster est un véritable dédale de mausolées, de recoins, de niches, de galeries qui se commandent les uns les autres. Comme la Grande Galerie du Louvre, elle ne dispose que d'une unique entrée, celle qu'ils venaient tout juste d'emprunter et qu'ils auraient été bien en peine de retrouver par eux-mêmes. « Un vrai piège à touristes ! » maugréa Langdon, se rappelant la remarque ironique d'un collègue. Fidèle à la tradition architecturale, l'abbaye a été érigée selon un plan en croix. Pourtant, contrairement à la plupart des églises, son entrée est située sur le côté et non à l'arrière de l'église, au commencement de la nef. De plus, l'abbaye est entourée d'une série de cloîtres. Un pas dans la mauvaise direction et le visiteur inattentif se perd bientôt dans un labyrinthe de passages extérieurs entourés de hauts murs.

— Les gardiens portent des blouses rouges, fit Langdon alors qu'ils approchaient du centre de l'abbaye.

En jetant un regard oblique vers l'extrémité du transept sud, par-delà l'autel, Langdon vit un groupe d'artistes, à quatre pattes. On apercevait souvent ces pèlerins un peu particuliers dans le coin des poètes. C'étaient de simples touristes occupés à relever les inscriptions et les motifs en relief sur les pierres tombales.

— Je n'aperçois pas le moindre gardien, répondit Sophie, peut-être parviendrons-nous à retrouver la tombe par nous-mêmes ?

Sans un mot, Langdon lui fit faire quelques pas vers le centre de l'abbaye et pointa son index vers la droite.

— Ah, d'accord…

Sophie eut le souffle coupé en embrassant du regard l'immensité de la nef.

— Oui, on va essayer de trouver un gardien, conclut-elle convaincue.

Au même moment, quelques dizaines de mètres plus bas, Isaac Newton recevait la visite d'un admirateur solitaire. Depuis une dizaine de minutes, le Maître étudiait l'impressionnante sculpture dans ses moindres détails.

Encastré dans une niche dorée qui surplombe sa pierre tombale, le monument funéraire de Newton est adossé à la cloison ouest du jubé : un sarcophage massif de marbre noir, surmonté d'une statue du savant britannique en costume d'époque, assis, le coude droit appuyé sur ses livres les plus célèbres empilés derrière lui : *Divinity, Chronology, Optiks*, et enfin *Philosophiae naturalis principia mathematica*. À ses pieds, deux angelots tiennent un parchemin enroulé sur lequel on devine un schéma géométrique. L'ensemble se détache sur une impressionnante pyramide de pierre blanche qui cache presque entièrement le fond de la niche.

C'est sur cette pyramide que l'attention du Maître se concentra le plus longtemps – et plus spécifiquement sur l'impressionnante sculpture qui y était adossée, et qui dominait Newton et les deux angelots : sur l'énorme globe, taillé dans le marbre et représentant la voûte céleste, on distinguait les constellations, les signes du zodiaque et le tracé du passage de la comète de 1680. Une figure allégorique de l'Astronomie, assise au sommet, était adossée contre un grand livre debout.

Une infinité de sphères...

Cherchez la sphère qui devrait sa tombe orner.

Le Maître était arrivé confiant sur les lieux, convaincu qu'il lui serait facile de découvrir quelle était cette sphère qui manquait à l'ensemble, mais il commençait maintenant à en douter. Manquait-il une planète sur la carte du ciel ? Probablement pas. Jacques Saunière aurait certainement choisi une énigme beaucoup plus astucieuse, dont la solution sauterait aux yeux sans demander des heures de recherches et de vérifications astronomiques qui, de plus, n'avaient pas grand-chose à voir avec la symbolique du Graal.

Tel un cœur fertile à la chair rosée.

Un groupe de quatre ou cinq touristes qui remontaient le bas-côté, armés de fusains et de grandes liasses de papier, vint le distraire de ses réflexions. Glissant le cryptex dans sa poche, il les regarda passer et disparaître derrière le chœur. Il les imagina gagnant le coin des poètes (Chaucer, Tennyson et Dickens) et leur rendant hommage par un frénétique estampage de leurs tombes.

À nouveau seul, il se rapprocha du monument pour l'inspecter scrupuleusement de bas en haut. Son regard se porta d'abord sur les pieds en crosse du sarcophage, remonta sur le panneau sculpté de la façade, s'attarda sur la statue de Newton et celles des angelots au parchemin, puis sur le globe géant et la figure allégorique qui la surmontait, et enfin sur le décor en voûte étoilée qui tapissait le fond de la niche.

Où peut-il bien manquer une sphère ? songeait-il en caressant le cryptex dans sa poche, comme si le cylindre de marbre gravé par Saunière pouvait lui inspirer la réponse.

Cinq malheureuses lettres me séparent du Graal.

Le Maître approchait de l'extrémité de la cloison nord du jubé. Poussant un long soupir, il se retourna vers la nef principale et le maître autel, au loin. Soudain une tache de couleur rouge attira son regard. C'était un gardien, auquel deux silhouettes très familières faisaient signe.

Robert Langdon et Sophie Neveu.

Sans perdre son calme, il fit deux pas et disparut derrière la cloison. Il avait prévu que Langdon et Sophie finiraient par déchiffrer le sens du poème et rendraient visite à la tombe de Newton, mais ils avaient été plus rapides qu'il ne l'imaginait. Inspirant profondément, le Maître examina les choix qui s'offraient à lui. Il avait l'habitude des surprises.

C'est moi qui détiens le cryptex.

Plongeant la main dans sa poche, il palpa un autre objet rassurant. Le Medusa. Comme prévu, le portique de sécurité de l'abbaye avait sonné l'alarme au passage du Maître. Mais, comme prévu, les gardiens avaient battu en retraite quand il avait exhibé son badge en les foudroyant du regard. Appréciable prérogative des personnages officiels.

S'il avait d'abord souhaité être le seul à découvrir le mot de passe du cryptex, il était maintenant presque soulagé de l'arrivée sur les lieux de ses deux adversaires. Il n'avait pas identifié la « planète » dont parlait le poème. Il allait pouvoir profiter de leurs réflexions. Après tout, Langdon, qui avait réussi à déchiffrer le poème et à identifier la tombe, aurait peut-être son idée sur la question ? Et puis, si Langdon réussissait à trouver le mot de cinq lettres, le Medusa servirait à le lui faire avouer.

Pas ici, évidemment.

Dans un coin plus tranquille.

Le Maître se souvint alors d'un écriteau qu'il avait remarqué à l'entrée de l'abbaye et, contournant le jubé par le sud, il se dirigea vers l'endroit qui lui garantirait l'intimité qu'il cherchait.

Restait une ultime question : quel appât allait bien pouvoir les attirer ?

98.

Sophie et Langdon remontaient lentement la travée nord, en longeant les piliers pour demeurer le plus discrets possible. À mi-chemin de la nef, ils ne distinguaient que l'arcade du monument de Newton, le sarcophage enfoncé dans une niche pratiquement invisible sous cet angle.

— En tout cas, il n'y a personne là-bas, souffla Sophie.

Langdon acquiesça, soulagé. Tout ce secteur de la nef était à peu près désert.

— J'y vais, dit Langdon. Vous devriez rester cachée, au cas où…

Sophie, quittant la pénombre de la nef nord, s'avançait déjà en terrain découvert.

—… où nous serions épiés, soupira-t-il en pressant le pas pour la rattraper.

Traversant la nef en diagonale, Langdon et Sophie découvrirent en silence l'imposant sépulcre et ses multiples ornements. Un sarcophage de marbre noir... une statue de Newton penché... deux angelots... une formidable pyramide et... un énorme globe.

— Vous saviez qu'il y avait un globe terrestre au-dessus de la statue ? demanda Sophie.

Langdon hocha la tête, aussi étonné qu'elle.

— Ce n'est pas la Terre, j'aperçois des constellations gravées, reprit Sophie.

En approchant du monument funéraire, Langdon sentit un intense découragement le gagner. Le tombeau de Newton était recouvert d'étoiles, de comètes, de planètes. Autant chercher une aiguille dans une botte de foin...

— ... des corps célestes, continua Sophie, l'air concentré, et une vraie flopée !

Langdon fronça les sourcils. *En quoi la voûte céleste peut-elle être liée au Graal ?* Il n'imaginait qu'un trait d'union, le pentacle de Vénus. Mais Langdon avait déjà testé ces cinq lettres-là sur le cryptex, dans la voiture qui les avait conduits à Temple Church.

Sophie s'approcha encore du sarcophage, et se mit à lire les titres des livres du grand savant tandis que Langdon, un peu à l'écart, surveillait les parages du coin de l'œil.

— *Divinity, Chronology, Optiks, Philosophiae naturalis principia mathematica*, murmura Sophie. Cela vous dit quelque chose ?

Langdon s'avança et lut à son tour.

— Il me semble que le dernier ouvrage parle de la gravitation des planètes. On peut évidemment les appeler « sphères », mais ça me semble un peu tiré par les cheveux.

— Et si nous cherchions du côté des signes du zodiaque ? reprit Sophie. Teabing nous parlait tout à l'heure des Poissons et du Verseau…

La Fin des Temps, la fin de l'ère des Poissons et le début de celle du Verseau, était le repère temporel choisi par le Prieuré pour annoncer au monde la vérité du Graal. Mais le tournant du millénaire s'était déroulé sans incident, laissant les historiens dans l'expectative. *Quand la révélation aurait-elle lieu ?*

— Il me semble possible, fit Sophie, que les plans du Prieuré concernant les révélations qu'ils comptaient faire sur *la Rose* et son *cœur fertile* soient directement liés au dernier vers du poème.

Il parle de chair rosée et de cœur fertile. Langdon frissonna. C'était la première fois qu'il voyait le vers sous cet angle.

— Vous m'avez dit vous-même, poursuivit-elle, que le Prieuré de Sion prévoyait de faire coïncider la révélation de son secret concernant la *Rose* et son *cœur fertile* avec une certaine configuration des planètes dans le ciel…

Langdon acquiesça, entrevoyant les prémices d'une lueur.

Et pourtant, il pressentait que ce n'était pas du côté de l'astrologie qu'il fallait chercher. Toutes les énigmes de Jacques Saunière avaient évoqué la même symbolique du Féminin sacré – le pentacle,

Mona Lisa, la *Vierge aux rochers, le « cœur fertile à la chair rosée »*. Mais jusqu'à présent, Jacques Saunière s'était révélé un cryptographe méticuleux et tout laissait penser que son mot de passe final – les cinq lettres révélant l'ultime secret du Prieuré – ne serait pas seulement d'une parfaite logique symbolique, mais aussi d'une clarté cristalline. En le découvrant, ils ressentiraient sûrement l'habituelle frustration devant l'évidence du sésame.

— Regardez ! chuchota Sophie en lui prenant le bras.

Il se retourna instinctivement, persuadé que quelqu'un arrivait. Mais elle regardait vers le haut du sarcophage, pointant un emplacement situé sous le pied droit de Newton.

— Quelqu'un est venu ici avant nous...

Langdon baissa les yeux. Un amateur d'estampes avait laissé traîner son morceau de fusain sur le cercueil de marbre noir, près de la jambe de la statue. En tendant le bras pour l'enlever, il comprit soudain ce qui avait alarmé Sophie.

Tracé au charbon de bois, et lisible seulement sous un certain éclairage, un message scintillait.

J'ai Teabing
Traversez la Salle capitulaire
Prenez la sortie sud et rejoignez-moi
dans College Garden

Langdon relut le message deux fois, son cœur battant à grands coups tandis que Sophie pivotait sur elle-même pour inspecter la nef.

En dépit d'une subite décharge d'adrénaline, Langdon se dit que c'était plutôt une bonne nouvelle. *Primo*, Leigh était vivant. *Secundo*, ses ravisseurs n'avaient pas découvert le mot de cinq lettres suggéré par le poème de Saunière.

— Ce type ne chercherait pas à nous rencontrer s'il connaissait le mot de passe.

Sophie hocha la tête.

— En effet. Il veut échanger Teabing contre le mot de passe. À moins que ce ne soit un piège ?

— Ça m'étonnerait. College Garden est un jardin public extérieur à l'abbaye où se promènent beaucoup de gens.

Langdon avait visité autrefois le célèbre petit verger bordé d'un parterre d'herbes aromatiques, héritage de l'époque où les moines cultivaient des plantes utilisées dans la confection de remèdes. Avec ses arbres fruitiers, les plus vieux d'Angleterre, College Garden attirait des touristes intimidés par la visite de l'abbaye.

— Je crois qu'on veut nous attirer dehors pour nous mettre en confiance. Qu'avons-nous à craindre dans le jardin ?

Sophie fit une grimace dubitative.

— Mais on y entre sans passer par le portique de sécurité, non ?

Langdon fronça les sourcils. Elle marquait un point.

Il aurait préféré avoir ne fût-ce qu'une opinion sur le mot de passe, un élément à négocier contre la libération de Teabing. *C'est moi qui l'ai mêlé à cette histoire et je ferai ce qu'il faudra pour l'en sortir, s'il existe la moindre chance.*

Sophie n'avait toujours pas l'air rassuré.

— Le message nous dit de traverser la Salle capitulaire avant de sortir. On pourrait peut-être commencer par faire le tour par l'extérieur, pour aller jeter un coup d'œil à ce jardin ?

— Bonne idée, acquiesça Langdon.

Il se souvenait vaguement qu'on accédait par le cloître à la Salle capitulaire, une grande salle octogonale où le Parlement britannique d'autrefois se réunissait avant qu'on ait construit sa version moderne. Ils longèrent la cloison du jubé, gagnèrent le bas-côté sud et traversèrent au pas de course un passage voûté que précédait un grand panneau posé sur un chevalet.

Vers :
GRAND CLOÎTRE
CHAPELLE SAINTE-FOY
MUSÉE
SALLE DU COFFRE
CRYPTE ROMANE
CLOÎTRE ROMAN
SALLE CAPITULAIRE

Mais ils marchaient trop vite pour remarquer la petite affichette en carton punaisée dans un coin – semblable à celle qu'ils auraient pu lire en entrant par le portail nord – laquelle annonçait la fermeture pour rénovation de certains secteurs de l'abbaye.

Ils débouchèrent aussitôt dans le grand cloître, cinglé par une forte averse, dont ils longèrent l'arcade est en suivant les panneaux « Salle capitulaire ». Le vent soufflait avec un gémissement rauque qui lui rappela un de ses jeux préférés quand il était gamin : il collait sa bouche au goulot d'une bouteille de verre pour émettre toutes sortes de sifflements. Sous les arcades étroites et basses bordant le jardin, Langdon éprouva le malaise qui le saisissait toujours dans des espaces confinés. Après tout, comme il s'en fit la remarque, cette enceinte fermée portait le nom de cloître – étymologiquement « lieu clos » – et la claustrophobie n'est-elle pas la hantise des lieux clos ?

Se concentrant sur l'extrémité du passage voûté qu'il longeait, Langdon suivit les indications « Salle capitulaire ».

Les gouttes de pluie, rebondissant dans la cour du cloître, éclaboussaient le pavage sous l'arcade. Ils croisèrent un couple qui retournait à grands pas vers la nef, pressé de s'abriter de la douche. Le cloître était complètement désert à présent, mais c'était incontestablement le secteur le moins séduisant de l'abbaye sous cette pluie balayée de rafales.

À mi-chemin du promenoir, le passage conduisant à la Salle capitulaire était barré par un cordon, auquel était accrochée une pancarte :

FERMÉES POUR RÉNOVATION :
Salle du coffre

Chapelle Sainte-Foy
Salle capitulaire

Le long couloir voûté était encombré d'éléments d'échafaudage et de toiles de bâchage. Juste derrière ce chantier, Langdon repéra une sortie à gauche menant vers la chapelle Sainte-Foy, et une autre à droite vers la Salle du coffre. Tout au fond, la porte de la Salle capitulaire ouvrait sur le grand espace octogonal éclairé par les vitraux donnant sur College Garden.

— Nous venons de quitter le cloître est, fit Langdon, la sortie sud vers le jardin doit se trouver à droite au fond de la salle.

Sophie avait déjà enjambé le cordon. À mesure qu'ils longeaient ce couloir sombre, les hurlements du vent décroissaient derrière eux. La Salle capitulaire était un bâtiment annexe et le long couloir qui la précédait avait visiblement pour fonction de garantir aux parlementaires la confidentialité de leurs débats.

— Elle a l'air immense, cette salle ! souffla-t-elle à Langdon qui l'avait rejointe dans le passage à peine éclairé.

Langdon avait oublié les dimensions du lieu. Monumental. Du couloir, il entrevoyait déjà l'interminable parquet et les extraordinaires fenêtres en ogive, à l'extrémité de l'octogone – immense pièce à voûte gothique d'une hauteur de cinq étages. On devait sûrement y jouir d'une vue magnifique sur le jardin.

Arrivés sur le seuil, Langdon et Sophie durent plisser les yeux. Comparée aux cloîtres, la Salle capitulaire ressemblait à un solarium. Ils avaient déjà parcouru plusieurs mètres lorsqu'ils découvrirent que la porte sud ouvrant sur College Garden n'existait pas.

Ils se trouvaient dans un énorme cul-de-sac.

Le grincement d'une lourde porte se refermant derrière eux les fit se retourner vers l'entrée. Langdon crut un instant qu'il rêvait.

Au pied du grand vitrail sud, un homme corpulent braquait nonchalamment un pistolet sur eux. Il était appuyé sur deux béquilles d'aluminium.

C'était Leigh Teabing.

99.

Ce n'était pas de gaieté de cœur que sir Leigh
Teabing tenait en joue, de son Medusa, Robert
Langdon et Sophie Neveu.

— Mes chers amis, depuis votre arrivée inopinée chez moi hier soir, je n'ai cessé de faire
l'impossible pour tenter de vous épargner. Mais
votre insistance m'a mis dans une position difficile.

Il vit les expressions choquées et indignées de
Sophie et Langdon, mais se convainquit qu'ils
comprendraient vite l'engrenage fatal responsable
de ce dénouement inattendu.

*J'ai tant de choses à vous dire à tous les deux...
Tant de choses que vous ne comprenez pas encore.*

— Croyez bien, reprit-il, que je n'ai jamais eu
la moindre intention de vous impliquer dans cette
affaire, ni l'un ni l'autre. C'est vous qui êtes venus
me chercher...

Sa voix était empreinte de tristesse.

— Mais qu'est-ce qui vous prend, Leigh ? bredouilla Langdon, complètement abasourdi. Nous pensions que vous étiez en danger. Nous sommes venus ici pour vous aider !

— Comme j'étais convaincu que vous le feriez. Il est grand temps que nous nous expliquions.

Langdon et Sophie ne pouvaient détacher leurs yeux du pistolet que Teabing braquait sur eux.

— Je vous rassure, ce petit joujou n'est destiné qu'à me garantir votre attention. Si j'avais voulu me débarrasser de vous, il y a longtemps que vous seriez déjà dans l'autre monde. Quand vous vous êtes présentés chez moi hier soir, j'ai pris tous les risques pour vous épargner. Je suis un homme d'honneur et je me suis juré de ne sacrifier que ceux qui ont trahi le Saint-Graal.

— Mais de quoi parlez-vous ? Qu'est-ce que c'est que cette histoire rocambolesque ? s'écria Langdon.

— J'ai découvert une terrible vérité, reprit Teabing en soupirant. J'ai appris pourquoi le Prieuré de Sion n'avait jamais révélé au monde les documents Sangreal. Ils ont renoncé à le divulguer. Voilà pourquoi il ne s'est rien passé quand nous avons changé de millénaire, quand nous sommes entrés dans la Fin des Temps.

Langdon n'eut pas le temps de protester.

— Le Prieuré avait reçu la mission sacrée de faire connaître la vérité à la communauté chrétienne, de publier les documents sur le Graal lorsque arriverait la Fin des Temps. Depuis des siècles, les Grands Maîtres de la confrérie, Leonardo Da Vinci, Botticelli, Isaac Newton et les autres, ont encouru de gros risques pour protéger la lignée du Sang Réal et les textes anciens qui en étayaient l'existence. Mais le jour venu, Jacques Saunière a changé d'avis. Celui qui était investi de la responsabilité la plus écrasante de toute l'histoire de la chrétienté a failli à son devoir, en décidant que le moment était mal choisi.

Il se tourna vers Sophie.

— Il a trahi le Graal, le Prieuré qui en était le gardien, et toutes les générations qui ont attendu pendant des siècles la date où la vérité pourrait surgir au grand jour.

— C'est vous… ? s'exclama-t-elle, les yeux agrandis par l'horreur de ce qu'elle venait de découvrir. C'est vous qui êtes responsable de l'assassinat de mon grand-père ?

— C'était un traître, comme ses trois sénéchaux, déclara Teabing d'une voix implacable. Il a cédé aux pressions de l'Église, c'est évident, il est passé à l'ennemi.

— Le Vatican n'a jamais eu aucune influence sur mon grand-père ! protesta Sophie.

Teabing laissa échapper un petit rire sarcastique.

— Ma pauvre enfant, vous semblez oublier que l'Église de Rome expérimente depuis dix-sept siècles toutes sortes de méthodes d'intimidation contre ceux qui menacent de révéler ses mensonges.

Depuis l'époque de Constantin, elle est parvenue à cacher la vérité sur Marie Madeleine et Jésus. Il n'y a rien d'étonnant à ce qu'elle ait trouvé encore une fois le moyen de maintenir ses ouailles dans une ignorance soigneusement entretenue. Les croisades et l'Inquisition ne sont certes plus à l'ordre du jour, mais elle bénéficie de moyens de dissuasion tout aussi efficaces contre ses hérétiques.

Il marqua une pause avant de reprendre, comme pour appuyer son propos :

— Mademoiselle Neveu, il y a quelque temps, n'est-ce pas, que votre grand-père cherchait à vous dire la vérité sur votre famille...

Sophie resta bouche bée.

— Comment le savez-vous ?

— Peu importe. L'essentiel est que vous en soyez informée : vos deux parents, votre petit frère et votre grand-mère ne sont *pas* morts *accidentellement.*

Ces paroles bouleversèrent la jeune femme. La gorge nouée, Sophie ouvrit la bouche mais sans pouvoir articuler un seul mot.

— Qu'est-ce que vous dites ? demanda Langdon, stupéfait.

— C'est cela qui explique tout, Robert. Vous savez bien que l'Histoire ne fait que se répéter. La Fin des Temps approchant, l'Église a trouvé un bon moyen pour réduire au silence le Grand Maître du Prieuré : « Taisez-vous, sinon ce sera le tour de votre petite-fille – puis le vôtre. »

— Ils ont été tués dans un accident de voiture…, articula Sophie d'une voix moins assurée, sentant remonter de loin une grande douleur enfouie.

— C'est une fable qu'on a inventée pour protéger votre innocence d'enfant. Rendez-vous compte : seuls restaient en vie le Grand Maître et sa petite-fille. Tout ce qu'il fallait pour exercer un chantage sur le Prieuré. On imagine sans mal la terreur que Rome a pu susciter chez votre grand-père en le menaçant de vous tuer s'il osait publier la vérité sur le Graal, s'il ne persuadait pas ses compagnons de trahir leur vœu millénaire.

— Écoutez, Leigh, lança Langdon d'un ton agacé, peut-on savoir quelles preuves vous détenez de cette prétendue machination ?

— Des preuves, vous voulez des preuves qu'on a circonvenu le Prieuré ? Il ne vous suffit pas de constater que la Fin des Temps a eu lieu, sans que la révélation se produise ?

En écho à celle de Teabing, Sophie entendit une autre voix.

Sophie, je dois t'avouer la vérité à propos de ta famille.

La jeune femme réalisa qu'elle tremblait des pieds à la tête. Était-ce la vérité que son grand-père avait cherché à lui dire ? Que sa famille avait été assassinée ?

Que savait-elle d'ailleurs vraiment de cet accident de voiture ? Deux ou trois éléments essentiels. Elle était trop jeune à l'époque pour se rappeler ce qu'on lui en avait dit. Quant aux coupures de presse qu'elle avait gardées, elles étaient tout aussi imprécises. Accident ou meurtre déguisé ? Elle se souvint brusquement de l'infinie sollicitude de son grand-père pendant son enfance. Il ne supportait pas de la laisser seule et, durant son adolescence, il lui avait toujours donné l'impression de contrôler ceux qu'elle voyait, les endroits qu'elle fréquentait, bref tous ses faits et gestes. Y avait-il toujours eu des membres du Prieuré qui la suivaient partout ? Qui veillaient sur elle ?

— Et c'est parce que vous soupçonniez Saunière d'avoir été manipulé que vous l'avez assassiné ? s'exclama Langdon, incrédule et furieux.

— Ce n'est pas moi qui l'ai tué. Il était mort depuis longtemps, depuis que sa famille avait été décimée par l'Église. Il avait renié son engagement. Le voilà libéré de ses tourments, de la honte qu'il devait éprouver à avoir trahi. Il fallait faire quelque chose. Le monde devait-il à tout jamais demeurer dans l'ignorance ? Fallait-il laisser le Vatican imposer définitivement, par le meurtre et l'intimidation, l'énorme contre-vérité qu'il entretient depuis des siècles ? Évidemment pas. Eh bien maintenant, c'est nous qui sommes appelés à accomplir l'œuvre que Saunière n'a pu mener à bien. À nous de réparer cette faute abominable. Vous, moi, tous les trois.

Sophie n'en croyait pas ses oreilles.

— Mais comment avez-vous pu penser un seul instant que nous accepterions de vous aider ? s'écria-t-elle.

— Parce que, ma chère, c'est à cause de vous que le Prieuré a renoncé à sa mission. C'est l'amour que vous portait votre grand-père qui l'a empêché de dénoncer les mensonges de l'Église. Mais comme vous n'acceptiez plus de le voir, il n'a jamais pu vous expliquer la vérité. Vous l'avez contraint à différer *sine die* la révélation. Aujourd'hui, c'est à vous qu'il revient de faire connaître la vérité. Vous le devez à la mémoire de votre grand-père.

Langdon avait renoncé à essayer de trouver une logique dans l'argumentation de Teabing. Une foule de questions se bousculaient dans son esprit, mais la seule urgence était de sauver Sophie, de la soustraire au pire. Toute la culpabilité qu'il avait éprouvée envers Teabing, il l'avait maintenant reportée sur Sophie.

C'est moi qui l'ai emmenée au château de Villette, c'est moi le responsable.

Tout en refusant d'admettre qu'il puisse tirer froidement sur eux dans un lieu public, Langdon n'oubliait pas que ce même Teabing, au terme d'une longue dérive, n'avait pas hésité à ordonner plusieurs meurtres. Il éprouvait le sentiment désagréable que d'éventuels coups de feu tirés dans cette pièce reculée aux murs épais passeraient sans doute inaperçus, surtout avec cette pluie.

Et le pire, c'est qu'il vient de nous avouer sa culpabilité.

Il jeta un coup d'œil à Sophie qui semblait bouleversée.

Quant à cette accusation selon laquelle l'Église aurait fait disparaître la quasi-totalité de la famille de Sophie pour réduire au silence le Prieuré, elle le laissait sceptique. Il y avait fort longtemps que le Vatican n'avait plus recours au crime pour parvenir à ses fins. Il devait y avoir une autre explication.

— Maintenant, Leigh, écoutez-moi, déclara Langdon les yeux rivés à ceux de Teabing. Vous allez laisser Sophie sortir d'ici et nous continuerons seuls cette discussion. Vous et moi.

— Désolé, mais une telle confiance est au-dessus de mes moyens, répliqua Teabing avec un rire forcé. En revanche, je puis vous donner ceci…

Il cala ses béquilles sous ses aisselles et, tout en maintenant Sophie en joue, tira de sa poche le cryptex qu'il tendit d'un geste à Langdon.

— … en gage de confiance.

Il nous rend la clé de voûte ?

— Prenez-le, fit Teabing en le tendant maladroitement dans sa direction.

Langdon ne pouvait imaginer qu'une raison à cette incompréhensible générosité :

— Vous l'avez déjà ouvert et vous avez ôté la carte qu'il renfermait…, rétorqua-t-il, méfiant.

Teabing hocha la tête.

— Mon cher Robert, si j'avais trouvé le mot de passe, je ne serais pas ici. J'aurais filé tout droit au lieu indiqué, sans prendre le soin de vous attendre. Je reconnais sans difficulté que je n'ai pas résolu l'énigme. Comme les chevaliers du Graal, j'ai appris à pratiquer l'humilité. Et à reconnaître les signes placés sur ma route. Lorsque je vous ai vus entrer dans l'abbaye, j'ai compris. Votre présence n'avait qu'un motif, vous étiez venus me délivrer. Je ne recherche aucune gloire personnelle. Je sers un maître beaucoup plus grand que mon propre orgueil. La Vérité. Et cette vérité, l'humanité mérite de la connaître. Le Graal nous a trouvés pour que nous annoncions au monde son secret. Nous devons joindre nos forces.

Malgré ses offres de coopération, Teabing n'abaissa nullement son pistolet, pointé sur Sophie, en passant le cylindre de marbre froid à Langdon.

Langdon s'empara du cryptex et le secoua légèrement tout en reculant. Le vinaigre clapotait dans son tube de verre. Il vérifia que les lettres étaient encore alignées au hasard et que le cryptex était fermé.

— Qu'est-ce qui vous dit que je ne vais pas le fracasser par terre ? lança-t-il à Teabing.

— J'aurais dû me douter que votre menace dans Temple Church n'était qu'une plaisanterie de mauvais goût. Comment ai-je pu imaginer une seconde que Robert Langdon songe à détruire la clé de voûte ? Vous êtes historien, vous tenez dans vos mains un trésor plus que millénaire, la clé perdue du Sangreal. Vous savez combien de chevaliers du Graal ont été brûlés sur le bûcher pour en protéger le secret. Seraient-ils morts en vain ? Non. Vous allez les venger, Robert. Vous allez rejoindre les rangs des grands hommes que vous admirez – Leonardo Da Vinci, Botticelli, Newton, Victor Hugo – et qui auraient été tellement heureux, tellement honorés de se trouver à votre place aujourd'hui. Le grand moment est arrivé. On n'échappe pas à un destin pareil.

— Mais je ne peux pas vous aider, Leigh. Je n'ai aucune idée de ce que peut être le mot de passe de ce cryptex. Je n'ai passé que quelques instants sur la tombe de Newton. Et quand bien même je connaîtrais le sésame…

Langdon s'interrompit, regrettant déjà d'en avoir trop dit. Teabing poussa un soupir.

— Vous ne me le diriez pas ? Vous m'en voyez aussi étonné que déçu, Robert. Vous ne semblez pas vous rendre compte de ce que vous me devez. Ma tâche aurait été beaucoup plus simple si Rémy et moi vous avions éliminés au château. Mais j'ai choisi une voie plus noble, en prenant tous les risques possibles.

— Vous trouvez *ça* noble ? répliqua Langdon en désignant le pistolet.

— Tout est la faute de Saunière. Si lui et ses trois sénéchaux n'avaient pas menti à Silas, j'aurais obtenu la clé de voûte sans toutes ces complications. Comment pouvais-je imaginer que le

Grand Maître du Prieuré irait recourir à de tels stratagèmes pour me tromper ? Pour léguer la clé de voûte à sa petite-fille, qu'il ne voyait plus depuis dix ans ?

Teabing jeta un regard dédaigneux sur Sophie.

— Et dont il savait qu'elle ignorait tout du Graal, si bien qu'il a jugé utile de la confier à un précepteur – symbologue ? Quoique, finalement, je n'aie eu qu'à me féliciter de cette dernière idée, puisque vous êtes venu m'apporter sur un plateau le cryptex que vous aviez réussi à sortir de la banque.

Il afficha un sourire satisfait.

— Dès que j'ai appris que Saunière s'était indirectement adressé à vous, je me suis douté que vous déteniez des informations intéressantes sur le Prieuré. Sans savoir, évidemment, s'il s'agissait de la clé de voûte proprement dite, ou d'indices permettant de la localiser. Mais sachant que vous aviez la police aux talons, j'ai eu l'intuition que vous ne tarderiez pas à venir frapper à ma porte.

Et où aurais-je pu aller ? songea Langdon. *La communauté des historiens du Graal est restreinte et Teabing était un ami.*

— Et qu'auriez-vous fait si je n'étais pas venu au château de Villette ?

— Je me proposais de vous contacter pour vous offrir mon aide. D'une façon ou d'une autre, la clé de voûte aurait rejoint le château. Le fait que vous soyez venu spontanément, et avec Sophie, n'a fait que me conforter dans l'idée que ma cause est juste.

— Comment cela ?

Langdon était consterné.

— Silas était censé s'introduire subrepticement dans le château et vous dérober la clé de voûte, me permettant de vous mettre hors circuit sans violence, tout en éloignant d'éventuels soupçons. Mais quand j'ai constaté la complexité des énigmes de Saunière, j'ai décidé de vous associer à ma recherche un peu plus longtemps que prévu, et de demander à Silas de ne subtiliser le cryptex que lorsque j'aurais été certain de pouvoir me débrouiller sans vous.

— À Temple Church, répliqua Sophie, écœurée par une telle duplicité.

Ils commencent à comprendre, se dit Teabing.

Il avait toujours su qu'il n'y avait pas de Templiers enterrés dans Temple Church. Mais la correspondance du lieu avec l'allusion du poème était suffisamment crédible pour en faire un bon leurre. Rémy avait reçu l'ordre clair de ne pas se montrer jusqu'à ce que Silas ait récupéré le cryptex. Tout aurait été pour le mieux si Langdon n'avait pas menacé de détruire le contenu de celui-ci, entraînant la réaction de panique de Rémy. Si seulement Rémy ne s'était pas montré, regrettait Teabing, désorganisant le faux enlèvement si astucieusement élaboré. *Rémy, la seule personne capable de m'incriminer, s'était fait connaître...*

Heureusement, Silas n'avait pas découvert la véritable identité de Teabing. Il l'avait enlevé sans savoir à qui il avait affaire, et Rémy avait fait semblant de le ligoter à l'arrière de la Jaguar, pour que l'albinos ne se doute de rien. Une fois la cloison médiane relevée, Teabing avait défait ses liens pour téléphoner au moine, reprenant l'accent français contrefait qu'il avait adopté dès leurs premières conversations. Il l'avait ensuite fait accompagner jusqu'au foyer de l'*Opus Dei*. Après quoi un simple coup de fil anonyme à la police avait suffi pour lever l'hypothèque Silas.

Bon débarras.

Restait Rémy.

Il était devenu encombrant et dangereux, Teabing n'avait plus le choix. *La quête du Graal exige des sacrifices.* Il avait trouvé la solution la plus propre à l'arrière de la Jaguar – dans le mini-bar : une flasque de cognac et une boîte de cacahuètes, dont il suffisait de recueillir les miettes déposées dans le fond pour déclencher une crise d'allergie mortelle. Dès que Rémy avait garé la voiture le long de St. James Park, Teabing était venu s'asseoir auprès de lui. Quelques minutes plus tard, il remontait à l'arrière, le temps de faire disparaître les preuves, et se dirigeait vers la dernière étape de la mission qu'il s'était assignée, à moins de dix minutes à pied de là.

À l'entrée de l'abbaye, le détecteur de métaux s'était évidemment mis à sonner. Les agents de la sécurité étaient bien embêtés : *On peut quand même pas lui demander d'enlever son appareillage et de ramper...* Teabing les avait sauvés de leur embarras en exhibant sa carte de visite.

Chevalier du Royaume. Les pauvres vigiles l'avaient laissé passer avec une obséquiosité presque gênante.

Résistant au plaisir de raconter à Langdon et Sophie, abasourdis par ces révélations, comment il avait réussi à impliquer l'*Opus Dei* dans un plan qui allait entraîner l'effondrement définitif de l'Église catholique, Teabing décida qu'il était grand temps de passer à l'action.

— N'oubliez pas, chers amis, que ce n'est pas nous qui trouvons le Saint-Graal mais plutôt lui qui nous trouve. C'est maintenant chose faite.

Silence.

Il reprit dans un murmure :

— Écoutez, vous l'entendez qui nous appelle par-delà les siècles ? Il nous supplie de le libérer de la folie qui s'est emparée du Prieuré de Sion. Je vous en prie, ne laissez pas passer cette occasion historique. Qui, mieux que nous trois, serait capable de décoder le dernier poème qui nous donnera la clé de ce cryptex ?

Teabing s'interrompit, les yeux brillants.

— Prêtons ensemble un serment solennel. Jurons-nous fidélité mutuelle. Un serment sacré d'allégeance prononcé par trois chevaliers sur le point de révéler à la face du monde une vérité que l'Église s'acharne depuis des siècles à masquer !

Le fixant de son regard vert impitoyable et glacé, Sophie adopta le même ton grandiloquent pour répondre :

— Jamais je ne prononcerai de serment avec l'assassin de mon grand-père, sauf celui de le faire jeter en prison.

— Navré de vous voir disposée de manière si négative à mon endroit, répliqua Teabing d'un ton sec.

Puis, braquant son pistolet en direction de Langdon :

— Et vous, Robert, êtes-vous avec ou contre moi ?

100.

Mgr Aringarosa avait eu son lot de douleurs physiques ou morales, et pourtant la brûlure qui lui transperçait la poitrine lui semblait profondément étrangère. C'est la blessure faite à son âme qui le torturait, celle dont souffrait sa chair ne comptait pas.

Il ouvrit les yeux, mais la pluie ruisselante lui brouillait la vue. *Où suis-je ?* Il sentit deux bras robustes se glisser sous les siens et le traîner comme une poupée de chiffon sur le pavé mouillé que battait sa soutane noire.

Il parvint à s'essuyer les yeux d'une main et reconnut l'homme qui le traînait. Silas. Le visage couvert de sang, le grand albinos hurlait des appels au secours, suppliant les policiers d'appeler une ambulance. Ses yeux rouges regardaient droit devant lui, son visage blême et sanguinolent était baigné de larmes.

— Tu es blessé, mon fils, murmura l'évêque.

Silas baissa les yeux, le visage contracté par l'angoisse.

— Je regrette tellement, mon père…

Sa voix s'étranglait presque dans sa gorge.

— Non, Silas, c'est moi qui éprouve un terrible remords. Tout cela est ma faute.

Le Maître avait promis qu'il n'y aurait pas de sang versé et je t'ai ordonné de lui obéir en tous points.

— J'ai été trop impatient, trop inquiet, et je t'ai demandé de m'obéir.

Nous avons été trompés, toi et moi.

Il n'a jamais eu l'intention de nous remettre le Graal.

Recroquevillé dans les bras de l'homme qu'il avait recueilli bien des années auparavant, Aringarosa remonta dans le temps. À l'époque de ses modestes débuts espagnols, à cette petite église catholique qu'il avait construite avec Silas à Oviedo. Et plus tard, à New York, où il avait proclamé la gloire de Dieu avec l'immense centre de l'*Opus Dei* sur Lexington Avenue.

Mais cinq mois plus tôt, Aringarosa avait reçu d'effrayantes nouvelles. L'œuvre de sa vie était en danger. Il se souvenait dans les moindres détails de cette première convocation au Vatican comme du verdict qui l'avait engagé sur cette pente catastrophique.

Il se rappelait son arrivée dans la bibliothèque d'astronomie de Castel Gandolfo, la tête haute, prêt à recevoir les louanges des dignitaires pour les services inappréciables rendus au catholicisme en Amérique.

Mais il n'y avait trouvé que trois personnages. Le secrétaire général du Vatican, obèse et buté.

Et deux cardinaux de la curie, moralisateurs, arrogants.

Le secrétaire général l'avait invité à s'asseoir en lui désignant un fauteuil avant de commencer.

Un coup d'œil aux deux cardinaux qui le jaugeaient d'un air entendu avait mis la puce à l'oreille du vieil évêque. Quelque chose clochait.

— Monseigneur, n'étant pas doué pour les prônes tortueux, je vais aller droit au but : l'objet de votre visite.

— Parlez-moi sans détour, je vous en prie.

— Vous n'êtes pas sans savoir que Sa Sainteté est, depuis quelque temps, préoccupée des remous politiques que suscitent les méthodes ultra conservatrices de l'*Opus Dei*.

Une soudaine irritation s'était emparée d'Aringarosa. Ce n'était pas la première fois que le Saint-Père se prononçait en faveur d'une évolution libérale (dangereuse aux yeux de l'évêque) de l'Église.

— Laissez-moi tout d'abord vous assurer, avait enchaîné le secrétaire du Vatican, que Sa Sainteté n'a aucunement l'intention de changer quoi que ce soit à l'exercice de votre ministère.

Je l'espère bien. Mais dans ce cas, pourquoi m'avoir convoqué ?

— Je préfère ne pas y aller par quatre chemins, Aringarosa, avait repris le bedonnant ecclésiastique. Le Vatican a décidé, il y a trois jours, de révoquer la prélature pontificale de l'*Opus Dei*.

— Pardon ? avait demandé Aringarosa, persuadé d'avoir mal saisi.

— Vous m'avez compris. Dans six mois, votre organisation ne bénéficiera plus de la protection de Rome. Le Saint-Siège ne répondra plus de l'*Opus Dei*. Les documents administratifs sont en cours de préparation.

— Mais... mais c'est impossible !

— C'est non seulement possible, mais tout à fait nécessaire. L'agressivité de vos méthodes de recrutement et de formation déplaisent profondément au pape. La mortification corporelle et la discrimination vis-à-vis des femmes sont contraires aux orientations de l'Église moderne. Très franchement, l'*Opus Dei* est devenu un fardeau et un frein pour le Vatican.

Aringarosa était stupéfait.

— Un fardeau ?

— Ce terme ne doit nullement vous surprendre, monseigneur...

— Mais c'est la seule œuvre catholique dont le nombre d'adhérents connaisse une croissance régulière ! Nous comptons actuellement onze cents prêtres !

— C'est exact. Une évolution qui nous préoccupe tous.

Aringarosa s'était levé d'un bond.

— Demandez donc au pape si, en 1982, lorsque nous avons renfloué la Banque du Vatican, nous représentions un fardeau…

— Nous vous en serons toujours reconnaissants. Mais votre munificence est aussi, selon certains, la raison essentielle pour laquelle la prélature vous a été accordée…

Cette remarque offensa profondément le vieil évêque.

— C'est faux !

— Quoi qu'il en soit, nous avons enclenché une procédure de remboursement, qui se fera en cinq versements successifs.

— Vous voulez acheter notre silence ? Alors que l'*Opus Dei* est la seule voix qui parle encore de raison dans cette Église ?

— De quelle raison s'agit-il, je vous prie ? avait demandé l'un des deux cardinaux.

Aringarosa s'était penché par-dessus la table qui le séparait de ses juges.

— Vous êtes-vous déjà demandé pourquoi les fidèles désertent vos églises ? Ouvrez les yeux ! La doctrine catholique a perdu toute rigueur. Tout ce qui faisait la force du dogme a disparu de votre enseignement : le jeûne et l'abstinence, la confession des péchés, la sainte communion, le baptême, le mariage, autant de vertus et de sacrements qui se sont dilués dans un libéralisme permissif et délétère. Quel type de direction spirituelle une telle Église peut-elle offrir ?

— Le Vatican ne peut plus appliquer à la lettre un dogme qui date du IVe siècle. Ses directives doivent s'adapter à la société moderne.

— Elles s'appliquent bien dans l'*Opus Dei* !

— Monseigneur Aringarosa, déclara le secrétaire général, par respect pour les relations que vous avez entretenues avec le précédent pape, Sa Sainteté vous accorde un délai de six mois pour rompre *volontairement* les liens directs qui vous rattachent au Vatican, et pour vous établir en tant qu'organisation charismatique indépendante de Rome.

— Je refuse ! J'irai le signifier moi-même au pape !

— Sa Sainteté ne souhaite pas vous rencontrer.

— Il n'osera pas révoquer une prélature personnelle accordée par un autre que lui !

— *Dieu donne et reprend, monseigneur*. Nous devons obéir à Sa volonté.

L'évêque avait quitté la résidence pontificale dans un état de panique et de révolte absolues. L'avenir de la chrétienté l'épouvantait. De retour à New York, il avait sombré dans une profonde dépression.

Jusqu'à ce qu'il reçoive, quelques semaines plus tard, le coup de téléphone qui lui avait redonné espoir et confiance. Son interlocuteur – un Français, apparemment – s'était identifié comme le « Maître » et disait avoir eu vent du sinistre dessein que formait le Vatican.

677

Comment l'avait-il appris ? Seules quelques rares éminences de la curie étaient au courant de la fin annoncée de la prélature vaticane. Mais quand il s'agissait de garder un secret, nuls murs n'étaient aussi poreux que ceux qui ceinturaient le Vatican.

— Quand on a des oreilles partout, monseigneur, on est toujours bien informé. Avec votre aide, je serai en mesure de découvrir la cachette d'une relique sacrée qui pourrait vous conférer une immense influence sur le Saint-Siège, qui le forcerait à se prosterner à vos pieds. Et qui assurerait le salut de la foi. Pas seulement pour l'*Opus Dei*, mais pour l'ensemble des croyants.

Dieu reprend... et Dieu donne.

— Dites-moi quel est votre projet, avait demandé l'évêque, illuminé par un nouvel espoir.

Mgr Aringarosa était inconscient lorsqu'on le transporta au St. Mary's Hospital. Silas s'effondra dans le hall d'entrée, exténué et presque délirant de fièvre. Tombant à genoux, il réclama de l'aide. Tous les spectateurs de la scène furent saisis de stupéfaction à la vue de cet albinos demi-nu qui accompagnait un homme d'Église couvert de sang.

Le médecin qui les accueillit montra une certaine inquiétude en prenant le pouls d'Aringarosa.

— Il a perdu beaucoup de sang, il n'y a guère d'espoir.

Silas n'avait pas parlé de la blessure qui lui déchirait les entrailles.

Aringarosa cilla et il revint à lui quelques instants, cherchant Silas des yeux.

— Mon fils…

Silas était bouleversé de remords et de rage.

— Mon père, dussé-je y passer le restant de ma vie, je retrouverai celui qui nous a si honteusement trompés. Et je le tuerai.

Aringarosa secoua la tête d'un air triste. On allait l'emporter sur un brancard.

— Silas… si tu n'as rien appris de moi, au moins retiens ceci…

Il prit la main de Silas dans la sienne et la pressa fortement.

— Le pardon est le plus grand don de Dieu, mon fils.

— Mais mon père…

Aringarosa ferma les yeux.

— Silas, il faut prier.

101.

Robert Langdon, debout sous le dôme de la Salle capitulaire déserte, fixait le canon du pistolet de Leigh Teabing.

Robert, êtes-vous avec ou contre moi ?

Ces paroles de l'historien anglais, Langdon les entendait résonner dans sa tête. Il savait qu'il n'existait pas de réponse viable à cette question. L'alternative était absurde : un *oui* reviendrait à trahir Sophie, un *non* signerait leur arrêt de mort à tous les deux.

Si sa tranquille carrière d'universitaire ne l'avait guère entraîné à réagir sous la menace d'une arme, elle lui avait en revanche appris à répondre à des questions paradoxales. *Lorsqu'il n'existe pas de réponse sûre, il n'existe qu'une réponse honnête.*

La zone grise entre le oui et le non.

Le silence.

Sans jamais lever les yeux, fixant le cryptex qu'il tenait à deux mains, Langdon choisit simplement de s'éloigner. Il recula vers l'entrée de la Salle capitulaire, espérant ainsi signifier à Teabing qu'il n'écartait pas l'idée d'une coopération, tout en prouvant à Sophie qu'il ne l'abandonnait pas.

Il s'agissait surtout de gagner du temps pour réfléchir.

Réfléchir était sans doute très exactement ce que Teabing attendait de lui.

Si Teabing m'a rendu la clé de voûte, c'est pour me donner le temps de mûrir ma décision, de mesurer le poids de ma responsabilité. L'historien britannique espérait que le simple fait de tenir le cryptex entre ses mains ferait saisir à Langdon l'énormité de son contenu et exciterait sa curiosité académique. Qu'il comprendrait que l'échec de l'ouverture du cryptex signifierait un échec de l'Histoire elle-même.

Sophie était toujours dans la ligne de mire, au fond de la salle et Langdon se disait que seule la découverte de l'insaisissable mot de passe lui permettrait de négocier sa vie sauve. *Si je parviens à extraire cette carte du cryptex, Teabing négociera.*

Tournant le dos aux deux autres, il se plongea dans la contemplation des superbes vitraux qui garnissaient les grandes fenêtres ogivales. À la recherche de l'inspiration. Rien.

Cherchez la sphère qui doit sa tombe orner
Tel un cœur fertile à la chair rosée.

Essaie de te mettre dans la peau de Saunière, s'intima-t-il, en promenant son regard sur College Garden, *qu'aurait-il aimé voir figurer sur la tombe de Newton ?*

Il se remémora, comme dans un film, toutes les sculptures du monument funéraire, écartant d'emblée les planètes et les étoiles. Saunière n'était pas un scientifique, mais un amateur d'art, un historien doublé d'un humaniste.

Le Féminin sacré… le Calice… Marie Madeleine bannie du dogme de l'Église.

La légende avait toujours décrit le Graal comme une maîtresse coquette et cruelle qui, sans jamais se montrer, chuchote des mots charmeurs à l'oreille de ses admirateurs pour les attirer un peu plus près d'elle, avant de disparaître à nouveau.

Le regard errant sur les arbres scintillants de College Garden, Langdon évoqua la présence ludique de Vénus. Les signes étaient partout. Telle une silhouette tentatrice émergeant du brouillard, la frondaison du plus vieux pommier d'Angleterre bourgeonnait de fleurs à cinq pétales, toutes luisantes comme la déesse. Elle avait investi le jardin, chantait de très anciens hymnes, dansait sous la pluie, épiait les humains à l'abri de branchages dont elle gonflait les bourgeons d'avril, comme pour rappeler à Langdon que les fruits de la connaissance étaient là : juste un peu trop loin pour qu'il s'en saisisse.

Au fond de la salle, Teabing observait l'Américain.

682

C'est bien ce que j'espérais. Il va se laisser convaincre.

L'historien britannique avait deviné d'emblée la raison pour laquelle Saunière avait choisi de confier sa petite-fille à Langdon. Sa connaissance des symboles, du pouvoir évocateur des images, avait développé chez le professeur une capacité d'imagination, de réflexion, libérée du carcan rationnel de la recherche historique. Le Grand Maître du Prieuré avait sûrement détecté ce talent intuitif à la lecture du manuscrit que lui avait envoyé l'éditeur new-yorkais.

Robert avait découvert une vérité sur le Graal dont Saunière redoutait la diffusion. Il avait demandé à le rencontrer pour tenter de l'en dissuader.

Mais le silence n'avait que trop duré !

Teabing avait également compris qu'il lui fallait agir vite. L'assassinat du conservateur en chef du Louvre, le jour même du rendez-vous, servait deux objectifs à la fois : *primo*, Teabing empêchait Saunière de parler à Langdon, *secundo*, il se réservait la possibilité, une fois en possession de la clé de voûte récupérée par Silas, de recourir à l'aide de l'Américain pour un décryptage éventuel. En ce qui concernait ce deuxième volet, il avait été comblé au-delà de toute espérance par l'arrivée impromptue de Langdon au château de Villette.

Obtenir de Saunière qu'il reçoive Silas au musée s'était révélé d'une simplicité enfantine, étant donné ce que Teabing savait des craintes du Grand

Maître du Prieuré. L'albinos avait appelé le conservateur du Louvre en se faisant passer pour un prêtre.

— Pardonnez-moi de vous déranger, mais il faut que je vous parle de toute urgence. Je me vois pour la première fois de ma vie dans l'obligation de rompre le secret du confessionnal. Je viens de recevoir un homme qui m'a avoué avoir assassiné certains membres de votre famille.

Saunière s'était montré à la fois surpris et prudent :

— Ma famille a péri dans un accident de voiture. Le rapport de police était absolument formel.

Silas avait habilement ferré sa proie :

— C'est bien cela. Cette personne me dit avoir forcé le véhicule à faire une embardée qui l'a projeté dans le fleuve. Monsieur le conservateur en chef, je ne me serais jamais permis de vous appeler si mon pénitent n'avait pas mentionné que le même sort menace aujourd'hui votre petite-fille...

Le tour était joué. Saunière avait demandé à son interlocuteur de venir le retrouver immédiatement dans son bureau du musée, l'endroit le plus sûr qu'il connaisse. Sur ces entrefaites, il avait téléphoné à Sophie pour l'avertir qu'elle était en danger. Il n'était plus question de rencontre avec Robert Langdon.

Le pistolet toujours braqué sur Sophie, Teabing avait repris confiance en constatant que Langdon s'était éloigné d'elle pour aller s'isoler dans un coin de la pièce. La cohésion du couple commençait à flancher. Langdon était certainement plus conscient que Sophie de la gravité de la situation, et, si la jeune femme restait intraitable, il avait décidé de réfléchir, seul, à la solution de l'énigme. *Il comprend l'importance de la découverte du Graal et de sa divulgation.*

— Robert n'ouvrira jamais le cryptex pour vous, lança Sophie sur un ton de défi. Même s'il a découvert le mot de passe.

Teabing, son pistolet toujours braqué sur Sophie, ne quittait pas Langdon des yeux. Il sentit qu'il allait devoir se servir de son arme. Une perspective qui le perturbait, mais il savait qu'il n'hésiterait pas. *Je lui ai laissé plusieurs occasions de se rallier à la cause du Graal. Tant pis pour elle si elle ne comprend pas que sa personne ne compte guère devant un enjeu pareil.*

Au même instant, Robert se retourna vers eux, les yeux brillant d'une fragile lueur d'espoir.

— La tombe… Je sais ce qu'il faut chercher sur la tombe de Newton ! Je crois que j'ai trouvé le mot de passe !

— Quoi ? Où ça, Robert ? Dites-le-moi ! s'exclama Teabing, soudain transporté de joie.

— Non, Robert, non ! s'écria Sophie horrifiée. Vous n'allez tout de même pas aider ce monstre ?

Langdon s'approcha d'elle, tenant le cryptex devant lui.

— Non, tant qu'il ne vous laissera pas partir, dit-il en fixant Teabing, qui se renfrogna :

— Ne jouez pas au plus malin avec moi, Robert ! menaça-t-il.

— Il n'est pas question de jouer. Rangez votre arme et laissez partir Mlle Neveu. Ensuite, nous retournerons tous les deux sur la tombe de Newton et nous ouvrirons la clé de voûte ensemble.

— Ce cryptex n'est pas à vous ! protesta Sophie, les yeux brillant de fureur. Il m'a été légué par mon grand-père. C'est à moi, et à moi seule, qu'il revient de l'ouvrir.

— Sophie, je vous en prie. Je suis en train d'essayer de vous aider…

— En me privant du secret que mon grand-père a voulu me transmettre ? Il vous a fait confiance, Robert, et moi aussi !

Langdon lui lança un regard angoissé et Teabing ne put s'empêcher de sourire en les voyant se dresser l'un contre l'autre. Les efforts de Langdon pour se montrer galant étaient surtout pathétiques.

Il est sur le point de découvrir l'un des plus grands secrets de l'histoire de l'humanité, et il écoute les caprices d'une petite bonne femme qui s'est montrée indigne de la quête, pensa Teabing avec mépris.

— S'il vous plaît, Sophie, sortez de cette salle et de l'abbaye, supplia Langdon.

Elle secoua la tête.

— À condition que vous me donniez le cryptex ou que vous le fracassiez sur le sol.

— Quoi ? fit l'Américain, le souffle coupé.

— Robert, mon grand-père préférerait que son secret soit perdu plutôt que de le savoir dans les mains de son assassin.

Sophie, les yeux brillants, semblait sur le point d'éclater en sanglots. Elle fixa pourtant Teabing sans faiblir.

— Abattez-moi si vous voulez, mais je ne laisserai jamais l'héritage de mon grand-père entre vos mains.

— Très bien fit Teabing en armant le Medusa.

— Leigh, n'y songez même pas ou je fracasse le cryptex par terre ! cria Langdon.

— Cette menace a peut-être fait son effet sur Rémy, ricana Teabing, mais sachez qu'avec moi elle ne prend pas. Je vous connais trop bien, Robert.

— Vous êtes sûr ?

Plus encore que vous ne le supposez. Votre coup de poker a échoué. J'ai mis quelques secondes à comprendre la ruse. Vous n'avez pas la moindre idée qui nous rapprocherait du mot de passe.

— Très franchement, Robert, vous savez vraiment ce qu'il faut aller chercher sur le monument de Newton ?

— Oui.

L'hésitation dans l'œil de Langdon fut imperceptible, mais elle n'échappa pas à Teabing.

Il ment. Tout cela pour voler au secours de cette gamine. Ce garçon me déçoit profondément. Je suis un chevalier solitaire, entouré d'âmes indignes. Il me faudra décrypter tout seul la clé de voûte.

Langdon et Sophie ne représentaient plus qu'une menace, pour Teabing… comme pour le Graal. Si douloureuse soit la solution, il s'acquitterait de sa tâche la conscience tranquille. Il ne restait plus qu'à obtenir de Langdon qu'il pose le cryptex afin que Teabing puisse résoudre l'énigme.

— Très bien, Robert. Prouvez-moi votre bonne foi, dit Teabing en abaissant son arme. Posez la clé de voûte devant vous et nous pourrons parler.

Langdon comprit que son bluff avait échoué, Teabing avait lu dans son jeu.

Dès que j'aurai posé le cryptex par terre, il nous tuera tous les deux. Même sans regarder Sophie, il l'entendait implorer dans un désespoir muet. *Robert, cet homme est indigne du Graal. S'il te plaît, ne lui donne pas. Quel que soit le prix à payer.*

Langdon avait pris sa décision quelques minutes auparavant, devant les arbres de College Garden qu'il contemplait à travers les carreaux colorés du vitrail.

Protéger Sophie.

Protéger le Graal.

Il avait failli hurler de désespoir : *Mais comment ?*

Et la solution s'était imposée, avec une clarté soudaine. *La vérité est là, sous tes yeux.*

Il n'aurait pas su dire d'où lui était venue la révélation.

Sous la menace du pistolet, il s'agenouilla sur le sol face à Teabing, à moins d'un mètre du pilier central, et abaissa lentement le bras devant lui, dans le geste de poser le cryptex.

— C'est cela, Robert ! Maintenant, posez-le à terre !

Langdon leva les yeux vers le sommet de la voûte, avant de fixer le canon du pistolet.

— Désolé, Leigh !

Se levant d'un bond, il balança son bras vers le haut, et lança le cylindre de pierre de toutes ses forces dans l'immense espace de la voûte ogivale.

Leigh Teabing ne sentit pas son doigt appuyer sur la détente, mais le bruit de la balle qui s'échappa du Medusa résonna comme un coup de tonnerre. La silhouette de Langdon au sommet de son saut était toute droite comme en lévitation et la balle rebondit sous ses pieds. Mais l'attention de Teabing était déjà ailleurs.

La clé de voûte !

Le temps semblait presque figé, réduit à l'interminable trajectoire du précieux cylindre, unique raison de vivre de Teabing, qui atteignit son point culminant et amorçait déjà sa chute vers les dalles de pierre, entraînant avec lui ses espoirs et ses rêves.

Il ne faut pas qu'il s'écrase au sol, je peux l'atteindre !

N'écoutant que son instinct, Teabing laissa tomber le pistolet et ses béquilles, et se précipita en avant. De ses deux mains tendues, il parvint à intercepter le cryptex, mais perdit l'équilibre. Teabing comprit qu'il tombait trop vite. Sans rien pour amortir sa chute, il tendit le bras en avant et le cryptex heurta durement le sol. Un effroyable bruit de verre pulvérisé se fit entendre à l'intérieur.

Teabing s'arrêta de respirer, le regard fixé sur le cylindre de pierre dans sa main tendue, implorant le tube de tenir le coup. Mais une âcre odeur de vinaigre se répandit et Teabing sentit le liquide froid s'échapper par les interstices des disques d'onyx.

Une folle panique s'empara de lui. *Non !* Le vinaigre ruisselait à présent et Teabing imaginait le papyrus se dissolvant à l'intérieur. *Pauvre imbécile, le secret est détruit !*

Le Graal est perdu, tout est fini. Secoué de sanglots incontrôlables, encore incapable d'admettre ce qu'il venait de voir, Teabing saisit les deux extrémités du cylindre et essaya d'en forcer l'ouverture, dans l'espoir de retenir un fragment au moins d'histoire, avant sa disparition définitive.

Le cryptex s'ouvrit sans résistance, à sa grande stupéfaction.

Il ne contenait que de petits éclats de verre fin. Pas de parchemin en train de se dissoudre. Teabing roula sur lui-même. Sophie pointait le canon du Medusa sur lui. Il jeta un coup d'œil au cryptex et comprit. Les lettres alignées formaient un mot de cinq lettres : POMME.

— Le fruit auquel Ève a goûté, dit Langdon d'une voix neutre. L'objet de la colère de Dieu. Le péché originel. Symbole de la chute du Féminin sacré.

Teabing accusa rudement le choc, la solution était d'une déchirante simplicité. Le globe qui devait se trouver sur la tombe de Newton ne pouvait être que cette pomme rosée tombée du ciel que le grand savant avait reçue sur la tête et qui lui avait inspiré l'œuvre de sa vie. *La chair rosée et son cœur fertile !*

— Robert, vous l'avez ouvert, bégaya Teabing anéanti, en s'asseyant. Où est la carte ?

Sans le quitter des yeux, Langdon plongea la main droite dans la poche de sa veste, d'où il retira un mince parchemin. Il le déroula, passa quelques secondes à le regarder, et ne put réprimer un sourire entendu.

Il a trouvé ! Le rêve de sa vie, le trésor si longtemps convoité, était là, en face de lui.

— Dites-moi où est le Graal, Robert ! Je vous en supplie ! Il est encore temps…

Un bruit de pas vigoureux résonna soudain dans le corridor d'accès. Sans un mot, Langdon enroula le parchemin et le remit dans sa poche.

— Oh non ! Non ! cria Teabing en essayant vainement de se relever.

La lourde porte de bois s'ouvrit bruyamment et Bézu Fache entra comme un taureau dans l'arène, suivi d'une demi-douzaine de policiers britanniques en uniforme. Il balaya la pièce du regard comme un scanner à la recherche de sa cible. À la vue de Teabing gisant sur le dallage, le commissaire poussa un soupir de soulagement avant de rengainer son arme. En quelques enjambées, il avait rejoint Sophie :

— Mademoiselle Neveu, je suis ravi de vous trouver saine et sauve, ainsi que M. Langdon. Mais vous auriez dû me rejoindre tout à l'heure, comme je vous l'avais demandé.

Deux policiers avaient redressé Teabing sur ses jambes et lui passaient les menottes.

Sophie semblait stupéfaite de voir son supérieur.

— Comment nous avez-vous retrouvés ?

Fache pointa Teabing du doigt.

— Il a commis l'erreur de donner son identité à l'entrée de l'abbaye. Et les vigiles ont entendu son nom dans un avis de recherche que nous avions lancé.

Le soulevant sous les aisselles, ils l'entraînèrent vers la sortie de la salle. L'Anglais tourna la tête en arrière, beuglant comme un veau qu'on égorge :

— Il a la clé de voûte dans sa poche ! La carte du Graal !

Avant de franchir la porte, il hurla :

— Robert ! Dites-moi où il est !

Langdon le regarda dans les yeux.

— Seules les âmes nobles sont dignes de découvrir le Graal, Leigh. C'est vous-même qui me l'avez appris.

102.

Un banc de brume recouvrait les pelouses détrempées de Kensington Gardens.

Silas claudiquait, cherchant un coin tranquille où s'abriter. Il s'agenouilla sur l'herbe humide contre un bosquet de lauriers, et joignit ses mains ensanglantées pour se recueillir. L'albinos sentait s'écouler le sang de sa blessure, sous ses côtes, mais il ne regardait que le brouillard humide où il croyait voir les nuées du paradis.

Levant ses mains sanguinolentes pour prier, il regarda les gouttes de pluie caresser ses doigts, qui redevenaient blancs. La pluie qui ruisselait toujours plus fort sur son dos et ses épaules lui semblait liquéfier son corps tout entier.

Je suis un fantôme.

Une brise l'enveloppa, avec ses parfums de terre, de vie montante. Silas pria, de tout son être, avec chaque cellule de son corps meurtri. Il implora le pardon et la pitié de Dieu pour son âme, mais c'est pour son mentor, l'évêque Aringarosa, qu'il priait surtout.

Seigneur, ne le rappelle pas à toi trop tôt ! Il a encore tant à faire.

Les nappes de brume tourbillonnaient autour de lui et Silas se sentait si léger qu'il était sûr que les nuées l'emporteraient. Fermant les yeux, il articula une ultime prière. Et, venue du fond de la brume, il entendit la voix de Mgr Aringarosa lui murmurer à l'oreille :

Dieu est bon, il a pitié des âmes qui le prient.

La douleur dans son ventre s'estompait enfin et il comprit que l'évêque avait raison.

103

L'après-midi touchait à sa fin quand le soleil fit son apparition dans le ciel de la capitale anglaise, qui commençait à sécher. Bézu Fache, qui sortait d'une salle d'interrogatoire de Scotland Yard, se sentait exténué. Il héla un taxi.

Sir Leigh Teabing n'avait cessé de clamer bruyamment son innocence. Mais à entendre ses rodomontades incohérentes où se mêlaient Saint-Graal, fraternités mystérieuses et documents secrets, le directeur de la PJ soupçonnait l'historien britannique de jouer une comédie qui permettrait à ses avocats de plaider l'irresponsabilité pour démence.

Bien sûr, se dit Fache, la folie… Teabing avait fait preuve d'une ingéniosité et d'une précision remarquables dans l'élaboration d'un projet dont le moindre détail était destiné à le disculper. Il avait su manipuler aussi bien le Vatican que l'*Opus Dei*, deux institutions qui s'étaient révélées complètement innocentes. Son sale boulot, il l'avait fait exécuter à leur insu par un moine fanatique et un évêque aux abois. Encore plus astucieux de sa part, la manière dont il avait situé sa station d'espionnage électronique dans le seul endroit du château où un poliomyélitique n'avait pas accès. Quant à son majordome, la seule personne à connaître les véritables projets de son maître, celui qui était précisément chargé de ces écoutes, il venait opportunément de mourir d'un choc anaphylactique…

Ce type est en pleine possession de ses facultés mentales, se disait le commissaire, en montant dans le taxi.

Les informations transmises par Collet révélaient chez Teabing une astuce et une finesse dont Fache se disait qu'il aurait lui-même beaucoup à apprendre. À commencer par la tactique du cheval de Troie : l'historien britannique avait réussi à installer des micros cachés dans un nombre incroyable d'institutions parisiennes, par le truchement d'œuvres d'art qu'il avait offertes aux personnalités ciblées, ou qu'il leur avait fait acheter dans des ventes aux enchères dont il avait assuré l'approvisionnement comme la publicité personnalisée. C'est ainsi, par exemple, que Jacques Saunière avait été convié à venir dîner un soir au château de Villette, pour y discuter de la participation financière de Teabing à la restauration de la Salle des États du Louvre. Au bas de la carte d'invitation figurait un post-scriptum manuscrit de Teabing, qui demandait à son hôte de bien vouloir apporter avec lui ce fameux robot qu'il avait construit d'après un croquis de Leonardo Da Vinci, et que l'Anglais avait très envie de pouvoir admirer. Il avait suffi à Rémy Legaludec de profiter du moment où les deux hommes étaient à table pour équiper le chevalier métallique d'un mouchard invisible à l'œil nu.

Fache s'adossa sur la banquette et ferma les yeux.

Il ne lui restait plus à s'acquitter que d'une visite avant de rentrer à Paris.

La salle des urgences du St. Mary's Hospital baignait dans la lumière du soleil couchant.

— Votre résistance physique nous a tous impressionnés, dit l'infirmière en retapant les oreillers de son malade. Vous êtes un vrai miraculé !

— J'ai toujours été accompagné par la bénédiction divine, répondit Mgr Aringarosa avec un pâle sourire.

Une fois seul, il se laissa aller au plaisir d'un rayon de soleil qui lui réchauffait le visage. La nuit passée avait été la plus terrible de son existence. Il pensa avec accablement à Silas, dont on venait de découvrir le corps inanimé dans un parc.

Pardonne-moi, mon fils, je t'en supplie.

C'est Aringarosa qui mourait d'envie que Silas prenne part à son plan chimérique. La nuit précédente, l'évêque avait reçu dans l'avion un appel téléphonique du commissaire Fache, qui l'avait interrogé sur son implication éventuelle dans le meurtre d'une religieuse en pleine église Saint-Sulpice. Aringarosa avait compris que la soirée avait pris une tournure tragique, et l'évocation de quatre autres meurtres dans la même journée l'avait plongé dans l'angoisse.

Silas, qu'as-tu fait là ?

Incapable de contacter le Maître, l'évêque devina qu'il avait été floué. *Utilisé.* Le seul moyen de mettre fin à cette horrible chaîne de catastrophes était d'aller rejoindre à Londres le commissaire Fache et de tout lui avouer. L'évêque et le policier avaient alors fait l'impossible pour tenter de rattraper Silas avant que le diabolique instigateur de cette manipulation ne lui ordonne de commettre un nouveau crime. Mais le sauvetage du moine avait mal tourné.

Exténué, Aringarosa ferma les yeux et écouta la télévision posée sur une étagère murale en face de son lit. Le présentateur du journal commentait l'arrestation de sir Leigh Teabing, un historien britannique renommé, chevalier de la Couronne, qui, ayant appris que le Vatican projetait de couper les ponts avec l'*Opus Dei*, avait eu l'idée géniale d'en intégrer le chef à son projet criminel.

Après tout, j'étais la proie idéale. Je n'avais plus rien à perdre, et j'ai naïvement sauté à pieds joints sur une occasion inespérée. Le Graal aurait conféré un immense pouvoir à son détenteur...

Le Maître avait très habilement protégé son identité. Feignant avec le même talent un accent français plus vrai que nature et la dévotion d'un croyant convaincu, il avait demandé comme rétribution une grosse somme d'argent – la seule chose dont sir Leigh Teabing ne pouvait être soupçonné d'avoir besoin. Et le montant de vingt millions d'euros avait semblé modeste comparé au trésor inestimable que représentait le Graal. Et, grâce au dédommagement versé par le Vatican au moment de la rupture, les finances de l'*Opus Dei* étaient florissantes. *Les aveugles sont ceux qui ne voient que ce qu'ils veulent bien voir.* Ultime offense de Teabing à l'Église catholique, ce dernier avait exigé un paiement sous forme de titres émis par la Banque du Vatican, s'assurant ainsi que les soupçons se porteraient sur Rome en cas d'échec.

— Je suis heureux de vous voir rétabli, monseigneur.

Aringarosa reconnut la voix brusque de Fache qui venait d'apparaître au seuil de la chambre. Mais il fut surpris par l'apparence physique du policier français : un visage sévère, une expression bourrue, des cheveux gominés rabattus en arrière et un large cou débordant d'un costume sombre. La compassion et la disponibilité qu'avait montrées le commissaire pour le calvaire d'Aringarosa, la nuit précédente, ne cadraient pas avec son allure.

Le commissaire s'approcha du lit et déposa sur la chaise réservée aux visiteurs une valise de cuir noir familière.

— Je crois que ceci vous appartient.

Aringarosa jeta un bref coup d'œil sur la valise remplie de bons au porteur et détourna aussitôt les yeux, n'éprouvant que de la honte.

— En effet… merci. À propos, commissaire, puis-je vous demander de me rendre un grand service ?

— Bien sûr.

— Les familles des quatre personnes que Silas a…

Il s'arrêta un instant, ravalant l'émotion qui lui serrait la gorge.

— Je suis bien conscient que ce n'est pas l'argent qui pourra les consoler, mais si vous aviez la gentillesse de répartir entre elles le contenu de cette valise…

Les yeux noirs de Fache s'attardèrent quelques instants sur le visage de l'évêque avant de répondre :

— Un geste qui vous honore, monseigneur. J'y veillerai personnellement.

Le silence retomba. Sur l'écran de la télévision, un policier français, mince et distingué, répondait aux questions d'un reporter de la BBC campé devant un imposant manoir. Fache, le reconnaissant, se tourna vers l'écran.

— Lieutenant Collet, votre supérieur hiérarchique accusait hier de ces quatre crimes deux personnes innocentes, un professeur de l'université Harvard et la propre petite-fille de l'une des victimes. Pensez-vous que M. Langdon et Mlle Neveu vont engager des poursuites contre la police judiciaire ? Et dans ce cas, le commissaire Fache ne risque-t-il pas de perdre son poste ?

Collet répondit avec un sourire fatigué, mais sans se départir de son calme :

— Je connais trop bien le commissaire Fache pour imaginer qu'il ait pu commettre ce genre d'erreur. Je n'ai pas encore eu l'occasion d'évoquer avec lui cette question, mais je suis prêt à parier que cette chasse à l'homme médiatisée n'avait d'autre but que de leurrer le véritable assassin...

Les journalistes présents échangèrent des regards surpris.

— ... J'ignore si M. Langdon et Mlle Neveu avaient été mis au courant de cette manœuvre, le commissaire Fache a tendance à rester discret sur ses méthodes les plus innovantes, mais ce que je peux vous affirmer pour le moment, c'est que l'auteur des crimes a été arrêté et que nos deux ex-suspects ont été innocentés et sont sains et saufs.

Fache avait un vague sourire aux lèvres en se retournant vers le malade.

— Il est parfait, ce Collet. Et maintenant, monseigneur, avant de rentrer à Paris, je dois vous parler de la délicate question de votre détournement d'avion... Vous avez soudoyé le pilote, enfreignant ainsi un certain nombre de réglementations internationales.

— J'ai pris cette décision dans un moment d'égarement, fit Aringarosa d'un air contrit.

— Votre pilote éprouvait, lui aussi, de vifs remords, lorsqu'on l'a interrogé, répliqua Fache en sortant de sa poche la bague d'améthyste.

L'évêque sentit les larmes lui monter aux yeux, comme il prenait son anneau pour l'enfiler sur son doigt.

— Je vous remercie infiniment de votre compréhension, dit-il en serrant la main de Fache entre les siennes.

Fache retira sa main, s'approcha de la fenêtre et, visiblement songeur, laissa son regard se perdre au loin. Quand il se retourna, il semblait indécis.

— Et à présent, monseigneur, que comptez-vous faire ?

C'était exactement la même question qu'on avait posée à Aringarosa la veille au soir à Castel Gandolfo.

— J'ai bien peur que mon avenir ne soit aussi incertain que le vôtre…

— Pour ma part, j'ai le sentiment que je vais bientôt devoir prendre une retraite anticipée.

Aringarosa sourit.

— La foi déplace les montagnes, commissaire, ne l'oubliez pas.

104

À onze kilomètres au sud d'Édimbourg, Rosslyn Chapel se dresse sur le site d'un ancien temple de Mithra. Construite en 1446 par les Templiers, la chapelle est décorée d'une quantité d'étonnants bas-reliefs judaïques, chrétiens, égyptiens, maçonniques et païens.

Les coordonnées géographiques de la chapelle la situent précisément sur le méridien nord-sud qui traverse Glastonbury. Cette Rose Ligne longitudinale est le repère traditionnel de l'île d'Avalon, le domaine du roi Arthur, et elle est considérée comme le cœur de la géométrie sacrée anglaise. C'est cette Rose Ligne consacrée qui a donné son nom à la chapelle.

L'ombre projetée des pinacles était déjà longue lorsque Langdon et Sophie garèrent leur voiture de location sur le parking situé au pied du promontoire. Ils s'étaient un peu reposés dans l'avion qui les avait amenés de Londres à Édimbourg, sans toutefois pouvoir trouver le sommeil, tout à l'incertitude de ce qui les attendait au bout de leur voyage. Levant les yeux vers la masse sombre du monument qui se dressait contre un ciel chargé de gros nuages gris, Langdon se sentit comme Alice sur le point de tomber la tête la première dans le terrier du lapin blanc.

Je dois être en train de rêver.

Et pourtant le texte de l'ultime message de Saunière ne pouvait être plus explicite.

Sous l'ancienne Roslin, le Saint-Graal nous attend.

Langdon avait imaginé la carte de Saunière comme une sorte de croquis géographique où l'emplacement du Graal aurait été marqué d'une croix. Mais le dernier message de Saunière ressemblait aux précédents : c'était encore un quatrain. Quatre vers limpides qui indiquaient sans le moindre doute ce site. Outre le fait que la chapelle était mentionnée par son nom, les vers évoquaient plusieurs des célèbres caractéristiques architecturales de Rosslyn.

Mais, malgré la clarté de la révélation finale de Saunière, Langdon ne pouvait se défendre d'un sentiment de malaise. L'endroit lui paraissait presque trop évident. Depuis sa construction, la légende avait fait de ce lieu le « Temple du Saint-Graal ». On disait en effet que la crypte de la chapelle, dont l'accès avait disparu depuis des siècles, renfermait le trésor des Templiers ainsi qu'un morceau de la Croix du Christ. On avait procédé récemment à des sondages par ultrasons qui accréditaient l'existence d'une immense salle souterraine. En outre, non seulement cette crypte éclipsait par ses dimensions la chapelle qui la surplombait, mais elle ne disposait ni d'une entrée ni d'une sortie. Certains archéologues avaient demandé, sans succès, l'autorisation de détruire une partie du dallage pour pouvoir fouiller le soubassement, mais la résistance farouche de la Fondation Rosslyn, qui refusait toute détérioration du sanctuaire, ne faisait qu'alimenter rumeurs et soupçons. Que cherchait-on donc à cacher ?

La chapelle était devenue un lieu de pèlerinage pour les mordus de mystère et d'ésotérisme. Certains disaient qu'ils étaient attirés par la force magnétique de l'endroit, situé sur le tracé de la Rose Ligne. D'autres s'y rendaient pour tenter de fouiller les parages à la recherche d'un souterrain conduisant à la fameuse crypte. Presque tous reconnaissaient qu'ils y venaient pour s'imprégner de la légende qui auréolait ces lieux.

Sans être jamais venu à Rosslyn auparavant, Langdon avait son idée sur la question : ceux qui proclamaient que la chapelle abritait le Graal le faisaient sourire. Certes, il était plausible que le Graal ait autrefois séjourné à Rosslyn, mais Langdon était convaincu qu'il avait quitté les lieux depuis longtemps. La trop grande renommée de la chapelle et de sa mystérieuse crypte, qui ne manquerait pas d'être bientôt mise au jour, en faisait un endroit trop peu sûr.

Les véritables spécialistes du Graal s'accordaient à penser que Rosslyn était un leurre, l'un des nombreux mirages que le Prieuré de Sion excellait à forger. Mais, malgré sa méfiance, Langdon ne put s'empêcher d'éprouver un certain trouble en arrivant sur le site en cette fin d'après-midi.

Pourquoi Saunière s'est-il donné tant de mal pour nous guider jusqu'à un endroit aussi attendu ?

Il semblait n'y avoir qu'une réponse logique.

Rosslyn a quelque chose d'essentiel à nous apprendre.

— Alors Robert, vous venez ? appela Sophie, qui s'impatientait à côté de la voiture. Elle tenait à la main le coffret en bois de rose que Fache leur avait rendu avant qu'ils prennent l'avion. Il contenait les deux cryptex, soigneusement emboîtés l'un dans l'autre, et le dernier parchemin, replacé en son centre – sans son tube de vinaigre protecteur.

Langdon la rattrapa et franchit avec elle le curieux porche ouest en saillie, que les visiteurs non avertis croyaient inachevé – comme le reste de la collégiale dont seul le chœur avait été terminé. La vérité était beaucoup plus captivante.

Le mur ouest du Temple de Salomon.

Les Templiers avaient en effet construit leur sanctuaire sur le plan du Temple de Salomon à Jérusalem : la même façade ouest, le même espace intérieur rectangulaire. La crypte mystérieuse reproduisait le saint des saints où les neuf Chevaliers (les

fondateurs de l'ordre du Temple) avaient exhumé
eur inestimable trésor. Langdon était obligé
d'admettre une symétrie séduisante dans l'hypothèse que les Templiers aient construit un reposoir
du Graal semblable à son emplacement originel.

L'entrée de la chapelle était plus modeste que ne
l'avait imaginé Langdon. Une simple porte de
chêne à deux charnières de fer portant un petit écriteau en bois gravé.

ROSLIN

Comme Langdon l'expliqua à Sophie, il s'agissait de l'ancienne orthographe du nom que
portaient le village, le château et la chapelle, une
appellation dérivée de la Rose Ligne, l'ancien
méridien sur lequel elle avait été construite. À
moins qu'elle ne désignât, et les passionnés du
Graal préféraient cette deuxième explication, la
ligne de la Rose, la lignée de Marie Madeleine.

L'heure de la fermeture approchait.

En ouvrant la porte, Langdon sentit une bouffée
d'air tiède lui caresser le visage, comme si ce vieil
édifice poussait un soupir de lassitude à la fin d'une
longue journée. La voûte en pierre de l'entrée était
entièrement sculptée de fleurs pentapétales.

La Rose, le cœur intime de la Déesse.

« *Le paradis des symboles* », lui avait dit un
confrère.

Toutes les surfaces, les arches, les piliers étaient ornés de symboles religieux, païens ou maçonniques : croix chrétiennes, étoiles de David, sceaux maçonniques, croix de Templiers, cornes d'abondance, signes astrologiques, décoration végétale, fruits, fleurs de lys, roses pentapétales, colombes et rameaux d'olivier. Considéré comme le chef-d'œuvre de l'architecture de l'ordre en Europe, Rosslyn était à la hauteur de sa réputation. Pas une seule pierre n'avait échappé au savoir-faire des maîtres maçons. La Mecque du Graal célébrait toutes les traditions et par-dessus tout le culte de la nature et de la déesse.

Dans l'une des cinq travées du fond, un groupe de touristes en file indienne suivait un jeune homme le long d'un itinéraire reliant entre eux six piliers qui traçait sur le sol un symbole invisible que Langdon connaissait bien.

✡

L'étoile de David, songea Langdon. Ce n'est pas une coïncidence.

Le sceau du roi Salomon. Cet hexagramme avait été autrefois l'emblème secret des prêtres chargés d'observer le ciel et il avait ensuite été adopté par les rois d'Israël, David et Salomon.

Le guide, qui les avait vus entrer, leur fit signe qu'ils pouvaient, malgré l'heure tardive, se promener librement dans la chapelle. Langdon avança dans le chœur et se retourna vers Sophie, qu semblait réticente à le suivre. Bouche bée sur le pas de la porte, elle parcourait le sanctuaire d'un regard rêveur.

— Quelque chose vous arrête ? demanda-t-il en revenant sur ses pas.

Elle regardait fixement la voûte de pierre.

— Je crois... je crois que je suis déjà venue ici.

— Mais vous m'avez dit que vous n'aviez jamais entendu parler de Rosslyn...

— C'est vrai... Je ne me rappelais pas... Mon grand-père a dû m'amener ici quand j'étais toute petite. J'ai l'impression de reconnaître cet endroit...

Elle montra du doigt le fond du chœur.

— Ces piliers sculptés... Je suis sûre de les avoir déjà vus.

Langdon contempla les deux colonnes ouvragées, tout au bout du sanctuaire. Alors que celle de gauche était striée de simples lignes verticales, celle de droite, beaucoup plus chargée, était enguirlandée sur toute sa hauteur d'une curieuse spirale de pierre aux motifs floraux délicatement ciselés.

— J'en suis absolument certaine, répéta Sophie au pied du pilier torsadé en hochant la tête, incrédule.

— Je n'en doute pas, mais ce n'était pas nécessairement ici...

— Que voulez-vous dire ?

— Que ces deux piliers sont les éléments architecturaux les plus reproduits au monde. On en trouve partout.

— Des copies de Rosslyn ?

— Non, des piliers. Comme je vous l'ai expliqué en voiture, la chapelle de Rosslyn est une réplique du Temple de Salomon de Jérusalem, et ces deux piliers sont identiques à ceux qui en encadraient l'entrée. Celui de gauche, c'est « Boaz », le pilier du maître ; et celui de droite, c'est « Jachin », le pilier de l'apprenti. On les retrouve dans presque tous les temples maçonniques.

Il avait également parlé à Sophie des liens étroits qui unissaient Templiers et francs-maçons dont les grades élémentaires, apprenti, compagnon et maître, remontaient aux débuts de l'aventure des Templiers. Le dernier poème de Jacques Saunière faisait d'ailleurs explicitement référence à ces maçons qui avaient décoré la chapelle de Rosslyn de leurs offrandes sculptées dans la pierre, et en particulier sa longue voûte couverte d'étoiles et de planètes.

— Je ne suis jamais entrée dans un temple maçonnique, insista Sophie, les yeux toujours fixés sur les piliers. Ces deux piliers, c'est ici que les ai vus, j'en suis presque sûre.

Elle se retourna vers le chœur, comme pour y chercher un autre détail qui puisse confirmer son souvenir.

Les touristes sortaient du sanctuaire et le jeune guide s'avança vers eux, un large sourire aux lèvres. C'était un beau jeune homme âgé de vingt-cinq à trente ans, avec un accent du terroir et des cheveux blond vénitien.

— Je vais bientôt fermer la chapelle. Y a-t-il quelque chose que je puisse faire pour vous ?

Trouver le Graal, faillit répondre Langdon.

— Le code ! s'exclama soudain Sophie. Il y a un code ici.

— Effectivement, c'est tout à fait juste, fit le jeune Écossais, apparemment ravi d'un tel enthousiasme.

— Au plafond, continua-t-elle. Quelque part... par là, vers la droite.

— Je vois que vous connaissez la chapelle, madame.

Langdon avait oublié ce petit détail folklorique, une des nombreuses légendes qui entouraient Rosslyn Chapel. Le désordre apparent des étoiles et des fleurs qui décoraient la voûte à clés pendantes masquait, pour certains, une cartographie codée des accès à la crypte, tandis que, pour d'autres, c'est la voûte elle-même qui figurait le Graal. Les cryptographes s'ingéniaient depuis des siècles à en percer le mystère. En vain, malgré la généreuse récompense offerte par la Fondation Rosslyn.

— Je serai ravi de vous le montrer...

Mon premier code, songeait Sophie en s'éloignant, dans un état second, sous la longue arcade de pierre ouvragée. Ayant remis le coffret à Langdon, elle s'autorisa momentanément à oublier le Graal, les Templiers et le Prieuré de Sion... En arrivant sous la voûte codée et en examinant ses symboles, elle sentit affluer les souvenirs. Elle se rappelait sa première visite ici et, étrangement, ce souvenir réveillait un indéfinissable sentiment de tristesse.

Elle était encore petite fille… c'était environ un an après la mort de ses parents, lors d'un bref voyage en Écosse avec son grand-père, avant de rentrer à Paris.

Il faisait sombre, ils s'étaient attardés dans la chapelle après l'heure de fermeture. Sophie était fatiguée.

— Grand-père, on peut s'en aller ? avait-elle demandé, recrue de fatigue.

— Bientôt, ma chérie. Il me reste une dernière chose à faire avant de partir. Tu ne veux pas aller m'attendre dans la voiture ?

Elle se rappelait la mélancolie qui perçait dans sa voix.

— C'est une affaire de grande personne ?

— Oui. Je vais faire vite, je te le promets.

— Est-ce que je peux rester pour deviner le code de la voûte ? avait-elle demandé. Ça, j'ai bien aimé.

— Il faut que je sorte pendant quelques minutes. Tu n'auras pas peur de rester toute seule ?

— Bien sûr que non, il ne fait même pas nuit !

— Très bien.

Sophie s'était aussitôt allongée sur les dalles, les yeux fixés sur le puzzle géant qui s'étalait au-dessus d'elle.

— Je vais le déchiffrer avant que tu reviennes.

— C'est une course alors…

Il s'était penché, l'avait embrassée sur le front et s'était dirigé vers la porte latérale toute proche.

— Je laisse la porte ouverte. Si tu as besoin de moi, tu n'as qu'à m'appeler.

Elle avait sommeil. Les images du plafond se mêlaient les unes aux autres. Et puis elles avaient disparu.

Quand elle s'était réveillée, il faisait froid.

— Grand-père ?

Elle s'était relevée. La petite porte était toujours ouverte. Il faisait presque nuit. Dehors, il faisait encore plus noir. Elle était sortie de la chapelle et avait aperçu son grand-père, debout devant la porte d'une petite maison de pierre située au pied de la colline, au bout du cimetière. Il parlait à quelqu'un à l'intérieur, qu'elle distinguait à peine.

— Grand-père ? avait-elle appelé.

Il s'était retourné et lui avait fait un petit geste, lui signifiant d'attendre juste un instant. Puis il avait envoyé un baiser de la main à la personne invisible et était remonté vers la chapelle. Il avait les larmes aux yeux.

— Pourquoi pleures-tu, grand-père ?

Il l'avait serrée fort dans ses bras.

— Tu vois, ma Sophie, nous avons dû dire adieu à beaucoup de gens, cette année. C'est dur.

Sophie pensa à l'accident, à l'enterrement de ses parents, de sa grand-mère, de son petit frère.

— Tu disais *encore* adieu à quelqu'un ?

— C'est une personne que j'aime beaucoup, répondit-il d'une voix empreinte d'émotion, et que je crains de ne pas revoir avant très longtemps…

Langdon était resté à bavarder avec le guide, après avoir inspecté la chapelle en détail, accablé de lassitude. Ils se trouvaient dans une impasse. Il tenait le coffret de bois de rose que lui avait confié Sophie, et qui contenait un texte apparemment incapable de les aider. Maintenant qu'ils étaient arrivés à Rosslyn, Langdon ne savait plus de quel côté chercher. Le poème de Saunière évoquait une lame et un calice, deux symboles dont il n'avait trouvé aucune trace dans la chapelle.

Le Saint-Graal sous l'antique Rosslyn attend
La Lame et le Calice la protègent du temps.

Il restait certainement encore un mystère à éclaircir.

— Je ne voudrais pas être indiscret, murmura le jeune homme, mais puis-je vous demander d'où vient ce coffret que vous avez dans les mains ?

Langdon eut un petit rire gêné.

— C'est une très longue histoire, soupira-t-il. Une histoire interminable…

Le jeune homme hésita, incapable de détacher ses yeux du coffret.

— C'est étrange, parce que le coffret à bijoux de ma grand-mère est pratiquement identique. Il est fait du même bois et il a cette petite rose

714

incrustée dans le couvercle. Même les charnières sont semblables…

Ce jeune homme devait se tromper, se dit Langdon. Si une boîte n'existait qu'à un seul exemplaire, c'était bien celle-ci. Elle avait été fabriquée sur mesure pour la clé de voûte du Prieuré.

— Les deux boîtes sont peut-être semblables, mais…

Les deux hommes tournèrent la tête en même temps vers la porte d'entrée qui venait de se refermer bruyamment.

Ils sortirent tous les deux sous le porche. Sophie descendait la pente herbeuse vers une maison de pierre grise, nichée au pied du petit cimetière dont les stèles de pierre moussue semblaient avoir surgi dans l'herbe en même temps que les jonquilles.

— La petite maison, là-bas… ? demanda Langdon en désignant la maisonnette.

— C'est le presbytère. Il se trouve que c'est aussi le siège de la Fondation Rosslyn que dirige ma grand-mère.

— Votre grand-mère dirige la Fondation Rosslyn ?

Le jeune homme acquiesça.

— J'habite avec elle dans le presbytère et je l'aide à entretenir la chapelle et à accueillir les groupes de touristes. (Il haussa les épaules.) J'ai toujours vécu ici ; c'est elle qui m'a élevé.

Préoccupé par l'étrange attitude de Sophie, Langdon se dirigea vers l'entrée pour la héler. Mais soudain, il se figea sur place. Ce jeune homme, que venait-il de dire ? *Sa grand-mère ?*

Sa grand-mère l'a élevé !

Langdon jeta un regard vers Sophie, sur le tertre, et baissa les yeux vers le coffret de bois de rose. Impossible. Il se retourna vers le jeune homme :

— Vous disiez que votre grand-mère possédait un coffret à bijoux comme celui-ci ?

— Oui, presque identique.

— D'où lui vient-il ?

— C'est mon grand-père qui l'a fabriqué. Il est mort quand j'avais deux ans, mais ma grand-mère m'en parle encore. Il paraît qu'il était très habile de ses mains. Il fabriquait toutes sortes d'objets.

Un réseau de connexions s'échafaudait à toute allure dans l'esprit de Langdon.

— Vous m'avez dit que votre grand-mère vous avait élevé. Est-ce que je peux vous demander ce qui est arrivé à vos parents ?

Le jeune homme sembla surpris.

— Ils sont morts tous les deux, quand j'étais petit, le même jour que mon grand-père.

Langdon sentit son cœur bondir dans sa poitrine.

— Dans un accident de voiture ?

Les beaux yeux verts du jeune homme s'écarquillèrent.

— Exactement. Dans un accident de voiture. Toute ma famille est morte ce jour-là. J'ai perdu mon grand-père, mes parents et...

Il hésita, baissant les yeux.

— Et votre sœur, je sais, ajouta l'Américain.

Dehors, sur le promontoire, la petite bâtisse en meulière était restée exactement identique au souvenir de Sophie. Le soir tombait, à présent, et la maisonnette lui semblait chaude et accueillante. Une odeur de pain grillé s'échappait par la porte grillagée ouverte et la lueur, aux carreaux, était dorée. En approchant, Sophie entendit des sanglots étouffés.

Elle aperçut dans le vestibule la silhouette d'une femme âgée tournant le dos à l'entrée. Elle pleurait. Sa longue et épaisse chevelure argentée réveilla chez Sophie un souvenir enfoui. Répondant à un mystérieux appel, elle grimpa les marches du perron. La femme tenait à la main une photographie encadrée.

C'était un visage que Sophie connaissait bien.

Grand-père.

La vieille dame avait de toute évidence appris la nouvelle de sa mort, la veille.

La planche du seuil grinça sous les pieds de Sophie et la femme se retourna lentement. Son regard triste croisa celui de Sophie, qui crut d'abord qu'elle allait s'enfuir en courant. Mais elle resta figée sur place. Sans baisser des yeux étonnamment brillants, la vieille dame posa le cadre sur une petite table et fit quelques pas vers Sophie. Elles se regardèrent sans rien dire, pendant plusieurs secondes – une éternité d'incertitude d'espoir et finalement de joie débordante.

Poussant la porte d'un geste, elle attira Sophie contre elle, étreignant ses mains, lui caressant le visage. Sophie était pétrifiée.

— Ma petite chérie... c'est toi, c'est bien toi !

Sophie savait, sans la reconnaître, qui était cette femme. Elle essaya de parler, mais elle avait le souffle coupé.

— Sophie ! continua la vieille dame qui sanglotait en lui embrassant le front.

Sophie parvint à répondre dans un murmure étranglé :

— Mais... Grand-père m'avait dit que tu...

— Je sais.

La vieille dame posa ses deux mains sur les épaules de sa petite-fille et la regarda tendrement.

— Ton grand-père et moi avons été obligés de raconter bien des mensonges. Je suis désolée, ma chérie. Il le fallait pour ta sécurité, Princesse.

En entendant son dernier mot, Sophie pensa aussitôt à son grand-père qui l'avait appelée Princesse si longtemps. Le son de cette voix semblait se répercuter en écho sur les vieilles pierres de Rosslyn, pénétrer la terre elle-même et se perdre dans ses profondeurs.

En disant ces mots, la vieille dame serra Sophie dans ses bras et celle-ci sentit des larmes ruisseler dans son cou.

— Il voulait tellement que tu saches la vérité. Mais vous étiez brouillés. Il a tout essayé pour te revoir. Il y a tant de choses que je dois t'expliquer.

Elle posa encore un baiser sur le front de Sophie, avant de lui murmurer à l'oreille :

— Le temps des secrets est passé, maintenant, Princesse. Il est temps que tu connaisses la vérité sur notre famille.

Sophie et sa grand-mère étaient assises l'une à côté de l'autre sur les marches de la véranda, tendrement embrassées, quand le jeune homme traversa la pelouse en courant, les yeux brillant d'espoir et d'incertitude.

— Sophie ?

Elle leva sur lui ses yeux gonflés par les larmes, acquiesça, se leva. Elle ne reconnaissait pas le visage de ce jeune homme, mais quand ils s'étreignirent, elle sentit la puissance d'un lien unique : ce sang qui battait dans leurs veines, ce sang, c'était le même.

En voyant Langdon descendre vers la maison pour les rejoindre, Sophie se sentait métamorphosée. La veille encore, elle se sentait seule au monde. Ce soir, dans cette contrée inconnue, entourée de ces trois êtres qu'elle connaissait à peine, elle se savait enfin chez elle.

105.

La nuit était tombée sur la colline de Rosslyn.

Debout un peu à l'écart, dans la véranda de la petite maison en meulière, Langdon se laissait bercer par les rires qui s'échappaient par la fenêtre ouverte. La tasse de fort café brésilien fumant dans sa main lui avait brièvement fait oublier son immense fatigue. Mais il se sentait trop exténué pour que ce sursis se prolonge bien longtemps.

— Vous avez filé à l'anglaise ! fit une voix derrière lui.

La grand-mère de Sophie, ses cheveux argentés luisant dans la nuit, souriait, debout sur le pas de la porte. Marie Chauvel. C'était le nom qu'elle portait depuis vingt-huit ans.

— Je voulais vous laisser ensemble tous les trois, s'excusa Langdon avec un sourire fatigué.

À travers la fenêtre, il voyait Sophie discuter avec son frère.

Elle s'approcha de lui.

— Monsieur Langdon, quand j'ai appris la mort de mon mari, j'ai eu très peur pour Sophie. Son apparition ce soir à la porte a été la plus grande joie de ma vie. Je ne pourrai jamais assez vous remercier.

Langdon ne savait que répondre. Il avait eu beau proposer à Sophie et à sa grand-mère de se retrouver en tête à tête pour converser tranquillement, Marie lui avait demandé de rester.

Mon mari avait apparemment une grande confiance en vous, monsieur Langdon, soyez donc des nôtres.

Langdon était ainsi resté, debout à côté de Sophie, pour écouter, bouche bée, Marie raconter l'histoire des parents de la jeune femme. La mère de Sophie était une descendante de la branche des Mérovingiens issue de Marie Madeleine et de Jésus. Les ancêtres de Sophie, les Plantard et les Saint-Clair, avaient, pour déjouer d'éventuelles recherches, changé de nom. Sophie et son frère, leurs descendants directs, avaient été jalousement protégés par le Prieuré de Sion. Lorsque leurs parents avaient été tués dans un accident, dont on n'avait jamais réussi à éclaircir les circonstances, la Fraternité avait craint que le secret de la lignée royale n'ait été éventé.

— Aussitôt après l'accident, avait expliqué Marie d'une voie étranglée de tristesse, ton grand-père et moi avons dû prendre une décision douloureuse. On venait de retrouver la voiture de vos parents dans la rivière.

Elle se tamponna les yeux.

— Nous étions censés voyager tous les six dans cette voiture ce jour-là, mais heureusement nous avons changé nos plans au dernier moment et vos parents sont partis seuls. Nous avons malheureusement été incapables, avec Jacques, de découvrir s'il s'agissait vraiment d'un accident.

Marie regarda Sophie.

— Il fallait vous protéger tous les deux, c'était notre devoir, et nous avons fait ce que nous estimions le plus sage. Jacques a déclaré à la police que ton frère et moi étions à bord de la voiture. Nos deux corps avaient dû être emportés par le courant. En tant que Grand Maître, il ne pouvait pas se permettre de partir de Paris. Nous avons décidé que ton frère et moi quitterions la France et que tu resterais avec lui. Jacques et moi ne nous sommes revus que très rarement, dans des lieux différents, et toujours sous la protection du Prieuré, au cours de cérémonies rituelles.

Un sourire rêveur avait éclairé le visage de Sophie.

C'est à ce moment que Langdon, se sentant décidément de trop, s'était éclipsé dans le jardin.

Et maintenant, en regardant les pinacles de Rosslyn, il se laissait envahir une fois de plus par les mêmes questions lancinantes.

Le mystère n'était pas résolu.

Le Graal se trouve-t-il vraiment ici, à Rosslyn ? Et si oui, où sont la lame et le calice que mentionnait Saunière dans son poème ?

— Donnez-moi cela, dit Marie, en approchant sa main.

— Merci, fit Langdon en lui tendant sa tasse vide.

— Non. Ce que vous tenez dans l'autre main…, dit-elle en montrant le rouleau de parchemin.

— Bien sûr, excusez-moi !

Marie souriait avec humour.

— Je connais un banquier parisien qui sera bien content de récupérer son coffret en bois de rose. André Vernet était un ami intime de mon mari. Il aurait fait n'importe quoi pour honorer sa confiance.

Jusqu'à tirer sur moi, pensa Langdon, qui omit de signaler qu'il avait sans doute brisé le nez du pauvre homme.

— Et le Prieuré ? demanda-t-il en pensant aux trois sénéchaux assassinés. Que va-t-il se passer, maintenant ?

— La relève est déjà prévue. Ce n'est pas la première épreuve que notre Fraternité aura traversée. Des frères sont prêts à prendre en main ses destinées.

Depuis le début de la soirée, Langdon se doutait que Marie Saunière était étroitement liée aux décisions du Prieuré, qui avait toujours compté des femmes dans ses rangs. Quatre de ses Grands Maîtres avaient été des femmes. Si les sénéchaux – les gardiens – étaient toujours des hommes, les membres féminins de la confrérie y jouaient un rôle prépondérant, et pouvaient être appelés à sa direction du jour au lendemain, quelle que fût leur position dans l'organisation.

Langdon repensa à Leigh Teabing et à l'abbaye de Westminster. Tout ça lui semblait si loin, à présent.

— Est-il vrai que l'Église catholique a fait pression sur votre mari pour l'empêcher de publier les documents du Graal au moment de la Fin des Temps ?

— Mon Dieu, non ! Cette légende d'un délai fatidique est une invention de paranoïaque. Jamais aucune date n'a été fixée pour la révélation du secret. Bien au contraire, la doctrine du Prieuré a toujours été de ne *jamais* le divulguer.

— Jamais ? reprit Langdon, stupéfait.

— Bien plus que le Graal lui-même, c'est le mystère dont il est entouré qui nous intéresse, le merveilleux qui en fait toute la beauté. Certains voient dans le Saint-Graal le calice qui symbolise la rédemption et la vie éternelle. D'autres sont fascinés par la quête des documents secrets et son aventure ésotérique. Mais j'ai le sentiment que, pour la plupart d'entre nous, il est tout simplement un idéal très noble, un trésor inaccessible, qui introduit un peu de grâce dans le chaos du monde actuel.

— Mais si les documents demeurent cachés, la vérité sur Marie Madeleine sera perdue à jamais...

— Vous croyez ? Regardez autour de vous, toutes les œuvres d'art et de musique, tous les livres qui racontent son histoire. Et il s'en crée sans cesse de nos jours. Le monde commence seulement à comprendre les périls qui le menacent, à reconnaître les impasses dans lesquelles il s'est engagé. À sentir qu'il est urgent de redonner sa place au Féminin sacré. Ne m'avez-vous pas dit que vous étiez en train de préparer un ouvrage sur la question ?

— En effet.

— Dépêchez-vous de le publier, monsieur Langdon. Chantez la geste de Marie Madeleine. Le monde actuel a besoin de troubadours.

Langdon resta silencieux, laissant ce message d'un autre temps s'instiller en lui.

La lune nouvelle se levait au-dessus de la cime des arbres. Tournant la tête vers Rosslyn, Langdon se sentit tenaillé par la même convoitise enfantine. Connaître le secret de Rosslyn. Mais il n'osait pas importuner son hôtesse. *Pas de questions*, se disait-il. *Ce n'est pas le moment.* Il jeta un coup d'œil au papyrus dans la main de Marie, puis vers Rosslyn.

— Allez-y, posez-la, cette question qui vous brûle les lèvres, murmura Marie Saunière, une lueur d'amusement dans les yeux. Vous l'avez bien mérité.

Langdon se sentit rougir.

— Vous voulez savoir si c'est bien ici que le Graal est enterré…

— Pouvez-vous me répondre ?

Elle laissa échapper un petit rire désabusé.

— Les hommes ne peuvent décidément pas accepter de le laisser reposer en paix… Qu'est-ce donc qui vous fait croire qu'il est à Rosslyn ?

Langdon lui montra le papyrus dans sa main.

— Le dernier poème de votre mari l'évoque spécifiquement. Mais il mentionne aussi une Lame et un Calice veillant sur le Graal. Or je n'ai pas vu une seule représentation de Lame ou de Calice dans la chapelle.

— Et à quoi ressemblent-ils, cette Lame et ce Calice ?

Langdon se rendait compte qu'elle se moquait gentiment de lui, mais il lui décrivit rapidement les deux symboles.

Soudain, l'écho d'un lointain souvenir anima les traits de la vieille dame.

— Ah oui, bien sûr, la Lame, qui représente tout ce qui est masculin... elle ressemble bien à cela n'est-ce pas ?

Elle traça un signe dans la paume de sa main.

△

— Oui, fit Langdon, surpris par la variante « fermée » que Marie avait dessinée.

— Et son complément, le Calice, symbole du féminin.

▽

— Exact, reprit Langdon.

— Et vous me dites que vous ne les avez pas vus parmi les centaines de symboles que l'on trouve à Rosslyn ?

— Hélas, non.

— Dormirez-vous mieux cette nuit si je vous les montre à présent ?

Sans attendre sa réponse, elle avançait déjà sur le chemin menant à la chapelle. Langdon s'élança derrière elle.

Elle alluma la lumière en entrant et montra le sol à Langdon :

— Les voilà ! La Lame et le Calice.

Langdon scruta les dalles nues.

— Mais je ne vois rien…

La vieille dame poussa un soupir et se mit à marcher sur le dallage, suivant le même itinéraire qu'avaient suivi, quelques heures plus tôt, les touristes guidés par le frère de Sophie. Langdon avait beau reconstituer mentalement le symbole que dessinait ce parcours, il ne comprenait toujours pas.

— Mais c'est l'étoile de Dav…

Langdon s'interrompit brusquement, incapable d'articuler un mot.

✡

La Lame et le Calice, fusionnés en un unique symbole.

Le sceau de Salomon… l'union parfaite entre l'homme et la femme qui marquait l'entrée du saint des saints… le lieu où étaient censés résider les Dieux complémentaires, Yahvé et Shekinah.

Langdon eut besoin de quelques instants pour retrouver la parole.

— C'est exactement ce que dit le poème ! s'exclama Langdon. La concordance est parfaite... Le Graal se trouve à Rosslyn !

— Apparemment, fit Marie avec un sourire tranquille.

Les conséquences de sa déduction le firent frissonner.

— Mais alors, il est caché dans la crypte ?

Elle partit d'un rire espiègle.

— En esprit seulement. L'un des devoirs sacrés du Prieuré était de le rapporter sur sa première terre d'adoption, en France, après des siècles de déplacements successifs destinés à le protéger de ses ennemis. Lorsque mon mari a été nommé Grand Maître, il a reçu pour mission de rapatrier le Saint-Graal et de lui trouver un sanctuaire qui soit digne d'une reine.

— Et a-t-il réussi ?

Le visage de la vieille dame se fit plus grave :

— Monsieur Langdon, au nom de tout ce que vous avez fait pour moi, et en tant que directrice de la Fondation Rosslyn, je peux vous affirmer que le Graal n'est plus ici aujourd'hui.

Mais cela ne suffisait pas à Langdon.

— Et pourtant, la clé de voûte est censée révéler son emplacement *actuel*. Pourquoi M. Saunière a-t-il alors expressément mentionné Rosslyn dans le premier vers du quatrain ?

— Peut-être l'avez-vous mal interprété. Vous n'ignorez pas que le Graal peut parfois être trompeur. Et mon mari aussi...

— Mais il ne pouvait être plus clair… Nous nous trouvons au-dessus d'une crypte enfouie sous la Lame et le Calice, eux-mêmes surmontés d'une voûte étoilée, dans une chapelle qui porte le nom de la Rose Ligne, construite par des Templiers et des francs-maçons… Il semble difficile d'imaginer une correspondance plus limpide.

— Attendez, que je le relise, dit-elle en déroulant le parchemin.

Sous l'ancienne Roslin, le Saint-Graal nous attend
La Lame et le Calice la protègent du temps
Ouvragée avec art par les maîtres des maîtres
Sous la voûte étoilée enfin elle repose

Après un court silence songeur, un sourire amusé éclaira le visage de Marie Saunière :

— Ce Jacques…

— Vous avez compris ce qu'il voulait dire ?

— Comme vous venez de le constater en parcourant le sol de cette chapelle, il y a plusieurs façons de voir les choses simples.

Langdon, pourtant habitué aux doubles sens que chérissait Saunière, ne comprenait toujours pas. Elle laissa échapper un bâillement.

— Je vais vous faire une confidence, monsieur Langdon. Je n'ai jamais été officiellement dans le secret de l'emplacement du Saint-Graal. Mais j'ai été mariée au Grand Maître du Prieuré, et mon intuition féminine m'a permis de deviner certaines choses. Je regrette beaucoup qu'après vous être donné tout ce mal, vous soyez obligé de quitter Rosslyn sans réponse définitive. Et pourtant, quelque chose me dit que vous la trouverez un jour. Elle s'imposera à vous, avec l'évidence d'une révélation. Et ce jour-là, je ne doute pas que vous saurez en garder le secret.

Ils entendirent quelqu'un franchir le seuil de la chapelle.

— Je me demandais où vous étiez, tous les deux ! lança la voix claire de Sophie qui venait de paraître à la porte.

— J'allais rentrer, dit sa grand-mère en l'embrassant sur le front. Bonne nuit, Princesse. N'oblige pas M. Langdon à veiller trop tard.

Ils sortirent sous le porche et regardèrent la vieille dame s'éloigner d'un pas lent et tranquille. Quand Sophie se tourna vers lui, ses yeux luisaient d'une profonde émotion.

— Je ne m'attendais vraiment pas à ce que notre jeu de piste se termine ainsi…, murmura Sophie.

Moi non plus, pensa Langdon conscient de l'orage intérieur qu'elle vivait. Les nouvelles qu'elle avait reçues aujourd'hui avaient transfiguré sa vie.

— Ça va ? lui demanda-t-il. Vous avez eu votre lot d'émotions fortes, ce soir…

— J'ai retrouvé une famille, dit-elle avec un sourire heureux mais fatigué. Il va me falloir quelque temps pour digérer mon histoire…

Et comme Langdon se taisait.

— Vous allez rester un peu ici ? Au moins quelques jours ?

— Non, Sophie, je préfère rentrer à Paris, soupira Langdon. Je repartirai demain matin. Vous avez besoin de rester entre vous.

Si elle était déçue, elle ne le manifesta pas. C'était peut-être mieux ainsi. Soudain, elle lui prit la main et l'entraîna vers le sommet de la colline. La lueur pâle de la lune perçait les nuages, éclairant les stèles grises du cimetière et faisant danser des reflets métalliques sur la petite rivière qui s'écoulait au fond du vallon. Ils restèrent là longtemps, sans parler, la main dans la main, en proie à la même fatigue heureuse.

Les étoiles commençaient à émailler le ciel. À l'est, un point de lumière solitaire brillait plus fort que tous les autres. Langdon sourit en l'apercevant. C'était Vénus. La déesse antique semblait veiller sur son temple.

Une brise fraîche montait de la vallée. Sophie avait fermé les yeux. Elle souriait doucement. Langdon sentait ses paupières s'alourdir. À contrecœur, il interrompit ce moment magique. Il resserra la pression de sa main.

— Sophie ?

Lentement, elle ouvrit les yeux et se tourna vers lui. La clarté lunaire magnifiait les traits de son visage. Elle lui adressa un sourire engourdi.

— Oui ?

Langdon sentit une tristesse inattendue l'envahir en réalisant qu'il allait rentrer à Paris sans elle.

— Je partirai peut-être avant que vous soyez réveillée demain matin, dit-il avec une boule dans la gorge. Je voulais vous dire… désolé, je ne suis pas très fort pour…

Sophie lui plaqua la main sur la bouche et, se hissant sur la pointe des pieds, elle l'embrassa tendrement sur la joue.

— Est-ce que je vous reverrai ? Bientôt ? s'enquit-elle.

Langdon chancela sous le regard vert. Il hésita, se demandant si elle soupçonnait à quel point il attendait cette question.

— Je dois revenir en Europe le mois prochain, pour donner une conférence à Florence. J'y passerai une semaine. J'aurai du temps libre…

— C'est une invitation ?

— Les organisateurs m'ont retenu une suite dans un véritable palace, le Brunelleschi…

Sophie lui adressa un sourire taquin.

— Vous êtes bien sûr de vous, monsieur Langdon !

Il regrettait déjà son audace.

— Ce que je voulais dire, c'est…

— Il n'y a rien qui me ferait plus plaisir que de vous rejoindre là-bas, Robert. Mais à une seule condition…

Sa voix se fit plus grave.

—… c'est que nous n'y passerons pas notre temps à fouiller les églises à la recherche de je ne sais quelles reliques…

— Mais Sophie, Florence n'a aucun intérêt, à part ses églises.

Cette fois, Sophie se pencha et l'embrassa sur les lèvres. Ils s'étreignirent doucement avant de s'abandonner peu à peu. Lorsqu'elle se dégagea, le regard et le sourire de Sophie étaient pleins de promesses.

— Très bien, monsieur Langdon, fit-elle. Le rendez-vous est pris.

Épilogue

Robert Langdon se réveilla en sursaut d'un sommeil plein de rêves. Il lut machinalement le monogramme brodé HÔTEL RITZ PARIS qui ornait la poche du peignoir de bain posé à côté de son lit. Un soleil rose filtrait à travers les stores.

Aube ou crépuscule ? se demanda-t-il.

Il se sentait étonnamment dispos et comme régénéré.

Il avait dormi quarante heures. S'asseyant lentement sur son lit, il comprit ce qui l'avait réveillé… une pensée bien étrange. Langdon venait de passer plusieurs jours à essayer de s'y retrouver dans un déluge d'informations, et subitement il entrevoyait une solution qu'il n'avait pas envisagée jusque-là.

Serait-ce possible !

Il demeura immobile pendant une bonne minute.

Pourquoi n'y ai-je pas songé plus tôt ?

Il se leva pour aller à la salle de bains et resta longtemps sous la douche, se massant les épaules avec le puissant jet d'eau. Mais la pensée ne le quittait plus.

Non, impossible...

Vingt minutes plus tard, Langdon sortait du Ritz et traversait la place Vendôme. Le soir tombait. Ces presque deux jours de sommeil avaient quelque peu bouleversé ses repères, pourtant il se sentait étrangement lucide. Il avait prévu de s'arrêter au bar du Ritz pour y prendre un café, mais il était sorti de l'hôtel sans s'en rendre compte. Il s'engagea dans la rue des Petits-Champs en proie à une excitation croissante, tourna à droite dans la rue de Richelieu balayée, ce jour-là, par les senteurs jasminées qui s'exhalaient du Palais-Royal. Empruntant le trottoir de gauche il ralentit le pas, scrutant le sol sous ses pieds. Il ne mit pas plus de deux minutes à repérer ce qu'il cherchait : un disque de bronze d'une dizaine de centimètres de diamètre, enchâssé dans le revêtement du trottoir et gravé de deux lettres opposées : *N* et *S*. Un autre, identique, suivait quelque vingt mètres plus bas.

Le nord et le sud.

Il suivit les médaillons dorés en direction du sud, se retournant de temps à autre pour vérifier qu'il suivait une trajectoire rectiligne. Au coin de la Comédie-Française, coupant sous les arcades, il posa le pied sur un cinquième médaillon gravé...

Voilà !

Langdon avait lu un jour que cent trente-cinq médaillons traçaient, sur un axe nord-sud, une ligne parfaitement droite à travers les rues et les trottoirs de la capitale française, pour matérialiser l'axe du premier méridien de Paris. Il avait un jour suivi cette ligne depuis le Sacré-Cœur jusqu'à l'ancien Observatoire. C'est là qu'il avait découvert la signification sacrée de cet ancien chemin.

La première méridienne, l'ancienne longitude zéro, la Rose Ligne de Paris.

En traversant la rue de Rivoli, il se savait presque arrivé à destination.

Sous l'ancienne Roslin, le Saint-Graal nous attend.

Chaque vers du poème de Saunière trouvait une signification nouvelle. Le double sens de l'ancienne orthographe de Rosslyn... la Lame et le Calice... la tombe...

Était-ce la raison pour laquelle Saunière désirait me parler ? Aurais-je frôlé la vérité à mon insu ?

Il accéléra, porté par la Rose Ligne qui l'entraînait vers le but. En traversant le passage Richelieu, il frissonnait d'excitation. De l'autre côté se dressait le plus mystérieux des monuments parisiens, conçu et commandé par le « Sphinx » lui-même, François Mitterrand, l'homme des réseaux occultes, qui avait légué à Paris ce monument que Langdon avait visité pour la première fois quelques jours auparavant.

Dans une autre vie.

Dans un dernier sursaut d'énergie, il déboucha sur la grande esplanade désormais familière. Il s'arrêta net. Le souffle coupé, il leva les yeux lentement, incrédule, vers la grande structure qui scintillait devant lui.

La pyramide du Louvre luisait dans l'obscurité.

Mais il s'arracha vite à sa contemplation. Son but était autre. Suivant toujours le chemin invisible de l'ancienne Rose Ligne, il se dirigea vers la place du Carrousel, ce grand rond-point planté de buissons de buis impeccablement taillés. C'est là que se tenaient autrefois les festivités populaires célébrant la terre mère, le retour du printemps et la déesse.

En traversant les buissons pour parvenir jusqu'à la pelouse centrale, Langdon eut l'impression de pénétrer dans un autre monde. Ce site, jadis sacré, abritait aujourd'hui l'un des monuments les plus originaux de la capitale. Plongeant dans la terre comme un gouffre de cristal, sous son couvercle translucide entouré de verdure, s'ouvrait la pyramide inversée dont la pointe de diamant traversait la galerie du Carrousel.

La pyramide inversée.

Tremblant d'impatience, Langdon s'approcha et dirigea son regard vers les profondeurs du complexe souterrain sur lequel flottait une lueur dorée. Il cherchait à distinguer, par-delà la massive pyramide inversée, ce qui se trouvait juste au-dessous d'elle. Tout en bas, sur le sol de la salle, se dressait une minuscule structure... un détail architectural que Langdon avait évoqué dans son manuscrit.

Sous l'emprise d'une exaltation croissante, n'osant croire tout à fait à son incroyable supposition, Langdon se sentait parfaitement réveillé à présent.

Levant les yeux vers le Louvre, il parcourut les deux immenses ailes du musée qui l'entouraient... ces interminables galeries aux murs couverts des joyaux artistiques des siècles passés.

Da Vinci... Botticelli...

Ouvragée avec art par les maîtres des maîtres

En proie à un indicible émerveillement, Langdon jeta un nouveau coup d'œil en bas, vers l'humble monument.

Il faut que je descende !

Il retourna précipitamment vers l'entrée de la pyramide. Les derniers visiteurs de la journée quittaient peu à peu le musée. Poussant la porte à tambour, Langdon gagna en quelques pas l'escalier spiralé qu'il descendit rapidement. Il sentit l'air fraîchir. Arrivé en bas, l'Américain emprunta le long couloir qui menait à la pyramide inversée. À l'extrémité de ce passage, il déboucha dans une grande salle. Juste devant lui, d'une époustouflante beauté, luisait la pointe de verre en forme de V.

Le Calice.

Langdon la détailla de haut en bas, s'amenuisant vers sa pointe, suspendue à seulement deux mètres au-dessus du sol. L'autre montait à sa rencontre. Une pyramide miniature, d'un mètre de haut. La seule structure à échelle réduite de ce complexe colossal.

Dans son manuscrit, dans un passage consacré aux riches collections d'art religieux du Louvre,

Langdon avait fait allusion à cette modeste pyramide.

« La structure miniature elle-même surgit du sol un peu comme la pointe d'un iceberg, le sommet d'une énorme voûte pyramidale aux trois quarts enfouie dans le sous-sol, telle une salle secrète. »

Éclairées par la douce lueur de l'entresol désert, les deux pyramides tendaient l'une vers l'autre, obéissant à une symétrie parfaite, leurs pointes se frôlant.

Le Calice en haut, la Lame en bas.

La Lame et le Calice la protègent du temps

« La solution s'imposera à vous », avait dit Marie Chauvel.

Il se trouvait à la verticale de la Rose Ligne, entouré des chefs-d'œuvre des maîtres par excellence. Quel meilleur abri que le palais du Louvre, sous la garde vigilante de son conservateur en chef, pour ce trésor sacro-saint ?

Il comprenait enfin le véritable sens du poème de Saunière.

Levant les yeux vers le ciel, il contempla, à travers les losanges vitrés, la sublime voûte céleste piquetée d'étoiles.

Sous le ciel étoilé enfin elle repose.

Dans l'obscurité, des mots oubliés résonnaient, les esprits se faisaient entendre à mi-voix. La quête du Graal prenait enfin son véritable sens : celle d'un pèlerinage dédié à Marie Madeleine. Un long périple qui s'achevait devant le reliquaire de la sainte proscrite.

Soudain submergé par une vénération immense, Robert Langdon tomba à genoux.

Il lui sembla un instant entendre le chant d'une femme… une voix de sagesse très ancienne, issue du fond des âges, dont le murmure montait des entrailles de la terre.

Remerciements

D'abord et avant tout, à Jason Kaufman, mon éditeur et ami, qui a tant travaillé sur ce projet et qui a si bien compris le sujet de ce roman. Je remercie avec lui l'incomparable Heide Lange – incomparable avocate du *Da Vinci Code*, extraordinaire agent et amie sûre.

Il m'est impossible d'exprimer toute ma gratitude à l'équipe exceptionnelle de Doubleday, dont la générosité, la confiance et les conseils m'ont été si précieux. Merci tout particulièrement à Bill Thomas et Steve Rubin, qui ont cru en ce livre dès le début. Toute ma reconnaissance également au noyau de supporters de la première heure, dirigés par Michael Palgon, Suzanne Herz, Janelle Moburg, Jackie Everly et Adrienne Sparks, ainsi qu'aux talentueux représentants de Doubleday, sans oublier Michael Windsor, pour sa sensationnelle couverture.

Pour leur généreuse assistance dans mes recherches, je voudrais aussi remercier le musée du Louvre, le ministère français de la Culture, le Projet Gutenberg, la Bibliothèque nationale, la bibliothèque de la Société gnostique, le département de peinture et le service de documentation du Louvre, la revue *Catholic World News*, le Greenwich Royal Observatory, la London Record Society, la Muniment Collection de l'abbaye de Westminster, John Pike et la Federation of American Scientists, ainsi que les cinq membres de l'*Opus Dei* (trois actuels et deux anciens) qui m'ont fait part d'anecdotes, positives et négatives, illustrant leurs expériences au sein de cette organisation.

Ma gratitude s'adresse aussi à la librairie Water Street, pour m'avoir fourni tant d'ouvrages utiles à mes recherches ; à Richard Brown – mon père, professeur de mathématiques et écrivain –, pour ses éclaircissements concernant la Divine Proportion et la suite de Fibonacci, à Stan Planton, Sylvie Baudeloque, Peter McGuigan, Francis McInerney, Margie Wachtel, André Vernet, Ken Kelleher (Anchorball Web Media), Cara Sottack, Karyn Popham, Esther Sung, Miriam Abramowitz, William Tunstall-Pedoe et Griffin Wooden-Brown.

Enfin, dans un roman où le Féminin sacré tient une si grande place, je n'aurai pas l'outrecuidance de ne pas citer les deux femmes extraordinaires qui ont « touché » ma vie. D'abord ma mère, Connie Brown, complice en écriture, musicienne, éducatrice et modèle. Puis, ma femme, Blythe, historienne d'art, peintre, éditrice de tout premier plan, et, sans aucun doute, la femme la plus exceptionnellement douée que j'aie jamais rencontrée.

DAN BROWN
DA VINCI CODE ILLUSTRÉ
(150 illustrations – 30 €)

C'EST LE ROMAN, PLUS LES LIEUX, LES ŒUVRES,
S PERSONNAGES, LES REPRÉSENTATIONS SECRÈTES,
T TOUTES LES IMAGES POUR MIEUX COMPRENDRE
LE ROMAN PHÉNOMÈNE.

Aux éditions JC Lattès

Achevé d'imprimer sur les presses de

BUSSIÈRE
GROUPE CPI

à Saint-Amand-Montrond (Cher)
en janvier 2006

POCKET - 12, avenue d'Italie - 75627 Paris Cedex 13
Tél. : 01-44-16-05-00

— N° d'imp. : 60177. —
Dépôt légal : mai 2005.
Suite du premier tirage : janvier 2006.

Imprimé en France